清代宮廷大戲叢刊初編

昭代簫韶【上】

（清）王廷章 編寫
張申波 校點

北京大學出版社
PEKING UNIVERSITY PRESS

國家古籍整理出版專項經費資助項目

前言

中國古代宮廷的演劇傳統可以上溯到宋代初年，設立教坊、雲韶部（初名「簫韶部」），承擔宮廷的儀典性和觀賞性演藝活動，其中包括戲劇表演——雜劇和傀儡戲。宋以後歷代宮廷一般都設有御用演藝機構（偶因社會動盪而中斷），御用演員不足用或因社會動盪停辦時，也會招用民間藝人承應宮廷演藝。清代的宮廷演劇從管理、組織、設備、舞臺、編劇、表演、舞美、服飾等全方位得到了提升，從而發展到了歷史的極致。

清初承明之制，禮部設教坊司，凡宮中典禮燕會，有女樂二十四名承應，順治十六年（一六五九）裁撤女樂，全部改爲太監承應，增至四十八人，其中有專司演劇者。

康熙中期，內務府增設景山和南府兩個機構，專門承應宮廷演劇活動，相當於國立皇家大劇院，從而確立了戲劇演出在宮廷文化活動中超乎前代的重要地位和作用，使戲劇演出逐漸成爲宮廷文化活動中不可或缺的重要內容。這一點從現存龐大的清代昇平署檔案之系統性、規模化得以充分體現。道光七年（一八二七），南府改稱「昇平署」，延續至清末，但規模銳減。

景山、南府的總管一般由内務府大臣兼任。下設内學由宫内太監組成，外學由漢籍藝人和旗籍藝人組成。日常演劇中，内學和外學一般是分别承應，當演出大戲需要上場人數衆多時，内、外學則有合作。又設錢糧處負責管理皇家劇院的物質資源，寫法處負責謄寫備演劇本及撰寫劇本相應的服飾、切末、舞臺裝置、舞臺調度、表演身段、唱譜、題綱等内容，大差處爲籌辦皇家重大演出活動時臨時成立的專辦機構，内務府檔案處分撥專人記録和管理宫廷演劇的檔案資料。乾隆朝以前的宫廷演劇檔案已全部毁於水火，現存有嘉慶朝數册及道光以後各代的絶大部分檔案，包括恩賞日記檔、旨意檔、承應檔、日記檔、錢糧檔、花名檔、恩賞檔、知會檔、白米檔等多種類别，記録内容之繁細和全面令人嘆服。現存大量昇平署曲本，包括安殿本、總本（總綱、總講、總書）、單本（單頭、單篇、單片）、題綱、排場、串頭、串貫、工尺譜、身段譜等多種形態，其種類之系統體現出管埋之完備。這些歷盡劫波保存至今的文獻資料，如今分藏於中國第一歷史檔案館、故宫博物院、國家圖書館、中國藝術研究院圖書館等處。

清代皇家劇院在乾隆朝是機構設置最全面和人數規模最龐大的，據稱最多時有一千五百人左右，演出像《勸善金科》《昇平寶筏》等十本二百四十齣、上場人數動輒上千人的連臺大戲，足能勝任，每天一本，連演十天。

宫廷内的演劇活動可分爲娱樂性演藝和儀典性演藝。將戲劇演出引入宫廷儀典性演藝内容，始自明代。娛樂性演劇一般就是民間常見的雜劇、傳奇劇碼。儀典性演劇則按照節令祀享和慶典主題的不同，各有專用的劇碼承應，其中很多是宮廷藝人根據演出要求自行編製的。這樣的演劇傳統延續到清廷，得到了全面而系統的發展，更以政令形式形成了完整而嚴謹的演劇體制。凡至有帝后嬪妃壽辰、皇帝大婚、皇帝出行及返京、皇子出生、皇子定親、册立封號等喜慶事件，以及每年諸大節令，除舉辦相應的慶典或祭祀儀式外，都要安排特定劇碼的演出承應，是爲儀典性劇碼；而娛樂性劇碼則包括傳統雜劇、傳奇的折子戲（用於頻繁的日常觀賞性演劇）和連臺本大戲。

連臺本戲的劇本體制，非清宮首創，但確是由乾隆皇帝推爲極致。乾隆初年，敕令身任刑部尚書兼管樂部的張照等一班詞臣創作或改編了一批承應戲和連臺本戲，以供宮廷演劇之用。這批連臺本戲，現有存本者近二十部，短則一百多齣，長則二百四十齣，篇幅規模可稱鴻篇鉅製，故此又習稱爲「連臺本大戲」或「宮廷大戲」，半數至今有全本流傳。

清代的皇宮禁苑主要有紫禁城、圓明園、頤和園、熱河行宮（即承德避暑山莊）等，各處所建大中小型戲臺非常多，其中最著名的要數上中下三層的大戲樓。清代皇宮禁苑先後共建有五座三層大戲樓：圓明園同樂園清音閣，紫禁城寧壽宮閱是樓暢音閣，壽安宮戲樓，熱河行宮福壽園清音閣，頤和園德和園戲樓。圓明園同樂園戲臺最早建成，約建於雍正初年，規模最大，築造精美，乾隆、嘉慶、道光、咸豐朝常爲皇家觀劇之所，惜毀於一八六〇年英法聯軍。寧壽宮、壽安宮、熱河行宮清音閣大戲樓均建成於乾隆年間，壽安宮大戲樓於嘉慶四年（一七九九）諭旨拆毀，承德清音閣則毀於火災，頤和園在英法聯軍火燒北京時被毀，光緒年間重建時仿清音閣和暢音閣戲樓，在原怡春堂舊址上修建了德和園大戲樓，規模較其他四座爲小。寧壽宮暢音閣和頤和園德和園兩座倖存於今。

上中下三層戲臺，分別稱爲「福臺」「禄臺」「壽臺」，這樣的結構是專爲排演連臺本大戲而創設的。一般情節的演出均在壽臺進行，一涉神怪即用到福臺、禄臺。《昭代簫韶・凡例》：「劇中有上帝、神祇、仙佛，及凡人、鬼魅，其出入上下應分福臺、禄臺、壽臺及仙樓、天井、地井。或當從某臺某門出入者，今悉斟酌分別注明。」宮廷承應戲多涉神鬼世界，場面浩大，角色動輒數百上千，常需表現從天而降或地湧而出的情景，三層戲臺的機關設計，滿足了舞臺表現的要求。《昭代簫韶》《勸善金科》《昇平寶筏》《鼎峙春秋》《忠義璇圖》等宮廷大戲的劇本，對場面佈設、腳色出入的描述都非常詳細，每一環節皆與大戲樓相對應。

連臺本大戲的創作排演和三層大戲樓的設計建造，代表着宮廷演劇活動發展到乾隆時期所呈現的空前繁盛，從文本的長篇敘事體制，到舞臺表現的奢華風格，及其對戲曲意象性特徵的充分發揮，以及彼此在藝術上的相生相濟，都堪稱傳統戲曲藝術在特殊環境下的特殊成就，亦成爲中國古代戲曲史上的别樣風光。

宫廷大戲現有存本者近二十部，半數爲全本流傳。新中國成立初年商務印書館、中華書局曾以影印方式選印十部結集爲《古本戲曲叢刊》第九集出版，其中《勸善金科》據上海圖書館藏及吴曉鈴藏清乾隆間内府五色套印本影印，《昇平寶筏》《忠義璇圖》據國家圖書館藏清内府鈔本影印；《鼎峙春秋》據首都圖書館藏清内府鈔本影印；《昭代簫韶》據國家圖書館、上海圖書館及吴曉鈴藏清嘉慶十八年（一八一三）朱墨本影印。本次校點即以《古本戲曲叢刊》本爲底本，衹做標點，一般不做異文校勘，旨在通過《清代宫廷大戲叢刊》，呈現過去連臺本戲的面貌，爲廣大讀者打開一扇瞭解古代宫廷演劇面貌的門。

整理説明

《昭代簫韶》爲演述楊家將故事的清宫連臺本大戲之一種。清嘉慶十八年(一八一三)刻本「凡例」後列出創作者分工的情況,如下:

校閲:燕山張生寅文虞、宛平李祿喜中和、昆山鄒煥章錦文 ;參定:古吳陳楚畹紉佩、長洲張鳳林紹廷; 編輯:虞山王廷章朝炳; 分纂:茂苑范聞賢知愚。

楊家將故事在宋末元初即已進入藝術領域,有「三分史實七分虛構」的特點。清之前,楊家將戲曲、小説已然非常繁盛。《昭代簫韶》的人物及劇情除改編自宋史、元明雜劇、傳奇及小説外,還受到了民間評話、説唱等文藝形式的影響。嘉慶十八年,刻本《昭代簫韶》誕生,其後各朝演出脚本均以嘉慶刻本爲基礎,並有所不同。

《昭代簫韶》的衣飾精美、場面宏大、調度繁複、曲辭典雅,以清宫三層大戲樓爲演出地點,充分運用了各種砌末、舞臺裝置,在一定程度上淡化了戲曲「虛擬性」的特徵,體現着皇家特色。與其他清宫連臺本大戲相比,《昭代簫韶》體現著相似的創作手法和審美趣味,但與民間楊家將戲曲相比，則少了一些活潑和生機。

《昭代簫韶》現存版本情況爲：一、古本戲曲叢刊本，見《古本戲曲叢刊》九集之八，十本，二十冊。扉頁上注明：「古本戲曲叢刊編輯委員會據北京圖書館、上海圖書館及綏中吳氏藏清嘉慶十八年癸酉內府刊朱墨本影印，原書版匡高二零一毫米，寬一四七毫米。」二、鄭振鐸序本。原爲鄭振鐸先生的個人收藏，現由國家圖書館收藏，存十七卷，二十二冊，爲嘉慶十八年內府刊朱墨套印本之殘本。三、莫伯驥序本。藏上海圖書館。四、南京圖書館藏本，清內府刊本，十卷，二十冊。本次校點所用底本爲古本戲曲叢刊本。

目録

第一本卷下

第二本卷上

第二本卷下

第三本卷上

第三本卷下

第四本卷上

第四本卷下

第五本卷上

第五本卷下

第六本卷上

第六本卷下

第七本卷上

第七本卷下

第八本卷上

第八本卷下

第九本卷上

第九本卷下

第十本卷上

第十本卷下

昭代簫韶序

粤以鼛鼓軒舞揚太平歌詠之風，旌善鋤奸寓千古褒懲之意。雖一觴一詠無關正史之隱揚，而可興可觀彌著人心之好惡。兹《昭代簫韶》者，因宋代之遺聞，表楊氏之忠藎，誅佞人於既死，發潛德之幽光。功著一門，則輝争日月；節昭四世，則義薄風雷。潤色固近於子虚，因緣實愜乎衆欲。筆花璀璨，積幻成真；意匠經營，以神設教。魍魎魑魅，縱侈目以飾觀；忠孝節廉，能移風而易俗。哀樂具備，文武兼陳，誠臣子之楷模而導揚之善術也。夫誦詩懷古式，韻盡斯遷；讀史慕芳型，事窮六隱。維兹排比聲律，調協宫商，始則悦耳娱目，終能格化徵心。音諧簫管，若陶性而怡情；彩颺旌旛，乃激忠而勸節。其效固有補詩書之所未逮者也。當兹曠古獨隆之世，右文圖治之時。洪敷聖化，而户盡絃歌；廣被仁風，而民皆擊壤。明良際會，海宇昇平，譜異代之奇聞，共斯民以同樂。描摹義烈，則顓蒙亦爲愴懷；刻畫僉邪，則兒童亦爲指髮。以陳家谷之實蹟爲生枝發派之根源，森羅殿之虚文爲啓瞶振聾之藥石。欲使忠貞者益勵其心志，奸慝者痛改其邪非，又豈尋常之麗詞艷曲無關風化者，所能擬其萬一也哉。是知填詞雖小道，彰癉攸關；游戲見性情，激揚斯在。故撮其大要，譜入管絃，即優孟之衣冠，昭觀懲之妙用。爾時三終迭奏，如聞天山明月之歌；異日萬口争傳，用代秀實朱笏之擊。謹序。嘉慶十八年歲次癸酉

校閲：燕山張生寅文虞
宛平李禄喜中和
崑山鄒焕章錦文
參定：古吴陳楚畹紉佩
長洲張鳳林紹廷
編輯：虞山王廷章朝炳
分纂：茂苑范聞賢知愚

凡例

一、《昭代簫韶》其源出自北宋，傳之演義、書考、通鑑。正史其中，惟「楊業陳家谷盡忠」一節爲實事耳，其餘皆後人慕楊業之忠勇，故譽其後昆而敷演成傳，即潘美之惡亦不如是之甚。祇因既與楊業約駐兵谷口，聲援王侁争功離次不能禁制，及引全軍徑退，乃坐致楊業於死地，是以衆惡皆歸焉。又如牽引德昭，匡襄軍國，竭盡忠誠，庇護賢良，不辭勞瘁。概爲表彰其賢能，用以誅佞屏奸、褒忠獎孝耳，不可議其存殁而拘泥。今依北宋傳爲柱脚，略增正史爲綱領，創成新劇，借此感發人心。善者使之入聖超凡，彰忠良之善果；惡者使之冥誅顯戮，懲奸佞之惡報。令觀者知有警戒。

一、舊有《祥麟現》《女中傑》《昊天塔》等劇，亦係楊令公父子之事，既非通鑑、正史，又非北宋演義，乃演義中節外之枝，概不敢録。今新創之劇，輯成二百四十齣，分爲十本，每本擬定二十四齣爲準。

一、名目悉遵《勸善金科》之則，用七字標題當句有對。

一、宫調用雙行小紅字，曲牌用單行大紅字，科文與服色以至韻、句、讀、疊、格、叶、押、合俱用小紅字，傍寫曲文用單行大黑字，襯字則以小黑字傍寫別之。

一、凡詞曲，必按宫調。往往雜劇中有臆加增損者，皆文人游戲，惟興所適耳。是劇文理辭句雖實俚鄙，然不敢妄爲出入，悉遵大成九宫之句數、規格斟酌參定。

一、詞中用韻處，皆照中原音韻爲準。如北調之入聲，應分隸平、上、去三聲者，用小紅圈按發聲之例一一圈出。詞中有一字兩聲者，如將將、爲爲等，常用之字以小紅圈各圈以別之。如同字異音者，惟發異音之字，本字則不復加圈。

一、凡古人填詞每齣始終率用一韻，然亦間有出入者，則古風體今劇中某齣某韻，用小紅字標於每齣名目之下。

一、南北合套之詞，如仙吕入雙角係兩宫合套，必用南北二字標於牌名之首。如中吕宫、中吕調，黄鐘宫、黄鐘調等合套之曲，係本宫本調，則以宫調爲別，不載南北二字。

一、劇中有上帝、神祇、仙佛及人民、鬼魅，其出入上下應分福臺、禄臺、壽臺及仙樓、天井、地井，或當從某臺某門出入者，今悉斟酌分別注明。

一、古稱優孟衣冠，言雖假而似真也。今將每齣中各色人之穿戴，於登場時細爲標出。

第一齣　萬國春臺同兆庶（東鐘韻）

〔雜扮衆靈官，各戴紥巾額，紥靠，掛赤心忠良牌，持鞭，各從福臺、禄臺、壽臺兩場門上，同作跳舞浄臺科，仍各從兩場門分下。場上設香几，内奏樂。雜扮八開場人，各戴將巾，紥額，簪孔雀翎，穿開場衣，繫鑾帶，捧爐盤，執如意，從兩場門分上。各設爐盤於香几上，焚香三頓首科，起，各執如意遶場。分白〕〖玉女摇仙珮〗皇仁雅化句，聖治光昭句，宇宙昇平一統韻。樂躋春臺句，欣逢熙世句，朗朗聲齊歡共韻。争慶皇圖永韻。際文明濬澤句，太平吟諷韻。設神道讀、顯徵臧否句，大意讀明善除奸嘉勇韻。假優孟冠裳句，聲寄管絃句，緩調輕弄韻。演出褒忠奬孝句，誅佞屏奸句，俾令迷頑悔慟韻。試看當場句、排歌度曲句，妙諦閒中醒衆韻，喝斷凡庸夢韻。堪羡處讀、清夜發人深悚韻。休猜做讀、徒事麽麽句，花怯春寒句，柳迷香重韻。欽遵奉韻。誠然昭代簫韶頌韻。〔内白〕借問臺上的，今日搬演誰家故事？〔開場人白〕搬演北宋演義《昭代簫韶》。〔内白〕這北宋演義，流傳已久，怎麽又叫做《昭代簫韶》？〔開場人白〕這本傳奇，原編的是楊業一門盡忠報國，賢王德昭輔政匡功，從稗官家言，敷演成套，頗有譏讒褒義之辭，輔世長民之範。爾時潘美、王侁、傅鼎臣、王强、祖忠、謝庭芳等，爰分首惡、黨惡之奸，多設妬賢、害賢之計，實爲聖世所必誅，清時所不赦。如楊業一門，胡綱正父子，賀懷浦、焦孟諸人，忠義塞乎乾坤，功績超乎今古，耀姓名於史書，昭精誠於日月。當今聖天子，作之君、作之師，化育羣生。甄陶萬類，假當場傀儡；喝破愚蒙，就眼前道理。感發忠孝，不惜萬幾之暇，玉成千秋之鑑。刪增舊史，點石成金。使忠義之士，鬚眉常在；令佞諛之徒，肝膈攸彰。然此諸奸，雖未遭顯戮於當時，必使受冥誅於後世。使聽覩者，啟興觀羣怨之思，盡嬉笑怒罵之致。因舊名傷雅，改爲《昭代簫韶》，就歌舞太平之文，寓維持風化之意。臺下的不要當作豔舞新聲，尋常觀聽過了。〔分白〕昭代簫韶奏九成，宫商警世治昇平。遼邦雙烈好妻女，楊業全家賢父兄。綱正存忠兒順義，賢王貶惡姪陳情。恭宣雅化開宗句，謹慶當今主聖明。〔仍從兩場門分下，隨撤香几科〕

第二齣　三霄帝座拱星辰（庚青韻）

〔雜扮二十八宿，各戴本星形像冠，紥靠，各持金鎗，從壽臺兩場門上。雜扮六丁，各戴黄紥巾額，紥黄靠，持金鞭。雜扮六甲，各戴白紥巾額，紥白靠，持銀鞭，從仙樓兩場門上。雜扮九曜元神，各戴紥紅金貂，穿黄鎧，持大刀，從禄臺兩場門上。雜扮黄巾力士，各戴紥巾額，穿金線鎧，持劍，從福臺兩場門上。合跳舞走勢畢，分侍科。雜扮八星官，各戴朝冠，穿蟒，束帶，執笏。旦扮四宫娥，各戴過梁額、仙姑巾，穿蟒，繫絲縧，各執如意。旦扮四宫官，各戴宫官帽，穿蟒，繫絲縧，各執符節扇。小生扮金童，戴線髮、紫金冠，穿氅，繫絲縧，執旛。小旦扮玉女，戴仙姑巾、過梁額，穿氅，繫絲縧，執旛。引生扮紫微大帝，戴冕旒，穿紫八團蟒，束玉帶，執圭，同從禄臺中場上。紫微大帝唱〕

【雙角套曲・新水令】中天宫闕寶光凝(韻)，簇列著萬羣星職肅端整(韻)。雲籠華蓋座(句)，香繞太微庭(韻)。天樂鏘鏗(韻)神排定，巍巍的皇君秉(韻)。〔場上設高臺、帳幔、桌椅，内奏樂。紫微陞座，衆神各分侍科。紫微大帝白〕北極尊居衆所崇，羣星環拱紫微宫。巍峩帝座中天主，協贊樞機化育功。吾神紫微大帝是也。位尊北辰、中天星主。掌羣生之福應，操萬物之鈞陶。應盛世之璇璣，昭九天之符瑞。惟北極之高標，依大圜而迭運。紐旋帝座，軸轉天心。居鎮微垣，萬方取正。〔唱〕

【雙角套曲・折桂令】經多少濁亂愚程(韻)，照不盡往古來今(句)，迷昧蒼生(韻)。贊天帝明明昭應(韻)，未著造生存地(句)，妙訣均平(韻)，主宰著福禄前程(韻)。已載公行(韻)，則要恁厚德陰成(韻)。自然遠大動名(韻)，無爲治毫髮無私(句)，照察處件件澄清(韻)。〔雜扮北陰三司，各戴紥紅嵌龍幞頭，穿蟒，束帶。雜扮四山川神，各戴紥紅金貂，穿蟒，束帶。雜扮四採訪使者，各戴嵌龍幞頭，穿蟒，束帶。雜扮四城隍，各戴紥紅幞頭，穿圓領束帶，各執笏。同從壽臺上場門上。同白〕丹詔銜來北嶽府，青雲乘上紫微宫。〔各作參見科。白〕朔方衆神參見，願大帝聖壽無疆。〔紫微大帝白〕諸神免禮。〔衆作分侍科。白〕小神等奉詔而來，不知大帝有何法諭？〔紫微大帝白〕諸神聽者。〔唱〕

【雙角套曲・沉醉東風】北嶽神謹奏天庭(韻)，定三年遼宋交争(韻)。蕭氏的妄興兵(韻)，朔方的刼難拯(韻)，致生靈離亂哀聲(韻)。啟龍霄憫恤民物(句)，諭爾呵護(句)，免黎庶遭傾無剩(韻)，體上天也那好生(韻)。〔衆神白〕小神等奉召時，正在北嶽大帝殿庭會議此案。大帝體上天好生之德，欲消此刼，奈遼邦自作之業，無可挽回。〔唱〕

【雙角套曲・鴈兒落】歎遼屬蓄謀造業成(韻)，致民生塗炭甚哀矜(韻)。恨無端弄干戈馳驟逞(韻)，〔拋荒了〕旱禾枯無暇耕(韻)。〔紫微大帝白〕蕭氏久蓄恢復山後，吞併河南。不日干戈興起，如何挽回？〔唱〕

【雙角套曲・得勝令】呀(格)，鬧疆場侵亂禍因成(韻)，害幾多忠孝與賢能(韻)。侵邊境王師抗(句)。那裏管命危亡苦争衡(韻)。逞威風雄英(韻)，逆天意休思勝(韻)。任他行横行(韻)，到頭來遼敗亡宋國興(韻)。〔衆神白〕遼邦刼運難消，宋室鴻圖誰輔？〔紫微大帝白〕天樞星楊繼業與其子楊希、楊泰等，忠心報國、奮勇勤王，惜乎早喪潘賊之謀也。〔唱〕

【雙角套曲·梅花酒】父子行盡忠誠(韻)，真堪羡糾糾虎臣(押)。救主的延平(韻)，搜山虎柱國奇英(韻)，不隄防亂箭戕生(韻)。無敵將威鎮邊庭(韻)，李陵碑血污凝(韻)。〔北陰三司衆神同白〕繼業父子，先遭奸黨之害，何人輔佐宋主蕩滌邊烽？〔紫微大帝白〕有天乙星君德昭、白虎星官楊景，剷佞除奸，安邊定國。爾諸神務在暗中護佑良臣，保障生民，聽吾吩咐。〔唱〕

【雙角套曲·掛玉鈎】天帝慈心憫衆生(韻)，善惡須詳省(韻)。默護天乙白虎星(韻)，撥亂安邊境(韻)。保忠良(句)、癉奸佞(韻)。書載稽查(句)，合奏金庭(韻)。〔北陰諸神白〕領帝旨。〔衆神作拜别科。同從壽臺下場門下。内奏樂。紫微大帝下座。隨撤高臺、帳幔、桌椅科。衆同唱〕

【慶餘】宋君一統承天命(韻)，遼逆王師起戰争(韻)。龍鬬魚損(句)，只可憐忠良百姓(韻)。因此上勅諭諸神(句)，保障生靈急救拯(韻)。〔福臺、禄臺、壽臺，衆神各從兩場門下。内奏十番樂。衆同念淨臺咒〕哩拉蓮，拉蓮哩蓮。哩拉蓮，拉哩拉蓮。哩拉蓮，拉哩蓮。〔三轉〕

第三齣 集鵷班議防邊釁（江陽韻）

〔雜扮四内侍，各戴太監帽，穿貼裏衣。雜扮陳琳，戴太監帽，穿大貼裏衣，捧笏。引生扮德昭，戴素王帽，穿紅蟒，束玉帶，從上場門上。德昭唱〕

【仙吕宫引·天下樂】聖皇臻治德馨香(韻)，永固金甌玉燭長(韻)。青宫震位派天潢(韻)，輔政勤勞莫敢遑(韻)。〔中場設椅轉場坐科。白〕五緯起祥飈，無聲識聖朝。太平無一事，天樂奏簫韶。孤家總領軍國同平章事，皇子德昭是也。位居儲副，道重元良。義極君親之愛，禮崇監撫之名。盡孝盡倫，時勤問寢視膳。至公至正，常懷癉惡親賢。今喜朝野肅清，混一天下。只有遼邦不遵歸化，常寇鴈門一帶地方。孤欲奏保楊繼業出鎮代州，以防邊患，未知聖意若何。内侍隨孤上朝。〔起，隨撤椅，内侍應科。德昭白〕英武神機遠，温文德宇全。〔同從下場門下。副扮韓連，戴紗帽，穿紅蟒，束帶。净扮謝庭芳，戴盔，穿紅蟒，束帶。生扮張齊賢，末扮傅鼎臣，各戴紗帽，穿紅蟒，束帶。净扮呼延贊，戴黑貂，穿紅蟒，束帶。生扮吕蒙正，戴紗帽，穿紅蟒，束帶。外扮寇準，末扮盧多遜，净扮潘仁美，外扮趙普，各戴相貂，穿紅蟒，束帶，帶印綬，各執笏。同從上場門上。同唱〕

【仙吕宫引・紫蘇丸】盛時承助盡忠良㊞，推心膂股肱卿相㊞。調梅補衮理陰陽㊞，秉鈞當軸無偏黨㊞。〔分白〕下官趙普。下官潘仁美。下官盧多遜。下官寇準。下官呂蒙正。下官呼延贊。下官傅鼎臣。下官張齊賢。下官謝庭芳。下官韓連。〔同白〕來此已是朝門，一同進去。〔德昭執笏從上場門上。白〕鳳閣臨虛搆，遥瞻在九天。〔趙普等白〕千歲，臣等參見。〔德昭白〕衆卿免禮。〔内奏樂科。衆同白〕香焚寶鼎，樂奏簫韶。聖駕臨軒，歸班恭候。〔雜扮值殿將軍，各戴卒盔，穿鎧，執金瓜。雜扮儀從，各戴大頁巾，穿箭袖排穗，執儀仗。雜扮文官，各戴紗帽，穿紅蟒，束帶，執笏。雜扮武官，各戴盔，穿紅蟒，束帶，執笏，從兩場門上。雜扮大太監，各戴大太監帽，穿蟒，束帶。旦扮昭容，各戴宫官帽，穿圓領，繫絲絛，各執符節，提鑪龍扇。引生扮宋太宗，戴金王帽，穿黄蟒，束黄鞓帶。同從上場門上。宋太宗唱〕

【仙吕宫引・夜行船】受命承天御萬方㊞，握乾符負扆當陽㊞。位正中天㊁，羣星北向㊞，閶闔千門洞敞㊞。〔場上設高臺、帳幔、桌椅，内奏樂。宋太宗陞座，德昭率衆作朝賀科。白〕兒臣德昭，率領文武朝參。〔趙普等同白〕願吾皇萬歲萬歲萬萬歲。〔昭容白〕平身。〔德昭等同白〕萬歲。〔作起分侍科。宋太宗白〕敬天勤至治，四海屬休戈。遂致陰陽順，均調玉燭和。寡人大宋天子，太平皇帝是也。欽承天命，掌握乾符。宵旰疇咨，旦明矢敬。披皇圖而稽帝文，守大寶而膺神器。愛民慮稼穡之艱，治國知爲君之難也。〔唱〕

【仙吕宫正曲・傍粧臺】坐明堂㊞，採言虛己納忠良㊞。朕拱手居宸扆㊁，自留神置諫章㊞。

守基難似開基創(韻)，宵旰焦勞慎作荒(韻)。〔德昭等同白〕我皇上敬天勤民，知人善任。恩覃九有，澤沛八荒。所以四海昇平，萬民樂業。足見聖皇贊天化育之功也。〔宋太宗白〕朕撫御之功，亦賴卿等匡襄之力。四年之中，平定北漢，得太原十州四十縣。山後之地新定，遼衆不時侵擾。倘民心涣散，前功棄矣。〔趙普、寇準白〕臣等啟奏，太原新定，民心未安。又且遼衆，常寇鴈門，非社稷之長計。請陛下擢一智勇名將，鎮撫代州，以絶遼人窺邊之釁。〔宋太宗白〕朕亦有此想，奈不得其人耳。〔德昭白〕兒臣啟奏，楊繼業太原名將，素諳邊事，久得民心。若用繼業鎮撫代州，遼人舉寇之念息矣，伏乞聖鑒。〔宋太宗白〕王兒爲寡人能舉賢才，可謂輔政竭盡其誠矣。〔潘仁美白〕臣潘仁美謹奏，楊繼業乃北漢建寧節度劉繼業也，與劉繼文有手足之情。今劉繼文投遼，必懷恢復山後之志，今若使繼業出鎮代州，正好引水入牆，引火入室，其害甚深，請陛下思之。〔宋太宗白〕可見卿家目不識人也，繼業昔與先帝會戰，已有降宋之心。因不忍捨其故主而已，今得歸宋，遂其素志也。〔唱〕

【仙吕宫正曲・皂羅袍】繼業忠貞良將(韻)，素中直剛正(讀)，孤心敬仰(韻)。英名堪做大封疆(韻)，你賢愚不辨休疑想(韻)。〔白〕就依王兒所請，授楊繼業爲代州刺史，鎮撫代州等處。伊子楊貴、楊景、楊順，授偏將之職。卿等即去寫旨，命潘仁美到無佞府降勅便了。〔德昭等白〕領旨。〔昭容白〕退班。〔内奏樂，宋太宗下座，隨撤高臺、帳幔、桌椅。衆同唱合〕王言綸綍(句)，天語洋洋(韻)。紫泥青紙(句)，去下鳳詔鸞章㊊，舉賢鎮撫邊關上㊊。〔宋太宗等從下場門下。德昭等從兩場門分下。潘仁美作恨科。白〕楊繼業不過太原降將，聖上何得如此恩寵。下官記恨當年陣上一箭之讐未報，今既出鎮邊關，少不得尋計害他便了。〔唱〕

【喜無窮煞】太原降將何名望㊊，妬他行寵恩吾上㊊，報讐伺隙計謀良㊊。〔從下場門下〕

第四齣　聯鴈序訓守家箴（魚模韻）

〔雜扮八院子，各戴羅帽，穿各色道袍。末扮楊千，戴紗帽，穿青素，束角帶。引外扮楊繼業，戴金貂，穿蟒，束帶。同從上場門上。楊繼業唱〕

【仙呂宮引・鵲橋仙】英雄蓋世(句)，令名震宇(韻)，敢做皇家石柱(韻)。忠心貫日佐皇圖(韻)，難報補稠恩疊遇(韻)。〔中場設椅轉場坐科。白〕知遇恩隆感聖明，奮身圖報秉丹誠。膝前有子咸堪繼，充塞乾坤正氣盈。吾楊繼業，本貫太原人也。幼習兵書，胸藏韜略。向輔北漢劉王，官居令公，賜姓名曰劉繼業。開寶二年，先帝自將伐漢，太原圍久不下。會暑雨連朝，宋營軍士多疾，劉王乘機急擊，石漢卿等戰死。先帝單騎陷於淤泥，吾仰先帝實乃真命之主，即起向宋之心，救駕出陷。今上念我微功，聞吾智勇，所以克太原之後召見，復姓楊氏，蒙恩加爵，勑造府第，御書匾額，名曰「無佞府」，建立天波樓。上供太祖聖像，寵幸無雙，富貴已極。荆妻佘氏，所生七子二女，外有楊順，乃令公王貴之子，自襁褓繼爲螟蛉。蒙聖恩八子並授驍將之職，似此恩隆，云何以報。正是盡忠惟有披肝膽，報國常存向日心。〔排風內白〕太君上堂。〔楊千白〕太君上堂了。〔老旦扮佘氏，戴鳳冠，穿蟒，束帶。小旦扮排風，穿雜色衫背心，繫汗巾。生扮楊泰、楊徵、楊高、楊貴、楊春、楊景，各戴盔，穿出襬。浄扮楊希，小生扮楊順，各帶紮巾額，穿出襬。同從上場門上。佘氏唱〕

【仙吕宫引・番卜算】恩寵顯門閭(韻)，仰賴皇仁祐(韻)。〔楊泰等唱〕韜鈐腹蘊勝孫吴(韻)，報國忠君父(韻)。〔作拜見科。白〕爹爹母親在上，孩兒們拜見。〔楊繼業、佘氏白〕孩兒們少禮。〔場上設椅，楊繼業、佘氏坐科。楊繼業白〕夫人，我想兒輩幼而失學，皆受榮禄，恐辜負君恩，家風有玷。〔佘氏白〕相公所慮極是，自古教子不嚴，父之過也。蒙聖上天恩，憐你年老，無事免上早朝，閒居有暇，正當教子。〔楊繼業白〕孩兒們，這些時用何功課？〔楊泰等白〕孩兒們遵父之教，早起後園跑馬射箭，較演鎗刀，午後講論兵書戰策。〔楊繼業白〕這便纔是，但爾等幼習武備，未嘗學問，豈知君臣大義之節，治國安邦之要？爾等聽吾道來。〔唱〕

【仙吕宫正曲・桂枝香】忠於君父(韻)，勤勞國輔(韻)，必要盡瘁鞠躬(句)，莫效取素飡尸座(押)。要披肝瀝膽(句)，要披肝瀝膽(疊)，不可心頹志墮(押)，莫邀名沽譽(韻)，〔合〕削佞仗錕鋙(韻)。效疆場馬革將屍裹(押)，圖箇名垂千萬古(韻)。〔佘氏白〕你爹爹教訓爾等，皆大倫大義。能繼父之志，便是楊門孝子。〔楊希白〕爹娘放心，俺弟兄們，各有忠君之心，輔國之能。〔楊繼業白〕有何德能，敢説大言？〔楊希白〕爹爹不記得了？去年有箇任道安先生，傳我弟兄們諸般兵器之法，授六郎兵書戰策，教俺楊希避箭之訣，以備安邊定國之用。爹爹方纔訓諭，要我們除暴安良，去讒削佞，這幾樁正投俺七

郎之機也。〔唱〕

【仙呂宮正曲·醉扶歸】盡忠報國平生慕(韻)，除奸癉惡遂吾圖(韻)。許君死報是捐軀(韻)，英雄誰並搜山虎(韻)。〔楊繼業白〕有勇無謀，乃一匹夫耳。〔唱合〕無謀恃勇匹夫徒(韻)，詩書不學終身誤(韻)。〔楊泰等同白〕爹爹訓誨，兒等謹聽。〔佘氏白〕妾身備有杯酒，爲相公以消長晝。〔楊繼業白〕多謝夫人。媳婦、孫兒等，在内何事？〔佘氏白〕女兒、媳婦，勤於女紅。孫兒們，專心經史。〔楊繼業白〕唤他們上堂，做箇合家歡慶。〔佘氏白〕甚好。排風，請各位夫人、小姐、公子上堂。〔排風應科，向下。白〕侍女傳話，請各位夫人、小姐、公子上堂。〔内應科。旦扮八梅香，各穿各色衫背心，繫汗巾。旦扮王魁英、耿金花、董月娥、韓月英、馬賽英、柴媚春、呼延赤金、杜玉娥、楊八娘、楊九妹，各穿氅。小生扮楊宗孝、楊宗保、楊宗顯，各戴武生巾，穿各色繡花道袍。同從上場門上。同白〕滿朝執笏吾門半，忠孝傳家世獨稱。〔作拜見科。白〕公公婆婆在上，我等拜見。〔佘氏白〕孩兒媳婦把盞。〔衆應起，隨撤椅，場上設席，各入座科。同唱〕

【仙呂宮正曲·惜奴嬌序】香裊金爐(韻)。聽蟾宫金縷(讀)，合奏繁廡(韻)。金樽滿泛(句)，同賞美景歡娱(韻)。孰如(韻)，對對芝蘭齊眉宇(韻)，繞膝前斑衣舞(韻)。〔合〕這榮禄(韻)，賴皇恩垂睍(讀)，以報云何(押)。〔潘仁美内白〕旨意下。〔楊千白〕啟爺，旨意下了。〔楊繼業白〕快排香案，夫人等迴避。〔同起撤席。佘氏、王魁英等從下場門下。内奏樂。雜扮手下，各戴鷹翎帽，穿壽字箭袖，繫鸞帶，執儀仗。引浄扮潘仁美，戴相貂，穿蟒，束帶，帶印綬，捧旨意，同從上場門上。潘仁美白〕權將讐隙藏胸次，且作歡容宣玉音。

旨意下。〔楊繼業等作迎接進門俯伏科。潘仁美開讀科。白〕聖旨已到，跪聽宣讀。詔曰：朕承天命，皇極居尊。定四方之亂，安兆民之心。今有遼屬肆志，不時侵擾鴈門，若鎮撫得人，則遼人不敢再犯。茲爾楊繼業智勇兼備，名震朔方，授爾代州刺史，鎮撫邊關。伊子楊貴、楊景、楊順，隨軍效用，協鎮代州，預防邊患。詔書到日，隨即赴任。守禦有功，另行陞賞，謝恩。〔楊繼業、楊貴、楊景、楊順，同作謝恩科。潘仁美白〕請過聖旨。〔楊貴接旨意付楊千科。潘仁美白〕欽限緊急，馳驛赴邊，下官覆旨去也。〔楊繼業白〕下官明日謝恩後起程。〔潘仁美白〕下官未奉此旨，公自己主裁。〔楊希白〕難道不謝恩就赴任？〔潘仁美白〕下官不知。〔作出門，楊繼業等作送科。手下引潘仁美仍從上場門下。楊希白〕好可惡的奸賊。〔佘氏等仍從下場門上。佘氏白〕相公，旨意如何道？〔楊繼業白〕蒙聖上天恩，授我代州刺史，鎮撫邊關。命楊貴、楊景、楊順，隨去聽用。〔佘氏白〕相公智謀忠勇，出鎮邊關，固不能有負君命。只是遼人久蓄吞併太原之心，相公不可稍有疎忽。〔楊繼業白〕夫人，繼業身受君恩，常言死報於國。自今以往，是吾報效之時也。下官此去，別無牽掛，只慮潘楊之讎難解，有我在家無礙，我去之後，你把孩兒們嚴加管束，不許出去惹事招災，以免讐人尋隙生端也。〔佘氏白〕相公，家中之事，但請放心。〔楊千從上場門上。白〕啟爺，千歲差人，宣老爺即往南清宮議事。〔楊繼業白〕知道了。夫人，今晚與我收拾行裝，明早辭朝，即便起行。〔佘氏白〕曉得。〔楊泰等隨從上場門下。楊繼業白〕報國惟憑三尺劍，安邊自有六韜書。〔楊千隨從下場門下〕

第五齣　圍合龍沙馳萬騎（古風韻）

〔雜扮八馬童，各戴額勒特帽，穿外番衣。雜扮耶律休格、耶律博郭濟、蕭達蘭、耶律學古、蕭綽里特、蕭特里、蕭天佐、蕭天佑，各戴外國帽、狐尾、雉翎，紥靠，各繫弓箭撒袋，執馬鞭。雜扮八遼兵，各戴額勒特帽，穿外番衣，各執纛。同從上場門上，走勢科。同唱〕

【紘索調·山坡羊】統三軍(讀)，勅命打圍獵較(韻)。時趁著(讀)，天清氣爽(讀)，的新秋節到(韻)。恰正好(讀)，兵强馬壯(句)，獮龍沙(讀)，爲習練遼邦部落(韻)。繫著橐鞬掛腰刀(韻)，人人架鶻擎鷹牽犬獒(韻)。載車中(讀)，又閭毳帳駝氈幕(韻)。〔分白〕俺乃行軍都統耶律休格是也。俺乃總領山西諸州事耶律博郭濟是也。俺乃幽州都部署蕭達蘭是也。俺乃輔國大將耶律學古是也。俺乃節度使郡馬侍中蕭綽里特是也。俺乃幽州副部署蕭特里是也。俺乃行軍總先鋒蕭天佐是也。俺乃行軍副先鋒蕭天佑是也。〔同白〕我等奉太后娘娘懿旨，調俺們各帶本部人馬，隨娘娘從臨潢府一逕循著邊城，行圍較獵，操演三軍。前面將近殺虎關，命俺們撒下圍場伺候，就此撒下圍場者。〔同唱〕忙忙(韻)，大家撒下了大圍場(韻)。忙忙(韻)，頭隊南山(讀)，末隊北岡(韻)。〔同從下場門下。雜扮八遼兵，各戴額勒特帽，穿外番衣，執標鎗。雜扮耶律沙、耶律色珍，浄扮韓德讓，末扮劉繼文，各戴外國帽、狐尾、雉翎，紮靠。旦扮八女遼將，各紮額，戴狐尾、雉翎，穿甲。旦扮蕭氏，戴蒙古帽練垂，紮靠，襲蟒，束帶。雜扮後護遼將，各戴馬夫巾，紮額、狐尾、雉翎，穿打仗甲，執鎗。同從上場門上。蕭氏唱〕可愛紫塞秋山静麗(韻)，下西風紅葉紛飛(韻)。草微黄，似錦茵鋪地(韻)，山到秋來粧豔齊(韻)。〔場上設椅轉場坐科。旦丑扮二遼女，紮額，戴狐尾、雉翎，穿襯衣。扶旦扮耶律瓊娥，戴翠鈿，穿蟒袍。同從上場門上。耶律瓊娥唱〕一望裏黄花嫵媚(韻)，賽春光美景依稀(韻)，正好向萬里龍沙羽獵馳。〔韻白〕母后在上，孩兒瓊娥參見。〔蕭氏白〕郡主少禮。〔瓊娥行禮科。唱〕慇懃襝衽肅摳衣(韻)，向膝前俯身施禮(韻)。謹摩挲翠鈿珠笄(韻)，願母后(讀)，福壽共山齊(韻)。〔場上設椅坐科。耶律沙等分白〕臣左丞相耶律沙、臣右丞相耶律色珍、臣樞密使總宿衛兵韓德讓、臣彭城郡王、劉繼文，〔同白〕參見。願娘娘千歲。〔蕭氏白〕衆卿少禮。〔衆白〕千歲。〔作分侍科。蕭氏白〕俺乃大遼景帝之后，隆緒之母，蕭氏是也。俺國自建都幽薊，與河南宋主通好，和太原漢主結連，是以威鎮朔方。不意去歲三月，宋主自將伐漢，兵圍太原，漢主求救於俺國。吾因慮鄰邦交好，又恐唇亡齒寒，與吾主計議，即遣左丞相耶律沙爲都統，皇叔冀王迪里爲監軍，統兵五萬赴援。兵至白馬嶺，宋將郭進渡澗迎戰，皇叔敗死，耶律丞相逃回。漢主劉繼元奉表降宋，漢主之弟劉繼文逃奔我邦，哀求借兵復國。吾主封他爲彭城郡王，許以發兵報讐。不幸景帝升遐，隆緒即位，改元爲統和。因吾兒年幼未冠，爲此俺臨朝專政，繕兵蓄馬，練習戎行。準備起兵伐宋，與冀王報讐，替彭城郡王復國。目下氣爽天高，正好操兵練馬，爲此調集各部落兵將，離了臨潢府，留天慶王耶律尚保護統和君，與次女青蓮守國。帶了長女瓊娥，一逕循著邊城，借行圍較獵爲名，實係操演三軍，併窺探關中虛實動静，以便大兵進取。衆卿隨孤上圍者。〔作起隨撤椅，衆應科。雜扮一遼女，戴紗罩，穿採蓮襖，繫月華裙，執纛從上場門暗上。蕭氏衆等作上馬科。同唱〕乘獵騎(韻)，可也疾去如飛(韻)。響颼颼加鞭似箭(句)，曠野驅馳(韻)，好一似電掣雲移(韻)，一陣陣風透征衣(韻)。咱今日擺圍場非恣遊戲(韻)，正秋高人健馬肥(韻)。只爲演武習戎行(句)，戎行要習練(句)，恰對秋獮之期(韻)，統領貔貅(句)，統領貔貅(疊)，早臨牧地(韻)。吾今打圍觀藝利吾兵(句)，好比較强弓硬弩馳獵騎(韻)。〔場上設山，耶律休格等從兩場門分上，馬夫纛隨上。耶律休格等作下馬參見科。白〕臣等圍場早列，恭候懿旨。〔蕭氏白〕就此撒開圍場者。〔遼兵、馬夫纛、女遼將、耶律休格等，應上馬科。作合圍遶場，從兩場門下。蕭氏、耶律瓊娥等，作上山科。蕭氏白〕呀，〔唱〕震耳的(讀)吶喊連天動地(韻)，軍勢勇馬騄駬(韻)。四下裏旌旗拂拂(讀)，蕩颺似雲飛(韻)。你看那(讀)，番兵各展著平生技(韻)。〔遼兵各持扎虎鎗。馬夫架鷹牽犬，持鳥鎗。女遼將各持鎗。耶律休格等執弓箭作圍。雜扮狼、熊、鹿、猩猩、虎、豹、兔，各穿獸衣，從兩場門上，遶場科，仍從兩場門下。衆隨意箭射、鎗扎、鳥鎗打衆獸科。蕭綽里特追虎從上場門上，作搏虎科，從下場門下。蕭氏白〕郡主，你看蕭綽里特，好威猛也。〔唱〕可羨他力似重瞳(句)，兩臂伸舒(句)，猛虎生擒(讀)，覷若山貍(韻)。滿圍場喝采聲(句)，好一似海潮沸(韻)。〔衆從兩場門圍豹上。蕭氏白〕看弓箭過來。〔衆應，遞弓箭科。蕭氏白〕看箭。〔作射中科。衆同白〕好箭。〔蕭氏白〕收圍。〔作下山隨撤山科。衆遼兵作撞豹，從下場門下。衆遶場科。蕭氏白〕你看我軍，驍勇異常，宋官家怎當得也？〔劉繼文白〕臣啟娘娘，今日觀此强兵猛將，攻無不克。求娘娘速速起兵，攻取汴梁。上與皇叔報讐，下替臣兄復國，伏乞娘娘恩準。〔蕭氏白〕俺蓄報雪之心久矣，蕭達蘭聽旨。〔蕭達蘭應科。蕭氏白〕你爲先鋒，帶領本部人馬，從殺虎關而進，直抵鴈門，探取代州等處虚實。可攻則攻，候爾消息報到，俺大兵隨後征進，不得有違。〔蕭達蘭應科，從下場門下。蕭氏白〕耶律休格等聽旨。〔耶律休格等應科。蕭氏白〕爾等各回本鎮，準備軍器、錢糧，俟蕭達蘭探知代州虚實，候令進兵。〔耶律休格等應科。蕭氏白〕就此回營。〔衆應遶場科。同唱〕準備强兵候令申韻，提戈掛甲起三軍韻。大遼烈士千千萬句，兵發燕幽起戰塵韻。如潮湧句，似雲屯韻，囊收席捲宋君臣韻。天憐雪我皇叔怨句，便是咱行素志伸韻。〔同從下場門下〕

第六齣　檄傳鴈塞寇三邊（蕭豪韻）

〔雜扮遼兵，各戴額勒特帽，穿外番衣。雜扮遼將，各戴盔襯、狐尾、雉翎，穿打仗甲，各執兵器。引净扮蕭達蘭，戴外國帽、狐尾、雉翎，紥靠，背令旗。同從上場門上。蕭達蘭唱〕

【正宫引·新荷葉】爲國敭勳甲胄勞(韻)，部能羆虎符徵調(韻)。鴈門衝要必堅牢(韻)，今憑偵探知兵耗(韻)。〔中場設椅轉場坐科。白〕破壘衝鋒拔幟豪，手中利刃可吹毛。推爲前部先鋒將，急擊雲寰歸大遼。俺乃幽州都部署蕭達蘭是也。俺太后娘娘，要恢復雲應朔寰等處，統兵直取汴京。故加俺先鋒之職，督領本部三千，先寇鴈門。俺即差細作，探得關中虛實。將士無主，兵不滿千，審此機會，功成反掌。俺今攻破鴈門，占據代州，然後請娘娘急發大兵征進便了。衆遼兵，隨俺攻打鴈門者。〔起隨撤椅，衆應科。雜扮一遼兵，戴額勒特帽，穿外番衣，執纛，從上場門暗上。蕭達蘭乘馬遶場科。同唱〕

【正宫正曲·四邊静】乘虚未備驅兵躁(韻)，探彼戍兵少(韻)。將佐缺元戎(句)，疾擊爲機要(韻)。〔合〕對兵刃交(韻)，併力鬬豪(韻)，角勢海潮翻(句)，鼓譟民驚擾(韻)。〔同從下場門下，内奏樂。雜扮軍士，各戴馬夫巾，穿箭袖卒褂，執旗。雜扮將官，各戴馬夫巾，紥額，穿打仗甲，執標鎗。小生扮楊順，生扮楊貴、楊景，各戴盔，紥靠。引外扮楊繼業，戴金貂，紥靠，背令旗，襲蟒，束帶，同從上場門上。楊繼業唱〕

【仙呂調套曲・點絳唇】坐擁旌旄(韻)，高牙大纛(韻)，威風浩(韻)，震赫狂遼(韻)，親受安邊詔(韻)。

〔中場設平臺、虎皮椅轉場陞座。白〕防邊任重帝綸欽，霄漢常懸捧日心。遥領雙旌守鴈塞，臨潢遼屬莫相侵。下官代州刺史楊繼業是也。奉旨馳驛而來，昨日到任，適有巡邊軍士報道，遼將蕭達蘭起兵寇關。爲此即刻陞帳，衆將官上前聽令。〔衆應科。楊繼業白〕今有遼將蕭達蘭，驅兵寇關者。彼必不知本鎮到任，藐視關内無人，乘虚進擊，自爲得計。我今乘機設伏，必獲全勝也。〔唱〕

【仙呂調套曲・混江龍】兵行詭道(韻)，兵不厭詐智謀高(韻)。看俺定邊安境(句)，烽滅烟消(韻)。

〔白〕楊貴、楊景聽令。〔楊貴、楊景應科。楊繼業白〕你二人帶領精鋭者二百騎，到關前左右埋伏，爲兩翼奇兵，待等交戰之時，奮勇突出，使遼人不及措手，毋得違悮。〔楊貴、楊景應科，從下場門下。楊繼業白〕衆將官，隨俺關前迎敵去者。〔衆應科。楊繼業下，平臺隨撤科。雜扮一將校，戴紥巾，穿箭袖，繫鸞帶，背絲縧，執纛，上書楊無敵字樣，從上場門暗上。楊繼業持馬鞭上馬科。唱〕六甲風雷寸衷運(句)，兩儀日月一肩挑(韻)。今日要除邊患(句)，不枉了恩加節鉞(句)，君命親叨(韻)。〔衆引楊繼業從下場門下。遼兵遼將各持兵器，引蕭達蘭持斧同從上場門上。纛隨上。同唱〕

【仙呂調套曲・油葫蘆】虎將疆場慣戰鏖(韻)，勢雄驍(韻)。催軍戰鼓不停敲(韻)，督征畫角頻吹嘯

(韻)。〔場上設鴈門關科。遼兵遼將同白〕已到關前。〔蕭達蘭白〕攻關。〔衆應科。軍士將官，各持兵器，楊順持鎗，引楊繼業持九環金刀作出關迎戰，隨撤關科。楊繼業白〕遼將休得猖狂，本鎮楊繼業在此。〔蕭達蘭白〕可是劉王駕下老將劉繼業？〔楊繼業白〕既知吾名，還不倒戈而退。〔蕭達蘭白〕楊繼業，你身受劉王重恩，不與故土扶國，腆顔降宋。俺今統領雄兵，恢復山後，還不獻關納降，輒敢抗拒。〔楊繼業白〕休得猖狂，看刀。〔作合戰科。同從下場門下。遼兵遼將、楊順軍士，從上場門上，挑戰科。從下場門下。楊繼業追蕭達蘭從上場門上，戰科。楊繼業唱〕俺鎮邊防寇軍容浩(韻)，奉勅命(句)，專戰討(韻)。寶刀鋭利寒光耀(韻)，決勝在今朝(韻)。〔戰科。軍士將官、遼兵遼將，從兩場門上，合戰。楊貴、楊景，引雜扮軍士，各戴馬夫巾，穿箭袖卒褂，持兵器。雜扮將官，各戴馬夫巾，紥額，穿打仗甲，持兵器。從兩場門上，截戰科。蕭達蘭等從下場門敗下。軍士、將官同白〕遼兵大敗。〔楊繼業白〕緊緊追趕。〔衆應科。同唱〕

【仙呂調套曲·天下樂令】一任兇遼大肆擾(韻)，安邊智勝漢班超(韻)。憑吾正氣妖氛豁(句)，防禦機深敵衆消(韻)。〔衆同從下場門下，遼兵遼將引蕭達蘭從上場門敗上。同唱〕

【仙呂調套曲·寄生草】戈戟抛(韻)，曳兵逃(韻)，今番欺敵吾輕藐(韻)，一時失計危途蹈(韻)。〔蕭達蘭白〕俺偵探關中，并無主將，兵丁不滿一千，料彼必無防備，因此乘虚攻擊。那知楊繼業在此鎮守，被他殺得大敗，部下兵將，盡皆棄甲曳兵，紛紛逃散。〔作忿氣科〕罷，俺不免急速回營寫表，告急徵兵，再圖復讐之計。〔内吶喊科。蕭達蘭白〕追兵至矣，快快逃避。〔衆應科。同唱〕大彰威鋭鼓兵躁㊀，襲追踵後擊吾歸㊁，俺今避鋭逃殘暴㊀。〔軍士將官、執纛將、楊貴等，引楊繼業從上場門上，追趕科。遼將遼兵、蕭達蘭敗從下場門逃下。楊貴、楊景、楊順同白〕今日初次會兵，遼衆喪膽而逃，諒不敢復寇此關矣。〔楊繼業白〕吾新任代州，遼人不得預聞，故彼輕敵致敗。此去必徵大兵前來復讐，吾今速寫捷書，乞請兵糧，以防遼衆大舉之患。傳令收兵進關。〔衆應科。同唱〕

【煞尾】騰騰殺氣透青霄㊀，陣雲漠漠瀰漫罩㊀。殺得他魂消膽落㊀，丢盔棄甲敗亡逃㊀。〔同從下場門下〕

第七齣　潘楊讐隙於斯始（江陽韻）

〔淨扮楊希，戴紥巾，穿鑲領箭袖，繫鸞帶，外罩出䙓，從上場門上。唱〕

【正宮正曲・錦腰兒】生性兒氣豪志剛(韻)，惟好學擊劍掄鎗(韻)。那詩云子曰不愛講(韻)，〔合〕就習學大經綸(讀)，問可勝疆場(韻)。〔白〕俺楊希，天生勇猛，賦性剛强，不好博古通今，只愛談兵論武。喜得爹爹出鎮代州，自料無人拘束，誰知爹爹臨行囑咐母親，管束我在家讀書，恐我出去惹禍招災。這幾日好煩悶人也，方纔被俺偷出府門，尋個熱鬧處游玩游玩，以遣悶懷。〔作回顧科。白〕那邊來的，好像史世兄，何不等他同去游玩，有何不可。〔雜扮史文忠，戴武生巾，穿鑲領箭袖，繫鸞帶，外罩出䙓，從上場門上。唱〕

【又一體】潘家子傲物恢張(韻)，倚恃著國戚强梁(韻)。〔楊希作相見科。白〕史仁兄請了。〔史文忠白〕楊仁兄請了。〔楊希白〕忙碌碌往那裏去？〔史文忠白〕仁兄不知麽，今有潘豹在天齊廟前立擂，大言不遜，説要打盡天下英雄無對手。小弟要去，與他比併個高下。〔楊希作怒科。白〕諒那奸相之子，有何伎倆，敢輕狂若此，難道天下英雄皆不如他？可惱可惱，小弟與兄同去會他一會。

〔史文忠白〕如此就請同行。〔楊希白〕請。〔同唱〕狂且語發不細想(韻)，〔合〕自恃大英豪(讀)，勇敵無雙(韻)。〔同從下場門下。雜扮百姓，隨意穿戴，同從上場門上。同白〕今朝真勝會，仔細定睛看。列位，潘國舅在天齊廟前，高搭擂臺，要打盡天下英雄無對手。這箇熱鬧，其實好看。〔虛白作到科。白〕這裏是了，還不曾上擂臺，大家等一等。〔場上設大言牌，上寫潘國舅告示「一應王孫、公子、官員、百姓，上擂比武，打死不論」字樣。楊希、史文忠從上場門暗上。潘豹內白〕小的們，隨俺上臺去者。〔雜扮家丁，各戴羅帽紥頭，穿青緞箭袖，繫鸞帶，披道袍。雜扮家將，各戴小頁巾，穿鑲領箭袖，繫鸞帶，披道袍。雜扮潘豹，戴武生巾，穿鑲領箭袖，繫鸞帶，披繡花道袍，從上場門上。潘豹唱〕

【正宮正曲・四邊静】薰天勢燄誰能抗(韻)，寵耀人欽仰(韻)。巨勇無敵手(句)，敢把擂臺創(韻)。〔白〕俺潘豹是也。英雄無敵，巨勇有謀。一聲叱咤，神驚鬼泣。兩臂膂力，拔山舉鼎。故此建立擂臺，争雄比武，要打盡天下英雄無敵手，世間豪俠獨吾稱。〔作笑科。白〕擂臺下衆百姓聽者，俺潘國舅，立擂比武，無論軍民、百姓人等，有人敢上臺來，打得俺一拳，踢得俺一脚，輸銀千兩。若是打傷踢死者，各自認命，不得反悔。有膽量的，上擂會俺一會。〔唱合〕領教大方(韻)，獨稱擅場(韻)。孰箇敢贏咱(句)，輸銀一千兩(韻)。〔史文忠白〕休出大言，俺史文忠來也。〔作上臺科。潘豹白〕原來是史公子，可曾看見牌上寫的明白，「一應王孫公子、官員百姓，上擂比武，打死不論」。〔史文忠白〕休得多言，先比武藝。〔潘豹白〕恕不相讓，請。〔作比拳科。潘豹作打史文忠下臺，潘豹笑科。白〕史公子受驚了。〔史文忠作羞忿科，從下場門下。潘豹白〕誰人敢上臺來？〔楊希白〕這廝忒也狂妄，俺來也。〔作上臺科。白〕潘豹，俺楊七將軍在此。〔潘豹白〕爾乃太原降將之子，敢道俺國舅的威名。〔楊希白〕潘豹，你不過乳臭稚子，敢目中無人，擅言打盡天下英雄無對手，教你試俺七爺的本領。〔作打科。潘豹作不能敵科。白〕楊希，你少有不法，俺爹爹奏知聖上，將你無佞府老幼，盡行誅戮。〔楊希怒科。白〕氣死我也。賊子，你要殺俺一門尚早，待俺先將你結果了罷。〔作打倒。潘豹家將白〕楊希你敢無理。〔欲上前科，楊希揮拳。白〕誰敢上前？潘豹，起來打。〔潘豹作起科，比拳。楊希作打死潘豹科。衆家將白〕拿他去見相爺。〔楊希白〕誰敢近前？〔楊希作打家將、家丁，下臺科。家將等白〕快去報與相爺知道。〔同從上場門急下。百姓白〕七將軍，那潘豹乃權相之子，你今打死了他，這場禍事不小。〔楊希白〕一人做事一人當，待俺拿了他的大言牌，竟到開封府，投監認罪去也。髮指衝冠怒，雄心難按消。〔楊希拿牌從下場門下。百姓白〕列位，七將軍此去，禍事非輕，大家同往無佞府報信去，快走。〔同從下場門下，楊希拿牌從上場門上。唱〕

【又一體】英雄磊落心直戇(韻)，焉懼貪饕黨(韻)。臨難毋苟免(句)，投監自供狀(韻)。〔白〕已到開封府，待俺擊鼓。〔唱合〕既犯王章(韻)，拼棄雲陽(韻)。屏黜大權奸(句)，就死也靈爽(韻)。〔作擊鼓科。內傳鼓開門。雜扮軍牢，戴軍牢帽，穿青布箭袖，繫軍牢帶。雜扮皂隸，戴皂隸帽，穿青布箭袖，繫皂隸帶。各持刑杖。末扮書吏，戴吏典帽，穿青素繫鸞帶。同從兩場門上。生扮吕蒙正，戴紗帽，穿圓領，束帶，從上場門上。白〕德澤加民厚，恩波賴我王。官清吏也正，風俗自淳良。〔場上設公案、桌椅轉場，入座科。白〕下官開封府尹吕蒙正是也。正在後堂，細閱各案文書，忽聞擊鼓之聲，未知有何緊要。因此即刻陞堂，問何人擊鼓。〔皂隸應科。白〕何人擊鼓？〔楊希作闖進科。白〕大人，小將楊希擊鼓。〔吕蒙正白〕原來是七將軍，何事擊鼓？〔楊希白〕小將打死人命，自行出首。〔吕蒙正白〕因爲何事？打死何人？從實説上來。〔楊希白〕小將打死的，乃潘仁美之子潘豹。〔吕蒙正作驚慌科。白〕潘豹乃國戚，你敢擅自打死，忒也魯莽。〔楊希白〕大人，〔唱〕

【正宫正曲・雙鸂鶒】莫怪吾愚魯莽㊇，他恃威權立擂豪强㊇，要打盡天下英傑㊀。俺怒從心上㊇，比雌雄㊁，評高下誰容誰讓㊇。〔白〕大人不信，現有他大言牌在此。〔吕蒙正白〕取來我看。〔皂隸作呈牌，吕蒙正念科。白〕潘國舅告示。〔冷笑科。白〕好個國舅告示，〔念科〕一應王孫公子、官員百姓，上擂比武，打死不論。好，這就是證見了。〔楊希白〕大人明鑒。〔唱合〕楊希實訴無虚妄㊇。〔雜扮巡捕官，戴紗帽，穿青素，束角帶。從上場門上。作禀科。白〕啓上大老爺，潘太師、傅參政，奉旨前來，將到衙門了。〔吕蒙正白〕知道了，必爲此事而來，帶七將軍班房伺候。〔巡捕官應科。白〕請七將軍這裏來。〔楊希隨從下場門下。吕蒙正白〕將這大言牌藏過了。〔皂隸應作，取牌藏科。潘仁美内白〕旨意下。〔軍牢白〕啓大老爺，旨意下了。〔吕蒙正作出座科。雜扮手下，各戴鷹翎帽，穿箭袖，繫鸞帶。引末扮傅鼎臣，戴紗帽，穿雜色圓領束帶。浄扮潘仁美，戴相貂，穿紫圓領束帶，帶印綬。同從上場門上。潘仁美白〕宿怨未伸常切齒，新讐愈結怒填胸。旨意下。〔吕蒙正作迎接進門。手下仍從上場門下。吕蒙正作俯伏科。潘仁美白〕聖上有旨，據潘仁美奏劾，楊希素日恃强不法，今有潘豹往天齊廟燒香，遇楊希恃勇，揮拳打死潘豹。命吕蒙正差役緝捕兇身，拘拿無佞府全家老幼到案。會同參政傅鼎臣，嚴審治罪，欽此。〔吕蒙正起科。白〕領旨。〔潘仁美白〕過來，速將楊希一家拿來聽審。〔吕蒙正白〕不消拿得，楊希自行出首，現在班房。〔潘仁美白〕快帶楊希。〔吕蒙正白〕請歸公座。〔場上添設二公案、桌椅，各入座科。吕蒙正白〕帶楊希。〔皂隸應科。作帶楊希從上場門上科。皂隸白〕楊希當面。〔潘仁美、傅鼎臣同白〕楊希，你無故打死國戚，横行不法，欺君罔上，早早認罪。若有强辨，要用大刑拷問了。〔楊希白〕潘仁美，你縱惡子横行不法，擅立擂臺，應當打死。〔潘仁美白〕賊子强辨，你倚勢行兇，打死國戚，倒賴我孩兒横行不法。〔同唱〕

【正宫正曲·玉芙蓉】兇徒意不良（韻），佞口反供狀（韻）。用嚴刑拷訊（讀），怕不招詳（韻）。〔白〕看大刑伺候。〔吕蒙正白〕且慢。楊希在本府處自行出首，據實供招，何必用刑？〔潘仁美白〕他招些什麽？〔吕蒙正白〕楊希，你把實情訴上來。〔楊希白〕潘仁美，你那惡子，仗你權勢，在天齊廟前擅立擂臺，口出大言，要打盡天下英雄無敵手，世間豪俠獨吾稱。其時有史文忠上擂比武，打傷下臺。俺一時氣不平，上擂比拳，失手誤傷。這是七將軍的供狀，任你判斷便了。〔潘仁美白〕胡説。〔同唱〕懸河口舌翻波浪（韻），捏就刁詞玩法堂（韻）。〔傅鼎臣白〕自古無賴不成詞，有何指証？〔吕蒙正白〕

他却有指証在此，取大言牌過來。〔皂隸應取牌科。白〕大言牌呈上。〔吕蒙正白〕二位大人請看。〔潘仁美白〕待我看來。「潘國舅告示，一應王孫公子、官員百姓，上擂比武，打死不論。」豈有此理。〔楊希白〕你兒子立得擂，七將軍打得擂，況且打死不論。〔傅鼎臣白〕聖上説，楊希打死國戚，欺君罔上，拿他全家治罪。我等遵旨而行，何必細問。〔吕蒙正白〕楊希並非叛逆之流，怎便罪及全家。〔潘仁美白〕武將打死國戚，與叛逆何異？〔楊希白〕住了，潘豹要打盡天下英雄，非反而何？〔傅鼎臣白〕楊繼業夫妻，縱子行兇，問他個治家不嚴之罪。〔吕蒙正白〕潘太師縱子立擂，也難逃治家不嚴之罪。〔潘仁美白〕依足下公論，吾兒應當打死，楊希無罪？〔吕蒙正白〕比武失手，也不過誤傷之罪。〔潘仁美白〕好！ 果然開封府，斷獄公平也。〔傅鼎臣同唱合〕真明亮（韻），無偏無向（韻），片言折獄廢王章（韻）。〔吕蒙正白〕下官那些不公平處，敢與二位大人面聖。〔傅鼎臣、潘仁美白〕如此請。〔楊希白〕倒是面聖的好。〔陳琳内白〕旨意下。〔内奏樂。雜扮陳琳，戴太監帽，穿箭袖，繫鸞帶，捧金鞭。老旦扮佘氏，穿補服老旦衣。生扮楊泰、楊徵、楊高、楊春，各戴武生巾，穿鑲領箭袖，繫鸞帶。生扮德昭，戴素王帽，穿蟒，束玉帶，捧旨意。同從上場門上。德昭白〕王言宣出黄金殿，鳳詔銜來白玉樓。〔潘仁美、吕蒙正、傅鼎臣，迎接進門科。德昭白〕楊泰代孤宣讀。〔楊泰白〕領旨。〔作接旨意開讀。衆作俯伏。楊泰讀詔科。白〕聖上有旨，道潘仁美參劾楊希無故打死潘豹，事屬情虚。今有佘氏，帶領楊泰等，金門請罪。即有史文忠代楊希上辨明表文。非楊希無故行兇，乃潘豹私行立擂，大言不遜等情。朕悉知其詳，雖楊希魯莽，誤傷人命，亦係潘豹自取喪身之禍。楊希削去官職，發往刑部監禁三年，滿期責放。潘仁美縱子立擂，隱情誑奏，例應嚴加議處，念伊子死於非命，其罪赦免。楊繼業應治教子不嚴之罪，今出鎮邊關，勤勞王事，加恩寬免。欽哉謝恩。〔潘仁美、楊希、佘氏等作謝恩科。德昭白〕呂卿，即差人將楊希押赴刑部監禁，隨後覆旨。潘傅二卿，各回私第去罷。〔潘仁美、傅鼎臣應科。潘仁美忿恨白〕氣死我也。〔傅鼎臣同從下場門下。德昭白〕孤回宮去也。〔呂蒙正、佘氏等白〕臣等恭送千歲。〔德昭白〕呂卿速去回奏，不可躭擱。〔呂蒙正應科。德昭、陳琳從上場門下。呂蒙正白〕過來，爾等即送七將軍到刑部去。〔皂隸應科。呂蒙正向佘氏白〕下官要緊寫本覆奏，不得欵留，掩門。〔軍牢、書吏應科，從兩場門分下。呂蒙正從下場門下，隨撤公案、桌椅科。楊希白〕母親，孩兒不肖，有累母親與兄弟們受驚了。〔佘氏白〕好畜生，你爹爹臨行囑咐我，嚴緊拘束，恐你們在外生事。你今惹下這等禍事，你爹爹知道，我何言回答。〔唱〕

【又一體】生成性不良(韻)，慈訓敢違抗(韻)。怎行兇不法(讀)，自犯王章(韻)。〔白〕畜生，潘楊宿怨未解，又增殺子之讐。今日之事，若非主上聖明，天恩赦宥，我一家性命，必遭奸賊之害。〔唱〕他讒言誑奏欺君上(韻)，怎得全家脱禍殃(韻)。〔楊泰、楊徵、楊高、楊春白〕母親請息怒，今禍事已消，便是萬分儌倖矣。〔佘氏白〕眼前禍事雖消，自此冤讐愈深矣。〔唱合〕難測量(韻)，千溪萬狀(韻)。早晚間(讀)，陰謀設陷莫能防(韻)。〔楊希白〕母親事已如此，也慮不得這許多，母親請回，孩兒要往刑部去了。

〔佘氏白〕雖是你不肖，做娘的豈不痛心。〔衆作拭淚科。佘氏白〕孩兒們，一同送他到監中去。〔衆應。同唱〕

【慶餘】從寬恩宥謝吾皇㊐，開三面生逃法網㊐。〔楊希白〕母親，列位兄長，楊希方纔阿，〔唱〕猛捹著血濺鋼刀赴法場㊐。〔佘氏虛白，同從下場門下〕

第八齣　遼宋干戈自此興（庚青韻）

〔外扮寇準，浄扮潘仁美，末扮盧多遜，外扮趙普，各戴相貂，穿雜色蟒束帶，帶印綬，捧摺。同從上場門上。白〕委珮摇秋色，峨冠帶曉霜。紫泥乘帝澤，銀印佩天光。〔分白〕下官趙普，下官盧多遜，下官潘仁美，下官寇準。〔趙普白〕我等奉旨，今有邊臣賀懷浦奏請伐遼一本，聖上欲募諸州民壯，親討遼邦。命我等在朝房中，與千歲共議回奏。〔潘仁美白〕已命人召千歲去了，想必就來也。〔盧多遜、寇準白〕我等且在朝房伺候。〔雜扮陳琳，戴太監帽，穿貼裏衣。引生扮德昭，戴素王帽，穿蟒，束玉帶。從上場門上。德昭唱〕

【黄鐘宫引・點絳唇】嫡派天潢(句)，平章事掌(句)，朝綱整(韻)。用賢去佞(韻)，赤膽的匡國政(韻)。

〔陳琳白〕已到朝房。〔德昭作進門科。趙普等白〕千歲來了。〔作參見科。白〕臣等參見。〔德昭白〕衆卿少禮。〔趙普等白〕今早有賀懷浦，奏請伐遼一本，命臣等同千歲會議陳奏。〔德昭白〕卿等歸座同議。〔衆白〕是，告坐。〔場上設椅，各坐科。德昭白〕内侍迴避。〔陳琳應科，從下場門下。德昭白〕先將伐遼之本誦來。〔趙普白〕是。太原防禦使臣賀懷浦謹奏。竊聞遼主幼弱，母后蕭氏專政，寵倖用事。耶律沙等暴虐横行，假託射獵爲名，實爲侵擾邊境，大有恢奪太原之意。請乘其釁，發兵早取幽薊，伏乞聖鑒。〔衆白〕此本聖上觀覽，即欲親征，不知千歲如何主見？〔德昭白〕强遼狂悖，正宜速彰天威，肅清邊域。但遣將可也，聖上九五至尊，豈可親冒矢石。〔衆白〕千歲之論，久遠之計也。不知當保何人爲帥？〔德昭白〕惟代州刺史楊繼業堪當重任，捨此無人可保。〔潘仁美白〕千歲總是溺愛楊家父子之説，除了繼業，難道再無別人爲帥？臣不材，若聖上肯委此任，就募河南河北四十餘郡之鄉勇，止少也得二三十萬義兵，足可成功。〔德昭白〕若如此，天下不耕矣。河南之民，罔知戰鬭，倘或人情揺動，因而爲盜，非計之得也。〔唱〕

【黄鐘宫正曲・燈月交輝】不能彀安利民生(韻)，佐明君行仁政(韻)，反教抛棄農桑事遠征(韻)。他習耕耘持耒柄(韻)，莽戈矛著手何曾(韻)，不教而戰難言取勝(韻)。〔合〕此議也(句)，細參評還當奏請(韻)。〔衆白〕千歲體聖人愛民重稼之心至切矣。〔潘仁美白〕誰不知愛民重稼，只恐違宣抗敕。〔衆白〕獨選河北之民足矣。〔潘仁美白〕依了一半了。方纔千歲説，伐遼重任，非繼業不可。楊繼業赴任代州，數月未建尺寸之功，一旦付之重任，恐衆心不服，還當再議。〔趙普、寇準白〕楊令公之威望，朝野俱欽。持身正直，素志忠勇。朝廷用得其人，三軍自然悦服用命。〔德昭白〕二卿之言是也。〔唱〕

【黄鐘宫正曲・神仗兒】三軍司命(韻)，權非濫秉(韻)。若用忠勇賢英(韻)，衆心(讀)誠服用命(韻)。〔雜扮大太監，戴大太監帽，穿蟒，束帶，帶數珠，捧摺，從上場門上。白〕啟千歲，有楊繼業捷報在此。聖上命千歲與諸臣看完，酌擬回奏。〔德昭白〕取來。〔作遞摺科，大太監仍從上場門下。德昭白〕待我看來。〔作看摺喜科。白〕潘國丈纔罪繼業未建尺寸之功，且喜就有捷報到了。〔唱〕所言克敵成功(讀)，軍糧奏請(韻)，〔合〕添勇將乞精兵(韻)，添勇將乞精兵(疊)。〔白〕衆卿，令公所奏，遼將蕭達蘭領兵北寇鴈門，繼業出百餘騎，將遼衆擊走。今雖敗去，必合大兵前來復讐，所以乞援兵糧。〔趙普、寇準、盧多遜同白〕軍情緊急，不可怠緩。千歲可即入奏，加兵助糧，以防遼人大舉。〔德昭白〕説得有理。〔衆起隨撤椅，出門行科。同唱〕

【黃鐘宮正曲·滴溜子】爲軍國(句)，爲軍國(疊)，籌謀治政(韻)。舉賢才(句)，舉賢才(疊)，執中用定(韻)。〔德昭白〕只是差何人解送兵糧？〔想科〕有了，衆卿可在朝門外伺候，待孤面聖去。〔德昭從下場門下。潘仁美白〕列位大人，千歲辦理國政，諸事皆公，惟偏於楊氏一門不公之至。〔趙普、寇準、盧多遜同白〕爲國重賢，有何不公？〔潘仁美白〕難道楊家父子都是賢臣麽？前日楊希擂臺恃勇，可憐吾兒，堂堂國戚，一旦死於鴞子之手。千歲若執法公平，楊希當立斬於市，如何只問個監禁責放之罪？〔唱〕那法律(讀)，爲楊希重訂(韻)。〔合〕顛倒是和非(句)，金堦强諍(韻)，倚勢行權(讀)，殊欠公平(韻)。〔大太監從下場門上。白〕領旨。〔趙普等同白〕公公，那裏去？〔大太監白〕欽命匆忙，無暇備陳。〔從上場門下。潘仁美白〕什麽欽命，這等匆忙，事有可疑。〔德昭從下場門上。白〕旨意下。〔趙普等俯伏科。德昭白〕聖上有旨，命寇準、盧多遜即往五營，揀選精兵三千，教場聽調。命趙普急備芻餉十萬，以伺解往代州應用。欽此。〔趙普、寇準、盧多遜起白〕領旨。〔大太監引浄扮楊希，戴羅帽，穿通袖，從上場門上。楊希白〕纔離縲絏裏，復詣玉堦前。〔大太監白〕楊希宣到。〔大太監從下場門下。潘仁美白〕呀，這是楊希嗄。〔楊希白〕楊希便怎麼樣？〔德昭白〕楊希聽旨。〔楊希白〕萬歲。〔作俯伏科。德昭白〕聖上念繼業昔年救駕之功，今有防邊之勞，命將父績代贖子罪。就命楊希解送兵糧軍前効力，建功贖罪。即日起程，倘誤欽限，二罪俱罰，欽此謹遵。〔楊希作謝恩科。德昭白〕卿等帶領楊希，速宜查點軍糧，即命起行，快去。〔趙普、寇準、盧多遜、楊希同白〕領旨。〔同從下場門下。德昭白〕孤家覆旨去也。〔各從兩場門下。潘仁美白〕氣死我也，怎麼聖上也護持楊家若此？楊希打死國戚，滔天大罪，一旦化爲烏有，下官那裏氣得過？有了，明日早朝，奏請御駕親征。先竊了閫帥兵權，再討楊泰等四人保駕，少不得都死在吾手。正是陰謀先已定，一網陷讐人。氣死我也。〔從下場門下〕

第九齣　報私讐權臣竊柄（先天韻）

〔副扮王佚、米信，丑扮田重進、劉君其，各戴盔，穿雜色圓領，束帶。同從上場門上。同白〕殺人須見血，害人要害徹。斬草不除根，萌芽發更捷。〔分白〕下官王佚是也。下官劉君其是也。下官米信是也。下官田重進是也。〔王佚、劉君其白〕我等食禄朝廷，趨炎相府，若非昏夜乞憐搖尾，怎能白日吐氣揚眉？〔米信、田重進白〕利嘴陷人，如蚊嚼膚。奔競權門，如蠅入厠。〔王佚白〕住了。太師的權門，怎比做毛厠？被你説髒了。〔劉君其白〕是嗄。二公今後何必昏夜入厠？〔米信白〕豈不聞與君子交，如入芝蘭之室，久而不覺其馨。與小人交，如入鮑魚之肆，倒覺氣味久長。〔作笑科。田重進白〕吒，朝房之中，語笑諠譁不怕骨骾之人聞知，又要彈章劾奏了。〔王佚白〕衆官早已散朝，何害虛如此？〔劉君其白〕萬一千歲親隨在此，不是當耍的。〔衆白〕不錯，太師怎麽還不出朝？只怕聖上不準所請。〔王佚白〕今日請御駕親征，太師保駕，討楊泰等隨征。這道本章，你我與太師，細加斟酌，言詞懇切，再無不準之理。〔浄扮潘仁美，戴相貂，穿蟒，束帶，作捧劍從下場門上。白〕腹中藏蠆蠆，舌上逞龍泉。〔雜扮二家將，戴小頁巾，穿箭袖，繫鸞帶，從兩場門暗上。潘仁美白〕家將過來，爾等往無佞府去傳，潘元帥奉旨，速召楊泰弟兄四人入朝。快去。〔家將應科，從上場門下。王侁等白〕太師，門下等伺候已久。未知聖上準太師之奏否？〔潘仁美白〕聖上觀覽本章，道仁美督師保駕伐遼，忠勇可嘉。即授下官爲北路招討，兼雲、應、朔等州都部署，平遼元帥之職，統領三軍，並河北所募民壯，共得十萬之衆。其楊泰等，任我調遣。又賜尚方寶劍，許我便宜行事。〔佩劍科。王侁等白〕如此説，今番親征之議定矣。〔潘仁美白〕我説臣蒙重托，付之邊事，豈無平遼之策，非務使吾主親冒矢石。但今所率之兵，大半皆係民壯，令嚴則民心怨，令寬則軍伍亂。吾主素得民心，若聖駕親總六師，那些民壯，不嚴而悦服，不令而竭力矣。〔王侁等白〕妙嗄，這樣説，聖上必準所請的了。〔潘仁美白〕可不是麽。〔家將引生扮楊泰、楊徵、楊高、楊春，各戴盔，穿圓領，束帶。從上場門上。同白〕忽聞君命召，不俟駕而行。〔分白〕俺乃楊泰是也。俺乃楊徵是也。俺乃楊高是也。俺乃楊春是也。〔同白〕適有潘太師奉勅傳宣，故爾速詣朝門聽旨。〔家將禀科。白〕楊泰等傳到。〔從兩場門下，楊泰等進見科。白〕太師，小將等參見。〔潘仁美白〕君命召，何得遲延？〔楊泰等白〕小將等聞呼即至，不識太師有何差調？〔潘仁美白〕下官焉敢起動賢昆仲，是聖上宣召。〔楊泰等應科。潘仁美白〕王侁等諸將俯伏聽旨。〔王侁等，楊泰等，俯伏科。潘仁美白〕聖上有旨，今依賀懷浦奏請伐遼，聖駕親征。加潘仁美爲北路招討，兼雲、應、朔等州都部署，平遼元帥之職，賜尚方寶劍便宜行事。命卿傳旨，授王侁、米信爲護軍統領，劉君其、田重進爲馬步都虞候，楊泰等四人爲驍騎將軍，隨駕征遼，成功陞賞。謝恩。〔衆謝恩科。潘仁美白〕列公，吾今兵權在手，是你們的元帥了。〔衆應科。潘仁美白〕少有不遵者斬。〔楊泰等作相顧科。潘仁美白〕隨我入朝謝恩去。〔王侁等四人應，隨從下場門下。楊泰等白〕禍事到了。〔同從下場門下。生扮德昭，戴素王帽，穿蟒，束玉帶。雜扮陳琳，戴太監帽，穿鑲領箭袖，繫鸞帶，捧金鞭。隨從上場門上。德昭白〕内侍，隨我到朝房去。〔唱〕

【中呂宫正曲・駐馬聽】可惱權奸押，乘隙封章入紫垣韻。說傳宣楊氏句，定是奏主親征讀，假弄威權韻。〔白〕適纔有本宫聽事内監報道，孤家早朝回宫後，潘仁美入内奏事，又召楊泰等弟兄四人，入朝聽旨。這厮素與楊氏不睦，近因潘豹之讐愈深，一定是請駕伐遼，好假令行權，乘機陷害楊家父子。爲此急到朝房，看潘仁美如何行事。〔唱〕忠心爲國保英賢韻，奸兇爲洩私讐怨韻。〔作到科。陳琳白〕已到朝房。〔德昭白〕隨我進來。〔作進看科。白〕朝房中並無一人，都往那裏去了？〔唱合〕四顧悄然韻，〔白〕是了，〔唱〕入朝叩闕讀，同登金殿韻。〔白〕待我進朝去看來。〔王侁等，楊泰等，隨潘仁美仍從下場門上，作撞見德昭科。潘仁美背白〕千歲到了。〔想科。白〕我還有一件緊要事未奏，待我去。〔欲回科。德昭白〕國丈請回，孤家有話動問。〔楊泰等白〕元帥，千歲有宣。〔潘仁美白〕臣還有一件緊要之事，適纔遺忘未奏，待臣去奏了，再見千歲。〔德昭白〕有何緊要，孤家同去奏來。〔潘仁美白〕這箇雖其緊要，明日奏也可。〔德昭白〕如此，隨孤到朝房去。〔潘仁美背白〕怎麽偏偏撞著當頭太歲。〔衆作隨進科。衆白〕千歲，臣等參見。〔德昭白〕罷了。延平弟兄，何事入朝？〔楊泰等白〕臣等奉元帥將令，入朝候旨。〔德昭白〕那箇是元帥？〔楊泰白〕潘國丈。〔德昭白〕國丈，何有元帥之稱？〔潘仁美白〕原來千歲不知，聖上已定自將伐遼之舉。適纔召臣見駕，竟授臣爲平遼元帥，督兵保駕伐遼。臣固辭不準，聖上説仁美隨先帝，久習戎政，素諳邊事，何得固辭。臣也無法，只得勉强遵旨而行。〔德昭白〕一派佞語巧辨，昨日聖上纔議親征之策，是孤家再三諫阻。俟會議命將出師，今復有親征旨意。明明是你蠱惑聖心，假弄威權，欲消私忿可是麽？〔潘仁美衆皆伸舌摇頭科。潘仁美白〕千歲屈殺爲臣的了，此事出自聖裁，與臣何干？難道聖上不聽千歲之諫，倒信仁美之蠱惑？〔德昭白〕十目所視，十手所指，還敢强辨。〔唱〕

【中吕宫正曲・駐雲飛】明鏡高懸(韻)，洞鑒其詳難隱言(韻)。你陰險多機變(韻)，便佞逞舌辨(韻)。嗏(格)，懸河慢涓涓(韻)，伏藏暗箭(韻)。〔白〕你只顧以公報私，不顧爲小失大。聖上萬乘至尊，干係社稷之重。親冒矢石，身臨敵國，倘墮敵人之術，仁美嘎，仁美，你該當何罪？〔潘仁美白〕依千歲責臣之罪，臣死無葬身之地矣。實係聖上親裁，不信，千歲進宫覆旨去。〔德昭白〕孤家就去。〔唱〕入覲天顔(讀)，咫尺非遥遠(韻)，〔合〕對出真情罪怎蠲(韻)。〔陳琳隨從下場門下。潘仁美白〕你就覆奏，與我何干，不要悮了正事。聖上命我教場揀選民壯，繕寫册籍，以待來日起兵。你弟兄四人，在此候著，倘千歲問我，説奉旨往教場點兵造册去了。〔楊泰等應科。潘仁美白〕王侁等隨我去。〔王侁等應科，從下場門下，家將隨下。楊泰白〕明露奸謀，還敢在千歲駕前舌辨，可惡。〔楊徵等白〕待千歲出朝，便知虛實矣。〔末扮楊千，戴小頁巾，穿箭袖，繫鑾帶。引老旦扮佘氏，戴鳳冠，穿補服老旦衣，束帶，從上場門上。佘氏白〕楊千，隨我到朝房去。〔唱〕

【又一體】心意懸牽(韻)，何事忙將四子宣(韻)？疑慮愁輾轉(韻)，恐墮奸謀陷(押)。〔作到科。楊千白〕已到朝房。〔佘氏白〕看老爺們可在此？〔楊千白〕曉得。〔作看科。白〕衆位老爺俱在此，太夫人到了。〔楊泰等出迎科。同白〕母親到此，怎麽？〔佘氏白〕潘國丈召你們入朝，我想他是讐敵，恐陰排奸陷。做娘的放心不下，特來打聽消息。〔楊泰等白〕聖上自將伐遼，加潘仁美爲平遼元帥，命孩兒們保駕從征。〔佘氏白〕兒嗄，潘楊讐結愈深，今在讐人麾下爲將，多應有死無生了。〔唱〕嗏(格)，此賊假威權(韻)，懷讐積怨(韻)。奏保隨征(讀)，其志安不善(韻)，〔合〕受制讐家難保全(韻)。〔楊泰等白〕孩兒們亦慮及於此，方纔千歲聞知，已入宫面聖去了。母親少待，候千歲出朝，便知下落。〔陳琳隨德昭仍從下場門上。白〕親征事已定，兒臣難挽回。〔陳琳白〕千歲到。〔佘氏、楊泰等接科，佘氏作叩見科。白〕臣妾佘氏，叩見千歲。〔德昭白〕太夫人到此何事？〔佘氏白〕爲延平等奉召入朝，未審何事，特來打聽。〔德昭白〕原來也爲此事。仁美那裏去了？〔楊泰白〕他説奉旨往教場點兵繕册，俟聖駕興師。千歲進宫，聖意若何？〔德昭白〕聖意親征之計已定，孤再三諫阻，聖上説旨意已下，如何反覆？孤無可挽回，是以求恩護駕從征。聖上道我善於戎政，理應從征，命孤爲行營總理都監軍之職。〔佘氏白〕千歲，潘楊之讐，愈結愈深。今四子受制於他，此行決難生還，求千歲仁慈庇護。

〔作跪科。德昭白〕太夫人請起。孤此去呵，〔唱〕

【又一體】司命操權(韻)，一片忠誠志量堅(韻)。保大駕天威顯(韻)，護將卒無私譴(韻)。嗏(格)。〔白〕太夫人，孤只保汝四子不墮奸人殘害。若爲國亡軀，孤亦不能相保。〔楊泰等跪科。白〕千歲，臣等爲國亡身，分所當然。只不受讐人殘害，即千歲庇護之恩也。〔起科。佘氏同唱〕竭力志安邊(韻)，把遼邦平奠(韻)。血戰疆場(讀)，效死臣之願(韻)。〔德昭白〕果然忠良之子，可敬。汝母子隨孤到宮中，還有話講。〔衆白〕領旨。〔同唱合〕早蕩烽烟奏凱旋(韻)。〔同從下場門下〕

第十齣　中天討御駕親征（江陽韻）

〔雜扮小軍，戴馬夫巾，穿蟒箭袖卒褂，佩腰刀。副扮王侁、米信，丑扮田重進、劉君其，各戴盔，紮靠。引净扮潘仁美，戴帥盔，紮靠，背令旗。同從上場門上。潘仁美唱〕

【中呂宮引・菊花新】威權赫赫震朝綱(韻)，自竊平遼兵柄掌(韻)。總握授賢王(韻)，出納令又當尊讓(韻)。〔中場設椅，轉場坐科。王侁等參見科。潘仁美白〕下官平遼元帥潘仁美是也。因懷楊家父子之讐未報，日夜長掛心頭。叵耐千歲護持，不得下手。因借征遼之計，請聖駕親征。先保楊泰四人隨征，然後再調楊繼業等到來，將他父子或陷於陣上，或違令而斬之，豈非一網打盡？偏偏又準千歲隨征，授爲行營總理都監軍，比我元帥兵權猶大，諸事倒要去稟命而行。〔作悶科〕機關又不妙了。〔王侁等白〕這也不妨，到了軍前，再圖別計害他，有何難處？〔潘仁美白〕也説得是。今日聖上祭纛興師，命我齊集六軍伺候，諸事完備了麽？〔王侁白〕六軍已齊，祭禮俱備。〔潘仁美白〕千歲不是好惹的，諸凡小心些。〔王侁白〕不但元帥心虛，小將們也都膽怯。〔作起隨撤椅。潘仁美白〕聖駕將次來也，速速齊集六軍，準備祭禮伺候。〔同從下場門下。雜扮軍士，各戴馬夫巾，穿黃蟒箭袖黃卒褂，執旗。雜扮將官，各戴馬夫巾，紮額，穿黃打仗甲，執標鎗。生扮楊泰、楊徵、楊高、楊春，各戴盔，紮靠。雜扮內侍，各戴太監帽，穿蟒箭袖黄馬褂。雜扮陳琳，戴太監帽，穿鑲領箭袖卒褂，背絲縧，捧金鞭。生扮德昭，戴素王帽，紥靠，背令旗，騎馬。雜扮一馬夫，戴馬夫巾，穿箭袖，繫縧帶，牽馬。雜扮一軍士，戴馬夫巾，穿箭袖，繫肚囊，執黄傘。引生扮宋太宗，戴金王帽，穿黄龍箭袖團龍排穗，束黄鞓帶，騎馬。雜扮一馬夫，戴馬夫巾，穿箭袖，繫縧帶，牽馬。雜扮羽林軍，各戴馬夫巾，紥額，穿黄打仗甲，抱豹尾鎗。同從上場門上，作遶場科。同唱〕

【中吕宫正曲·和佛兒】劍冑瞻依日月光韻，護衛出天閶韻。兵强將勇讀，征討北遼邦韻，撻伐大威彰韻。〔合〕六師總句，掃蕩烽烟定邊疆韻。〔内奏樂，作到下馬科，馬夫牽馬從兩場門下。潘仁美、王侁、米信、田重進、劉君其，引雜扮小軍，各戴馬夫巾，穿五色蟒箭袖五色卒褂，執五色旗，雜扮將官，各戴馬夫巾，紥額，穿五色打仗甲，執五色標鎗，從兩場門上，迎接科。潘仁美白〕臣潘仁美，率領五營將士，迎接聖駕。〔宋太宗白〕香案可曾齊備？〔潘仁美白〕俱已齊備，請聖上拈香。〔内奏樂。雜扮七軍士，各戴馬夫巾，穿箭袖，繫肚囊。六軍士執六色纛，一軍士執三軍司命纛，從兩場門上。建纛於中場，場上設香案。雜扮二贊禮官，各戴紗帽插花，穿紅圓領披紅，束帶。從兩場門上，照常贊禮科。宋太宗拈香，衆隨班行禮。禮畢，贊禮官從兩場門分下，隨撤香案科。執纛軍士請纛科。中場設平臺，宋太宗上臺科。白〕德昭，潘仁美，率領將士，上前聽旨。〔德昭、潘仁美應，率衆排班科。宋太宗白〕兹因遼邦蕭氏，屢犯邊界，騷擾生民。朕今親總六師，以彰天討。各部荷戈之將，悉以遵諭。勇者效勇，謀者獻謀。稱立戈矛，精明鋭利。鍜厲鋒刃，威揚克敵。攻擊合節，進退有方。毋得騷擾黎民，不許紊亂軍規。三令五申，以宣上諭。自諭之後，務在遵行，違宣犯令定行處斬。〔衆同白〕領旨。〔宋太宗下平臺，隨撤科。德昭白〕衆將官，按齊隊伍，就此出城。〔衆應科，内奏樂。雜扮一馬夫，戴馬夫巾，穿箭袖，繫鸞帶，並前二馬夫，同牽馬從兩場門上。宋太宗、德昭、潘仁美作騎馬，衆作擺隊，同從下場門下。場上設汴梁城科。雜扮武官，各戴盔，穿紅蟒，束帶。雜扮文官，各戴紗帽，穿紅蟒，束帶。副扮韓連，末扮傅鼎臣，各戴紗帽，穿紅蟒，束帶。浄扮謝庭芳，戴盔，穿紅蟒，束帶。浄扮呼延贊，戴黑貂，穿紅蟒，束帶。生扮吕蒙正，生扮張齊賢，各戴紗帽，穿紅蟒，束帶。外扮寇準、趙普，各戴相貂，穿紅蟒，束帶，帶印綬。同作出城上科。白〕遼屬長侵塞鴈門，誠如鼷鼠學鯨吞。不加鈇鉞彰天討，小醜焉知天子尊。〔寇準、趙普白〕今日聖上親總六師征伐遼邦，我等奉旨留京，辦理朝政。爲此率領合朝文武官員，在郊外恭送鑾輿。〔衆同白〕你聽凱歌齊奏，聖駕出城來也。我等道傍肅恭伺候。〔作兩傍分侍科。内奏樂，軍士將官、潘仁美等，引德昭、宋太宗等，按隊伍出城科。文武官隨趙普等作跪科。同白〕臣等恭送聖駕。〔宋太宗白〕卿等督理朝綱，寅恭毋怠。〔趙普等同應科。白〕領旨。〔軍士將官、潘仁美等，引德昭、宋太宗遶場從下場門下。文武官引寇準、趙普等，作進城科，下隨撤城。軍士將官、潘仁美等，引德昭、宋太宗從上場門上。同唱〕

【中吕宫正曲・駐環著】統王師勇壯(韻)，統王師勇壯(疊)，劍佩鏘鏘(韻)，馬步紛紛(讀)，大兵天降(韻)，凜凜威風倜儻(韻)。虎將桓桓(句)，争看羽林軍(讀)，虎賁龍驤(韻)。見黔黎簞食壺漿(韻)，集郊圻恭迎皇上(韻)。〔潘仁美白〕前面已是駐蹕行營，傳令前隊，快快趲行。〔同唱合〕齊瞻仰(韻)，撻伐彰(韻)。咸願蕩滌烽烟(讀)，凱歌旋唱(韻)。

【慶餘】統來輔國安邊將(韻)，惟賴天威定塞疆(韻)，指日裏蕩掃欃槍回汴梁(韻)。〔同從下場門下〕

第十一齣　無敵威名驚北塞（蕭豪韻）

〔雜扮遼兵，各戴額勒特帽，穿外番衣，執旗。雜扮遼將，各戴盔襯、狐尾、雉翎，穿打仗甲，執標鎗。引雜扮蕭綽里特，戴外國帽、狐尾、雉翎，紮靠，背令旗，執馬鞭。雜扮一遼將，戴額勒特帽，紮額，穿外番衣，繫搭膊，背絲絛，執纛，上書「萬人敵」字樣。同從上場門上。蕭綽里特唱〕

【黃鐘宮正曲·絳都春序】張纛揚鑣(韻)，〔同唱〕譟征鼉趲隊(讀)，蕩起塵嚣(韻)。急策鞭促戰馬(句)，曉夜的兼程趨援，幾百里長途敢憚其勞(韻)。塞垣曲折路迢遥(韻)，遠望去鴈門窄小(韻)。〔雜扮遼兵，各戴額勒特帽，穿外番衣，執旗。雜扮遼將，各戴盔襯狐尾雉翎，穿打仗甲，執標鎗。引净扮蕭達蘭，戴外國帽、狐尾、雉翎，紮靠，背令旗，執馬鞭。從下場門上，作相見科。蕭達蘭白〕小將迎接郡馬爺。〔蕭綽里特白〕有勞將軍遠接，屯營在何處？〔蕭達蘭白〕因前者敗績，離鴈門三十里下寨，就請郡馬爺到小將營中去，遼兵引導。〔遼兵應科。同唱合〕凝眸瞻眺(韻)，觀虎寨(讀)，高插大遼旗號(韻)。〔作到科，衆作下馬進營場。上設椅，各坐科。蕭達蘭白〕郡馬一路風塵辛苦。〔蕭綽里特白〕將軍禦敵勤勞。〔蕭達蘭白〕若説禦敵勤勞，慚愧甚矣。小將一到這裏，即差細作，探其關中虛實。細作回報，關内並無主將，兵丁不滿一千。小將自爲得計，領兵乘虛襲取，那知遇著太原降將楊繼業，預伏兩翼奇兵，殺得俺大敗而逃，因此乞援徵兵。今得郡馬降臨，我兵復整威鋭矣。〔蕭綽里特白〕娘娘一聞將軍敗績，即欲親督全師進征。小將説割鷄焉用牛刀，乞假臣一旅之師，管擒繼業報功。因命俺統率雄兵五萬，攻打鴈門，活擒繼業。〔蕭達蘭白〕仰賴娘娘天威，郡馬英勇，或可勝得一陣，活擒二字恐難定局。〔蕭綽里特白〕將軍忒長他人志氣了，那楊繼業不過北漢無名老將，何畏懼如是？〔蕭達蘭白〕他有名的楊無敵，郡馬不可輕覷。〔各起隨撤椅科。蕭綽里特白〕他是楊無敵，將軍忘了俺這萬人敵麽？〔唱〕

【黄鐘宫正曲·畫眉序】蓋世大英豪(韻)，名震疆場勇冠超(韻)。諒無敵兩字(讀)，虛譽空標(韻)。萬人敵天下驚揚(句)，管一戰成擒功報(韻)。〔白〕大小三軍，整齊鞍馬器械，飽飡戰飯，候令攻取鴈門。〔衆應科。蕭達蘭白〕請到後帳，奉敬三盃，以壯虎威。〔蕭綽里特白〕多謝了。〔同唱合〕爲君三進瓊酥酪(句)，以壯行軍威耀(韻)。〔同從下場門下。雜扮軍士，各戴馬夫巾，穿箭袖，繫鸞帶，背絲縧，執旗。雜扮將官，各戴馬夫巾，紥額，穿打仗甲，執標鎗。生扮楊貴、楊景、楊順，各戴盔，紥靠，各持兵器。引外扮楊繼業，戴金貂，紥靠，背令旗，持九環金刀。雜扮一將校，戴紥巾，穿箭袖，繫鸞帶，背絲縧，執纛，上書楊無敵字樣。同從上場門上。同唱〕

【又一體】制勝展龍韜(韻)，兵不言多在鋭驍(韻)。審敵人氣勢(讀)，相地兵交(韻)。軍陳北逵出西陘

（句），南向擊截其歸道（韻）。〔楊繼業白〕適有哨馬飛報，蕭達蘭因敗徵兵。今遣蕭綽里特統大兵五萬，復寇鴈門。吾今急行一計，領精兵五百騎，速出鴈門西口，陳兵於關北，伺遼兵到來，南向擊之，必能取勝。快快出關。〔場上設西陘關，衆應，作出西陘關科。同唱合〕禦强背水韓侯智（句），借箸前籌功效（韻）。〔從下場門下，隨撤西陘關。遼兵遼將引蕭達蘭、蕭綽里特、執纛遼兵，同從上場門上。同唱〕

【黃鐘宮正曲・三段子】英名俊豪（韻），將雄健士也驕（韻）。征塵蔽道（韻），五萬衆勢海潮（韻）。高張繡纛（韻），萬人莫敵書名號（韻）。〔軍士將官、楊貴、楊景、楊順引楊繼業、執纛軍士，從上場門上，列陣吶喊科。蕭綽里特望科。白〕這個宋將，用兵蹺蹊。怎麽兵陣鴈門關北，南向布列旗門，是何詭計？〔蕭達蘭白〕憑他詭計，怎當俺五萬之衆？一蕩而平？殺上前去。〔衆應科。同唱〕今番復寇前讐報（韻），〔合〕一戰關中震動搖（韻）。〔衆作對陣科。蕭綽里特白〕待俺看是何人領兵。〔作看纛科。白〕楊無敵。好，敵手來也。〔作開旗門。楊繼業白〕遼陣領兵者何人？〔蕭綽里特白〕繡纛上寫的，是你郡馬爺。〔楊繼業作看科。白〕萬人敵。好，且試俺寶刀。〔合戰科，同從下場門下。軍士將官、遼兵遼將從上場門上，挑戰科，從下場門下。楊繼業追蕭綽里特，從上場門上，戰科。楊繼業白〕蕭綽里特，遇吾善戰將軍，便是你死期至矣。〔蕭綽里特白〕你這大話，且自收起。俺督五萬精兵，今日誓欲踏破鴈門，吞併河南，纔知俺的本領。〔楊繼業白〕休得胡言，放馬過來。〔作對戰科，從下場門下。衆遼將、衆將官從上場門上，合戰科，從下場門下。雜扮軍士，各戴馬夫巾，穿箭袖卒褂，持兵器。引浄扮楊希，戴紥巾額，紥靠，持鎗。同從上場

門上。同唱〕

【黄鐘宫正曲・雙聲子】欽差調(韻),欽差調(疊),解送兵糧到(韻)。文未交(韻),文未交(疊),聽得軍聲噪(韻)。〔白〕俺楊希,奉旨解送兵糧到代州,命俺立功贖罪。方纔到衙門交納兵糧,説俺爹爹領兵到鴈門關外,迎敵遼兵去了。爲此帶領二百鐵騎,出關助戰。衆兒郎,隨俺出關去者。〔衆應科。同唱〕我俊豪(韻),不畏勞(韻),〔合〕效命疆場(讀),戮力皇朝(韻)。〔同從下場門下。軍士將官、楊貴、楊景、楊順、楊繼業,追遼兵遼將,蕭達蘭、蕭綽里特,同從上場門上,合戰科。軍士引楊希從下場門上,作前後夾攻合戰科。楊繼業、蕭綽里特同白〕衆軍不得上前,待俺獨斬蕭綽里特 楊繼業。〔衆應。楊繼業作斬蕭綽里特,楊希作奪旗科。蕭達蘭、衆遼兵作驚慌亂跑科,從下場門下。楊希白〕爹爹,楊希奉旨,解送兵糧到此。聽得爹爹交戰,特來接應。〔楊繼業白〕正合機宜。蕭綽里特已斬,遼兵喪膽而逃,與我緊緊追趕。〔衆應科,同從下場門下。遼兵遼將、蕭達蘭,同從上場門急上。同唱〕

【黄鐘宫正曲・歸朝歡】閃爍處(句),閃爍處(疊),金刀光耀(韻),萬人敵尸横蒿草(韻)。神威赫(句),神威赫(疊),人人驚耗(韻)。〔蕭達蘭白〕你看俺五萬雄兵,百員上將,見楊無敵斬了蕭郡馬,人人不敢出戰,四下紛紛潰散,這便怎麽好?〔内吶喊科。遼兵白〕楊無敵又來了,快快逃命。〔同唱〕逃亡(讀),折戟殘戈滿道(韻),威嚴震得魂飛渺(韻)。自相踐踏自驚擾(韻),〔合〕望見旌旗亂竄逃(韻)。〔内吶喊科。蕭達蘭等作望見旗號，虛白從下場門急逃下。軍士將官、楊貴、楊景、楊順、楊希、楊繼業，同從上場門上。楊繼業白〕今日之戰，非比尋常。你看遼人，望見旌旗，早已喪膽，不戰而逃。〔楊景等白〕爹爹威嚴，可謂震赫遼邦也。〔楊繼業白〕傳令收兵。〔衆應科。同唱〕

【慶餘】坐雄關威名浩㊞，震赫遼邦克猛暴㊞，五萬强兵被俺一陣消㊞。〔同從下場門下〕

第十二齣　如神妙算贊中樞（皆來韻）

〔雜扮軍士，戴馬夫巾，穿蟒箭袖卒褂。引浄扮潘仁美，戴帥盔，穿蟒，束帶。從上場門上。潘仁美唱〕

【仙吕宫引・天下樂前】謬承恩眷位崇堦（韻），掛印征遼登將臺（韻）。〔白〕本帥潘仁美，自汴梁隨駕起程，由山西一路進發，纔得半月，兵抵靈邱縣。昨日出了倒馬關，立下大營。今早奉千歲之命，教我揀選一萬精鋭之兵，準備攻取東易，敢不遵依？忙了一早，揀選齊備，爲此到御營，聽候去。〔歎科。白〕今番的元帥，做得真正不美之極了。〔作到科。白〕這裏是了，軍士營門外伺候。〔軍士應，從兩場門分下。雜扮一内侍，戴大太監帽，穿蟒箭袖黄馬褂，從上場門上。白〕帳中謀戰策，營外降綸音。〔作出門科。白〕潘元帥何在？〔潘仁美白〕在此伺候。〔内侍白〕聖上問你，人馬可曾挑選齊集？〔潘仁美白〕早已齊備，候旨施行。〔内侍白〕你在此候著。〔作進門請科。白〕萬歲爺有請。〔雜扮三内侍，各戴大太監帽，穿蟒箭袖黄馬褂。引生扮德昭，戴素王帽，穿蟒，束玉帶。生扮宋太宗，戴金王帽，穿蟒，束黄鞓帶。同從上場門上。宋太宗唱〕

【天下樂後】惟祈一鼓掃塵霾（韻），安奠邊隅歌勞徠（韻）。〔場上設椅，轉場坐科。潘仁美參見科。白〕臣潘仁美見駕，願吾皇萬歲。〔宋太宗白〕平身。〔潘仁美白〕萬萬歲。〔作起科。白〕臣奉旨，選得精鋭一萬，皆在營外伺候，不知何方使用？〔宋太宗白〕昨晚與王兒計議攻擊之策，王兒説今日先取易州，次進涿鹿，方爲上策。故此命卿選將挑兵，定於今日開陣。〔潘仁美白〕臣啟陛下，自汴京起程，半月之間，衆軍未得休息，馬疲人倦，恐難取勝。莫若養足衆軍鋭氣，可保一鼓克捷。〔唱〕

【仙吕宫正曲・黑麻序】自起兵來(韻)，路迢遥跋涉(韻)，雨沐風櫛(韻)。那征駒瘦弱(讀)，征夫倦怠(韻)。愚揣(韻)養軍深固壘(叶)，雄師緩日開(韻)。〔合〕愧庸材(韻)，恭惟睿鑒(讀)，候主清裁(韻)。〔宋太宗白〕王兒意下如何？〔德昭白〕兒臣啟奏，依仁美所論，非兵家至論也。凡養軍之要，務在操練爲主。自古貪逸圖安，志頹身懶。長操久練，精强力健。聽仁美之議呵，〔唱〕

【又一體】鄙隘(韻)，謀略無才(韻)。論行兵(讀)，憑的是利兵嚴戒(韻)。怎先頹自志(讀)，預言其敗(韻)？〔白〕我今兵貴神速，故由山西内地而來，要使敵人聲息不聞。乘其未備，先取東易，次進涿鹿，移兵取幽，易如反掌。那時蕭氏調兵救援，已是疾雷不及掩耳矣。〔唱〕神策(韻)，師行如迅雷(叶)，兵從天降來(韻)。〔合〕愧庸材(韻)，恭惟睿鑒(讀)，候主清裁(韻)。〔宋太宗白〕王兒所議，正合寡人之機。潘仁美聽旨，今賀懷浦、楊泰、楊徵、楊高、楊春，領兵五千，前往易水東門搦戰。卿可領兵四千，暗襲城池，截住遼軍歸路。王兒領兵一千，高岡督戰。聽朕吩咐。〔唱〕

【仙吕宫正曲・玉胞肚】顯我王師雄大(韻)，向城東堂堂陣排(韻)。指揮間合節加攻(句)，衆三軍安危憑賴(韻)。〔起，隨撤椅科。德昭、潘仁美白〕領旨。〔同唱合〕臣今帳前承旨把兵開(韻)，管得勝成功慰聖懷(韻)。〔從兩場門各分下〕

第十三齣　振先聲龍驤虎賁（古風韻）

〔雜扮遼兵，各戴額勒特帽，各穿外番衣，持長鎗。雜扮遼將，各戴馬夫巾，紥額，狐尾，雉翎，穿打仗甲，持各様兵器。引浄扮劉宇，戴金貂，狐尾，雉翎，紥靠，背令旗，襲蟒，束帶。同從上場門上。劉宇唱〕

【黄鐘宮引・西地錦】智勇兼全坐鎮(韻)，威名顯赫人聞(韻)。鋼刀起處變風雲(韻)，叱吒山摇川震(韻)。〔中場設虎皮椅，轉場坐科。白〕俺乃大遼東易刺史劉宇是也。自宋主平了北漢，太原一郡盡屬宋朝。俺太后娘娘久欲吞併山西，以圖汴京。旬日前，傳檄各州，礪兵秣馬，候令進兵。忽然昨日報到，宋主兵出倒馬關立寨，今日要來攻取東易。爲此傳集合州兵將，出城禦敵。〔起隨撤椅科。白〕衆將官就此出城迎敵者。〔衆應科。劉宇作卸蟒提刀上。馬衆遶場科。同唱〕

【越調正曲・水底魚兒】鐵騎紛紛(韻)，漫空佈戰塵(韻)。統軍速擊(句)，〔合〕兵貴疾如神(韻)，兵貴疾如神(疊)。〔同從下場門下。雜扮小軍，各戴馬夫巾，穿箭袖卒褂，持雙刀。雜扮將官，各戴馬夫巾，紥額，穿打仗甲，持鎗。生扮楊泰、楊徵、楊高、楊春，各戴盔，紥靠，持兵器。引末扮賀懷浦，戴盔，紥靠，背令旗，提刀。同從上場門上，遶場科。同唱〕

【又一體】調撥三軍（韻），陳兵易水濱（韻）。旗開得勝（句），〔合〕掠地建功勳（韻），掠地建功勳（疊）。〔賀懷浦白〕吾乃鎮守太原府馬步都虞候國舅賀懷浦是也。因蕭氏常擾三關，是以上本請命伐遼，肅清邊境。衆位將軍，俺久聞劉宇驍勇異常，非等閒之將可比，交戰之時，務各留心。〔楊泰等同白〕我等仗聖上天威，諸將奮勇，衆軍用命，豈畏跳梁小醜。〔賀懷浦白〕壯哉！速整隊伍，殺上前去。〔衆應科。同唱〕旗開得勝（句），〔合〕掠地建功勳（韻），掠地建功勳（疊）。〔劉宇等從上場門衝上。賀懷浦白〕來將通名。〔劉宇白〕俺乃大遼刺史劉宇是也。宋將報名受死。〔賀懷浦白〕俺乃鎮守太原都虞候賀懷浦是也。天兵既到，還不倒戈投順，等待何時？〔劉宇怒科。白〕汝主不守邊疆，妄想吞併，敢欺我國無人麽？看刀！〔作合戰科。同從下場門下。場上設山石。雜扮小軍，各戴馬夫巾，穿蟒箭袖卒褂，執飛虎旗。雜扮將官，各戴馬夫巾，紥額，穿打仗甲，執標鎗。引生扮德昭，戴素王帽，紥靠，背令旗，襲蟒，束帶，執馬鞭。雜扮陳琳，戴太監帽，穿箭袖卒褂，背絲縧，捧金鞭。雜扮一軍士，戴馬夫巾，穿箭袖，繫肚囊，執三軍司命纛。同從上場門暗上山石科。德昭白〕看那些遼將，好不知分量。天兵既至，還敢逞强抗拒，怎脱俺羅網之計也。〔唱〕

【中呂調套曲·粉蝶兒】今日個聖駕平遼（韻），將王師弔民除暴（韻），佈天威建鉞麾旄（韻）。則看俺陣堂堂(句)，旗正正(句)，軍容浩浩(韻)。不待兵交(韻)，可令他神魂驚落(韻)。〔劉宇追賀懷浦從上場門上，戰科。賀懷浦從下場門敗下，楊春從上場門上，接戰科。劉宇白〕來將通名。〔楊春白〕俺五郎楊春是也。〔劉宇白〕敢是繼業之子麽？〔楊春白〕既知楊家威名，還不投降。〔劉宇白〕胡説，看刀！〔戰科，從下場門下。遼兵遼將、宋兵宋將從上場門上，作絡繹挑戰科。從下場門下。德昭白〕則看俺將勇兵强，那些遼將怎敵得過也。〔唱〕

【中呂調套曲・醉春風】看了這虎將勢兇驍(韻)，都分是妖氛容易掃(韻)，何須俺明君宵旰自焦勞(韻)。管一戰把城池來搗(韻)，搗(疊)，俺這裏指點鞭鞘(韻)，趁著這健强精鋭(句)，怎容得日久師老(韻)。〔楊春追劉宇從上場門上，戰科。楊春從下場門下，楊泰從上場門上。白〕劉宇，俺大郎楊泰在此。〔劉宇白〕楊泰好，喫俺一刀。〔戰科。從下場門下。宋兵宋將、遼兵遼將從上場門上，陸續接戰科，從下場門下。德昭唱〕

【中呂調套曲・迎仙客】春雷般(句)，戰鼓敲(韻)，騰騰殺氣透重霄(韻)。併雌雄(句)，較低高(韻)，血戰兵鏖(韻)，立即勦羣小(韻)。〔楊泰追劉宇從上場門上，戰科，楊泰從下場門下。楊徵從上場門上，接戰科。劉宇白〕住了，俺刀下不死無名之將，報名上來。〔楊徵白〕俺乃楊令公次子楊徵。〔劉宇白〕來得好，看刀。〔戰科，楊徵從下場門下。楊高從上場門上。白〕劉宇休走，俺楊高來擒你。〔作戰科，從下場門下。宋兵遼兵從上場門上，戰鬭科，從下場門下。德昭唱〕

【中呂調套曲・紅繡鞋】恁不過偏邦部落(韻)，僭稱尊耶律遼蕭(韻)，笑你那狐假虎威僞官僚(韻)。

越邊關擾民庶(句)，動干戈抗天朝(韻)，俺帥王師來蕩掃(韻)。〔劉宇等、賀懷浦等從上場門上，合戰科。劉宇率衆從下場門敗下，賀懷浦等追下。德昭白〕你看遼兵大敗而回。早有潘元帥暗襲易州城池，截其歸路，怎能逃脱也。吩咐催軍速進，不得有違。〔將官應科，作下山，隨撤山石科。德昭等同唱〕

【中呂調套曲·喜春來】催軍逐後來同勦(韻)，總是忠勇協心志氣高(韻)。軍威初奮寇兵消(韻)，主英明能差調(韻)，茅廬初出一功勞(韻)。〔同從下場門下，場上設易州城。劉宇等從上場門敗上。同唱〕

【中呂調套曲·柳青娘】殺得個兵逃和那將逃(韻)，拋盔甲棄征袍(韻)。擁將來山頹和那海潮(韻)，楊家將志甚驕(韻)。直殺得滾滾征袍起四郊(韻)，直殺得心慌亂神魂蕩搖(韻)。〔劉宇衆白〕快些開城。〔雜扮軍士，各戴馬夫巾，穿蟒箭袖卒褂。雜扮將官，各戴馬夫巾，紮額，穿打仗甲，各執弓箭。副扮王侁、米信，丑扮田重進、劉君其，各戴盔，紮靠。引淨扮潘仁美，戴帥盔，紮靠，背令旗，暗上城科。潘仁美白〕衆將官放箭。〔衆應，作放箭科。劉宇等退科。白〕城池已失，追兵已至，我命休矣。〔同唱〕猛撞頭宋家的旌旄(韻)，赤緊的失了城池無了歸道(韻)，無歸道好心焦(韻)。〔賀懷浦等從上場門追上。白〕劉宇那裏走。〔戰科，作斬劉宇科。遼兵遼將從下場門逃敗下。小軍將官引德昭從上場門上，軍士將官、王侁、米信、田重進、劉君其引潘仁美出城科。白〕劉宇已死，請千歲進城。〔德昭白〕傳令出榜安民，明日請聖駕進城便了。〔衆應科。同唱〕

【煞尾】一邊兒撫庶民(句)，一邊兒犒軍勞(韻)。御營疾去紅旗報(韻)，來日的興兵再將涿郡討(韻)。〔內奏樂，同作進城科，下，隨撤城〕

第十四齣 合勁旅鯨奮豨張（真文韻）

〔雜扮遼兵，各戴額勒特帽，穿外番衣，各執旗。雜扮遼將，各戴盔襯、狐尾、雉翎，穿打仗甲，執標鎗。引雜扮耶律休格、蕭天佐、蕭天佑，各戴外國帽，狐尾、雉翎，紮靠，持馬鞭，策馬同從上場門上。同唱〕

【仙吕宫正曲·番鼓兒】坐雄鎮(韻)，坐雄鎮(韻)，羽書飛傳緊(韻)。道咱行(讀)慣衝鋒刃(韻)，調往幽城(句)，協助交鋒迎陣(韻)。鐵騎駪駪(韻)，裂奮舉吾勁軍(韻)。〔分白〕俺乃把守居庸關行軍都統耶律休格是也。俺乃把守渝關行軍總先鋒蕭天佐是也。俺乃把守瓦橋關行軍副先鋒蕭天佑是也。前日接得俺太后娘娘懿旨，道宋主御駕親征，連取東易、涿郡，現在攻打幽州，特調俺們救援。俺太后娘娘自領大兵，已離臨潢府西樓，屯軍潮河界口，此去大營不遠，快快前去者。〔同唱合〕火速火速赴軍門(韻)，早加鞭星飛馳駿(韻)。〔同從下場門下。雜扮耶律尚、耶律沙、耶律色珍。净扮韓德讓，各戴外國帽、狐尾、雉翎，紮靠，背令旗，同從上場門上。白〕鞭鞘指處起塵埃，幾次中原會大垓。纔得分茅據一國，宋軍膽敢犯邊來。〔分白〕俺乃天慶王耶律尚是也。俺乃總掌臨潢府西樓軍國事大丞相耶律沙是也。俺乃佐理臨潢府西樓軍國事副丞相耶律色珍是也。俺乃樞密使總宿衛兵大元帥韓德讓是也。〔同白〕俺國自按巴堅稱帝建都，上京名曰臨潢府西樓。築城郭、立市里，以處漢人。礪兵秣馬，威服諸國。後德光皇帝即位，立石敬塘爲晉帝。敬塘屢求救援，所以割幽燕雲朔十六州，歸俺遼國所屬，至今四十餘年。不料宋主今欲吞併，因此俺太后娘娘親統雄兵十萬，前來救援幽州。已調各關大將聽用，想必就到也。〔遼兵遼將引蕭天佐、蕭天佑、耶律休格從上場門上。白〕塞外傳飛檄，營前聽指揮。〔作相見科。白〕列位請了。〔耶律尚等白〕請了。〔蕭天佐等白〕俺們奉命前來聽候差調，乞煩啟奏。〔耶律尚白〕太后娘娘將次陞帳，俺們肅恭伺候便了。〔雜扮遼兵，各戴額勒特帽，穿外番衣，執旗。雜扮遼將，各戴盔襯、狐尾、雉翎，穿打仗甲，執標鎗。雜扮女遼將，各紮額，戴狐尾、雉翎，穿甲，佩劍。旦丑扮二遼女，紮額，戴狐尾、雉翎，穿襯衣，繫汗巾。引旦扮耶律瓊娥，戴七星額、鸚哥毛尾、雉翎，紮靠，背令旗。旦扮蕭氏，戴蒙古帽練垂，紮靠，背令旗，襲蟒，束帶。同從上場門上。蕭氏唱〕

【仙呂調隻曲·點絳唇】劍戟排門(韻)，親軍專閫(韻)。兵威振(韻)，虎將如雲(韻)，早離臨潢郡(韻)。

〔場上設椅，轉場坐科。瓊娥作參見亦坐科。蕭氏白〕俺乃大遼太后蕭氏是也。因宋主平漢以來，占據了雲應等州地面，俺方欲興師恢復山西。未料宋君親統大兵，先來侵俺幽燕之地，邊報到俺西樓道已被奪去順、薊、涿、易等州。爲此留副元帥師蓋保護統和君在國，俺統領大兵十萬赴援，昨日兵抵潮河。探馬來報，宋兵攻打幽州，耶律希達等力不能支，事在危急，爲此速調三關大將前來協戰，衆將可曾到齊？〔耶律休格、蕭天佐、蕭天佑同白〕臣等奉召，特來聽候指揮。〔蕭氏白〕現在宋兵攻取幽州甚急，蕭天佐、蕭天佑你二人可爲前部先鋒。〔蕭天佐、蕭天佑白〕領旨！〔蕭氏白〕耶律休格、耶律色珍你二人可爲行營都救應。〔耶律休格、耶律色珍白〕領旨！〔蕭氏白〕就此拔寨進兵。〔起隨撤椅科。衆應科。雜扮二遼女，戴紗罩，穿採蓮襖，繫月華裙，執纛。雜扮七遼兵，各戴額勒特帽，穿外番衣，執纛。從兩場門暗上。蕭氏卸蟒。同作乘馬科。遶場同唱〕

【正宫正曲・醉太平】三千虎賁(韻)，十萬精軍(韻)，三停鋒刃六鈞弴(韻)。聽三令五申(韻)，千行旌旆雲迎陣(韻)。一團殺氣塵飛滾(韻)，〔合〕師徒軍旅亂紛紛(韻)，管今番建大勳(韻)。

【正宫正曲・風帖兒】羽檄飛來加兵急緊(韻)，報幽燕失守四郡(韻)，故此三關調總鎮(韻)。〔合〕疾赴援(讀)，早征進(韻)，解重圍扼宋軍(韻)。〔同從下場門下〕

第十五齣　宋帥嫉功縱强敵（江陽韻）

〔雜扮軍士，各戴馬夫巾，穿箭袖卒褂，執旗。雜扮將官，各戴馬夫巾，紥額，穿打仗甲，執鎗。生扮楊泰、楊徵、楊高、楊春，各戴盔，紥靠。副扮王侁、米信。丑扮田重進、劉君其，各戴盔，紥靠。浄扮潘仁美，戴帥盔，紥靠，背令旗，襲蟒，束帶。雜扮陳琳，戴太監帽，穿箭袖卒褂，背絲縧，捧金鞭。引生扮德昭，戴素王帽，紥靠，背令旗，襲蟒，束帶。同從上場門上。德昭唱〕

【高宫套曲·端正好】主英明臣弼諒(韻)，喜握世主英明，欣輔政臣弼諒(疊)。正可慶明良國運興昌(韻)，開疆展土山河掌(韻)，掃寇烟塵蕩(韻)。〔中場設高臺、公案、桌椅。轉場陞座，潘仁美作參見科。白〕千歲。〔德昭白〕元帥請坐。〔旁設虎皮椅，潘仁美坐科。王侁、楊泰等作參見科。白〕千歲在上，衆將參見。〔德昭白〕衆將少禮。〔王侁、楊泰等參見潘仁美科。白〕元帥。〔潘仁美白〕罷了，侍立兩傍。〔衆應分侍科。德昭白〕今日會戰，元帥用何決勝之謀，可破此城？〔潘仁美白〕依臣愚見，統率全軍，奮力攻擊，若彼守禦甚嚴，週圍架起紅衣火砲攻打。憑他萬仞銅牆，立爲齏粉。〔德昭白〕若如此暴虐，非王者之師也。〔潘仁美白〕臣見固不可取，不知千歲有何良策？〔德昭白〕我有引虎離穴，暗奪空巢之計，可取此城也。〔潘仁美白〕如此就請發令。〔德昭白〕楊泰聽令。〔楊泰應科。德昭白〕你可領兵五千，迎敵遼將，詐敗佯輸，引至城南十里之外，自有接應，聽吾吩咐。〔唱〕

【高宮套曲·滚繡球】用不著氣昂昂戰鬬酣(句)，則要伊誘敵人詐敗裝(韻)，好教他猛剌剌尾後蹌蹌(韻)，假做勢慌張張失利拖鎗(韻)。離城南十里長(韻)，接應兵伏道傍(韻)，齊奮力回戈而向(韻)，可教他腹背難當(韻)。恁須急急揮軍纛(韻)，一計將他城郭亡(韻)，仗將軍血戰開疆(韻)。〔付令箭楊泰接科。白〕得令。〔軍士作帶馬科，引從下場門下。德昭白〕楊徵聽令。〔楊徵應科。德昭白〕你可領兵五千，迎敵遼將，照依前計，聽吾吩咐。〔唱〕

【高宮套曲·叨叨令】恁則管誘遼軍(讀)，撥馬城南向(韻)。遇奇兵(讀)，突出休鬆放(韻)。調虎離山把巢窠來讓(韻)，暗把闉闍襲了，他也無依傍(韻)。兀的不占虎穴也麽哥(格)，兀的不掃狐穴也麽哥(疊)。把一座大城池(讀)，管教他輕輕奉上，斷送了遼邦將(韻)。〔付令箭楊徵接科。白〕得令。〔軍士作帶馬科，引從下場門下。德昭白〕楊高、楊春聽令。〔楊高、楊春應科。德昭白〕你二人各領精鋭五千，兩路埋伏接應，聽吾吩咐。〔唱〕

【高宮套曲·脱布衫】恁須是兩路雄兵協贊匡(韻)，仗英材截戰騰驤(韻)。沙場上武耀威揚(韻)，則要使大遼人魂亡魄蕩(韻)。〔付令箭楊高接科。楊春同白〕得令。〔將官作帶馬科，引從下場門下。潘仁美冷笑科。德昭白〕元帥領兵五千，在城南截住遼將，不可放他進城，使他非遁即擒，城可得矣，不得有

達。〔潘仁美强應科。白〕得令。〔德昭下座，隨撤高臺公案科。德昭唱〕

【高宫套曲・小梁州】雖是俺小小機謀作用藏(韻)，還仗伊協志劻勷(韻)。今日箇掠地攻城賴伊行(韻)，這的是兵勇元戎壯(韻)，合契俺計謀良(韻)。〔將官、陳琳引德昭從下場門下。潘仁美冷笑科。白〕你看千歲並不派別者之將，任用楊氏弟兄，自恃機謀高廣，小覷本帥無謀。如今又要我去城邊阻住遼將，不許放他進城，總成那楊泰等建功。我那裏氣得過，少時做出便見。大小三軍，就此前去者。〔王侁等應科。雜扮一軍士，戴馬夫巾，穿箭袖，繫肚囊，執纛，從上場門暗上，隨衆作遶場科。同唱〕

【高宫套曲・白鶴子】暫時遵律令(句)，頃刻自主張(韻)。前去假支撑(句)，暗把遼兵放(韻)。〔從下場門下。雜扮遼兵，各戴額勒特帽，穿外番衣，持兵器。雜扮遼將，各戴盔襯、狐尾、雉翎，穿打仗甲，持兵器。引雜扮耶律希達、耶律學古、耶律奇、耶律博郭濟，各戴外國帽、狐尾、雉翎，紥靠，背令旗，持兵器。同從上場門上。同唱〕

【高宫套曲・芙蓉花】請同僚禦宋强(韻)，援鄰邦將臂攘(韻)。左袒沙場(韻)，接壤相依相傍(韻)。〔分白〕俺乃幽州大將耶律希達是也。俺乃燕州都統制耶律學古是也。俺乃總領山西諸州事耶律博郭濟是也。俺乃燕州副將耶律奇是也。〔耶律博郭濟、耶律奇白〕俺們爲因救援而來，今日約於城外會戰。〔耶律希達白〕全仗三位之力，殺退宋兵，保守此城便了，就此出城迎敵。〔衆應同唱〕先退敵保住城隍(韻)，再計較修兵備屯(句)，將士竭力固守嚴防(韻)，方顯我雄威壯(韻)。〔同從下場門下。場上設幽州城，遼兵遼將、耶律希達等暗上，作出城科，隨撤城。軍士引楊泰從上場門衝上，戰科。楊泰等佯敗，耶律希達等追科。軍士引楊徵從下場門上，截戰科。白〕遼寇不得猖狂，俺楊徵在此，專待擒你。〔同作戰科。楊泰、楊徵同作誘敵科，從下場門下。遼衆追下。將官引楊高、楊春從上場門悄上。楊高、楊春白〕我等奉千歲鈞旨，伏兵兩路，專待哥哥誘敵到來，奮勇擒捉。〔内呐喊科。楊高白〕呀，那邊塵土迷天，喊聲震地，必是哥哥誘了敵人來也。〔楊春白〕小心埋伏者。〔衆應科，虚下。楊泰、楊徵等作引耶律希達等從上場門上，戰科。楊泰等作佯敗科。楊高、楊春等突上。白〕遼將那裏走。〔作合戰科，耶律希達等從下場門敗下，楊泰等追下。軍士王侁、米信、田重進、劉君其引潘仁美從上場門上。同唱〕

【高宫套曲・雙鴛鴦】望沙場(韻)，殺氣揚(韻)，滚滚征塵蔽日黄(韻)。你看遼兵逃亡樣(韻)，機謀不出我賢王(韻)。〔仍設幽州城，内呐喊科。潘仁美白〕呀，你看遼兵大敗逃回，果中千歲之計。〔想科。白〕有了，待遼將來時，假作戰敗，放他進城，一則以塞千歲之口，二則楊泰等不能成功。好計。衆將官，遼兵雖然敗回，但他促迫之際，一人拚命，萬夫莫敵，可阻則阻。若其勢兇勇，放他進城，保爾等性命要緊。〔衆應虚下。遼兵遼將、耶律希達等從上場門急上。白〕不好了，中了宋將誘敵之計。腹背受敵，殺得俺們大敗而逃，不知城池可曾失去，爲此急急逃回來看。〔衆同作遶場奔城科。潘仁美等上截住科。白〕那裏走，本帥候久了。〔耶律希達等驚慌科。白〕又遇伏兵攔住，怎麽處？〔内呐喊科。遼將白〕追兵又至，拚死殺進城去纔好。〔作戰科。潘仁美等作讓路放耶律希達等進城科下。軍士將官引楊泰等從上場門追上科。白〕元帥，你怎麽不攔住遼兵，容他進城？〔潘仁美咤科。白〕爾等不把遼將遠遠引去，反縱他逃回。本帥纔領兵來，敵人早已進城一半，教我如何阻擋？我不來罪你們，你們反來問我，回去見了千歲再講，回兵。〔衆應，內吶喊科。楊泰等白〕呀，那邊又有我軍來也。〔將官、陳琳、德昭引生扮宋太宗，戴金王帽，穿黃龍箭袖，團龍排穗，束黃鞓帶，同執馬鞭。雜扮二軍士，各戴馬夫巾，穿箭袖，繫肚囊，一執三軍司命纛，一執黃纛，同從上場門上。同唱〕

【上馬嬌煞】【上馬嬌】（首至四）定成功無虛妄(韻)，暗襲城計最良(韻)。〔潘仁美等作下馬科。白〕臣等迎接聖駕。〔宋太宗白〕王兒，妙計，元帥協贊，城必破矣。〔德昭白〕遼將那裏去了？〔楊泰等白〕啓上千歲，臣等遵令，將遼將戰敗，追到城下，被元帥放進城去了。〔潘仁美白〕萬歲，楊泰等不把遼將遠遠引去，臣領兵纔到，遼將先已進城了，這是楊泰等不遵軍令，非臣之故。〔德昭怒視潘仁美科。白〕若不能引陣敗敵，是楊泰等違令。縱放進城，是你妬忌成功，罪應處斬。請聖上降旨，將潘仁美正法，以警後人。〔潘仁美作驚慌跪求科。白〕聖上，臣怎敢故縱敵人，只怪楊泰等誘敵不遠，臣到城下，遼人已有少半進城，教臣那裏攔擋得住，望聖上詳察。〔宋太宗白〕王兒，若罪元帥縱寇，衆將也干失機之罪，權且饒恕，容他們奮力攻城，將功贖罪。〔潘仁美白〕謝萬歲不斬之恩。〔宋太宗白〕卿可率領三軍，竭力攻城。〔潘仁美白〕領旨。衆將官把城池團團圍住，用力攻打。〔衆應科。潘仁美、楊泰等作上馬科。同唱〕重重圍繞如羅網(韻)，【賺煞】（末二句）誰敢再踈虞釋放(韻)，奮雄威破他鐵壁與銅牆(韻)。〔同作圍城科。從兩場門圍下，隨撤城科〕

第十六齣　遼師奮勇困堅城（庚青韻）

〔雜扮遼兵，各戴額勒特帽，穿外番衣，持兵器。雜扮遼將，各戴盔襯、狐尾、雉翎，穿打仗甲，持兵器。雜扮蕭天佐、蕭天佑、蕭特里、耶律休格，各戴外國帽、狐尾、雉翎，紥靠，持兵器。雜扮耶律色珍、耶律沙，净扮韓德讓，雜扮耶律尚，各戴外國帽、狐尾、雉翎，紥靠，背令旗，持兵器。雜扮女遼將，各戴狐尾、雉翎，紥額，穿甲，持兵器。旦丑扮二遼女，戴狐尾、雉翎，紥額，穿襯衣。引旦扮耶律瓊娥，紥七星額，戴鸚哥毛尾、雉翎，紥靠，背令旗，執馬鞭。旦扮蕭氏，戴蒙古帽綵垂，紥靠，背令旗，襲蟒，束帶，執馬鞭。雜扮二遼女，戴紗罩，穿採蓮襖，繫月華裙，執纛。同從上場門上。同唱〕

【仙吕宫正曲・八聲甘州】軍容肅整(韻)，看西樓師旅(讀)，勢甚縱横(韻)，奇奇正正(韻)。臨潢十萬精兵(韻)，娘娘專閫親操柄(韻)，宋帝興師御駕征(韻)。〔蕭天佐、蕭天佑白〕啟上娘娘，此去幽州，止有二十里之遥，請娘娘就在此處安營等候，臣等統兵救援去。〔蕭氏白〕宋兵勢衆，待孤親自督陣，已整軍威。耶律沙帶領後隊人馬，在此扎營等候。待孤退了宋兵，同進幽州駐蹕，已備拒宋之便。〔耶律沙白〕領旨。〔蕭氏白〕大小三軍，殺上前去。〔衆應科。同唱合〕敢攖(韻)，利鋒鋩速救幽城(韻)。〔同從下場門下。場上設幽州城。潘仁美、德昭内白〕衆將官將城緊緊圍住，奮力攻打。〔雜扮軍士，各戴馬夫巾，穿箭袖卒褂，持兵器。雜扮將官，各戴馬夫巾，紥額，穿打仗甲，持兵器。生扮楊泰、楊徵、楊高、楊春，各戴盔，紥靠，持兵器。副扮王侁、米信，丑扮田重進、劉君其，各戴盔，紥靠，持兵器。引浄扮潘仁美，戴帥盔，紥靠，背令旗，持鎗。生扮德昭，戴素王帽，紥靠，背令旗，持金鞭。雜扮二軍士，各戴馬夫巾，穿箭袖，繫肚囊，一執「三軍司命」，一執纛，隨從兩場門上。同唱〕

【又一體】層層(韻)，加攻添勇兵(韻)。須合心奮力(讀)，雉堞欹傾(韻)。〔作圍城科，從兩場門下。雜扮遼兵，各戴額勒特帽，穿外番衣。雜扮耶律希達、耶律學古、耶律奇、耶律博郭濟，各戴外國帽、狐尾、雉翎，紥靠。上城瞭望科。白〕呀，你看宋兵，將城重重圍繞，勢甚猖獗。眼見旦夕之間，此城危矣，如何保守？〔同唱〕安危難定(韻)，此際業業兢兢(韻)。〔潘仁美、德昭等仍從兩場門上，作圍城科，仍從兩場門下。耶律希達白〕呀，你看攻城甚急，豈可束手待斃？俺們領兵衝出重圍，殺退宋兵便了。〔耶律學古白〕以寡焉能禦衆，只可四門多加砲石弓弩，竭力固守，待救兵到來，再作計議。〔潘仁美、德昭等引生扮宋太宗，戴金王帽，穿黄龍箭袖，團龍排穗，束黄鞓帶，執馬鞭。雜扮一軍校，戴馬夫巾，紥額，穿箭袖黄馬褂，繫鸞帶，執纛。同從兩場門上，作圍城科。宋太宗白〕城上遼將，早早獻城，可免一死，若打破城池，玉石俱焚也。〔同唱〕要全爾命早獻城(韻)，若抗天威難保生(韻)。〔耶律希達等怒科。白〕氣死我也，宋主休得逞强，俺大遼的兵勢，你豈不耳聞。〔唱合〕聲名(韻)，大遼軍遐邇皆驚(韻)。〔宋太宗怒科。白〕危卵敢當巨石，傳令攻城。〔潘仁美、德昭白〕攻城。〔衆應，欲攻城科，内吶喊，衆作回望科。德昭白〕呀，救兵到了，小心迎敵。〔衆白〕得令。〔遼兵遼將、蕭氏等從上場門上，作對陣科。潘仁美白〕領兵者何人？〔耶律尚白〕大遼蕭后娘娘。〔潘仁美白〕可知天朝大皇帝御駕在此，還不下馬拜降。〔蕭氏白〕陛下統率中華十六省，富貴已極。這雲朔幽冀十六州，乃晉帝石敬塘獻與大遼四十餘年。今陛下何生得隴望蜀之心，必欲吞併，何欺俺太甚也。〔宋太宗白〕朕奉天承運，統率華夷，普天率土，皆朕所握。汝若奉表朝貢，仍將幽燕之地，賜爾職掌。若行抗違，朕當統兵直搗西樓，休生後悔。〔蕭氏白〕陛下要俺朝貢，先戰後議。〔宋太宗同白〕開兵。〔德昭、宋太宗、蕭氏、耶律瓊娥從兩場門分下。韓德讓、潘仁美等合戰科，從兩場門下。耶律希達白〕好了，娘娘救兵已至，俺們領兵出城，内外夾攻，必能取勝。〔衆白〕有理。〔同作出城科，從下場門下，隨撤城科。遼兵遼將、宋兵宋將等從上場門上，接續戰鬬科。潘仁美等護宋太宗從下場門敗下。蕭氏等，從上場門上。蕭氏白〕宋兵往南而敗，吩咐大小三軍，緊緊追上。〔衆應科，從下場門追下。軍士將官、王侁、楊泰、潘仁美等護德昭、宋太宗同從上場門上。同唱〕

【仙吕宫正曲・五供養】兵來俄頃(韻)，表裏相攻(讀)，失勢非輕(韻)。揮軍宜疾退(句)，縱轡往前行(韻)。〔宋太宗白〕王兒，你看遼兵勢大，難言取勝，何以處之？〔德昭白〕待兒臣保護聖駕，先奔涿州，暫避其鋭，元帥領兵斷後，截住追兵便了。〔潘仁美白〕駕至涿州，遼人必引大兵追襲，若外無救應，定受其困。〔德昭白〕有了，楊繼業威名，遼人素懼，今現在代州，可速差人，召他父子馳驛前來，可保無虞。〔宋太宗白〕代州亦係要地，豈可無人鎮守？〔德昭白〕事在緊急，可著王侁、米信暫守鴈門。事定後，仍命楊繼業復任可也。〔宋太宗白〕如此，王侁、米信過來。〔王侁、米信應科。宋太宗白〕你二人星赴代州，召楊繼業父子馳驛前來保駕，就命你二人暫署其職，快去。〔王侁、米信白〕領旨。〔作馳馬從下場門下。宋太宗白〕潘仁美領兵殿後，須要小心。〔潘仁美白〕領旨。〔同唱〕無容暫停㊀，斷追兵截攖强勁㊀。〔軍士將官、德昭護宋太宗從下場門下。韓德讓、耶律尚等從上場門追上，與潘仁美等合戰科，從下場門下。遼宋兩兵從上場門上，陸續大戰。潘仁美、楊泰等從下場門敗下。耶律瓊娥、蕭氏從上場門上。衆白〕啟娘娘，宋兵敗往涿州城去了。〔蕭氏白〕孤與郡主屯兵幽州，天慶王與韓元帥領兵緊緊追上，將涿州圍住，不許放走一人，違令者斬。〔耶律尚、韓德讓白〕領旨。〔女遼將、二遼女隨蕭女、耶律瓊娥從下場門下。耶律尚、韓德讓白〕快快趕上，不得怠緩。〔衆應科。同唱合〕逐踵驅其後㊁，勇威增㊀，解圍反困去圍城㊀。〔同從下場門下〕

第十七齣　臣解君憂退虎旅（齊微韻）

〔楊繼業內白〕軍士們快快趲行。〔內應科。雜扮健勇，各戴紥巾，穿箭袖，繫鸞帶，背絲縧，持兵器。雜扮將官，戴馬夫巾紥額，穿打仗甲，持兵器。小生扮楊順，生扮楊貴、楊景，淨扮楊希，各戴盔，紥靠，持兵器。外扮楊繼業，戴金貂，紥靠，背令旗，持九環金刀，各執馬鞭。雜扮一將校，戴紥巾，穿箭袖，繫鸞帶，背絲縧，執「楊無敵」纛。同從上場門上。同唱〕

【仙呂宮正曲·玉嬌枝】兼程催騎(韻)，緊加鞭迅如鳥飛(韻)，匆匆早離山西地(韻)。過秦城早投幽薊(韻)，聞宣護駕贊兵機(韻)，昂昂甲士皆精鋭(韻)。〔合〕幾晨昏馬不停蹄(韻)，助征遼軍營早抵(韻)。〔楊繼業白〕老夫楊繼業是也，奉旨鎮守代州。且喜威名大振，遼人不敢正眼偷窺，亦可謂不辱君命矣。近聞聖上自將伐遼，連獲大捷，不意蕭氏親統大兵救援，我軍反失其利。故著王侁、米信星夜至代州，召俺父子前去護駕。爲此連夜揀選精騎，速赴軍前聽用。前面離易州不遠，孩兒們，催趲軍士，速速前進。〔楊貴等應科。同唱〕

【仙呂宮正曲·玉胞肚】催軍馳詣(韻)，越心急去覺猶遲(韻)。君命召不俟駕行(句)，部輕騎電奔星飛(韻)。〔合〕征鞍日夜未曾離(韻)，不知何時卸鐵衣(韻)。〔從下場門下。耶律尚、韓德讓內白〕衆兒郎，將涿鹿團團圍住。放走一人者斬。〔雜扮衆遼兵，各戴額勒特帽，穿外番衣，持兵器。雜扮遼將，各戴盔襯、狐尾、雉翎，穿打仗甲，持兵器。雜扮蕭天佐、蕭天佑、蕭特里、耶律休格、耶律學古、耶律希達、耶律奇、耶律博郭濟，各戴外國帽、狐尾、雉翎，紮靠，持兵器。雜扮耶律色珍，浄扮韓德讓，雜扮耶律尚，各戴外國帽、狐尾、雉翎，紮靠，背令旗，各持兵器。同從兩場門上，作遶場科。仍從兩場門下。生扮楊春，戴盔，紮靠，持兵器，從上場門急上。唱〕

【仙呂宮正曲・尹令】恨狂敵把雄心激起(韻)，衝牛斗騰騰浩氣(韻)，拚死突出圍裏(韻)。〔雜扮軍士，各戴馬夫巾，穿箭袖卒褂。雜扮將官，各戴馬夫巾，紮額，穿打仗甲。丑扮田重進、劉君其，各戴盔，紮靠。引浄扮潘仁美戴帥盔，紮靠，背令旗從下場門上，攔科。潘仁美白〕住了，楊春，你孤身一人，到此城門首，獐頭鼠腦，敢是要開城獻降麽？〔楊春白〕楊氏門中，無賣主求榮之輩，小將奉旨出城，催俺爹爹到來解圍。〔潘仁美冷笑科。白〕遼兵十萬之衆，圍繞重重，你一身便想闖出重圍，好大話。〔楊春白〕小將一人，固難闖圍。求元帥助我一枝兵將，殺出重圍，早得救兵到來，免聖駕擔驚。〔潘仁美白〕放著八千歲那裏不去討兵，求我何用。〔楊春白〕皆爲救主公事，何分彼此？〔潘仁美白〕你要去自去，我這裏人馬還要保守城池，那肯借與你？〔楊春白〕元帥不發人馬。〔潘仁美怒視科。白〕多講。〔引衆從下場門下，楊春忿氣科。白〕也罷，俺獨自出城便了。〔唱合〕匹馬孤身(句)，秉得忠心天鑒知(韻)。〔從下場門下。場上設涿州城科。遼兵遼將引蕭天佐、蕭天佑、蕭特里、耶律休格、耶律學古、耶律希達、耶律奇、耶律博郭濟、耶律色珍、韓德讓、耶律尚從兩場門圍上。楊春作出城衝圍科。耶律尚、韓德讓咤喝科。白〕宋將休想逃生。〔作戰科，遼兵遼將作圍科。楊春作闖出圍，從下場門下。耶律尚白〕被他闖出重圍去了。〔韓德讓白〕諒他一人，濟得甚事。衆將官緊緊圍住，不許再放一人，違者立斬！〔衆應科，作遶場圍城，從兩場門下，隨撤城科。健勇楊順、楊貴、楊希、楊景、楊繼業，同從上場門上。同唱〕

【仙呂宮正曲・品令】加鞭緊趕(讀)，風馳電移(韻)。軍情急急(讀)，怎敢遲遲(韻)。朝行暮趲(讀)，三日千餘里(韻)。〔楊春曲內從上場門急上。白〕好了，來的正是我爹爹了。〔作見科。白〕爹爹，孩兒楊春在此。〔楊繼業白〕原來是五郎。〔楊順等相見科。楊繼業白〕你不保駕伐遼，往那裏去？〔楊春作急。白〕爹爹，不好了，深情不及細禀，現今聖駕被困涿鹿，孩兒一人，殺出重圍，迎接爹爹，快去解圍救駕。〔楊繼業等作驚科。白〕有這等事？如此快些趲行。〔同唱〕聞急信心神驚悸(韻)，〔合〕扶危困(句)，救主爭前(讀)，衝圍破敵(韻)。〔同從下場門下。場上仍設涿州城，遼兵遼將引耶律尚、韓德讓等同從上場門上。同唱〕

【仙呂宮正曲・川撥棹】軍聲沸(韻)，望城西騰殺氣(韻)，好教俺頓起狐疑(韻)，好教俺頓起狐疑(疊)，這兵兒何方迅移(韻)？〔韓德讓白〕遠望征塵陡起，一定是方纔那宋將請了救兵來了。〔耶律尚白〕何處救兵，怎麽來得這樣疾速？〔衆白〕且奮力迎戰，殺退救兵便了。〔同唱合〕奮雄威要心齊(韻)，退强兵要心齊(韻)。〔健勇、楊貴、楊春、楊景、楊希、楊順、楊繼業從上場門衝上，楊繼業咤科。白〕爾等敢將吾主圍困，可知俺楊無敵救駕來也！〔耶律尚白〕休得逞强，看刀。〔作合戰，同從兩場門下。楊繼業等追耶律尚等從上場門上，陸續戰科。耶律尚等從下場門敗下，楊繼業等追下。軍士將官、田重進、劉君其、潘仁美作上城望科。潘仁美白〕呀，你看楊繼業救兵來救，待他殺退遼兵，放他進城便了。〔遼兵遼將、耶律尚等從上場門急上。耶律尚白〕楊無敵果然利害，我等戰不過，怎麽好？〔韓德讓白〕我等暫且退兵，讓他進城，再來圍困便了。〔衆白〕有理。〔楊繼業等從上場門追上，戰科。耶律尚等從下場門敗下。潘仁美白〕楊老將軍，遼兵已退，快些進城見駕。〔楊繼業白〕就此進城。〔同唱合〕奮雄威果心齊㊆，退强兵賴心齊㊆。〔同作進城科，下隨撤城〕

第十八齣　子承父志假龍袍（蕭豪韻）

〔生扮楊徵、楊高，戴盔，紥靠。雜扮內侍，戴太監帽，穿箭袖黃馬褂。生扮德昭，戴素王帽，紥靠，背令旗。引生扮宋太宗，戴金王帽，穿黃龍箭袖團龍排穗，束黃鞓帶，從上場門上。宋太宗唱〕

【越調正曲·竹馬兒賺】重兵佈繞(韻)，聽喧呼心中小鹿兒跳(韻)。〔中場設椅轉場坐科。生扮楊泰，戴盔，紥靠，從上場門上。唱〕吾弟將危途去蹈(韻)，把遼兵勢奏呈分曉(韻)。〔作參見科。白〕萬歲。〔宋太宗白〕楊泰，朕命你望探遼兵之勢如何，楊春可能闖出重圍去麽？〔楊泰白〕啟聖上，楊春呵，〔唱〕匹馬衝將去(句)，闖突奮力勦(韻)。〔白〕不一時，但見遼兵陣亂，征塵陡起，四面重兵，捲旗息鼓，紛紛逃散。〔唱〕臣父把遼兵退(句)，救駕來征討(韻)。〔德昭、宋太宗白〕汝父已把重圍解了？〔楊泰應科。德昭、宋太宗白〕好！可稱無敵上將也。〔同唱〕虧了他勤王兵到(韻)，重圍頓使破了(韻)，一霎裏憂愁盡掃(韻)。〔浄扮潘仁美，戴帥盔，紥靠，背令旗。引外扮楊繼業，戴金貂，紥靠，背令旗。浄扮楊希，戴紥巾額，紥靠。生扮楊貴、楊春、楊景，小生扮楊順，各戴盔，紥靠。同從上場門上。楊繼業父子等同白〕解圍三尺劍，破敵一戎衣。〔楊繼業作朝見科。白〕罪臣楊繼業，保駕來遲，死罪，死罪。〔楊貴等隨楊繼業俯伏科。宋太宗白〕愛卿，你説那裏話來。你父子忠心貫日，寡人素知。前者嚇退遼兵，威行北塞。今又賴卿父子解散重圍，莫大之功也。封卿爲忠勇蕩寇上將軍，代州諸路都指揮。伊八子，〔楊泰、楊徵、楊高、楊春俯伏科。宋太宗白〕封爲護衞八虎將。明日保朕還汴，酬功之後，仍赴代州，欽此。〔楊繼業父子謝恩科。楊繼業白〕陛下既欲旋師，趁此遼兵退去，請車駕速速出城，臣父子保護進關。〔宋太宗白〕衆軍連日守禦，未得休息，今晚且令衆軍安頓一宵，明早起程。〔楊繼業白〕陛下，敵衆退去未遠，倘復來圍城，那時欲走不能矣。請陛下快快出城。〔德昭白〕令公之言是也，請陛下速整車駕起行。〔潘仁美白〕陛下聖意，與臣愚見一樣。此時天色漸晚，倘車駕行至半途，遼兵踵後追來，前無救援，後有追兵，黑夜之間，自相踐踏，其害甚深。依陛下聖見，明早出城爲是。〔宋太宗白〕智者臨事不惑，何必議論紛紛。準定明早回駕。〔潘仁美白〕領旨。〔内吶喊科。丑扮田重進、劉君其，各戴盔，紮靠，同從上場門急上。白〕遼軍捲地復圍困，守禦無能退敵兵。不好了，不好了。〔宋太宗、德昭白〕快些講。〔田重進、劉君其白〕一霎時，遼兵鼓譟而至，照舊把城池圍了個水泄不通，這便怎麽處？〔宋太宗白〕再去打聽。〔田重進、劉君其應科，仍從上場門下。宋太宗白〕果然不出卿之所料，老將軍，有何退兵之計？〔楊繼業白〕待臣父子上城，審視敵人聲勢，然後定計破之。〔宋太宗白〕卿當盡心籌度，快去。〔起，隨撤椅。楊繼業白〕領旨。楊泰、楊徵隨我來。〔楊泰、楊徵應科，隨從下場門下。宋太宗、德昭、潘仁美等同從上場門下。場上設涿州城科。雜扮遼兵，各戴額勒特帽，穿外番衣，持兵器。雜扮遼將，各戴盔襯、狐尾、雉翎，穿打仗甲，持兵器。雜扮蕭天佐、蕭天佑、蕭特里、耶律休格、耶律奇、耶律希達、耶律學古、耶律博郭濟，各戴外國帽、狐尾、雉翎，紮靠，持兵器。雜扮耶律色珍，浄扮韓德讓，雜扮耶律尚，各戴外國帽、狐尾、雉翎，紮靠，背令旗，持兵器。從兩場門上，作圍城科，仍從兩場門下。雜扮軍士，各戴馬夫巾，穿箭袖卒褂。雜扮將官，各戴馬夫巾，紮額，穿打仗甲，引楊繼業、楊泰、楊徵作上城望科。楊繼業歎白〕若此堅兵，吾父子雖能殺出重圍，能保車駕與衆臣無傷乎？〔作忿悶科。唱〕

【越調正曲・鏵鍬兒】心頭火燎(韻)，你看這週遭密繞(韻)，陣勢整齊(讀)，軍有規條(韻)。看鐵騎紛紛逞虐暴(韻)，困圍固牢(韻)。俺便仗武耀(韻)，憑勇驍(韻)，〔合〕縱然死戰(讀)，難將駕保(韻)。〔遼兵遼將各執旗。耶律尚等從兩場門上。雜扮五遼將，各戴盔襯、狐尾、雉翎，穿打仗甲，執纛隨上。韓德讓執旗，作指揮兵將遶城走陣科。仍從兩場門下。楊繼業驚科。白〕呀，你看遼帥，調兵有法，佈陣有方。不知何許之人？這等利害。〔楊泰白〕孩兒與他會過兩陣，他叫韓德讓。〔楊繼業想科。白〕久聞晉國韓廷徽之子韓德讓，乳名延壽，在遼爲官。原來此人，智勇兼全。〔歎科。白〕今觀其勢，縱使武侯重生，不能脱此重圍矣。〔楊泰、楊徵白〕難道爹爹束手於此，別無良策麽？〔楊繼業白〕爲今之計，非用漢高祖脱滎陽禍之謀不可。〔歎科。白〕惜乎不得紀信耳。〔楊泰白〕爹爹平日常言要以死報宋君，今遇患難之際，當伸素志。孩兒願爲紀信，捨死向前。〔楊繼業白〕我兒，你果然成吾計麽？〔楊泰白〕萬死不辭。〔楊繼業白〕好！吾門有幸。隨我去見聖駕，速行計議便了。〔楊泰、楊徵應科。同唱〕

【又一體】爲臣忠節(句)，當爲君親報効(韻)。畏避鋒鋩(讀)，朽名遺誚(韻)，拚死將君報(韻)，丹心可表(韻)。〔同下城，隨撤城科。内侍、楊高、楊春、楊景、楊希、楊順、潘仁美、德昭，引宋太宗從上場門上。宋太宗唱〕待回報(韻)，好問根苗(韻)。〔合〕施何巧計(讀)，旋師去早(韻)。〔中場設椅轉場坐科。楊繼業、楊泰、楊徵從上場門上，作參見科。白〕萬歲。〔宋太宗白〕老將軍上城審視敵人，聲勢如何？〔楊繼業白〕臣觀敵衆，甚是猖狂，車駕決難輕出。〔宋太宗作驚科。白〕倘再延時日，軍無糧草，忽生他變，怎麽處？〔楊繼業白〕陛下若要脱此重圍，除非效漢朝紀信救高祖離滎陽之計。〔德昭白〕此計甚好，只是誰學紀信？〔楊繼業白〕臣長子楊延平，願承此計。〔宋太宗訝科。白〕楊泰願承此計？〔楊泰應科。宋太宗作躊躇科。白〕老將軍功高年邁，今因一時之緩急，損卿之長子，朕實不忍。〔德昭白〕陛下仁德爲心，不忍陷他人之子於危途。兒臣當以身相代，伏乞準兒之請。〔宋太宗白〕這個一發使不得了。〔楊繼業父子等白〕千歲金枝玉葉，乃國之儲副，豈可身陷危途。臣等卑賤之軀，得以盡忠於國難，方爲萬幸。陛下不必推辭。〔德昭白〕嗳，臣子原是一體，忠孝豈有二論。〔楊繼業白〕不是這等講，千歲誠心侍奉陛下，即謂之孝。竭力輔佐國政，即謂之忠。若效臣子殉身棄命呵。〔唱〕

【越調集曲・山桃紅】【下山虎】（首至四）罪擔不孝(韻)，把君父恩拋(韻)。反向危途蹈(韻)，這是名沽譽釣(韻)。〔宋太宗白〕莫説王兒不可，就是卿家之子，寡人也實是不忍。〔唱〕【小桃紅】（六至合）你爲我身兒保(韻)，爲我禍兒逃(韻)。割你父子恩(讀)，弟兄情(句)，何殘暴(韻)也(格)。〔楊徵等七人白〕陛下，楊泰乃臣父之長子，留之可也，臣等愿當此任，以報國恩。〔楊泰白〕住了，陛下此計只有臣一人可去。〔宋太宗白〕爲何？〔楊泰白〕臣之賤貌，與龍顔相似，可欺遼人衆目，是以非臣不可。〔楊繼業白〕此事即宜速行，若待城破，玉石俱焚，雖留臣父子，也無補於事。〔楊泰同唱〕臣當爲主塗肝腦(韻)，〔合〕凛凛忠心表(韻)，令名永昭(韻)。〔白〕陛下呵，〔唱〕再彰天威蕩逆遼(韻)。〔内作吶喊科。田重進、劉君其從上場門急上。白〕報啟陛下，遼兵攻打甚急，石守信、劉遇等防禦不下，請旨定奪。〔宋太宗、德昭等作驚慌科。白〕這便怎麽處？〔楊繼業白〕不妨，臣有緩軍之計。〔向田重進、劉君其白〕二位將軍過來，你上城對遼將説，且不必攻城，今日天晚，明日五鼓，聖駕親到東門外，講和修好。若違所約，任其攻打，快去。〔田重進、劉君其白〕領命。〔從下場門下。楊繼業白〕事在燃眉，不必再議。二郎楊徵、三郎楊高、四郎楊貴、五郎楊春過來。〔楊徵等應科。楊繼業白〕你四人，明日護大郎出東門，詐作議和，見機行事。〔楊泰等應科。楊繼業白〕臣與楊順、楊希、楊景，保陛下與千歲出西門，直趨倒馬關。元帥領大軍斷後，以防追兵。〔潘仁美白〕這何消吩咐。〔楊繼業白〕天色已晚，求陛下將冠服賜與楊泰，改扮停當，好待五鼓出城行事。〔宋太宗作未決意科。德昭白〕陛下不必猶疑，快將冠服賜與楊泰，行事要緊。〔宋太宗作決意科。白〕罷，只得權依所請便了。〔内侍向下取王帽、黄蟒，宋太宗付楊泰科。白〕楊泰〔唱〕

【又一體】賜伊王帽(韻)，假爾黄袍(韻)，裝束吾形貌(韻)，盡其臣道(韻)。〔白〕楊泰嘎，〔唱〕此去關係非輕小㊉，須把身兒保㊉。〔白〕衆卿。〔衆同白〕萬歲。〔宋太宗唱〕弟與兄㊀，要保全㊁，庶免遭殘暴㊉也㊂。〔楊繼業等白〕陛下請放心。〔同唱〕勸主寬懷休煩惱㊉，〔合〕耿耿忠心表㊉。令名永昭㊉，再彰天威蕩逆遼㊉。〔同從下場門下〕

第十九齣　好弟兄全忠死義（真文韻）

〔外扮智聰禪師，戴和尚帽，穿僧衣，繫絲縧，帶素珠，執拂麈，從上場門上。白〕不二門中法奧傳，諸魔戰退識人天。本來面目今方見，一體原因始得全。老僧五臺山智聰禪師是也。旬日前，蒙文殊菩薩指示，道：今有宋將楊春，本係羅漢，降凡淪刧，因涿鹿之戰，敗北落荒。命老僧前來，收他上山，日後當助宋破陣，成就因果。爲此特地到此等他，正是：闇室誰人燃寶炬，迷津接引賴金繩。〔從下場門下。雜扮遼兵，各戴額勒特帽，穿外番衣，持兵器。雜扮遼將，各戴盔襯、狐尾、雉翎，穿打仗甲，持兵器。雜扮蕭天佐、蕭天佑、蕭特里、耶律休格、耶律希達、耶律奇、耶律學古、耶律博郭濟，各戴外國帽、狐尾、雉翎，紥靠。雜扮耶律色珍，浄扮韓德讓，雜扮耶律尚，各戴外國帽、狐尾、雉翎，紥靠，背令旗，各持兵器。同從上場門上。同唱〕

【黄鐘宮正曲・歸朝歡】雜三唱（句），雜三唱（疊），整我戎軍（韻），熾兵威施張赫振（韻）。東門外（句），東門外（疊），兵陳充牣（韻），待他來（讀）共約和番之信（韻）。〔耶律尚白〕元帥，昨晚宋主寄出信來，説今日五鼓，車駕親出東門，與俺國講和修好，兩下罷兵。少時宋主出來，我們怎生相見？〔蕭天佐、蕭天佑、蕭特里、耶律休格白〕少間乘機刼奪車駕，回報娘娘，豈非一場大功？〔韓德讓白〕豈有此理，既約講和修好，那有爭戰刼奪之理。還當以禮相見纔是。〔耶律尚白〕承教了。〔蕭天佐、蕭天佑白〕既然以禮而見，這些人馬兵器，一概用不著了。〔韓德讓白〕以備不虞。傳令部下兒郎，少間宋主出城，列開陣勢，毋得妄動。〔衆應遶場科。同唱〕三宣五令傳來緊(韻)，毋教妄動揮鋒刃(韻)，〔合〕禮貌謙恭見宋君(韻)。〔遼兵白〕已到東門。〔內奏樂科。楊徵、楊高、楊貴、楊春內白〕車駕來也，吩咐開城。〔韓德讓白〕聽鼓樂之聲，必是宋主出城來也。衆兒郎，列開陣勢者。〔衆應作列陣科。雜扮勇士，各戴馬夫巾，穿勇字衣，繫鸞帶，持兵器。雜扮將官，各戴馬夫巾，紮額，穿打仗甲，持兵器。引生扮楊徵、楊高、楊貴、楊春，各戴盔，紮靠，持兵器。引雜扮推車軍士，戴馬夫巾，穿箭袖，繫肚囊。推車內坐生扮楊泰，戴王帽，穿黃蟒，藏弓箭兵器於車內。雜扮後護將官，各戴馬夫巾，紮額，穿打仗甲，抱鎗。雜扮一軍士，戴馬夫巾，穿箭袖，繫肚囊，執傘。同從上場門上。楊徵等白〕遼將聽者，吾主車駕在此，爾等既肯講和，怎不下馬朝見？〔耶律尚作看科。白〕住了，既是宋主親來講和，怎不見楊令公保駕？請揭起車幃，俺們要瞻仰天顏。〔楊泰白〕答話者何人？〔耶律尚白〕俺乃遼國皇叔，天慶王耶律尚。〔楊泰作揭簾科。白〕看箭。〔作射死耶律尚科。韓德讓白〕與俺擒來。〔楊泰出車科。執傘軍士、推車軍士、後護將官從上場門急下，衆作合戰科，從下場門下。楊泰等、韓德讓等從上場門上，交戰科，從下場門下。楊泰從上場門上。白〕且喜已將耶律尚射死，聊解心頭之恨。〔唱〕

【又一體】雪國恥(句)，雪國恥(疊)，消咱怒憤(韻)，恨鴟鴞無能戮盡(韻)。〔遼兵從兩場門追將官上，戰科。韓德讓、蕭天佐、蕭天佑從上場門追上，戰科。韓德讓、蕭天佐、蕭天佑白〕住了！既約講和，爲何放冷箭，傷俺皇叔？〔楊泰白〕吾恨不能斬盡爾等，以清邊界。〔唱〕英雄性(句)，英雄性(疊)，騰騰激奮(韻)，一身兒(讀)何懼千鋒萬刃(韻)。〔作戰科。遼將從兩場門追軍士上，作圍戰科。軍士從兩場門下，蕭特里、耶律希達、耶律學古、耶律博郭濟從上場門上，助戰科。韓德讓等同白〕宋主，你已陷入羅網，還想逃脱麽？〔楊泰白〕瞎眼的遼賊，可認得俺楊令公長子楊泰在此！〔韓德讓等作怒科。白〕原來不是宋主，衆將官，與我奮力斬這賊子。〔衆應戰科。作殺死將官，砍倒楊泰，韓德讓作刺死科。韓德讓白〕衆將官，撒開戰馬，將他踹爲虀粉，與皇叔報讐。〔衆應，同作旋馬踐踏科。同唱〕千軍萬騎同蹂躪(韻)，將來踹踏成虀粉(韻)，〔合〕頃刻教他變野塵(韻)。〔從下場門下，耶律奇、耶律休格、耶律色珍追楊徵、楊高、楊貴、楊春從上場門上，戰科。遼兵遼將追軍士從兩場門上，戰科。韓德讓、蕭天佐、蕭天佑、蕭特里、耶律希達、耶律學古、耶律博郭濟從上場門上，助戰科。作殺死軍士，擒住楊貴科。楊徵、楊高、楊春、四軍士逃，從下場門下。耶律休格、耶律色珍、蕭天佐、蕭天佑追下。遼兵白〕四員宋將，逃去三員，蕭先鋒等追去了，擒得一員在此。〔韓德讓白〕將所擒宋將，解往幽州，但憑太后娘娘發落。〔二遼兵應，押楊貴從上場門下。韓德讓白〕隨俺擒拏宋將去者。〔衆應科，同從丁場門下。耶律休格、耶律色珍、蕭天佐、蕭天佑追楊徵、楊高、楊春、軍士，從上場門上，戰科。遼兵遼將從兩場門上，作圍科。韓德讓、耶律希達、耶律學古、耶律奇、耶律博郭濟、蕭特里，從上場門追上，助戰作殺死軍士、楊高、楊徵科。楊春作突圍科，從下場門下，衆圍下。楊春從下場門急上。唱滚白〕不好了，看俺三箇兄長陣亡，四郎擒去，部下士卒，戰殁逃亡，一箇也無。止剩俺一人，如何闖得出重圍？〔唱〕

【黄鍾宫正曲・滴溜子】天不佑(句)，天不佑(疊)，兄亡痛愍(韻)。遭擒的(句)，遭擒的(疊)，死生未準(韻)。〔滚白〕爹爹，兒這裏遭困重圍，身陷於絶地，你那裏抒忠保駕，未卜安危。〔唱〕一箇箇(讀)，沙場身殉(韻)，〔合〕存殁兩難知(句)，英雄痛憤(韻)。〔作憤厲科。唱〕爲盡綱常(讀)，怎顧天倫(韻)。〔遼兵遼將、韓德讓、耶律色珍等從兩場門圍上，戰科。楊春作突圍逃，從下場門下。遼兵白〕走了。〔韓德讓白〕趕！〔衆應科，韓德讓作止科。白〕且住，只顧戰了宋將，忘了一件大事，衆位將軍聽令。〔蕭天佐、蕭天佑等應科。韓德讓白〕方纔乃楊泰假扮宋君議和，吾料宋主必出西門而去，料也走不遠，衆位領兵速速追趕。本帥除了這裏宋將，隨後前來接應。〔蕭天佐、蕭天佑等白〕得令！〔遼兵引從下場門下。韓德讓白〕速速追趕逃亡宋將，不許放走。〔衆應科同唱〕

【黄鍾宫正曲・雙聲子】加鞭緊(韻)，加鞭緊(疊)，各把雄威奮(韻)。逐宋軍(韻)，逐宋軍(疊)，踵後追來迅(韻)。十萬人(韻)，兩隊分(韻)，〔合〕欲建功勞(讀)，敢憚辛勤(韻)。〔同從下場門下，内呐喊科。楊春從上場門急上。唱〕

【黄鍾宫正曲・滴溜子】追兵至(句)，追兵至(疊)，征塵滚滚(韻)。荒郊外(句)，荒郊外(疊)，何方藏隱韻。〔白〕罷了嗄罷了，遼兵勢大，衆寡難支，可憐俺三箇哥哥，盡皆戰死。四郎又被擒去，剩俺一人，逃脱到此，天色昏黑，路徑生疎，後面追兵又至，如何是好？〔智聰禪師從下場門暗上。白〕將軍這裏來。〔楊春作驚視科。白〕這箇所在，怎麽有箇和尚在此？〔智聰禪師白〕來的敗將，可是五郎楊春麽？〔楊春作驚異科。白〕從未識面，怎麽就知俺姓名來歷，有些古怪。待我問來。〔作問科白〕你那和尚是那裏來的，何以知俺來歷？〔智聰禪師白〕老僧乃五臺山住持智聰禪師是也。蒙文殊菩薩指示道，你本係佛門高弟，暫謫塵凡，恐你迷却本來，故命老僧乘你危急之際，接引回頭，入我法門，當成正果。〔楊春作猛醒科。白〕原來如此，弟子情愿皈依，望吾師收録。〔唱〕望伊讀慈悲憐憫韻，〔合〕能離諸魔障讀，向蓮臺接引韻。〔智聰禪師白〕慧根不泯，彼岸非遥，隨我回五臺去者。〔楊春應科。同唱〕仗寶筏慈航讀，渡出迷津韻。〔同從下場門下〕

第二十齣　賢父子扈駕回鑾（東鐘韻）

〔雜扮軍士，各戴馬夫巾，穿箭袖卒褂，持兵器。雜扮將官，各戴馬夫巾，紥額，穿打仗甲，持鎗。生扮楊景，小生扮楊順，各戴盔，紥靠，持兵器。净扮楊希，戴紥巾額，紥靠，持鎗。外扮楊繼業，戴金貂，紥靠，背令旗，持九環金刀。生扮德昭，戴素王帽，紥靠，背令旗，持金鎗。雜扮內侍，戴太監帽，穿箭袖黄馬褂，執馬鞭。生扮宋太宗，戴金王帽，穿黄龍箭袖團龍排穗，執馬鞭，同從上場門上。同唱〕

【中吕宫正曲・粉孩兒】匆匆的(讀)，離闉闍趨林迥(韻)。帥千麾萬騎(讀)，護衛環擁(韻)。遼兵日熾逞暴兇(韻)，速回師暫避其鋒(韻)。〔宋太宗白〕寡人若非老將軍妙計，焉脱重圍，但不知楊泰等性命存殁，使寡人好生牽掛也。〔楊繼業白〕臣兒等個個智勇，决不遭害，請聖心寬懷趲路。〔唱合〕勸吾皇休得心憂(句)，護平安聖躬爲重(韻)。〔同從下場門下。雜扮軍士，各戴馬夫巾，穿箭袖卒褂，持兵器。丑扮田重進、劉君其各戴盔，紥靠，持兵器。生扮石守信，净扮劉遇，各戴盔，紥靠，持兵器。净扮潘仁美，戴帥盔，紥靠，背令旗，持鎗，同從上場門上。同唱〕

【中吕宫正曲・紅芍藥】機謀巧(句)，西出城墉(韻)，早鑾輿遠避㺯狨(韻)。截戰追兵後軍統(韻)，重任兒擔來驚悚(韻)。〔潘仁美恨科。白〕可恨楊繼業，偏在聖駕面前奏我統兵斷後，截住追兵，把重擔兒卸在我身上，好生可惱。〔田重進、劉君其白〕元帥，聖上道他代州有功，如今又是解圍救駕，恩眷愈隆，又有千歲偏向，元帥耐他些罷。只保佑他五個兒子，一個也不得生還，就出了你的氣了。〔潘仁美笑科。白〕這也説得是。〔内吶喊科。衆白〕不好了，追兵至矣。〔潘仁美作慌科。唱〕聽聽(句)，吶喊勢甚雄(韻)，快加鞭避兵催鞚(韻)。〔欲走，石守信、劉遇阻科。白〕元帥，那裏去？你奉旨斷後，原爲截住追兵，你如何走得？〔潘仁美白〕繼業奸詐，他保了聖駕，安然先走，我們趕上車駕，一同退敵。〔石守信、劉遇白〕若如此，元帥又擔引寇劫駕之罪了。〔潘仁美歎科。白〕將軍，那遼將何等驍勇，你我那裏敵得住？〔田重進、劉君其白〕元帥，前番縱放遼兵，獲罪非小，到了汴京，千歲終不饒你。趁此立功，攔住追兵，且戰且走，待車駕進關，元帥也好將功折罪。〔潘仁美白〕也説得是。〔内吶喊科，潘仁美慌科。白〕呀，追兵近了，列位將軍，須要奮勇截戰。〔衆白〕得令。〔同唱合〕正躊躇無力衝鋒(韻)，恨遼將追來接踵(韻)。〔雜扮遼兵，各戴額勒特帽，穿外番衣，持兵器。雜扮遼將，各戴盔襯、狐尾、雉翎，穿打仗甲，持兵器。雜扮蕭天佐、蕭天佑、蕭特里、耶律學古、耶律希達、耶律博郭濟、耶律奇、耶律休格、耶律色珍，各戴外國帽、狐尾、雉翎，紥靠，持兵器，從上場門追上，唱科。白〕奸詐狂徒，休想逃生，報名受縛。〔潘仁美白〕本帥乃平遼大元帥潘仁美。〔耶律希達等白〕你就是潘仁美，好嗄。俺國久聞中朝有個奸相潘仁美，勸主伐遼，就是你。今日狹路相逢，如何饒得。衆兒郎，大家奮勇斬此奸賊，與衆除害。〔衆白〕得令。〔作合戰科，從下場門下。耶律博郭濟、耶律希達、耶律休格，追石守信從上場門上，戰科。耶律希達等白〕老朽通名。〔石守信白〕俺乃老將石守信。〔耶律希達等白〕看你老朽無能，還不投降，尚敢攔俺去路麽？〔作戰科，從下場門下。耶律學古、蕭天佑追劉遇，從上場門上，戰科。蕭天佑、耶律學古白〕宋將還不投降，快快通名受死。〔劉遇白〕俺乃劉遇是也，遼賊，敢與俺戰幾百合麽？〔耶律學古、蕭天佑白〕好大話，我且問你，宋主那裏去了？〔劉遇白〕聖上早進關中去了。〔耶律學古、蕭天佑白〕休得支吾。〔作戰科，從下場門下。田重進、劉君其、潘仁美急從上場門上，急跑科。遼兵遼將從上場門追上，潘仁美等從下場門逃下。衆追下。軍士將官、楊繼業等護德昭、宋太宗等從上場門上。同唱〕

【中呂宮正曲・耍孩兒】身離顛危心自恐(韻)，若要安寧慰(句)，願忠良父子重逢(韻)。〔宋太宗白〕老將軍，朕已走出百餘里，怎麽還不見楊泰等五人回來？〔楊繼業白〕陛下放心，少不得隨後就來，快快趲行。〔衆應科。楊繼業唱〕催軍(句)，忙忙的(讀)，護擁乘輿送(韻)。〔衆從下場門下，楊繼業悲歎科。唱〕背吾皇(讀)，暗自偷悲痛(韻)。〔白〕五個孩兒呵，〔唱合〕必定是遭殘横(韻)。〔從下場門下。耶律博郭濟、耶律希達、耶律休格、蕭天佐、蕭特里、耶律色珍、耶律奇追潘仁美、田重進、劉君其，從上場門上，戰科。耶律學古、蕭天佑、遼兵遼將追石守信、劉遇、軍士，從上場門上，合戰。田重進、劉君其、潘仁美從下場門急逃下，衆戰科，從下場門下。潘仁美、田重進、劉君其從上場門上。同唱〕

【中呂宮正曲・會河陽】鯨奮豨張(讀)，聲勢猶雄(韻)，唬得筋酥骨軟眼兒矇(韻)。〔遼衆内白〕戴鳳翅盔，穿金鎖甲的，是潘仁美。不要放走了他。〔潘仁美作墜馬叫苦科。田重進、劉君其作扶起潘仁美慌科。白〕怎麼好呢？〔田重進、劉君其白〕快脱下來逃命。〔潘仁美白〕如此快與我脱。〔作去盔脱靠，虚白上馬科。蕭天佐、耶律博郭濟、耶律休格、耶律色珍、耶律希達、耶律奇、蕭特里從上場門追上，戰科。遼兵遼將追軍士從上場門上，遶場戰科。同從下場門下。潘仁美、田重進、劉君其，從上場門上。同唱〕縱横（韻），逼得吾曹（讀）力窮計窮（韻），都分把殘生送（韻）。〔内白〕騎白馬的是潘仁美。〔潘仁美白〕嗄，又是什麼？〔田重進、劉君其白〕説騎白馬的是潘仁美。〔潘仁美白〕門生我與你換換。〔田重進白〕換換嗄，換了馬，就換了命去了嗄。〔潘仁美白〕倘然不死，我大大的陞你，快換。〔田重進白〕罷了，換噓。〔作換馬，内吶喊，潘仁美驚跌虚白發諢科。田重進作扶上馬。耶律博郭濟、耶律希達、耶律休格、耶律色珍、耶律奇、蕭天佐、蕭天佑、蕭特里從上場門追上。白〕潘仁美那裏走！〔潘仁美、田重進、劉君其作驚急跑，從下場門下。石守信、劉遇從上場門上，戰科，同從下場門下。潘仁美、田重進、劉君其從上場門上。同唱合〕咱行（句），恨不得藏密縫（韻）。他行（句），令傳出休教縱（韻）。〔内白〕光頭散髮者是潘仁美。〔潘仁美白〕又是什麼潘仁美？〔劉君其白〕説光頭散髮的是潘仁美。〔潘仁美作驚慌科。白〕二公有何方法？〔田重進拔劍科。白〕來來來。〔潘仁美驚科。白〕做什麼？〔田重進白〕不是殺你，快把頭髮剃下來。〔潘仁美白〕這就不像人了嗄。〔田重進白〕人便不像，得了命了。〔劉君其白〕小將拾得一頂氈帽在此，快些戴上罷。〔潘仁美戴科。白〕這是什麼樣子。〔内吶喊。田重進白〕追兵又來了，快走。〔遼兵遼將從上場門上，追潘仁美等從下場門

下。楊繼業等護宋太宗等從上場門上。同唱〕

【中吕宫正曲·縷縷金】催騎趲㊀，苦身躬㊥，五更臨日午㊀，走途窮㊥。〔内吶喊。宋太宗、德昭、楊繼業白〕呀，〔同唱〕後有追兵至㊀，囂聲爭鬨㊥，鐵人此際心也恍㊥。〔德昭白〕追兵至矣，全賴老將軍奮勇當先。〔楊繼業白〕不妨，千歲保聖駕先行，待臣父子殺退追兵便了。〔宋太宗白〕嗄老將軍，你父子須要小心。〔楊希白〕陛下放心，若不斬幾個遼將首級回來獻上，不爲好漢。〔德昭、宋太宗白〕好壯哉將軍也，須要小心。〔内侍將官護德昭、宋太宗從下場門下。楊繼業白〕就在此處埋伏等候者。〔衆應，同唱合〕埋伏截其衆㊥，埋伏截其衆疊。〔虚下。内白〕穿藍袍的是潘仁美，快趕。〔潘仁美從上場門急跑上，作跌地科。石守信、劉遇、田重進、劉君其、軍士等從上場門上，作扶起潘仁美科。衆白〕元帥，快脱下來罷。〔潘仁美虚白發諢，衆與脱箭袖科。潘仁美等各虚白諢科。遼兵遼將、蕭天佐、蕭天佑等從上場門追上，戰科。蕭特里追潘仁美從下場門下。楊繼業等突上，軍士、石守信等從下場門下，衆作合戰科，從下場門下。蕭特里追潘仁美從上場門上，戰科。蕭特里白〕看鞭。〔作打傷潘仁美左臂，作擒住潘仁美。遼兵從兩場門上，作綁科。軍士、楊繼業、楊希，從上場門上。白〕遼將那裏走？〔作戰科。楊繼業白〕報名受死。〔蕭特里白〕俺乃大將蕭特里。〔潘仁美白〕楊元帥，楊將軍，快救我。〔楊繼業白〕你們敢擒俺大元帥，看刀。〔戰科，楊繼業作刀劈蕭特里科。潘仁美白〕楊元帥，救救我。〔楊希白〕不要救他。〔潘仁美白〕楊祖宗，救了我罷。〔楊繼業等作殺退遼兵從兩場門逃下。楊繼業與潘仁美放綁科。白〕元帥受驚了。〔潘仁美白〕多謝活命之恩，只是我左臂打傷，又失了坐騎，怎麼好？〔楊繼業白〕不妨，方纔斬了蕭特里，有他馬匹，元帥乘了去罷。〔潘仁美白〕多謝，帶馬。〔軍士作帶馬隨潘仁美從下場門下。楊希白〕自古養虎傷身，爹爹救他怎麽？〔楊繼業白〕多講。〔耶律希達、蕭天佐從上場門趕上，戰科，從下場門下。內吶喊科。將官、內侍、德昭、宋太宗從上場門上。同唱〕

【中呂宮正曲·紅繡鞋】回首戈戟縱横(韻)、縱横(格)，征塵蔽野朦朧(韻)、朦朧(格)。心慌亂(句)，意兒悚(韻)。驚懼處(句)，失西東(韻)。〔合〕忙策騎(句)，去匆匆(韻)。〔從下場門下，楊景追遼將從上場門上戰，作刺死二遼將科。楊景白〕遼軍中有膽量的，只管來嘎。〔蕭天佑從上場門上。白〕休得猖狂，俺來擒你。〔戰科，蕭天佑從下場門敗下。楊景追下。楊順追耶律色珍從上場門上，戰。耶律色珍從下場門敗下，耶律學古從上場門上，接戰。耶律學古從下場門敗下，楊順追下。楊希追耶律希達從上場門上，戰科。耶律希達從下場門敗下，耶律奇從上場門上，接戰。楊希白〕遼將，俺七爺爺鎗上不挑無名之將，報名上來。〔耶律奇白〕俺乃耶律奇。〔楊希白〕看鎗。〔戰科，作刺死耶律奇，割首級科。白〕誰敢來，誰敢來？〔從下場門下，楊繼業追耶律博郭濟從上場門上，戰科。遼兵遼將、蕭天佐等從兩場門上，助戰。楊景、楊希、楊順、軍士等從兩場門上，合戰。遼衆敗走，從上場門敗下。軍士白〕遼兵大敗。〔楊繼業白〕遼兵大敗，諒不敢再來追趕，取了首級，趕上車駕，回奏去者。〔衆應，同從下場門下，將官、內侍、德昭、宋太宗從上場門上。同唱〕

【中呂宮正曲·千秋歲】告天公(韻)，早退追兵去(句)，免士馬敗遭强横(韻)。恨敵猖狂(句)，恨敵猖狂(疊)，直恁的(讀)踵後追吾軍衆(韻)。〔楊繼業父子、潘仁美、田重進、劉君其、石守信、劉遇、軍士同從上場門上。同唱合〕復其鋭(讀)，將軍勇(韻)。遼兵敗(讀)，逃亡縱(韻)。個個心驚恐(韻)，抱頭鼠竄(讀)，潰散無蹤(韻)。〔楊繼業作參見科。白〕臣等殺退追兵，斬得遼將兩名，首級獻上。〔宋太宗白〕卿父子之功也。〔見潘仁美科。白〕仁美爲何這般光景？〔潘仁美愧歎科。白〕一言難盡。〔楊希白〕陛下，他被遼將擒住，見臣父子一到，他求救心急，叫出祖宗來了。〔潘仁美白〕陛下不要聽他，臣見追兵來得甚急，恐驚了聖駕，拚命相殺，攔住追兵，不信臣左臂現今被傷。〔宋太宗怒科。白〕既爲大帥，無計退敵，乃狼狽至此，有玷朝班。不看你陣上受傷，理應重處，罰汝鎮守雲應等州，不必回京。〔潘仁美白〕萬歲。〔背白〕此讐必報。〔宋太宗白〕遼兵大敗，不敢復來。吩咐前面扎營，今晚分撥各州鎮守之將，再打聽楊泰等消息，明日進關。〔衆白〕領旨。〔同唱〕

【慶餘】整戈擊退追兵衆(韻)，救駕勤王建大功(韻)，將汗馬勳名上景鐘(韻)。〔同從下場門下〕

第廿一齣　明薦暗謀圖雪怨（尤侯韻）

〔副扮王侁、米信，各戴盔，穿雜色圓領，束帶，從上場門上。同唱〕

【仙呂宮引・天下樂前】朔平鎮撫大參謀(韻)，趨附元戎是建猷(韻)。〔分白〕下官王侁是也。下官米信是也。我等隨潘元帥護駕伐遼，誰知涿鹿受困，聖旨命我二人，星赴代州，召取楊繼業，前去保駕。就命我二人，暫署其職。不想鑾輿還汴，遼人統領追逐，潘元帥被遼將擒下馬來，却被楊希奏知，聖上大怒，不許隨駕回汴，罰他鎮守朔平府三關，留賀懷浦、李漢瓊、田重進、劉君其，與你我二人，隨潘元帥保守鴈門一帶。楊繼業等護駕回京，此一番救駕之功，又被楊繼業父子占了先去。不日聖駕到京，不用説，又要加封楊氏一門了。元帥想到此事，故爾連日悶悶不樂，今早差人請我二人進帥衙飲酒遣愁。聞田劉二位，先在那裏了。〔行科。白〕爲此急速前來，這裏已是帥府，門上那位在？〔雜扮旗牌，戴小頁巾，穿箭袖排穗，佩腰刀，從上場門上。白〕邊關總帥府，國戚相爺衙。什麽人？〔王侁見科。白〕相煩通報，王侁、米信奉召來見。〔旗牌白〕原來是二位將軍，俺相爺與田劉二位，在書房候久了，隨我來。〔王侁、米信隨進行科。白〕三杯和萬事，一醉解千愁。〔旗牌白〕少待。〔作請科。白〕相爺有請。〔雜扮旗牌，戴小頁巾，穿箭袖排穗，佩腰刀。引浄扮潘仁美，戴軟九梁巾，穿出襬。丑扮田重進、劉君其，各戴盔，穿圓領。同從上場門上。潘仁美唱〕

【天下樂後】何時剔刺出心頭(韻)，翦滅楊門雪我讐(韻)。〔王侁、米信作見科。白〕太師爺，門下等參見。〔潘仁美白〕罷了。〔田重進、劉君其白〕二位將軍。〔王侁、米信白〕二位將軍。〔同揖科。潘仁美白〕本帥這兩日十分煩悶，特請四位進衙小飲，聊遣愁懷。〔王侁、米信白〕是，門下等早知太師煩悶，所以聞召即趨，特來湊趣。〔潘仁美白〕看酒。〔王侁等同白〕待門下把盞，看酒來。〔場上設席，同作入席科。同唱〕

【仙呂宮正曲・惜奴嬌序】琥珀光浮(韻)，會師生倫敘(讀)，合契同儔(韻)。開樽滿泛(句)，歡飲共樂消愁(韻)。〔王侁等同白〕太師，請歡飲一杯。〔潘仁美白〕請。〔作同飲科，潘仁美恨氣擊桌。王侁等作驚科。潘仁美白〕可惱。〔王侁等同白〕喫酒，爲何發惱。是了，敢是惱門下等不會趨承奉敬麽？〔潘仁美白〕吾惱的是楊家父子，前者聖上把他調至軍前，我就想要乘機陷害，誰知反總承他得了救駕之功，吾不曾害他，他倒奏我領兵斷後，以致左臂受傷，險喪一命。豈不可惱？〔田重進、劉君其白〕他雖取巧得了救駕之功，然八箇兒子，大郎、二郎、三郎，盡皆死在沙場之上。四郎、五郎生死未卜，也就出了太師一點氣了。〔王侁、米信白〕這就報了太師受傷被擒的讐了。〔潘仁美白〕只可惱楊希這廝，吾被遼將擒住，正在危急，教他父親不要救我。當著千軍萬馬，又在聖上面前，道我求救心切，叫他是祖宗。所以聖上動怒，罰我出鎮在此。〔王侁、米信等同白〕到底太師叫他祖宗没有？〔潘仁美作慚色科。白〕我那時求救心切，或者有之。〔王侁等同白〕原也不該叫出祖宗來嗄。〔潘仁美白〕就算叫了，我到底是元帥，也不當出我這樣大醜，怎不教人氣惱。除非斬盡繼業父子，方消吾恨。〔唱〕深讐(韻)，誓絶楊門拚遺臭(韻)，且消除胸中垢(韻)。〔王侁白〕這又何難，消停消停，尋箇妙計，管除楊氏一門。〔潘仁美白〕那裏等得消停，目今他父子保駕回京，恩寵日隆。留他父子在朝，又有千歲助他，吾今出鎮邊關，倘若敗績，他們正好尋計讒譖我了，自古先下手爲强。〔王侁白〕是嗄，潘楊之讐，結來久矣。太師不下手，他們就要下手了。〔米信白〕依門下愚見，總要尋箇題目，先將楊家父子調至軍前，然後就好圖了。〔衆同白〕是嗄。〔同唱合〕用機謀(韻)，須調來臨敵(讀)，那時尋索愆尤(韻)。〔内擂鼓，潘仁美等作驚訝科。潘仁美白〕何事鼓聲驟發？〔王侁等同白〕必有緊急軍情。〔雜扮報事旗牌，戴小頁巾，穿箭袖排穗，佩腰刀，從上場門上。白〕遼兵聲勢急，飛報到轅門。〔作進稟科。白〕啟上元帥，巡邊守將報到，蕭氏命韓延壽爲帥，領兵要奪取雲應朔三州，已進殺虎關。今有先鋒蕭達蘭，帶領人馬前來搦戰。衆將俱已齊集，候帥爺陞帳發令。〔潘仁美慌科。白〕不好了，不好了，吩咐開門。〔潘仁美、王侁等同出席從下場門下，隨撤席科。旗牌作出門科。白〕令發貔貅帳，排開劍戟門。〔喝科〕元帥有令，吩咐開門。〔從下場門下，内奏樂。雜扮軍士，各戴馬夫巾，穿箭袖卒褂，執旗。雜扮將官，各戴馬夫巾，紥額，穿打仗甲，執鎗。末扮賀懷浦，浄扮李漢瓊，各戴盔，紥靠，從兩場門上。王侁、米信、田重進、劉君其換靠，引潘仁美換帥盔，紥靠，背令旗，從下場門上。場上設高臺、公案、桌椅，潘仁美轉場陞座科。賀懷浦、李漢瓊率衆參見科。白〕衆將打躬。〔潘仁美白〕站立兩傍。〔衆應，分侍科。潘仁美白〕衆將聽者，遼兵勢衆，不可輕視。爾將士，各奮勇力，務期建功。王侁、劉君其，保守朔平，須加仔細。〔王侁、劉君其白〕得令。〔潘仁美白〕米信、田重進，領兵三千，爲左右翼。〔米信、田重進白〕得令。〔潘仁美白〕李漢瓊、賀懷浦，領兵三千，爲四哨救應。〔李漢瓊、賀懷浦白〕得令。〔潘仁美白〕分撥已定，快快隨吾出關迎敵。〔衆白〕得令。〔潘仁美下座，隨撤高臺、公案。衆取兵器帶馬。王侁、劉君其作拜送科，從下場門下。雜扮一軍士，戴馬夫巾，穿箭袖，繫肚囊，執纛從上場門暗上，隨衆遶場科。同唱〕

【仙呂宮正曲·黑麻序】帥率貔貅(韻)，跨征鞍促騎(讀)，提戟持矛(韻)。諭三軍嚴猛(讀)，雄風死鬬(韻)，英儔(韻)，鋭身雪國羞(韻)，成功建大猷(韻)。〔合〕衆心侔(韻)，保關退敵(讀)，固把咽喉(韻)。〔同從下場門下。雜扮遼兵，各戴額勒特帽，穿外番衣，持兵器。雜扮遼將，各戴盔襯、狐尾、雉翎，穿打仗甲，持兵器。引淨扮蕭達蘭，戴外國帽、狐尾、雉翎，紥靠，背令旗，持斧，從上場門上。同唱〕

【仙呂宮正曲·玉嬌枝】雄威抖擻(韻)，試看咱猛如虎彪(韻)。匆匆早去將關寇(韻)，諒他行誰敢來鬬(韻)。憑吾威勢取三州(韻)，今番唾手功成就(韻)。〔蕭達蘭白〕俺先鋒蕭達蘭是也。奉韓元帥軍令，先命俺進取雲應朔三州。俺想楊令公不在此，有誰來攩俺。料那潘仁美等那箇架得住俺一斧。〔笑科。白〕衆遼兵，大家奮力殺將前去。〔衆應科，内吶喊科。蕭達蘭白〕知俺先鋒到此，竟有人敢出關來迎敵。也罷，那箇領兵，先賞他一斧便了。迎上前去者。〔衆應，同唱合〕泰山般巨斧迎頭(韻)，鐵金剛難教還手(韻)。〔軍士將官引潘仁美等從下場門衝上。蕭達蘭白〕何人領兵？〔潘仁美白〕吾乃大元帥潘仁美。〔蕭達蘭白〕好，先賞你一斧。〔作戰科，潘仁美急敗逃，從下場門下。蕭達蘭作笑科，追下。衆戰科，從下場門下。米信、田重進保潘仁美從上場門上。潘仁美白〕二位將軍，這箇遼將好利害。本帥一箇名字不曾報完，他猶如泰山壓下來的一斧，本帥搪了一搪，兩臂酸麻，虎口振裂，怎麽好呢？〔蕭達蘭從上場門追上。白〕潘仁美那裏走？〔米信保潘仁美從下場門逃下。田重進戰科。蕭達蘭白〕宋將通名。〔田重進白〕俺那田重進。〔蕭達蘭白〕賞你一斧。〔戰科，田重進從下場門敗下。蕭達蘭咤白〕誰敢來？〔賀懷浦從上場門上。喝白〕蕭達蘭，休得猖狂，看刀。〔戰科。蕭達蘭怒白〕你敢與俺賭鬬，喫俺一斧。〔戰科，賀懷浦從下場門敗下，蕭達蘭追下。遼兵遼將、軍士將官從上場門上，接續戰科，從下場門下。潘仁美、米信、田重進、李漢瓊、賀懷浦同從上場門上。同唱〕

【仙呂宫正曲·玉胞肚】看他威如獅獸(韻)，萬軍中咆哮怒吼(韻)。〔衆白〕此人十分利害，料難勝他的了。〔潘仁美白〕快快進關，再圖別計。〔同唱〕急退守斂甲收兵(句)，再遲延命也難留(韻)。〔蕭達蘭等從上場門追上。白〕那裏走？〔潘仁美急從下場門下。米信等戰科，從下場門敗下。蕭達蘭作笑科。白〕原來宋將俱皆怯戰。眼見得除了楊家父子，餘者皆無敵手。〔唱合〕楊門算得將英儔(韻)，別衆虛名實可羞(韻)。〔喝白〕宋陣中那箇敢來會俺？〔作笑科，從下場門下。軍士將官、遼兵遼將、蕭達蘭、潘仁美等從兩場門上，作合戰科。潘仁美等從下場門敗下。蕭達蘭白〕妙嗄，俺先鋒第一陣，就將宋兵殺得魂膽皆驚，逃進城中去了。天色已晚，吩咐扎下營寨，明日攻城。〔衆應科。同唱〕

【仙吕宫正曲·六幺令】征旗暫收韻，俟來朝再整戈矛韻。〔同從下場門下。潘仁美内白〕賀將軍，李將軍，把城門緊緊閉上，令衆將官多加砲石防守。〔賀懷浦、李漢瓊内應科。潘仁美、米信、田重進從上場門上，劉君其、王侁從下場門上，迎科。潘仁美白〕原來遼將箇箇驍勇的。〔王侁、米信等同白〕只好嚴防把守，請了救兵再戰。〔潘仁美想科。白〕有了，待我連夜寫下告急本章，討楊繼業父子來做參贊先鋒，乘機陷害便了。〔王侁等同白〕妙嗄，正是好機會。須要寫的急切，説遼將蕭達蘭有萬夫不當之勇，除了楊繼業父子，再無别人敵得住，速遣馳赴軍前保關。若遲悮日期，雲應朔三州失矣。〔潘仁美白〕就依所言，快去寫疏便了。〔同唱〕我今急把奏章修韻，飛馬去句，報螭頭韻，〔合〕就謀捨我其誰有韻，就謀捨我其誰有疊。〔同從下場門下〕

第廿二齣　褒封進秩爲酬勞（東鐘韻）

〔生扮吕蒙正，末扮傅鼎臣，各戴紗帽，穿蟒，束帶。净扮呼延贊，戴黑貂，穿蟒，束帶。外扮寇準，戴相貂，穿蟒，束帶，帶印綬。引生扮德昭，戴素王帽，穿蟒，束玉帶，從上場門上。德昭唱〕

【仙吕調套曲·點絳唇】章奏九重(韻)，褒忠慰衆(韻)。加恩寵(韻)，勞績封功(韻)，聖主把賢臣重(韻)。

〔德昭白〕孤家爲楊泰等盡忠王事，一一查明陳奏。今日聖上内殿賜宴慰勞。〔寇準等白〕聖上憫恤忠臣，特開異典，真乃仁至義盡也。〔德昭白〕令公怎麽還不見到來？〔寇準等白〕想必就來也。〔外扮楊繼業，戴金貂，穿蟒，束帶。生扮楊景，戴盔，穿蟒，束帶。净扮楊希，戴紥巾額，穿蟒，束帶。小生扮楊順，戴盔，穿蟒，束帶。小生扮楊宗孝，戴武生巾，穿出襬。同從上場門上。同白〕虎士開閶闔，雞人唱九霄。聖心垂念切，賜宴慰勳勞。〔分白〕下官代州刺史加封無敵上將軍楊繼業是也。下官行營都指揮楊景是也。下官護衛都指揮楊希是也。下官護軍都指揮楊順是也。我乃楊宗孝是也。〔楊繼業白〕蒙聖恩，召我父子内殿賜宴，爲此入朝伺候。〔同作進見科。白〕千歲在上，臣等參見。〔作參見科。德昭白〕卿等少禮。〔楊繼業等見衆臣科。白〕衆位大人請了。〔寇準等白〕令公請了。〔同揖科。德昭白〕這位可就是大郎之子宗孝麽？〔楊繼業白〕正是。〔德昭悲歎科。白〕今觀此子，頓思其父，好慘傷也。今年幾歲了？〔楊宗孝白〕臣年十六歲。〔德昭白〕當繼爾父志，忠勇王家，與祖父增光。〔楊繼業白〕千歲訓諭，牢記。〔楊宗孝白〕千歲，虎將豈生犬子，宗孝志在雪國之恥，報父之讐。〔德昭白〕壯哉，令公此子可謂丹山威鳳之毛也。〔衆作笑科。德昭白〕隨孤進殿伺候。〔衆白〕領旨。〔衆同從下場門下。雜扮内侍，各戴太監帽，穿貼裏衣。雜扮大太監，各戴大太監帽，穿大貼裏衣，束帶，帶數珠。引生扮宋太宗，戴金王帽，穿黄蟒，束黄鞓帶從上場門上。宋太宗唱〕

【仙吕調套曲・天下樂】則願仁風海宇同(韻)，國運的興隆(韻)，用武功(韻)。喜的是南唐北漢靖烟烽(韻)，誰知伐遼邦遭困圍(句)，用滎陽計，盡了紀信忠(韻)，爲憫忠加封優召寵(韻)。〔中場設椅轉場坐科。白〕寡人自涿鹿受困，虧了楊家父子保車駕還汴，未知楊泰等消息。昨者王兒德昭差人打探明白，始知他弟兄五人存殁底細。寡人十分憐憫，今日特設筵宴於内殿，傳繼業父子進宫，撫慰一番。内侍。〔内侍應科。宋太宗白〕宣王兒率領羣臣上殿。〔内侍白〕領旨。萬歲有旨，宣千歲率領羣臣上殿。〔德昭、寇準等内白〕領旨。〔從上場門上。同白〕恩霑帝德澤，衣惹御爐香。〔作朝參科。白〕臣等見駕，願吾皇萬歲萬歲萬萬歲。〔宋太宗白〕平身。〔衆白〕萬歲。〔起作分侍科。宋太宗白〕朕脱遼衆之圍，皆楊愛卿父子之力，當合門受享榮禄，以酬救駕之功。不幸累爾父子，不能完聚，朕心殊覺悲憫。〔唱〕

【仙呂調套曲・金盞兒】賴元戎(韻)，矢心忠(韻)，勤王戮力抒雄勇(韻)，解圍救駕出途窮(韻)。〔楊繼業白〕陛下，忠君報國乃臣子職分之事，敢勞聖心垂念。〔宋太宗白〕雖云臣子之分，但可憫楊泰弟兄三人死得好不慘傷也。〔唱〕思之深悼痛(句)，被陷弟和兄(韻)。奮身遭戕害(句)，孤實憫其忠(韻)。〔楊繼業白〕臣感知遇之恩，曾有誓願，當以死報陛下。今三子雖歿於兵革，實臣之所願也，望吾皇勿以爲念。〔宋太宗白〕愛卿忠義輔朕，故當是言。朕倚賢臣良將佐理朝綱，合當憫恤。王兒、寇卿傳旨，追贈楊泰爲忠烈侯，楊徽爲英勇侯，楊高爲武烈侯。楊貴未知存歿，俟後再議。楊春既歸釋教，封爲悟覺禪師。著該部敘明覆旨施行。〔德昭、寇準白〕領旨。〔宋太宗白〕楊宗孝。〔楊宗孝白〕臣有。〔宋太宗白〕汝雖年幼，念汝祖功高，伊父陣歿，封爾爲殿前指揮之職。〔楊宗孝作謝恩科。楊繼業等白〕臣等何功之有，蒙皇上天恩，隆重若此，實深慚愧之至矣。〔作叩首科。同唱〕

【仙呂調套曲・後庭花】謝吾皇特恩也特隆(韻)，念微臣何德又何功(韻)。受優寵心含愧(句)，便塗肝腦可也報無窮(韻)。受恩榮(韻)，誠惶誠恐(韻)，惟辦得一點丹心秉至忠(韻)。〔宋太宗白〕卿家父子有不世之功，故有不次之封，何必過遜。衆卿隨朕內殿上宴。〔作起隨撤椅科。衆白〕萬歲。〔同唱〕

【尾聲】慶明良咸歌頌(韻)，叨承湛露(讀)，侍宴瑤宮(韻)，聖澤還逾(讀)，醇酒兒濃(韻)。〔同從下場門下〕

第廿三齣　舉監軍護持良將（皆來韻）

〔末扮楊千，戴小頁巾，穿箭袖，繫鑾帶，從上場門上。白〕滿門皆虎將，闔府盡忠臣。聖主隆恩異，丹墀雨露新。自家楊府中家將楊千是也。只爲聖上親將伐遼，涿鹿致敗，大老爺等盡忠王事，蒙聖恩皆贈侯爵。又念小老爺祖父功高，特封殿前指揮之職，雖則天恩隆重，可憐骨肉摧殘。太老爺、太夫人與衆位夫人等，不免時常悲慽。正是：爲國抒忠烈，天倫樂事乖。〔張齊賢內白〕聖旨下。〔楊千白〕呀，聖旨下了。〔作請科。白〕太老爺有請。〔外扮楊繼業，戴金貂，穿蟒，束帶。生扮楊景，戴盔，穿蟒，束帶。浄扮楊希，戴紮巾額，穿蟒，束帶。小生扮楊順，戴盔，穿蟒，束帶。同從上場門上。楊繼業白〕怎麽説？〔楊千白〕聖旨下了。〔楊繼業白〕快排香案。〔同作出迎科。雜扮從人，各戴紅氈帽，穿青布箭袖，繫紅搭膊，持開棍。引生扮張齊賢，戴紗帽，穿蟒，束帶，捧旨意。從上場門上。白〕封章馳奏軍情急，勅遣防邊父子兵。〔內奏樂，作進門。楊繼業等作俯伏。張齊賢開讀科。白〕聖旨已到，跪聽宣讀。詔曰：朕以國運艱難，邊烽不熄，正忠臣義士立功之秋。適有北路招討潘仁美告急軍書，道韓延壽遣先鋒蕭達蘭攻擊鴈門，軍民驚擾，無人敵禦。惟爾楊繼業乃遼人素畏，急宜應援。加封楊繼業爲行營總先鋒，率三子並陳林、柴幹，統領全軍征進。朕命到日，急赴邊關，勿得暫緩。成功之日，再加陞賞謝恩。〔楊繼業等謝恩科。張齊賢遞旨意，楊繼業接科。張齊賢白〕邊關緊急，速宜馳赴，下官覆旨去也。〔楊繼業白〕不敢款留，多多簡慢。〔作送出門科。從人引仍從上場門下。老旦扮佘氏，戴鳳冠，穿蟒，束帶。旦扮排風，穿雜色衫背心，繫汗巾，隨從上場門上。白〕老相公，我方纔在屏後聽得明白，今老相公到讐人帳下爲先鋒，其害深矣。〔楊繼業白〕此去正吾父子立功報恩之日，何害之有。〔佘氏白〕老相公，難道你忘了，那仁美與我家深讐未解，久欲加害於你父子。今號令在彼掌握，能保無相害之意乎？相公何不思省。〔楊繼業憤歎科。白〕吾之素志，夫人豈不知之。〔唱〕

【仙吕宫正曲・步步嬌】一片丹心成忠介(韻)，邊警惟吾賴(韻)。報國盡愚材(韻)，何患奸人(句)，暗藏蜂蠆(韻)。〔佘氏白〕你要盡忠，寧可血戰沙場，奮身陣歿，乃英雄死得其所。若被奸人暗算，死於非命，把一世英名辱没了。〔楊繼業白〕吾豈不知，今日乃主上之命，誰敢有違？楊希、楊順，隨我往教場選兵，明早起身。〔楊希、楊順應科。楊繼業唱合〕遵勅奉宣差(韻)，死生有命誰容代(韻)。〔引楊希、楊順從下場門下。佘氏白〕兒嗄，吾料汝父子此去必遭仁美暗害，如何是好？〔楊景白〕孩兒有個計較在此。〔佘氏白〕有何計較？〔楊景白〕此事必須到南清宫哀求千歲，或有挽回，亦未可知。〔佘氏白〕如此甚好，事不宜遲，你可快去。〔楊景白〕母親，且請進去。〔排風扶佘氏同從下場門下。楊景白〕楊千，隨我去走遭。〔楊千應科，楊景作出門上馬科。唱〕

【仙呂宮正曲·江兒水】邊塞飛章到句，蕭牆奇禍來韻，讐人握柄寧逃害韻。〔雜扮家將，戴小頁巾，穿箭袖，繫鑾帶。引浄扮呼延贊，戴黑貂，穿蟒，束帶，乘馬上。唱〕聞道先鋒把繼業差韻，其中禍害令人駭韻。〔楊景作見科。白〕來的正是呼延伯父。〔作下馬相見科。白〕老伯。〔呼延贊白〕原來是六郎。〔作下馬科。楊景白〕老伯，往那裏去？〔呼延贊白〕聞得潘仁美告急，聖上命你爹爹爲先鋒，率領爾等去協助仁美，不知此事果否，爲此特到你家去討個實信。〔楊景白〕果有此事，旨意已下，明日起程。〔呼延贊驚科。白〕果有此事。〔憂歎科，白〕你家與潘仁美素有深讐，若在他帳下爲將，汝父子必墮其術了。你如今往那裏去？〔楊景白〕小姪欲往南清宫求千歲作主。〔呼延贊白〕甚好，老夫與你同去。〔楊景白〕多謝老伯。〔同作上馬科。唱〕疾向青宫求解韻，〔合〕避害全身句，及早謀爲休怠韻。〔作到科。家將白〕已到南清宫。〔呼延贊、楊景作下馬科。呼延贊白〕通報。〔家將應科。白〕那位在？〔雜扮陳琳，戴太監帽，穿貼裏衣，從上場門上。白〕堂有賢良朱履跡，門無諂佞俗塵侵。〔出見科。白〕老將軍，楊郡馬，到此何事？〔呼延贊、楊景白〕特來求見千歲。〔陳琳白〕少待。〔呼延贊、楊景白〕你們迴避。〔家將、楊千應科，從上場門下，陳琳作請科。白〕千歲有請。〔生扮德昭，戴素王帽，穿蟒，束玉帶，從上場門上。白〕稟見惟國政，咨傳盡軍書。什麽事情？〔場上設椅轉場坐科。陳琳白〕呼延贊、楊景求見。〔德昭白〕宣進來。〔陳琳應，作出門。白〕千歲有宣，隨咱進見。〔呼延贊、楊景隨進，作參見科。白〕千歲在上，臣等參見。〔德昭白〕罷了，二卿到此爲何？〔楊景白〕無事不敢晉謁，只爲北路招討，潘仁美飛章告急，指臣父子前去應援。聖上特命臣父爲先鋒，率領臣等弟兄三人，前往鴈門協助。〔德昭白〕卿家父子乃遼人素畏，今汝父留朝，故來復寇，抵禦遼人，非卿父子不可。聖上與孤籌謀，乃準仁美之請。〔楊景跪科。白〕千歲，臣父子受聖上如此隆恩，正圖仰報，奈仁美蓄楊氏之新讐宿怨，每欲謀雪。今若在他帳下，難免遭他毒手。臣等一死分所當然，但恐有誤國事，懇求千歲作主。〔呼延贊白〕臣亦爲潘楊有隙，終爲所害，且仁美奸謀百出，若以私讐爲念，不惟不能建功，而反貽害於將來。故此同來，求見千歲。〔德昭愕然科。白〕孤家適纔只以邊關公事爲急，却忘了你們私讐妨礙。只是旨意已下，教我如何挽回？〔唱〕

【仙呂宮正曲·川撥棹】我意躊躇難分解㊀，費思量難佈擺㊀。有誰敢違旨宣差㊀，有誰敢違旨宣差㊂。無奈頓遺忘，有讐怨私懷㊀，〔合〕爲安邊用將材㊀，要防邊用將材㊀。〔呼延贊白〕千歲用兵如神，何不奏請仍爲監軍，統兵伐遼。臣等保護前去，看那潘仁美有何方法。〔德昭白〕聖上要我輔佐國政，焉肯準我出師。〔想科。白〕有了，二卿隨孤入朝去，保奏老將軍爲都監軍，暗中護持他父子不受奸人所害便了。〔起隨撤椅，呼延贊作驚慌科。白〕千歲把這樣重擔兒放在臣身上，我這溜肩膀只怕擔不起這重擔嗄。〔德昭白〕孤家自有道理，喚從人伺候。〔陳琳應科。白〕從人伺候。〔雜扮侍從，各戴大頁巾，穿箭袖排穗，從兩場門暗上，應科。家將楊千亦從兩場門暗上。德昭白〕二卿隨孤入朝去者。〔呼延贊、楊景白〕領旨。〔作同出門上馬，衆引遶場科。同唱〕

【仙吕宫正曲·五供養】同臨玉堦(韻)，爲國公心(讀)，並没私懷(韻)。預防奸計很(句)，早識野心乖(韻)。〔從人白〕已到朝門。〔同作下馬科。德昭白〕外廂伺候。〔侍從家將、楊千從兩場門下。德昭白〕二卿在此等候，孤面奏就來。〔從下場門下，陳琳隨下。呼延贊白〕賢姪，爲護持你父子，這條重擔兒，將將就就挑好在這裏了。只是老夫年邁，如何鬭得過仁美的心胸，萬一保不完全你父子，〔作憂顱科。白〕我的罪名不小。〔楊景白〕不妨，千歲説自有道理。〔唱〕有賢王妙才(韻)，必奏你監軍元帥(韻)。〔呼延贊白〕除非要賜我尚方寶劍，這就不怕那奸賊了。〔唱合〕賜下青鋒劍(句)，斬狼豺(韻)，伊家保管脱飛灾(韻)。〔陳琳捧劍，隨德昭從下場門上。德昭白〕旨意下。〔呼延贊、楊景作俯伏科。德昭白〕聖上有旨，加呼延贊爲行軍都監軍之職，保楊繼業父子速往鴈門，協助潘仁美禦敵遼將。賜爾尚方寶劍，軍中如有違令不公者，先斬後奏，謝恩。〔呼延贊楊景作謝恩科。陳琳遞劍，呼延贊接劍科。侍從、家將、楊千仍從兩場門暗上。德昭白〕孤家敬仰老將軍忠義，將你奏爲監軍，令公父子安危全在卿家身上。〔呼延贊白〕千歲放心，令公父子保管無事。〔德昭白〕二位速去整頓人馬，明日馳赴鴈門，不得有違。〔楊景、呼延贊白〕領旨。〔同唱〕

【尾聲】專征奉勅保安泰(韻)，仗監軍於中分解(韻)，好抑他借釁生端蓄意歪(韻)。〔各從兩場門分下〕

第廿四齣　驅健卒襲取雄關（先天韻）

〔雜扮遼兵，各戴額勒特帽，穿外番衣，持兵器。雜扮遼將，各戴盔襯、狐尾、雉翎，穿打仗甲，持兵器。引雜扮耶律休格、耶律色珍，各戴外國帽、狐尾、雉翎，紥靠，背令旗，持兵器。雜扮二遼兵，各戴額勒特帽，穿外番衣，執纛。同從上場門上。同唱〕

【仙吕宫正曲・天下樂】旗鼓息偃韻，衆三軍鈐摘枚銜押。暗襲他蔚州渾源韻，一路攻城掠縣韻。笑孤軍怎能敵後前韻，他迎左右難援韻，將仁美早成擒句，聊報皇叔怨韻。〔分白〕俺乃耶律色珍是也。俺乃耶律休格是也。〔耶律休格白〕前者韓元帥遣先鋒蕭達蘭領兵遶進殺虎關，攻打朔平，殺得仁美大敗，逃進鴈門扎營拒守。〔耶律色珍白〕俺元帥領兵十萬，由定安西路而來，陷了蔚州，占了飛狐關、渾源，應州守將俱各棄城而走。〔耶律休格白〕俺元帥大軍屯扎應州，命俺二人暗襲鴈門，進取寰州。想那潘仁美，顧了防禦蕭先鋒，再想不到俺們從傍殺去，今番必被擒也。〔耶律色珍白〕事宜速行，快快前去。〔衆應科。同唱合〕巧機變韻，乘虚襲取句，疾若降于天韻。〔同從下場門下。副扮王侁、米信，丑扮田重進、劉君其，各戴盔，紥靠。引净扮潘仁美，戴帥盔，紥靠，背令旗，從上場門上。

潘仁美唱〕

【仙呂宮正曲・皂羅袍】夢想眠思輾轉(韻)，苦無良計(讀)，退敵關前(韻)。將帥躊躇盡無言(韻)，癡呆箇箇相關面(韻)。〔場上設椅，各作坐科。白〕列位將軍，自與蕭達蘭一戰，被他殺得大敗，只得棄了朔平，退守鴈門，閉關不出者，十餘日了，偏你我無計退敵，他那裏又日日攻打，你們有何良策？〔王侁等白〕我們只會算計楊家父子，若要籌謀退敵，其實不能。〔雜扮一軍士，戴馬夫巾，穿箭袖卒褂，從上場門上。白〕報啟元帥，蕭達蘭又來攻關了。〔潘仁美白〕命守關將士嚴加防禦，快去。〔軍士應科，仍從上場門下。潘仁美白〕纔在這裏説，又來了。〔内呐喊科。末扮賀懷浦，戴盔，紮靠，持刀從上場門急上。白〕不好了嗄，關前敵未退，關内又來兵。〔作進見科。白〕元帥不好了，無數遼兵從應州一路而來，將至大營了。〔衆作驚慌科。潘仁美作起隨撤椅科。潘仁美白〕將軍，渾源、應州俱有守城兵將，都往那裏去了？遼兵將至大營，怎麽消息不聞呢？〔衆同白〕想來一路守城將都降順了。〔遼兵遼將，耶律休格、耶律色珍等從兩場門上，遶場科，從兩場門下。浄扮李漢瓊，戴盔，紮靠，持鎗，急從上場門上。白〕元帥，遼兵圍住營盤了。〔衆作慌張失措科。同唱合〕關前兵衆(句)，嚴防那邊(韻)。關中兵至(句)，未防這邊(韻)，夾攻表裏身心戰(韻)。〔雜扮衆軍士，戴馬夫巾，穿箭袖卒褂。雜扮將官，各戴馬夫巾，紮額，穿打仗甲，各持兵器，從兩場門急上。白〕元帥，遼兵踹破營盤了。〔潘仁美白〕衆位將軍，快保本帥逃走。〔衆應科。遼兵遼將、耶律休格、耶律色珍等從兩場門上，衝殺合戰科，從兩場門下。潘仁美從上場門急上。唱〕

【仙呂宮正曲・青天歌】何處躲安然(韻)，何處躲安然(疊)？〔内吶喊，潘仁美作驚科。唱〕我逃向西頭(讀)，他趕到西邊(韻)。〔作叫天科。唱合〕我命生全(韻)，我命生全(疊)，許下箇酬神愿(韻)。〔耶律色珍從上場門趕上。白〕潘仁美那裏走？〔潘仁美急跑叫苦科。賀懷浦從上場門上，截戰科。潘仁美急從下場門下。李漢瓊、耶律休格、軍上將官、遼兵遼將從上場門上，戰科，從下場門下。王侁從上場門急上。白〕元帥在那裏，元帥在那裏？〔唱〕

【仙呂宮正曲・青歌兒】征塵攪去向難辨(韻)，亂軍中元戎不見(韻)。〔米信從上場門急上。白〕元帥在那裏，元帥在那裏？〔作撞跌科。王侁白〕元帥呢？〔米信白〕被遼將趕下去了。〔王侁白〕快快四下追尋去。〔同作尋叫科。白〕元帥。〔潘仁美從上場門急上。唱〕耳中只聽叫聲喧(韻)。〔王侁、米信白〕元帥。〔潘仁美唱合〕誰來救我(句)，我就保他榮顯(韻)。〔作相見，王侁唾科。白〕自己性命難保，還要保人榮顯。〔潘仁美白〕遼將追我甚急，二位替我攩一攩。〔耶律休格從上場門上。白〕那裏走？〔潘仁美急從下場門下。王侁、米信截戰科，王侁、米信從下場門敗下。耶律休格追下。耶律色珍等，李漢瓊、賀懷浦等，從上場門上，戰科，從下場門下。雜扮鐵騎，各戴紮巾，穿箭袖，繫轡帶，背絲縧，持兵器。雜扮將官，各戴馬夫巾，紮額，穿打仗甲，持兵器。小生扮楊順，戴盔，紮靠，持鎗。浄扮呼延贊，戴黑貂，紮靠，背令旗，持雙鞭，各騎馬。雜扮一軍士，戴馬夫巾，穿箭袖，繫肚囊，執纛，同從上場門上。同唱〕

【仙呂宮正曲・好姐姐】前面(韻)，塵黄日偃(韻)，促征駒追風如電(韻)。若逢敵衆(讀)，匹馬去當先韻。〔呼延贊白〕下官奉旨，保楊令公父子到鴈門救援仁美。只因馳驛軍前，不能多帶人馬，昨日到雄州地界，令公調取人馬去了。爲此俺與八郎帶了三千鐵騎，先赴軍營。〔楊順白〕行到這裏代州界上，只見征塵蔽日，殺氣沖宵。伯父，我們可快快前去。〔呼延贊白〕有理。〔同唱合〕心兒轉韻，都應鬭破遼兵踐韻，疾援吾軍莫慢延韻。〔同從下場門下，軍士護潘仁美從上場門上，急跑科。潘仁美唱〕

【仙呂宮正曲・川撥棹】吁吁喘韻，恨不能插翅展韻。莽遼人逐後連肩韻，莽遼人逐後連肩疊。〔耶律色珍內唱白〕奸賊休想逃走。〔潘仁美叫苦科。唱〕看他行追來面前韻。〔耶律色珍從上場門追上。白〕那裏走，看鎗！〔作刺死一軍士，潘仁美等從下場門急下。耶律色珍白〕被這奸賊做了金蟬脱殼之計走了。〔作恨。氣白〕偏要趕上。〔唱合〕便饒他飛上天韻，俺可也趕上天韻。〔從下場門追下。耶律休格等追賀懷浦、李漢瓊等從上場門上，戰科。耶律色珍追潘仁美從上場門上，戰。呼延贊、楊順等從兩場門突上，接續戰鬭科。耶律休格等從上場門敗下。潘仁美白〕本帥今日不虧老將軍，性命休矣。請問老將軍，到此何事？〔呼延贊白〕下官麽，因元帥請救，聖上命我爲都監軍，保令公父子前來助你。看我救你的分上，凡事今後看破些兒。〔潘仁美白〕這箇麽自然。吩咐退五里之外，重整營盤。〔王侁等應科。潘仁美白〕來，我與都監軍分東西兩寨，傳令收兵。〔衆應科。同唱〕

【慶餘】斂兵重把營盤建韻，養鋭氣另期開戰韻，誓必掃靖烽烟振旅旋韻。〔同從下場門下。〕

第一齣　慕少年絲蘿誤結（蕭豪韻）

〔雜扮遼兵，各戴貂勒特帽，穿外番衣。雜扮遼將，各戴盔襯、狐尾、雉翎，穿打仗甲。雜扮蕭天佐、蕭天佑、耶律希達、耶律學古、耶律博郭濟、耶律曷魯、耶律第、耶律沙，各戴外國帽、狐尾、雉翎，穿蟒，束帶。雜扮女遼將，各紥額，戴狐尾、雉翎，穿額勒特褂。引旦扮蕭氏，戴蒙古帽練垂，穿蒙古朝衣，帶佛項圈。從上場門上。蕭氏唱〕

【仙呂宫引·蕊花新】招親心事未全抛（韻），只爲英雄志太喬（韻）。〔中場設牀轉場坐科。旦丑扮二遼女，戴紥額、狐尾、雉翎，穿襯衣。引旦扮耶律瓊娥，戴翠鈿，穿蟒袍，從上場門上。耶律瓊娥唱〕秋水溢藍橋（韻），又添我悶懷難道（韻）。〔作參見科。白〕孩兒瓊娥參見。〔蕭氏白〕郡主少禮。〔場上設繡墩，耶律瓊娥坐科。耶律沙等作參見科。白〕娘娘在上，臣等參見。〔蕭氏白〕衆卿少禮。〔耶律沙等作分侍科。蕭氏白〕天賦聰明性自豪，臨朝專政握全遼。開疆拓土恢寰宇，冒矢衝鋒不憚勞。俺自臨潢起兵，喜得恢復薊州等處，保住幽燕之地。前者將宋主困於涿鹿，不料被楊繼業詐用講和之計，宋主暗出東門，被他走脱。雖斬了繼業二子，活擒一將，不能與皇叔等報復大讐，衷心懷恨未消。連日探馬來報，宋主已回汴梁，止留潘仁美保守雲應朔平等州。已命韓元帥與耶律色珍、耶律休格等，統領大兵，乘虛進取，且喜連獲捷音。應朔地方已經恢復，眼見山後之地，不難圖矣。衆卿。〔耶律沙等應科。蕭氏白〕前者擒來之宋將木易，孤看他器宇非凡，丰儀拔俗，孤欲招他降順，重用其人。不知衆卿以爲何如？〔耶律沙等白〕招降乃古來盛事，但臣等領娘娘懿旨，連勸數次，奈他心如鐵石，不可挽回，也無法可使。〔蕭氏白〕他雖如此執性，還當再圖計較。孤家呵，〔唱〕

【中吕宫正曲・駐馬聽】羡彼丰標(韻)，氣宇昂昂一俊豪(韻)。故令勸降再四(句)，無奈心堅(讀)，迂執粧喬(韻)。〔耶律瓊娥白〕母親乃大遼太后，在一被虜之將身上，亦爲恩至情盡矣。他既執意不降，何必苦苦去勸他。〔唱〕心狂意狷勸徒勞(韻)，萱堂空自憐才貌(韻)。〔白〕依孩兒主見，莫若將他綁到帳下。〔唱合〕再言不順遼朝(韻)，教他一命早飡刀(韻)。〔蕭氏白〕郡主之言與吾合機。命刀斧手，將所擒宋將綁過來。〔蕭天佐、蕭天佑白〕領旨。娘娘有旨，命羣刀手將宋將綁過來。〔内應白〕領旨。〔雜扮羣刀手，各戴額勒特帽，穿外番衣。綁生扮楊貴科。頭穿箭袖，繫鑾帶，從上場門上。楊貴作恨氣科。唱〕

【中吕宫正曲・好事近】遭虜愧英豪(韻)，鴈序離羣孤弔(韻)。親倫分散(句)，猛拚命掩蓬蒿(韻)。〔衆作帶進科。蕭天佐、蕭天佑白〕宋將當面跪下。〔楊貴白〕俺上跪天子，下跪父母，豈肯跪你。〔蕭氏白〕被虜之囚，死在頃刻，求生未及，乃敢挺身不屈。〔楊貴白〕吾首能斷，吾膝不屈。〔蕭氏白〕吾志欲掃盡宋軍，豈惜汝一命乎。若束手歸降，非惟不斷，更當重用。若再言不降，看刀。〔衆應科。楊貴白〕大丈夫何懼一死，要斬便斬，何必多講。〔唱〕休言降順(句)，受君恩(讀)，死節當相報(韻)。〔合〕早拚個延頸飡刀(韻)，做一個忠魂含笑(韻)。〔蕭氏白〕衆卿，孤見他語言激厲，英氣勃然，孤心甚愛，欲將郡主招他爲郡馬，衆卿以爲可否？〔耶律沙等白〕娘娘擡舉，便是宋將之福。〔蕭氏白〕只恐其不從耳。〔耶律沙等白〕若以誠意待他，豈有不允之理。〔耶律沙白〕待臣去對他説，快放了綁。〔衆作放綁科。耶律沙白〕將軍受驚了，我有一言奉告，將軍雖然英勇，但被囚於此，終無能爲，設使不降，徒死無益。俺娘娘欽仰將軍才德，要招將軍爲郡馬，在此安享榮華富貴，算來也不辱没了你。〔唱〕

【中吕宫正曲·駐馬聽】敬仰雄豪(韻)，吾主恩隆非輕小(韻)。君家從順(句)，受享榮華(讀)，爵禄加褒(韻)。〔楊貴白〕容想。〔背白〕且住，俺正思大讐難報，縱然一死，無益於事。不如應承，徐圖報讐之計便了。〔轉科白〕既蒙娘娘恩宥不殺，又承格外擡舉，敢不順從？〔耶律沙白〕順從了？〔楊貴應科。耶律沙白〕啟上娘娘，木將軍順從了。〔蕭氏白〕請過來相見。〔耶律瓊娥從上場門下，二遼女隨下。耶律沙白〕請將軍相見。〔楊貴作參見科。白〕娘娘在上，小將木易朝見，愿娘娘千歲。〔蕭氏白〕貴人平身。衆卿，陪貴人館驛筵宴，擇日成親。〔起隨撤椅。耶律沙等白〕領旨。〔同唱〕今宵館驛住藍橋(韻)，災星退却紅鸞照(韻)。〔合〕郡馬來招(韻)，辭宋家爵位(讀)，受大遼官誥(韻)。〔衆各從兩場門分下〕

第二齣　救老將兄弟連擒（庚青韻）

〔雜扮遼兵，各戴額勒特帽，穿外番衣，持兵器。雜扮遼將，各戴盔襯、狐尾、雉翎，穿打仗甲，持兵器。雜扮沙裏金、鐵力剛、黑雲龍、郝馳紐，各戴外國帽、狐尾、雉翎，穿雜樣小紥扮，各持兵器。雜扮耶律休格、耶律色珍，各戴外國帽、狐尾、雉翎，紥靠，各持兵器。引浄扮韓德讓，戴外國帽、狐尾、雉翎，紥靠，背令旗，持鎗，從上場門上。同唱〕

【正宮正曲・普天樂】大元戎三軍領(韻)，旌旄分列軍容整(韻)。魚貫走戈戟層層(韻)，虎嘯般螺角聲聲(韻)。聽鼓譟空山應(韻)，馬步擁來填途徑(韻)。〔韓德讓白〕本帥昨者命將踹破宋營，將要擒捉潘仁美，忽有呼延贊救兵驟至，反將我軍戰敗。思之可惱，爲此今日打下戰書，約在勾注山決戰。耶律色珍、耶律休格聽令。〔耶律色珍、耶律休格應科。韓德讓白〕二位將軍與沙裏金、鐵力剛分兵一半，在勾注山後左右埋伏，待宋兵追趕到來，奮起截殺，不得有違。〔耶律色珍、耶律休格應，引沙裏金、鐵力剛、遼兵從上場門下。韓德讓白〕就此引戰去者。〔衆應。同唱〕左翼兵埋藏牢等(韻)，右翼兵偃旗守定(韻)。〔合〕引他來(讀)，突出奇兵取勝(韻)。〔同從下場門下。副扮王侁、米信，各戴盔，紥靠，同從上場門上。白〕約戰軍書至，排兵勾注山。太師爺有請。〔雜扮軍士，各戴馬夫巾，穿箭袖卒褂。雜扮將官，各戴馬夫巾，紥額，穿打仗甲。丑扮田重進、劉君其，各戴盔，紥靠。引淨扮潘仁美，戴帥盔，紥靠，背令旗。從上場門上。潘仁美白〕監軍欽命保良將，欲陷讐人志未伸。怎麽説？〔王侁、米信白〕韓德讓排兵勾注山前，差人約戰，請令定奪。〔潘仁美白〕有這等事？〔作思索科。白〕眉頭一皺，計上心來。劉將軍，快請監軍議事。〔劉君其應，從上場門下。場上設椅，潘仁美坐科。王侁白〕請監軍做什麽？〔潘仁美白〕要害繼業，先除監軍。想得個絶妙的計兒在此，陷那老兒於陣上。〔王侁白〕這個妙計，門生曉得了。〔潘仁美白〕曉得什麽？〔王侁白〕韓德讓此來，其勢必勇，今太師要監軍領兵當先，太師督陣在後。他雖勇猛，始終老邁，不能久戰，待其困於陣上，太師按兵不動，借遼將之手殺他，與太師無干，可是這個意思？〔潘仁美白〕門生見我肺腑矣。〔劉君其引淨扮呼延贊，戴黑貂，紥靠，背令旗，襲蟒，束帶，從上場門上。呼延贊白〕嚴防惟敵寇，保護爲良臣。〔劉君其白〕監軍到了。〔潘仁美迎接，同進門科。潘仁美白〕都監軍到了，下官失迎，請坐。〔場上設椅各坐科。呼延贊白〕適蒙呼唤，有何商議？〔潘仁美白〕説也慚愧，下官連遭敗績，幸虧都監軍一陣，復整軍威。如今遼將又來搦戰，下官呵，〔唱〕

【正宮正曲·玉芙蓉】交鋒愧莫能㊇韻，挫鋭難言勝韻。大監軍巨勇讀，敵衆皆驚韻。〔呼延贊白〕依足下是何主見？〔潘仁美白〕欲煩都監軍出陣。〔呼延贊白〕要我監軍出陣？〔王侁、米信白〕要求監軍攩他頭陣，太師督兵接應。〔潘仁美白〕論來頭陣呢乃先鋒之責任，奈楊先鋒遲悞軍情，故求都監軍代行。〔唱〕仗你老當益壯英風盛(韻)，整我軍威利我兵(韻)。〔呼延贊白〕要俺出陣罷了，什麽楊先鋒遲悮軍情，俺就去走遭。〔各起隨撤椅科。呼延贊唱合〕騰烈性(韻)，拚咱死競(韻)。會遼人(讀)，雙鞭匹馬顯威名(韻)。〔從上場門下。潘仁美白〕下官就來接應的。〔王侁、米信白〕此去諒不能生矣。〔潘仁美白〕吩咐三軍，隨本帥督陣去者。〔王侁白〕太師真個去接應他麽？〔潘仁美白〕禁聲。隔垣須有耳。〔王侁、米信、劉君其、田重進白〕營外豈無人。〔同從下場門下。呼延贊内白〕鐵騎們，〔唱〕

【正宫正曲·刷子序】軍遵令行(韻)。〔雜扮鐵騎，各戴紥巾，穿箭袖，繫鸞帶，背絲縧，持兵器。引呼延贊持雙鞭從上場門上。小生扮楊順，戴盔，紥靠，持鎗從上場門追上。白〕伯父，請住馬。〔呼延贊白〕賢姪，你來做什麽？〔楊順白〕伯父，韓德讓此來其鋒必鋭。要去與仁美合兵同去，你一人如何抵敵？〔唱〕其鋒必鋭(讀)，其勢難迎(韻)。德讓行軍(句)，詭謀近遠聞名(韻)。〔呼延贊白〕你放心，仁美統領大兵就來接應的。〔楊順白〕倘他不來接應，怎麽處？〔呼延贊白〕就不來接應，也不足爲慮。〔唱〕忠貞(韻)，歷練能征慣戰(句)，請看俺獨力功成(韻)。〔白〕回去好生保守營寨。〔楊順應，仍從上場門下。呼延贊白〕起兵殺上前去。〔衆應，呼延贊唱合〕雄威奮會戰山前(句)，敢藐視俺老邁無能(韻)。〔衆遼將引黑雲龍、郝馳紐、韓德讓，同從下場門衝上。呼延贊白〕來將可是韓德讓？〔韓德讓白〕然也。〔呼延贊白〕可知俺呼延監軍在此，還不倒戈而退。〔韓德讓白〕本帥今日特爲擒你而來，看鎗。〔合戰科，從下場門下。軍士將官引王侁、米信、劉君其、田重進、潘仁美，從上場門上。同唱〕

【正宮正曲·四邊静】旌旗半捲登山徑韻，同往高岡等韻。暗覩老監軍句，今番敗和勝韻。〔從下場門下。場上設山石，遼將郝驉紐、黑雲龍、韓德讓作引鐵騎、呼延贊從上場門上，合戰科。遼兵沙裏金、鐵力剛、耶律色珍、耶律休格從兩場門上，作圍困呼延贊等科。呼延贊等從下場門敗下，韓德讓等追下。潘仁美等暗上山瞭望科。潘仁美白〕妙嗄，呼延贊被困，料難生還矣，傳令回營。〔衆應，作下山科。同唱合〕贊輸遼贏韻，按兵回營韻。斷送老頭皮句，酬伊素骨骾韻。〔從下場門下，撤山石。楊順從上場門上。唱〕

【正宮正曲·福馬郎】獨闖重圍奮力拯韻，生死只俄頃韻，忠心秉韻。〔白〕不好了，適聞探馬來報，呼延伯父遭困重圍。我若不救，等待何人？俺不免突入重圍，救他便了。〔唱〕奸謀毒很句，計陷而行韻。急去慢留停韻，〔合〕拚吾命救他生韻。〔從下場門下，韓德讓引衆追呼延贊等從上場門上，合戰科。楊順從上場門上，作入圍救呼延贊等出圍科。呼延贊等從下場門下，遼兵遼將圍困楊順科。韓德讓白〕無名小將，擅闖重圍，擒這厮。〔衆應，合戰作擒住楊順科。遼兵遼將白〕擒住了。〔韓德讓白〕將這厮解往幽州，請示娘娘發落便了。〔二遼將應科，作押楊順從上場門下。韓德讓白〕隨俺擒拿呼延贊者。〔衆應科，同從下場門下。呼延贊等從上場門敗上。呼延贊白〕殺壞了，殺壞了。若不虧八郎闖圍而救，俺早作沙場之鬼。但不知八郎往那裏去了？〔韓德讓從上場門上。白〕呼延贊休走。〔戰科，遼衆從兩場門上，作圍困科。雜扮軍士，各戴馬夫巾，穿箭袖卒褂，持兵器。雜扮陳林、柴幹，各戴盔，紥靠，持兵器。生扮楊景，戴盔，紥靠，持鎗。净扮楊希，戴紥巾額，紥靠，持鎗。外扮楊繼業，戴金貂，紥靠，背令旗，持九環金刀。雜扮一將官，戴紥巾額，穿箭袖，繫鸞帶，背絲絛，執楊無敵纛。同從下場門衝上。楊繼業白〕韓延壽，俺楊無敵來也。〔合戰科。韓德讓等從下場門敗下，楊繼業等追下。楊景、楊希追郝驢紐、黑雲龍，從上場門上，戰科。作斬郝驢紐、黑雲龍，從下場門下。楊繼業追沙裏金、鐵力剛，從上場門上，戰。楊繼業作斬沙裏金、鐵力剛科，從下場門下。韓德讓等從上場門上。白〕不好了，被楊家父子衝破重圍，連傷數員上將，鋭氣挫盡，不免收兵回營，再圖後舉。〔楊希從上場門上。白〕韓德讓看鎗。〔作連刺科，韓德讓從下場門敗下。軍士、楊繼業、楊景、呼延贊等追遼兵遼將、耶律色珍、耶律休格，從上場門上，合戰科。遼衆從下場門敗下。楊繼業白〕仁兄受驚了。〔呼延贊白〕若非賢弟解救，險做俘囚。可曾見八郎？〔楊繼業白〕不曾看見。〔呼延贊白〕必是先回營中去了。〔楊繼業白〕小弟自雄州調兵，纔到仁兄營中，説你迎敵未回，小弟即來助戰，並不曾見八郎之面。〔呼延贊白〕不用著忙，且自收兵回營，再差人打聽如何？〔楊繼業白〕所言極是，就此回營。〔衆應科。呼延贊、楊繼業白〕收兵斂甲回雄寨。〔衆同白〕再訪將軍何處存。〔同從下場門下，遼兵遼將、耶律色珍、耶律休格，引韓德讓從上場門上。同唱〕

【正宮正曲・錦腰兒】興師際軒昂俊英（韻），只落得垂首回營（韻）。〔雜扮二旗牌，各戴小頁巾，紥額狐尾雉翎，穿箭袖，繫鸞帶，佩腰刀，從下場門上，迎接科。韓德讓白〕衆遼兵各歸營帳。〔遼兵遼將應，從兩場門下。場上設椅，各坐科。韓德讓白〕可惱嗄可惱。俺臨陣多年，未嘗經此大敗。〔耶律休格白〕元帥，勝敗兵家常事，何必如此發怒。〔韓德讓白〕勝敗不介其意，只可懼楊希之勇。本帥方纔險喪在他鎗下。若留此人，遺之大患也。〔旗牌白〕啟元帥，太后娘娘新得一將，命他來元帥帳下聽調。〔韓德讓白〕命他進帳來。〔旗牌應，出喚科。白〕劉將軍有請。〔浄扮劉子喻，戴紥巾烟氈帽，穿青緞通袖，繫錦肚囊，從上場門上。白〕偉偉英雄將，昂昂大丈夫。〔作進見科。白〕元帥。〔韓德讓作驚科。白〕楊希來了，快快擒下。〔耶律休格、耶律色珍作擒住劉子喻科。劉子喻作茫然驚科。韓德讓向旗牌白〕你這兩個該死的狗頭，怎麽結連楊希來害本帥？〔旗牌作驚跪科。白〕元帥，他奉娘娘旨意，前來聽用的。什麽楊希？〔韓德讓白〕胡説，綁去斬了。〔劉子喻急白〕元帥，小將懷内有娘娘的旨意在此。〔韓德讓白〕有什麽旨意？取來我看。〔旗牌作取旨意遞科，韓德讓作看科。白〕書詔付卿，今有馬踏山新投勇將一名劉子喻，卿可留於軍前効用。〔作看畢科。白〕待俺再認一認。〔作看笑科。白〕放了綁。〔作放綁科。劉子喻白〕好利害下馬威。〔韓德讓白〕將軍受驚。〔作背科。白〕要除楊希，就在此人身上，我有計較了。吩咐後營備酒。〔旗牌應科。韓德讓白〕劉將軍請到後營，有事商議。〔唱〕聊爲洗塵設宴請㊞，〔合〕且自飲三巡㊟，再議軍情㊞。〔同從下場門下〕

第三齣　面真同謀傾勇將（江陽韻）

〔副扮王强，戴中方巾，穿道袍，繫絲縧，背包裹，從上場門上。白〕功名薰炙肺和心，恨殺功名無路尋。有日功名得到手，宿讐發脱快胸襟。自家姓王名强，字招吉。父親王沔，現爲參政之職。因與寇準不睦，爲此學生每試不中。我想正途功名是不能的了，我有個叔父王侁，現在潘元帥帳下爲將，只得投奔軍前，謀個進身。倘得一朝重用，必要大展胸中之機謀，把那些舊讐宿怨，一一發脱，纔爲蓋世男子。離軍營不遠了，快些前去。一心忙似箭，兩脚走如飛。〔從下場門下。副扮王侁、米信，各戴盔，紥靠。引浄扮潘仁美，戴帥盔，紥靠，背令旗，從上場門上。潘仁美白〕名稱輔佐爲魚餌，號是匡扶作鳥羅。〔場上設椅各坐科。潘仁美白〕方纔見呼延贊被困，我就撤兵而回。聞得那楊順獨自一人，想去解救，此時不見回來，諒必與呼延贊一併陷吾計中矣。〔王侁、米信白〕這般無謀厭物，也難逃太師掌中。〔潘仁美笑科。白〕大丈夫處世，要忠忠到底，要奸奸到頭，纔討得史書上香臭二字。〔米信白〕是嗄，忠又忠不到頭，奸又奸不到底，只算是不知香臭的了。〔同笑科。王强從上場門上。白〕不辭勞苦力，謀取進身門。〔作到科。白〕這裏是了，那位在？〔雜扮一旗牌，戴小頁巾，穿箭袖，繫鑾帶，佩腰刀，從上場門上。白〕什麽人？〔王强白〕我是護軍統領王將軍的姪兒，要求見我叔父的，相煩通報。〔旗牌白〕住著。〔作進禀科。白〕啟王將軍，令姪在外求見。〔王侁白〕我姪兒來了，待我出去看看。〔旗牌從下場門下。王侁出見科。王强白〕叔父。〔王侁白〕果然是姪兒，到此怎麽？〔王强白〕求見元帥，圖個進身。〔王侁白〕隨我進去見元帥。〔王强應，王侁作引進科。白〕元帥，這是門下的姪兒王强。過來見了。〔王强作叩見科。白〕元帥在上，王强叩見。〔潘仁美白〕罷了，罷了，到此何事？〔王强白〕因屢試不第，特趨帳下，求個功名。〔潘仁美白〕會什麽武藝？〔王强白〕自幼讀書，未習武備。〔潘仁美白〕書生，我這裏暫且用不著。〔王侁白〕留他記載功績如何？〔潘仁美强允科。白〕權且留用罷了，後營歇息去。〔王侁白〕謝了元帥。〔王强作謝科。白〕多謝元帥。〔王侁白〕那邊去。〔王强作懊悔科。白〕此來差了。〔從下場門下。雜扮一軍士，戴馬夫巾，穿箭袖卒褂，從上場門上。白〕報、報、報。〔進見科。白〕啟元帥，呼延監軍——〔潘仁美白〕一定陣亡了。〔一軍士白〕是——〔潘仁美作大笑起，隨撤椅科。一軍士白〕回來了。〔潘仁美喝科。白〕回來了，告訴我怎麽？〔一軍士白〕楊先鋒救了監軍，同來見元帥。〔潘仁美白〕有這等事？〔作煩悶科。白〕吩咐開門。〔同從下場門下。一軍士白〕吩咐開門。〔從下場門下。場上設公案、桌椅。雜扮軍士，各戴馬夫巾，穿蟒箭袖卒褂，執旗。雜扮將官，各戴馬夫巾，紥額，穿打仗甲，佩腰刀。丑扮田重進、劉君其，浄扮李漢瓊，末扮賀懷浦，各戴盔，紥靠，從兩場門上。王侁、米信引潘仁美從下場門上，入座科。田重進等作參見科。潘仁美白〕侍立兩傍。〔衆作分侍科。浄扮呼延贊，戴黑貂，紥靠，背令旗。外扮楊繼業，戴金貂，紥靠，背令旗。生扮楊景，戴盔，紥靠。净扮楊希，戴紥巾額，紥靠，同從上場門上。呼延贊白〕賢弟，隨我一同進去。〔楊希白〕進去與他要我八郎兄弟。〔楊繼業白〕不可莽撞，外廂伺候。〔隨呼延贊進科。潘仁美作出座科。白〕都監軍回來了。〔呼延贊白〕元帥，你倒先回來了。〔場上設椅，呼延贊、潘仁美各坐科。楊繼業作參見科。白〕元帥在上，先鋒參見。〔潘仁美白〕楊先鋒，你奉旨救援，豈不知軍情緊急，爲何後期而至？〔楊希白〕這厮好歪，待我進去。〔楊景虛白攔科。呼延贊白〕老夫令他往雄州調兵去了。〔楊繼業白〕先鋒往雄州調集人馬，隨即趕來，何以爲遲？〔潘仁美嗔科。白〕故意來遲，有心玩寇，還要强辯。〔楊希白〕不好，待我進去。〔作進咤科。白〕潘仁美，俺父子們星夜趕來，還説遲悮。若果遲悮，誰人救取監軍回來。〔呼延贊白〕是嗄。〔潘仁美白〕因你父子來遲，故累都監軍受困，若不虧本帥令楊順救應，老監軍早做沙場之鬼也。〔楊希白〕你要陷害監軍，反斷送了俺兄弟。〔作恨科。白〕潘仁美，你若不還俺八郎，決不與你干休。〔欲揪潘仁美科。各起隨撤椅。楊繼業白〕楊希不得無理。〔潘仁美白〕楊希擅鬧中軍帳，與我綁了。〔呼延贊白〕看我分上，你父子隨我回營明日再講。〔作勸楊繼業出門科。楊繼業白〕這是那裏説起？〔從上場門下。楊景隨下。楊希白〕也罷，待我去尋了八郎回來，再與他算帳。〔呼延贊扯住科。白〕天晚了，隨我回營去罷。〔作扯楊希，同從上場門下。潘仁美怒科。白〕氣死我也。王侁等，隨我後營議事，掩門。〔衆從兩場門分下。隨撤公案、桌椅。潘仁美白〕正是恨小非君子。〔王侁等白〕無毒不丈夫。〔同從下場門下。雜扮遼兵，各戴馬夫巾，穿外番衣，罩卒褂，帶兵器。浄扮劉子喻，戴紥巾額，紥靠，佩劍。同從上場門上。四望科。内打初更。劉子喻白〕呀。〔同唱〕

【中呂宮集曲・榴花好】【石榴花】（首至四）星光烱爍有微芒(韻)，營中報柝嚴防(韻)。吾今奉命敢辭將(韻)，謀成反間宋軍裝(韻)。〔劉子喻白〕俺劉子喻，韓元帥因我面龐與楊希相同，故設反間之計。命俺扮做楊希模樣，手下遼兵盡換宋軍裝束，去劫仁美之營。彼必認作真楊希，使他自相殘害，以成反間之計。俺不免竟從後營而入便了。〔内打二更。同唱〕【好事近】（五至末）要更劉姓楊(韻)，假七郎(讀)，劫寨心粗壯(韻)。〔合〕有誰行識破機謀(句)，喬打扮敵衆誰當(韻)。〔同從下場門下。王侁、米信、劉君其、田重進換圓領束帶。潘仁美換蟒束帶，同從上場門上。内打三更。同唱〕

【中呂宮集曲・榴花三和】【石榴花】（首至三）一心愁慮不成夢黄粱(韻)，想謀計費思量(韻)。〔場上設桌椅、燈燭，轉場各坐科。潘仁美作怒忿科。白〕列公，不見方纔呼延贊與楊氏父子這般光景麽。〔唱〕狐羣狗黨殊無狀(韻)，【杏壇三操】（五句）教人怎當(韻)。〔王侁等白〕太師何必著急，總在掌握之中。那一時殺不得嗄。〔遼兵、劉子喻從上場門暗上，作潛聽科。潘仁美白〕惟有楊希，斷難放過，誓必殺之。〔唱〕【大和佛】（合至末）早除之(句)，方泄冤恨塞胸膛(韻)。〔劉子喻出劍進科。白〕誰敢算計七爺爺？〔潘仁美等作驚慌急起，隨撤桌椅科。潘仁美等白〕楊希，你敢謀反麽？〔劉子喻白〕看劍。〔潘仁美急跑從下場門下，劉子喻追下。王侁等與遼兵戰科，從下場門下。潘仁美内白〕衆將官，快拏奸細。〔劉子喻追潘仁美從上場門上，戰科，潘仁美從下場門逃下。李漢瓊從上場門上。白〕楊希，你敢謀殺元帥，該當何罪？〔劉子喻白〕看劍。〔作殺死李漢瓊科。賀懷浦從上場門上。白〕七將軍，你擅殺本營大將，獲罪非輕，若再殺了仁美，連你爹爹的命也不保了。〔劉子喻白〕多講。〔戰科，從下場門下。軍士將官追遼兵從上場門上，戰科。賀懷浦、王侁、米信、田重進、劉君其、潘仁美、劉子喻從上場門上，合戰科。劉子喻、遼兵從下場門敗下。衆白〕走了。〔潘仁美白〕快與我趕上擒來。〔衆應，作追科。楊景、楊繼業從上場門急上。白〕西營何擾攘，忙步探分明。〔對作迎見科，潘仁美急怒科。白〕快將他二人拏下。〔衆作綁楊繼業、楊景科，賀懷浦驚慌科。白〕不好了。〔急從上場門下。楊繼業、楊景白〕元帥，爲何綁我父子？〔潘仁美咤科。白〕你父子造反，命楊希入我中軍謀殺本帥，還有何辯？〔楊繼業、楊景驚急科。白〕楊希欲尋八郎，被呼延監軍勸住，留在監軍營内住下。這謀反之話，從那裏説起？〔潘仁美白〕你明明懷著日間之恨，故教楊希半夜來害我，拏去斬了。〔衆應科。楊景白〕住了，就要斬也須拏住楊希，問出謀反實情，那時斬剮也無怨。〔王侁、米信、劉君其、田重進白〕合營將士，那個不曾看見是楊希？還賴到那裏去？〔潘仁美白〕王侁、米信過來，先將他二人推出營門，斬首示衆。〔王侁、米信白〕得令。〔作推出科。雜扮陳林、柴幹，各戴盔，紮靠，捧劍。賀懷浦引呼延贊、楊希從上場門上，作與楊繼業、楊景放綁科。楊希白〕仁美在那裏？〔潘仁美等同白〕楊希又來了，小心防他。〔楊希怒咤科。白〕你們都睁開狗眼來看，可是俺楊希。〔潘仁美白〕明明是你。〔呼延贊白〕住了，元帥認錯了人了，只怕是遼將假扮而來行計。楊希其實在我營中，未離左右。〔潘仁美白〕合營將士親眼見的，你又來護持。〔指楊希科。白〕將他一併拏去斬了。〔呼延贊攔科。白〕住了，住了。元帥，楊希實是在我營中，未離左右。此事大有可疑，須當詳察，豈可誣陷好人。〔潘仁美白〕他親手持劍來殺本帥，還要詳察什麽？將他父子三人速速斬訖報來。〔衆應科。呼延贊怒白〕住了！老夫再三勸解，你不問情由，一定要斬？〔潘仁美白〕一定要斬！〔呼延贊白〕老夫奉旨，賜我尚方寶劍，如軍中有不遵吾令，不公不法者，先斬後奏。你敢胡亂施刑麽？請尚方寶劍過來。〔陳林遞劍科。潘仁美白〕你有尚方寶劍，難道本帥没有。許你先斬後奏，偏我不許麽？取我的尚方寶劍過來。〔王侁作取劍遞科。呼延贊作揪潘仁美，衆勸科。白〕不要如此。〔賀懷浦白〕事關重大，再請細訪。〔王侁向潘仁美耳語科。潘仁美作忿科。白〕也罷。〔從下場門下。王侁、米信、劉君其、田重進隨下。賀懷浦、軍士將官從兩場門分下。呼延贊白〕回營。〔衆應科。同唱〕

【尾聲】今宵且自回營帳(韻)，來日和他仔細講(韻)，寶劍橫磨斬佞黨(韻)。〔同從下場門下〕

第四齣　糧假絶計撤監軍（江陽韻）

〔副扮王侁，戴盔，穿圓領，束帶。從上場門上。唱〕

【雙調正曲·鎖南枝】舌鋒劍㊀，唇利鎗韻，唇舌暗刺將人喪韻。舌動陷高賢㊀，唇鼓害忠良韻。〔白〕下官王侁是也。只爲昨晚楊希劫營，正好捉他謀反的訛頭，殺他父子，又被監軍吵散了。我想有這監軍在此，楊家父子有些害不成，倒是虧了我姪兒王强，獻了個解讐釋怨、詐言絶糧之計，打發監軍回去，就好算計了。元帥聞之大喜，命我東營請客，爲此特地前來，此間已是。營門上那個在？〔雜扮一將官，戴馬夫巾，紥額，穿打仗甲，從上場門上。白〕什麽人？〔作見科。白〕原來是王將軍。〔王侁白〕通報，説我要見將官。〔白〕少待。〔作進門請科。白〕監軍爺有請。〔净扮楊希，戴紥巾額，紥靠。生扮楊景，戴盔，紥靠。外扮楊繼業，戴金貂，紥靠，背令旗。净扮呼延贊，戴黑貂，紥靠，背令旗。同從上場門上。白〕常慮平遼策，每懷報國心。什麽事情？〔將官禀科。白〕王侁將軍要見。〔呼延贊白〕嗄，他來我營做什麽？〔楊繼業白〕且令他進來，便知其詳。〔呼延贊白〕請相見。〔將官應，作出請科。白〕請相見。〔隨從下場門下。王侁進見科。白〕都監軍在上，小將參見。〔呼延贊白〕罷了。〔王侁白〕老令公。〔楊繼業白〕請了。〔楊希作佯嗽科，王侁作驚賠小心科。白〕七將軍。〔楊希白〕這裏來。〔王侁佯應，楊希作强扯科。白〕來嗄。〔王侁急應科。楊希白〕昨晚到底是我楊希謀反不是？〔王侁白〕昨晚的——〔楊希急問科。白〕可是？〔王侁白〕不是，不是。〔楊繼業、呼延贊白〕既不是，不該迎合元帥誣陷好人。〔王侁白〕大家驚慌之際，黑夜認不出真假。〔楊希白〕既認不出真假，元帥要殺，你就教綁。來來來，先敬你幾拳。〔舉拳科。王侁作慌科。楊繼業、呼延贊白〕快放手。〔楊希作放王侁科。楊繼業、呼延贊白〕王將軍，這樣謀逆之罪，誰人當得起，今日也莫怪他無理。〔王侁白〕是是是，七將軍一定要打，待小將應酬幾下如何？〔呼延贊白〕到此怎麽？〔王侁白〕元帥命小將請監軍與令公父子去赴席。〔楊繼業白〕嗄，昨日要斬我父子，今日又請赴席。元帥之喜怒，令人莫測。〔王侁白〕只爲昨晚得罪了先鋒父子，元帥深知悔過，所以今日特備酒筵賠罪，命王侁來奉請。〔呼延贊白〕那個要喫他的酒。〔王侁白〕今日之酒，特爲兩下解讐，彼此釋怨。〔楊景冷笑科。白〕元帥恨不滅絶楊氏，讐深似海，安肯杯酒釋怨？〔呼延贊、楊繼業、楊希白〕是嗄。〔王侁白〕元帥也説來，遼衆勢大，目下須將帥調和，與皇家出力。先爲公事，日後再論私讐。若先將私讐爲念，則不能同心戮力，有悮國家公事了。〔楊繼業白〕若元帥肯如此一想，非我之幸，實乃社稷之幸也。仁兄，我等同去走遭。〔楊景白〕爹爹，此話只怕未果如是。〔楊繼業白〕君子可欺其方也，且不必設疑，到那裏你二人不許開口。〔楊景應科。楊希白〕説得投機，自然不開口。〔王侁向楊希白〕到了那裏，求七將軍和氣些，就請同行。

〔衆白〕請。〔作行科。王佺唱合〕玳筵前(句)，休得論雌黄(韻)。大功臣(句)，須要寬洪量(韻)。〔作到科。王佺白〕到了，請少待。〔作進請科。白〕元帥有請。〔丑扮田重進、劉君其，副扮米信，各戴盔，穿雜色圓領，束帶。引浄扮潘仁美，戴嵌龍幞頭，穿蟒，束玉帶。從上場門上。潘仁美白〕王將軍回來了，他們來了麽？〔王佺白〕都在營外。〔潘仁美白〕待我去。〔王佺白〕元帥，以禮相見。〔潘仁美白〕我曉得。〔呼延贊白〕還不見出來。〔王佺白〕元帥出迎。〔潘仁美出迎科。白〕都監軍，老令公。〔呼延贊、楊繼業白〕元帥。〔潘仁美白〕請。〔呼延贊白〕占了。〔作進科。潘仁美白〕令公請。〔楊繼業遜科。白〕末將不敢。〔潘仁美白〕令公，什麽末將，太謙。請。〔楊繼業白〕設官分職，朝廷制度。末將現爲帳下先鋒。〔潘仁美强笑科。白〕令公再要這等説，先罰三大杯。〔作挽手科。白〕同行如何。〔强笑同進科。楊景向楊希白〕好奸詐的狂且。〔作進見科。白〕元帥。〔潘仁美白〕二位將軍，失照了嗄。〔楊景、楊希兩旁分侍科。呼延贊白〕今日元帥爲何這等慷慨，令人不解。〔潘仁美白〕嗄，因昨日冒犯了令公父子，今日虚心奉承。特設小酌，以贖前罪，看酒過來。〔雜扮二旗牌，各戴小頁巾，穿蟒箭袖排穗，佩腰刀。從兩場門暗上。白〕有酒。〔楊繼業白〕元帥，今日之酒，因何而設？〔潘仁美白〕且坐了再説，看酒。〔場上設席，潘仁美欲定席科。呼延贊白〕住了，何須俗套，請問坐次，竟一揖而坐。〔潘仁美白〕監軍首席，令公次之，我等挨次而坐。〔楊繼業白〕末將焉敢僭越。〔呼延贊白〕多謙必詐，坐了罷，請嗄。〔呼延贊、楊繼業、潘仁美作入席科。楊景、楊希、王佺等作告坐科。各入席。潘仁美白〕過來。〔旗牌應科。潘仁美白〕今日不理軍情，一概

不許傳票。〔旗牌應科。同唱〕

【雙調正曲·朝元令】營中宴張(韻)，樂奏鉦鼉響(韻)。巡杯侑觴(韻)，舞劍猶堪賞(韻)。娉婷豔粧(韻)，不如鎧甲雄壯(韻)。〔潘仁美白〕令公何不暢飲？〔楊繼業白〕端的此酒因何而設？〔潘仁美白〕一來與諸公洗塵，二來與令公父子壓驚，三來解讎釋怨。〔楊繼業白〕末將與元帥，素無讎怨嗄。〔潘仁美冷笑科。白〕今日實對令公說明了罷，昔日足下在劉王駕下，曾射下官一箭，讎之一也。七郎打死潘豹，讎之二也。前者涿鹿被擒，七郎出吾大醜，讎之三也。〔楊繼業白〕呀，若依元帥一說，這三事皆不共戴天之讎。末將父子死有餘辜矣。〔楊希白〕嗄，若說我的讎怨，不止三十條，十世也報不盡。〔潘仁美白〕今日與令公說破，彼此釋疑。想你我做大臣的，總以國家公事爲要，此後你我併力同心，志在平遼，回朝後再論私讎。那時你我各顯報讎手段未遲。〔呼延贊、楊希白〕好，這話爽快。〔楊繼業白〕果如是言。〔呼延贊白〕只怕未必。〔潘仁美白〕嗄，本帥若有虛言，〔呼延贊、楊希白〕怎麽樣？〔潘仁美白〕死後入鐵叉地獄。〔呼延贊、楊繼業、楊景、楊希同笑科。白〕好爽快。〔潘仁美白〕既已言明，各請一杯。〔衆白〕請。〔同唱〕怨恨且休言講(韻)，付之汪洋(韻)，先謀敵衆邊計良(韻)。〔呼延贊白〕若早是這等講明，何必要俺保官來此。〔潘仁美白〕前事一概休題，且大家開懷暢飲。〔同唱〕彼此莫猜量(韻)，開懷酌酒漿(韻)。〔雜扮一管糧官，戴紗帽，穿青素，束角帶，從上場門暗上，作偷看，與王侁作手語急進科。白〕管糧官啟事。〔潘仁美白〕趕出去。〔旗牌叱逐科。白〕出去。〔管糧官仍從上場門下。潘仁美白〕列公請。〔衆白〕請。〔同作飲酒科。軍士將官内白〕快去稟一聲。〔管糧官仍從上場門急上，進見科。白〕啟元帥，衆將討糧。〔潘仁美嗔科。白〕本帥令下，一概軍情，不準傳進。你敢違令麽？〔管糧官白〕小官不敢違令，衆將逼我來討軍糧。〔潘仁美白〕你對他們説，待筵席散後再稟。〔管糧官應科，仍從上場門下。呼延贊、楊繼業白〕元帥，軍糧爲要，喫酒什麽打緊。〔潘仁美白〕不要管他，我們且自盡歡，看酒來。〔呼延贊、楊繼業白〕元帥，〔唱合〕莫貪宴賞㊅，先放給衆軍糧餉㊅，衆軍糧餉㊇。〔軍士將官内白〕元帥宴樂，不顧衆軍糧草，餓著肚皮，如何上陣？〔潘仁美白〕嗄，合營喧嚷，是何緣故？傳衆將進來。〔旗牌應，作傳科。白〕元帥傳衆將進見。〔雜扮將官，各戴馬夫巾，紥額，穿打仗甲，從上場門上，作進門參見科。白〕元帥。〔潘仁美白〕爲何衆軍喧嚷？〔將官白〕合營軍士説，元帥宴樂，不顧衆軍糧草，餓著肚皮，如何上陣。〔潘仁美白〕嗄，爲何不散給糧草？〔將官白〕管糧官説，不敷支散了。〔潘仁美白〕王將軍，十日前，本帥與你算計糧草，足用二十餘日，怎麽今日就不敷了？〔王侁白〕小將不曉得。〔潘仁美白〕傳管糧官。〔將官唤科。白〕管糧官，元帥唤。〔管糧官仍從上場門暗上，進見科。白〕小官在。〔潘仁美白〕十日前算計糧草，足用二十日，怎麽今日就不敷了？〔管糧官白〕十日前，只有舊將士，自然足用。只因監軍與楊先鋒又帶來新軍，數萬支了去，所以不足用了。〔潘仁美白〕自古三軍未動，糧草先行。監軍領兵，豈無糧草隨來？明明是你刻減軍糧，反賴監軍，拏去斬了。〔將官應，作綁管糧官科。王侁白〕監軍，可有糧草隨來麽？〔呼延贊、楊繼業白〕元帥，我等只因軍限緊急，不能多帶糧草。自料軍前糧餉必敷，誰知也不足用，非干管糧官之事。〔潘仁美白〕如此放了。〔將官作放綁，管糧官從下場門下。潘仁美白〕三軍無糧，萬一有變，怎麼處？〔衆白〕便是。〔同唱〕

【雙調正曲・羅帳裏坐】這軍營饋餉(韻)，最要者糧(韻)。餓極變生(句)，恐其亂搶(韻)。〔潘仁美作愁急，出席科。白〕這便怎麼處？〔衆同出席科，隨撤席。楊繼業想科。白〕有了，此去雄州不遠，可命楊景速去借些糧草來，暫應緩急如何？〔潘仁美白〕緩急之間，只好暫去借些來，以濟目前。然亦終非長策，必須有人連夜進京，催運糧餉，使不匱乏纔可。〔楊繼業白〕如此就命楊景、楊希去。〔潘仁美白〕使不得，本帥所仗虎將禦敵，你父子去了，教本帥如何拒敵遼將。要去，只除非監軍肯去，本帥纔得放心。〔呼延贊白〕我去麽。〔潘仁美白〕也使不得，監軍特爲保令公父子而來，監軍一去，倒像本帥有什麽謀算了。去不得，去不得。〔楊繼業白〕軍糧實乃重事，非監軍去，他人不堪此任。〔呼延贊白〕我去不妨，只恐——〔潘仁美白〕如何，我説監軍必生狐疑。〔田重進等白〕俱已講明，有何不放心？〔潘仁美白〕況且我發誓在前，若有虛言，死後入鐵叉地獄。〔呼延贊白〕既是這等説，俺就去走遭。〔唱〕俺欲催糧草(句)，又所慮難忘(韻)。〔作出門，衆送科。呼延贊欲行又回科。白〕賢弟，諸凡小心。愚兄催運糧草，數日就到的。〔楊繼業白〕仁兄放心前去。〔呼延贊白〕嗄，二位賢姪，留神嗄。〔楊景、楊希白〕是，老伯一路保重。〔潘仁美白〕恕不遠送了。〔呼延贊白〕元帥所言，不要忘了嗄。〔潘仁美白〕鐵叉地獄，鐵叉地獄。〔同笑科。呼延贊白〕請。〔從下場門下。楊繼業白〕我父子也要回營去了。〔潘仁美白〕爲何就要走？〔楊繼業白〕命楊景速往雄州，支借糧草要緊。〔潘仁美白〕這個待本帥另遣人去，令郎在此，好防禦遼兵，請回營歇息罷。〔楊繼業等從上場門下。潘仁美笑科。唱合〕怎逃掌握巧謀良㊀。〔王侁白〕可虧門生麽？〔潘仁美唱〕紀第一等功勞犒賞㊀。〔王侁白〕多謝元帥。〔同從下場門下〕

第五齣　劫宋寨欣得王强（齊微韻）

〔雜扮遼兵，各戴額勒特帽，穿外番衣，持兵器。雜扮遼將，各戴盔襯、狐尾、雉翎，穿打仗甲，持兵器。引净扮劉子喻，戴紥巾額、狐尾、雉翎，紥靠。雜扮耶律曷魯、蕭達蘭、耶律博郭濟、耶律學古、耶律希達、耶律色珍、耶律休格，各戴外國帽、狐尾、雉翎，紥靠。净扮韓德讓，戴外國帽、狐尾、雉翎，紥靠，背令旗。從上場門上。同唱〕

【黄鐘宫正曲・撲蝴蝶】主怒動天威(韻)，統全師選精鋭(韻)，定今宵衝營破壘(韻)，〔合〕成擒讐敵方歸(韻)。〔韓德讓白〕本帥韓德讓是也。只因楊繼業斬了蕭郡馬，我軍人人膽寒，無敢復寇鴈門。幸得他保護宋主還汴，俺太后娘娘正欲恢復山後，不想楊無敵又來救援。俺家兵將見他旗號，望影而逃，太后娘娘聞報大怒，親統全師到來，計定今晚踹奪宋營，活擒繼業。〔耶律色珍等白〕命俺們挑選精兵十萬，今已齊集，同往太后娘娘營中，候令起兵，踹劫宋營便了。〔韓德讓白〕有理。〔同白〕正是：　百員猛烈貔貅將，十萬精强虎豹軍。〔同從下場門下。副扮王强，戴中方巾，穿道袍，從上場門上，歎科。唱〕

【黄鐘宫正曲・耍鮑老】儒業祖傳襲(韻)，經書幼攻習(韻)。我三冬富(句)，愧白丁(句)，軍營詣(韻)，懷寶遠投邦又迷(韻)。〔白〕我王强，爲異途功名，所以投奔軍前，誰知潘元帥藐視區區，叔父含糊應酬，那米信、劉君其等皆袖手傍觀，其實令人可惱。我若有日得志，什麽親戚，什麽朋友，我王强一概不認。〔唱〕叔父同枝一瓜蒂(韻)，竟不語(句)，恨米信(句)枉舊日友兄弟(韻)，〔合〕恨潘公將文儒棄(韻)。〔作想科。白〕且住，看此光景，宋家的官，我是不能做的了，不如竟投蕭，〔作四顧科。白〕竟投蕭后營中。〔副扮王佺，戴盔，穿出襬，從下場門暗上。白〕姪兒，你説什麽蕭？〔王强白〕叔父，我説消停一兩日，要回汴京去了。〔王佺白〕却也正理，潘太師不重文儒，在此也没用。〔王强白〕原説没用，所以消停消停就走。〔王佺白〕天晚了，隨我後帳去罷。〔從下場門下。王强白〕幾乎被他聽見。〔隨下。內起更科。雜扮巡營軍士，各戴鷹翎帽，穿青布箭袖勇字卒褂，持鈴柝鈎竿燈籠、更鑼，從上場門上。白〕小心火燭。遼宋交兵相對壘，征夫日夜挂戎衣。我們乃潘招討帳下巡營軍士是也。元帥傳令今晚暫解甲胄，養息鋭氣，著我們小心巡邏，大家巡營去嗄。小心火燭。〔王强從下場門悄上，見軍士，急作閃避科。巡營軍士從下場門下，內打二更。王强作躡步偷望科。白〕正要偷出營門，撞見幾個人來，嚇我一跳。〔作四顧科。白〕此時寂静無人，不免竟投遼營去便了。〔遼兵遼將、韓德讓、耶律色珍、耶律休格、蕭達蘭、劉子喻、耶律博郭濟、耶律學古、耶律希達、耶律曷魯，各持兵器。引旦扮女遼將，各戴紮額、狐尾、雉翎，穿甲，持兵器。旦扮蕭氏，戴蒙古帽練垂，紥靠，背令旗，持刀，從兩場門悄上。作遇王强，衆作擒住科。蕭氏白〕什麽人？將他綁過來。〔遼兵應科，王强作驚慌科。白〕我是投順遼邦的。〔蕭氏白〕你叫什麽名字？〔王强白〕學生叫做王强，第一大才子。〔蕭氏白〕好，孤帳下正少文士，放了綁。〔遼兵應，作放綁科。蕭氏白〕先送至大營等候，待孤回軍授職。〔二遼兵應科，引王强從上場門下。蕭氏白〕踹營。〔衆白〕得令。〔作吶喊遶場科，從兩場門衝下。雜扮軍士，戴馬夫巾，穿箭袖，披卒褂。雜扮將官，各戴馬夫巾，紥額，穿箭袖，披打仗甲。副扮王侁、米信，丑扮田重進、劉君其，側戴盔，穿箭袖，披靠。净扮潘仁美，側戴帥盔，披靠。各挾兵器，作驚慌狀，從兩場門上，亂跑叫苦科。潘仁美悔科。白〕悔不聽令公之言，教我不要卸甲。我只圖了好睡，如今被遼兵衝破營盤，盔甲也穿不及，鎗馬也尋不著，怎麽處？〔蕭氏等從兩場門衝上，合戰科。潘仁美等從下場門敗下，蕭氏等追下。外扮楊繼業，戴金貂，紥靠，背令旗，持九環金刀。從上場門急上。白〕不好了，果然不出吾之所慮，遼兵驟至，踹破營盤，將士四散奔逃，不知楊景、楊希，都往那裏去了？這便怎麽處？〔劉子喻從上場門突上。白〕看鎗。〔楊繼業白〕你是楊希，連爲父的也不認得了？〔劉子喻白〕看鎗。〔刺科，楊繼業止科。白〕畜生，爲父的在此。〔劉子喻惡唓，戰科。蕭達蘭從上場門上，接戰科。同從下場門下。内打三更，净扮楊希，戴紥巾額，紥靠，持鎗，追耶律色珍從上場門上，戰科，從下場門下。生扮楊景，戴盔，紥靠，持鎗從上場門上，四望科。白〕爹爹在那裏？兄弟在那裏？爹爹和七郎，皆不知殺到那裏去了。〔四望叫科。白〕爹爹，七郎。〔劉子喻悄從上場門上。白〕七郎在此。〔楊景白〕兄弟在那裏？〔劉子喻白〕在這裏，看鎗。〔刺科，楊景作止科。白〕住了，是你六郎哥哥在此。〔劉子喻白〕黑夜認不清，看鎗。〔戰科。雜扮陳林、柴幹，各戴盔，紥靠，持兵器。從上場門上，助戰科，追劉子喻從下場門下。内打四更。楊繼業從上場門上。唱〕

【黃鐘宫正曲・滴溜子】遼兵衆㊁,遼兵衆㊂,重重密密㊃。衝營寨㊁,衝營寨㊂,擁擁擠擠㊃。〔作四望科。白〕楊景、楊希,〔唱〕他行㊅,不知凶吉㊃。〔合〕兵馬亂紛紛㊁,山頹海沸㊃。手足父子㊅,兩難護持㊃。〔楊景從上場門上。白〕爹爹在那裏?〔楊繼業白〕可是六郎?〔楊景白〕正是。〔楊繼業白〕可曾見楊希?〔楊景白〕方纔與孩兒戰了半日,此時不知那裏去了?〔楊繼業白〕黑夜之間,也難怪他。〔楊景白〕止是。〔蕭達蘭、耶律學古,從上場門上,作戰科,同從下場門下。楊希從上場門急上。白〕爹爹在那裏?哥哥在那裏?〔劉子喻從下場門上。白〕俺七郎在此。〔楊希白〕嗄,你是那個?〔劉子喻白〕俺是楊七郎。〔楊希白〕你是楊七郎,我呢?〔劉子喻白〕你是遼將。〔楊希作怒科。白〕好賊子,前夜假冒我姓名劫營者定是你這賊子,看鎗。〔戰科,從下場門下。内打五更。潘仁美、王侁、米信,從上場門急上。同唱〕

【黃鐘宫正曲・雙聲子】雄威勢㊃,雄威勢㊂,挫盡吾英氣㊃。魂魄飛㊃,魂魄飛㊂,欲走無門避㊃。〔劉子喻從上場門追上。白〕看鎗。〔潘仁美白〕嗄,楊希,你又來謀反了。〔劉子喻笑科。白〕再喫俺一鎗。〔追潘仁美等遶場,潘仁美喊叫科。白〕楊希謀反,誰與本帥擒來。〔楊繼業、楊景從下場門急上。楊繼業白〕楊希,爲父的在此。〔潘仁美白〕你親眼見的,還不將他拏下。〔楊繼業白〕楊景擒來。〔楊景戰劉子喻科,楊希從上場門上。白〕爹爹在那裏?七郎在此。〔楊繼業見科。白〕元帥,這纔是楊希來了。〔劉子喻白〕看鎗。〔楊景、楊繼業、楊希作戰敗劉子喻科。劉子喻從上場門下。潘仁美白〕令公,原來那遼將面貌與七郎一樣的，如今明白了。老令公，快保本帥逃出重圍方好。〔楊繼業白〕有俺父子在此。〔蕭氏、韓德讓等衆從兩場門衝上。陳林、柴幹、將官等衆從兩場門突上，合戰科。楊繼業、潘仁美等從下場門敗下。蕭氏白〕今夜一戰，宋軍喪膽，雖未擒獲楊無敵，可使威名挫盡矣，收兵。〔衆應科。唱〕計出奇(韻)，衆力齊(韻)，〔合〕踹破營盤(讀)，一戰披靡(韻)。〔同從下場門下。軍士將官、王侁、米信、劉君其、田重進、楊希、楊景、陳林、柴幹、楊繼業、潘仁美，從上場門上。同唱〕

【又一體】因失計(韻)，因失計(疊)，敗潰全軍逝(韻)。營帳失(韻)，營帳失(疊)，輜重沿途棄(韻)。〔楊繼業白〕元帥，此一陣非常之敗，速退五十里，草立營寨，招集逃亡兵將，養足鋭氣，再圖復讐。〔潘仁美白〕就依所言，退五十里安營。〔同唱〕計所宜(韻)，可順依(韻)，〔合〕草創營盤(讀)，把逃亡招集須齊(韻)。〔同從下場門下〕

第六齣　投遼邦先圖繼業（蕭豪韻）

〔内奏樂。雜扮遼兵，各戴額勒特帽，穿外番衣，執兵器。雜扮遼將，各戴盔襯、狐尾、雉翎，穿打仗甲，各執兵器。引雜扮塔哩哥、蕭金彪、伊勒金、耶律迪尼、耶律曷魯、耶律蒲古直、祥袞特爾格，各戴外國帽、狐尾、雉翎，紥靠。淨扮劉子喻，戴紥巾額、狐尾、雉翎，紥靠。雜扮耶律博郭濟、蕭天佑、蕭天佐、耶律學古、蕭達蘭、耶律希達、耶律色珍、耶律休格，各戴外國帽、狐尾、雉翎，紥靠。淨扮韓德讓，戴外國帽、狐尾、雉翎，紥靠，背令旗。旦扮女遼將，各紥額，戴狐尾、雉翎，穿甲持鎗。引旦扮蕭氏，戴蒙古帽練垂，紥靠，背令旗，襲蟒，束帶。從上場門上。蕭氏唱〕

【中吕調套曲·粉蝶兒】胸蘊龍韜（韻），運籌出神機絶妙（韻），管今番餌設擒鰲（韻）。探山形（句），察地理（句），隊分各道（韻）。因此聚集羣僚（韻），要大排兵令傳機要（韻）。〔内奏樂，場上設高臺、公案桌、虎皮椅，轉場陞座科。韓德讓等作參見科。白〕太后娘娘在上，臣等參見。〔蕭氏白〕侍立兩傍候令。〔韓德讓等應，作分侍科。蕭氏白〕審勢謀成破敵機，指揮師出捷書飛。藉其將帥生釁隙，計困英雄碎鐵衣。孤久慮楊家父子英勇，正愁無計可除，昨者踹奪宋營，得一文士王强，傾心歸順。試其才能，果然伶俐機變，即授參謀之職。即問他宋營虚實，王强説仁美與繼業素有深讐，久欲害之。孤一聞此言，隨即打下戰書，指名要楊無敵出戰，孤料仁美，必假吾手以殺繼業。繼業若除，宋室江山不難圖也。爲此陞帳，遣將伏兵，擒拏楊無敵。耶律色珍、耶律希達、蕭金彪聽令。〔耶律色珍等應科，内鳴金響號。蕭氏白〕你三人，領兵二萬，往崞縣東北石趺路陳兵會戰。將宋兵引至陳家谷，中途自有接應，聽孤道來。〔唱〕

【中吕調套曲·醉春風】今用著佯戰敗的悄機關(句)，引到那半途中隱伏奇兵早(韻)。要陳家谷裏偃旌旗(句)，把繼業父和兒圍繞(疊)。困得他難闖難突(句)，逼得他難回難進(句)，便使插翅兒也難飛難躍(韻)。〔耶律色珍等白〕得令。〔遼兵引從下場門下。蕭氏白〕蕭達蘭、耶律學古、伊勒金聽令。〔蕭達蘭等應科，内鳴金響號。蕭氏白〕你三人，領兵一萬，往石趺路北，中途埋伏接應，聽孤道來。〔唱〕

【中吕調套曲·紅繡鞋】部精兵石趺中道(韻)，避身兒高壘深濠(韻)。旗纛捲偃鎗刀(韻)，伏兵抄後勦(韻)。截戰莫容逃(韻)，斷歸途謀謨用巧(韻)。〔蕭達蘭等白〕得令。〔遼兵引從下場門下。蕭氏白〕劉子喻、耶律蒲古直、塔哩哥聽令。〔劉子喻等應科，内鳴金響號。蕭氏白〕你三人，領兵一萬在陳家谷東口埋伏，伺我軍引進敵人，即將谷口塞斷，絶其歸路。聽孤吩咐，〔唱〕

【中吕調套曲·迎仙客】恁在那東谷口待繼業過(句)，便把那隘口兒佈下營壘高(韻)。憑著他是有勇智的將中元老(韻)，這其間没下梢(韻)。縛虎焉翻爪(韻)，俺如今便佈成地網天羅罩(韻)，恁必要擒回報(韻)。〔劉子喻等白〕得令。〔遼兵引從下場門下。蕭氏白〕蕭天佐、蕭天佑、耶律博郭濟聽令。〔蕭天佐等應

科，内鳴金響號。蕭氏白〕你三人，領兵一萬，在陳家谷西口，埋伏截戰，不許放走繼業父子。聽孤吩咐，〔唱〕

【中吕調套曲・白鶴子】層層土築高(韻)，莫縱敵衆逃(韻)。牢固的那谷邊兒(句)，謹遵吾差調(韻)。〔蕭天佐等白〕得令。〔遼兵引從下場門下。蕭氏白〕韓德讓、耶律休格、耶律曷魯、耶律迪尼、祥衮特爾格聽令。〔韓德讓等應科，内鳴金響號。蕭氏白〕你五人，領弓弩、雙刀、短棍、長鎗、滚牌各一萬，在陳家谷内，週遭埋伏，傳諭軍中，不許暗放冷箭，務要生擒楊家父子。爾等同心奮力，不得有違。聽孤吩咐，〔唱〕

【中吕調套曲・快活三】要成功則這遭(韻)，憑長技顯英豪(韻)。早擒無敵建功勞(韻)，莫負俺五中令諄諄告(韻)。〔韓德讓等白〕得令。〔遼兵引從下場門下。内奏樂，蕭氏下座，隨撤高臺公案科。蕭氏唱〕

【煞尾】陳兵填谷滿山壕(韻)，征雲戰霧遶岩嶠(韻)。謹依著(讀)，吕望韜黄公略(韻)，百隊兒(讀)，貔貅將把敵人一蕩掃(韻)。〔同從下場門下〕

第七齣　難挽回黑心元帥(江陽韻)

〔雜扮軍士，各戴馬夫巾，穿蟒箭袖卒褂，執兵器。雜扮將官，各戴馬夫巾，紥額，穿打仗甲，執鎗。副扮王侁、米信，丑扮田重進、劉君其，各戴盔，紥靠。引淨扮潘仁美，戴帥盔，穿蟒，束帶。從上場門上。潘仁美唱〕

【仙呂宮引·紫蘇丸】失營未聽諫謀良(韻)，愧見猶增嫉妬腸(韻)。〔場上設公案、桌椅，轉場入座科。白〕本帥因未聽繼業之諫，暫令合營卸甲安眠，果中遼人劫營之計，致遭大敗。我昨日傳令，要到繁峙縣避兵養銳，繼業偏教本帥往大石口安營。這老匹夫，自恃智謀深遠，便志驕氣傲，我却那裏容得。恰好今早蕭氏差人打下戰書，道排兵在石跌路，指名要繼業父子出陣。我想敵人指名搦戰，必有決勝之謀，况那陳家谷、狼牙村俱是險峻之地，若有伏兵，繼業父子決無生還之理。〔冷笑科。白〕這豈不是殺他父子的機會到了麽？我已令賀國舅去請繼業父子，怎麽還不見來？〔王侁白〕想必就到。〔淨扮楊希，戴紥巾額，紥靠。生扮楊景，戴盔，紥靠。末扮賀懷浦，戴盔，紥靠。引外扮楊繼業，戴金貂，紥靠，背令旗。從上場門上。同白〕一著不到處，滿盤皆是空。自遭劫寨後，遼勢甚豪雄。〔楊繼業等作參見科。白〕元帥，小將等參見。〔潘仁美白〕衆位將軍少禮。〔楊繼業等分侍科。潘仁美白〕

今有遼將耶律色珍在石跌路指名要先鋒出戰。令公可領本部將士，速去迎敵。〔楊繼業白〕元帥，且請消停。用兵之道須要知彼知己。今彼兵勢强盛，正當避其鋒，老其師也。〔王侁白〕現今遼將搦戰，不去迎敵，何計退之？〔楊繼業白〕我今拔寨領兵，出大石路，直入石碣谷，向代州崞縣安營，養息三軍銳氣，然後出師，恢復朔平等州，此爲上策。〔王侁、米信、劉君其、田重進白〕令公之言，何畏懼至此。今正當殺退遼兵，由鴈門北、川中而往，襲取朔州，纔是上策。〔潘仁美白〕是嗄，這纔是上策。〔楊繼業白〕此非上策，決難從命。〔潘仁美哂科。白〕好個決難從命，將不由帥了，可笑。〔楊繼業白〕繼業並不敢有違軍令，今遼兵銳氣日熾，若必欲迎敵，取敗多矣。〔唱〕

【仙呂宮正曲・風入松】遼兵日熾利鋒鋩(韻)，其勢猖狂難擋(韻)。避兵石碣西南向(韻)，養兵銳再圖北上(韻)。〔潘仁美白〕住了，先鋒素號無敵，今逗撓不進。〔作冷笑科。白〕莫非有他志乎？〔楊繼業作驚呆科。白〕我兒，你聽他的言語，明明激我父子出戰。〔楊景、楊希、楊繼業作恨怒科。同唱合〕恨奸黨隙釁搆藏(韻)，敗國事陷忠良(韻)。〔潘仁美作聽笑科。白〕動不動説什麽忠良，爾等既做忠良，爲何怕死怯戰？〔楊繼業白〕繼業忠心耿耿，豈避一死。蓋時有未利，徒殺士卒而功不立，豈是爲將之道？今元帥責繼業以不死，也罷，當爲諸公之先，引兵往石跌路迎敵便了。〔唱〕

【仙呂宮正曲・急三鎗】領雄兵(句)，石跌路(讀)，顯威揚(韻)，俺拚死戰(讀)，報吾皇(韻)。〔潘仁美白〕好，壯哉老令公也。帶本部多少人馬？〔楊繼業白〕我父子三人帶本部人馬，再令陳林、柴幹領兵爲前隊，元帥領大兵接應。〔潘仁美白〕令公父子三人，帶領五千精兵足矣。陳林、柴幹，命他保守大營，本帥好領兵督陣。〔楊景白〕元帥，可留王將軍、米將軍保守營盤，陳林、柴幹乃奉旨隨先鋒部下聽調，求元帥助我父子迎敵。〔潘仁美白〕就算奉旨聽先鋒調用，在吾招討軍營，也由得本帥調遣。〔楊景白〕求元帥。〔楊繼業白〕多講。〔唱〕自古道(句)，兵在精(讀)，何用廣(韻)。〔合〕休得絮叨叨(讀)，苦相央(韻)。〔白〕隨我即刻起兵迎敵者。〔楊希、楊景應科，隨楊繼業從上場門下。潘仁美出座，隨撤公案、桌椅。潘仁美作想科。白〕且住，須防他怯敵畏避。有了，田、劉二公，小心護守營寨。〔劉君其、田重進應科，從兩場門下。潘仁美白〕大小三軍，隨本帥督陣催戰去者。〔軍士將官、王侁、米信、賀懷浦應科，同作上馬遶場。同唱〕

【仙呂宮正曲·風入松】督兵催戰向疆場(韻)，預防其畏避鋒鋩(韻)。激他怒起三千丈(韻)，管今番父子淪喪(韻)。〔軍士將官引潘仁美等，從下場門下。賀懷浦作恨科。白〕看此光景，〔唱合〕權奸黨隙讐揜藏(韻)，敗國事陷忠良(韻)。〔從下場門下〕

第八齣　苦逼迫赤膽先鋒(東鐘韻)

〔雜扮遼兵，各戴額勒特帽，穿外番衣，持兵器。雜扮遼將，各戴盔襯、狐尾、雉翎，穿打仗甲，持兵器。引雜扮蕭金彪、耶律希達、耶律色珍，各戴外國帽、狐尾、雉翎，紥靠，持兵器，同從上場門上。同唱〕

【正宫集曲·四邊芙蓉】【四邊静】(首至六)遼聞楊姓人心恟(韻)，山後皆摇動(韻)。太后發雷霆(句)，傾國全師董(韻)。〔耶律色珍白〕俺們奉太后娘娘懿旨，領兵在這崞縣東北石趺路引戰楊無敵，就此殺上前去者。〔衆應科。同唱〕長矛短穜(韻)，列布如叢(韻)。【玉芙蓉】(末一句)待他來(讀)，倒戈詐敗假衝鋒(韻)。〔雜扮勇士，各戴紥巾，穿勇字衣，繫𦁥帶，執雙刀。雜扮將官，各戴馬夫巾，紥額，穿打仗甲，持鎗。浄扮楊希，戴紥巾額，紥靠，持鎗。生扮楊景，戴盔，紥靠，持鎗。引外扮楊繼業，戴金貂，紥靠，背令旗，持九環金刀。從上場門衝上。楊繼業白〕遼將聽者，俺楊無敵在此，爾等不得猖狂。〔耶律色珍、耶律希達、蕭金彪白〕你那無敵虚名，何足道哉。今日不與你决一雌雄，誓不收兵。〔楊繼業作怒科。白〕看刀。〔作合戰科。勇士將官、遼兵遼將從下場門戰下。楊繼業、楊景、楊希、耶律色珍、耶律希達、蕭金彪作戰科。楊希、楊景、楊繼業唱〕

【正宫集曲·普天錦】【普天樂】（首至四）犯邊關貪心縱(韻)，既吞蜀復思隴(韻)。保臨潢半壁山河(句)，是吾皇盛德寬容(韻)。〔戰科，耶律色珍等從下場門敗下。楊繼業等追下。雜扮軍士，各戴馬夫巾，穿箭袖卒褂，持刀。雜扮將官，各戴馬夫巾，紥額，穿打仗甲，持鎗。副扮王侁、米信，末扮賀懷浦，各戴盔，紥靠，持兵器。引淨扮潘仁美，戴帥盔，穿蟒，束帶，佩劍，執令旗，從上場門上。同唱〕【錦纏道】（七至末）壓陣督兵戎(韻)，鳴鉦擊鼓(句)，佯爲助鏑鋒(韻)。〔場上設山石。軍士將官引潘仁美等作上山瞭望科。勇士將官、楊希、楊景、楊繼業追遼兵遼將、耶律色珍等，從上場門上，交戰科。耶律色珍率衆從下場門敗下。潘仁美白〕老令公，乘此得勝之兵，緊緊追上，不可縱敵。〔楊繼業應科。潘仁美等下山科。同唱合〕踵接追其尾(句)，人人鼓勇建軍功(韻)。〔同從下場門下。雜扮遼兵，各戴額勒特帽，穿外番衣，持兵器。引雜扮伊勒金、耶律學古、蕭達蘭，各戴外國帽、狐尾、雉翎，紥靠，持兵器，從上場門上。同唱〕

【正宫集曲·四邊芙蓉】【四邊静】（首至六）奇兵暗截迎鋒掝(韻)，悄地休喧閧(韻)。息鼓偃旌旗(句)，令勅凛遵奉(韻)。〔蕭達蘭白〕俺們奉命，設伏中途，掩殺宋兵。那邊征塵陡起，引戰來也，埋伏等候。〔衆應，同唱〕長矛短穜(韻)，設伏途中(韻)。【玉芙蓉】（末一句）待他來(讀)，横斜突出莽衝鋒(韻)。〔同從下場門悄下。遼兵遼將、耶律色珍等，引勇士將官、楊繼業等，從上場門上，合戰科。遼兵引蕭達蘭等從下場門上，作截戰科。蕭達蘭白〕繼業那裏走？俺們奉令，設伏擒你。〔楊繼業白〕任伊千軍萬馬，詭計多端，吾何足懼哉。〔戰科。軍士將官、王侁、米信、賀懷浦，引潘仁美暗從上場門上山科。耶律色珍、蕭達蘭率衆從下場門敗下。潘仁美白〕吩咐三軍，緊緊追趕。〔勇士將官、楊繼業等應科，潘仁美等作下山科，同從下場門下，隨撤山科。雜扮遼兵，各戴額勒特帽，穿外番衣，持兵器。引雜扮劉子喻、耶律蒲古直、塔哩哥，各戴外國帽、狐尾、雉翎，紮靠，持兵器，從上場門上。同唱〕

【又一體】枚銜鈐摘伏兵衆(韻)，律紀親承奉(韻)。誘入陳家谷(句)，高壘阻其蹤(韻)。〔劉子喻白〕俺們奉太后娘娘懿旨，領兵一萬在陳家谷東口埋伏，伺我軍引敵入谷中，將谷口塞斷，大家遵令而行。〔内吶喊科。劉子喻白〕呀，遠遠聽得金鼓之聲，我軍引陣來也。〔同唱〕殺氣横空(韻)，戰塵蔽蒙(韻)。【玉芙蓉】〔末一句〕妙機謀(韻)，倒戈誘敵入樊籠(韻)。〔劉子喻白〕遠遠埋伏者。〔遼兵應科，悄從下場門下。遼兵遼將、耶律色珍等，蕭達蘭等，作引勇士將官、楊繼業等，從上場門上，合戰。耶律色珍等從下場門敗下。軍士將官引賀懷浦、王侁、米信、潘仁美從上場門上。潘仁美白〕令公快快催兵追趕。〔楊繼業白〕軍士們，前面什麽地方？〔勇士白〕前面是陳家谷東口，出西南山口，便是狼牙村，俗名虎口交牙峪。〔潘仁美白〕妙嗄，遼兵入了虎口，焉能得生？要成大功，就在陳家谷也。令公父子，快快追進谷中，殺盡遼將。本帥在托邏臺上略陣，快快追趕。〔勇士將官作應科，楊繼業作止科。白〕住了！元帥，小將聞陳家谷狼牙村皆險要之地。谷中路徑叢雜，若有埋伏，如何抵攩？〔王侁、米信白〕遼兵敗進谷中，正好擒拏。成功在即，怎麽又推三阻四起來？〔潘仁美白〕你父子有心縱敵，吾當申奏朝廷，看你能逃罪否。〔楊希、楊景、楊繼業急科。白〕元帥，非我父子縱敵，一入谷中，倘伏兵四起，全軍不得生矣。〔潘仁美白〕名將臨敵畏死，豈不有負君恩？〔楊希、楊景、楊繼業白〕這話差矣，我父子三人，一死何足惜。只可憐千軍萬馬皆死於非命。〔潘仁美白〕難道你就料定谷中有伏兵？萬一没有，該當何罪？〔楊繼業作恨歎科。白〕繼業太原降將，分當一死。蒙皇上天恩不斬，寵以連帥，授之兵柄，非縱敵不擊，蓋欲伺便，以立尺寸之功，報國家耳。今元帥責業避敵，尚敢自愛乎？

〔唱〕

【正宫集曲·朱奴帶錦纏】【朱奴兒】（首至合）今非惜一命全忠(韻)，今非惜家室榮寵(韻)。一死酬咱主眷隆(韻)，只可惜千軍悲痛(韻)。〔作悲慟拭淚科。楊景、楊希白〕爹爹，大丈夫有淚不輕彈。〔楊繼業歎科。白〕此行必不利也。元帥，小將去後，元帥可在東西谷口設伏步兵强弩，業轉戰當至此，萬望接應夾攻，不然我等無遺類矣。〔潘仁美白〕這個自然，快快進谷擒捉遼將要緊。〔楊繼業白〕也罷，衆軍隨俺來。〔勇士將官、楊希、楊景隨楊繼業從下場門下。潘仁美、王侁、米信白〕今番定矣。〔賀懷浦白〕元帥，快派兵往東西谷口接應要緊。〔潘仁美白〕與你什麽相干？〔賀懷浦激憤科。白〕元帥，你今只以私讐爲事，竟不以社稷爲念矣。〔潘仁美白〕多講。王、米二公，隨我往托邏臺去略陣。〔王侁、米信等應科，同從上場門下。賀懷浦白〕你看這廝，竟往托邏臺去了。〔作恨科。白〕豎子幾敗國事，令公父子必不能生矣。吾安忍坐視，也罷，拚我與令公同死谷中，奮身相助便了。衆軍士，隨我到陣家谷西口，進去接應便了。〔軍士應科。同唱〕【錦纏道】（七至末）表裏去加攻(韻)，英雄果敢(句)，千軍義烈同韻。〔合〕拚得遭殘横韻，義勇耿耿一心中韻。〔同從下場門下。場上設山口科。勇士將官、楊希、楊景、楊繼業追遼兵遼將、耶律色珍等，從上場門上，合戰遶場科。耶律色珍等作引楊繼業等進山口，從上場門下。遼兵引劉子喻等從上場門暗上，作望科。白〕妙嗄，楊繼業身入重地，今番生擒定矣。衆兒郎，速速立下寨柵，將谷口攔住者。〔遼兵應科，仍同從上場門下。遼兵遼將、耶律色珍等引勇士將官、楊希、楊景、楊繼業，從下場門上，合戰科。雜扮遼兵，各戴額勒特帽，穿外番衣，持兵器。雜扮遼將，各戴盔襯、狐尾、雉翎，穿打仗甲，持兵器。雜扮耶律曷魯、耶律迪尼、祥衮特爾格、耶律休格，各戴外國帽、狐尾、雉翎，紥靠，持兵器。净扮韓德讓，戴外國帽、狐尾、雉翎，紥靠，背令旗，持鎗。隨從兩場門上，圍困合戰科，韓德讓等從兩場門圍下。楊繼業白〕我兒，果然不出爲父所料，你看谷中伏兵四起，今番性命休矣。〔楊希、楊景同唱〕

【正宫集曲·四邊芙蓉】【四邊静】〔首至六〕谷中四面戈矛擁韻，砲響如雷動韻。逼困恨奸謀句，難免遭殘横韻。〔楊繼業白〕隨吾殺出谷口去者。〔遼兵遼將引韓德讓等從兩場門上，作圍科。楊繼業等從下場門敗下。韓德讓白〕傳令，小心把守，不許放走一人，違者軍法從事。〔衆應科。同唱〕殺聲喧鬨韻，軍聲潮湧韻。【玉芙蓉】〔末一句〕宋家兵讀，今番一陣掃成空韻。〔同從兩場門下〕

第九齣　單鎗闖寨思全孝（江陽韻）

〔雜扮勇士，各戴紮巾，穿勇字衣，持兵器。引浄扮楊希，戴紮巾額，紮靠。生扮楊景，戴盔，紮靠，各持鎗。外扮楊繼業，戴金貂，紮靠，背令旗，持九環金刀。從上場門上，楊繼業等作四望驚駭科。白〕不好了，吾父子受了奸人暗算矣。〔同唱〕

【中吕宫正曲·駐雲飛】受困山徑(韻)，早料敵人伏計藏(韻)。争奈權奸黨(韻)，令逼難違抗(韻)。〔雜扮將官，各戴馬夫巾，紮額，穿打仗甲，持兵器，從上場門上，作驚慌科。白〕令公，不好了，遼將已在谷口立下寨栅，用重兵把守，把我們的歸路阻絶，這便怎麽好？〔楊希、楊景、楊繼業作驚科。唱〕嗏(格)，欲退向何方(韻)？〔白〕也罷，〔唱〕把重圍突闖(韻)。〔雜扮遼兵，各戴額勒特帽，穿外番衣，持藤牌。雜扮遼將，各戴盔襯、狐尾、雉翎，穿打仗甲，持兵器。引雜扮蕭金彪、耶律曷魯、耶律迪尼、伊勒金、祥衮特爾格、耶律學古、蕭達蘭、耶律希達、耶律休格、耶律色珍，各戴外國帽、狐尾、雉翎，紮靠。浄扮韓德讓，戴外國帽、狐尾、雉翎，紮靠，背令旗，各持兵器，從兩場門上，作圍科，從兩場門下。楊繼業白〕我兒，你看四下伏兵，團團圍住，寡不敵衆，如何殺出重圍？〔楊景、楊希等白〕正是。〔楊繼業滚白〕自古弱不攖强，衆寡難當。東西隘口，南北高岡。刀鎗簇簇，鐵騎駟駟。圍如鐵壁，困似銅牆。要進無門，欲退無方。〔唱〕我父子困此谷中(句)，天喪英雄將(韻)。〔白〕衆將官，隨我殺到東谷口，若遇潘元帥救兵到來，便能得生矣。〔衆應，遶場科。同唱合〕拚得個戰死谷中爲國亡(韻)。〔雜扮遼兵，各戴額勒特帽，穿外番衣，持兵器。引淨扮劉子喻，戴紥巾額、狐尾、雉翎，紥靠。雜扮塔哩哥、耶律蒲古直，各戴外國帽、狐尾、雉翎，紥靠，各持兵器。從上場門上，截科。劉子喻白〕楊繼業思想逃出谷口，怎得能彀？俺們在此把守，專待擒你父子。〔作合戰科。遼兵遼將、韓德讓、耶律色珍、耶律休格、耶律希達、耶律學古、耶律迪尼、耶律曷魯、祥衮特爾格、蕭金彪、蕭達蘭、伊勒金，從上場門上，圍科。韓德讓白〕楊繼業，你今被困谷中，饒伊插翅也難飛去。〔楊繼業白〕休得猖狂，看刀。〔合戰科，楊繼業等從下場門敗下，遼將、韓德讓等追下。劉子喻、塔哩哥、耶律蒲古直白〕你看他父子三人又殺回去了，小心把守者。〔衆遼兵作應科，同從上場門下。勇士將官、楊希、楊景、楊繼業，從上場門上。楊繼業白〕東谷口遼兵甚衆，諒無接應之軍，如何是好？〔楊希、楊景白〕或者潘仁美接應之兵在西谷口也未可知，我兄弟二人保爹爹殺奔西口去便了。〔楊繼業白〕有理。〔同從下場門下。雜扮遼兵，各戴額勒特帽，穿外番衣，持兵器。引雜扮蕭天佐、蕭天佑、耶律博郭濟，各戴外國帽、狐尾、雉翎，紥靠，各持兵器。同從下場門上。同唱〕

【又一體】劍戟鏗鏘(韻)，統領雄兵西口防(韻)。誰敢踈虞放(韻)，軍法難容讓(韻)。嗏(格)。〔耶律博郭濟、蕭天佐、蕭天佑白〕俺們奉令把守陳家谷西口，不許放走一人，衆遼兵小心防備者。〔遼兵應科，同從下場門虛下。勇士將官、楊希、楊景、楊繼業同從上場門上。同唱〕盤戰馬騰驤(韻)，俺威風益壯(韻)。〔勇士白〕已到陳家谷西口。〔楊繼業等望科。楊希白〕潘元帥接應兵可在此？潘仁美。〔遼兵引蕭天佐等從下場門突上，作截住山口科。白〕俺們來接應你。〔合戰科。遼兵遼將引韓德讓等從上場門上，作圍困科。韓德讓等追楊繼業等從上場門下。蕭天佐等白〕回去了，小心把守者。〔遼兵應科。同唱〕他父子三人(句)，何計逃羅網(韻)，〔合〕似鳥入樊籠怎地翔(韻)。〔同從下場門下。勇士將官引楊希、楊景、楊繼業從下場門上。勇士將官白〕令公，東西谷口皆無救應之兵，怎麽處？〔楊希作想科。白〕有了，哥哥好生保護爹爹在此，待俺一人殺出谷中，尋見潘仁美，與他討救便了。〔楊繼業、楊景白〕住了，谷口有重兵把守，你一人如何殺得出去？〔楊希白〕爹爹，哥哥，今事在危急，若不闖圍取救，父子三人與五千兵將有死無生。俺今一身拚命，那怕遼兵百萬。〔唱〕

【中吕宫正曲·好事近】搜山猛虎强(韻)，突重圍如奔羣羊(韻)。何懼雄兵百萬(句)，抖神威誰敢攔攩(韻)。〔白〕俺去也。〔楊景、楊繼業止住科。白〕七郎，你到那裏，須要虛心下氣，苦苦哀求。〔楊希白〕俺楊希忠正男子，怎麽去哀求那悮國奸賊。他不來接應，俺就是一鎗，將那奸黨刺死。〔楊繼業白〕我兒，你若如此魯莽，這半萬兵將與我父子皆不能活矣。〔楊景同唱〕千萬的休施莽撞(韻)，仗伊家(讀)救免全軍喪(韻)。〔諄科，白〕我兒，兄弟，〔唱合〕緊記取囑咐叮嚀(句)，要防他詭計乖張(韻)。〔楊希白〕罷，看著國家公事，爹爹面上，只管放心，俺去也。〔韓德讓等從兩場門上，圍困科。楊希闖圍從上場門下。楊繼業等從下場門敗下。韓德讓白〕楊希闖圍直奔東口而去，耶律色珍、耶律希達，隨本帥追趕楊希。餘者圍困繼業，不許縱放一人。〔衆應，從兩場門分下。遼兵追楊希從下場門上，戰科。遼兵從下場門敗下。楊希唱〕

【又一體】策馬縱絲韁(韻)，一霎時闖破圍場(韻)。橫鎗血戰(句)，緊加鞭救父心忙(韻)。〔遼將持弓箭引耶律色珍、耶律希達、韓德讓從下場門上，作圍困科。楊希怒咤科。白〕你們這班該死的遼將，敢攩俺去路，七爺爺鎗尖利害，看鎗。〔作戰科。韓德讓白〕放箭。〔遼將應，作射科。楊希笑科，作闖圍從上場門下。韓德讓等作驚異科。白〕楊希真有萬夫不當之勇，亂箭不能傷他，又被他殺出重圍去了，快快追上。〔衆應科，從上場門追下。楊希從上場門上，笑科。白〕你看這些遼將，那裏攩得住俺？〔虛白作看山口科。遼兵引劉子喻、耶律蒲古直、塔哩哥從上場門上，虛白作把守科。楊希白〕果然立下寨柵，有無數遼兵把守在此。也罷，待俺闖將過去。〔唱〕任他千層營帳(韻)，怎攩俺(讀)猛力威風壯(韻)。〔劉子喻等突進山口攔截科。劉子喻白〕楊希休想逃脱。〔楊希白〕誰敢攔攩？看鎗。〔作戰科。韓德讓等從下場門追上。楊希作殺散衆遼兵，出山口從下場門下。韓德讓、劉子喻等同作追出山口科。韓德讓白〕被他逃出谷口，一定是請救去了。〔劉子喻、耶律蒲古直、塔哩哥白〕這是我們的干係，待我們趕上擒來便了。〔韓德讓白〕甚好。〔劉子喻等從下場門追下。韓德讓白〕我等可將楊繼業四面緊緊的圍困，人無糧，馬無草，一兩日，少不得束手歸降也。〔衆同唱合〕奉著太后令深愛英雄(句)，莫暴虐專待歸降(韻)。〔同作進山口，從下場門下，隨撤山口科〕

第十齣　萬箭攢身先盡忠（庚青韻）

〔浄扮楊希，戴紥巾額，紥靠，持鎗，從上場門上。唱〕

【仙吕入雙角合套・北新水令】闖重圍(讀)，拒十萬虎狼兵(韻)，遇俺這大蛇矛追魂奪命(韻)。運神力單鎗破千層，塞路的羣虎寨(句)，奮雄威匹馬闖百隊攩道的衆豪英(韻)，則嚇得鬼泣神驚(韻)。救嚴親(讀)，和那半萬軍人拯(韻)。〔雜扮遼兵，各戴額勒特帽，穿外番衣，持兵器。引雜扮耶律蒲古直、塔哩哥，各戴外國帽、狐尾、雉翎，紥靠，持兵器。同從上場門上。白〕楊希，俺們奉元帥將令，趕來擒你。〔楊希白〕看鎗。〔作戰科，楊希作刺死塔哩哥、耶律蒲古直科。遼兵從下場門逃下，楊希追下。雜扮遼兵，各戴額勒特帽，穿外番衣，持兵器。浄扮劉子喻，戴紥巾額、狐尾、雉翎，紥靠，持金鎗。從上場門上。同唱〕

【仙吕入雙角合套・南步步嬌】楊希突谷思兵請(韻)，匹馬投回逕(韻)。拚命勇堪驚(韻)，舉起鎗尖(句)，雙英戕命(韻)。〔合〕吾今敢相争(韻)，要取他行勝(韻)。〔同從下場門下，楊希從上場門上。唱〕

【仙吕入雙角合套・北折桂令】略顯俺將軍的八面威名(韻)，斬盡了百騎遼軍(句)，鎗尖上兩將戕生(韻)。滿野的片甲殘，遍地的斷戈折劍(句)，士卒屍横(韻)。且莫説大遼將交鋒命傾(韻)，就是那村野民聞也心驚㊀。飛鳥垂翎㊀，吠犬收聲㊀，神鬼舌伸㊁，懼俺猙獰㊀。〔遼兵引劉子喻從上場門上。白〕楊希休走，俺劉子喻來也。〔楊希白〕劉子喻，你七爺鎗上纔挑得兩員遼將。你還敢追俺，也來送死麽？〔劉子喻白〕俺來斬你驢頭與死者報讐，看鎗。〔作戰科，劉子喻敗科，率衆從上場門下。楊希作望科。白〕妙嗄，追兵已退，快快趲行。〔從下場門下。副扮王侁、米信，丑扮田重進、劉君其，各戴盔，紥靠。雜扮二中軍，戴中軍帽，穿中軍褂，佩腰刀。引净扮潘仁美，戴嵌龍幞頭，穿蟒，束玉帶，佩劍。從上場門上。潘仁美唱〕

【仙吕入雙角合套·南江兒水】毒手天生辣㊁，心窩設塹坑㊀。借敵假劍行吾令㊀，兵援詐僞機謀定㊀，誆他入谷除三命㊀。〔王侁等作參見科。白〕太師。〔潘仁美白〕罷了。〔場上設椅，各作坐科。潘仁美白〕今番繼業父子穩穩的死在谷中矣。軍中可有人擅自前去救應麽？〔王侁白〕只有賀懷浦領本部五千人馬，遶陳家谷山口而去，不知何爲？〔潘仁美白〕這匹夫送死不及，不要管他。〔雜扮陳林、柴幹，各戴盔，紥靠，從上場門上。白〕營中緊要惟軍務，至急無如請救兵。〔作進稟科。白〕元帥，楊希在營外要求見。〔潘仁美白〕那個？〔陳林、柴幹白〕楊希。〔潘仁美等作驚科。白〕他怎麽出來的？〔潘仁美白〕過來，你可曾問他谷中虛實？〔陳林、柴幹白〕七將軍説，他父子圍困谷内，事在危急。七將軍拚死闖圍，特來請救。〔潘仁美白〕有這等事？〔王侁白〕二位且請出去，待元帥運籌運籌。〔陳林、柴幹白〕軍情緊急，速發救兵，何用運籌？〔潘仁美怒科。白〕出去。〔陳林、柴幹急應，作退出門科。白〕不妥。〔虛下。潘仁美白〕列公，我見了楊希，怎麼發付他呢？〔王侁白〕元帥，趁此機會——〔作附耳科。潘仁美白〕兆兆兆，中軍過來。〔中軍應科。潘仁美白〕速傳衆將，帶領五百勇士帳前伺候。須要弓上弦，刀出鞘，嚴加防護。〔中軍應科，從兩場門分下。陳林、柴幹暗上，作聽科。潘仁美白〕你們少間呵，〔唱〕各各防他强勁（韻），〔合〕武士羣英（韻），捆綁按吾軍令（韻）。〔作起隨撤椅科，王侁等應科，隨潘仁美從下場門下。楊希從上場門急上。白〕俺在營外等了半日，還不見傳唤俺，潘元帥。〔陳林、柴幹作止科。白〕七爺，小將與你禀過了，不要性急。〔楊希白〕嗳，這樣的緊急軍務，怎麼不性急？〔陳林、柴幹白〕將軍，少間進去，須要好言哀求，免生不測之禍。〔楊希白〕他若順情，俺自然好言哀求。他若不順人情，大丈夫生死付之度外，拚得一場厮鬧。〔陳林、柴幹急科。白〕七將軍。〔作回顧科。白〕奸賊陰謀莫測，小心爲上。〔王侁、米信内白〕元帥陞帳，吩咐開門。〔陳林、柴幹白〕陞帳了，那邊候著。〔楊希白〕陞帳了，待俺進去。〔陳林、柴幹作攔科。白〕未出軍令傳唤。〔楊希白〕緊急軍情，等什麼傳唤？〔陳林、柴幹白〕等一等。〔從兩場門虛下。場上設高臺、公案、虎皮椅，内奏樂。二中軍引雜扮軍士，各戴馬夫巾，穿蟒箭袖卒褂，佩腰刀。雜扮勇士，各戴馬夫巾，穿勇字衣，繫鸞帶。雜扮將官，各戴馬夫巾，紮額，穿打仗甲，繫弓箭撒袋。從兩場門上。陳林、柴幹隨上。王侁、米信、田重進、劉君其引潘仁美從上場門上。轉場陞座科，將官等作參見科。白〕元帥在上，衆將參見。〔潘仁美白〕侍立兩傍。〔衆應，分侍科。潘仁美白〕傳楊希進帳。〔一中軍應科，作出門唤科。白〕七將軍，元帥傳你進帳。〔楊希白〕待俺去。〔中軍白〕小心些。

〔楊希白〕噯，絮煩了。〔中軍作引進楊希參見科。白〕元帥。〔潘仁美白〕吾命汝父子追殺遼將，你敢獨自逃回，必是成功了。〔楊希作急科。白〕不好了嗄，不好了。吾父子與五千將士俱被遼兵困於陳家谷內。望招討急速發兵救之，不然全軍不得生還矣。〔潘仁美白〕汝父素號無敵，今始交兵，便來取救。〔王侁白〕元帥，他説父子困在谷中，他又怎麽樣出來的呢？〔潘仁美白〕是嗄，你怎麽樣出來的？講。〔楊希白〕元帥，小將呵，〔唱〕

【仙呂入雙角合套·北鴈兒落】父和子困深谷死戰争韻，半萬軍少遲延全不剩韻。〔白〕俺楊希呵，〔唱〕闖重圍取救兵韻，一身兒退追兵到大營韻。〔潘仁美白〕你一人既能闖圍，何不父子三人併力闖圍？〔唱〕

【仙呂入雙角合套·南園林好】既孤身突重圍幾層韻，父子們當心齊力併韻，合領著三軍争勝韻。〔合〕何縱敵悮軍情韻，何縱敵悮軍情疊？〔楊希白〕仗我父子三人，固能突出重圍。〔潘仁美白〕可又來，故意小題大做，來絮煩本帥。〔楊希白〕只顧俺父子三人逃生，那五千將士豈能得活？〔潘仁美白〕胡説，三人闖得出，加上五千將士，一擁而出有何難處？快快回去，成功繳令，若悮軍情，軍法從事。出去！〔王侁等同白〕出去！〔陳林、柴幹白〕元帥，此乃國家公事。〔潘仁美白〕多講！〔楊希白〕住了，今吾父子爲國家効命，元帥何得坐觀其敗？〔唱〕

【仙呂入雙角合套·北得勝令】呀格，恁不念奉恩綸把邊疆靖韻，俺父子感君德要將遼邦定韻。

恁則顧記私忿忘國政(韻)，做元戎輔國祚不把公心秉(韻)。〔潘仁美白〕你不將好言哀告，反來唐突，可惱嗄，可惱！〔陳林、柴幹白〕七將軍，你爲救父而來，應將好言哀求纔是。〔楊希白〕俺臨來時，爹爹兄長也曾囑咐。〔陳林、柴幹白〕可又來？〔楊希作歎科。白〕看聖上的金面，父兄的囑咐，不然，我爹爹兄長皆不得生矣。〔哭科。白〕罷！〔唱〕俺忍辱吞聲(韻)，且把兵來請(韻)。〔作跪哭求科。白〕元帥，小將楊希，生性粗魯，救父心切，得罪於元帥，甘心受責，望元帥速發救兵。〔陳林、柴幹跪科。白〕楊希認罪，求元帥開恩。〔潘仁美白〕罷，如此起來。〔楊希白〕多謝元帥。〔王侁白〕元帥。〔作附耳科，潘仁美復作嗔恨科。白〕噫。〔楊希復跪科。潘仁美白〕殺子深讐，不共戴天。不準，出去！〔王侁、米信等白〕出去！〔楊希急科。白〕元帥，〔唱〕息怒雷霆(韻)，乞下令疾救拯(韻)，乞下令疾救拯(疊)。〔潘仁美白〕兵馬雖有，要營中防禦不測，難以分撥，去罷。〔楊希急科。白〕俺這等哀求，竟如此很心，不發一軍。〔作恨科。白〕老匹夫，吾父子若得生還，與汝誓不兩立。〔潘仁美等同白〕這廝忒也無理。〔同唱〕

【仙呂入雙角合套·南僥僥令】要我矜憐發與兵(韻)，不知下氣與怡聲(韻)。反向元戎使强硬(韻)，

〔合〕穢語傷人怒目睁(韻)。〔白〕快趕出去。〔楊希白〕潘仁美，我罵，〔唱〕

【仙呂入雙角合套·北沽美酒】罵你個很奸臣狗彘生(韻)，罵你個野狼心背朝廷(韻)，罵你個鴟鳥貪饕惡狰獰(韻)。陷忠良毒計公行(韻)，少不得受凌遲報彰明(韻)。〔潘仁美白〕好罵，好罵！我把你這賊子。今殺伐之權在我掌握，你敢來討死麽？綁了！〔衆應科。楊希白〕我有何罪？你要綁俺。

〔王侁等同白〕你臨陣脱逃，辱駡招討，還説無罪。〔楊希作忿歎科。白〕楊希楊希，你討不得救兵，救不得爹爹，不忠不孝，有何顔面活於人世。〔發恨科。白〕不如一死，以贖重罪。〔潘仁美白〕綁了。〔勇士應，作綁楊希科。陳林、柴幹作跪哀求科。白〕元帥，看聖上金面，饒了楊希罷。〔唱〕

【仙吕入雙角合套·南僥僥令】留他邊關定(韻)，名將佐朝廷(韻)。看著金容九重聖(韻)，〔合〕効力軍門代罪行(韻)。〔潘仁美白〕諸將皆不敢討饒，獨你二人玩法，再若多言，斬！趕出去。〔王侁、米信等白〕出去。〔陳林、柴幹出門，作急愁科，虛白悲歎，從下場門下。楊希白〕奸賊，你綁俺七爺爺，怎生發付我？〔潘仁美冷哂科。白〕如何發付你？〔王侁、米信作手式，潘仁美會意科。白〕勇士們，與我用亂箭將他射死。〔勇士等應，作取弓箭科。楊希白〕奸賊嗄奸賊。做元帥不能殺一遼兵，背著聖上，只好自相殘害耳。〔唱〕

【仙吕入雙角合套·北太平令】逞著你私讎律令(韻)，蒙蔽主悞國胡行(韻)。終有日分肢斷頸(韻)，降災殃殛刑報應(韻)。〔潘仁美白〕將這賊子綁到將臺上，用亂箭將他射死，以報殺子之讎。〔衆應科。潘仁美下高臺，隨撤高臺、公案。勇士將官等作擁楊希遶場科。場左設將臺，竪旗杆。勇士將官擁楊希上將臺。場右設虎皮椅，潘仁美坐科。白〕放箭。〔衆應，勇士將官作射科。白〕啟元帥，亂箭不能傷他。〔潘仁美白〕這又奇了，用力再射。〔勇士將官衆應，作射科。楊希白〕奸賊，憑你射到來年，俺也不懼。〔潘仁美等白〕再射。〔勇士將官作射科。内奏樂，小生扮金童，戴綫髮、紫金冠，穿氅，繫絲縧，執旛。小旦扮玉女，戴過梁額、仙姑巾，穿氅，繫絲絛，執旛。乘雲兜從西南隅天井下。雜扮神吏，各戴大頁巾，穿箭袖排穗，執旗，從下場門上。雜扮小鬼，各戴布鬼臉，穿青布箭袖虎皮卒褂。引雜扮城隍，戴紮紅幞頭，穿紅圓領，束帶，執笏。雜扮土地，戴紮紅紗帽，穿紅圓領，束帶，執笏。從上場門暗上，作迎接科。金童玉女白〕時辰已屆，請星君歸位。〔內作天鼓響，潘仁美等作驚異科。白〕嗄，好像雷響。〔楊希作仰首望科。白〕呀！〔唱〕則聽(韻)，半空中鼓聲(韻)樂聲(韻)，一句句來迎早昇(韻)。〔金童玉女下雲兜，神吏引上將臺分侍。城隍、土地、小鬼臺下侍立科。楊希歎科。白〕罷，吾大限已屆，不必遲延了。〔作悲慟科。白〕爹爹母親，非孩兒不忠不孝，數也，命也，不能平遼報國矣。〔潘仁美等白〕快快放箭者。〔楊希白〕奸賊，你要射死楊希，萬萬不能。俺今自願一死，你們將俺雙目遮蔽，射之方中。〔潘仁美白〕將他割皮蔽目者。〔勇士應科，作上將臺割皮遮目科，仍下將臺。楊希白〕能了，罷了。百戰疆場建大功，解圍救駕顯英雄。征遼未遂忠良志，噫，奸害亡軀亂箭中。〔唱〕呀(格)，史書標美吾忠正(韻)。〔勇士將官作射死楊希科。神吏、金童玉女引楊希下將臺。中天井下三雲兜，楊希、金童、玉女，各乘雲兜，從天井上。神吏從仙樓下，城隍土地參送科。小鬼引城隍、土地從上場門下。雜扮楊希替身，散髮，紮靠，插箭暗縛將臺科。勇士將官白〕啟元帥，楊希射死了。〔潘仁美白〕將他屍首撇在荒郊去。〔勇士應科，作擡楊希屍從下場門下，隨撤將臺旗杆科。潘仁美作起科，隨撤椅。衆同唱〕

【南慶餘】將屍撇却荒郊徑(韻)，如剮喉中一骨鯁(韻)，殺子讐人惡貫盈(韻)。〔潘仁美白〕掩門。〔衆應科，從兩場門分下〕

第十一齣　慕義孤軍甘捨命（齊微韻）

〔雜扮軍士，各戴馬夫巾，穿箭袖卒褂，持兵器。引末扮賀懷浦，戴盔，紥靠，持刀。同從上場門上。同唱〕

【中呂宮正曲·尾犯序】救急濟燃眉(韻)，快著金鞭(讀)。鐵騎忙催(韻)，瀝膽披肝(讀)，奮武揚威(韻)。〔賀懷浦急白〕不好了，不好了。今早楊令公父子迎敵遼將。仁美奸賊，將他父子激進谷中。仁美與衆將各自回營，陰排令公於死地。俺賀懷浦，乃太祖國舅，豈隨奸黨同謀。因此不奉將令，帶領精騎五千，闖進陳家谷山口，接應令公。〔急悶科。白〕想他父子，戰了一日，生死未卜。外無救援，内無糧草，如何是好？〔軍士白〕將軍放心，我等五千人，隨身各帶得乾糧加倍，大家一勇殺入谷中，足彀他們飽餐一頓的了。〔賀懷浦白〕好，難得衆位義氣若此，快快殺進谷中，救令公要緊。〔衆應科，作遶場科。同唱〕仁美(韻)明激勵陰排毒計(韻)，陷忠良全軍盡斃(韻)。〔同作向下望科。衆軍士白〕啟將軍，前面已近谷口了。〔賀懷浦作激勵科。白〕列位嘎，若要闖進谷中，必要一場血戰。將士臨敵，不免死傷。〔軍士白〕將軍，我等雖係兵丁，頗有俠氣。今日之事，萬死不辭。〔唱合〕同生死(句)，拚今酣戰，誓必義心齊(韻)。〔賀懷浦白〕既蒙仗義，奮力闖突者。〔衆白〕得令。〔作吶喊衝突科。雜扮遼兵，各戴額勒特帽，穿外番衣，持兵器。引雜扮蕭天佐、蕭天佑、耶律博郭濟，各戴外國帽狐尾雉翎，紮靠，持兵器。從下場門衝上，作横截攔攩科。〔蕭天佐等白〕何處匹夫？擅闖谷口。〔賀懷浦白〕無知鼠輩，敢困俺令公。〔蕭天佐等白〕你思想救應繼業，來得好，替他做個引路之鬼。〔賀懷浦白〕胡説，速將令公父子放出，饒爾等一死。〔蕭天佐等白〕諒你有何伎倆，輒敢猖狂。〔賀懷浦白〕鼠輩，焉知虎將之威。

〔唱〕

【又一體】小醜太無知(韻)，敢犯天朝(讀)。虎將嚴威(韻)，不撤重圍(讀)，掃盡黨類無遺(韻)。〔蕭天佐、蕭天佑、耶律博郭濟怒科。白〕氣死我也。〔同唱〕相欺(韻)，恁是個斑白老朽(句)，也敢的攖咱虎尾(韻)。〔賀懷浦唱合〕雄心起(句)，疆場比技見高低(韻)。〔作合戰科。軍士等白〕遼將聽者，我等爲救令公而來，衆心合一，萬夫莫敵。若不放出令公，與爾等決一死戰。〔作戰科。蕭天佐等從下場門敗下。軍士、賀懷浦追下。場左設山口科，衆遼兵引蕭天佐等從上場門上。白〕賀懷浦猶可，這五千勇士，十分利害。不如誘他入谷，一併圍困，餓死他們便了。〔軍士、賀懷浦從上場門追上，蕭天佐等遶場。作引戰敗進西山口，從下場門下。軍士白〕敗進谷口去了。〔賀懷浦白〕奮力殺進去。〔軍士應，作進山口，從下場門下。撤山口，賀懷浦等追蕭天佐等從上場門上。雜扮遼兵，各戴額勒特帽，穿外番衣，持兵器。雜扮遼將，戴盔襯、狐尾、雉翎，穿打仗甲，持兵器。雜扮伊勒金、耶律迪尼、祥衮特爾格、蕭達蘭、耶律色珍，各戴外國帽、狐尾、雉翎，紮靠，持兵器。净扮韓德讓，戴外國帽、狐尾、雉翎，紮靠，背令旗，持鎗。從兩場門上，作圍困合戰科。韓德讓等從兩場門分下，軍

士、賀懷浦作驚科。白〕一進谷中，遼兵潮湧而來，四面圍如鐵桶，好不利害也。〔唱〕

【中呂宮正曲·好事近】蜂擁四週圍㊞，滿谷中殺氣塵迷㊞。軍聲馬驟㊀，借山音震動如雷㊞。拚今同死㊀，秉忠義㊁，救出他危地㊞。〔賀懷浦望科。白〕列位義士，這谷中東西二十里，不知令公父子，在於何處？〔軍士白〕大家奮力，殺散遼兵，找尋便了。〔同唱〕合若說楊家將堪敬堪憐㊀，受仁美奸賊謀詭㊞。〔遼兵遼將、韓德讓等，從兩場門上，遶場圍困，賀懷浦等同從下場門下〕

第十二齣　抒忠烈將願捐軀（東鍾韻）

〔外扮楊繼業，戴金貂，紮靠，背令旗，持九環金刀，從上場門上，作歎科。唱〕

【中呂宮正曲·鼓板賺】深憾奸兇（韻），總制三關大兵控（韻）。專私廢公（韻），慢軍情將敵縱（韻）。陰謀弄（韻），竟忘了君王盼捷九重宮（韻），宵衣旰食關心重（韻）。〔作忿恨科。白〕奸賊嘎，奸賊。〔唱〕你負吾皇將邊情托付（句）。〔白〕這幾月以來，〔唱〕千百萬軍糧餉銀耗用（韻），枉死了許多兵衆（韻）。〔生扮楊景，戴盔、紮靠、持鎗，從上場門急上。白〕爹爹在那裏？　爹爹在那裏？〔楊繼業白〕我兒，你去東口，可有救兵？〔楊景白〕孩兒殺到東口去，只見無數遼兵遼將把住谷口。　孩兒匹馬單鎗，〔唱〕

【中呂宮正曲·本宮賺】闖突横衝（韻）。〔白〕到谷口看時，〔唱〕那有兵來救困窮（韻）？〔楊繼業白〕楊希怎麽也不回來？〔楊景白〕爹爹，〔唱〕無信羾（韻），料就奸頑兵不動（韻）。〔楊繼業白〕就是仁美不肯救援，他也該回來。〔楊景白〕爹爹嘎，〔唱〕只恐他猛烈性（讀），彼不救弟不容（韻）。　慮他行（讀），遭賊計受賊攏（韻）。〔楊繼業白〕我兒所慮極是，楊希不回，教我好放心不下也。〔唱〕意亂冗（韻），怕奸賊害了英雄（韻）。〔雜扮勇士，戴紮巾，穿勇字衣，繫鸞帶，持兵器。　雜扮將官，各戴馬夫巾，紮額，穿打仗甲，持鎗。　同從上場門亂跑上。白〕令公在那裏？〔楊繼業白〕敢是救兵到了？〔將官等白〕我們聽得西路上喊聲震地，莫非七將軍求得救兵來了？〔楊繼業白〕既如此，大家奮勇，殺到西谷口去便了。〔將官等白〕有理。

〔同唱〕

【中呂宮集曲・銀燈紅】【剔銀燈】（首至合）合兵擊齊心力同韻，救兵至夾攻計用韻。蒼天憐念忠良衆韻，否極泰脱走牢籠韻。〔雜扮軍士，各戴馬夫巾，穿蟒箭袖卒褂，持兵器。引末扮賀懷浦，戴盔，紮靠，持刀，從上場門上。同唱〕【紅娘子】（合至末）抒忠勇韻，整戈利鋒韻，同義烈丹心共韻。〔作相見科。賀懷浦等同白〕老令公，我等救援來遲。〔楊繼業、楊景白〕難得國舅與衆軍士抒忠奮勇，突入虎口救援。不獨我父子之性命，衆軍皆得生矣。〔賀懷浦白〕我等因見令公被困，故不避生死，前來救應。今見令公安然無恙，真乃無敵英雄也。〔楊繼業白〕將軍，非我父子英雄。只因蕭氏定要活擒我父子，不許傷殘性命，所以遼兵只在東西谷口把守，稍得寬容。〔賀懷浦白〕原來如此，七將軍呢？〔楊繼業白〕正要動問，他到元帥營中請救，難道國舅不曾看見？〔賀懷浦白〕不曾。〔楊繼業、楊景白〕不曾見他，將軍如何領兵到此？〔賀懷浦白〕令公嗄，仁美逼你父子進谷，他即便撤兵回去，小將見事不平，〔唱〕

【中呂宮集曲・燈影搖紅】【剔銀燈】（首至二）捺不住英雄怒衝韻。違軍令，把義兵提控韻。〔軍士等白〕我等敬仰令公父子忠正，又見賀將軍義氣，五千人衆心合一，鼓勇突圍，必要救你父子出去。〔唱〕【大影戲】（四至合）猛拚身棄相隨從(韻)，總只爲服伊忠勇(韻)。〔賀懷浦白〕我等馬上帶得乾糧，可令衆軍士飽餐，好一齊奮力衝突。〔楊繼業白〕若一齊衝突，非爲上策。遼兵分兩隊，各守東西山口。我兵攻西口，他東邊人馬，接尾而至，總受夾攻之害。待初更時分，吾與賀將軍分兵從兩路殺去，以分其勢便了。〔賀懷浦白〕好，此計甚妙。此時將近黄昏，軍士們，可將乾糧留下，先往東口，待至初更，奮力衝突。〔軍士應，作留乾糧科。白〕乾糧留下。〔賀懷浦白〕令公，可速速飽餐，往西口殺出便了。〔楊繼業白〕甚好，請！〔賀懷浦白〕軍士們，悄悄往東口去者。〔軍士應，引賀懷浦從下場門下。楊繼業白〕列位將軍，可將賀將軍留下的乾糧，速速飽餐，同從西口殺出便了。〔衆應同唱〕【紅芍藥】（合至末）義相投合志抒忠(韻)，長者風寬則得衆(韻)。〔從下場門下〕

第十三齣　突絶谷將死兵傷（尤侯韻）

〔雜扮軍士，各戴馬夫巾，穿蟒箭袖卒褂，持刀。末扮賀懷浦，戴盔，紮靠，持刀。從上場門上。同唱〕

【中吕宫正曲·紅芍藥】威凜凜(句)，英勇同儔(韻)，雄心秉義士膠投(韻)。誓師併力鬪圍救(韻)，定機謀分兵擊走(韻)。〔賀懷浦白〕仗列位義士同心，令公謀算，初更時候，兩路殺出，以分其勢。爾等隨我向東口，奮力攻突者。〔軍士等白〕將軍放心，大家拚得一場死戰便了。〔同唱〕人人(句)猛拚孤注投(韻)，捨身兒重圍突透(韻)。〔合〕守山谷立寨排矛(韻)，齊撒馬衝營極鬪(韻)。〔雜扮遼兵，各戴額勒特帽，穿外番衣，持兵器。雜扮遼將，各戴盔襯、狐尾、雉翎，穿打仗甲，持兵器。引浄扮劉子喻，戴紮巾額、狐尾、雉翎，紮靠。雜扮蕭金彪、耶律學古、耶律曷魯、耶律希達、耶律休格，各戴外國帽，狐尾、雉翎，紮靠，各持兵器。同從上場門上。同白〕楊繼業乘夜衝俺營寨，思想逃走。〔賀懷浦白〕瞎眼的，認認俺賀將軍在此。好好放吾出谷，饒爾等不死。〔耶律休格等白〕休得胡説，那裏走？〔合戰科，耶律休格等追賀懷浦等從下場門下。雜扮勇士，各戴紮巾，穿勇字衣，持兵器。雜扮將官，各戴馬夫巾紮額，穿打仗甲，持鎗。引生扮楊景，戴盔，紮靠，持鎗。外扮楊繼業，戴金貂，紮靠，背令旗，持九環金刀。從上場門上。同唱〕

【中呂宮正曲・紅繡鞋】陳家絶谷深幽(韻)，深幽(格)，東西把守咽喉(韻)，咽喉(格)。遭困阨(句)，被拘囚(韻)。〔楊繼業白〕你聽東路喊殺之聲，一定是賀將軍衝突重圍。趁東邊不能來接應，快快向西路殺出便了。〔楊景等應科。同唱〕齊奮力(句)，整戈矛(韻)。〔合〕逃出谷(句)，荷天庥(韻)。〔雜扮遼兵，各戴額勒特帽，穿外番衣，持兵器。雜扮遼將，各戴盔襯、狐尾、雉翎，穿打仗甲，持兵器。引雜扮蕭天佑、蕭天佐、耶律博郭濟、伊勒金、耶律迪尼、祥衮特爾格、蕭達蘭、耶律色珍，各戴外國帽、狐尾、雉翎，紮靠。浄扮韓德讓，戴外國帽、狐尾、雉翎，紮靠，背令旗。各持兵器，從下場門衝上。白〕那裏走？〔楊繼業、楊景白〕誰敢攩俺去路？〔韓德讓白〕不知時務的老匹夫，快快投降，饒你一死。〔楊繼業白〕休得胡説，看刀。〔合戰科，同從下場門下。楊景、楊繼業追韓德讓、耶律色珍從上場門上，戰科。遼兵遼將、蕭天佑、蕭天佐等從兩場門上，圍困科。韓德讓等從兩場門下。勇士將官從上場門亂跑上。白〕令公，遼兵勢衆，闖不出去，怎麽處？〔楊景想科。白〕有了，孩兒一人當先，殺開血路，爹爹與衆將士隨我來。〔作引衆遶場科。唱〕

【中呂宮正曲・耍孩兒】全孝全忠名不朽(韻)，戰死山谷裏(句)，誓必要救父心侔(韻)。〔遼兵遼將引韓德讓等從下場門上，合戰科。韓德讓白〕繼業，你父子再若不降，死在頃刻也。〔楊景、楊繼業作怒忿科。唱〕多言(句)，爲君王(讀)，一死名垂後(韻)。慢勞伊(讀)聒絮追窮究(韻)。〔白〕要降呵，〔唱合〕日西升海枯透韻。〔合戰科，韓德讓等作圍楊繼業等從下場門下。遼兵遼將、劉子喻、蕭金彪、耶律曷魯、耶律學古、耶律希達、耶律休格追軍士、賀懷浦從上場門上。耶律休格等白〕賀懷浦，你今生休想逃脱。〔賀懷浦白〕看刀。〔作戰科，賀懷浦等從下場門敗下。耶律休格白〕列位將軍，今賀懷浦在這東邊衝突，楊繼業必在西口攻殺。倘然被他逃脱，取罪不小。你我併力同心，將賀懷浦斬了，快去接應西路爲要。〔劉子喻等白〕有理。〔遼兵遼將引從下場門下。軍士、賀懷浦從上場門敗上。同唱〕

【中吕宫正曲・紅繡鞋】孤軍枉自心侔韻、心侔格，遼兵勢衆如蝨韻、如蝨格。〔賀懷浦作歎科。白〕蒼天嗄，蒼天！ 賀懷浦一腔忠義之心，欲救令公父子出谷，共圖掃蕩邊烽，報主重恩。 争奈遼兵勢衆，老臣筋力已盡，不能與繼業平遼報國也。〔作下馬拜科。白〕聖上，〔唱〕臣老邁句，力難由韻。忠心盡句，喪山溝韻。〔合〕死節義句，國恩酬韻。〔作上馬科。遼兵遼將引耶律休格等從兩場門上，作圍困合戰。耶律休格等斬賀懷浦科，軍士從兩場門跑下。耶律休格白〕賀懷浦已死，俺們快往西口接應去。〔遼兵等應科，同從下場門下。勇士將官、楊景、楊繼業從上場門上。同唱〕

【中吕宫正曲・會河陽】竭力西攻讀，口隘軍稠韻，勢孤徒恃智英謀韻。〔軍士從上場門急上。白〕令公在那裏？〔楊繼業驚訝科。白〕你們隨賀將軍攻突東口，怎麽樣了？〔軍士急白〕不好了，賀將軍被遼將殺了。〔楊繼業、楊景作驚科。白〕賀將軍被遼將殺了？〔軍士應，同作哀慟科。唱〕悲愁韻，哽咽心酸讀，淚流怎收韻，累伊家遭僝僽韻。〔遼兵遼將引韓德讓等，耶律休格等，從兩場門上，圍困科，從兩場門下。〔楊景白〕爹爹，你看東西兩路人馬，合攏圍困，這便怎麼處？〔楊繼業作四望科。白〕呀，〔唱合〕東邊（句），看擠擠圍來驟（韻）。西邊（句），望擁擁衝來鬬（韻）。〔白〕我兒，你看兩下兵勢甚兇，汝宜急走，不可兩遭共擒。〔楊景急科。白〕爹爹，孩兒怎忍捨爹爹於死地，自去逃生，要死也在一處。〔唱〕

【中吕宫正曲·千秋歲】向爹求（韻），保護同逃命（句），一身兒戰衝圍透（韻）。父子還京（句），父子還京（疊），把奸臣（讀）毒害金階陳奏（韻）。〔楊繼業白〕我兒，你我縱能殺透重圍，剩這一二千人馬，何忍捨之？你今乘虛一人向東路逃出，一者打探七郎消息，二者你哀告仁美，或者助你人馬，同七郎急來救援，此爲上計。快去！〔楊景白〕孩兒去後，爹爹何以處之？〔楊繼業白〕爲父的自有處，你不必慮我，去罷。〔楊景白〕孩兒實實捨不得。〔楊繼業作怒科。白〕大丈夫爲國家公事，豈效兒女之態，去罷。〔楊景白〕謹遵父命，孩兒去也。〔遼兵遼將引韓德讓等，耶律休格等，從兩場門上，合戰科。蕭天佐、蕭天佑、耶律博郭濟、伊勒金、耶律迪尼、祥衮特爾格、蕭達蘭、耶律色珍，圍楊繼業軍士從下場門下。楊景作突圍科，從下場門下。遼兵遼將白〕楊景突圍，從東口走了。〔韓德讓白〕不必追他，擒拿繼業要緊。〔遼衆同應科，從下場門追下。軍士、勇士、將官、楊繼業從上場門上。楊繼業白〕且喜六郎已去，不免奮我雄威，殺條血路便了。〔唱合〕莽鏖戰（讀），踹西口（韻）。威嚴赫（讀），貪酣鬬（韻）。攬轡争馳驟（韻），看金刀過處（讀），鬼泣神愁（韻）。〔遼兵遼將引蕭天佐、韓德讓等，從兩場門上，合戰。楊繼業軍士等突圍從下場門下。遼兵遼將白〕楊繼業突圍，往西口去了。〔韓德讓白〕緊緊趕上。〔遼兵等應科，同從下場門下〕

第十四齣　求救軍父圍弟殁（東鐘韻）

〔雜扮陳林、柴幹，各戴盔，紥靠，持兵器，執馬鞭，從上場門上。白〕全身逃虎帳，避害走荒山。〔分白〕俺陳林，俺柴幹。可恨仁美這奸賊，不惟不發救兵，竟將七郎射死。又道你我乃六郎心腹，必要斬草除根。幸有本營軍士通知信息，爲此逃出營來。竟往陳家谷打聽令公與六郎消息便了。正是：雙手劈開生死路，一身跳出是非門。〔同從下場門下。生扮楊景，戴盔，紥靠，持鎗，從上場門上。唱〕

【中呂宮集曲·好事有四美】【好事近】（首至四）奮力把圍衝（韻），出谷加鞭催鞚（韻）。爹身隻戰（句），慮難抵禦羣兇（韻）。〔白〕俺奉爹爹之命，雖然殺出重圍，終是心懸兩地，此際意亂如麻。想我兄弟回營求援，一日一夜，緣何音信杳然。我今速奔招討營中，尋見兄弟，急回谷中，保護爹爹要緊。〔唱〕【石榴花】（五至六）天倫手足咸難捨（句），不禁的哽咽悲痛（韻）。〔陳林、柴幹從上場門上，作望科。白〕呀，前面來的正是六郎。將軍，小將陳林、柴幹在此。〔同作下馬相見科。楊景白〕原來是二位將軍，那裏去？〔陳林、柴幹白〕正來打聽老令公與將軍被困消息，中途相遇，必是賀將軍救出你父子來了。〔楊景白〕賀將軍爲救我父子陣亡了。〔陳林、柴幹白〕賀將軍陣亡了？好！忠義之將，可敬。

老令公呢？〔楊景白〕我爹爹受困未脱，命我殺出谷中，到招討營中打聽七郎，催取救兵。〔陳林、柴幹急科。白〕將軍，你若去見潘賊，連你性命也不活了。〔楊景白〕這話那裏説起？〔陳林、柴幹白〕將軍，可憐你兄弟，被潘賊用亂箭射死了。〔楊景作驚呆科。白〕怎麽講？我兄弟被潘賊用亂箭射死了？〔陳林、柴幹白〕射死了。〔楊景作昏迷倒地科，陳林、柴幹虛白急作扶起科，楊景悲痛科。白〕兄弟嗄，〔唱〕【漁家燈】（三至四）可憐你一世英雄(韻)，慘離離遭殘哀慟(韻)。〔白〕不知這奸賊爲何下此毒手？〔陳林、柴幹白〕只爲七將軍求援，潘賊不發救兵。七將軍情極觸怒奸賊，喝令綁縛。小將二人哀求，即被趕出營外。竟將七郎亂箭射死，屍首拋棄荒郊。小將們尋到樹林，可憐七將軍被亂箭射得身無完膚矣。〔楊景恨科。白〕奸賊嗄，奸賊。你背負朝廷，擅殺良將，按兵不動，陰陷勳臣，與叛逆何異？〔陳林、柴幹白〕將軍，他害你楊家，連小將二人也要一併除之。〔楊景白〕爲何？〔陳林、柴幹白〕因小將們私自收屍，又慮我二人非其心腹，恐到汴京洩漏。〔唱〕【刷子序】（五至八）奸兇(韻)，又慮我事洩京中(韻)。斬咱行惡跡彌縫(韻)，感軍人報信逃蹤(韻)。〔楊景白〕這奸賊很毒之心比虎狼尤甚矣。請問二位將軍，我兄弟屍骸埋在那裏？〔陳林、柴幹白〕在七松坡下，離此不遠。〔楊景白〕待我去記取方向，然後急往谷中，救我爹爹。倘有不測，即當馳騎進京，金堦泣訴冤情，報雪深讐便了。〔陳林、柴幹白〕正當如此。〔楊景唱〕【錦纏道】（合至末）痛我弟虎威斷送(韻)，一魂兒(讀)泣守七株松(韻)。〔同作上馬，從下場門下〕

第十五齣　頭觸碑歆心未泯（江陽韻）

〔雜扮遼兵，各戴額勒特帽，穿外番衣，持兵器。雜扮遼將，各戴盔襯、狐尾、雉翎，穿打仗甲，持兵器。引雜扮蕭天佐、蕭天佑、耶律博郭濟、蕭金彪、耶律學古、耶律曷魯、耶律希達、耶律休格，各戴外國帽、狐尾、雉翎，紥靠，持兵器。同從上場門上。同唱〕

【越調正曲・水底魚兒】無敵豪强(韻)，英鋒不可防(韻)。單刀匹馬(句)，〔合〕惡虎逐羣羊(韻)，惡虎逐羣羊(疊)。〔耶律休格白〕列位將軍，我等困住繼業父子在陳家谷内，豈料俱被走脱。娘娘知道，獲罪非輕，怎麽好？〔蕭天佐、蕭天佑白〕韓元帥等已追往狼牙村去了，我等快快前去，協同擒捉，庶免罪戾。〔衆同白〕説得有理，快些追上前去。〔同唱〕

【又一體】西谷疎防(韻)，我兵反受傷(韻)。速追莫逗(句)，〔合〕縱走罪難當(韻)，縱走罪難當(疊)。〔同從下場門下。外扮楊繼業，戴金貂，紥靠，持九環金刀，從上場門上。唱〕

【雙調正曲・鎖南枝】雄心怒(句)，恨滿腔(韻)，一身轉戰將萬騎攩(韻)。心念聖恩深(句)，便作厲鬼不敢忘(韻)。〔白〕我雖逃出陳家谷，指望從狼牙村遶兩狼山而走。争奈遼兵緊緊追來，救兵又不至。〔作仰歎科。白〕是吾死期至矣。〔雜扮勇士，各戴馬夫巾，穿勇字衣，繫鸞帶，持兵器。雜扮將官，各戴馬夫巾，紥額，穿打仗甲，持兵器，作狼狽狀從上場門急上。白〕令公，追兵無數的來了。〔雜扮遼兵，各戴額勒特帽，穿外番衣，持兵器。雜扮遼將，各戴盔襯、狐尾、雉翎，穿打仗甲，持兵器。引蕭達蘭、劉子喻、耶律迪尼、祥袞特爾格、伊勒金、耶律色珍，各戴外國帽、狐尾、雉翎，紥靠，持兵器。浄扮韓德讓，戴外國帽、狐尾、雉翎，紥靠，背令旗，持鎗。從上場門衝上，戰科。遼兵持弓箭，遼將引蕭天佐、蕭天佑、耶律博郭濟、蕭金彪、耶律學古、耶律希達、耶律休格，從兩場門追上，助戰科。遼兵作射楊繼業，復作困戰科。楊繼業等從下場門下。韓德讓白〕列位，繼業身上之箭，那個教射的？〔耶律休格白〕是俺令衆人射的。〔韓德讓白〕太后娘娘不教放冷箭傷他，萬一射死，豈不違令了麽？〔耶律休格白〕倘然被他走脱，取罪尤其重了。依我，不論死活，擒他獻功罷。〔衆白〕這話也説得是。〔韓德讓白〕既如此，俺們見機而行便了。〔同唱合〕欲其生㊁，不如欲其亡㊅。倘脱逃㊁，難回帳㊅。〔從下場門下。勇士將官擁楊繼業帶箭從上場門上。勇士將官白〕不好了，好容易逃出陳家谷，指望得生，如今又被重兵圍繞，人馬只剩四五百，如何抵敵？〔楊繼業白〕不妨，有我一身，能攩萬軍。〔勇士將官白〕你渾身是箭，如何還能爭戰？〔楊繼業白〕幸而鎧甲重重，不致傷重。你們將我身上之箭拔去者。〔勇士將官白〕拔箭容易，只恐令公年邁，疼痛難熬。〔楊繼業白〕不妨。〔勇士虚白作拔箭科。楊繼業作咬牙忍痛科。勇士將官白〕令公，不妨事麽？〔楊繼業作恨氣科。唱〕

【又一體】我心如鐵㊁，身似鋼㊅，忠肝義膽烈志腸㊅。正氣透雲高㊁，丹心貫日朗㊅。〔耶律色珍、耶律休格從上場門上，戰科。耶律色珍、耶律休格白〕繼業還不投降。〔楊繼業白〕休得多言，看刀。〔作合戰科，遼兵、耶律色珍、耶律休格敗科，從下場門下，勇士將官追下。耶律迪尼、伊勒金同從上場門上。白〕不知死活的匹夫，還不歸降麽？〔楊繼業白〕無名小卒，何敢猖狂。斬你驢頭，以警衆心，看刀。〔戰科，作斬耶律迪尼、伊勒金科。耶律學古、蕭金彪、劉子喻、蕭達蘭從上場門追上。白〕你這老匹夫，到此地位，還不束手歸降，尚敢斬俺兩員上將，待俺們將你立爲虀粉。〔作戰科，同從下場門下。耶律希達從上場門上。白〕呀，你看楊繼業馬上威風，無人可攩。待俺將他坐騎射死，看他有何本領。射人先射馬，擒賊必擒王。〔從下場門下。韓德讓等追楊繼業等從兩場門上，交戰圍困科，同從下場門下。楊繼業等從上場門急上，作四望科。楊繼業白〕列位嗄，可憐一萬人馬，只剩二百餘人，如何敵得過他十萬之衆？吾今必死，汝等各有父母妻子在家，快快逃生，休要來顧我。〔滚白〕我今身被重傷，勢孤力盡，汝等上有父母，下有妻兒，早早逃回還報天子。與我同死沙場，無益於事了。列位，〔唱合〕快逃生(句)，還汴梁(韻)。少遲延(句)，全軍喪(韻)。〔勇士將官作感憤科。白〕令公，你説那裏話來。我等感激令公寬仁待下，情愿同死一處，決無異志。〔楊繼業作感激科。白〕老夫何德何仁，蒙列位如此不棄，老夫就死在九泉之下，也感激列位也。〔作下馬跪科，衆急扶科。白〕令公請起。〔遼兵遼將、韓德讓、耶律色珍、耶律休格、耶律博郭濟、蕭達蘭從上場門上。勇士將官白〕快上馬。〔楊繼業作上馬戰科。遼兵遼將作追勇士將官，從下場門下。耶律希達執弓箭從上場門暗上。白〕看箭。〔作射，楊繼業跌地科。韓德讓白〕楊繼業，你今番那裏走？〔衆欲擒科，楊繼業作起揮刀吒科。白〕誰敢近前？你們道俺無馬，不能步戰，偏要斬盡爾等，以雪吾恨。看刀。〔作戰科，蕭天佐、蕭天佑、祥袞特爾格、劉子喻、耶律學古，從上場門上，助戰科。楊繼業從下場門敗下，衆追下。場上設山石，隱立李陵碑科。遼兵遼將、勇士將官從上場門上，戰科，從下場門下。楊繼業從上場門上。白〕罷了嗄罷了。不想太原老將楊無敵，忠於聖上半世，〔作恨科。白〕今日被奸賊潘仁美、王侁等害死。〔唱〕

【又一體】俺蒙知遇(句)，報聖皇(韻)，疆場戮力堅志剛(韻)。仁美報私讐(句)，又逢王米二奸黨(韻)。

〔蕭金彪從上場門上。白〕那裏走？〔楊繼業白〕看刀。〔作斬蕭金彪科。耶律曷魯從上場門上，叱科。白〕老匹夫，你又殺俺金將軍，膽大包天，俺來擒你。〔戰科，耶律曷魯從下場門敗下。楊繼業白〕蒼天嗄，蒼天。上遇我厚，惟期伐遼捍邊以報，而反爲奸臣所迫，以致王師敗績，有何面目求活也。〔雜扮土地，戴巾，穿土地氅，執拂塵。雜扮山神，戴卒盔，穿鎧，執斧。從上場門暗上。內吶喊，楊繼業作望科。白〕呀，你看人馬漫山遍野圍來，倘若被擒，辱莫大焉。不免尋個幽僻之處，自盡了罷。〔作四顧見碑科。白〕李陵碑。〔作唾科。白〕漢李陵不忠於國，也配立碑在此。〔作歎科。白〕楊繼業嗄楊繼業，你生受奸黨之害，臨死又逢奸佞之碑。〔作恨科。白〕就將此碑觸倒便了。聖上，〔滚白〕非是老臣不能竭力報國，無奈臣今受困三朝，筋力已盡。今生今世，不能彀報答深恩了。聖上，〔唱合〕臣被擒(句)，玷朝堂(韻)。自戕身(句)，全名望(韻)。〔內吶喊科，楊繼業作很決科。白〕也罷。〔作撞碑死倒地科。內奏樂，雜扮雲使，各戴雲馬夫巾，穿雲衣，繫雲肚囊，持彩雲，從兩場門上，遶場科。小生扮金童，戴線髮紫金冠，穿氅，繫絲絛，執旛。小旦扮玉女，戴過梁額、仙姑巾，穿氅，繫絲絛，執旛。末扮賀懷浦，生扮楊泰、楊徵、楊高，浄扮楊希，各戴紮紅盔，穿蟒，束帶。楊泰、楊徵捧紮紅金貂蟒帶，同乘大雲板，從天井下至壽臺。賀懷浦白〕令公請了。〔楊泰、楊徵、楊高、楊希跪科。白〕爹爹，孩兒們奉玉帝勅旨，特來迎接爹爹。〔楊繼業作恨氣奮起科。白〕俺誓必掃蕩逆遼，削除奸黨，此心方已，你們且去，不必管我。〔欲行，賀懷浦攔科。白〕令公，且按捺怨氣。報應循環，自有天庭作主。請快去朝見玉帝，一同陳訴冤情便了。〔楊繼業作會悟科。楊泰等白〕請爹爹更衣。〔作與楊繼業更衣。山神、土地作取金刀，揹從下場門下。楊繼業等同上大雲板，起至半空科。雲使作遶場，退從下場門暫下。勇士將官，從上場門急上。白〕圍困甚緊，令公也不知那裏去了。〔作尋找科。白〕令公，令公。〔尋至碑下，作見驚科。白〕呀，可憐老令公觸碑死了。〔作慟哭科。白〕你老人家等一等，我們隨你來也。〔遼兵遼將、韓德讓、衆大將等從兩場門上，作圍科。勇士將官作觸碑、自刎、被殺等科，從兩場門隱下。耶律色珍、耶律休格等白〕原來楊繼業自盡在碑下了。〔韓德讓白〕過來，屍首且不可毀傷。我等山後駐扎，聲息傳入宋營，楊景等必來收屍。俺們一併翦除，豈不是好。〔衆白〕説得有理。〔同歎科。白〕楊繼業嗄楊繼業，你覆没全軍戰力摧，狼牙村裏馬難回。李陵碑下成君節，千古行人爲感哀。〔同從下場門下，隨撤碑科。内作風聲，雲使從上場門作圍裹。勇士將官，戴魂帕，上，遶場，作見楊繼業科。金童玉女作揚旛招引科。同唱〕

【慶餘】祥雲簇擁三垣上(韻)，到青霄胸襟豁朗(韻)。試看取忠君，自有天獎(韻)。〔楊繼業等乘大雲板，從天井上。雲使圍勇士將官，兩下場門下〕

第十六齣　屍埋地冷淚難乾（真文韻）

〔雜扮伽藍神，戴僧帽，紮五佛冠，穿蟒，搭藍袈裟，執拂塵，從上場門上。白〕浄水摩尼月一丸，大毫光裏舊曇鸞。蓮花座上慈悲動，勅遣五郎離草團。吾乃伽藍尊者是也。今有白虎星官楊景有難，不免去夢中指示降龍尊者前往解救，使他弟兄相逢便了。正是：解厄離魔障，菩提一片心。〔從下場門下。生扮楊春，戴僧綱帽，穿緞僧衣，繫絲縧，執拂塵，從上場門上。唱〕

【越調正曲·下山虎】六根雖翦句，念切親倫韻，聒耳兵戈聽句，令人慘聞韻。爹行兄弟讀，未卜安危死存韻，想起骨肉殊痛惘韻。〔白〕俺楊五郎，遇難出家，指望心静，偏偏到了這五臺山，相離鴈門關不遠，恰恰的遼宋如今不在幽燕交兵，又戰到渾源一帶地方來了。俺在山上，常聞金鼓之聲，不覺又提起殺人的興來。幾次要下山助俺父兄們一陣，争奈俺師父不許，説自有你下山的日期。〔作悶科。白〕那裏按得住雄心？所以選幾十個頭陀，教他們要拳弄棒。又有那各處好漢與那些逃亡將士來此做頭陀，共聚五百名好漢，號爲頭陀兵，日日在後山操演，以遣煩悶。唉，想起俺父母弟兄，教我不禁心酸。〔唱〕俺偶然間把胸捫韻，草褥蒲團卧不穩韻。〔合〕人生當報本韻，想我衰年二親(韻)，此世難承晨與昏(韻)。〔作欠伸科。白〕霎時困倦起來，不免打睡片時。〔場上設桌椅，楊春作盹睡科。伽藍神從上場門上。白〕夢中來說夢，空色總皆空。〔作進科。白〕悟覺禪師聽者，吾乃伽藍神，特來夢中指示。今汝父繼業，在狼牙村盡節捐身。來日汝弟六郎，尋親到彼，被遼人圍困，你可速速下山解救，吾神去也。〔從下場門下。楊春作驚醒起科，隨撤桌椅。楊春作撲叫科。白〕爹爹。〔作定神科。白〕呀，好奇怪，方纔睡去，明明見伽藍尊者囑咐，道我爹爹身喪狼牙村，來日六郎尋父遇難，教我速去解救。〔作駭然科。白〕原來我爹爹已去世矣。〔作慟哭科。唱〕

【越調正曲・山麻稭】志爲國身亡陣(韻)，可憐你衰年義烈(讀)，屍棄荒塵(韻)。教人(韻)一陣陣(讀)剜著心頭痛愍(韻)。〔發憤科。白〕何須在此痛哭，即去聚集頭陀兵，連夜下山，到狼牙村，便知端的。〔作出門遶場喚科。白〕衆徒弟們快來。〔雜扮頭陀兵，各戴頭陀髮，紥金箍，穿春布僧衣，從上場門上。白〕來也。〔作見科。白〕禪師，喚徒弟們有何吩咐？〔楊春白〕衆徒弟不好了，我適纔夢見伽藍神說道我爹爹身喪狼牙村，來日吾弟尋父到彼，被遼人圍困，教我速速下山解救。〔頭陀兵白〕有這等事？我等一同前去便了。〔楊春白〕爾等速去準備乾糧器械，待我稟過師父，即便起行。〔頭陀兵白〕有理。〔同唱合〕忙集聚頭陀衆勇(句)，拚行一夜(讀)，早到山村(韻)。〔同從下場門下。場上映山勢。生扮楊景，戴盔，紥靠，持鎗。雜扮陳林、柴幹，各戴盔，紥靠，持兵器。同從上場門上。楊景白〕爹爹嗄，〔唱〕

【越調正曲・鏵鍬兒】何方藏隱(韻)，急得我心慌意紊(韻)。〔白〕尋到此間，怎又不見？〔唱〕我纔把採樵的來問(韻),〔滚白〕不信那樵人,〔唱〕特故的胡云(韻)。〔陳林、柴幹白〕那樵夫明明説宋兵被遼軍趕到狼牙村去了。〔楊景白〕二位將軍,〔滚白〕你我剛纔行過谷中,見血流漂杵,屍積如山。鎗刀戈戟,拋殘地埃。如此光景,全軍盡歿。〔唱〕引得我淚紛紛(韻),盡都是宋軍(韻)。〔白〕如今出了西谷,一路尋到這狼牙村,莫説我爹爹不見,連一宋軍也没有。都往那裏去了?都向何方去了?〔陳林、柴幹白〕便是。〔楊景唱〕向何方的訪咱親(韻),急壞了兒一身(韻)。〔陳林、柴幹白〕六郎,且向那山坳中尋去便了。〔楊景白〕有理。〔滚白〕向山中把我親探個真實信。〔同作找尋科。楊景白〕爹爹在哪裏?〔陳林、柴幹白〕令公在哪裏?〔楊景滚白〕自古水清石現,鴈過聲留。空山之中,你不來,我不往,教我何方問也?尋不見嚴親,今番急殺我了,急殺我了。爹你被遼兵逼迫,〔唱合〕何方潛遁(讀)?你莫非身遭棄損(韻)?〔陳林、柴幹作看地科。白〕六郎,你看此處又有我軍陣歿在此。〔楊景白〕嗄,莫非我爹爹也在其内?待我尋來。〔同作下馬科。場上暗設李陵碑。雜扮土地,戴巾,穿土地氅。雜扮山神,戴卒盔,穿鎧,執斧。同從下場門暗上。作指地科,楊景驚看科。白〕嗄,這這這不是我爹爹的屍骸麽?〔陳林、柴幹白〕果然是令公。〔楊景白〕原來撞死在李陵碑下了。〔同作慟哭叫號科。楊景白〕

【越調集曲·山桃紅】【下山虎】(首至五)痛得我肝腸裂寸(韻),把父子恩分(韻)。〔哭科。滚白〕爹爹,可憐你作忠良一世,今日被奸臣逼迫,中賊機謀,困於谷内。外無救兵,内有勁敵。〔唱〕只落得全軍盡(韻),無奈何撞碑斷魂(韻)。〔雜扮一遼兵,戴額勒特帽,穿外番衣,從上場門暗上,悄看,仍從上場門下。楊景恨科。白〕潘仁美，你這奸賊，〔唱〕【小桃紅】（六至合）似你這奸佞很(韻)，誓把你萬剮身(韻)。〔滚白〕我家滿門，爹是你陷，弟是你射，還要謀俺六郎。若非一身闖出重圍，感蒼天默佑，未受毒害。狗彘心腸賊，〔唱〕你欲害我(讀)家門没一存(韻)。〔滚白〕這冤讐山高海深，〔唱〕終身恨(韻)也(格)。【下山虎】（八至末）猛可的刳膽剜心五内焚(韻)。〔陳林、柴幹白〕六郎，且止悲慟。令公的屍骸豈可暴露在地？不如暫且掩埋，再作計較。〔楊景白〕也罷，就在此碑前掩埋。待平静之後，再接回家去。〔哭科。白〕爹爹，非是孩兒不孝，也是出於無奈了。〔同作起工科。楊景唱合〕非子忘根本(韻)，抛棄我親(韻)，他日扶靈歸祖墳(韻)。〔雜扮遼兵，各戴額勒特帽，穿外番衣，持兵器。雜扮遼將，各戴盔襯、狐尾、雉翎，穿打仗甲，持兵器。雜扮耶律休格、耶律色珍，各戴外國帽、狐尾、雉翎，紥靠，持兵器。净扮韓德讓，戴外國帽、狐尾、雉翎，紥靠，背令旗，持鎗。從上場門上，戰科。韓德讓白〕楊景，你父尚且死在俺們手裏，你還不下馬受縛，竟待何時？〔楊景白〕殺父之讐不共戴天，看鎗。〔作合戰科，遼兵遼將作圍繞科，從兩場門下。耶律色珍、耶律休格、韓德讓作追陳林、柴幹從下場門下。雜扮耶律希達、蕭達蘭、祥袞特爾格，各戴外國帽、狐尾、雉翎，紥靠，持兵器，從上場門上，接戰科。楊景追耶律希達等從下場門下。陳林、柴幹從上場門上。白〕不好了，你看遼兵遼將如潮水般衝殺將來，將我等衝散，楊六郎也不知殺往那裏去了。〔雜扮耶律學古、蕭天佐、蕭天佑、耶律博郭濟，各戴外國帽狐尾雉翎，紥靠，持兵器。净扮劉子喻，戴紥巾額狐尾雉翎，紥靠持金鎗。從上場門上，戰科。陳林、柴幹從下場門敗下，衆追下。楊景追祥袞特爾格、蕭達蘭從上場門上，戰科，祥袞特爾格、蕭達蘭從下場門敗下。二遼將從上場門追上。白〕楊景，還不投降麽？〔楊景白〕無名小卒，自來送死，看鎗。〔作刺死二遼將科，從下場門下。耶律希達持弓箭從上場門上。白〕楊景十分驍勇，待我射死他便了。〔場上設山石，耶律希達作上山石科。楊景追蕭達蘭從上場門上，戰科。耶律希達放箭科。白〕看箭。〔作射中楊景頭盔科，楊景帶箭急從下場門下。遼兵遼將引韓德讓等從上場門追上。耶律希達、蕭達蘭白〕楊景帶箭往東敗去了。〔韓德讓白〕俺們還未獻功，繼業的屍首不可被他盜去。一面分兵看守，我等帶領五萬人馬，緊緊趕上擒他便了。〔衆白〕得令。〔同從下場門下。楊景帶箭從上場門上，作拔箭看笑科。白〕蒼天見憐，幸而不曾被他射傷，俺今快快逃回汴京去罷。〔遼兵遼將、韓德讓等從兩場門上，作圍繞戰科。楊景從下場門敗下，衆追下，隨撤山勢〕

第十七齣　避世兄勇氣猶存（江陽韻）

〔雜扮頭陀兵，各戴頭陀髮，紮金箍，穿緞劉唐衣，紮春布僧衣，繫絲縧，持齊眉棍。生扮楊春，戴僧綱帽，穿採蓮襖，紮紬僧衣紅袈裟。同從上場門上。同唱〕

【仙呂宮正曲・風入松】頭陀五百下山岡(韻)，説去交鋒心癢(韻)。不識經文佛語如何樣(韻)，熟習練刀鎗拳棒(韻)。〔合〕慈悲念益加渺茫(韻)，殺人心逐日長(韻)。〔楊春白〕喒家一聞夢中警語，稟知師父。師父道，今日便是俺下山之期了。隨即帶了五百頭陀兵，連夜下山，足足的行了一夜。此時日已正午，且喜離兩狼山不遠了。〔內吶喊科。楊春白〕你聽軍聲不絕，一定是將吾弟圍困住了。徒弟們，今番上陣非比自家操練，各要勇猛直前，不許畏避。〔衆頭陀白〕禪師不必吩咐，俺們皆有一可攩百的手段，何懼那些無能的遼兵。〔楊春白〕好，快快前去。〔衆頭陀應科。同唱〕

【仙呂宮正曲・急三鎗】莽頭陀(句)，頃刻裏(讀)，到疆場(韻)。管那遼兵見(讀)，自驚慌(韻)。俗不俗(句)，僧不僧(讀)，真新樣(韻)。〔合〕執齊眉棍(讀)，好威揚(韻)。〔同從下場門下。雜扮耶律休格、耶律色珍，各戴外國帽、狐尾、雉翎，紮靠，持兵器。追生扮楊景，戴盔，穿箭袖，繫鸞帶，持鎗，從上場門上，戰科。耶律休格、耶律

色珍白〕楊景，你今身陷重圍，焉能免死？何不下馬歸降。〔楊景白〕胡説！〔唱〕

【仙呂宮正曲·風入松】忠心貫日報君王(韻)，我志在爲主安邦(韻)。怎懼伊小國偏邦將(韻)，俺跟前語言狂妄(韻)。〔合〕且收却數黑論黄(韻)，拚血戰見高强(韻)。〔戰科。雜扮遼兵，各戴額勒特帽，穿外番衣，持兵器。雜扮遼將，各戴盔襯、狐尾、雉翎，穿打仗甲，持兵器。引雜扮耶律希達、蕭達蘭、耶律學古、蕭天佐、蕭天佑、耶律博郭濟、祥袞特爾格，各戴外國帽、狐尾、雉翎，紥靠，持兵器。浄扮劉子喻，戴紥巾額、狐尾、雉翎，紥靠，持鎗。浄扮韓德讓，戴外國帽、狐尾、雉翎，紥靠，背令旗，持鎗。同從上場門上。圍困助戰。韓德讓咤科。白〕楊景，俺這裏强兵五萬，戰將百員，諒你一人，濟得甚事？再若不降，立爲虀粉。〔楊景怒喝科。白〕任爾千軍萬馬，俺何懼哉？〔唱〕

【仙呂宮正曲·急三鎗】覷伊似(句)，燕兒迫(讀)，蜂兒忙(韻)。陣蟻勢(讀)，怒螳螂(韻)。〔韓德讓等同作怒科。白〕死在目前，還敢出口傷人，一齊動手。〔作戰科。頭陀兵、楊春從上場門突上，戰鬭科。同從下場門下。楊春等、韓德讓等，同從上場門上，接續交戰科。韓德讓等從下場門敗下。楊春、楊景作相見慟哭科。楊景白〕只道今生不能見面，誰知又得相逢。〔楊春白〕賢弟不必悲傷，愚兄蒙伽藍神指示，道爹爹陣殁，賢弟被困。爲此帶領頭陀兵前來解救。大家奮勇殺出重圍便了。〔楊景白〕有理。〔同從下場門下。韓德讓等從上場門上。同唱〕驀忽地(句)，驚釋氏(讀)，惱和尚(韻)。〔合〕慈悲口(讀)，很心腸(韻)。〔韓德讓白〕不知那裏來了許多頭陀僧，個個勇壯，竟把重圍闖破，好不利害。〔楊春、楊景等從上場門追上，戰科。楊景、頭陀兵追耶律休格等從兩場門下。楊春白〕遼將快快退兵。〔韓德讓白〕何處野僧，不守三皈，妄動殺戒。〔楊春白〕父讐不共戴天，什麼殺戒。〔韓德讓白〕你是出家人，俺們不曾殺你父親。〔楊春白〕聽者，〔唱〕

【仙呂宮正曲·風入松】楊家令公我爹行(韻)，六郎是胞弟同堂(韻)。〔韓德讓白〕你既出家，六根翦除的了。〔楊春唱〕佛門廣勸尊親上(韻)，却未許五倫撇漾(韻)。〔作戰科，從下場門下。頭陀兵等追遼兵遼將等從上場門上，交戰科，從下場門下。楊春追祥袞特爾格，從上場門上，戰科。祥袞特爾格白〕好利害和尚。〔楊春白〕看棒。〔作打落兵器，祥袞特爾格驚慌科。白〕你是出家人，該有慈悲心，不該動這樣無明火。〔楊春作笑科。唱合〕俺和尚慣戰疆場(韻)，殺人心未全降(韻)。〔作打死祥袞特爾格科。楊景、頭陀兵追遼兵遼將、韓德讓等，從上場門上，合戰科，韓德讓等從下場門敗下。楊景白〕若非哥哥相救，兄弟幾喪殘生。〔楊春白〕兄弟，此處不可停留，同上山去，養息幾日，商量報父之讐。〔楊景白〕哥哥説得有理。〔同白〕請。〔同唱〕

【尾聲】同胞手足關心向(韻)，救重圍禪林來上(韻)，細訴讐隙對銀釭(韻)。〔同從下場門下〕

第十八齣　埋名埽苦情漫述（寒山韻）

〔雜扮軍士，各戴馬夫巾，穿蟒箭袖卒褂，執旗。雜扮將官，各戴馬夫巾，紮額，穿打仗甲，執標鎗。引浄扮劉廷讓，生扮李敬源，各戴盔，紮靠，背令旗，執馬鞭。雜扮二軍士，各戴馬夫巾，穿箭袖，繫肚囊，執纛。同從上場門上。同唱〕

【仙吕宫集曲·甘州歌】【八聲甘州】（首至六句）旌旄燦爛(韻)，看戈矛耀日(讀)，雪刃光寒(韻)。師行浩浩(句)，紀律嚴明用亶(韻)。爲遼兵雲擾城市闤(韻)，會合雄兵同左袒(韻)。〔分白〕俺乃瀛州都部署劉廷讓是也。俺乃瀛州副部署李敬源是也。〔劉廷讓白〕近得塘報，蕭氏統率全師屯兵應州，攻奪鴈門朔平一帶。俺今帥師三萬，並海而北，與李將軍乘虛趨燕。〔李敬源白〕兵貴神速，乘蕭氏出師山後，未得就回，快快進兵。倘聲息傳至應州，遼兵回救，便難成功矣。〔劉廷讓白〕將軍之言甚合吾意。此去離河間地界不遠，快快催軍征進。〔衆應科。同唱〕【排歌】（合至末句）催軍隊(句)，旗展飜(韻)，豈將國事憚勞煩(韻)。同甘苦(句)，曉夜趲(韻)，大兵征進没遮攔(韻)。〔同從下場門下。生扮楊貴，戴八角冠狐尾，穿出襬，從上場門上。唱〕

【仙呂宮集曲・皂羅香】【皂羅袍】(首至二)身被羈留難返(韻),擁綺羅珠翠(讀),廢寢忘飡(韻)。〔場上設椅轉場坐科。白〕俺楊,〔作四顧科。白〕俺楊貴,自遭擒獲,更名木易。蕭后見俺品貌端莊,語言激厲,便將瓊娥郡主招俺爲壻。雖郡主十分賢德,俺終不敢說出實名姓來。欲尋報讐之策,奈孤掌難鳴,只得暫且棲遲。幾次打聽,說我爹爹現在仁美營中爲先鋒。〔作悶歎科〕今番在讐人帳下爲將,怎保無虞? 想起來好不愁悶也。〔唱〕【桂枝香】(三至七)憶嚴親難解愁煩(韻),思省養望穿雙眼(韻)。那讐家怎防(句),讐家怎防(疊)? 怕禍生宵旦(韻)。〔丑扮遼女,戴紥額、狐尾、雉翎,穿襯衣,持書,從上場門上。白〕羽信軍前至,忙回郡主知。〔作進門科。白〕郡主,郡主。〔楊貴白〕什麽事情?〔遼女白〕娘娘差人寄來捷報。〔楊貴白〕什麽捷報?〔遼女白〕聽見來人說,娘娘一到應州,踹破宋營,大得全勝。如今又將楊家父子,〔楊貴急問科。白〕怎麽樣?〔遼女白〕困在什麽陳家谷了。〔楊貴驚科。白〕嗄,有這等事。可知楊家父子怎麽樣了?〔遼女白〕那個我不知道。〔楊貴白〕取報來我看。〔遼女白〕這不能,娘娘寄與郡主的。〔楊貴白〕我郡馬與郡主,不是一樣的? 取來。〔遼女白〕郡主看了,還怕不告訴你麽? 管保少時就出來對你說的,等一等罷。〔從上場門下。楊貴作驚慌科。白〕呀,他說將我爹爹,〔作四顧科。白〕將我爹爹兄弟困在陳家谷,未知能脫羅網之陷否?〔唱〕【皂羅袍】(合至末)知親陷谷(句),提心弔膽(押)。俺羈留怎脫(句),孤身去難(韻),躊躇搔首空長歎(韻)。〔遼女引旦扮耶律瓊娥,戴七星額、鸚哥毛尾、雉翎,穿氅,持書。旦扮一遼女,戴紥額、狐尾、雉翎,穿襯衣,隨同從上場門上。耶律瓊

娥唱〕

【仙呂宮集曲・羅袍歌】【皂羅袍】(首至八)手把軍書忙攢(韻),與郡馬觀看(讀),也使心安(韻)。〔白〕郡馬。〔楊貴白〕郡主。〔作相見科。場上設椅,各坐科。耶律瓊娥白〕爲何這等悶悶不樂?〔楊貴白〕我心中有事。〔耶律瓊娥白〕敢是爲我母親出師,慮其勝敗。請看這書扎,包管喜歡了。〔遞書科,楊貴接書。白〕取來我看。〔作看書勃驚科。白〕呀,果然將我,〔耶律瓊娥作疑訝科。白〕嗄,將你什麼嗄?〔楊貴白〕將我宋朝楊家將困在陳家谷了。噫,什麼喜歡?〔作擲書於地。丑遼女虛白拾書科。耶律瓊娥白〕郡馬,你招贅在此,便是遼邦臣子,怎麼還偏護楊家?那楊家與你有甚瓜葛?〔楊貴白〕嗄,那楊家麼。〔欲言科,耶律瓊娥急問科。白〕有什麼瓜葛?〔楊貴作難言科。白〕嗳。〔耶律瓊娥作猜疑科。白〕呀,〔唱〕覷他神色有相關(韻)。〔楊貴白〕這個。〔欲言又止,歎科。耶律瓊娥唱〕話頭吞吐頻長歎(韻)。〔白〕郡馬,〔唱〕何妨直道(句),不必爲難(韻)。〔楊貴白〕我的心事難説。〔耶律瓊娥唱〕你今難説(句),奴心不安(韻)。〔白〕郡馬,你見了此書,頓起愁煩,必有緣故。快快説與我知道。〔楊貴白〕嗄,就是困在陳家谷内宋將。〔耶律瓊娥白〕怎麼樣?〔楊貴作背科。白〕且住,自古夫妻且説三分話,未可全抛一片心。〔轉科。白〕嗄,郡主,小將之父木業,現在楊令公部下爲將。今聽困在谷中,小將之父必然在内,恐遭不測。〔唱〕【排歌】(四至末句)正思親忽地披書簡(韻),〔合〕全軍困(句)在谷間(韻),怕遭不測故愁煩(韻)。〔白〕如今告訴了你了,小將去也。〔欲行,耶律瓊娥作攔科。白〕那裏去?〔楊貴白〕到陳家谷去。〔耶律瓊娥白〕去做什麼？〔楊貴白〕説了看我爹爹去，又問。〔耶律瓊娥白〕你爹爹叫什麼名字？〔楊貴僞嗔科。白〕你公公的名字，問他怎麼？〔耶律瓊娥白〕問他自然有個道理。〔楊貴白〕我爹爹叫——〔耶律瓊娥白〕叫什麼？〔楊貴白〕方纔告訴你了。〔耶律瓊娥白〕忘記了。〔楊貴白〕叫叫叫木業，俺去也。〔急行，耶律瓊娥急攔科。白〕去不得，你我在此保守幽州，你不奉太后娘娘軍令，如何私離汛地？〔楊貴白〕我是告訴了郡主的了，俺去也。〔耶律瓊娥作扯住科。白〕不許去，待我將你爹爹名字寫書去囑咐韓元帥，放他一人出谷便了。〔楊貴白〕嗳，不中用的。〔耶律瓊娥白〕怎麼不中用？〔楊貴白〕韓元帥那裏認得我爹爹叫木業？必須小將親去解救纔妥。〔耶律瓊娥白〕你要去，除非稟過太后娘娘，纔可去得。〔楊貴白〕嗳，偏要去。〔耶律瓊娥白〕住了，郡馬。〔唱〕休執拗㊁，令如山㊀，私離汛地罪非頑㊀。〔楊貴白〕偏要去。〔竟行，耶律瓊娥作扯住科。白〕去不得。〔楊貴白〕放手，放手！〔雜扮一遼軍，戴額勒特帽，穿外番衣，從上場門上。白〕報。〔直進科。白〕啟郡主。〔遼女叱科。白〕出去！〔遼軍急退。耶律瓊娥作鬆手各坐科。耶律瓊娥白〕傳那報事的進來。〔遼女應科，作出門叱科。白〕好冒失，不等通報，就往裏跑。叫你進去。〔遼軍應，隨進科。白〕啟上郡主，今有瀛州宋將劉廷讓，起兵三萬，已進河間北界。説乘虛襲取幽州，聲勢十分利害。快快出師迎敵，不然直抵幽州來了。〔耶律瓊娥白〕知道了，再去打聽。〔遼軍應，從上場門下。各起隨撤椅科。耶律瓊娥白〕這廝必然知我城中兵將稀少，故此乘虛襲取。若不扼其要害，兵至城下，就難抵禦了。過來。〔二遼女應科。耶律瓊娥白〕

傳與丞相耶律沙，留兵五千，小心把守城池。選精鋭一萬，女將八員，隨俺到河間北界迎敵。〔二遼女應，欲行科。耶律瓊娥白〕過來。〔二遼女止，應科。耶律瓊娥白〕一面差人馳驛往應州，請太后娘娘領兵回來接援。〔二遼女應，從下場門下。耶律瓊娥白〕我與郡馬同去走遭。〔楊貴白〕俺不去。〔耶律瓊娥白〕郡馬自到我國，未立尺寸之功，豈不有負娘娘重恩？此際娘娘不在此，正是郡馬立功之時，怎麽不去？〔楊貴白〕小將方寸已亂，那有心情立功。〔耶律瓊娥白〕受恩深處便爲家，我那些兒辜負了你？虧你説出「那有心情」四字來，隨我進去披挂。〔楊貴應科。耶律瓊娥白〕走。〔楊貴哭科。耶律瓊娥白〕隨我來。〔同從下場門下。雜扮遼兵，各戴額勒特帽，穿外番衣，執標鎗。雜扮女遼將，各戴紮額、狐尾、雉翎，穿甲，佩劍。同從上場門上。同白〕大將腰懸三尺劍，衆軍手挽六鈞弓。〔女遼將白〕俺們乃郡主帳下女將是也。奉令揀選精鋭一萬，俱已齊集，候郡主興師。〔二遼女從下場門上。白〕兵將都齊集了麽？〔女遼將白〕齊集了。〔二遼女白〕你們俱在帳前伺候，待我去請郡主。〔作請科。白〕郡主有請。〔耶律瓊娥换靠背令旗，楊貴换靠，同從下場門上。耶律瓊娥白〕衆將齊集了麽？〔二遼女白〕衆將俱齊，候令施行。〔耶律瓊娥白〕請郡馬出令。〔楊貴白〕出什麽令？〔耶律瓊娥白〕約束三軍。〔楊貴白〕小將在宋營，只知遵人約束，從未約束過人。〔耶律瓊娥白〕如此，郡馬今後要遵我的約束了。〔楊貴白〕小將又不去，遵什麽約束？〔耶律瓊娥白〕怎麽又不去？〔楊貴白〕不敢私離汛地。〔耶律瓊娥白〕這是國事，非私也。〔楊貴白〕不去。〔耶律瓊娥嗔科。白〕大膽。〔楊貴畏服科。白〕是。〔耶律瓊娥白〕傳衆兵將進見。〔二遼女應，作喚科。白〕傳衆將進見。〔女遼將應，率衆參見科。白〕郡主在上，衆將參見。〔耶律瓊娥白〕侍立兩傍，聽吾號令。〔衆應，分侍科。耶律瓊娥白〕聞金則退，聞鼓則進。攻擊合節，陣勢有方。勇猛直前，毋得退後。不遵約束者，軍法從事。〔衆白〕得令。〔耶律瓊娥白〕郡馬，須加威猛，若犯軍令，法不顧親。〔楊貴戲笑科。白〕果然約束起來了。〔耶律瓊娥作嗔科。楊貴白〕得令。〔耶律瓊娥白〕就此起兵前去。〔衆應，二遼女作帶鎗馬，耶律瓊娥、楊貴作提鎗上馬。旦扮一遼女，戴紗罩，穿採蓮襖，繫月華裙，執纛，從上場門暗上，隨衆遶場科。同唱〕

【仙呂宮集曲・僥僥撥棹】【僥僥令】（首至三）五申三令出㊀句，百諾應聲繁㊀韻，攬海移山真英悍㊀韻。【川撥棹】（合至末）跨征驄坐征鞍㊀韻，早功成六師還㊀韻。〔同從下場門下〕

第十九齣　獻謀刺臂期傾宋（東鐘韻）

〔雜扮遼兵，各戴額勒特帽，穿外番衣，執旗。雜扮遼將，各戴盔襯、狐尾、雉翎，穿打仗甲，執標鎗。雜扮蕭達蘭、耶律希達、耶律休格、耶律色珍、蕭天佐、蕭天佑、耶律學古、耶律博郭濟，各戴外國帽、狐尾、雉翎，紮靠。副扮王強，戴高紗帽、狐尾，穿圓領，束帶。浄扮韓德讓，戴外國帽、狐尾、雉翎，紮靠，背令旗。引旦扮蕭氏，戴蒙古帽練垂，紮靠，背令旗，襲蟒，束帶。從上場門上。蕭氏唱〕

【仙呂宮引・天下樂】英雄怎脱計牢籠韻，無敵威名一掃空韻。〔中場設椅，轉場坐科。韓德讓等作參見科。白〕娘娘在上，臣等參見。〔蕭氏白〕衆卿少禮。〔韓德讓等作分侍科。蕭氏白〕卿等皆畏楊無敵勇不可當，孤略施小計，已除大患。〔韓德讓白〕太后娘娘神算，一計功成，臣等實深慚愧。〔蕭氏白〕雖則成功，未洽孤意。〔韓德讓等白〕爲何？〔蕭氏白〕孤久仰繼業智勇，必欲生擒，勸他歸順。遼邦若得此人，取宋室江山則易矣。誰料衆卿不能活擒，未遂孤意。〔唱〕

【仙呂宮正曲・步步嬌】久慕他行心誠悾韻，遼國誰如勇韻。思能受我封韻，輔弼遼邦句，臨潢固鞏韻。〔合〕深惜老元戎韻，英雄一旦成春夢韻。〔韓德讓等白〕臣等連困他三日，未加鋒刃。誰想他倔强不降，自損軀命，非干臣等之故。〔蕭氏白〕誠乃忠臣良將也。〔韓德讓等白〕娘娘，不記得皇叔與蕭郡馬之讐乎？彼時恨不盡翦楊氏，今日又何誇獎如此？〔蕭氏白〕彼亦各爲其主耳。孤深惜者，繼業忠正智勇，若卿等皆能學繼業之志量，豈非遼邦之福乎。〔韓德讓等白〕娘娘訓諭，臣等非惟敬服，亦且慚愧。〔蕭氏白〕傳旨，繼業骸骨，高封其塚，不可毁棄，顯我遼邦仁德至意。〔衆白〕領旨。〔蕭氏白〕今繼業不在，衆卿無可畏之人矣。當戮力整兵南下，速取汴梁，成遼一統。〔王强白〕臣參軍王强啟奏，宋朝名將甚多，除繼業之外，有楊延昭、張齊賢、尹繼倫等，皆智勇雙全。況各州各鎮皆有勇猛之將。臣觀娘娘帳下，敵得宋朝此輩者稀少，如何直抵汴梁，一統天下？〔蕭氏白〕卿自稱天下第一才子，有何良策，可取宋家天下？〔王强白〕臣有一計，不消一年，使宋室江山盡歸遼國。〔蕭氏白〕卿有何計，若是其妙？〔王强白〕臣今拜辭娘娘，仍回汴梁，倘能進身於朝，當爲娘娘内應。即不能做官，亦必知朝中虚實。密遣心腹，報知娘娘。裏應外合，可收萬全之功矣。〔蕭氏白〕若果成事，當以中國重鎮封卿。〔王强叩謝科。白〕千歲，臣去更换衣巾，今日就行。〔蕭氏白〕且慢，雖卿忠誠不二，孤豈無後慮？倘汝一朝榮顯，將此計赴之流水，有何指証？孤今賜卿别號，叫做賀驢兒。〔王强白〕多謝娘娘，臣在娘娘駕下叫賀驢兒，臣在宋朝仍叫王强。〔蕭氏白〕這個自然，蕭達蘭過來。〔蕭達蘭應科。蕭氏白〕你帶王强到後營，將「賀驢兒」三字刺在他左臂上。防他到了汴梁，保宋反遼。〔蕭達蘭應科。蕭氏向王强白〕你若有辱孤命，吾必使宋君知汝賀驢兒是遼邦臣子，必不能生矣。〔王强白〕臣也想如此，以鑒臣心。〔蕭氏白〕快去。〔王强、蕭達蘭白〕領旨。〔同從下場門下。雜扮探事遼兵，戴額勒特帽，穿報子衣，繫鸞帶，執報字旗，從上場門上。白〕打探宋營事，回報太后知。報。〔作進叩見科。白〕娘娘在上，探子叩頭。〔蕭氏白〕命你打聽潘仁美營中虚實如何，快快講來。〔探事遼兵白〕探子奉命，到宋營左近打聽。仁美除了楊家父子，缺少戰將。因此他阿，〔唱〕

【仙吕宫正曲·江兒水】懼怕遼兵勢句，愁咱擊奪攻韻，修書左近徵兵用韻。〔蕭氏白〕何方取救，領兵者何等將官？〔探事遼兵白〕打聽得寧武鎮調兵五千，領兵者盧漢賓。岢嵐鎮調兵五千，領兵者都巡檢尹繼倫。此二處人馬將到代州宋營了。〔蕭氏白〕必是方纔王强説十分驍勇的尹繼倫了。〔韓德讓等白〕想必就是。〔探事遼兵白〕還有綿山鎮、汾州鎮兩處人馬未到。〔唱〕聞知四處兵行動韻，將軍個個真英勇韻，齊選倍强精衆韻。〔合〕奏報娘娘句，準備敵人争鬨韻。〔蕭氏白〕你且迴避。〔探事遼兵應科，從上場門下。蕭達蘭引王强換中方巾，穿道袍，繫鸞帶，仍從下場門上。蕭達蘭白〕啟上娘娘，臣遵諭刺字已完。請娘娘檢驗。〔蕭氏白〕待孤看來。〔王强作袒衣，蕭氏看科。白〕賀驢兒，甚妙。卿家快快前去，成功之日，自當分茅裂土。〔王强白〕臣就此拜辭娘娘去也。〔作拜別科。唱〕

【仙吕宫正曲·好姐姐】臣蒙韻委差高寵韻，探京師機關傳送韻。無逾一歲韻，大事定成功

(韻)。〔蕭氏白〕去罷。〔王強白〕領旨。〔從下場門下。韓德讓白〕臣啟娘娘，今仁美徵召各鎮兵到，其勢必銳。趁他遠來疲倦，即速攻擊爲妙。〔蕭氏白〕吾正欲攻取代州，元帥速點精兵，隨孤進取，不得遲延。〔韓德讓白〕領旨。〔蕭氏作起隨撤椅科。衆同唱合〕軍親統(韻)，趁他遠至勞師衆(韻)，速進攻之莫待容(韻)。〔同從下場門下〕

第二十齣　聞檄回軍急援幽（魚模韻）

〔副扮王侁、米信，丑扮田重進、劉君其，各戴盔，穿雜色圓領束帶。引净扮潘仁美，戴嵌龍幞頭，穿蟒，束玉帶。從上場門上。潘仁美唱〕

【仙吕宫引・似娘兒】餘毒未全除(韻)，恨六郎漏網逃魚(韻)。〔中場設椅，轉場坐科。王侁等作參見科。白〕太師。〔潘仁美白〕罷了，請坐。〔王侁等作告坐科。場上設椅，各坐科。潘仁美白〕昨遣細作打探陳家谷之事。説楊繼業、賀懷浦先後俱已身棄遼將之手。惟逃脱了六郎，説他本欲到我營中請救，被陳林、柴幹報知消息，一同走了。噫，早知如此，前日何不將陳林、柴幹一併除之。怎麽容他逃脱了去？〔王侁、米信白〕太師，過去見識不如無。小將們細想，此事遺害深矣。〔潘仁美白〕怎麽遺害深矣？〔王侁、米信白〕楊景此番必到汴梁求八千歲報復父讐弟怨。若千歲一奏，聖上必準，又有陳林、柴幹作証，我等全族難保。〔潘仁美作驚悟科。白〕這便怎麽處呢？〔王侁、米信白〕太師一面差心腹之將，領兵扮作强人，要路渡口埋伏。若遇六郎等到時，即刻將他謀死。所謂剗草除根，免得萌芽再發。〔潘仁美白〕好，此計甚妙。〔田重進、劉君其白〕還有妙計，倘若遇不見六郎，那時怎麽處治？ 莫若太師先下手爲强，急寫本章一道，説楊繼業違令貪功，以致全軍陷歿，楊景、陳林、柴幹等臨陣脱逃等情，奏知朝廷，可以掩飾陷害之罪了。〔潘仁美白〕此計尤爲盡善。就差本帥心腹家將錢秀、周方，領兵一千，沿途緝捕除之。 今晚寫下表章，差人申奏便了。〔雜扮一旗牌，戴小頁巾，穿箭袖排穗，佩腰刀，從上場門上。白〕廂軍離本鎮，奉調到轅門。〔作稟科。白〕啟元帥，盧漢贇、尹繼倫奉調稟見。〔潘仁美白〕吩咐開門。〔同作起科，隨撤椅。旗牌應科。白〕傳鼓開門。〔場上設公案桌、虎皮椅。潘仁美轉場陞座科。雜扮小軍，各戴大頁巾，穿箭袖排穗，執大刀，從兩場門上，作開門科。雜扮將官，各戴馬夫巾，紥額，穿打仗甲，從兩場門上，作進門分侍科。潘仁美白〕傳盧漢贇、尹繼倫進見。〔旗牌應，作出門傳科。白〕元帥有令，傳盧漢贇、尹繼倫進見。〔雜扮盧漢贇、尹繼倫，各戴盔，紥靠，背令旗。率雜扮將官，各戴馬夫巾，紥額，穿打仗甲，持鎗。雜扮軍士，各戴馬夫巾，穿箭袖卒褂，執旗。同從兩場門上。盧漢贇、尹繼倫作進門參見科。分白〕元帥在上，寧武鎮都部署盧漢贇，岢嵐鎮都巡檢尹繼倫參見。〔潘仁美白〕二位將軍少禮。〔盧漢贇、尹繼倫白〕不敢。〔作分侍科。潘仁美白〕帶來多少人馬？〔盧漢贇、尹繼倫白〕各帶精鋭五千，特來聽調。〔雜扮一軍士，戴馬夫巾，穿箭袖卒褂，從上場門上。白〕報。〔作稟科。白〕啟元帥，蕭氏領兵搦戰，離城不遠了。〔潘仁美白〕知道了。〔軍士仍從上場門下。潘仁美白〕就命二位將軍領本部迎敵，務要奮力争先，成功陞賞。〔盧漢贇、尹繼倫白〕得令。〔潘仁美白〕掩門。〔旗牌傳科。潘仁美出座，從下場門下。王侁等隨下。小軍將官等從兩場門分下。隨撤公案桌椅科。盧漢贇、尹繼倫白〕衆

將官，就此起兵前去。〔衆應，作帶馬科，遶場。同唱〕

【仙呂宫正曲·掉角兒序】領熊羆早離閫閣(韻)，部三軍戒嚴什伍(韻)。雄赳赳戰士征夫(韻)，助威風三通戰鼓(韻)。〔同從下場門下。雜扮遼兵，各戴額勒特帽，穿外番衣，持兵器。雜扮遼將，各戴盔襯、狐尾、雉翎，穿打仗甲，持兵器。雜扮蕭天佐、蕭天佑、耶律希達、蕭達蘭、耶律學古、耶律博郭濟、耶律休格、耶律色珍，各戴外國帽、狐尾、雉翎，紥靠，持兵器。浄扮韓德讓，戴外國帽、狐尾、雉翎，紥靠，背令旗，持鎗。引旦扮蕭氏，戴蒙古帽練垂，紥靠，背令旗，執令旗。雜扮一遼女，戴紗罩，穿採蓮襖，繫月華裙，執纛。隨從上場門上。同唱〕誓六師(讀)，擊代州(句)，管一陣(讀)破城堵(韻)，捷奏功敷(韻)。〔蕭氏白〕孤想宋營少了楊家父子，有誰來攩俺遼軍之勢？ 料那潘仁美有何伎倆。 爲此親帥一旅之師，攻擊代州，直抵汴梁，如若無人矣。 吩咐三軍速進。〔衆應科。 同唱合〕憑他嚴固(韻)，怎脱謀謨(韻)？ 那仁美(句)，私讐報得(讀)，公務無謀(韻)。〔軍士將官、盧漢贇、尹繼倫從上場門衝上。 韓德讓白〕領兵者何人？〔盧漢贇白〕俺乃都部署盧漢贇。〔尹繼倫白〕俺乃都巡檢尹繼倫。 遼衆領兵者何人？〔韓德讓白〕大遼太后娘娘在此，二將還不下馬乞降。〔盧漢贇、尹繼倫白〕好胡説，俺將軍此來，專爲擒拿蕭氏，以雪國恥。〔蕭氏白〕那楊家父子，無敵上將，尚且難逃孤之掌握，何况區區小卒，輒敢浪言，與孤擒這厮。〔隨從下場門下，纛隨下。 衆作合戰科，從下場門下。 尹繼倫追耶律希達從上場門上，戰科，耶律希達從下場門敗下。 耶律休格、耶律色珍從上場門上，接戰科。 耶律休格、耶律色珍白〕黑賊，諒你有多大本領，敢在疆場耀武揚威。〔尹繼倫白〕俺黑面

將軍，手中利刃無情，遼將須加仔細。〔唱〕

【仙呂宫正曲·望吾鄉】勇猛非虚(韻)，單攩百萬夫(韻)。覷伊曹小醜何足慮(韻)，試今番威赫遼人懼(韻)。〔戰科，耶律休格、耶律色珍從下場門敗下，尹繼倫追下。韓德讓等，盧漢贇等從上場門上。络繹交戰，又作合戰科。韓德讓等從下場門敗下，尹繼倫、盧漢贇等追下。韓德讓等從上場門敗上。白〕只道去了楊無敵父子，宋營没一個敢攩俺遼衆。不知那裏又來了個黑面將軍尹繼倫，竟與楊無敵一般勇猛，今番焉能取勝？〔尹繼倫、盧漢贇等從上場門上，咤科。白〕遼將那裏走？〔韓德讓等急從下場門下，尹繼倫、盧漢贇等追下。遼兵遼將、韓德讓等，引蕭氏從上場門上。同唱〕勁敵難抵禦(韻)，〔合〕黑面漢(句)，勇非虚(韻)，繼業今重遇(韻)。〔韓德讓等白〕啟上娘娘，這黑面將軍十分驍勇，宛如繼業重生，其鋒不可當。且回應州，定計再戰。〔蕭氏怒科。白〕爾等何畏怕宋將如此，若再不勇猛直前，軍法從事。〔衆應科。雜扮一報事遼兵，戴額勒特帽，穿報子衣，從上場門急上，作禀科。白〕啟娘娘，今有瀛州大將劉廷讓、李敬源，領大兵乘虚欲取幽燕之地。郡主郡馬領兵往河間交界迎敵去了。特請娘娘統軍接應。〔蕭氏白〕有這等事？你速去回報，説孤就來。〔報事遼兵應，仍從上場門下。蕭氏白〕代州未下，瀛州敵人又至。只得與元帥分兵扼敵纔可，傳令回營。〔衆應科，同從下場門下。軍士將官、盧漢贇、尹繼倫從上場門上，作望科。尹繼倫白〕呀，你看遼軍未定勝負，引軍而退，恐有不測之機。〔盧漢贇白〕不必追趕，就此收兵。〔衆應科。同唱〕

【尾聲】初臨戰地遼兵懼(韻)，出茅廬頭功登註(韻)，憑我報國靖邊隅(韻)。〔同從下場門下〕

第廿一齣　詳夢境憂疑莫釋（江陽韻）

〔雜扮軍士，各戴鷹翎帽，穿青緞箭袖，繫鸞帶。引淨扮呼延贊，戴黑貂，穿蟒，束帶，執馬鞭。從上場門上。呼延贊唱〕

【雙調正曲·普賢歌】監軍催運草和糧（韻），半月兼程日夜忙（韻）。跋涉冒風霜（韻），匆匆到汴梁（韻），〔合〕先詣南宫見八王（韻）。〔白〕下官呼延贊。千歲保奏我爲保官，賜尚方寶劍，保楊賢弟助仁美伐遼。只因軍前缺少糧草，仁美求我到京催糧，爲此連夜趨赴汴京。這兩日在路上，心驚肉顫，不知爲何？且喜已到汴梁，不免先往南清宫見千歲去。正是：身雖到帝都，心却在軍營。〔軍士引從下場門下。生扮德昭，戴素王帽，穿出襬，束玉帶，從上場門上。唱〕

【雙角套曲·慶宣和】心兒上意兒中，將奇夢兒詳（韻），夢境中見谷裏三羊（韻）。橫枕上把測機慣的靈心兒好度量（韻），準一夜悵怏（韻），悵怏（疊）。〔場上設椅，轉場坐科。白〕孤家夜來夢見深谷之中，羣虎圍著三隻山羊。大羊被羣虎傷於谷中，小羊逃脱。孤家正喜，忽又來許多野狼趕逐小羊。一個被羣狼廢命，一個向孤家似有乞訴之意，忽然驚醒。〔作驚悟科。白〕我想楊令公父子三人，豈非三羊。

羣虎乃係遼衆，羣狼者必是奸黨。難道受了内外虎狼之害了？〔作自慰科。白〕有呼延贊保官在彼，即有此事，豈無奏章到來？爲此孤家未到五更，已命内侍問兵部官兒去了。待他回來，便知明白。〔雜扮陳琳，戴太監帽，穿貼裹衣，從上場門上。白〕去時參横斗轉，歸來曙色晨光。〔作進門稟科。白〕啟千歲，陳琳到兵部，那些官員們説，若有邊報，千歲無有不知。實係半月有餘，未來軍書。〔德昭白〕半月不來邊報，事有可疑了。〔陳琳白〕奴婢回至中途，遇見呼延贊，説要來千歲宫中，不知何事？〔德昭驚訝作起科，隨撤椅。德昭白〕呼延贊回來了？〔陳琳應科。德昭白〕他爲保楊家父子而去，如何竟自回來，莫非應了夢兆了？〔唱〕

【雙角套曲·鴈兒落】頓使我荆棘刺意亂忙(韻)，顛不刺難猜量(韻)。揩支刺鬱悶急(句)，軟兀刺神馳蕩(韻)。〔陳琳白〕千歲且不必著急，他隨後就到，問他便知楊令公消息了。〔德昭白〕快到門首等候，呼延贊到時，即便引他進見。〔陳琳白〕領旨。〔作出門科。德昭從下場門下。陳琳虛白，呼延贊從上場門上。白〕望見南宫近，整衣步急趨。〔作見科。白〕公公。〔陳琳白〕老將軍來了，快隨咱進見。〔呼延贊白〕怎麽這等忙？〔陳琳白〕千歲知你來京，十分著急在那裏，快走。〔作急扯進門科。呼延贊白〕什麽緣故？〔陳琳請科。白〕千歲有請。〔德昭仍從下場門上。白〕他來了麽？〔陳琳應科。德昭白〕快宣進來。〔場上設椅，德昭坐科。陳琳應，作出門科。白〕宣你進見。〔呼延贊隨進，作參見科。白〕千歲在上，臣呼延贊參見。〔德昭白〕且慢，孤先問你，保的楊令公父子三人怎麽樣了？〔呼延贊白〕不怎麽樣，他父子好在那裏。〔德昭白〕好在那裏，看坐。〔陳琳應科，場上設椅，呼延贊作告坐科。德昭白〕你來做什麽？〔呼延贊白〕臣爲軍前乏糧，特來催運糧草。〔德昭白〕嗄，催運糧草非爾之職，那個著你來的？〔呼延贊白〕潘招討命臣來的。〔德昭白〕潘仁美著你來的？〔作跌足科。白〕受了奸賊之計矣。〔呼延贊白〕千歲，並非奸人算計，臣親眼見衆軍鬧帳討糧。臣本欲不來，仁美再三委托，臣又想事關重大，所以應承此差。〔德昭怒嗔科。白〕聖上賜你尚方寶劍，端爲保他父子，又且孤家再三叮囑，你怎麽擅離營伍？〔呼延贊白〕實是招討軍令委托。〔德昭急躁叱科。白〕招討軍令難道比聖上的旨意還利害麽？〔呼延贊作跪科。德昭白〕你不奉宣召，擅離軍營，倘楊家父子受害，豈不有負君命麽？〔唱〕

【雙角套曲·得勝令】誰承望孤家囑咐言語忘(韻)，曾金門受上諭賜尚方(韻)，特防他一起權奸黨(韻)。惡生生逞著軍令掌(韻)，怕良臣遭殃(韻)，孤保你去護庇楊家將(韻)。急攘攘討軍糧(韻)，不慮他把忠良一命戕(韻)。〔呼延贊白〕千歲放心，潘仁美特地設宴中軍，請臣與令公父子赴席，釋怨解讐。説先盡國家公事，後報自己私讐。臣説只怕未必，仁美就發起誓來，倘有虛言，將來必入鐵叉地獄，臣纔放心回京。千歲，他若要害楊家父子，他不怕應誓，入鐵叉地獄麽？〔德昭冷笑科。白〕好胡説，你一把年紀，怎麽這般糊塗。明明是奸賊嫌你礙眼，不得下手，詐言絶糧，賺你回京。又恐你不放心，假意解和發誓，要你放心回京，好陰謀令公。奸計顯然，你竟不曉，虧你也是疆場老將。〔呼延贊白〕臣看衆軍情急，缺乏糧草是實。〔德昭白〕我且問你，離軍營幾日了？〔呼延贊白〕半月有餘。〔德昭白〕他既乏糧，這半月有餘，三軍何以苟延？〔呼延贊猛悟科。白〕不錯。〔作驚懼科。白〕千歲，臣一時愚蒙，上了潘仁美的當了。〔德昭恨科。白〕噫，你受奸賊之哄，他父子三人必不能保全的了。〔呼延贊白〕怎見得？〔德昭白〕嗳，〔唱〕

【雙角套曲·月上海棠】昨宵夢警明其狀(韻)，谷裏三羊遇虎狼(韻)。徹夜細參詳(韻)，可早知陰謀景況(韻)。恨你個輕意離營帳(韻)，操縱由他奸黨(韻)。〔呼延贊白〕臣聽千歲之言，如夢初醒，是奸賊暗藏毒害無疑了。也罷，待臣連夜趕回軍營去便了。〔急欲行科，德昭唾科。白〕要害他父子，這半月之中，早已害了，你回去做什麽，回去做什麽？倘有不測，看你如何覆旨？〔呼延贊慌求科。白〕還求千歲作主。〔德昭怒科。唱〕

【雙角套曲·喬牌兒】老匹夫蠢然的欠忖量(韻)，旨意也敢私抗(韻)。怎負俺臨別時話周詳(韻)。〔白〕噫，〔唱〕越教人怒難降(韻)。〔白〕趕他出去。〔從下場門下。陳琳虛白，作推呼延贊出門科，隨從下場門下。呼延贊悔悶科。白〕聽了千歲一番言語，何嘗不是上了奸賊的當了。楊家父子倘有疎虞，俺是奉旨的保官，私離營伍，其罪不小。唉，都是自己糊塗嗄糊塗。〔從下場門下〕

第廿二齣　宿郵亭性命幾戕（江陽韻）

〔雜扮郎千、郎萬，各戴氈帽紮頭，穿青緞通袖，繫鑾帶，從上場門上。唱〕

【越調正曲·吒精令】黑店開張韻，日裏搬演鎗棒韻。夜來劫奪人白鏹韻，〔合〕慣用藥酒難防韻。〔分白〕俺金叉將郎千。俺銀叉將郎萬。〔郎萬白〕俺兄弟二人，技藝精通，時運蹇滯。走遍江湖，無所倚托。在這裏開個宿店，做些無本營生。〔作歎科。白〕苦困英雄，無法可使。〔郎千白〕這兩日生意平常，一個外路客商也不來。〔郎萬白〕此時黄昏時候，外面去等一等。〔生扮楊景，戴哈拉氈，穿青緞鑲領箭袖，繫鑾帶，佩劍，持鎗，背包裹，乘馬，從上場門上。唱〕

【又一體】聚散無常韻，話别臨岐悒怏韻。漸西沉紅日下山岡韻，〔合〕催得鶺鴒各自飛翔韻。〔白〕俺楊延昭，在五臺山盤桓數日，蒙哥哥送我下山，因天色將暮，只得分手。且尋個客店住下，明早再行罷。〔郎千、郎萬白〕投宿的這裏來嗄。〔楊景白〕這裏有個客店在此，店家。〔郎千、郎萬作見科。白〕客官，投宿的麽？請下馬。〔楊景作下馬科。白〕將馬喂好了。〔作進門，郎千接馬科。白〕自然。〔看馬科。白〕好馬。小二，將馬喂好了。〔虚下，隨上。場上設桌椅，楊景放鎗、解包裹、入座科。郎萬白〕客官，可用酒飯？〔楊景白〕使得。〔郎萬白〕待我們去取來。〔轉科白〕哥哥，你看此人包裹沉重，金銀不少。〔郎千白〕他鎗劍隨身，必有本事，須用藥酒纔好。〔郎萬白〕你去取來。〔郎千向下取酒科。〔楊景白〕郎萬白〕客官，取酒去了。〔楊景白〕有勞。〔郎千送酒科。白〕酒在此，客官，先請一杯熱酒。〔楊景白〕使得。〔作斟飲科。郎千、郎萬白〕客官是那裏人氏？〔楊景白〕聽稟，〔唱〕

【越調正曲・羅帳裏坐】俺本是軍營虎士(句)，行伍充當(韻)。祖居汴梁(韻)，姓王名亮(韻)。〔郎千、郎萬白〕叫王亮，當軍的。王將軍，再喫一杯。〔楊景作眩暈科。白〕嗄，〔唱〕俺從來飲酒(讀)，千杯海量(韻)。〔白〕今日纔喫得一杯，〔唱合〕頭迷眼亂與心慌(韻)，莫非是藥酒兒暗放(韻)。〔作看酒科。白〕店家，這酒怎麼這等渾黑，莫非有毒藥在内麼？〔郎千、郎萬接杯科。白〕那有什麼毒藥？你不信，再嘗一嘗。〔灌科，楊景怒科。白〕你們是黑店，用藥酒來害我，照打。〔作相持科。楊景昏暈倒地，郎千、郎萬笑科。白〕迷倒了。將他綁到後院去動手。〔作綁，從下場門下。雜扮陳林、柴幹，各戴紮巾，穿鑲領箭袖，繫鸞帶，佩劍，乘馬，從上場門上。唱〕

【越調正曲・泥裏鰍】未救忠良(韻)，無顔歸帝鄉(韻)。脱逃營伍(句)，幸然會六郎(韻)。尋屍失散(句)，使咱日夜忙(韻)。〔分白〕俺陳林，俺柴幹，自與六郎尋覓令公屍骸，被遼兵衝散，六郎不知往那裏去了？四下訪覓，並無蹤影。恰好遇著五郎，送他兄弟下山而回，纔知六郎要往汴京伸寃。説去此不遠，爲此一逕趕來。〔唱合〕追踪躡影(句)，不辭道里長(韻)，不辭道里長(疊)。〔作看科。陳林白〕

這裏有個客店在此，不免問一聲。〔作下馬進門叫科。白〕店家，怎麽静悄悄没有人？〔作見鎗科。白〕這不是六郎的鎗在此，六郎爲何不見？事有可疑。〔柴幹白〕我和你竟到他後店去便了。〔陳林白〕有理。〔同從下場門下，隨撤桌椅、酒具、鎗科。雜扮小夥計，各戴鬃帽，穿水田衣，繫腰裙，作綁楊景從上場門上。郎千、郎萬持利刃，掇木盆，隨上。同唱〕

【又一體】暗計難防（韻），飲咱藥酒漿（韻）。圖財度日（句），〔合〕非吾壞天良（韻），非吾壞天良（疊）。〔白〕動手。〔陳林、柴幹從上場門上，咤科。白〕誰敢動手，誰敢動手？〔郎千、郎萬白〕你們是什麽人？擅敢打到俺店中來管閒事。〔陳林、柴幹白〕俺二人名唤陳林，柴幹。這是俺們的郡馬楊六郎，爾等何人？輒敢謀害他。〔郎千、郎萬白〕住了，這是那個？〔陳林、柴幹白〕郡馬楊六郎。〔郎千、郎萬驚科。白〕怎麽，這就是楊六郎。〔陳林、柴幹應科。郎千、郎萬白〕了不得，了不得。我等素慕楊六郎的英名，無由拜識。若非二位到來，險些悮了大事。方纔我二人問他姓名，他説叫王亮，所以我們纔敢無理。若説出是楊六郎，俺們也不敢放肆了。〔陳林白〕他今要進京報讐，只怕是隱姓埋名的意思。〔郎千白〕快快扶到後店救醒了，我們磕頭請罪便了。〔小夥計應，扶楊景從下場門下。郎千白〕二位哥哥，我們與他結拜弟兄可使得？〔陳林、柴幹白〕看你們的造化。〔笑科，同從下場門下〕

第廿三齣　楊景渡頭遭暗算（江陽韻）

〔雜扮軍士，僞裝漁人，各戴氊帽，紮頭草帽圈，穿劉唐衣，繫腰裙，罩水田衣，暗藏器械。雜扮錢秀、周方，僞裝漁翁，各戴羅帽，紮頭草帽圈，穿青緞劉唐衣，繫腰裙，披蓑衣，暗藏器械。同從上場門上。錢秀、周方唱漁歌〕家將親隨招討公，如今奉令扮漁翁。爲擒楊景河邊待，攛渡推他落水中。我二人乃潘招討麾下心腹家將錢秀、周方是也。〔錢秀白〕俺二人奉命在這滹沱渡口截住楊景。怕他到京去求八千歲與他爹爹兄弟報讐。〔周方白〕想我家招討，出將入相，又是國戚，皇上恩寵無雙，合朝文武，那個不讓一頭地？一生一世，就是怕了一個八千歲。所以怕楊景逃進京中，將射死七郎的事與陳家谷一案，告訴了千歲是我家招討，就當不起了。〔錢秀白〕便是呢。衆軍士，大家留心，不要放了楊景過去。我們後半世的富貴，全在楊景身上哩。〔軍士白〕自然拏住了，連我們都有好處，怎肯放走他？只怕他不走這條路，怎麽好？〔周方白〕要上汴京，此處必由之路，大家用心行事。〔軍士應科，同唱漁歌從下場門下。雜扮小夥計，各戴小鬃帽，紮頭穿布通袖，繫縧帶，牽馬，扛鎗，背包裹。雜扮郎千、郎萬，各戴氊帽紮頭，穿青緞通袖，繫縧帶，帶刀。雜扮陳林、柴幹，各戴紮巾，穿鑲領箭袖，繫縧帶，佩劍。生扮楊景，戴哈拉氈，穿青緞鑲領箭袖，繫縧帶，佩劍。同從上場門上。楊景白〕衆兄弟請。〔陳林等白〕哥哥請。〔同

唱〕

【越調正曲・小桃紅】金蘭結義告穹蒼(韻)，膠漆投陳雷樣(韻)也(格)。雖得竟夕談心(讀)，未能拜母陞堂(韻)，心合臭蘭芳(韻)。斷金語(讀)，伐木章(韻)。晉羊祜(讀)，餽藥吴陸抗(韻)也(格)。〔合〕友若管鮑分金(句)，貢彈冠愛王陽(韻)。〔郎千、郎萬白〕俺們四人，蒙六郎不棄賤微，結拜兄弟。纔得一夜談心，又要分手，實是割捨不得。〔楊景白〕好漢憐好漢，英雄惜英雄。若不爲國家公事與父弟深讐，也不忍匆匆就道。〔陳林、柴幹白〕哥哥之言甚是，你我相聚自有日期，此時報復大讐要緊。〔楊景白〕愚兄此去京中，另有一番風波。衆兄弟隨去不便，請回罷。〔陳林、柴幹白〕二位請回，待我二人相送。〔楊景白〕二位賢弟，你們有越伍之罪在身，回去不得。〔陳林、柴幹白〕哥哥，小弟打聽得潘仁美怕你進京伸冤，沿途伏兵捉你，我們怎得放心轉去？〔楊景驚科。白〕嗄，有這等事？〔作恨科。白〕這奸賊，使心忒很也。〔郎千、郎萬白〕不很如何能做奸佞之臣。不必多言，大家送哥哥過了山西境再處。〔楊景白〕有勞衆位兄弟了。〔作行科。同唱〕

【越調正曲・下山虎】東門欲別(句)，南浦心傷(韻)。千里陰雲暗(句)，携手河梁(韻)。俺這裏輟棹停驂(讀)，你那裏席掛鞭揚(韻)。山牽別恨(讀)，水帶離腔(韻)。驪駒一曲唱(韻)，三疊陽關聲送長(韻)。〔陳林白〕呀，已到滹沱渡口了。〔楊景白〕没有渡船，怎麽過去？〔周方作摇船，從下場門上。白〕來的正是他。擺渡的這裏來嗄。〔楊景白〕有隻漁船來了。漁翁，渡我們過去。〔周方白〕使得，但是我這船小，先渡你過去，回來再渡他們罷。〔楊景白〕使得。〔陳林、柴幹白〕南岸還有幾隻漁船在那裏。〔作喚科。白〕那邊的漁船，快些摇過來。〔周方白〕他們不渡人的。〔陳林、柴幹白〕一樣的漁船，你渡人，他們怎麽就不渡人？〔喚科。白〕摇過來。〔周方白〕我先渡了這位過去，回來接你們也不遲嗄。〔楊景白〕也説得是，愚兄先過去。〔郎千、郎萬白〕不好，小弟同你過去。〔周方白〕船小。〔郎千、郎萬白〕不妨事的。〔周方背白〕三個人也不怕。〔郎千、郎萬白〕可是不妨的？〔周方白〕不妨的，請上船來。〔郎千、郎萬白〕哥哥請。〔楊景白〕請。〔同作上船科。唱合〕一葉扁舟送(句)，古渡夕陽(韻)，吾類飛蓬無定方(韻)。〔郎千、郎萬白〕到了，攏岸嗄。〔周方白〕要攏岸的。〔作叱暗號科，軍士、錢秀從下場門暗上。周方白〕拏下了。〔軍士應科。楊景作跳上岸科，從下場門下，錢秀等追下，周方棄船追下。郎千、郎萬白〕不好了。〔郎萬白〕哥哥，你去幫著六郎。待我摇過船去，渡他們過來，一齊幫助。〔郎千應，作上岸，從下場門追下。陳林等作驚慌科。白〕不好了，兄長被他們追下去了。郎兄弟，快摇過船來。〔郎萬作拏船摇過河科。白〕來了，來了。快些上船。〔衆同作上船科。郎萬白〕踮穩了。〔作摇科。陳林、柴幹白〕快些摇，快些摇。〔郎萬白〕船小，慢些，不要性急。〔作緊摇到科。白〕好了，已到南岸了，上嗄。〔衆同作上岸科。白〕快趕。〔同從下場門下。錢秀、周方、軍士追楊景從上場門上，相持科。郎千從上場門上，助戰科。陳林、柴幹、郎萬、小夥計牽馬扛鎗，從上場門上，戰科。周方等從下場門敗下。郎萬白〕哥哥快上馬趕嗄。〔楊景作上馬科，同從下場門下。軍士、錢秀、周方從上場門急上。白〕他們都過河來助戰了，大家小心。〔楊景等從上場門追上，戰科。楊景作刺死周方，郎千、郎萬、小夥計作殺散軍士科。軍士從兩場門下。陳林、柴幹作拏住錢秀科。〔錢秀白〕爺爺饒命。〔楊景白〕我與你無讐無恨，爲何要害我？講。〔錢秀白〕非干小人之過，是潘招討命我們來此。恐你到京伸冤，著我們將你害死。〔楊景白〕原來如此。〔陳林等白〕這廝留不得，看刀。〔作殺死錢秀科。陳林等白〕若非小弟們護送，哥哥險遭毒手。〔楊景白〕多謝衆位兄弟。往前料也無事，衆兄弟請回去。郎家昆仲，今後不可再開黑店，有辱英雄大名。〔郎千、郎萬白〕多謝哥哥指教，回去與陳、柴二位哥一處安身，等候哥哥好音便了。〔楊景白〕如此請回罷。〔陳林等白〕我等送至前面再回。〔楊景白〕請。〔唱〕

【餘音】前程伏願無波浪(韻)，叩金階，把冤情達上(韻)。〔陳林等白〕哥哥，〔唱〕你忠孝居心，皇天必贊襄(韻)。〔同從下場門下〕

第廿四齣　瓊娥陣上展雄威（尤侯韻）

〔雜扮遼兵，各戴額勒特帽，穿外番衣，持兵器。旦扮女遼將，各戴紮額、狐尾、雉翎，穿甲，持兵器。引旦扮耶律瓊娥，戴七星額、鸚哥毛尾、雉翎，紮靠，背令旗，持鎗。旦扮一遼女，戴紗罩，穿採蓮襖，繫月華裙，執纛。隨從上場門上。耶律瓊娥唱〕

【高宮套曲·端正好】不争的飛報到轅門(句)，急煎煎帥將長驅驟(韻)，甚狂且忽起瀛州(韻)。他料咱大兵出戰，此地無人守(韻)，妄貪功思暗襲乘虛寇(韻)。〔白〕劍戟星芒影動摇，驅兵另有女中豪。烟塵定兙全消日，只在英雄輔大遼。俺乃郡主耶律瓊娥是也。因太后娘娘統兵去攻打鴈門一帶，命俺與郡馬固守幽燕。今有瀛州宋將前來暗掠吾地，已到河間北界安營，約在今日會戰。已命郡馬領兵爲後隊，俺先去引敵人到來，前後夾攻，可獲全勝，就此迎上前去。〔衆應科。耶律瓊娥唱〕

【高宮套曲·滚繡毬】若論俺女英魁第一儔(韻)，則看俺除鳳髻戴兜鍪(韻)。酥胸前獅蠻帶扣(韻)，柳腰間三尺吴鉤(韻)。纖手兒慣掄著丈八矛(韻)，玉腕兒開勁弓矢貫柳(韻)。跨金鐙坐雕鞍廣場馳驟(韻)，錦靈心足智多謀(韻)。蛾眉一皺山魈遁(句)，鳳目雙睁勁敵愁(韻)，敢獨任控轄燕幽(韻)。〔雜扮軍士，各戴馬夫巾，穿箭袖卒褂，持兵器。雜扮將官，各戴馬夫巾，紮額，穿打仗甲，持兵器。淨扮劉廷讓，生扮李敬源，各戴盔，紮靠，背令旗，持兵器。雜扮二軍士，各戴馬夫巾，穿箭袖，繫肚囊，執纛。隨從上場門衝上。劉廷讓白〕來的女將通名。〔耶律瓊娥白〕俺乃遼邦郡主耶律瓊娥是也。宋將通名。〔劉廷讓白〕俺乃瀛州都部署劉廷讓是也。〔李敬源白〕俺乃瀛州副部署李敬源是也。〔耶律瓊娥白〕劉廷讓，你妄想暗襲遼地，豈不聞俺郡主的威名。〔唱〕

【高宫套曲・叨叨令】你兇徒膽繼吾軍後（韻），平空陡起蝸牛鬭（韻）。攻關劫縣到幽州（韻），乘虛暗襲逞奸謀（韻）。兀的不妄貪功也麽哥（格），兀的不盜干戈也麽哥（疊），不知天地多高厚（韻）。〔劉廷讓白〕休得胡説，放馬過來。〔作合戰科，同從下場門下。遼兵遼將、軍士將官、耶律瓊娥、劉廷讓、李敬源復從上場門上，接續交戰合戰科。耶律瓊娥等從下場門敗下，衆追下。耶律瓊娥等從上場門上。耶律瓊娥白〕呀，你看敵兵兇勇，俺正好佯敗引陣也。〔李敬源、劉廷讓等從上場門追上，戰科，劉廷讓、李敬源喝科。白〕瓊娥，還不棄戈獻降麽？〔耶律瓊娥怒叱科。白〕俺郡主的威風，豈懼你那些無能之匹夫。〔唱〕

【高宫套曲・脱布衫】一羣兒孤雛沐猴（韻），一羣兒狗腥狐臭（韻）。到疆場躍馬持矛（韻），遇了俺且將頭售（韻）。〔合戰科，同從下場門下。雜扮遼兵，各戴額勒特帽，穿外番衣，持兵器。引生扮楊貴，戴盔狐尾，紮靠，持鎗，從上場門上，作望科。白〕呀，那邊郡主，果然引陣來也。這個，〔急止，作回顧遼兵科。白〕退後。〔遼兵應，退科。楊貴白〕來的宋將，不認得還好。倘認得的，怎麽戰法？若不戰，又恐郡主受敵。

夫妻一場，不好意思。〔作急悶科。白〕好不兩難也。〔内呐喊科。遼兵、女遼將、耶律瓊娥從上場門上，作相見科。楊貴白〕郡主，辛苦了。〔耶律瓊娥白〕宋兵追來了，仗郡馬威力，戰退纔好。〔楊貴白〕只怕俺戰不過他們，倒不如一同回去罷。〔耶律瓊娥作怒嗔科，楊貴畏科。白〕戰，戰。〔耶律瓊娥白〕嗄，郡馬，

〔唱〕

【高宫套曲·小梁州】夫妻合意驅窮寇(韻)，施大義與國分憂(韻)。功成早早把咽喉(韻)，休遲逗(韻)，敗敵衆整戈矛(韻)。〔楊貴白〕得令。〔劉廷讓、李敬源等從上場門趕上，戰科。劉廷讓、李敬源白〕遼將通名。〔楊貴作不答科。耶律瓊娥白〕郡馬上前答話。〔楊貴白〕他們問我麽？〔劉廷讓、李敬源白〕報名上來。〔楊貴白〕俺楊……〔耶律瓊娥急止科。白〕什麽楊？〔楊貴白〕舊日我是楊令公帳下的嗄。〔耶律瓊娥白〕如今呢？〔劉廷讓、李敬源白〕快些報名。〔楊貴白〕俺乃遼邦郡馬木易，你們可認得俺。〔劉廷讓、李敬源白〕無名小卒，放馬過來。〔作戰科。劉廷讓等下場門敗下，遼衆追下。楊貴白〕敗了，收兵回去罷。〔耶律瓊娥白〕這樣怯陣，什麽疆場大將？趕。〔楊貴白〕郡主趕嗄。〔耶律瓊娥急從下場門追下。楊貴白〕險些説出楊貴來，他們既不認得我，助郡主退敵便了。〔從下場門追下。耶律瓊娥等追劉廷讓、李敬源等從上場門上，戰科。楊貴從上場門上，助戰科。劉廷讓、李敬源等從下場門敗下。楊貴白〕郡主説我怯陣，宋將俱被我戰敗，抱頭鼠竄逃去了。〔耶律瓊娥白〕好，就此收兵。〔衆應科。同唱〕

【尾聲】咽喉把住嚴封堠(韻)，拒宋保燕憑戰守(韻)，一陣將他驚嚇走(韻)。〔同從下場門下〕

第一齣　暗偷營瓊娥計拙（蕭豪韻）

〔雜扮軍士，各戴馬夫巾，穿箭袖卒褂，執旗。雜扮將官，各戴馬夫巾，紮額，穿打仗甲，執標鎗。引净扮劉廷讓，戴盔，紮靠，背令旗，襲蟒，束帶，從上場門上。劉廷讓唱〕

【仙吕宫引·似娘兒】坐處擁旌旄(韻)，忠心秉浩氣沖霄(韻)。〔生扮李敬源，戴盔，紮靠，背令旗，襲蟒，束帶，從上場門上。唱〕乘虚攻擊掃羣遼(韻)，徒負威名(句)，空懷赤膽(句)，敗績連遭(韻)。〔場上設椅，各坐科。分白〕下官劉廷讓是也。下官李敬源是也。〔劉廷讓白〕我等統兵到此，指望襲取幽燕。不料耶律瓊娥領兵扼吾要路。兩次交兵，俱遭大敗，如今進退兩難了。〔李敬源白〕將軍，且請寬心。曾約李繼隆爲後援，待他到時，必能成功矣。〔作劍響科，劉廷讓看科。白〕呀，吾腰間寶劍不動而自鳴，是何意思？〔李敬源白〕吾聞寶劍自鳴，主有奸細。〔劉廷讓白〕嗄，莫非今晚有遼兵劫寨麽？〔李敬源白〕或者遼兵連勝，忽生欺敵之心，乘夜劫寨也未可定。〔劉廷讓白〕寧可防患在前，不可悔之在後。我今設一空營之計待他便了。〔李敬源白〕有理。〔各起隨撤椅科。劉廷讓白〕大小三軍，上前聽令。〔軍士將官應科。劉廷讓白〕敵人屢勝，必生欺敵之意，吾當預防劫寨之謀。吾與李將軍分兵在營外左近埋伏，虛設空營，止留巡更軍士在中軍等候。倘有敵人到來，放砲爲號，我等四門殺入，必擒遼將。各各遵令而行。〔衆應科。劉廷讓、李敬源白〕就此分兵，帶馬。〔作卸蟒乘馬科。同唱〕

【仙呂宮正曲·青天歌】分隊伏鎗刀(韻)，分隊伏鎗刀(疊)，虛設空營(讀)，專待伊曹。(韻)〔合〕智謀高(韻)，智謀高(疊)，善預算能先料(韻)。〔從兩場門分下。內起更科。雜扮遼兵，各戴額勒特帽，穿外番衣，帶兵器。旦丑扮女遼將，各戴紮額、狐尾、雉翎，穿採蓮襖，繫汗巾，帶兵器。旦扮耶律瓊娥，戴七星額、鸚哥毛尾、雉翎，穿採蓮襖，繫腰裙，佩劍。同從上場門悄上。耶律瓊娥唱〕

【仙呂宮正宮·桂枝香】寶函花鞘(韻)，束短裝隨身輕巧(韻)。急去偷寨踰營(句)，快步履騰挪飛跳(韻)。我輕輕悄悄(韻)，我輕輕悄悄(疊)，隱入他營莫噪(韻)，悄低言免其驚擾(韻)。〔合〕要他睡魂勞(韻)，俺可也取首如探囊便(句)，成功只一刀(韻)。〔遼兵白〕將到宋營了。〔耶律瓊娥四顧科。白〕怎麼不見郡馬到來？〔一女遼將白〕黑影子裏，不要走錯了道兒罷。〔作喚科。白〕郡馬。〔衆同喚科。白〕郡馬。〔生扮楊貴，戴盔狐尾，穿鑲領箭袖，繫鸞帶，佩劍，從上場門疾上，作撞耶律瓊娥科。耶律瓊娥白〕那個嗄？〔楊貴出劍科。白〕看劍。〔耶律瓊娥急止科。白〕郡馬，是我。〔楊貴細認科。白〕原來是郡主，這樣昏黑天氣，人都認不出，劫什麼營？倘然分不出自家人，混殺起來，那還了得，不如回去罷。〔耶律瓊娥白〕不妨，與你個暗號。〔楊貴白〕什麼暗號？〔耶律瓊娥白〕聽了，叱！〔楊貴白〕嗄，叱！〔向女遼將叱科，衆同作叱笑科。耶律瓊娥白〕快些前去。〔內打二更科。同唱〕

【仙呂宮正曲・鵝鴨滿渡船】遥望彼營中紗籠耀(韻)，彼營中紗籠耀(疊)，柝報二更夜分了(韻)。毋驚衆軍覺(韻)，毋驚衆軍覺(疊)，俺潛蹤暗跡(讀)，步步輕描(韻)，乘虛要掃屯營虎豹(韻)。〔耶律瓊娥白〕已到營門，大家小心。〔楊貴白〕待我先進去。〔耶律瓊娥作止科。白〕不要你先進去。〔楊貴白〕怕什麼？〔耶律瓊娥白〕不知虛實，不是當耍的，待我先進去。〔楊貴作止科。白〕你也先進去不得，倘然，〔作手式科。白〕一下，豈不可惜，還是我去。〔耶律瓊娥白〕不要你去。〔丑女遼將白〕二位都可惜，我先進去。要是給我一下，你們就跑，公道不公道。〔作進，望回科。白〕叱叱。〔耶律瓊娥、楊貴白〕怎麼樣？〔丑女遼將白〕都睡了，進來罷。〔衆進作摸科。丑女遼將白〕好黑天嗄。〔楊貴白〕有人來了。〔衆作驚，各閃藏科。楊貴白〕叱。〔耶律瓊娥白〕叱。〔作相撞，楊貴出聲科。耶律瓊娥白〕不要高聲。〔同唱〕低聲氣(句)，要靜悄(韻)，恐被合營人知曉(韻)。〔內打三更科。楊貴白〕已到中軍帳了。〔衆作望科。白〕呀。〔同唱〕凝眸窺靜杳(韻)，凝眸窺靜杳(疊)。〔耶律瓊娥、楊貴白〕裏面靜悄無聲，想必睡了，悄悄進去。〔同作進門窺望驚訝科。同唱〕合只見案頭書卷(句)，空陳幃幄(句)，兀的不見銀燭全消(韻)。〔楊貴白〕怎麼帳內無人？〔耶律瓊娥白〕到後面去看來。〔衆同從上場門下。軍士內白〕有了劫營賊了。〔內放砲科。楊貴、耶律瓊娥等仍從上場門跑上。白〕不好了，中了空營計了。〔楊貴白〕郡主，快些回去罷。〔軍士將官、李敬源、劉廷

讓從兩場門衝上，戰科，同從下場門下。耶律瓊娥從上場門上。白〕郡馬在那裏？郡馬在那裏？〔作慌科。白〕呀。〔唱〕

【仙呂宮正曲・赤馬兒】危途深蹈(韻)，魂靈驚渺(韻)。伏兵四繞(韻)，紛紛衝散我兵逃(韻)，紛紛衝散我兵逃(疊)。急叫夫君叫不到(韻)，〔合〕急得奴滿腔刀攪(韻)，急得奴滿腔刀攪(疊)。〔劉廷讓從上場門追上，戰科，耶律瓊娥從下場門敗下，劉廷讓追下。遼兵、女遼將、軍士將官從上場門上，交戰科，從下場門下。內打四更科。楊貴從上場門上。白〕不好了嗄，郡主不知那裏去了。黑夜之間，兩軍混戰，自相踐踏，那裏去尋他。郡主在那裏？〔李敬源從上場門上。白〕遼將那裏走？〔作戰科，楊貴從下場門下，李敬源追下。女遼將從上場門上，尋叫科。白〕郡主，郡馬。〔耶律瓊娥從上場門上，問科。白〕你們是女將麼？〔女遼將白〕正是。〔耶律瓊娥白〕可曾見郡馬？〔女遼將白〕不曾見。〔耶律瓊娥作慌急科。白〕天嗄，黑夜之間，身入重地，不知他性命若何。〔作怒奮科。白〕拚得戰死沙場，必要尋著他。〔劉廷讓、李敬源等從上場門上，戰科，耶律瓊娥等從下場門下，劉廷讓等追下。遼兵、軍士從上場門上，戰科，從下場門下。女遼將、耶律瓊娥從上場門上。同白〕郡馬在那裏？〔遼兵、楊貴從下場門上。楊貴白〕郡主在那裏？〔作見科。耶律瓊娥白〕郡馬來了麼？〔楊貴白〕正是。〔耶律瓊娥白〕郡馬，我找尋不見你，險些急殺了我也。〔楊貴白〕小將也在此尋郡主。〔耶律瓊娥白〕噫，這都是我不好，妄貪功績，連累你受驚。如今有了郡馬，不必戀戰，快快逃回本營去罷。〔楊貴白〕有理。〔劉廷讓、李敬源等從上場門追上，戰科。楊貴、耶律瓊娥等從下場門敗下。〔劉廷讓白〕他中吾之計，戰敗而逃。趁此得勝之兵，緊緊趕上擒拏者。〔衆應科，同從下場門下。内打五更科。遼兵、女遼將、耶律瓊娥、楊貴從上場門上。同唱〕

【仙呂宮正曲·風入松】憑咱妙計料應高韻，反受敵敗北奔逃韻。〔内吶喊科。楊貴、耶律瓊娥白〕追兵來了，怎麽處？〔同唱〕恨他接尾追兵到韻，怎教人支持羣暴韻。〔劉廷讓、李敬源等從上場門上，作圍困耶律瓊娥、楊貴等，戰科。雜扮遼兵，各戴額勒特帽，穿外番衣，持兵器。雜扮遼將，各戴盔襯、狐尾、雉翎，穿打仗甲，持兵器。雜扮蕭天佐、蕭天佑、耶律希達、耶律色珍，各戴外國帽、狐尾、雉翎，紥靠，持兵器。引旦扮蕭氏，戴蒙古帽練垂，紥靠，背令旗，持刀。從上場門上，作衝圍科。蕭氏白〕宋將敢如此猖狂，孤大兵已到。若不早退，立教爾等遺類不存。〔劉廷讓白〕呀，蕭氏救兵到了，回營。〔軍士將官應科，同從上場門下。楊貴、耶律瓊娥白〕多謝娘娘解救。〔蕭氏白〕孤領兵來接應，一到行營中，説你們劫奪宋營去了，孤就知必中宋人詭計，所以即來解救。今後郡主郡馬不可冒險妄爲。〔耶律瓊娥、楊貴應科。蕭氏白〕收兵回營。〔衆應科。同唱合〕預度料不謬纖毫韻，驅兵救退羣豪韻。〔同從下場門下〕

第二齣　明對陣廷讓軍殘（魚模韻）

〔雜扮四營驍將，各戴氁，紥靠，從上場門上。白〕鼓角催成劍戟叢，將臺旗展聚英雄。輕生重義抒忠勇，要建雲臺竹帛功。俺們乃瀛州劉元帥麾下四營驍將是也。俺元帥與李將軍領兵欲襲遼地，爭奈遼兵驍勇，連輸數陣。昨晚空營取勝，正要追捉瓊娥，不料蕭氏大兵趨救。今日五鼓，差人來下戰書，約於河間縣北君子館會陣。元帥傳令三軍，按隊出戰，各抒忠勇，務要成功。陣門早列，專候開兵。〔內吶喊科。驍將白〕呀，你看遼陣上征塵滚滚，敢待開兵也，不免整齊刀馬伺候。正是：劍揮星斗亂，旗展陣雲翻。〔從下場門下。雜扮遼兵，各戴額勒特帽，穿外番衣，執標鎗。雜扮蕭天佐、蕭天佑，各戴外國帽、狐尾、雉翎，紥靠，執令旗。引旦扮蕭氏，戴蒙古帽練垂，紥靠，背令旗。從上場門上。旦扮一遼女，戴紗罩，穿採蓮襖，繫月華裙，執纛隨上。蕭氏唱〕

【黃鐘調套曲·醉花陰】遼宋爭鋒占疆土(韻)，兩邊廂加兵論武(韻)。此一陣不尋俗(韻)，虎將誰能禦(韻)？英主堪稱許(韻)，善經略曉兵書(韻)，不亞孫龐漢楚(韻)。〔場上設將臺、虎皮椅，轉場陞座。蕭天佐等上臺分侍科。蕭氏白〕孤因全軍進圖山後，不料瀛州宋將欲襲幽燕。郡主年幼少謀，中了空營之計。虧孤大兵趕到，扼退宋將。趁彼英鋒未利，速擊除之，免得養癰蓄釁。陣勢分列，就此揮軍開戰者。〔蕭天佐、蕭天佑白〕得令。〔作揮旗科。雜扮遼兵，各戴額勒特帽，穿外番衣，持兵器。雜扮遼將，各戴盔襯、狐尾、雉翎，穿打仗甲，持兵器。旦扮女遼將，各戴紮額、狐尾、雉翎，穿甲，持兵器。引雜扮耶律希達、耶律色珍，各戴外國帽、狐尾、雉翎，紮靠，持兵器。從上場門上。雜扮軍士，各戴馬夫巾，穿箭袖卒褂，持兵器。雜扮將官，各戴馬夫巾，紮額，穿打仗甲，持兵器。四驍將持兵器，引浄扮劉廷讓，生扮李敬源，各戴盔，紮靠，背令旗，持兵器，從下場門上。作兩軍對陣科。劉廷讓、李敬源白〕遼將通名。〔耶律色珍白〕俺乃耶律色珍。〔耶律希達白〕俺乃耶律希達。〔同白〕宋將報名。〔劉廷讓白〕俺乃劉廷讓。〔李敬源白〕俺乃李敬源。〔耶律希達、耶律色珍白〕爾等擅敢稱兵暗襲吾地，今日陣上，不斬爾等，誓不收兵。〔作戰科，同從下場門下。〕〔蕭氏白〕呀，〔唱〕

【黄鐘調套曲·喜遷鶯】骨剌剌門旗開處(韻)，兩邊兒兵將齊驅(韻)。須也波臾(韻)，塵滚滚掩迷太宇(韻)，殺氣騰騰起四隅(韻)，在今番賭勝輸(韻)。耳邊廂撲鼕鼕頻敲戰鼓(韻)，一聲聲吶喊羣呼(韻)，一聲聲吶喊羣呼(疊)。〔劉廷讓、李敬源等，耶律色珍、耶律希達等，從上場門上，交戰科，從下場門下。蕭氏白〕你看色珍、希達等，其實驍勇，宋將似難招架，今番必能成擒矣。〔唱〕

【黄鐘調套曲·刮地風】殺得他努眼撑睛大叫呼(韻)，殺得他氣急吁吁(韻)，殺得他走慌獐(讀)，只待要想逃路(韻)。亂紛紛也那喊震天隅(韻)。他欲去(韻)，怎容去(韻)，待見個贏輸(韻)。宋敵將(句)，宋敵軍(句)，似釜内游魚(韻)，已入了惡風波(句)，怎脱了險危處(韻)，免不得鋒刃穿軀(韻)。〔遼兵、軍士從上場門上，戰科，從下場門下。耶律色珍追李敬源從上場門上，戰，耶律色珍作斬李敬源科。劉廷讓從上場門追上。白〕好大膽的狂且，敢傷俺宋朝名將，與爾等誓不兩立。〔耶律色珍白〕你妄動干戈，侵咱邊界，休想走脱一個。〔作戰科。耶律希達從上場門上，續戰科。劉廷讓從下場門敗下，耶律色珍、耶律希達追下。蕭氏白〕妙嗄，一將已除，成功必矣。〔唱〕

【黄鐘調套曲·四門子】俺這裏的英雄猛烈非沽譽(韻)，遇交兵慣夯胸脯(韻)。則恨他乘虚欲襲幽燕土(韻)，設空營窘吾女(韻)。早則遇我驅(韻)，喜今將彼誅(韻)。誰許伊妄干戈(讀)，詭謀來弄虚(韻)。伊誇來巧計舒(韻)，却是迂(韻)，到今朝拚身難禦(韻)。〔耶律色珍等追劉廷讓等從上場門上，戰科。耶律色珍白〕劉廷讓，你今敗殘孤軍，還敢抗拒麽？若不引衆投降，全軍不剩。〔劉廷讓作忿科。白〕甘心戰死，決不投降。〔作戰科，劉廷讓等從下場門敗下，衆追下。蕭氏白〕敵兵敗走，休教逃脱，隨俺趕上前去者。〔衆應科，同作下臺，隨撤將臺科。蕭氏等作乘馬持兵器，遼兵引從下場門下。劉廷讓等從上場門敗上。同白〕好殺，殺壞了。〔唱〕

【黄鐘調套曲·古水仙子】紛紛紛(格)，如驟雨(韻)，靄靄靄(格)，殺氣愁雲遮了太虚(韻)。慘慘慘(格)，慘可可三萬征夫(韻)。很很很(格)，他很剌剌將如猛虎(韻)。看看看(格)，劍戟鎗刀圍似堵(韻)。向向向(格)，向那處路途趨步(韻)。趕趕趕(格)，趕得咱(讀)馬和人氣喘促(韻)。這這這(格)，這慘死(讀)待向誰人訴(韻)。

拚拚拚(格)，拚血戰殉身軀(韻)。〔耶律色珍等從上場門追上，合戰，作殺散軍士、將官科。劉廷讓率數騎敗逃，從下場門下。遼兵、蕭天佐、蕭天佑引蕭氏從上場門上。耶律色珍、耶律希達白〕啟上太后娘娘，劉廷讓力不能敵，一軍盡歿，以數騎脫走。臣等領兵追上，擒拏繳令。〔蕭氏白〕不可，兵法云：窮寇莫追，歸師勿擒。困獸猶能極鬬，何況人乎？收兵回營，來日乘勝速取深邢德三州便了。〔衆應科。同唱〕

【尾聲】誰道他能吾道他愚(韻)，全軍盡歿逃歸去(韻)，劣將何言奏汝主(韻)。〔同從下場門下〕

第三齣　巧寫狀借劍殺人（真文韻）

〔副扮王强，戴中方巾，穿道袍，繫鑾帶，背包裹，從上場門上。唱〕

【仙呂宮正曲・六幺令】心忙步緊（韻），近了長安（讀），日遠天昏（韻），快尋旅邸去安身（韻）。宜早宿（讀），養辛勤（韻），〔合〕京城早到心安穩（韻），京城早到心安穩（疊）。〔白〕我王强，離了蕭邦，往投汴京。行到這裏，天色已晚，且喜有個宿店在此。〔作喚科。白〕店家有麼？〔雜扮店小二，戴氈帽，穿水田衣，繫腰裙，從上場門上。白〕廣招天下客，安歇四方人。〔作見科。白〕客官投宿的麼？〔王强白〕正是。〔店小二白〕請進去。〔同作進門科。店小二白〕可用酒飯？〔王强白〕前途喫過了。〔店小二白〕請到裏面歇息。〔王强、店小二同從下場門下。生扮楊景，戴哈拉氈，穿鑲領青緞箭袖，繫鑾帶，佩劍，背包裹，乘馬從上場門上。唱〕

【又一體】貪行苦辛（韻），急行來已是黄昏（韻），火光隱隱是莊村（韻）。投旅店（讀），且安身（韻），〔合〕頓轡催騎須加緊（韻），頓轡催騎須加緊（疊）。〔白〕這裏有個客店，住宿一宵，明日早行。〔作下馬喚科。白〕店家有麼？〔店小二從下場門上。白〕來了，來了，是那個？〔楊景白〕我是投宿的，可有潔净上房？〔店小二白〕潔净上房是有，只是先有一位相公在内，客官與他同住同住罷。〔楊景白〕使得。〔店小二接馬科。白〕如此請進去。〔同作進科。楊景白〕將馬匹喂好了。〔店小二白〕曉得。夥計，將馬拴在槽上去。〔作牽馬虛下，隨上。白〕待我去説一聲。〔向下唤科。白〕相公，相公。〔王强從下場門上。白〕做什麽？〔店小二白〕有位客官在此，與相公作伴如何？〔王强白〕使得，請進來。〔店小二請科。白〕客官，請進去。〔楊景作進見科。白〕兄請了。〔王强白〕請了，請了。〔店小二向楊景白〕這位客官可用飯？〔楊景白〕不用。〔店小二白〕如此待我去取茶來，這二位倒是一文一武。〔作出門科。白〕夥計，關了店門罷。〔從下場門下。王强背科白〕此人有些面熟，嗄。兄請坐。〔場上設桌椅，各坐科。王强白〕我看兄好像軍營來的，請問高姓大名？〔楊景白〕在下姓延名昭，請問兄高姓貴表？〔王强白〕學生王强。〔楊景白〕是一位文士先生麽？〔王强白〕不敢，汴梁有名的大才子王招吉，就是學生。〔楊景白〕失敬了。爲何不在京中應試，却往何方貴幹？〔王强歎科。白〕只因家父與寇準不和，所以屢試不中。噫，可恨。〔楊景白〕恨那個？〔王强白〕恨我父親不會去摇尾乞憐，累我不能做權門走狗。〔笑科。楊景白〕取笑。〔王强白〕所以我發憤，不想正途功名，特地奔到軍前，投潘仁美圖個進身。誰想這老賊不重文儒，竟不見用，險些流落他鄉。我若一朝得志，〔怒科。白〕噫，必報此讐。〔楊景白〕可是實言？〔王强白〕若不報讐，枉爲人了。〔楊景白〕我替兄報讐如何？〔王强白〕那有這等好人呢？不過説説罷了。〔楊景背科白〕聽他之言，我的衷情，不妨實剖。〔轉科。白〕嗄，先生，你道我是何人？〔王强白〕不曉得。〔楊景白〕小將就是楊景。〔王强白〕嗄，可是楊令公之子六郎麽？〔楊景白〕正是。〔王强白〕令尊與令弟俱已受害，兄不知道麽？〔楊景白〕小弟焉得不知？〔王强白〕嗄，你知道的。嗳，學生敬慕了你半日，原來是個不孝不弟、怕死貪生之慵夫。不能奉陪，我睡覺去了。〔欲行，楊景止科。白〕先生，小將如今正要到京報雪深冤，怎説小將不孝不弟？〔王强白〕這就是了。〔楊景白〕只愁無人代寫冤狀。〔王强背科。白〕妙，我正思報讐，今日何不借刀殺人，恭恭敬敬，替他寫一紙冤狀，借水行舟，有何不可？〔轉科。白〕兄要寫冤狀，却也不難。〔楊景白〕先生會寫麽？〔王强冷笑。白〕我有名的大才子，什麽不能？況你這樣極天冤枉的事，莫説一張呈紙，一千張，學生也當得效勞。〔楊景白〕就求先生大筆。〔王强白〕且慢。雖然替你報雪父讐弟怨，學生也關些干係在内，難道就是這樣白白的寫？〔楊景白〕倘能伸冤，拏問了潘仁美，必將金珠酬謝。〔王强白〕金珠不消説了，但這件事，别衙門是告不動的。〔楊景白〕小將拚死擊登聞冤鼓。〔王强白〕好嗄，小子鳴鼓而攻之，倘聖上問這冤狀何人寫的，你只管實奏，能保我做個小小前程，我纔替你寫哩。〔楊景白〕先生不説，小將原有此意。〔王强白〕既蒙相許，學生當罄其所學，爲君作之。我行囊中有紙筆，你可將始末，一一告訴我。〔作向下取紙墨筆硯，安桌上科。白〕你一面説，學生一面寫。〔楊景白〕先生聽稟。〔王强白〕願聞。〔作磨墨、拂紙，次寫科。楊景唱〕

【仙吕宫正曲·五供養】延昭怨陳(韻)，臣父繼業(讀)，太原之人(韻)，素感知遇寵(句)，奮身報君恩韻。〔白〕潘仁美素挾私讐，與王侁、米信等同謀。〔王强白〕嗄，有王侁、米信麽？〔楊景應科，王强作切齒科。白〕原也可惡，請講。〔楊景白〕將我父子逼進陳家谷，不發救兵。受困三月，楊希突出重圍求救，又被仁美亂箭射死。〔唱〕仁美與王侁韻，還有那田劉與米信韻。〔合〕父弟皆冤死句，陷全軍韻，因此含怨擊鼓把冤伸韻。〔王强白〕冤狀寫完，請看。〔楊景接科。白〕待我看來。〔作看感異科。白〕妙嗄，真好大才也。〔起科。白〕先生，倘能得雪深讐，必當重報。〔作跪科，王强扶科。白〕請起。聖上一見此狀，潘仁美等身家不保。夜深了，請去歇息，明早好趲路。〔楊景白〕請問先生，到了汴梁，要尋先生，那裏去尋？〔王强白〕嗄，我此番進京，也不回家去。若要尋我，只在汴梁東門龍津驛中，記準了。〔楊景應科。王强白〕請歇息去罷。〔楊景白〕請。〔從下場門下。王强笑科。白〕試試我王强的辣手，這纔叫做一網打盡。〔笑科，從下場門下，隨撤桌椅科〕

第四齣　莽劫糧因風放火（江陽韻）

〔雜扮僂儸，各戴僂儸帽，穿緞劉唐衣，繫肚囊。雜扮呂彪、鄒仲、王昇、王義、林榮、宋茂，各戴羅帽，紮額、狐尾、雉翎，穿箭袖，紮扮罩出襬，從上場門上。分唱〕

【中呂調套曲・粉蝶兒】雄踞山岡㊞，聚英豪圖謀開創㊞，勇剌剌武備精強㊞。猛如彪㊀，兇似虎㊀，猙獰威壯㊞。誰敢來侵犯咱行㊞，那官兵也不敢正眼睁向㊞。〔同白〕俺們乃紅桃山可樂洞神火大王駕下。〔分白〕前哨頭領，賽温侯呂彪是也。後哨頭領，並霸王鄒仲是也。左哨頭領，披頭太歲王昇是也。右哨頭領，立地金剛王義是也。馬營頭領，鐵鎗將軍林榮是也。步營頭領，鐵棒將軍宋茂是也。俺們弟兄六人，占據紅桃山，聚集僂兵五千餘衆，打家劫舍，官軍也不敢侵犯，好不逍遥自在。半年前來了一位神火將軍，搶奪山寨，俺們與他戰鬬武藝，却不相上下。他有一個葫蘆，十分利害，我等正揮兵將他圍住，他放出葫蘆内的火來，傷了無數僂儸，爲此只得請他上山尊爲神火大王。又蒙不棄，與俺們結爲弟兄。自他到後又添上幾千勇猛之兵，湊成一萬，每日操演陣法，威鎮各山。又與金頂太行山九龍神張蓋等結義，隨有寶珠寨小子胥徐大王也來通問，這山寨又换一番新氣象也。呀,道猶未了,大王陞帳也。〔雜扮僂儸,各戴僂儸帽,穿緞劉唐衣,繫肚囊。引浄扮孟良,戴紥巾額、狐尾、雉翎,紥靠,背葫蘆,襲蟒,束帶,從上場門上。孟良唱〕

【中吕調套曲·醉春風】七尺昂藏體㊀,千尋豪氣爽㊁,英雄蓋世姓名揚㊁。仰㊁,仰㊂,仰㊂,賴推俺爲王㊁。演兵秣馬㊀,把山頭規模新創㊁。〔場上設平臺、椅,轉場坐科。吕彪等作參見科。白〕大王在上,小弟等參見。〔孟良白〕衆兄弟少禮。〔吕彪等分侍科。孟良白〕俺乃神火大王孟良是也。本貫鄧州人氏,販馬至沙陀國。國王見俺相貌軒昂,試俺武藝,國王大悦,封我護國將軍,就將沙陀郡主雲英招俺爲郡馬。未及十載,思念父母,被俺私自逃回。到了家中,不想父母已故。俺欲仍回沙陀國,途中遇一異人。他説乃是離宫將吏,特贈葫蘆一個,命俺輔佐宋朝,扶助六使成功。這六使二字,至今不明白。俺因無處投奔,來到這山西境上,占據了紅桃山,自立爲王,倒也快樂。〔笑科。白〕衆兄弟,前者太行山張大王許助糧草十車,説在這兩日送來,怎麽不見音信?〔吕彪等白〕那張大王乃仗義英雄,決不失信,想一兩日就送來的。〔孟良白〕今日閒暇無事,衆兄弟,隨俺到山後操演鎗棒去者。〔吕彪等白〕請。〔孟良作下座,隨撤平臺,衆引遶場科。同唱〕

【中吕調套曲·迎仙客】一同價㊀向後岡㊁,五哨的比鎗棒,武行精練手段强㊁。懶慵罰㊀,精健賞㊁,威令施張㊁,法律無情讓㊁。〔同從下場門下。雜扮僂儸,各戴僂儸帽,穿青布箭袖,繫肚囊,帶兵器。雜扮頭目,各戴盔襯,穿箭袖,繫鸞帶,帶兵器。雜扮陸程、陳雷,各戴羅帽,紥額、狐尾、雉翎,穿箭袖,紥扮。

引净扮焦贊，戴高鬃帽，紥額、狐尾、雉翎，紥靠，帶鋼鞭。從上場門上。同唱〕

【中吕調套曲·紅繡鞋】惡很很天生的猛壯(韻)，形容如虎臉閻王(韻)。慣常的喫人飲血鐵心腸(韻)，專殺那貪婪奸佞黨(韻)。劫奪任强梁(韻)，緑林結衆廣(韻)。〔焦贊白〕俺芭蕉山鐵面大王焦贊是也。〔陸程白〕俺賽專諸陸程是也。〔陳雷白〕俺紅地煞陳雷是也。〔焦贊白〕二位賢弟，巡哨僂儸報道，太行山張蓋差劉超解糧草十車送與那紅桃山的孟良，已在俺山下過去了。我想張蓋這厮，單認得孟良，就不認得俺老焦。你我快快趕上去，搶奪糧草，以供我用，有何不可？〔陸程、陳雷白〕好嗄，這纔是緑林好漢的本事，快快趕上。〔衆應科。同唱〕

【中吕調套曲·快活三】追尋去劫饋餉(韻)，好漢們將臂攘(韻)。山中缺乏草和糧(韻)，須搶奪車和輛(韻)。〔同從下場門下。劉超内白〕僂儸們，推著糧車，快快趲行。〔雜扮僂儸，各戴僂儸帽，穿青布箭袖，繫肚囊，推糧草車。雜扮劉超，戴羅帽，紥額、狐尾、雉翎，穿箭袖，紥扮，持鎗。同從上場門上。劉超唱〕

【中吕調套曲·鮑老兒】催著糧車山徑往(韻)，狹路難趨向(韻)。過羊腸猶嫌道路長(韻)，早到心安放(韻)。〔白〕俺乃金頂太行山九龍神張大王義弟小銀鎗劉超是也。奉命護解糧草十車送與孟大王。前面已近紅桃山，快快前去。〔衆應科，焦贊等從上場門上。白〕留下糧車，饒你性命。〔頭目等搶糧車，從上場門下，劉超怒咤科。白〕你且聽者，俺乃太行山張大王義弟劉超。這糧草，是俺大王送與孟大王的，又不是商賈之物，擅行劫奪。〔焦贊白〕就是那張蓋，俺也久聞他是個好漢，也學那夤緣走狗的彀當，豈不玷辱綠林豪傑的威名？〔劉超白〕你且不用饒舌，報個名來。〔焦贊白〕只認得孟叔叔，不認得你焦爺爺麼？〔劉超白〕你就是芭蕉山鐵面焦贊？久聞你無賴潑皮，果然名不虛傳。快快還俺糧草，饒你狗命。〔焦贊怒科。白〕氣死我也，看鞭！〔作戰科，劉超從下場門敗下。焦贊白〕這等武藝也來現世。不必趕，將糧草押回山寨去。〔內應科，頭目等押糧車從上場門上。焦贊白〕快走。〔衆作遶場科，同從下場門下。劉超從上場門上。白〕不好了，俺孤身一人焉能取勝？離孟大王山寨不遠，飛馬報信便了。〔唱〕孤身莫敵(句)，糧車劫走(句)，慢說慚惶(韻)，且心窘迫(句)，忙催玉驄(句)，來報山岡(韻)。「從下場門下，焦贊等從上場門上。同唱」

【中呂調套曲・古鮑老】撲刺刺撒開紫韁(韻)，聽支支撐著車輪響(韻)。他欣欣然解著餽糧，(韻)咱怒轟轟便將車輛搶(韻)。羣酣戰(句)，奮武威(句)，舉手難容讓(韻)。〔推車僂儸白〕大王，我們走不動了，歇息一回再走罷。〔焦贊白〕我把你們這些該死的狗頭，往孟良那裏去就走得動，如今到了俺這裏，便走不動了。張蓋欺俺，連你們也來欺俺大王麼？每人喫俺一鞭。〔推車僂儸白〕大王，你騎著馬，不知步行的苦。推著這重載，那裏趕得上騎馬的？〔陳雷、陸程白〕也說得是，容他們慢慢的走罷。〔焦贊白〕俺是個性暴的人，那裏會慢走？〔陳雷白〕走快了，他們趕不上。〔焦贊白〕如此便宜他們，走。〔唱〕自生成暴性狂(韻)，竟不慣閒行游蕩(韻)，急得俺無明上(韻)。〔孟良內白〕焦贊休走，俺來也。〔僂儸、劉超、孟良等從上場門上。孟良白〕將俺糧草推上山去。〔僂儸作搶推車，僂儸推車從上場門下。焦贊白〕嗄，孟良，怎見得這糧草是你的？〔孟良白〕黑賊，這是張賢弟送與我的，你敢劫奪。〔焦贊白〕在俺山下經過，見者分一半。〔孟良唾科。白〕好不害羞，强盜打劫强盜，先喫俺一斧。〔作戰科。衆從兩場門戰下。焦贊白〕孟良，料你也不知俺鐵面焦爺的手段。〔唱〕

【中吕調套曲・普天樂】善交鋒(句)，能擒將(韻)，俺鐵面焦贊(句)，自稱巨勇無雙(韻)。〔孟良怒喊科。白〕你稱巨勇無雙，把俺神火大王放在那裏？〔唱〕吾駕前(句)，休狂妄(韻)，那知神火咱名望(韻)，怎當得烈焰施張(韻)？〔戰科，從下場門下。吕彪等追陸程等從上場門上，戰科，從下場門下。孟良、焦贊從上場門上，戰科。同唱〕良材將遇(句)，英雄對手(句)，見個低昂(韻)。〔戰科。衆從兩場門上，合戰科，同從下場門下。孟良從上場門上。白〕這厮果然有些本領，也罷，待俺放出神火，燒走他們便了。〔焦贊等追劉超等從上場門上，合戰科。孟良作舉葫蘆咒科。白〕詛。〔作放火彩科，焦贊等驚作逃敗科，從下場門下。孟良笑科。白〕你看這些毛賊，見俺神火俱各喪膽而逃了。〔劉超白〕大王好法力也。〔孟良白〕這纔放些微之火，無非驚走他們。若放巨火，這些人皆不能活矣。請將軍上山，酒宴洗塵。〔劉超白〕請。〔僂儸押糧車，從上場門上。衆同唱〕

【煞尾】一邊兒心膽寒(句)，一邊兒志氣揚(韻)。笑他走也無方向(韻)，魂夢驚聞説孟良(韻)。〔同從下場門下〕

第五齣 見慈母言隨淚下（蕭豪韻）

〔淨扮呼延贊，戴黑貂，穿蟒，束帶，從上場門上，歎科。唱〕

【越調引·杏花天】衰年智短無謀料（韻），受奸頑假言賺了（韻）。〔場上設椅，轉場坐科。淨扮呼延畢顯，戴盔，穿蟒，束帶，從上場門上。唱〕訪不著軍前信息（句），事關心終朝煩擾（韻）。〔白〕俺爹爹命俺打聽軍營楊伯父的消息。〔悶歎科。白〕一些打聽不著，只得回稟。〔作進科。白〕爹爹，呼延畢顯見。〔呼延贊白〕我兒回來了，你到那裏去打聽的？ 可有什麽消息麽？〔呼延畢顯白〕孩兒各處打聽不著，又到南清宮去訪問。守門內侍説連千歲也在那裏日夜盼望音信哩。〔呼延贊白〕你該稟見千歲，當面問一問嗄。〔呼延畢顯白〕孩兒原要稟見，那內侍不敢傳稟，説千歲十分怨恨著爹爹在那裏。〔呼延贊白〕怎麽還怨恨我？ 前日千歲當面處分了我一場不算，奏知聖上，説我監軍不奉宣召，擅離軍營，削我三任。 唉，好容易掙的那些管項，盡行削了去。 還在那裏怨恨我，豈有此理。〔末扮楊千，戴小頁巾，穿箭袖，繫鸞帶，引小生扮楊宗保，戴武生巾，穿鑲領箭袖，繫鸞帶，從上場門上。楊宗保白〕少小英雄將門種，始知池上鳳毛遺。 我楊宗保，奉婆婆之命至此請呼延公公。 來此已是，通報。〔楊千應科。白〕門上那位在？〔雜扮一院子，戴羅帽，穿院子衣，繫鸞帶，從下場門上。白〕什麽人？〔楊千白〕相煩通報，我家小主人在此。〔院子白〕請少待。〔作進門禀科。白〕啟爺，楊郡馬的公子在外。〔呼延贊白〕請進來。〔院子應科，作出門請科。白〕請公子進去。〔隨從下場門下。楊宗保進見科。白〕呼延公公在上，宗保見。〔呼延贊白〕公子少禮，到此何事？〔楊宗保白〕我婆婆説，曉得呼延公公來家，昨日差人奉請不至，必是致意不恭，今日又命宗保造府拜請。〔呼延贊白〕會説話。昨日不是什麽不恭，我路途辛苦，所以不曾去。如今公子親至嚒，老夫就來。〔楊宗保白〕就請同行，請。〔呼延贊白〕公子先回，我即刻就到。〔楊宗保白〕如此，宗保先回覆命便了。〔呼延贊白〕恕不送了。〔楊宗保作出門科。白〕公公，就來嘎。〔呼延贊白〕就來的，就來的。〔楊宗保仍從上場門下，楊千隨下。呼延贊白〕我兒，爲父的去呢，是不去？〔呼延畢顯白〕連日相請，自然去的是。〔呼延贊白〕到那裏問長問短，婆婆媽媽，實在怕絮煩。〔呼延畢顯白〕爹爹若不去，倒像與潘仁美通同一氣了，倒是去説明的好，孩兒同了爹爹去走遭。〔呼延贊白〕罷了，没法，走。〔作慢起，隨撤椅科。呼延畢顯白〕爹爹請。〔同作出門科，呼延贊悶歎行科。唱〕

【越調正曲·五韻美】是非窠閙煩惱(韻)。見婆媳何言道(韻)，怕叨叨聒絮無時了(韻)。又怕南宫前套(韻)，駡咱無料(韻)。〔呼延畢顯白〕爹爹。〔唱〕也索要把衷情表(讀)，儘他嘲(韻)，〔合〕下氣怡聲(讀)，堆來臉笑(韻)。〔作到科。呼延畢顯白〕這裏是了。〔楊宗保從上場門上。白〕怎麽還不見來？〔呼延畢顯白〕有人麽？〔楊宗保作出門見科。白〕呼延叔叔，公公來了麽？〔呼延畢顯白〕已在門首。〔楊宗保白〕我不信，待我去看。〔作見科。白〕果然公公來了。〔作扯衣進門，遶場科。白〕走走走。〔呼延畢顯隨行科。呼延贊白〕不要扯，慢些走。〔楊宗保作請科。白〕婆婆母親有請。〔旦扮杜玉娥、呼延赤金、柴媚春，各穿氅。老旦扮佘氏，穿氅。同從上場門上。同白〕事不關心，關心者亂。〔楊宗保白〕呼延公公來了。〔佘氏白〕請相見。〔楊宗保應，作出門請科。白〕我婆婆請相見。〔呼延贊進見科。白〕老嫂。〔佘氏白〕大伯。〔杜玉娥、呼延赤金、柴媚春作拜見科。白〕老伯。〔呼延贊白〕不敢，列位夫人。〔呼延畢顯作拜見科。白〕伯母，小姪拜揖。〔佘氏白〕公子少禮。〔呼延畢顯白〕衆位嫂嫂。〔作揖科，杜玉娥、呼延赤金、柴媚春答禮科。白〕叔叔。〔佘氏白〕請坐。〔場上設椅，各坐科。佘氏白〕大伯到京數日，老身昨日纔知。命人去請，不來者何故？〔呼延贊白〕若不因路途辛苦，早當造府問候。〔呼延赤金白〕請還請不至，造什麽府？問什麽候？〔杜玉娥、柴媚春白〕寒門賤地，敢起動貴足？〔呼延畢顯白〕恕家父來遲。〔呼延贊白〕是嗄，恕我來遲。不要説了，今日呼喚我來，有何見教？〔佘氏白〕妾身聞得大伯奉旨保我楊家父子出去。今日到京，不知爲何。〔呼延贊白〕我麽——〔呼延赤金、杜玉娥、柴媚春白〕必是奉旨調回來的。〔呼延贊白〕不是這個。〔呼延赤金白〕什麽這個那個，有話説就是了。〔呼延畢顯白〕爹爹不必隱瞞，將軍前情形，説與太君知道。〔呼延贊白〕因爲軍前乏糧，恐三軍思亂，潘招討命我來的。〔佘氏白〕監軍位在招討之上，怎麽反受驅使？〔呼延赤金白〕這監軍被你做倒了鋭氣了。〔呼延贊白〕你曉得什麼？ 軍情重大，不得已而來之。〔佘氏白〕千歲知我潘楊世讐，恐其遭害，故保奏你爲保官，難爲大伯放心來京。 請問我老相公父子可好？ 在那裏？〔呼延贊白〕我來的時節，是都好在那裏。〔呼延赤金、杜玉娥白〕我七郎呢？〔呼延贊白〕七郎六郎，全好，請放心。〔佘氏等同白〕只要全好，不惟吾門之幸，連大伯也儌倖無事。 倘有踈虞，千歲也不饒你。〔呼延贊怨歎科。白〕不用説了，爲了你家的人，千歲已經奏我擅離營伍之罪，削了三任了。〔佘氏白〕這是你不奉宣召，擅自回京，這話埋怨那個？〔佘氏等同唱〕

【越調正曲·鏵鍬兒】出言可笑(韻)，總是你見識缺少(韻)。没來由爲著討糧(讀)，重任輕抛(韻)。倘父子三人遭殘暴(韻)，你罪難逭逃(韻)。奉主詔(韻)，出鎮保(韻)，〔合〕你大關干係(讀)，怎就將他棄了(韻)？〔生扮楊景，戴紥巾，穿青緞鑲領箭袖，繫鸞帶，從上場門上。白〕一腔怨恨事，見母甚難言。〔作欲進，止步哭科。白〕罷。〔作進，拜見科。白〕母親。〔佘氏白〕我兒回來了。〔楊景白〕是，孩兒回來了。〔呼延贊白〕六郎。〔楊景白〕伯父也在此。〔揖科。佘氏白〕住了，你爹爹與七郎呢？〔杜玉娥、呼延赤金白〕正是，公公與七郎呢？〔楊景支吾科。白〕在，在，在軍營嗄。〔衆同白〕在軍營好麼？〔楊景强應科。白〕好。〔佘氏白〕你回來做什麼？〔呼延贊白〕正是，你來怎麼？〔楊景白〕這——〔急止，衆作疑訝科。楊景唱〕

【越調正曲·竹馬兒賺】我難説難道(韻)。〔衆同白〕快些説嗄。〔楊景唱〕逼得吾心萬分焦燥(韻)。〔衆同白〕早早直説，衆心也安。〔楊景唱〕要我直道(韻)。〔衆同白〕怎麼樣？〔楊景哭科。唱〕只怕娘親的魄散魂渺韻。〔柴媚春白〕相公，遲早總是一説。早些説了，免得婆婆著急。〔楊景白〕夫人嗄，母親年邁，恐受不得這一驚。〔佘氏叱科。白〕你千不説，萬不説，敢是戲弄做娘的麼？〔衆同白〕快些説了罷，免得你母親動怒。〔楊景看佘氏復哭科。呼延赤金、杜玉娥白〕伯伯快些説嗄。〔呼延贊、呼延畢顯白〕説了罷。〔楊景拭淚科。白〕也罷，親娘嗄。〔作跪科。白〕孩兒説便説，只求不要十分哀痛。〔佘氏白〕兒嗄，做娘的聽你勸就是了，快些説。〔楊景白〕如此母親請坐，待孩兒一一細禀。〔佘氏白〕大伯請坐。〔呼延贊白〕有坐。〔各坐科。佘氏白〕説。〔楊景應科。佘氏白〕講嗄。〔楊景白〕親娘嗄。〔唱〕待兒從頭訴句，我娘細聽表韻。〔白〕自從潘仁美假言絶糧，設宴解和，賺老伯起身之後。噫，那奸賊頓起不良，命我父子三人追趕遼兵，逼入陳家谷内。不料伏兵四起，將我父子三人，困在谷中。〔衆同白〕可有救兵？〔楊景白〕噫，奸賊竟自領兵回營，爹爹命七郎呵，〔唱〕殺出重圍去句，乞救潘招討韻。〔衆同白〕可曾討得救兵？〔楊景白〕七郎去了一日一夜，不見回音。爹爹又命我殺出谷中，遇著陳林、柴幹，方知七郎呵——〔衆同白〕怎麼樣？〔楊景唱〕爲請救把奸賊觸惱韻。〔呼延赤金、杜玉娥白〕怎麼樣？〔楊景唱〕將他——〔作哭科，呼延赤金、杜玉娥、佘氏急問科。白〕將他怎麼樣？〔楊景唱〕將他亂箭射倒韻。〔呼延赤金、杜玉娥驚呆科。楊景白〕爹爹因不見救兵，無計可使。我爹爹——〔作哭科。衆白〕快講。〔楊景白〕親娘嗄，可憐我爹是——〔唱〕頭觸殘碑讀，身亡魂杳韻。〔佘氏驚科。白〕怎么説，你爹爹撞碑身亡了？〔楊景白〕撞碑身亡了。〔呼延赤金、杜玉娥白〕七郎亂箭射死了？〔楊景白〕亂箭射死了。〔佘氏、杜玉娥、呼延赤金作驚絶倒地科。呼延贊作驚慌失措科。楊景急叫。白〕親娘，弟妹。〔柴媚春白〕婆婆，妹了。〔呼延贊、呼延畢顯白〕不好了，快溜了罷。〔悄出門，從下場門下。楊宗保向下急唤科。白〕衆位伯母快來。〔旦扮王魁英、耿金花、董月娥、韓月英、馬賽英、八娘、九妹，各穿氅，從上場門上。同白〕來了，姪兒爲何這等驚慌？〔楊宗保白〕婆婆與二位嬸娘都昏迷在地了。〔王魁英等驚科。白〕有這等事？〔作跪急叫科。白〕婆婆、妹子醒來。〔佘氏、杜玉娥、呼延赤金漸醒科。唱〕

【越調集曲・山桃紅】【下山虎】（首至四）寸衷刀攪(韻)，把骨肉恩抛(韻)。撇得我形孤弔(韻)，禍來怎逃(韻)？〔八娘、九妹白〕母親，爲何這等光景？〔佘氏白〕你六郎哥哥回來報説，你爹爹與七郎皆被潘仁美害死了。〔八娘、九妹、王魁英等同作驚科。白〕有這等事？〔同作叫哭科。唱〕【小桃紅】（六至合）痛你忠魂渺(韻)，枉自爲國勞(韻)。一旦受賊欺(讀)，被賊謀(句)，父子遭殘暴(韻)也(格)。〔楊景白〕母親，衆位嫂嫂，妹子，且不必啼哭。孩兒已寫下冤狀一紙，到金門冤鼓臺前擊鼓伸冤。拚得一死，誓除奸賊，與爹爹兄弟報讐。〔佘氏白〕好，有志氣。今日天晚，明日早朝，去伸冤便了。〔楊景應科。佘氏白〕皇天嗄。〔同唱〕【下山虎】（八至末）但願得聖主準吾告(韻)，〔合〕即把羣奸剿(韻)，此恨方消(韻)，天網恢恢賊怎逃(韻)？〔同從下場門下〕

第六齣　擊冤鼓聲竭心摧（庚青韻）

〔副扮潘虎，戴矮紗帽，穿出襬，從上場門急上。白〕不好了嗄，六郎爲父伸冤枉，欲擊登聞冤鼓來。下官潘虎，適纔家丁來報，説楊景替父伸冤，要擊登聞鼓面君，告俺爹爹謀死命將。爲此急向參知政事傅鼎臣處求計。他是我母舅，豈無袒護之義。〔作到科。白〕來此已是，門上有人麽？〔雜扮一院子，戴羅帽，穿院子衣，繫鑾帶，從上場門上。白〕是那個？〔作見科。白〕原來是公子。〔潘虎白〕你家老爺呢？〔院子白〕老爺與登聞院黄親家大人在内議機密事。〔潘虎白〕快引我進去。〔院子應，作引導科。白〕這裏來，請少待。〔作請科。白〕老爺有請。〔末扮傅鼎臣，副净扮黄玉，各戴紗帽，穿圓領，束帶，從上場門上。白〕家事猶當國事急，濟私更比濟公忙。〔潘虎作拜見科。白〕母舅。〔傅鼎臣白〕甥兒。〔潘虎白〕恰好黄大人在此，小姪有禮。〔黄玉白〕公子請了。〔傅鼎臣白〕清早到此，必有要緊事。〔潘虎白〕母舅不好了嗄，適有家丁來説，傳聞我爹爹設謀，將楊——〔急止科。傅鼎臣白〕這是我親家，不是外人，只管説。〔潘虎白〕將楊繼業父子陷害，惟走脱了楊景一人。他如今要擊登聞鼓，告我爹爹謀死命將。昨日楊景已經到家，今日必定舉事，爲此特來求救。〔傅鼎臣白〕有這等事？不妨。昨夜你爹爹差人寄到參劾楊繼業違令邀功以致全軍陷歿，楊景懼罪私越營伍一本。我們正在此商量，如今趁他未告，先下手爲强。待我入朝速進此本便了。〔黄玉白〕楊景要擊鼓，豈不知登聞院釘板司俱是我南臺御史職掌？凡有擊鼓伸冤者，恐其誣告，先打四十御棍，然後帶到登聞院釘板司。我今吩咐冤鼓臺上指揮，若楊景擊鼓，著實捆打一頓，然後解到我登聞院，將他治死，死了就没了對証了。〔潘虎白〕求二位大人極力保救我爹爹纔好。〔黄玉、傅鼎臣白〕自然。事不宜遲，快快行事去。〔院子作取本，遞與傅鼎臣，隨從上場門下。傅鼎臣等同白〕毒口箝善口，黑心污丹心。〔同從下場門下。生扮楊景，戴羅帽，穿青緞鑲領箭袖，繫鸞帶，内襯作衣，背冤狀，從上場門上。唱〕

【仙吕宫集曲·甘州歌】【八聲甘州】（首至六句）極天冤枉情(韻)，蹈風波險難(讀)，闖出危坑(韻)，拚身一死(句)，午門擊鼓投呈(韻)。〔白〕方纔稟過母親，到冤鼓臺前擊鼓投呈。〔作憂慮科。白〕我想潘仁美奸黨甚多，萬一按捺不奏，如何是好？〔作想科。白〕我今先到南清宫哀求千歲便了。〔唱〕想賢王素重忠良輩(句)，審視情由憫又矜(韻)。〔作到科。白〕來此已是，那位在？〔雜扮陳琳，戴太監帽，穿鑲領箭袖，從上場門上。白〕什麽人？大呼小叫。〔楊景見科。白〕公公。〔陳琳白〕呀，郡馬來了。咱千歲正在盼望，隨我來。〔作引進，請科。白〕千歲有請。〔生扮德昭，戴素王帽，穿蟒，束玉帶，從上場門上。白〕不見軍前報，衷心未得安。〔陳琳禀科。白〕啟千歲，楊六郎到了。〔德昭白〕在那裏？快宣來。〔場上設椅，轉場坐科。陳琳作出門科。白〕宣你進見。〔楊景作進門，跪科。白〕千歲，冤枉嗄。〔德昭驚科。

白〕嗄，你有何冤枉？快講。〔楊景作取冤狀，哭科。唱〕【排歌】〔合至末句〕言難盡(句)，備有呈(韻)，賢王披閱可分明(韻)。〔作呈狀科。白〕臣有冤狀，千歲觀覽便知。〔德昭白〕取來我看。〔楊景遞科。唱〕望垂明電(句)，賜哀矜(韻)，仰求代雪這冤情(韻)。〔德昭看畢，作驚起科。白〕嗄，你爹爹與七郎俱被潘仁美陷害了？〔楊景應科，德昭作悲慟科。白〕令公嗄。〔楊景白〕伏求千歲與臣父伸冤。〔德昭白〕你且起來。〔雜扮一内侍，戴太監帽，穿貼裏衣，從上場門上。白〕金階承聖旨，朱户召賢王。〔作進見科。白〕千歲，奴婢奉旨來召千歲，會同諸宰輔入朝議事。〔德昭白〕可知所議何事？〔内侍白〕奴婢只知潘招討奏報緊急軍情，不知何事。千歲快去，奴婢覆旨去也。〔作出門，仍從上場門下。楊景白〕就求千歲，將此冤狀上達聖鑒。〔德昭白〕事關重大，況公事不入私門。雖非關節，嫌疑須避。午門外設有冤鼓臺，特爲伸冤理枉而設。你去擊鼓鳴冤，孤家自有調停，去罷。〔付冤狀，楊景接科。白〕臣去也。〔作出門，從下場門下。德昭白〕陳琳，請了金鞭，隨孤入朝。〔陳琳應，向下請金鞭科。德昭作起，隨撤椅。德昭白〕忽聞君命召，不俟駕而行。〔作出門，從下場門下，陳琳隨下。場上設冤鼓臺科。雜扮武士，各戴小頁巾，穿箭袖，繫鑾帶，佩腰刀。引雜扮指揮，戴盔，穿打仗甲，從上場門上。同唱〕

【中吕宫正曲·紅繡鞋】職掌冤鼓權衡(韻)，權衡(格)，彰天威似雷霆(韻)，雷霆(格)。指揮使(句)，法無情(韻)。衆武士(句)，惡狰獰(韻)。〔合〕把御棍(句)，作嚴刑(韻)。〔指揮白〕俺乃職掌冤鼓臺指揮是也。今奉黄大人堂諭，若楊景到此擊鼓，先打四十御棍，然後解到登聞院釘板司，大人親自考問。武士們，

臺前伺候者。〔衆應，同作上臺科。楊景頂冤狀，從上場門上。白〕冤枉嗄。〔唱〕

【又一體】一腔怨氣難平(韻)，難平(格)，午門趨赴緊行(韻)，緊行(格)。拚一死(句)，把冤鳴(韻)。〔作到科。白〕已到臺前。〔作發很科。白〕也罷。〔作上臺科。唱〕忙擊鼓(句)，訴詞呈(韻)。〔合〕極天枉(句)，奏天庭(韻)。〔作擊鼓科。白〕冤枉嗄。〔指揮作跌楊景下臺，指揮、武士隨下臺科。指揮白〕拏下。〔衆應，作拏楊景科。指揮白〕打。〔衆應科。楊景白〕住了。我爲極天冤枉，擊鼓伸訴，爲何要打？〔指揮白〕這是朝廷法度，你敢抗拒麽？打。〔衆應科。楊景白〕住了，打了可能與我伸冤？〔指揮白〕凡有擊鼓叫冤者，先打四十御棍，然後解到登聞院審問。〔楊景白〕也罷，要報父讐弟怨，打死也是甘心。〔指揮白〕打。〔衆應，作打科，楊景叫苦科。白〕皇天嗄。〔唱〕

【南吕宫正曲·五更轉】爲伸冤(句)，秉志貞(韻)，俺堅心鐵樣誠(韻)。既來不惜吾身命(韻)，雪怨伸讐(讀)，削除奸佞(韻)。〔指揮白〕打。〔衆應，作打科。楊景唱〕讐未雪(句)，先受刑(句)，好把心腸硬(韻)。〔合〕雖難熬疼痛，且强領無情梃(韻)。〔指揮白〕你既熬不得疼痛，不該擊鼓。〔楊景忿恨科。白〕嗳。〔唱〕干犯天威(讀)，伸冤一定(韻)。〔指揮白〕一定伸冤？武士們，押他到釘板司去者。〔衆應科。指揮白〕饒你堅心似鐵，怎當官法如爐？〔作押楊景，同從下場門下〕

第七齣　滾釘難洗孤兒血（庚青韻）

〔雜扮衙役，各戴紅氈帽，穿青布箭袖，繫紅搭膊。雜扮軍牢，各戴軍牢帽，穿青布箭袖，繫軍牢帶，各持刑杖。引副浄扮黄玉，戴高紗帽，穿圓領束帶，從上場門上。黄玉唱〕

【商調引・接雲鶴】朝廷法度本無情(韻)，濟私分外用嚴刑(韻)。〔場上設公案、桌椅，轉場入座科。雜扮武士，各戴小頁巾，穿箭袖，繫鸞帶，佩腰刀。雜扮指揮，戴盔，穿打仗甲，作押生扮楊景，戴羅帽，頂冤狀，穿青緞鑲領箭袖，繫鸞帶，内襯作衣，從上場門上。指揮白〕住著。〔作報門科。白〕指揮告進。〔衙役等白〕進來。〔指揮作進，參見科。白〕指揮參見。〔黄玉白〕指揮少禮。〔指揮作與黄玉附耳，黄玉作會意科。白〕帶進來。〔指揮應，作出門科。白〕帶進來。〔武士應，作報門科。白〕擊鼓人帶進。〔作帶進楊景科。白〕跪下。〔楊景跪科。白〕大人，冤枉嗄。〔黄玉白〕你是何等樣人，有何冤枉？擅敢擊鼓。〔楊景白〕有冤狀在此，乞大人轉達天顔。〔黄玉白〕取。〔指揮應，作取狀，呈覽科。黄玉白〕待我來看。〔作看科。楊景白〕大人嗄。〔唱〕

【商調正曲・山坡羊】痛我父(讀)，被奸兇逼令(韻)。痛我弟(讀)，被奸兇戕命(韻)。這冤事(讀)，無處能伸（句），望恩公（韻），奏上君王聽（韻）。〔黄玉作怒喝科。白〕臨陣喪身，臣子分内之事。你乃招討公帳下將官，誣告主帥，若奏知聖上，你應得以小犯上之罪。恕你無知，去罷。〔楊景白〕大人，小將之父實係招討謀害。小將之弟實是他射死，並非誣告。〔黄玉白〕實有此事？〔楊景白〕實有此事。〔黄玉白〕武士們，擡釘板過來。〔武士應，作向下擡釘板切末上。白〕釘板有了。〔黄玉白〕楊景，本衙門刑法利害，若再説冤枉，將你叉上釘板。若自知情虚，速宜追悔，下官寬恩饒你。〔楊景白〕極天冤枉。〔黄玉白〕嗄，極天冤枉。過來，將他洗剥了。〔衆應，作剥衣科。楊景白〕我今又遇奸賊之黨惡也。〔唱〕他施酷刑（韻），此賊是奸黨相通應（韻）。〔白〕噫。〔唱〕我今遇惡難延命（韻）。〔指揮、武士白〕再言冤枉，要將你叉上釘板哩。〔楊景作慟呼科。滚白〕皇天，此心實鑒。楊門爲國抒誠，我父子三人，深感皇恩，誓要平遼報効。因遭奸陷，我父子不得生還，報親讐擊鼓金門，實指望奏陳丹陛。今遇同惡相濟之徒，投呈不準，反加刑治。皇天，我今遇惡難逃命。〔黄玉白〕問他到底冤枉不冤枉？〔衆問科。白〕冤枉不冤枉？〔楊景白〕父子被害，極天冤枉。〔黄玉白〕到底冤枉，速速將他叉上釘板。〔衆應，作催楊景上釘板，吆喝科。楊景唱〕我楊景爲父伸冤（讀），死也目瞑（韻）。〔衆吆喝，欲擡楊景上釘板科，楊景發很灑脱武士等，自從釘板滚下，作疼絶叫苦科。白〕親娘嗄，孩兒又遭毒害，不能與父報讐了。〔唱合〕今生（韻），欲報親讐也不能（韻）。傷情（韻），年老娘親誰奉承（韻）？〔黄玉白〕再將他叉上釘板去。〔衆應，作擡楊景，欲擲於釘板科。雜扮陳琳，戴太監帽，穿鑲領箭袖，繫鸞帶，捧金鞭。引生扮德昭，戴素王帽，穿蟒，束玉帶，從上場門上，作進門見科。德昭怒喝科。白〕誰敢如此無理？〔衆作放楊景科。武士白〕千歲，武士們不敢無理，都是黄御史與指揮的主意。〔德昭怒科。白〕可惱嗄可惱。快取衣服，與楊景蔽體。〔衆作取箭袖衣楊景科。德昭白〕將黄玉綁過來。〔衆應，作綁科。黄玉白〕千歲請息怒，楊景誣告主帥，捏詞擊鼓，故以刑法治之。〔德昭白〕即他誣告，你應將狀詞陳奏，自有聖上主裁，何得妄動極刑？分明袒護權奸，將他治死，死無對証。若非孤家到此，楊景已死於非命矣。〔楊景白〕千歲明鑒，臣擊鼓之時，先被這指揮打了四十棍。解到黄玉案下，黄玉不準臣之狀詞，因臣叫冤，即將臣叉上釘板。〔指揮白〕千歲，打楊景是黄御史囑咐臣等打的嗄。〔德昭白〕聖上因恐官吏作弊，故立登聞鼓。誰料爾等這起奸賊，通謀蒙蔽，有負吾主保赤之心，可恨嗄可恨。陳琳，請金鞭。〔陳琳應，遞金鞭科。黄玉白〕千歲，非臣蒙蔽。是楊景誣陷大臣，欺君罔上。〔德昭白〕還敢胡説？先將你打死，以警奸佞之戒，看鞭。〔作打死黄玉科。衙役、軍牢作擡從下場門下，指揮哀求科。白〕求千歲饒命。〔德昭白〕權且饒你一死，可將楊景扶好，取了冤狀，隨孤入朝去面聖者。〔武士應，取冤狀，扶楊景隨德昭出門科。德昭唱〕

【商調正曲·簇御林】施奸智(句)，蔽聖明(韻)，逼忠良受酷刑(韻)，恃權濟惡使出貪饕性(韻)，教人衝冠髮指心兒悻(韻)。〔合〕向明庭(韻)，把根源披奏(句)，昭雪極冤情(韻)。〔同從下場門下。生扮張齊賢，末扮傅鼎臣，各戴紗帽，穿蟒，束帶。生扮吕蒙正，外扮寇準，各戴相貂，穿蟒，束帶，帶印綬。雜扮内侍，各戴太監帽，

穿貼裏衣。雜扮大太監，戴太監帽，穿大貼裏衣。引生扮宋太宗，戴金王帽，穿黃蟒，束黃鞓帶，從上場門上。宋太宗唱〕

【商調正曲·黃鶯兒】致治法乾行(韻)，佈恩威須勵精(韻)，夙興夜寐勤繁政(韻)。〔中場設椅，轉場坐科。白〕寡人只爲潘仁美參劾楊繼業違令貪功，全軍失陷，楊景臨陣脱逃一本，甚屬可疑。朕想楊繼業歷練疆場，智深慮遠，非魯莽之武夫，豈肯貪功致陷？楊景素稱忠孝，焉有臨陣脱逃之理？正爾躊躇，忽聞王兒密奏，道楊景告仁美懷挾私讐，陰排繼業，射死楊希。現往冤鼓臺擊鼓、登聞院告理去了。朕恐其中各有黨庇，已命王兒前去密察，怎還不見回奏？〔唱〕兩邊兒互相訐争(韻)，是非怎憑(韻)，知誰人行險圖僥倖(韻)。〔德昭從上場門上。唱合〕最堪憎(韻)，懷奸誤國(句)，狗苟與蠅營(韻)。〔作進，跪科。白〕兒臣德昭請罪。〔宋太宗白〕王兒何罪之有？〔德昭白〕臣奉旨察訪楊景擊鼓情形，有南臺御史黃玉，左袒徇私，同惡相濟。不惟不準楊景伸冤，擅將楊景叉上釘板，欲廢其命，思彌惡跡，蒙蔽聖聰。兒臣一時忿怒，請先皇金鞭將黃玉打死，謹此請罪。〔宋太宗白〕若依王兒所奏，黃玉死有餘辜矣。朕惟恐民間冤獄無伸，故設此登聞鼓。凡有擊鼓鳴冤者，無論虛實，先應奏知，朕自有公議。黃玉何得妄加酷刑？王兒秉正除奸，何罪之有？〔德昭作叩首謝恩，起侍科。宋太宗白〕楊景現在何處？〔德昭白〕已帶在殿庭候旨。〔宋太宗白〕宣上來。〔德昭白〕領旨。〔作傳科。白〕將楊景扶上殿來。〔武士應科，作扶楊景捧冤狀，從上場門上，進見稟科。白〕楊景當面。〔楊景俯伏科。

白〕罪臣楊景見駕，願吾皇萬歲。臣有極天冤枉，乞陛下昭雪，有冤狀一紙呈上。〔宋太宗白〕取。〔大太監應，作取呈科。宋太宗白〕寇卿朗言誦讀。〔寇準白〕領旨。〔作接讀科。白〕訴冤枉人臣楊景，爲毒謀深害，全軍陷歿，誤國欺君事。臣父楊繼業，生自太原，世任河東，以宋先君之至德，繼今陛下之洪恩。父子傾情，願効死報，奉命協伐遼之師，報國奮盡忠之勇。不期潘仁美，與同部下王侁、米信等，起陷謀於此日，報私怨於昔時。陳家谷兵馬纔交，潘招討率將回營。遼將則鳥飛雲集，宋兵已矢盡力窮。招討坐觀成敗，先鋒全軍皆歿。臣父損軀命於李陵殘碑之下，臣弟喪肌膚於招討亂箭之中。臣父子未圖報於陛下，先見陷於閫外。臣擊廷鼓以訴冤，乞天恩而明審。陛下開日月之明，罪臣雪父弟之怨。拘証奸人，斷省深冤，九泉者得以瞑目，臣即死於斧鉞，無所憾矣。〔宋太宗白〕狀後還有數字。〔寇準看科。白〕王强代寫。〔宋太宗白〕楊景，王强是什麼樣人？現在何處？〔楊景白〕是一秀士，現在東門龍津驛中。〔宋太宗白〕内侍，明日題奏，召王强入對。〔内侍應科。宋太宗白〕衆卿，楊景之冤狀與仁美之參本，各執一辭，其間虚實，衆卿以爲孰是孰非？〔傅鼎臣白〕臣西臺御史傅鼎臣謹奏。閫外之事，任在帥臣。若使號令不行，何以轄制三軍？楊景奉旨出征之將，又無軍令，又非宣召，私自來京，其懼罪越伍之情已實矣。楊繼業昔爲總帥，今作先鋒，必有傲慢之心，故違仁美調遣，以致全軍陷歿。今楊景思飾己罪，故來誣告仁美，欺罔陛下，所謂欲蓋彌彰者也。當將楊景押出朝門，明正其罪。〔宋太宗白〕卿言雖是，亦須楊景招成定罪。

今楊景身無完膚，難以加刑拷問。且令傷痕少愈，發往御史衙門會同審理。將楊景放回私第候旨。〔武士白〕領旨。〔作扶楊景，從下場門下。宋太宗白〕王兒近前來。〔德昭應，作近前，宋太宗附耳科。白〕不許洩漏，退班。〔德昭白〕領旨。〔宋太宗作起，隨撤椅科。同唱〕

【慶餘】關情重大須詳省㊞，曉諭羣僚莫濫評㊞，機密軍情遵旨行㊞。〔內侍太監引宋太宗從下場門下，德昭等從兩場門分下〕

第八齣　持節先勞聖主心（東鐘韻）

〔雜扮軍士，各戴馬夫巾，穿箭袖卒褂，執旗。雜扮將官，各戴馬夫巾，紮額，穿打仗甲，佩腰刀，執馬鞭。雜扮二旗牌，戴小頁巾，穿箭袖排穗，背旨意，執馬鞭。引浄扮呼延畢顯，戴盔，紮靠，騎馬。雜扮馬夫，戴馬夫巾，穿箭袖，繫肚囊，牽馬。從上場門上。同唱〕

【中吕宫正曲・好事近】勅旨犒邊功(韻)，密諭毋教喧唪(韻)。驅馳前導(句)，疾速趲不憚煩慵(韻)。雷霆怒轟(韻)，限程期(讀)，曉夜忙馳鞚(韻)。〔呼延畢顯白〕俺呼延畢顯是也。因楊六郎擊鼓喊冤，告潘仁美毒謀陷害楊家父子一案。仁美又參劾令公父子違令貪功，全師盡歿。各執一辭，聖上難以定案。千歲密奉聖旨到軍前行事，特命俺爲先行官，授俺一計。只得遵諭施行，快快前去。〔衆應科。同唱合〕催鐵騎並食兼程(句)，受密計牢牢遵奉(韻)。〔從下場門下。雜扮軍士，各戴馬夫巾，穿箭袖卒褂，執旗。雜扮羽林軍，各戴馬夫巾，紮額，穿打仗甲，執鎗。雜扮内侍，各戴太監帽，穿箭袖，繫縧帶，執馬鞭。雜扮陳琳，戴太監帽，穿鑲領箭袖，繫縧帶，背金鞭，執馬鞭。引生扮張齊賢，戴紗帽帽罩，穿蟒，束帶，披斗袚，騎馬。生扮德昭，戴素王帽帽罩，穿蟒，束玉帶，披斗袚，騎馬。雜扮二馬夫，戴馬夫巾，穿箭袖，繫肚囊，牽馬。雜扮軍

士，戴馬夫巾，穿箭袖，繫肚囊，執傘。隨從上場門上。同唱〕

【中呂宮正曲·駐環著】早旌旄擁動(韻)，早旌旄擁動(疊)，欽限匆匆(韻)。馬似雲騰(讀)，步如風送(韻)，馳騎聯鑣接踵(韻)。境出河南(句)，趨赴鴈門關(讀)，加鞭催鞚(韻)，鳴畫鼓督軍催衆(韻)，聽不住人聲呼哄(韻)。〔合〕填街擁(韻)，塞路充(韻)，布告軍民(讀)，奉命酬庸(韻)。〔德昭白〕孤家欽奉密旨到軍前，聲揚賞功，拘拏仁美，爲此兼程而進。孤想潘仁美，閫外招討，兵權重大。吾若驟至，萬一激變三軍，關係非小。故爾授計與呼延畢顯，先下一道安慰仁美的矯旨，然後行事。〔張齊賢白〕臣張齊賢，敬啟千歲。潘仁美羽翼頗多，耳目甚衆，恐有細作報知仁美，洩漏機關。千歲速宜趲行，不可遲緩。〔德昭白〕卿言是也，吩咐快快趲行。〔衆應科。同唱〕

【中呂宮正曲·越恁好】兼程須急(句)，兼程須急(疊)，如飛箭乍離弓(韻)。星馳電走(句)，殘雲捲掃晴空(韻)。蹀躞躞玉驄(韻)，撲剌剌如風(韻)，快同轉篷(韻)。〔合〕到軍營(讀)，早將他擒拏莫縱(韻)。〔同從下場門下〕

第九齣　不量力失機遷怒（真文韻）

〔雜扮軍士，各戴馬夫巾，穿箭袖卒褂。雜扮將官，各戴馬夫巾，紥額，穿打仗甲。副扮王侁、米信，各戴盔，紥靠。雜扮二中軍，戴中軍帽，穿中軍褂，佩腰刀。引淨扮潘仁美，戴帥盔，紥靠，背令旗，襲蟒，束帶。從上場門上。潘仁美唱〕

【仙呂宫引·金雞叫】總握兵權重任㊞，赫赫嚴嚴㊟，聲名洪震㊞。〔場上設公案桌、虎皮椅，轉場入座科。白〕本帥潘仁美，自除了楊繼業，私忿已消一半。楊景雖然逃脱，沿途預伏家將，料必除之矣。〔王侁、米信白〕即不能除，有太師參劾他的越伍之罪，也難免一死。太師不必慮他，先謀平遼安邊之計要緊。〔潘仁美白〕楊繼業死後，我軍鋭弱，遼衆勢强。自調四鎮之兵到後，軍威復振，有尹繼倫之勇敢，足勝遼軍。前者一陣，殺得遼將喪膽而遁。我欲乘勝攻擊，把遼將驅出鴈門，以安邊境，二公以爲何如？〔王侁、米信白〕太師高見極是。〔雜扮一軍士，戴馬夫巾，穿箭袖卒褂，從上場門上。白〕遼人聲勢衆，拒敵請施行。〔作進稟科。白〕啟元帥，韓延壽領兵在城北搦戰。〔潘仁美白〕知道了。速傳衆將，上帳聽令。〔軍士應科，從上場門下。潘仁美白〕正在此商議攻擊，他倒先來搦戰。

正所謂：撩虎頭而捋虎鬚也。〔丑扮田重進、劉君其，雜扮尹繼倫、盧漢贇、黄虎，各戴盔，紮靠。同從上場門上。同白〕閫外貔貅將，營中虎豹軍。〔分白〕俺馬軍虞候田重進是也。俺步軍虞候劉君其是也。俺嵢嵐鎮都巡檢尹繼倫是也。俺寧武鎮都部署盧漢贇是也。俺汾州鎮都部署黄虎是也。〔同白〕元帥傳集我等，未知有何差調？〔黄虎白〕我哥哥巡城未回，怎麽處？〔衆白〕奉令巡城，何妨？大家上帳稟參。〔作進，參見科。白〕元帥在上，衆將打躬。〔潘仁美作點名科。白〕聽點，田重進。〔田重進應科。潘仁美白〕劉君其。〔劉君其應科。潘仁美白〕尹繼倫。〔尹繼倫應科。潘仁美白〕盧漢贇。〔盧漢贇應科。潘仁美白〕黄龍。〔無應者，潘仁美作怒目視衆，黄虎慌，欲稟科。潘仁美白〕黄虎。〔黄虎急應科。潘仁美白〕黄龍那裏去了？〔黄虎白〕奉令巡城未回。〔潘仁美怒科。白〕五更巡城，辰時未回，快與我拏來。〔將官應，作出門科。生扮黄龍，戴盔，紮靠，持令箭，從上場門上。白〕巡城公事畢，繳令赴轅門。〔將官白〕黄將軍來了，元帥正命我等去拏你，快些進帳去。〔黄龍驚科。白〕爲何事拏我？〔將官白〕因點將不到。〔黄龍白〕俺奉元帥之令，巡查四門去了。〔將官白〕令弟也是這等稟來，元帥不依。〔黄龍白〕待我進見便了。〔同作進科。將官白〕黄將軍到。〔黄龍白〕元帥，小將奉令巡城，事畢繳令。〔作繳令科，潘仁美作嗔科。白〕五更巡城，辰時未回。點將不到，該當何罪？〔黄龍白〕小將奉令巡查四門，各門照册查點兵將數目，事畢急回繳令。不知元帥點將，小將知罪，望元帥海涵。〔跪科。潘仁美白〕分明是你以公偷懶，悮點慢軍，倒怪我點將不是了。點將不到，應得慢軍之罪，拏去斬了。〔衆將白〕元帥息怒。現今遼兵搦戰，正在用人之際，留他帶罪立功。〔潘仁美白〕難道除他一人，便不能拒敵不成？過來，將黃龍綁在轅門看守，待本帥退敵回來問罪。〔將官應科，作綁黃龍，押從下場門下。潘仁美白〕衆將官，隨本帥出城迎敵者。〔衆應科，潘仁美卸蟒，同作持兵器，上馬科。同唱〕

【仙吕宫正曲・江兒水】赳赳干城將(句)，雄雄虎旅軍(韻)。堂堂國士能迎陣(韻)，層層佈列戈矛盾(韻)，紛紛擁擁軍威振(韻)。〔同從下場門下。雜扮遼兵，各戴額勒特帽，穿外番衣，持兵器。雜扮遼將，各戴盔襯、狐尾、雉翎，穿打仗甲，持兵器。引浄扮劉子喻，戴紥巾額、狐尾、雉翎，紥靠，持鎗。雜扮耶律學古、蕭達蘭、耶律休格，各戴外國帽、狐尾、雉翎，紥靠，持兵器。浄扮韓德讓，戴外國帽、狐尾、雉翎，紥靠，背令旗，持鎗。從上場門上。同唱〕賈勇爭先前進(韻)，〔合〕對壘交鋒(句)，管尅敵恢還諸鎮(韻)。〔場上設代州城科。軍士將官引盧漢贇、尹繼倫、黃虎、田重進、劉君其、王侁、米信、潘仁美作出城迎敵，合戰科，從兩場門下，隨撤城科。尹繼倫追劉子喻從上場門上，戰科。尹繼倫白〕無恥的遼將，還不知俺尹繼倫的英名，擅敢領兵搦戰。〔唱〕

【又一體】試問遼兵衆(句)，誰與吾等倫(韻)，沙場久戰英名震(韻)。〔作戰科。劉子喻白〕黑賊，那楊繼業、楊希，俺尚且不懼，何況你這無名匹夫。〔尹繼倫怒喝科。唱〕饒伊再世重瞳很(韻)，難贏黑面將軍尹(韻)，延頸試咱鋒刃(韻)。〔合〕盡翦遼軍(韻)，志欲奠安邊鎮(韻)。〔戰科，從下場門下。遼兵遼將、耶律休格等，軍士將官、盧漢贇、黃虎等，從上場門上，接續交戰科，從下場門下。韓德讓追潘仁美從上場門上，戰科。韓德讓白〕潘仁美，你竟敢據城抗敵，若不獻降，本帥將你立斬於馬下。〔潘仁美怒喝科。白〕天朝招討跟前，擅敢浪言不遼，看鎗。〔作戰科，劉子喻從上場門上，助戰。潘仁美作墜馬科，韓德讓、劉子喻欲擒科。尹繼倫、盧漢贇、王侁、米信從上場門上，作救科，王侁、潘仁美從下場門急下。遼兵遼將、耶律休格等，軍士、將官、田重進等，從上場門上，合戰科。尹繼倫等從下場門敗下，韓德讓等追下。場上仍設代州城科。軍士、將官、尹繼倫等護潘仁美從上場門上，作進城科，下。遼兵遼將引韓德讓等從上場門追上。遼兵白〕退進城去了。

〔韓德讓白〕他既進城，不必追擊，就此收兵再處。〔衆應科，遼兵引從下場門下，隨撤城〕

第十齣　懷私忿斬將示威（真文韻）

〔雜扮軍士，各戴馬夫巾，穿箭袖卒褂，持兵器。雜扮將官，各戴馬夫巾，紮額，穿打仗甲，持兵器。雜扮黃虎、盧漢賓、尹繼倫，副扮王侁、米信，丑扮田重進、劉君其，各戴盔，紮靠，持兵器。引淨扮潘仁美，戴帥盔，紮靠，背令旗，持鎗。從上場門上。衆將白〕元帥受驚了。〔潘仁美白〕罷了嘎罷了。這都是黃龍這厮慢軍悮令，以致出軍不利，連累本帥險些被擒。〔作怒科。白〕氣死我也，速速回府。〔衆應，遶場科。潘仁美唱〕

【仙呂宮正曲·江兒水】險作俘囚輩(句)，赧顏見我軍(韻)，回營斬却消吾恨(韻)。〔作到科，內奏樂，同作下馬科。潘仁美作怒恨科，從下場門下。軍士將官從兩場門暫下。黃虎白〕列位將軍，你聽元帥口口聲聲恨我哥哥慢軍累他不利。我哥哥性命決然難保。少間元帥陞帳，若要斬我哥哥，萬望列位將軍討個分上纔好。〔唱〕怕元戎使性無思忖(韻)，家兄怎免身遭殉(韻)。〔衆將白〕黃將軍放心，少間元帥若果要斬令兄，我等自當力救保全便了。〔黃虎白〕若得列位保全，愚弟兄之萬幸也。〔中軍內白〕傳鼓開門。〔內奏樂。衆將白〕元帥陞帳了。〔黃虎白〕列位將軍，千萬求個分上。〔衆將白〕傳鼓開門。〔軍士將官仍從兩場門上，作進門分侍科。雜扮二中軍，戴中軍帽，穿中軍褂，佩腰刀。引潘仁美，戴嵌龍幞頭，穿蟒，束玉帶，從下場門上。潘仁美唱〕掌握兵權須很㊇，〔合〕賞罰嚴明㊁，整我元戎威信㊇。〔場上設公案、虎皮椅，轉場入座科。白〕將黃龍綁過來。〔中軍應，作傳科。雜扮將官，各戴馬夫巾，紮額，穿打仗甲。作綁生扮黃龍，戴盔，紮靠，從下場門上，作進門科。將官白〕黃龍當面。〔黃龍白〕元帥，小將奉令巡城，何罪綁我？〔潘仁美白〕點將不到，按律慢軍者斬。〔黃虎跪科。白〕元帥，我哥哥實是奉令所差，乞求饒恕。〔衆將跪求科。白〕求元帥開恩，饒他一死，觀其後効。〔潘仁美作嗔科。白〕再有言饒者，一併處斬。〔衆將作畏懼，默起科。黃虎白〕求元帥寬宥，饒我哥哥初犯。〔潘仁美白〕你敢玩我軍法麽？綁了。〔衆應，欲綁黃虎科。黃龍白〕住了。一人得罪，要斬便斬，與我兄弟何干，這等張威作福。〔潘仁美白〕這廝還敢挺撞本帥，推出轅門，斬首示衆。〔將官作應科。呼延畢顯内白〕旨意下。〔衆作禀科。白〕啟元帥，旨意下了。〔潘仁美白〕旨意下了。且將他押過一邊候令。〔將官應科，作押黃龍從下場門下。潘仁美白〕這時候有什麽旨意？王將軍，捧了尚方寶劍，衆將隨去迎接。〔衆應，王侁向下取劍科。内奏樂，衆作出門候接科。雜扮軍士，各戴馬夫巾，穿箭袖卒褂，佩腰刀，引净扮呼延畢顯，戴盔，紮靠，捧旨意。從上場門上。呼延畢顯白〕不辭千里路，須下九重音。〔作見潘仁美科。白〕潘仁美接旨。〔潘仁美作嗔科。呼延畢顯白〕旨意下。〔潘仁美躬身科。白〕臣潘仁美接旨。〔呼延畢顯進門科。潘仁美背白〕乳臭之子，也來下旨意。〔同作進門科。呼延畢顯白〕潘仁美。〔潘仁美怒視科。呼延畢顯白〕跪下，好開讀。〔潘仁美冷笑，作跪科。呼延畢顯作開讀科。白〕聖旨已到，跪聽宣讀。詔曰：兹爾招討使潘仁美，參劾楊繼業父子違令貪功，喪師辱國一本。朕知楊繼業恃寵違令，致遭軍陷身亡，伊子楊景，越伍私逃，揑詞誣告，罪不容誅，已將楊景典刑正法。今先命團營總管呼延畢顯，降詔慰勞。次命王兒德昭，頒賜金銀綵緞，蟒衣玉帶，犒賞三軍。待平遼之日，另行陞賞，謝恩。〔潘仁美作謝恩，起接旨意科。白〕香案供奉，〔中軍應接科。呼延畢顯白〕元帥在上，小將呼延畢顯參見。〔潘仁美白〕你是天使大人嘎，請坐。〔場上設椅科。呼延畢顯白〕請。〔欲坐科，衆喝躍科，呼延畢顯作起遜科。白〕小將不敢坐。〔潘仁美白〕天使大人，那有不坐之理？〔呼延畢顯白〕是嘎，我是天使，坐得的。請。〔各坐科。潘仁美白〕那楊景果然斬了？〔呼延畢顯白〕我親眼見的。〔潘仁美白〕他有千歲護持，難道不曾保奏麼？〔呼延畢顯白〕千歲也曾保奏，聖上不準。〔潘仁美白〕不準。〔作大笑科，呼延畢顯冷笑科，潘仁美作起，背科。白〕這小子，方纔將旨意嚇我，我今將軍令震他一震。過來。〔中軍應科。潘仁美白〕將黃龍綁過來。〔中軍應科。呼延畢顯白〕元帥要綁那個？〔潘仁美白〕不要你管。〔中軍傳科。白〕將黃龍綁過來。〔將官內應，作綁黃龍，從下場門上。將官白〕黃龍當面。〔潘仁美白〕將他斬訖報來。〔將官應科，黃虎作跪求科。白〕望元帥開恩，饒我哥哥一死。〔潘仁美怒科。白〕將黃虎一併斬首。〔衆應科，黃虎作急退。呼延畢顯白〕住了。元帥，爲何事要斬黃龍？〔潘仁美白〕犯了慢軍之罪，故爾斬他。〔呼延畢顯白〕看小將分上。〔潘仁美作僞嗔科。白〕莫説帳下一將，就是天使犯令，也要斬。〔呼延畢顯作畏科。白〕好嚴令。〔潘仁美白〕拏去斬了。〔呼延畢顯作起科。白〕小將告辭。〔潘仁美作挽止科。白〕且慢，速速斬訖報來。〔將官應科。黄龍白〕潘仁美，你屈斬黄龍，當作厲鬼殺汝。〔將官作押，從下場門下。將官内白〕開刀。〔作持首級，仍從下場門上。白〕獻首級。〔呼延畢顯白〕小將告辭。〔潘仁美笑科。白〕那裏去？〔呼延畢顯白〕千歲將到，元帥不出城去迎接麽？〔潘仁美白〕千歲就到了麽？〔呼延畢顯白〕就到教場了。〔潘仁美白〕先請。〔呼延畢顯作出門科。白〕這奸賊好利害。〔軍士引從上場門下。潘仁美白〕傳令大小三軍，整齊披掛，隨俺出城迎接。〔衆應科。潘仁美白〕招討權衡大，誰人敢抗違？〔衆引從下場門下。黄虎哭科。白〕哥哥。〔作回顧科。白〕哥哥嗄，你兄弟日後必要與你報讐。〔作恨哭科。從下場門下〕

第十一齣　賺兵符奸邪拘執（江陽韻）

〔雜扮小軍，各戴馬夫巾，穿蟒箭袖卒褂，佩腰刀，執旗。雜扮羽林軍，各戴馬夫巾，紮額，穿打仗甲，執鎗。雜扮內侍，各戴太監帽，穿箭袖，繫鸞帶，執馬鞭。雜扮陳琳，戴太監帽，穿鑲領箭袖，繫鸞帶，背金鞭，執馬鞭。引生扮張齊賢，戴紗帽帽簷，穿蟒，束帶，披斗袯，騎馬。生扮德昭，戴素王帽帽罩，穿蟒，束玉帶，披斗袯，騎馬，袖詔書。雜扮二馬夫，各戴馬夫巾，穿箭袖，繫肚囊，牽馬。雜扮一軍士，戴馬夫巾，穿箭袖，繫肚囊，執傘。同從上場門上。同唱〕

【仙呂宮正曲・黑麻序】策馬騰驤(韻)，奉綸音密諭(讀)，敢洩春光(韻)。慮兵權勢重(讀)，防其抵抗(韻)。〔雜扮軍士，各戴馬夫巾，穿箭袖卒褂，佩腰刀，執旗。引淨扮呼延畢顯，戴盔，紮靠，騎馬。雜扮一馬夫，戴馬夫巾，穿箭袖，繫肚囊，牽馬。從上場門上。呼延畢顯作下馬，拜見科。白〕千歲。〔德昭白〕小將軍回來了，你去降旨，那潘仁美如何看待？〔呼延畢顯白〕若説招討的威風，十分利害。臣到帥府門首，那奸賊率領衆將出迎，臣叫了他一聲潘仁美，他便怒容瞪目。小將説有旨意，他纔略略改容，雖然迎接，終帶傲慢之氣。〔德昭白〕他敢如此無理？〔張齊賢白〕招討權柄，原非等閒。〔呼延畢顯白〕利害得緊哩，當著我天使大人，就展他的威勢，要斬大將黄龍。小將纔要討情，他道莫説部將，就是天使犯令，也要斬首。臣虧得與千歲同來，若是臣一人，如何敢行事？〔德昭白〕他知道孤家到了麽？〔呼延畢顯白〕臣已説知。他今率領三軍，出城迎接。千歲，須要小心些。〔德昭冷笑科。白〕諒他不敢奈何我。吩咐肅整隊伍，往教場去。〔衆應。呼延畢顯作上馬科。同唱〕堂堂(韻)，旌旄玉蓋幢(韻)，齊齊臨教場(韻)。〔合〕好威揚(韻)，羽林護衛(讀)，蹡蹡蹌蹌(韻)。〔內奏樂，場上設高臺、公案。浄扮潘仁美，戴嵌龍幞頭，穿蟒，束玉帶。副扮王侁、米信，丑扮田重進、劉君其，雜扮尹繼倫、盧漢贇、黄虎，各戴盔，紥靠。雜扮將官，各戴馬夫巾，紥額，穿打仗甲。雜扮軍士，各戴馬夫巾，穿箭袖卒褂，執旗。同從下場門上，作跪接科。潘仁美白〕臣招討使潘仁美，率領將士，迎接千歲。〔德昭白〕招討公請起。〔同作下馬科，馬夫牽馬從上場門下。場上設椅，德昭坐科。衆作分侍，潘仁美作參見科。白〕臣潘仁美參見千歲。〔德昭白〕招討公請起。〔衆將率衆作叩參科。白〕衆將率領三軍，參見千歲。〔陳琳白〕平身。〔衆將白〕千歲。〔衆作吶喊，分侍科。呼延畢顯作遮護德昭科。潘仁美作笑坐科。白〕三軍肅静。〔衆應科。德昭白〕孤家奉旨，因招討公參劾楊家父子一本，聖上十分動怒，已將楊景正法了。〔潘仁美白〕千歲，雖然楊繼業違令貪功，全軍陷殁。皆臣無謀，不能保其活命，今在千歲駕前請罪。〔德昭白〕若皆如楊家父子，恃寵傲慢，招討何以轄制三軍？聖上知公無私，十分獎譽，特命孤家親來犒賞，以觀兵勢情形，回朝覆奏。〔潘仁美白〕臣部下現有强兵八萬，上將八十員，足可禦敵。争奈遼兵十分驍勇，未能掃蕩，臣正在此籌畫萬全之策。不期今早有一將黃龍，慢我軍情，當著呼延小將軍，臣已將他立斬示衆了。〔德昭白〕招討公軍令嚴肅，朝野悉聞。只是不能肅清邊界，如何是好？〔潘仁美白〕非臣無謀，實係遼將兇很。〔呼延畢顯白〕那裏是遼將兇很，到底是招討無謀。〔潘仁美嗔科。白〕怎見得本帥無謀？這等説，你必定有謀，能破遼軍，請教上策。〔德昭白〕招討公請息怒。小兒家從未出征，有何上策？〔向呼延畢顯白〕你小小年紀，輒敢在招討跟前浪言。〔呼延畢顯白〕非敢浪言，臣雖年小，係將門之子，熟習兵書戰策。況曾遇異人，授我一個天羅地網之陣，憑他有百萬强兵，也難活一個。〔唱〕

【仙吕宫正曲·曉行序】妙蕴非常(韻)，論胸中所學(韻)，能定國安邦(韻)。擺一陣(讀)，管掃百萬强梁(韻)。〔潘仁美白〕你擺此陣，果能破敵麽？〔呼延畢顯白〕果能破敵。〔潘仁美白〕如此，就在此教場擺與我看。倘擺不來，怎麽樣？〔呼延畢顯白〕軍法示衆。〔德昭白〕禁聲。軍中無戲言，休得胡説。〔潘仁美白〕擺不來，軍法示衆？〔呼延畢顯白〕軍法示衆。〔潘仁美白〕好，王侁，立下軍令狀。〔王侁應科。向下白〕立下軍令狀。〔潘仁美白〕就請點將擺陣。〔呼延畢顯白〕我就點將。〔欲居正，復回科。白〕只是三軍不屬吾管，如何出令？除非招討暫假我兵符印信，方好點將。〔德昭僞嗔科。白〕招討公，恕他年小無知，不可介意。〔潘仁美白〕千歲，他既敢立軍令狀，必然能擺此陣。〔德昭白〕他自幼不知兵法，那裏會擺什麽陣？〔向呼延畢顯僞急科。白〕這是你自要尋死，孤家也救你不得。〔呼延畢顯白〕臣若不能，也不説大話了。〔潘仁美白〕王侁、米信，請我兵符印信過來。〔王侁、米信應，向下取兵符印信科。白〕兵符印信在此。〔潘仁美白〕小將軍，當著千歲駕前，假你兵符印信。若擺得來，奏知聖上，將我招討之位讓你。若擺不來，立刻將你斬首示衆。〔呼延畢顯白〕就是這樣，取印信過來。〔潘仁美白〕送過去。〔王侁、米信應，作送科。呼延畢顯白〕將令箭擺在將臺上。〔米信應，作置令箭於高臺科。呼延畢顯白〕這招討印，我也不敢受，交與千歲。〔作取遞，德昭接印，付陳琳科。潘仁美白〕請上臺出令擺陣。〔呼延畢顯白〕自然要擺的。〔潘仁美冷哂。白〕擺不來，隄防一死。〔呼延畢顯背白〕他倒教我隄防。〔笑科。唱〕你隄防(韻)，詔自天來(句)，逞甚奸謀(讀)，眼前災降(韻)。〔潘仁美白〕快些上臺出令。〔呼延畢顯唱〕你休忙(韻)，試聽吾軍令(讀)，教伊魂魄俱亡(韻)。〔作上臺，笑科。白〕一朝權在手，便把令來行。〔作拍案科。白〕潘仁美，率領衆將，上前聽令。〔潘仁美怒科。白〕這廝好無理。〔呼延畢顯嗔科。白〕兵權在我，違令者斬。〔拍案科。白〕潘仁美，上前聽令。〔王侁作向潘仁美耳語科，潘仁美會意科。白〕在此聽令了。〔作起科，隨撤椅。呼延畢顯白〕奉聖旨。〔衆作凛然科。呼延畢顯白〕命黄虎將潘仁美等拏下。〔黄虎越出科。白〕領旨。〔作拏住潘仁美科。王侁等白〕誰敢無理？〔羽林軍作擒住王侁、米信等科，小軍等各出刀。尹繼倫、將官等，作畏伏科。德昭作起，隨撤椅科。德昭白〕大小三軍，上前聽旨。〔衆作俯伏科。德昭從袖中出詔，作開讀科。白〕詔曰：潘仁美挾私讐而害忠良，誤國事而罔君上。王侁、米信、劉君其、田重進，迎合獻謀，同惡相濟，一併扭解來京。其餘衆軍將，有功無罪，謝恩。〔衆同作謝恩科。德昭白〕將潘仁美、王侁、米信、劉君其、田重進打上囚車，一併解京請旨。〔呼延畢顯白〕

領旨。〔引軍士、小軍、羽林軍作押潘仁美、王侁等，從下場門下。德昭白〕張齊賢聽旨。〔張齊賢作俯伏科。德昭白〕聖旨道其張齊賢，文通武備，邊事素嫻。即授爲三關總帥，戮力王家，成功陞賞，謝恩。〔張齊賢作謝恩科。德昭白〕請兵符印信過來。〔太監等應，請印信、令箭科。德昭白〕張大人，用心捍禦，莫負聖恩。〔張齊賢跪接印信科。白〕領旨。〔呼延畢顯引羽林軍、軍士、小軍，押潘仁美，戴羅帽，穿道袍，繫腰裙；王侁、米信、劉君其、田重進，各戴羅帽，穿襯襖，繫腰裙；各坐囚車。雜扮五軍士，各戴馬夫巾，穿箭袖，繫肚囊，推車。同從下場門上，從上場門下。德昭白〕吩咐連夜進京覆旨。〔衆應科。一馬夫牽馬從上場門上，德昭作騎馬科。同唱〕

【喜無窮煞】奸兇害盡忠良將(韻)，一謎的欺天罔上(韻)，報應難逃法網張(韻)。〔張齊賢率衆將跪送科。白〕臣等恭送千歲。〔從兩場門各分下〕

第十二齣　賣國法狼狽貪緣（蕭豪韻）

〔副扮潘虎，戴矮紗帽，穿道袍，從上場門上。白〕不好了嗄。〔唱〕

【仙呂宫正曲·園林好】我嚴親滔天禍遭㊀，奉密旨誰人知曉㊀，驀忽地鎖拏來到㊀。〔白〕前者楊景擊鼓伸冤，放歸私第，又命千歲到軍前賞軍。只道這樁公案，穩保無虞。誰知不是賞功，竟是密旨捉拏我爹爹。今早解到，方知此事。母親得信，痛哭不已。幸得勑派在參知政衙門審問，還有一線可生之路。爲此母親命我向母舅處哀求解救，不免急急前去。〔唱合〕毒謀罪恐難逃㊀，毒謀罪恐難逃㊁。〔作到科。白〕此間已是，有人麽？〔雜扮院子，戴羅帽，穿院子衣，從上場門上。白〕來了，是那個？〔作出門見科。白〕原來是公子。〔潘虎白〕快些通報。〔院子應，作進門請科。白〕老爺有請。〔末扮傅鼎臣，戴紗帽，穿圓領，束帶，從上場門上。白〕姻戚相關己，難言秉至公。怎麽説？〔院子白〕潘公子在外。〔傅鼎臣白〕必爲姐丈之事，快請。〔院子應，作出請科。白〕請相見。〔潘虎進見科。白〕母舅不好了嗄。聖上差千歲到軍前，原來不是賞功，是奉有密旨，將我爹爹扭解來京。聞説勑派在母舅處勘問，我母親命我來懇求母舅，務將楊景用嚴刑拷問，坐他揑詞誣告主帥，救我

爹爹之命。〔唱〕

【又一體】救吾親超豁罪消韻，逼他認虛詞誣告韻，望憐恤把一門命保韻。〔作跪科。傅鼎臣白〕你且起來。你未來之先，我在此躊躇半日了。公子放心，我已命人傳齊在案之人，少間陞堂勘問，我自有道理。〔潘虎白〕務求母舅救我爹爹纔好。〔傅鼎臣白〕你若不放心，請住在此。少間審問時，你在後堂聽審如何？〔潘虎白〕全仗母舅超豁。〔傅鼎臣唱合〕何必你絮叨叨韻，何必你絮叨叨疊。〔白〕且隨我進來。〔同從下場門下。雜扮陳琳，衆内侍假裝百姓，各戴氈帽，穿布道袍，從上場門上。同白〕喬裝商賈客，看審巨奸人。〔陳琳白〕咱家陳琳便是。奉千歲之命，道今日奉旨，在參知政衙門勘問潘仁美一案。那傅鼎臣乃仁美妻弟，恐他徇私庇護。爲此命咱家率領本宮内監等扮作商賈鄉民前去看審。他若偏庇不公，扯他去見千歲。〔内侍白〕千歲已往朝房去了，我們快到參知政衙門去。〔作行科。雜扮百姓，各戴氈帽，穿布道袍，從上場門上。同白〕饒你多奸詐，天道總難欺。〔作相見科。白〕請了。〔陳琳白〕列位，往那裏去的？〔百姓白〕我們都是去看審潘仁美的。〔陳琳等白〕如此，就請同行。〔同白〕相關干係重，靜看莫多言。〔同從下場門下〕

第十三齣　假虎威不分鰱鯉（蕭豪韻）

〔雜扮皂隸，各戴皂隸帽，穿青布箭袖，繫皂隸帶。雜扮衙役，各戴紅氈帽，穿布箭袖，繫紅搭膊。雜扮軍牢，各戴軍牢帽，穿布箭袖，繫軍牢帶，各持刑杖。雜扮書吏，戴吏典帽，穿青素，繫鑾帶。引末扮傳鼎臣，戴紗帽，穿圓領，束帶。從上場門上。傳鼎臣唱〕

【仙呂宮引·海棠春】任他冤狀呈天表（韻），用嚴刑雪化冰消（韻）。〔場上設公案、桌椅，轉場入座科。白〕下官奉旨，勘問楊景告潘仁美一案。左右，〔衆應科。傳鼎臣白〕在案人犯，可曾拘齊？〔衆白〕俱已傳齊。〔傳鼎臣白〕帶進來。〔皂隸衙役應，向下傳科。白〕帶楊景一案。〔作帶。生扮楊景，戴羅帽，穿院子衣。淨扮潘仁美，戴羅帽，穿道袍，繫腰裙，帶鎖杻。副扮王侁、米信，丑扮田重進、劉君其，各戴羅帽，穿襯襖，繫腰裙，帶鎖杻。從上場門上。衙役皂隸白〕楊景一起帶進。〔作喝堂，帶進禀科。白〕楊景一起當面。〔傳鼎臣作出座科。白〕請聖旨。〔書吏應，作請聖旨牌，供於公案科。潘仁美等白〕聖上嘎，臣等罪該萬死。

〔作俯伏科。傳鼎臣白〕請過聖旨。〔書吏應，作請下聖旨牌科。傳鼎臣入座。雜扮陳琳、内侍、百姓，各戴氈帽，穿布道袍，從上場門上，虚白擁進科。皂隸作攔科。白〕出去。〔傳鼎臣白〕住了，下官秉公勘問，只管容他們看審。〔皂隸白〕容你們看，不許喧嘩。〔陳琳、百姓等分立科。書吏點名科。白〕聽點，楊景，潘仁美，王侁，米信，田重進，劉君其。〔各應科。傳鼎臣白〕潘仁美等，下去。〔皂隸應，作帶下潘仁美等科。〕〔傳鼎臣白〕帶楊景。〔皂隸白〕楊景跪上些。〔作帶上科。傳鼎臣白〕楊景，潘仁美參你父子貪功違令，全軍失陷，自喪其命。你怎麽越伍私逃，捏詞誑告？講。〔楊景白〕大人冤枉嗄。我父受潘仁美挾讐毒害，兄弟被他亂箭射死，楊景幸而逃脱。〔傳鼎臣白〕好這逃脱二字，懼罪越伍，捏詞誑告情實矣，快快實招，免受刑法。〔軍牢等白〕招來。〔楊景白〕教我招什麽？〔傳鼎臣白〕潘仁美參汝父子，違令邀功，失陷全軍之事。〔楊景慌科。白〕大人嗄，〔唱〕

【仙吕宫正曲·五供養】容吾訴招（韻）。招討懷讐（讀），毒陷謀高（韻）。欲除楊氏族（句），逼令進山坳（韻）。受重圍幾暮朝（韻），楊希的把援兵求討（韻）。〔白〕仁美竟將楊希呵，〔唱合〕亂箭攢身斃（句），父冤遭（韻），可憐觸碑身死掩蓬蒿（韻）。〔傳鼎臣笑科。白〕一派虚詞。〔楊景白〕並非虚詞。潘仁美等現在案下，乞求大人拷問，必得實情。〔傳鼎臣白〕帶下去，帶仁美等上來。〔皂隸應，作帶下楊景，帶上潘仁美等科。白〕跪上些。〔傳鼎臣白〕楊景説，繼業楊希是你害的。快快實説，免受刑法。〔潘仁美白〕楊繼業父子違令貪功，自己失陷喪命，我何曾害他？不信，問王侁、米信等四人。〔傳鼎臣白〕你四人怎麽説？

〔王侁等白〕實係自己失陷，並非仁美所害。〔傅鼎臣白〕可是實情？〔王侁等白〕是實情。〔傅鼎臣白〕帶下去，帶楊景。〔皂隸應，作帶下潘仁美等，帶上楊景科。傅鼎臣拍案喝科。白〕楊景，你父子自己失機被陷，反來誣告主帥麼？〔楊景急科。白〕大人，實是他們同謀陷害的。〔傅鼎臣白〕還說同謀陷害。左右，取短夾棍夾起來。〔皂隸等應，作取夾棍，欲施刑科。陳琳白〕不好了，你們扭他去見千歲，待我先去報知。〔從下場門下，內侍喝科。白〕傅鼎臣，你敢袒護親黨，廢公枉法麼？〔傅鼎臣作驚怒科。白〕你們敢合黨劫奪欽犯麼？快將楊景等收監。〔皂隸等應科，作帶楊景、潘仁美等，從上場門下。內侍唾科。白〕你這狗官，以私廢公，欺罔朝廷。還要坐在上面，扯他下來，打他一頓，消消衆忿。〔作扯傅鼎臣出座，推倒公案，亂打科。書吏、軍牢、衆百姓作驚慌，各從兩場門逃下。內侍等同唱〕

【正宮正曲・四邊静】糊塗判斷觀之惱(韻)，拳頭打個飽(韻)。奸黨陷忠良(句)，滅理冠裳倒(韻)。

〔傅鼎臣怒科。白〕豈有此理，住了。這法堂乃朝廷所設，你們這起野百姓，輒敢推翻公案，私打命官，該當何罪？〔內侍唾科。白〕你還在夢裏哩，我們乃南清宫內監，奉千歲鈞旨，來看你審問。少有偏向，扯你去面聖。你今曲護潘仁美，妄動大刑，來來來，快扯他到朝房去見千歲。〔唱合〕你懷奸弄狡(韻)，把極刑偏拷(韻)。一意顧親情(句)，王章險抹倒(韻)。〔作扯傅鼎臣從下場門下。副扮潘虎，戴矮紗帽，穿道袍，從上場門暗上，望看慌急科。白〕不好了，這便怎麼處？〔想科。白〕有了，待我趕到朝房，打聽消息。若另派問官，我再圖計較便了。〔虛白，急從下場門下。隨撤公案科。雜扮內侍，各戴太監帽，穿貼裏衣。引生扮德昭，戴素王帽，穿蟒，束玉帶，袖冤狀。從上場門上。德昭白〕奸邪枉法事，已奏聖君知。〔場上設椅，轉場坐科。白〕孤家在朝房專候傅鼎臣勘問潘仁美之信。適纔陳琳來報，道傅鼎臣袒護親黨，不以公訊，竟欲將大刑置楊景於死地。孤即將此事奏知，如今勅命西臺御史韓連鞫審，已著陳琳宣召去了。且待他們到來，宣旨施行。〔衆内侍换戴太監帽，穿貼裏衣，作扯傅鼎臣從上場門上。同唱〕

【又一體】雖平怒氣衝冠惱（韻），枉法施奸狡（韻）。牽臂赴朝門（句），鈞旨忙消繳（韻）。〔作進見科。白〕啟千歲，傅鼎臣欺君枉法，袒護親黨，奴婢等奉命扯來回覆。〔傅鼎臣白〕千歲，尊使等大鬧法堂，推倒公案，私打命官，劫奪欽犯。求千歲帶臣去面聖。〔德昭怒科。白〕還敢强辨。孤家早已洞悉其詳，奏知聖上，你且聽旨。〔傅鼎臣作俯伏科，德昭作起宣旨科。白〕奉聖旨，傅鼎臣故違朕命，袒庇奸回，賣法欺君，罪該斬首。特恩寬宥，削職爲民。其潘仁美一案，命西臺御史韓連審問，謝恩。〔傅鼎臣作謝恩科。德昭白〕殿前校尉何在？〔雜扮校尉，各戴黄羅帽，紥虎頭額，穿箭袖黄馬褂，從上場門暗上，應科。德昭白〕將傅鼎臣剥去冠帶，趕出朝門去。〔校尉應，作剥傅鼎臣冠帶科。白〕出去。〔傅鼎臣作羞忿科，虚白，衆校尉逐，從下場門下。陳琳引副扮韓連，戴紗帽，穿圓領，束帶，從上場門上。陳琳作禀科。白〕啟千歲，韓連宣到。〔韓連作參見科。白〕千歲在上，韓連參見。〔德昭白〕韓卿少禮。奉旨潘仁美一案，命卿秉公鞫審。卿不比傅鼎臣親情相顧，汝宜至公無私，莫負君命。〔韓連應科。德昭白〕聖上發下楊景冤狀一紙，命卿細閱。〔作付冤狀科。韓連白〕領旨。〔德昭白〕孤家回宫去也。〔作起隨撤椅科。同唱合〕受君寵褒㊀，莫玩法違條㊀。審白奏君知㊁，超雪奇冤早㊀。〔從兩場門各分下〕

第十四齣　懼獅吼强納金珠（東鐘韻）

〔副扮潘虎，戴矮紗帽，穿道袍，從上場門上。白〕恨小非君子，無毒不丈夫。可恨八千歲曲護楊景，奏我母舅顧親枉法，削職爲民，聖上又命韓連鞫審。此人雖然很刑決斷，平日最是懼内，又且貪婪好利。爲此趁他在朝房未回，急急趕到家中將玉帶一圍，明珠七顆，遣侍女冬梅去送與他夫人。求他護持反問，處死楊景，以消忿恨。正是：急急通關節，忙忙求護持。〔從下場門下。副扮韓連，戴紗帽，穿圓領，束帶，執馬鞭。雜扮家丁，戴鷹翎帽，穿箭袖，繫鸞帶，隨從上場門上。韓連唱〕

【正宫正曲·柳穿魚】西臺御史最心公(韻)，案牘勞形事煩冗(韻)。方纔玉音天詔下(句)，命吾鞫審莫通融(韻)。〔作到科。家丁白〕老爺回衙。〔韓連作下馬科。家丁從上場門下。雜扮門公，戴羅帽，穿院子衣，繫鸞帶，從下場門上，作接科。白〕老爺回來了。〔韓連作進門科。白〕府中可有人來？〔門公白〕有一侍女冬梅，説潘宅差來見夫人的，方纔進去了。〔韓連白〕不要管他，我在二堂更衣，你傳各役伺候。〔從下場門下。門公應科，從下場門下。雜扮校尉，各戴黄羅帽，紥虎頭額，穿箭袖黄馬褂，佩腰刀，從上場門上。白〕留心暗察訪，注意捉奸人。我等衆校尉是也。千歲恐潘宅差人行賄與韓連，命我等在衙門左近察訪。適纔見一侍女，手持包裹，慌忙進衙，必有緣故，大家留心行事。〔唱合〕留神處讀，捕其蹤韻，暗中緝獲莫教縱韻。〔從下場門下。門子內白〕各役排衙伺候，大老爺陞堂。〔內傳鼓奏樂。雜扮軍牢，各戴軍牢帽，穿布箭袖，繫軍牢帶。雜扮衙役，各戴紅氈帽，穿布箭袖，繫紅搭膊。雜扮皂隸，各戴皂隸帽，穿布箭袖，繫皂隸帶，各持刑具。雜扮書吏，戴吏典帽，穿青素，繫縧帶。隨從兩場門上。旦扮門子，戴小兒巾，包頭，穿青道袍，引韓連換蟒束帶，從上場門上。韓連唱〕

【正宮引・新荷葉】凛凛烏臺望獨隆韻，弄威權酷刑任用韻。〔場上設公案、桌椅，轉場入座科。白〕下官奉旨，鞫問楊景告主帥毒謀陷害一案。少不得要秉公判斷，處正無私的了。左右，帶潘仁美、楊景一案上來。〔皂隸衙役應科。向下白〕帶潘仁美、楊景一案聽審。〔作帶生扮楊景，戴羅帽，穿院子衣。浄扮潘仁美，戴羅帽，穿道袍，繫腰裙，帶鎖杻。副扮王侁、米信，丑扮田重進、劉君其，各戴羅帽，穿襯襖，繫腰裙，帶鎖杻。從上場門上。皂隸等白〕潘仁美、楊景一案帶進。〔衆作喝堂科。皂隸等作帶進稟科。白〕楊景一案當面。〔楊景白〕冤枉嗄。〔韓連白〕楊景，你的冤狀聖上發下來，與下官一一細看，俱已明白了。帶下去。〔皂隸應，作帶下楊景科。韓連白〕潘仁美跪上些。〔衆白〕跪上些。〔潘仁美白〕大人冤枉嗄。〔韓連白〕潘仁美，我這御史衙門不比別處。你若不從實供招，我的刑法利害。〔潘仁美白〕大人，我仁美位居宰相，職授招討，豈不知法度？如何敢謀害命將。其實是楊繼業恃寵傲慢，不奉吾令，自陷於陳家谷，全軍廢命。楊景懼罪，揑詞刁告，求大人用嚴刑審問楊景便知。〔韓連白〕

一派虛詞，王侁等跪上些。〔衆白〕跪上些。〔王侁等作向前科。韓連白〕楊景冤狀上告你四人與主帥同謀陷害。快快實説，不然要動刑了。〔王侁等白〕大人，招討正直無私，赤心爲國，從不聽讒言。實是楊家父子專擅違令，失機致死。〔韓連白〕嗄，自家失機致死，楊希難道也是自己射死的麽？講。〔潘仁美、王侁等白〕這個，不曉得。〔韓連冷笑科。白〕在你部下之將，怎麽説不曉得？〔楊景白〕大人明鑒。只此一句，就斷出同謀陷害的情弊了。〔潘仁美、王侁等白〕楊希陣上被遼兵射死，我們那裏曉得。〔韓連怒喝科。唱〕

【正宮正曲·錦纏道】敢欺蒙(韻)。〔衆同唱〕到烏臺難由奸弄(韻)，抵賴怎相容(韻)？法如爐(讀)，教伊鐵也銷鎔(韻)。〔韓連白〕快招。〔衆作吆喝科。潘仁美、王侁等白〕大人嗄，〔唱〕你是個御史行居心不公(韻)，都應是護楊家迎合南宮(韻)。關節暗中通(韻)，要輕入重把吾曹命送(韻)。〔韓連怒喝科。白〕下官奉旨勘問，秉公無私。你將佞口陷人，説我護著楊家，迎合千歲。左右，看大刑伺候。〔皂隸等應科。雜扮一院子，戴羅帽，穿院子衣，從上場門暗上，向韓連附耳科。韓連白〕知道了。〔院子仍從上場門下。韓連白〕潘仁美，招了的好，不然要用大刑了。〔潘仁美、王侁等白〕大人，酷刑之下，不無冤枉。這樣重情，如何便要屈打成招？〔韓連冷笑科。白〕憑你利口饒舌，逃不脱明鏡高懸。〔同唱〕你涓涓利口兇(韻)，〔合〕逃不出法臺網縫(韻)。看臺前(讀)明鏡照當空(韻)。〔韓連白〕快招。〔衆白〕快招。〔潘仁美、王侁等白〕要我們招什麽？〔韓連白〕陷殁楊繼業，射死楊七郎之事。〔潘仁美佯笑科。白〕大人取笑了，這是楊景的刁詞誣告，怎麽認真要我成招？那裏當得起？〔皂隸等白〕不招。〔韓連白〕好利口。左右先將潘仁美打開刑具，用短夾棍夾起來。〔衆應，欲用刑科。院子仍從上場門上，向韓連附耳，隨扯起科。韓連白〕住了，且將這起人犯班房拘禁。退堂。〔院子扯韓連從上場門下。皂隸等作帶潘仁美等科。向下白〕犯人暫禁班房。〔從下場門下，衆從兩場門分下。隨撤公案桌椅〕

第十五齣　舉金鞭義除貪酷(庚青韻)

〔旦扮冬梅，穿衫背心，繫汗巾。旦扮田氏，穿氅。旦扮侍女，穿衫背心，繫汗巾。同從上場門上。冬梅白〕夫人請。〔田氏白〕冬梅姐，〔唱〕

【仙吕宫正曲·步步嬌】玉帶珍珠權時領(韻)，且候夫君命(韻)，教他法用情(韻)。〔冬梅唱〕救我東人(句)，免遭災眚(韻)。〔雜扮院子，戴羅帽，穿院子衣，作扯副扮韓連，戴紗帽，穿蟒，束帶，從上場門上。韓連唱合〕剛要動嚴刑(韻)，忽聞呼唤忙趨應(韻)。〔作進科。院子白〕老爺扯到。〔韓連嗔科。白〕没規矩，把我老爺牽牛的一般扯將進來。〔田氏白〕因唤你不至，是我教他扯你來的，敢不依麽？〔韓連白〕怎敢不依？正要用大刑審問潘仁美。〔田氏白〕用刑審那個嘎？〔韓連白〕潘仁美。〔田氏作唾面科。白〕糊塗的狗官，潘太師受了楊景刁告，千歲作對，正無處伸冤，指望到你臺下超豁，你怎麽也是這等糊塗？敢是你受了楊家的賄賂了？〔韓連白〕没有，是千歲吩咐。〔田氏白〕你只怕千歲，潘太師是朝廷國戚，你順了千歲，不怕得罪朝廷麽？〔韓連白〕千歲吩咐，乃是聖上的旨意，教我從公而斷的。〔田氏白〕果然糊塗，聖上怎麽好明發上諭，偏護仁美？這從公二字，難道你還不明白麽？

〔韓連作躊躇，歎科。白〕我想潘太師，有這樣的脚力，何不通個關節，打發個人來，告訴我一聲也好。〔田氏指冬梅科。白〕通關節的人在此。〔冬梅白〕我家夫人命我送上玉帶一圍，明珠七顆，求大人照應。若將楊景治死，夫人啟知娘娘，大人必有好處。〔田氏白〕丫環，把禮物取來。〔侍女應，作取呈玉帶、明珠科。田氏白〕你來看看。〔韓連作看，誇美科。白〕光彩奪目，真正無價至寶，收好了。〔院子應，作送下科。田氏白〕你若超雪了潘太師，夫人啟知娘娘，你我後半世的富貴享用不盡哩。〔韓連白〕是是，一一從命。〔冬梅白〕諸事全仗老爺夫人，冬梅覆命去了。〔田氏白〕回覆你家夫人，只管放心，恕不送了。〔冬梅從下場門下。韓連白〕夫人，請進房去，下官即刻陞堂辦理。〔田氏白〕你若再偏護楊家，少間進房來，教你招架。〔韓連應科，田氏從下場門下，侍女隨下。韓連作遶場科。白〕下官不把夫人怕，玉帶明珠何處來？〔場上設公案、桌椅科。院子白〕老爺陞堂，各役伺候。〔隨從下場門下。韓連入座科。雜扮書吏，戴吏典帽，穿青素，繫縧帶。旦扮門子，戴包頭小兒巾，穿青道袍。雜扮軍牢，各戴軍牢帽，穿布箭袖，繫軍牢帶。雜扮衙役，各戴紅氈帽，穿布箭袖，繫紅搭膊。雜扮皂隸，各戴皂隸帽，穿布箭袖，繫皂隸帶，各持刑具。從兩場門上，作喝堂、分侍科。韓連白〕單帶楊景上來。〔皂隸應科。向下白〕帶楊景。〔作帶生扮楊景，戴羅帽，穿院子衣，從上場門上，稟科。白〕楊景當面。〔韓連白〕楊景，方纔百般審問潘仁美，你是親眼見的。〔楊景白〕是，大人秉公爲國。〔韓連白〕只是他們不肯招認，怎麽好？〔楊景白〕無賴不成詞。〔韓連白〕好，好個無賴不成詞。你那寃狀上的情形，只怕也是無賴不成詞嗄。〔楊景白〕大人，楊景冤狀，句句實情。〔韓連白〕你嚜，句句實情，別人都是賴詞。你嗄，不可執迷，我都明白在此了。你父子違令邀功的罪大，你是怕擔重罪，所以誣告主帥脱你之罪。不妨，你若實説，下官將一應罪名坐在死者身上，超豁你無罪便了。招。〔楊景驚慌科。白〕大人，我父親、兄弟實是潘仁美害死的，還求明斷。〔唱〕

【仙呂宮正曲·皂羅袍】我父忠心耿耿(韻)，報皇家深澤(讀)，勤勞邊境(韻)，何曾違令自專征(韻)？是羣奸逼陷全軍命(韻)。〔韓連冷哂科。白〕不動嚴刑，你也不肯實説。左右，取桚指，桚這厮。〔皂隸應，作取刑科。白〕領鈞旨，犯人上桚。〔作桚楊景科。楊景白〕冤枉嗄。〔韓連怒喝科。唱合〕那怕你很刑能挺(韻)，詖辭善爭(韻)。烏臺嚴訊(句)，要你供將罪名(韻)，我真情洞鑒休想圖僥倖(韻)。〔生扮德昭，戴素王帽，穿蟒，束玉帶。雜扮陳琳，戴太監帽，穿鑲領箭袖，繫縧帶，捧金鞭。雜扮内侍，戴太監帽，穿貼裏衣，隨從上場門上。德昭白〕陳琳，隨我來。〔作窺探科。韓連白〕招。〔皂隸等白〕快招。〔楊景白〕冤枉嗄。〔皂隸等稟科。白〕不招。〔韓連白〕卸了桚。〔衆應，作卸桚科。韓連白〕看短夾棍夾起來。〔衆應。德昭作進科。白〕韓連。〔韓連作驚慌，出座跪科。白〕臣有。〔德昭白〕汝爲朝廷顯職，奉旨勘問重情，何得私受潘家賄賂，反動嚴刑拷問楊景，是何道理？〔韓連白〕千歲，臣何曾受潘家賄賂？又不知那個在千歲駕前冤屈我了。〔德昭白〕嗄，不曾受賄？〔韓連白〕不曾。〔德昭白〕若有此事？〔韓連白〕若有此事，臣願死於千歲金鞭之下。〔德昭白〕好。陳琳，命校尉帶那女子進來。〔陳琳應，作傳科。白〕千歲有旨，命校尉帶那女子進來。〔雜扮校尉，各戴黃羅帽，紮虎頭額，穿箭袖黃馬褂，佩腰刀，作押冬梅從上場門上。白〕領旨。〔作帶進稟科。白〕女子當面。〔德昭白〕那女子，將實情訴上來，饒你無罪。如若隱瞞，看刀。〔校尉應，作出刀，冬梅驚喊科。白〕千歲饒命。〔德昭白〕容他講。〔校尉應，作收刀科。白〕講。〔冬梅白〕冬梅奉主母之命，將玉帶一圍，明珠七顆，送與韓連之妻田氏。求韓連超豁家主之罪，治死楊景。〔德昭白〕可曾受？〔冬梅白〕他夫妻二人一口應承，將玉帶明珠收下了。〔德昭白〕韓連，你還有何辨？陳琳，去取玉帶、明珠出來。〔陳琳應科，從上場門下。韓連白〕臣該萬死，都是臣妻做的主，與我無干。〔德昭怒科。白〕可惱可惱。〔唱〕

【仙呂宮正曲・江兒水】聽説衝冠怒(句)，心頭火烈生(韻)，貪人重賄輕人命(韻)。〔陳琳持玉帶明珠，仍從上場門上，禀科。白〕玉帶明珠有了。〔德昭白〕韓連，你自許若有此事，願死在孤家金鞭之下。校尉們，將這奸賊冠帶剥去。〔校尉白〕領旨。〔韓連哀求科。白〕千歲饒命。〔校尉作剥韓連冠帶科。德昭白〕奸賊嗄奸賊。〔作取鞭科。唱〕貪婪蒙蔽陰私逞(韻)，朝班奸佞應除屏(韻)。〔白〕看鞭。〔作打死韓連科，校尉作擡屍從下場門下。書吏門子作驚科，從兩場門下。陳琳接鞭科。德昭白〕冬梅放回。〔冬梅白〕多謝千歲。〔從下場門急下。德昭白〕吩咐將楊景、潘仁美等帶到朝門候旨。〔校尉、皂隸等應科。作帶淨扮潘仁美，戴羅帽，穿道袍，繫腰裙，帶鎖杻。副扮王侁、米信，丑扮田重進、劉君其，各戴羅帽，穿襯襖，繫腰裙，帶鎖杻。從上場門上。德昭等同唱〕恭向九重奏請(韻)，〔合〕會勘從公(句)，鞫審冤情詳定(韻)。〔同從下場門下〕

第十六齣　定鐵案罪著奸雄（寒山韻）

〔雜扮陳林、柴幹，各戴紮巾，穿鑲領箭袖，繫鸞帶，從上場門上。白〕爲探伸冤事，匆匆到帝京。交情交義氣，干証自投呈。〔分白〕俺陳林，俺柴幹。〔同白〕只爲六郎伸冤一事，放心不下，打聽説連遇奸黨，未得伸冤。今日又在刑部堂上會審，我們不免自投見証，對理潘賊便了。併力除奸黨，同心報國恩。〔從下場門下。雜扮皂快，各戴皂隸帽，穿緞箭袖，繫皂隸帶。雜扮衙役，各戴紅氈帽，穿緞箭袖，繫紅搭膊。雜扮軍牢，各戴軍牢帽，穿緞箭袖，繫軍牢帶。引浄扮呼延贊，戴黑貂，穿蟒，束帶。末扮趙昌，戴紗帽，穿蟒，束帶。外扮寇準，生扮吕蒙正，各戴相貂，穿蟒，束帶，帶印綬。從上場門上。寇準等唱〕

【黄鐘宫引・點絳唇】勅命平反(韻)，秉公執侃(韻)。成鐵案(韻)，判出賢奸(韻)，休使那東海三年旱(韻)。〔分白〕下官刑部尚書，同平章事寇準是也。下官參知政，同平章事吕蒙正是也。下官總宿衛大將軍呼延贊是也。下官樞密使趙昌是也。〔寇準白〕特奉聖旨，命千歲與我等在刑部堂上會審潘仁美一案。〔呼延贊白〕好嗄，俺前番上了他的當。少間審問時，將那腦箍、夾棍、板子一齊全上報報讐，出出心中惡氣。〔寇準等白〕這個自然。〔内作喝導科。寇準等白〕遥聽喝導之聲，千歲來也。

〔雜扮從人，各戴小頁巾，穿箭袖排穗，佩腰刀。雜扮内侍，各戴太監帽，穿貼裏衣。雜扮陳琳，戴太監帽，穿鑲領箭袖，繫鸞帶，捧金鞭。引生扮德昭，戴素王帽，穿蟒，束玉帶，乘馬從上場門上。德昭唱〕

【中吕調套曲·粉蝶兒】天理循環(韻)，大奸臣報彰臨限(韻)，用盡了毒很機關(韻)。背明君(句)，蒙聖主(句)，也有日拘拏到案(韻)。總饒伊舌捲波瀾(韻)，洗不脱滔天罪犯(韻)。〔作到科，内奏樂。德昭下馬，寇準等作迎進科。中場設高臺、公案、桌椅一座，兩旁設公案、桌椅四座。德昭轉場陞座，寇準等作參見科。白〕千歲在上，臣等參見。〔德昭白〕卿等少禮，各歸公座。〔寇準等白〕千歲。〔各作入座科。德昭白〕帶潘仁美一起聽審。〔寇準等白〕帶潘仁美一起聽審。〔皂快等應科，作向下帶生扮楊景，戴羅帽，穿院子衣；浄扮潘仁美，戴羅帽，穿道袍，繫腰裙，帶鎖杻；副扮王侁、米信，丑扮田重進、劉君其，各戴羅帽，穿襯襖，繫腰裙，帶鎖杻，從上場門上。皂快作禀科。白〕潘仁美一起當面。〔德昭白〕卸了刑具。〔皂快應科。白〕領鈞旨，犯人卸刑具。〔作卸刑科。德昭白〕將楊景、王侁等帶下去。〔皂快應，作帶下楊景、王侁等科。德昭白〕潘仁美，你乃君之宰輔，國之全戚，恩寵無雙。奉命伐遼，當體聖上宵旰焦勞，盼捷安民之至意。自應將帥調和，憐恤士卒，早得成功，以報國恩。如何挾私讐而誤國事，陷害繼業，射死楊希？種種不法，到孤案下，還有何辨？〔潘仁美白〕千歲嗄，臣其實不曾陷害繼業，射死楊希。況臣與楊家也没有私讐，爲何要害他們呢？〔寇準白〕你使盡黑心，要害楊家，也非一日矣。彼時兵權在汝掌握之間，安得無報讐之念？快快供招，免受痛苦。〔潘仁美白〕罪臣奉旨防禦遼兵，安敢以私讐而廢公事？是他父子自失機宜，致被陷歿，反來誣告臣等。若千歲不察其詳，屈坐帥臣之罪，則以後將士，凡有失機陣歿者，皆算主帥陷之矣，誰敢再做元帥？乞千歲明鑒。〔呼延贊怒唾科。白〕老賊，若無毒害之心，爲何假言絶糧，賺我回京？我纔走幾日，楊令公便死了，説。〔寇準等白〕快招。〔潘仁美白〕冤枉難招。〔德昭白〕上拶。〔皂快等應科。白〕領鈞旨，犯人上拶。〔作用刑科。德昭白〕奸賊。〔唱〕

【中呂調套曲·醉高歌】在朝中早識伊奸韻，遇著你人人膽寒韻。讒言慣把忠良訕韻，毒害那楊門可歎韻。〔德昭白〕招不招？〔潘仁美白〕冤枉難招。〔德昭等白〕敲。〔皂快等應，作敲科。德昭等白〕快招。〔皂快等白〕快招。〔潘仁美白〕冤枉難招。〔德昭白〕帶下去，帶王侁、米信等上來。〔皂快等應，作帶下潘仁美，帶上王侁等科。德昭白〕將同謀毒害實情，一一招來。〔王侁等白〕王侁、米信等，不過是部下將佐。素知千歲重用他父子，焉能設謀陷害他？求千歲明鑒。〔德昭白〕好利嘴，上拶。〔皂快應科。白〕領鈞旨，犯人上拶。〔作用刑科。德昭唱〕

【中呂調套曲·喜春來】權門走狗忘顔赧韻，結黨同謀心忍殘韻，逞奸無畏也無憚韻。兇徒膽押，口佞没遮攔韻。〔德昭等白〕招。〔王侁等白〕冤枉難招。〔德昭等白〕敲。〔衆應，作敲科。德昭等白〕招不招？〔王侁等白〕其實難招。〔呼延贊作急躁科。白〕千歲，這毒謀陷害的事，那個不知？這樣刑法不中用，將潘仁美等一齊上了腦箍，不怕他不招出實情來。〔德昭白〕卸拶。〔皂快等應，作卸拶科。

德昭白〕將他五人上腦箍。〔皂快等應科。白〕領鈞旨，犯人上腦箍。〔作用刑科，潘仁美等作叫苦昏迷科。呼延贊白〕拏涼水噴。〔皂快應，作取水，噴醒科。呼延贊白〕招不招？〔王侁、米信等白〕罪臣們無非遵依驅使，只問潘仁美。〔潘仁美白〕都是王侁、米信獻的機謀。〔德昭等白〕掌嘴。〔皂快等應，作掌潘仁美嘴，出血彩科。德昭等白〕快招。〔潘仁美白〕都是王侁、米信等做的事，與我無干。〔德昭等白〕到此際，還要互相抵賴。〔唱〕

【中呂調套曲・紅繡鞋】狡猾心腸使慣(韻)，到今還自牽扳(韻)。令人深恨恁刁頑(韻)，休思逃法網(句)，鐵案重如山(韻)，今朝將惡癉(韻)。〔陳林、柴幹從上場門上。白〕來此已是，不免進去。〔作直進科，衙役作攔科。白〕出去。〔陳林、柴幹白〕我們是陳林、柴幹，來自投干証的。〔德昭作見問科。白〕什麼人？〔內侍白〕什麼人？〔衙役稟科。白〕陳林、柴幹，來投干証。〔內侍白〕啟千歲，陳林、柴幹，自投干証的。〔德昭白〕喚進來。〔內侍應科。白〕喚進來。〔衙役應科。白〕喚你們進去。〔陳林、柴幹作進叩見科。白〕千歲在上，陳林、柴幹叩頭。〔德昭白〕作何干証？起來講。〔陳林、柴幹起科。白〕潘仁美與王侁、米信同謀，將楊繼業父子三人逼進陳家谷，按兵不救。楊希突圍求援，潘仁美不準。臣二人上前哀求，被他叱退，竟將楊希用亂箭射死。楊希屍首是臣等埋在七松坡下。仁美恐怕洩漏，要斬我二人，幸喜得信逃脱，遇見六郎，告知詳細。仁美又怕六郎來京伸冤，命家將錢秀、周方沿途埋伏，謀殺六郎，俱是臣等解救。今來千歲駕前作証。〔德昭等白〕奸賊，還有何辨？〔潘仁美白〕這都是楊景一黨，何足爲憑？〔德昭怒科。白〕他二人目覩之事，自投干証，還説無憑？將短夾棍夾起來。〔皂快等應，作用刑科。德昭等白〕招不招？〔潘仁美白〕冤枉嗄。〔呼延贊白〕還説冤枉，收。〔皂快等應，作收科，潘仁美作昏迷科，皂快等禀科。白〕昏迷過去了。〔呼延贊白〕取水來噴。〔皂快等應，作取水噴醒科。德昭等白〕招上來。〔潘仁美白〕受刑不起，願招。〔衆白〕招。〔潘仁美白〕陷害繼業，射死楊希，俱是實情，願招。〔皂快等禀科。白〕招認了。〔德昭白〕將他五人，重砍四十。〔皂快等應，作行杖，畢禀科。白〕打完。〔德昭白〕卸了大刑。〔皂快等應科。白〕領鈞旨，犯人卸刑。〔作卸刑科。德昭白〕著他五人畫招。〔皂快等應，作取紙筆，付潘仁美等科。白〕畫供。〔潘仁美等唱〕

【中呂調套曲·快活三】於今血淚潸(韻)，悔設巧機關(韻)。樁樁惡蹟罪如山(韻)，筆筆供招案(韻)。

〔皂快等取供呈科。白〕供完。〔德昭等白〕上了刑具，帶去收監。〔皂快等應，作與潘仁美等上刑具科，隨帶從下場門下。德昭白〕楊景、陳林、柴幹，歸第候旨。〔楊景、陳林、柴幹應科，從下場門下。德昭白〕孤與卿等一同覆旨去者。〔寇準等應科，内奏樂，下座隨撤高臺、公案科。德昭等作上馬，衆引遶場科。同唱〕

【中呂調套曲·白鶴子】當日個逞奸謀心毒很(句)，到今朝受果報悔也難(韻)。何苦的施奸刁巧機關(韻)，禍臨頭反不及癡呆漢(韻)。〔同從下場門下〕

第十七齣 冥主拘魂聚差鬼（齊微韻）

〔左場門設昇天門，右場門設酆都城科。雜扮牛頭馬面，各戴套頭，穿鎧，持叉。雜扮鬼卒，各戴鬼臉，穿蟒箭袖虎皮卒褂。雜扮判官，各戴判帽，穿圓領，紥帶，持筆簿。小生扮金童，戴線髮紫金冠，穿氅，繫絲縧，執旛。旦扮玉女，戴過梁額、仙姑巾，穿氅，繫絲縧，執旛。引净扮五殿閻君，戴冕旒，穿蟒襲氅，束玉帶，從酆都城内上。五殿閻君唱〕

【黄鐘宫正曲·出隊子】人何愚昧(韻)，只認天高却聽卑(韻)。伊纔舉念預先知(韻)，善惡未行禍福隨(韻)。〔合〕怎知巧詐欺天(讀)，伊心自欺(韻)。〔中場設高臺、帳幔、公案，轉場陞座科。白〕善彰惡癉影隨形，毫髮難欺掌正平。業鏡無私休作惡，森羅有法不容情。吾乃第五殿最勝耀靈神君閻羅王是也。職司六道，總理三才。出生入死，金光不散動輪迴。彰善罰惡，業鏡分明察果報。刀山劍樹，皆勸善之箴規。熱鐵鎔銅，悉驅惡之藥石。天堂地獄，由人自步。善果惡報，惟心自召。正是：絲毫不爽睍天道，刑賞成時鐵案刊。〔金星内白〕玉旨下。〔判官稟科。白〕玉旨下。〔閻君下座科，内奏樂。雜扮儀從，各戴大頁巾，穿蟒箭袖排穗，執儀仗。引末扮金星，戴蓮花冠，穿蟒，繫絲縧，捧旨意，從昇天門上。〔金星白〕綸綍頒來白玉陛，御音宣向鐵圍城。〔作進酆都城，閻君作迎接進門，俯伏科。金星開讀科。白〕玉旨下，跪聽宣讀。據紫微大帝所奏，太宗皇帝駕下，招討使潘仁美同部下王侁、米信等，設謀陷害楊繼業父子，欺君誤國，罪惡滔天。特遣太白金星，賫旨到冥府五殿閻羅，考查該犯惡蹟。如果情實，即令其先受人誅，然後拏赴酆都，治罪施行。〔閻君白〕聖壽無疆。〔作起接旨意，付判官科。閻君白〕星君請坐。〔場上設椅，各坐科。金星白〕神君，若據繼業楊希，告那潘仁美呵，〔唱〕

【仙呂宮正曲・皂羅袍】毒很奸謀乖戾(韻)，恃皇恩寵渥(讀)，肆志謀爲(韻)，要除楊氏族無遺(韻)，萬千兵將做含冤鬼(韻)。〔合〕奸懷私忿(句)，聖旨故違(韻)，背君誤國(句)，忠良命危(韻)，欺君逃不脱滔天罪(韻)。〔閻君白〕那班奸賊，一生所作所爲，筆筆登記至如前者。八殿下拏他時節，還屈殺了老將黄龍。昨日冤魂已告到案下，莫説這奸賊天網難逃，就是枉死城中，有無數冤鬼等著這奸賊哩。〔唱〕

【又一體】鐵筆樁樁詳記(韻)，報從前作過(讀)，難昧毫釐(韻)。如今奉勅敢違期(韻)，速彰惡報難寬貰(韻)。〔金星白〕就此告辭，覆旨去也。〔閻君白〕不敢久留，潘仁美一案自當遵旨施行。〔金星白〕請。〔同起隨撤椅科。同唱合〕奸懷私忿(句)，聖旨故違(韻)，背君誤國(句)，忠良命危(韻)，欺君逃不脱滔天罪(韻)。〔儀從引金星作出酆都門，從昇天門下。閻君復陞座科。白〕判官聽旨。〔唱〕

【又一體】罰惡欽遵天帝(韻)，把羣奸黨弊(讀)，呈報情實(韻)，使其一併去受誅夷(韻)，捉來地府嚴刑治韻。〔白〕再查潘仁美之黨惡，併其妻子，有陽壽該終者，一併拘拏。〔判官應，作查簿科。同唱合〕奸懷私忿句，聖旨故違韻。背君誤國句，忠良命危韻，欺君逃不脱滔天罪韻。〔一判官禀科。白〕啟上閻君，潘仁美之妻傅氏，不知勸戒，助夫爲惡，縱子行賄，要使韓連治死楊景。傅鼎臣違逆聖旨，顧親枉法，欲害忠良，雖經削職，惡念未除，罪犯重重，應墮地獄，只是該犯陽壽未終。〔閻君怒科。白〕可惱，傅氏、潘虎、傅鼎臣，罪大惡極，不必依常例施行，應彰速報者。〔一判官禀科。白〕還有王强，因試不第，私投遼邦。後復回汴，借楊景冤狀，得叨恩寵。心蓄賣國求榮之志，與傅鼎臣陰使謝廷芳毒害楊景，雖未就謀，惡念已萌矣。〔閻君作怒科。白〕誰料奸惡之黨，有如許之多，可惱嗄可惱。〔唱〕

【又一體】合黨成羣姦宄韻，受朝廷爵禄讀，不法胡爲韻。〔白〕殿前鬼使聽旨。〔鬼卒應科。五殿閻君唱〕將酆都都鬼召來齊韻，速彰報應無留滯韻。〔同唱合〕奸懷私忿句，聖旨故違韻。背君誤國句，忠良命危韻，欺心逃不脱滔天罪韻。〔鬼卒作鳴鑼、響號科。雜扮一鬼使，戴鬼髮，穿青緞箭袖，繫虎皮搭胯，執旗，從酆都城内上，遶場作出酆都城，按方招取雜扮九差鬼，各戴鬼髮紥頭，穿劉唐衣，繫虎皮搭胯，襲青紬道袍，按九方上，跳舞科。鬼使作引進酆都城，鬼使從酆都城内下。九差鬼作參見科。白〕九鬼打躬。〔閻君白〕九鬼聽令，來日有王强、傅鼎臣、謝庭芳，到監中探取潘仁美，設計陷害楊景。爾等速將傅鼎臣活捉到來，以警王强、謝庭芳之陰謀。倘或回心，庶幾免咎。〔唱〕

【正宮正曲·四邊静】羣奸獄底陰謀計(韻),思把良臣廢(韻)。傅賊速勾拏(句),警戒回奸意(韻)。〔白〕其奸黨王佚、米信、劉君其、田重進四人,奉旨在市曹正法,爾等捉取鬼魂,同往盤龍山等候。待潘仁美與其妻子共受人誅,然後一併解赴陰司受罪。〔唱合〕拘拏休滯(韻),時刻莫遲(韻)。齊解到陰司(句),罰受重重罪(韻)。〔九差鬼同唱〕

【又一體】火牌速領臨陽世(韻),面諭牢牢記(韻)。速走快如風(句),萬里須臾逝(韻)。〔合〕拘拏休滯(韻),時刻莫遲(韻)。齊解到陰司(句),罰受重重罪(韻)。〔閻君白〕爾等九鬼,速領火牌惡報彰。〔作付牌,都差鬼接科。九差鬼白〕拘拏來見很閻王。〔閻君白〕奸頑空設陰謀計。〔九差鬼白〕難免酆都受禍殃。〔閻君下座,隨撤高臺、帳幔、桌椅。九差鬼作跪送科。衆鬼判等引閻君仍從酆都城内下。九差鬼跳舞,作出酆都城,從下場門下。隨撤昇天門、酆都城〕

第十八齣　賢王執法諫明君（真文韻）

〔副扮王强，戴矮紗帽，穿圓領，束帶，從上場門上。唱〕

【南呂宫引·一剪梅】矯佞求榮我獨遵（韻），遼也稱臣（韻），宋也稱臣（韻）。蜂蠆藏心臉含春（韻），詐僞慇懃（韻），暗侮君親（韻）。〔場上設椅，轉場坐科。白〕下官王强，奉蕭〔作四顧科。白〕奉蕭太后密諭，到汴梁做個内應。正愁無計進步，恰遇楊景要寫冤狀。我就罄其所學，寫成狀詞，背後下了一個名字。聖上看見了，道我有肝膽，就召我入朝面試，做了一篇平遼論。聖上説我有經濟之才，賜我爲翰林承旨，被我佞言諂媚，未及十日，又陞我樞密院直學士，信任無比，恩寵無雙。現今在朝舊臣皆來附熱於我。有個金吾將軍謝庭芳，是潘仁美的門生，如今見他敗事，前日拜我爲老師，孝敬却也不少，果然富貴一齊來了。只有八千歲幾次在聖上面前説我姦險小人，不可大用。噫，争奈他是聖上的姪兒，又且手中那一把金鞭利害得緊。只好權時忍耐，日後用計再處。昨晚謝門生説，傅鼎臣與潘虎爲仁美定案一事，今日五鼓，到此求情，想來必有孝敬。怎麽還不見來？〔雜扮院子，各戴羅帽，穿院子衣，繫鑾帶，擡盒科。副扮潘虎，戴羅帽，穿道袍。末扮傅鼎臣，戴高方巾，穿道袍。净扮謝庭芳，戴高紗帽，穿圓領，束帶。同從上場門上。謝庭芳白〕二位隨我來。〔同白〕借他新寵任，救我舊功臣。〔作到科。謝庭芳白〕這裏是了，不必通報，隨我進來。〔同作進門科。謝庭芳白〕老師在家麽？〔作見揖科。王强白〕謝門生來了，等候已久，怎麽這時候纔來？〔謝庭芳白〕因等候傅、潘二公的禮物，故爾來遲。過來見了。〔傅鼎臣、潘虎作拜見科。白〕大人。〔王强遜科。白〕不敢，到此何事？〔潘虎白〕大人，不好了嘎。〔王强白〕坐了講。〔場上設椅，各坐科。王强白〕什麽事不好了？〔潘虎白〕昨日八千歲定擬我爹爹罪名。道謀殺功臣，欺君誤國，定了剮罪。聖上道潘仁美，先帝開國功臣，兩朝元宰，命減等再議。〔王强白〕若果有此旨，聖意不欲令尊死了嘎。〔潘虎白〕聖恩雖則寬宥，叵耐八千歲必欲將我爹爹置於死地。如今改擬斬罪，今日早朝陳奏。〔傅鼎臣白〕我與甥兒特備些微之敬，取禮物來。〔同起隨撤椅，院子開盒獻禮物科。傅鼎臣白〕黄金五百，白銀一千，蟒衣一襲，玉帶一圍，乞求笑納。〔王强白〕多謝，多謝，擡了進去。〔院子應科，擡盒送下，隨上。傅鼎臣白〕你們出去。〔院子應科，從下場門下。王强白〕送我這些東西，必是要我保太師個活命，可是？〔潘虎應科。傅鼎臣白〕不惟保我姐丈活命。我爲了楊景，削職爲民，忿恨未消。乞求大人設計，將楊景害死，再當重報。〔王强白〕容想。〔背科。白〕不錯，被他提醒了。我看楊景，蓋世英雄，若留此人，乃遼邦之大患。應個人情，害了他，一舉兩得。〔轉科。白〕二公，應便應了，只恐獨力難成。〔謝庭芳白〕不妨，潘太師是我舊日恩師，我與兄弟謝庭蘭皆蒙太師提挈，得做高官。門生與老師併力行事便了。〔王强白〕

甚好。天色黎明，二位回府，靜聽好音。我與門生上早朝，相機奏請便了。〔傅鼎臣、潘虎白〕全仗大人了。〔從下場門下。干强白〕全憑三寸舌。〔謝庭芳白〕妄奏是和非。〔同從下場門下。雜扮内侍，各戴太監帽，穿貼裏衣。引生扮德昭，戴素王帽，穿蟒，束玉帶，抱笏。雜扮陳琳，戴太監帽，穿貼裏衣，捧金鞭、本章，隨從上場門上。德昭唱〕

【越角套曲·鬭鵪鶉】曙色東方(句)，曉星漸隱(韻)。徹耳的漢苑鐘聲(句)，趨步的金階路近(韻)。拂拂的御鼎香凝(句)，湛湛的金盤露潤(韻)。旭日輝麗紫宸(韻)，早則見閶闔宏開(句)，列鵷行紳拖笏搢(韻)。〔内侍白〕已到朝門了。〔德昭接本科。白〕迴避。〔陳琳等從上場門下。外扮寇準，生扮吕蒙正，各戴相貂，穿蟒，束帶，帶印綬，執笏。王强、謝庭芳各執笏。同從上場門上。白〕千歲來了。〔作參見科。白〕千歲。〔德昭白〕衆卿少禮。〔内奏樂。德昭白〕聖駕臨軒，肅恭伺候。〔雜扮内侍，各戴太監帽，穿貼裏衣。雜扮大太監，各戴太監帽，穿蟒，束帶。旦扮宫官，戴宫官帽，穿蟒，繫絲縧，執符節、雉扇。引生扮宋太宗，戴金王帽，穿蟒，束黄鞓帶，從上場門上。宋太宗白〕爲君勤政治，虚己納忠良。拱手居宸扆，留神置諫章。〔場上設高臺、帳幔、桌椅，宋太宗陞座科。德昭領班，作朝見科。衆臣同白〕臣等朝見，願吾皇萬歲，萬歲，萬萬歲。〔宫官白〕平身。〔德昭、衆臣白〕萬歲。〔作起分侍科。德昭跪奏科。白〕兒臣遵旨，會同刑部定擬潘仁美之罪。按律謀殺功臣，欺君誤國，律應剮罪。今蒙聖上恩宥，念其開國功臣，兩朝元宰，罪減一等，潘仁美應該處斬。其王侁、米信等四人，行間卑職，迎合主帥，殘害勳臣，罪擬斬首。今將罪案定擬，

伏乞聖鑒。〔作進本章科。唱〕

【越角套曲·紫花兒序】仁美的辜恩背旨(句),毒害楊門(韻),挾私讎誤國欺君(韻)。這滔天罪惡(句),情實情真(韻),明君(韻),治政無私討罪臣(韻),不能憐憫(韻)。似這等巨惡奸頑(句),非尋常比倫(韻)。〔宫官白〕平身。〔德昭白〕萬歲。〔作起侍科。宋太宗白〕衆卿,王兒所擬仁美之罪,朕思太重。念其開創之功,還可再減一等。〔王强跪奏科。白〕臣樞密直學士王强。〔謝庭芳跪奏科。白〕臣金吾將軍謝庭芳。〔王强同白〕謹奏。潘仁美乃先帝功臣,國之至戚,兩朝元宰。今聖上加恩減等,免其一死,實吾主保全功臣,仁德之至意也。況從古無元宰典刑之例,伏乞聖裁。〔德昭白〕仁美罪不容誅,爾等敢玩國法,陷君不明,當得何罪?〔王强、謝庭芳白〕臣等如何敢玩國法。從公而論,仁美是開國功臣,國家至戚,可以免死。〔德昭白〕仁美是國家至戚,應當免死。那賀懷浦難道不是先帝的國舅,如何被仁美也陷歿陳家谷?〔王强、謝庭芳白〕按律定罪,出自臣下。寬恩減等,出自上裁。若部將陣歿,帥臣坐斬。楊景失機敗將,越伍私逃,更當斬首了。〔宋太宗白〕衆卿不必争論。朕想若帥臣失陷,部將應斬。楊景敗陣私逃,亦應斬首。朕念繼業父子有涿鹿救駕之功,今又歿於王事,深爲痛惜。楊景不惟免死,朕當加恩重用,以表其功。〔德昭、寇準、吕蒙正白〕陛下念及功臣,以慰其後,爲社稷計也。〔宋太宗白〕楊家既已加恩,潘仁美之罪亦可減等免其一死,全家發往朔州充軍。其王侁、米信、劉君其、田重進,蠱惑主帥,陷害功臣,罪應斬首正法,不必再議。〔德昭等作應科。〔宋太宗白〕王兒聽旨。〔德昭俯伏科。宋太宗白〕楊繼業追贈太尉之職，楊景素諳邊事，授爲嘉山寨都巡檢使，防禦遼兵。賀懷浦追贈忠勇侯。其陳家谷陣亡兵將，勑命五臺山方丈建醮超度亡魂。王侁、米信等四人，即著呼延贊監斬，就命楊景行刑。潘仁美押往市曹陪綁後，全家發配朔州充軍，欽此。〔德昭作謝恩，起侍科。宫官白〕退班。〔内奏樂，宋太宗下座科。内侍宫官等，作擁護宋太宗，從下場門下，隨撤高臺、帳幔、桌椅，衆作轉場科。陳琳捧金鞭，從上場門暗上，德昭怒科。白〕王强，孤家料你是個姦險小人，不可大用。今纔出仕於朝，便佞言亂政。謝庭芳，你一介武夫，也敢妄談國政，當著聖上，與孤家折証是非。〔唱〕

【越角套曲·小桃紅】駕前佞語亂評論(韻)，思救權奸準(韻)，欲害忠良屠鋒刃(韻)。〔白〕噫，這兩個讒臣，終爲國患，請俺的金鞭過來。〔陳琳應，作遞鞭科，德昭接鞭科。唱〕佞讒臣(韻)，留他終把朝綱紊(韻)。〔作欲打科，寇準、吕蒙正作攔科。白〕千歲請息怒。〔王强、謝庭芳跪科。白〕千歲，臣等不過欲順聖意，一時愚昧，信口胡言。下次再不敢了，求千歲饒命。〔寇準、吕蒙正白〕千歲，暫且饒恕，容其改過。〔德昭白〕罷，權且饒你二人一死。若不改邪歸正，終作金鞭之鬼。〔王强、謝庭芳作叩謝科。寇準、吕蒙正白〕千歲，速去寫旨覆奏要緊。〔陳琳作接鞭科。德昭白〕便宜這兩個賊徒。〔唱〕把你奸心化導(句)，將金鞭戒警(押)，且容他改過自從新(韻)。〔寇準、吕蒙正、陳琳隨德昭從下場門下。謝庭芳白〕好利害，好利害。爲了潘太師，險些死在金鞭之下。〔王强白〕唉，這黄金玉帶不是容易得的。〔謝庭芳白〕所以説是利害，貪了利必有害。〔王强白〕不要管，現今潘太師活了。〔謝庭芳白〕楊景也活了。〔王强白〕徐計圖之，不怕他飛上天去。我們約了傅公同到監中，報個喜信與潘太師如何？〔謝庭芳白〕老師言之有理，請嗄。〔同從下場門下〕

第十九齣　四惡雖除繼二佞（江陽韻）

〔雜扮九差鬼，戴鬼髮鬏頭，穿劉唐衣，繫虎皮搭胯，襲青紬道袍，從上場門上，跳舞科。同唱〕

【越調正曲·水底魚兒】鐵面閻王(韻)，火牌命咱行(韻)。磊磊鐵鎖(句)，行動響叮噹(韻)。拘拏奸黨(韻)，循環速報彰(韻)。〔合〕陰司災降(韻)，重重受禍殃(韻)，重重受禍殃(疊)。〔分白〕我等奉閻君號令，捉拏潘仁美等一班奸惡鬼魂，到陰司受罪。今日先到刑部獄中，當著王强、謝庭芳活捉傅鼎臣，警戒奸黨。然後到市曹，拘拏王侁、米信等一起鬼魂。就去施行者。〔同唱合〕陰司災降(韻)，重重受禍殃(韻)，重重受禍殃(疊)。〔從下場門下。雜扮院子，戴羅帽，穿院子衣，繫縧帶。副扮王强，戴矮紗帽，穿出襬。淨扮謝庭芳，戴高紗帽，穿出襬。末扮傅鼎臣，戴高方巾，穿道袍，從上場門上。同唱〕

【中呂宮正曲·駐雲飛】折証朝堂(韻)，骨鯁憎人八大王(韻)。拚死與相抗(韻)，救活潘公相(韻)嗏(格)。〔王强唱〕謀計暗中藏(韻)，管六郎身喪(韻)。〔傅鼎臣唱〕說著他行(句)，怒氣衝冠上(韻)，〔合〕誓欲將他一命戕(韻)。〔作到科。九差鬼從上場門暗上。王强、謝庭芳白〕來此已是監門。〔作喚科。白〕裏面有人麽？〔雜扮禁子，戴小鬃帽，穿布箭袖，繫縧帶，從下場門上。白〕牛頭竟比閻王大，宰相曾知獄吏尊。什麽人？〔王强、謝庭芳白〕是我二人。〔禁子白〕原來是二位大人。〔王强、謝庭芳白〕開了監門。〔禁子白〕求賞。〔王强、謝庭芳白〕賞他十兩銀子。〔院子應，作付銀科。白〕二位大人賞你的，開了監門。〔禁子接銀虚白，作開門科。王强等作進門，九差鬼隨進科。禁子作關門。傅鼎臣、王强、謝庭芳白〕潘爺在那裏？〔禁子白〕在後面，待小的請他們出來。〔向下白〕潘爺，有人在此看你們。〔從下場門下。浄扮潘仁美，戴羅帽，穿道袍，繫腰裙，帶鎖杻。副扮王侁、米信，丑扮劉君其、田重進，各戴囚髮，穿作衣，繫腰裙，帶鎖杻。同從下場門上。同白〕前番作過事，後悔也應遲。〔傅鼎臣、潘仁美作見慟哭科，謝庭芳揖科。白〕老師。〔潘仁美白〕門生，多謝你來看我。〔謝庭芳、傅鼎臣白〕見了王大人。〔潘仁美白〕那個王大人？〔王强白〕就是當初投奔不見用的王强。〔王侁白〕原來是我姪兒。〔王强冷哂科。白〕今日認得姪兒，遲了。〔王侁、潘仁美白〕大人今已貴顯，前情不可記懷了。〔王强白〕當初下官不第時，二位却不能見用。今日却虧下官力保，潘公得免一死。〔潘仁美白〕怎麼得免一死？〔王强、謝庭芳白〕八千歲定了你五人剮罪，是我二人極力保奏，罪減三等，改了你朔州軍罪了。〔潘仁美白〕真個？〔王强、謝庭芳白〕真個，我們特來與你報喜。〔潘仁美喜科。白〕多謝王大人。〔王侁、米信白〕我們四人也得活命了麽？〔王强白〕這——〔謝庭芳支吾科。白〕也得活命了。〔潘仁美白〕可知楊景如何處置？〔王强、謝庭芳白〕非但無罪，還要重用。〔潘仁美、王侁等切齒科。白〕好可恨。〔傅鼎臣白〕姐丈放心，我已求了王、謝二公，用計誓必殺却楊景。〔九差鬼作指傅鼎臣科，傅鼎臣作昏倒復起。九差鬼作圍繞傅鼎臣科，傅鼎臣作瘋

狂狀，喊叫科。衆作驚慌閃避科。傅鼎臣唱〕

【中呂宮正曲・撲燈蛾】四圍只見鬼(句)，四圍只見鬼(疊)，兇惡猙獰相(韻)。鐵鎖要拘拏(句)，唬得我意亂心忙(韻)也(格)。〔九差鬼作打傅鼎臣科，傅鼎臣作脱巾散髮，七孔作出血彩。禁子從上場門急上，虚白作見驚慌科。傅鼎臣白〕姐丈，王大人，謝大人，你們都在那裏？快來救我一救。〔九差鬼作打倒傅鼎臣科。王強、謝庭芳、潘仁美等白〕傅公，到底爲什麽？〔傅鼎臣作扯王強、謝庭芳衣科。白〕列位，傅鼎臣爲臣不忠，蒙蔽明君，黑心很毒，謀害忠良，故彰速報。〔王強、謝庭芳等白〕説的都是些鬼話。〔傅鼎臣唱〕奸心陰險(句)，只想著謀殺忠良(韻)。〔都鬼指傅鼎臣科。傅鼎臣白〕我且問你們，那楊景與你們有什麽冤讐？苦苦要害他？〔王強、謝庭芳惡唾科。白〕一謎的搗鬼。〔傅鼎臣白〕那楊家含冤受枉(韻)，〔合〕須知道(讀)循環報應要填償(韻)。〔作倒地科。雜扮傅鼎臣替身，散髮，穿道袍，從地井暗上，伏地。九差鬼作捉傅鼎臣，搭魂帕從下場門下。王強、謝庭芳、潘仁美等白〕好奇怪，怎麽一霎時七孔流血死了？〔禁子白〕唉，那裏死不得，偏偏死在這裏。〔王強、謝庭芳白〕不妨，有我二人在此，且擡過一邊。〔禁子白〕罷了，罷了。〔向下白〕夥計快來。〔雜扮小禁子，戴小鬃帽，穿布箭袖，繫鸞帶，從下場門上，虚白作擡傅鼎臣屍，從下場門下。雜扮劊子手，各戴劊子手巾，紥額簪雉翎，穿劊子手衣，從上場門上。白〕這裏是了。〔作喚科。白〕禁子。〔禁子問科。白〕什麽人？〔劊子手白〕我們來弔潘仁美一案的。〔禁子作開門科。白〕進來，進來。〔劊子手作進門科，禁子作指潘仁美等科。白〕就是他五個。〔劊子手白〕動手。〔潘仁美等作驚科。白〕二位大人，救我們一救。〔王强、謝庭芳白〕潘爺，你是不死的。〔王侁等白〕救我們一救。〔王强、謝庭芳白〕我二人那裏能救？〔劊子手作綁王侁、米信、田重進、劉君其科。劊子手白〕綁潘仁美。〔潘仁美作慌懼科。白〕二位説我是不死的，爲何要綁？〔王强、謝庭芳白〕陪綁。〔劊子手作綁潘仁美科，作押潘仁美等五人出門，從下場門下。王强、謝庭芳白〕我們也快些回去罷。〔作出門，禁子關門科，從下場門下。王强、謝庭芳白〕未得害人先害己，只因斬草未除根。〔從下場門下，院子隨下。雜扮男女百姓，隨意穿戴，從上場門上。白〕人惡人怕天不怕，人善人欺天不欺。善惡分明天有報，只爭來早與來遲。可恨潘仁美、王侁、米信等一班奸賊，把個盡忠報國的楊老令公、楊七爺竟害死在陳家谷。聞者無不心酸，無不痛恨。今日奉旨，將這起奸賊典刑，大家來打他幾下，罵他幾句，消消衆忿。〔作到科。白〕這裏是法場了。〔雜扮地方，戴小鬃帽，穿作衣，繫腰裙，從上場門上，作攔科。白〕百姓們不要擠，今日是呼延老將軍監斬，此人性暴，不是當耍的，跕遠些。〔内喝導科。地方白〕監斬官來了，跕遠些。〔作趕百姓虚下。雜扮軍十，各戴馬夫巾，穿蟒箭袖卒褂，佩腰刀，執旗。雜扮將官，各戴馬夫巾，紥額，穿打仗甲，佩櫜鞬，執鎗。引生扮楊宗，戴紥巾，穿青緞鑲領箭袖，繫鸞帶。净扮呼延贊，戴黑貂，穿紅蟒，束帶，騎馬。雜扮馬夫，戴馬夫巾，穿箭袖卒褂，牽馬。雜扮傘夫，戴馬夫巾，穿箭袖卒褂，執傘。隨從上場門上。同唱〕

【中吕宫正曲·駐馬兒】振皇綱㊞，天地無私㊟，難容漏網㊞。明昭國法正王章㊞，〔合〕奉命監斬佞黨㊞。〔作到下馬科。馬夫牽馬從下場門下，傘夫隨下。場上設高臺、公案、桌椅，呼延贊作陞座科。

白〕下官奉聖旨，監斬王侁、米信等四賊，殊覺痛快人心。聖上特命楊景手刃讐人，以報父讐弟怨。〔劊子手從兩場門暗上，作叩見科。白〕劊子手叩頭。〔呼延贊白〕欽犯可曾綁齊？〔劊子手白〕早已綁齊。〔呼延贊白〕綁過來。〔劊子手白〕領鈞旨。〔向下作押潘仁美五人，各插招子，從上場門上。衆百姓虛白隨上。劊子手白〕閒人跕開。〔作綁到科。劊子手白〕犯人綁到。〔呼延贊白〕楊景聽旨。〔楊景俯伏科。呼延贊白〕奉聖旨，時辰已至，就命楊景行刑，欽此。〔楊景白〕領旨。〔作起向下取刀科。呼延贊白〕將應斬犯人，逐名帶過來。〔劊子手應，作帶王侁至公案前。八差鬼從上場門暗上。呼延贊作持硃筆點首科。白〕處斬犯官一名王侁。〔楊景白〕奸賊嗄奸賊。〔同唱〕

【中呂宮正曲・千秋歲】喪天良(韻)，私爾忘國政(句)，直恁的背君罔上(韻)。〔劊子手作拔招子，衆百姓争打王侁科，劊子手攔攩。王侁從地井隱下，地井出王侁替身切末。楊景持刀，當場斬科，劊子手作獻首級科。白〕獻首級。〔王侁作搭魂帕，從地井上，二差鬼作鎖拏，從下場門下。劊子手作帶米信至公案前，呼延贊作持硃筆點首科。白〕處斬犯官一名米信。〔衆同唱〕很毒陰謀(句)，很毒陰謀(疊)，受逼迫(讀)，力盡觸碑慘葬(韻)。〔劊子手作拔招子，衆百姓争打米信科，劊子手攔攩。米信從地井隱下，地井出米信替身切末。楊景持刀，當場斬科，劊子手作獻首級科。白〕獻首級。〔米信作搭魂帕，從地井上，二差鬼作鎖拏，從下場門下。劊子手作帶劉君其至公案前，呼延贊作持硃筆點首科。白〕處斬犯官一名劉君其。〔衆同唱合〕搜山虎(讀)，遭羅網(韻)，飛蝗盡(讀)，英雄喪(韻)。〔劊子手作拔招子，百姓争打劉君其科，劊子手攔攩。劉君其從地井隱下，地井出劉君其替身切末。楊景持刀，當場斬科，劊子手作獻首級科。白〕獻首級。〔劉君其作搭魂帕，從地井上，二差鬼作鎖拏，從下場門下。劊子手作帶田重進至公案前，呼延贊作持硃筆點首科。白〕處斬犯官一名田重進。〔衆同唱〕報應殊靈爽（韻），到今朝受戮（讀），法正王章（韻）。〔劊子手作拔招子，衆百姓争打田重進科，劊子手攔擋。田重進從地井隱下，地井出田重進替身切末。楊景持刀，當場斬科，劊子手作獻首級科。白〕獻首級。〔田重進作搭魂帕，從地井上，二差鬼作鎖拏，從下場門下。呼延贊白〕將潘仁美帶過來。〔潘仁美作慌科。白〕他們説我是不殺的。〔劊子手帶潘仁美至中場，拔招子，跪科。楊景持刀科。白〕開刀。〔呼延贊白〕住了，聖上念他開創功高，特恩饒他一死。〔百姓白〕怎麽他倒饒了？便宜這廝。〔呼延贊白〕將潘仁美併家小解到兵部挂號，立刻發往朔州充軍，不可遲滯。〔劊子手白〕領鈞旨。〔作押潘仁美從下場門下，百姓虚白隨下。呼延贊作下座，隨撤高臺、公案科。馬夫牽馬仍從上場門上，傘夫隨上，呼延贊作乘馬科。白〕奸黨今朝皆受戮，觀之殊覺快人心。〔衆喝，導引從下場門下。九差鬼作帶傅鼎臣魂、王侁魂、米信魂、劉君其魂、田重進魂，從上場門上，遶場科，從下場門下〕

第二十齣　一官暫授守三關（先天韻）

〔生扮楊景，戴紮巾，穿鑲領箭袖，繫鑾帶，從上場門上。唱〕

【黄鐘宮正曲・畫眉序】翹首望蒼天（韻），覆照無私報應偏（韻）。我爹行兄弟（讀），受害權奸（押），枉了俺擊鼓陳冤（句），那首惡得全生充貶（韻）。〔合〕説甚恢恢天網疎難漏（句），奸賊現逃刑憲（韻）。〔場上設椅，轉場坐科。白〕昨日蒙聖恩，命我親斬四賊，痛雪父讐。只是潘仁美免死，心中怨氣難消。回到家中，將潘仁美父子問了朔州軍罪即刻起解之話，告知母親。豈料我兩個妹子與七弟婦聽見了，急要趕上殺之，被我苦苦遮攔，方纔中止。〔歎科。白〕這也難怪他們。〔作徐起，隨撤椅科。楊景唱〕

【黄鐘宮正曲・啄木兒】一邊是賢孝女銜父冤（韻），一邊是爲雪夫讐節烈全（韻）。不容他巨惡逃刑（句），氣難平報復心堅（韻）。〔旦扮八娘、九妹、呼延赤金、杜玉娥，各男裝，戴武生巾，穿鑲領箭袖，繫鑾帶，從上場門暗上，潛聽科。八娘、九妹等白〕既知我們怨氣難平，爲何不容我們去殺那奸賊？〔楊景作見，驚詫科。白〕你們爲何這般打扮？要往那裏去？〔八娘等白〕昨晚與母親商議，到爹爹與七郎墳上祭奠，欲要扶柩回來。〔楊景作歎科。白〕那裏是扶柩，分明要追殺潘仁美。〔呼延赤金白〕竟被他猜著了。〔杜玉娥白〕大伯不必狐疑，我們雖係女流，素知理法。仁美乃朝廷欽犯，誰敢私行誅戮？實係接取骸骨，各盡賢孝之誠耳。〔楊景白〕就是接取骸骨，妹子乃閨中幼女，弟婦乃朝廷命婦，私行出境，也關風化。〔八娘、九妹白〕各盡孝道，什麽風化不風化？〔呼延赤金、杜玉娥白〕一定要去的。〔楊景白〕倘被奸人參劾，罪我治家不嚴。去不得。〔八娘等白〕祭掃墳墓，外人也管不得。〔楊景唱〕閨貞孀婦存靦覥韻，遠行千里殊不便韻，〔合〕守孝何須拜墓田韻。〔雜扮院子，戴羅帽，穿院子衣，從上場門上，稟科。白〕啟爺，千歲爺奉有恩旨，即刻到門了。〔楊景白〕快排香案。〔院子應，從下場門下。楊景白〕換了衣服，侍奉母親出堂接旨。〔呼延赤金白〕換他怎麽？〔楊景白〕千歲看見，什麽規矩？〔呼延赤金等白〕千歲若問纔好。〔楊景白〕快去換了衣服接旨。〔呼延赤金等虚白，同從下場門下。雜扮内侍，戴太監帽，穿貼裏衣。引生扮德昭，戴素王帽，穿蟒，束玉帶，捧旨意，從上場門上，遶場科。德昭唱〕

【黄鐘宫正曲·出隊子】權臣謫貶韻，錫爵追封鄭重賢韻，竭誠忠諫帝曰然韻。勅命丹書下九天韻。〔合〕職授安邊讀，特地宣傳韻。〔作到科。内侍白〕旨意下。〔内奏樂，楊景扶老旦扮佘氏，旦扮王魁英、耿金花、韓月英、董月娥、馬賽英、柴媚春，各穿氅，從上場門上，杜玉娥、呼延赤金、八娘、九妹隨上。作出門迎接，進門俯伏科。德昭開讀科。白〕聖旨已到，跪聽宣讀。詔曰：治國者所恃賢臣，安邦者全憑良將。兹爾已故無敵上將軍楊繼業，忠勤王事，厥功懋焉。不期見陷於奸人，殉節於絶谷，朕心深爲憫悼。既翦巨惡，當表大忠。楊繼業追贈太尉，楊希追封憫烈侯，楊景擊廷鼓而雪父冤，冒斧鉞而劾國賊，誠爲極忠至孝。朕觀其志必能繼父之業，特授爾爲嘉山寨都巡檢使，撥京兵三千，防禦遼衆。操兵三日，即便起程。其陳林、柴幹，仍復舊職，隨軍征進。俟定邊之日，論功陞賞。謝恩。〔佘氏等作謝恩科。德昭白〕請過聖旨。〔楊景接旨意科。場上設椅，德昭坐科。佘氏等作叩參科。白〕臣等叩見千歲。〔德昭白〕平身。〔佘氏等白〕千歲。〔德昭作見呼延赤金等，詫科。白〕赤金夫人等爲何這般打扮？〔呼延赤金、杜玉娥、八娘、九妹白〕臣妾等正要叩禀千歲。〔跪科。德昭白〕起來講。〔呼延赤金等白〕臣妾等思念亡故先靈不能安葬故土，日夜悲悼。昨晚禀知臣母，要去扶柩回來，恐在路不便，故爾改裝。不期六郎不準妾等前去，求千歲做主，成全孝道。〔德昭白〕六郎爲何見阻？〔呼延赤金白〕他怕臣妾等追殺奸賊潘仁美。〔德昭白〕六郎好聰明也。〔呼延赤金等白〕千歲，他是欽犯，我們也不敢私自殺他，求千歲恩準。〔楊景白〕千歲，他們此去必要做出事來，不可準他們。〔德昭白〕不妨，有孤家做主，放心前去。〔呼延赤金等白〕多謝千歲。〔佘氏、楊景白〕臣等一家蒙千歲救拔之恩，以何報効？〔德昭歎科。白〕孤爲了楊氏一門，費盡心機，非一朝一夕也。〔作拭淚，衆亦拭淚科。德昭白〕楊景，你若無孤家，百計千方，忠言廷諍。不要説一個楊景，十個也早已死在奸黨之手了。〔衆同白〕若無千歲活命之恩，莫説楊景，全家老幼，也難免奸黨之害。〔德昭白〕孤爲國家公事，非一己之私。一來誠敬令公忠心報國，二者羡卿家乃國家柱石。若要安邊定國，舍爾其誰。〔唱〕

【黄鐘宫正曲·黄龍衮】惟卿可安邊(韻)，惟卿可安邊(疊)，能繼先人願(韻)。戮力報皇恩(句)，囑卿莫負孤家薦(韻)。〔楊景白〕臣感聖上隆恩，千歲救拔，此去志在平遼，肅清邊境。〔唱〕此去驅逐遼人(讀)，橫鎗血戰(韻)。〔德昭白〕好，不枉孤家一番力救，隨孤入朝謝恩去。〔作起科，隨撤椅。楊景同唱合〕詣九重(句)，叩金闕(句)，瞻袞冕(韻)。〔楊景、内侍隨德昭作出門，從下場門下。佘氏等作送科。呼延赤金、杜玉娥、八娘、九妹白〕千歲做主，放心前去，快些打點起身。〔佘氏白〕今日來不及了，明早起身罷。〔呼延赤金等應科。佘氏白〕隨我進來。〔衆應，王魁英等隨佘氏從下場門下。呼延赤金白〕且住。潘仁美昨日就走了，我們明日起身，那裏趕得上？〔杜玉娥白〕不妨。揀選勇猛家將二十名，備了快馬，何愁趕不上？〔各虛白，同從下場門下〕

第廿一齣　殘兵聚虎豹潛藏（東鍾韻）

〔副扮王强，戴矮紗帽，穿圓領，束帶，從上場門上，笑科。白〕治國安邦策，非我所知也。陰賊良善計，舍我其誰與。下官王强，當初恨潘招討不肯提拔我做官，潘家是我讐人。遇見楊景，是我恩人，他那寃狀，是我縉紳。我讐也報了，官也做了，又想起潘家是恩人，楊景是我讐人了。你道爲何？若無潘仁美這件公案，我怎能做官？也不能打聽消息與蕭后。若留楊景，遼邦終不能成大事。故此要尋計害他，除我一患。如今聖上賜他嘉山寨都巡檢使，撥京兵三千，防禦遼兵。恰巧京兵乃謝門生所掌，我已吩咐他撥三千老弱殘疾之兵，他便不能成功了。今早謝門生已到教場挑選人馬去了，待我去看個虛實。〔作自哂科。白〕我今身在宋，心在遼，不知要受那朝富貴。拚得衆人駡我個不跕南不跕北混帳東西罷了。〔作到科。白〕這裏是演武廳了。〔作向下喚科。白〕謝大人可在這裏？〔浄扮謝庭芳，戴高紗帽，穿圓領，束帶，從上場門上。白〕是那個？〔作見科。白〕原來是老師。〔王强白〕所託之事，怎麽樣了？〔謝庭芳白〕俱已挑選停當，老師請看。〔作向下指科。白〕老的，病的，殘疾的。內中有一個姓岳的，略略有些本事，也是有病在身，餘者皆不堪用。〔王强白〕

妙妙妙，仗著這三千人，楊景失機定矣。〔內喝導科。王强白〕喝導之聲想是楊景來了，下官迴避，請了。〔從下場門下，謝庭芳虛白暫下。雜扮手下，各戴鷹翎帽，穿箭袖，繫鸞帶。雜扮陳林、柴幹，戴盔，紥靠。引生扮楊景，戴盔，內穿鑲領箭袖，繫鸞帶，外穿圓領，束帶，各執馬鞭，從上場門上。楊景唱〕

【黄鐘宫正曲・三段子】聖澤恩濃(韻)，感吾皇加封奬忠(韻)。身叨眷寵(韻)，愧臣無懋績武功(韻)。自今黽勉勤勞用(韻)，鞠躬盡瘁驅遼衆(韻)。〔合〕誓掃烟塵(讀)，名勒鼎鐘(韻)。〔各下馬科。場上設桌椅、刀鎗架，謝庭芳持册上，作見科。白〕楊將軍到了，下官恭候已久。〔楊景白〕有勞大人了。〔謝庭芳白〕下官奉旨調撥三千人馬，花名册籍在此。〔楊景接册科。白〕有費大人清心。〔謝庭芳白〕不敢。將軍慢慢點册，下官要緊覆旨，告辭。〔楊景白〕不敢久留，請。〔謝庭芳白〕請了。〔從下場門下。楊景白〕傳兵將上前聽令。〔作入座科，陳林、柴幹作向下傳唤科。雜扮老邁兵、殘疾兵、病羸兵，戴雜様馬夫巾，穿雜様箭袖卒褂，同從上場門上，嘆科。白〕老弱難臨陣。〔生扮岳勝，戴紥巾，穿箭袖卒褂，從上場門上。白〕英雄不遇時。〔同作參見科。白〕將軍。〔楊景作驚科。白〕呀，怎麽都是些老弱殘兵，如何衝鋒對壘？〔陳林、柴幹白〕這一定又有奸人暗算哥哥了。〔楊景白〕是了。一定是王强、謝庭芳，前日在聖上面前，保救潘仁美，奏請斬我。虧了千歲廷諍，未遂奸謀。今見我授職，故撥此老弱殘兵，使吾敗績。唉，奸賊，你害我不打緊，豈不誤了軍國大事？〔唱〕

【黄鐘宫正曲・滴滴金】朝權又遇奸人弄(韻)，滅董興曹相接踵(韻)，奸臣慣把忠良送(韻)。請長纓

(句)，扼腕逢(韻)，難抒忠勇(韻)，思之不覺心酸痛(韻)。〔作拭淚科。陳林、柴幹白〕哥哥，大丈夫不下等閒之淚。〔楊景白〕嘉山寨接近遼邦，我楊景蒙聖恩不斷，反將重任付之。此去志必盡忠王事，死報主恩。豈知被奸賊撥此三千無用之徒。〔作指衆兵科。白〕你看，那一個可以臨陣交鋒，可不有負吾主重託？〔唱合〕三千病殘老弱(讀)，如何備戎(韻)？〔岳勝冷哂科。白〕不識英雄，如何專此重任？〔楊景白〕汝小卒，怎見我不識英雄？〔岳勝白〕將軍自恃將門之種，眼空四海，難道這三千軍卒之中，竟無一人可用？〔楊景白〕這三千軍卒俱是老弱病羸之輩，那有個將材可取？〔岳勝冷笑科。白〕狂也，請將軍下階，就與我比試一回如何？〔楊景出座科。白〕倒要領教，用何兵器？〔岳勝白〕鎗刀拳棒，任憑尊意。〔楊景白〕我與你比並鎗刀。〔岳勝白〕甚妙，請。〔楊景卸圓領，各取鎗，作比較科。陳林、柴幹白〕住了，住了。哥哥，看他不出，竟有這等好武藝。〔楊景白〕凡人不可貌相，海水難將斗量。看他品貌，原也奇偉。如今與你比試刀法，如何？〔岳勝白〕正要請教。〔各放鎗，取刀科。楊景白〕俺楊家刀法精奇，你須小心招架。〔岳勝白〕俺岳門刀法神妙，將軍恐非對手。〔楊景白〕呀。〔唱〕

【黄鐘宫正曲・雙聲子】真威猛(韻)，真威猛(疊)，言壯神清炯(韻)。俠氣充(韻)，俠氣充(疊)，色厲多嚴重(韻)。〔作比試，作奪刀科，陳林、柴幹攔科。白〕住了，住了。〔楊景笑科。白〕果好英雄也。〔各放刀科。楊景白〕請問高姓大名？〔岳勝白〕俺姓岳名勝，齊州人氏，武舉出身。〔楊景白〕既然中舉，爲何落在行伍之間？〔岳勝白〕到京考試，一病半載，盤費用盡，權時當軍。謝金吾見我有病，撥在老弱之數。今遇將軍，實出萬幸。〔楊景白〕妙嗄，今得一將，勝得萬軍矣。衆軍散去，三日後起程。〔衆兵應，從兩場門分下。楊景白〕請足下到舍細談。〔岳勝白〕請。〔同唱〕傑士逢㊅，似股肱㊅，〔合〕戮力防邊㊆，同建奇功㊅。〔同從下場門下，隨撤桌椅、刀鎗架科〕

第廿二齣　義旅伸鴟鴞並獲（蕭豪韻）

〔雜扮家將，各戴小頁巾，穿箭袖，繫鑾帶，佩腰刀，執馬鞭。旦扮侍女，作男裝，各戴羅帽，紥頭，穿箭袖，繫鑾帶，佩劍，執馬鞭。旦扮八娘、九妹、杜玉娥、呼延赤金，皆作男裝，戴武生巾，穿鑲領箭袖，繫鑾帶，佩劍。同從上場門上。同唱〕

【中呂宮正曲・粉孩兒】誰參破㊟讀，是喬裝親姑嫂㊟韻。爲奸頑未戮㊟讀，不禁懊惱㊟韻。追擒手刃恨方消㊟韻，怎容他漏網而逃㊟韻。〔呼延赤金、杜玉娥白〕二位妹子，我們與婆婆商議，追殺讐人，替公公與七郎報讐。〔八娘、九妹白〕自別母親，曉行夜宿，已是五六日了。追到這山西境上，怎麽還追不上？不要趕差了路徑了。〔家將白〕到朔州去，必由此路而行。〔呼延赤金白〕不要管，大家急急加鞭，務要趕上。〔衆白〕有理。〔同唱合〕便兼程無憚辛勤㊟句，快加鞭緊馳途道㊟韻。〔從下場門下。雜扮二解差，各戴羅帽，紥頭，穿青緞箭袖，繫鑾帶，佩刀，持棍，背批文包裹，執馬鞭，從上場門上。白〕不嫌長解辛勤苦，只要銀錢便是甜。我二人押解潘爺一家到朔州充軍。謝大人送我們一千兩銀子，又説不日聖上必有恩旨召回，命我們一路小心伏侍。給了我們一人一騎馬，省得步行辛苦，真是一場美差。〔作向下白〕潘爺，天色晚了，快些走罷。〔雜扮二家丁，各戴羅帽，穿箭袖，繫鸞帶，執馬鞭。副扮潘虎，浄扮潘仁美，戴哈拉氈，穿青緞通袖，繫鸞帶，執馬鞭。雜扮車夫，戴氈帽草帽圈，穿布通袖，繫腰裙，推車。車内載丑扮傅氏，戴鬏髻兜頭，穿老旦衣，繫腰裙。從上場門上。同唱〕

【中吕宫正曲・紅芍藥】心快快(句)，權總羣僚(韻)，炎炎勢化作冰消(韻)。〔解差白〕潘爺，快些走罷，天色漸晚了。〔潘仁美白〕天晚了，怕什麽？〔解差白〕此處太行山，前邊是盤龍山，俱不是好所在。潘爺又有重載隨行，恐有不測。〔潘仁美白〕是嗄，聞得這裏强人甚多。〔作猛悟科。背白〕倒提醒了我的心事了，想我平日所爲，恨怨者不少。〔想科。白〕有了。〔轉科。白〕二位公差，倘有强人劫奪貲裝，不要説我是潘仁美，附耳過來。〔作附耳，指家丁科，解差作會意科。白〕我們明白了，趲路。〔同唱〕失勢時衰運兒倒(韻)，怕讐人暗生欺藐(韻)。〔從下場門下。雜扮僂儸，各戴僂儸帽，穿布箭袖，繫肚囊，持刀。引雜扮佘子光、張蓋，各戴羅帽，紥額狐尾雉翎，穿雜様打仗甲，持兵器，從上場門上。同唱〕匆匆(句)，領兵率衆豪(韻)，下山來劫奪强暴(韻)。〔分白〕俺乃太行山大王九龍神張蓋是也。俺乃金牙太保佘子光是也。〔張蓋白〕自從潘仁美害了楊老令公，各山好漢聞者無不痛恨。今有探事僂儸報説，潘仁美免死充軍，在俺山下過去。這等巨惡權奸，如何留他活命？〔佘子光白〕爲此在這中途等候，待他到來，劫取上山，將他砍爲肉醬，方快人心。〔解差内白〕快走罷。〔僂儸作望，禀科。白〕大王，那邊來的想必就是他。〔張蓋白〕悄悄埋伏。〔衆應，作埋伏科。解差、家丁、潘虎、潘仁美等同從上場門上。

同唱合〕慢聲喧忙過山坳(韻)，但願得無驚無擾(韻)。〔張蓋等作突起攔住科。張蓋白〕那個是潘仁美？〔潘仁美白〕大王，我們是解差，若要買路錢，情願送上。〔張蓋白〕奸賊之贓，大王不希罕。只要得一個潘仁美。〔潘仁美指一家丁科。白〕那一個就是。〔張蓋白〕僂儸們，將那廝拏上山去。〔僂儸應，作拏一家丁科，引張蓋、佘子光從下場門下。潘仁美笑科。解差白〕不用笑了，快走。〔潘仁美白〕快走，快走。〔潘虎、車夫等同從下場門下。家將、侍女、八娘、九妹、杜玉娥、呼延赤金從上場門上。同唱〕

【中呂宮正曲·福馬郎】紅日西沉天暮了(韻)，野林外羣鴉噪(韻)，回牧歸樵(韻)。忙忙追趕(讀)，形無蹤杳(韻)，教人好心焦(韻)。〔合〕身兒倦力兒勞(韻)。〔從下場門下。雜扮僂儸，各戴僂儸帽，穿布箭袖，繫肚囊，持刀。引雜扮李虎、關冲、徐仲，各戴羅帽，紮額狐尾雉翎，穿雜樣打仗甲，持兵器，從上場門上。同唱〕

【中呂宮正曲·耍孩兒】聽報令人衝冠惱(韻)，害國權奸賊(句)，不應當赦宥輕饒(韻)。〔分白〕俺乃寶珠寨大王小子胥徐仲是也。俺乃大刀關冲是也。俺乃鬼頭刀李虎是也。〔徐仲白〕前者，郎家二弟兄説，潘仁美陷害令公，射死七郎，沿途又要捕殺六郎。可惜令公父子，這樣大忠臣被那奸賊陷害。我等實是怒氣不平。〔關冲、李虎同白〕今打聽得朝廷赦了仁美死罪，發往朔州充軍。爲此在山下等他到來，將奸賊拏上山去，用油鍋烹這賊子，替楊家報讐。〔徐仲白〕他必有差人解來，我們只拏仁美，餘衆放他過去便了。〔衆白〕有理。〔同唱〕吾行(句)，早已的(讀)設了油鍋竈(韻)。早已的(讀)柴火騰騰燎(韻)，〔合〕要烹奸償冤報(韻)。〔從下場門下。解差、家丁、車夫、潘虎、傅氏、潘仁美從上場門

上。同唱〕

【中呂宮正曲 會河陽】計脱金蟬(讀),李代夭桃(韻),猶如釜底死魚逃(韻)。〔僂儸引李虎、關冲、徐仲從下場門上。白〕那裏走?〔潘仁美向家丁、車夫等白〕你們後面躲一躲。〔車夫、傅氏、家丁作躲科。徐仲白〕爾等是什麽人?〔解差白〕大王,我二人是解差。〔徐仲指潘仁美、潘虎科。白〕那兩個呢?〔潘仁美白〕幫差。〔徐仲作問解差科。白〕可是幫差?〔解差應科。徐仲白〕潘仁美呢?〔潘仁美作指家丁科,徐仲看科。白〕藏藏躲躲的,必是潘仁美,拏過來。〔僂儸應,作拏家丁科。家丁白〕大王,我不是潘仁美。〔潘仁美、潘虎作唖家丁科。白〕你這奸賊,還要賴。〔徐仲白〕果然奸詐,拏上山去。〔僂儸應,作拏家丁科。同唱〕難饒(韻),作弊蒙君(讀),今還欺藐(韻),怎容你瞞名號(韻)?〔徐仲等押家丁,從下場門下。解差白〕好計,好計。〔潘仁美白〕這些毛賊,那裏參得透我的機詐?〔笑科。唱合〕那邊(句)把一個家丁冒(韻)。這邊(句)還是那前番套(韻)。〔同從下場門下。雜扮僂儸,各戴僂儸帽,穿布箭袖,繫肚囊,持刀。引雜扮郎千、郎萬、劉金龍,各戴羅帽,紮額、狐尾、雉翎,穿雜樣打仗甲,持兵器。從上場門上。同唱〕

【中呂宮正曲·縷縷金】人如虎(句),馬如蛟(韻),截路將囚劫(句),信音遥(韻)。〔分白〕俺盤龍山大王金刀大將劉金龍是也。俺金叉將郎千是也。俺銀叉將郎萬是也。〔劉金龍白〕二位兄弟,你説潘仁美今日必定到此,怎麽等了半日,還不見來?〔郎千白〕算定日期程途,今日必到的。〔劉金龍白〕必是從別路上走了。〔郎萬白〕非也,只怕是徐大王擒上寶珠寨去了。〔劉金龍白〕既如此,俺們迎到寶珠寨去。〔解差内白〕潘爺快走，好趕宿店。〔郎千聽科。白〕那邊叫潘爺，必是潘仁美來了。〔劉金龍白〕俺們就在此等他便了。〔衆應科，從下場門下。解差、車夫、傅氏、潘虎、潘仁美從上場門上。同唱〕快趲投旅邸(句)，安眠一覺(韻)，養咱驚悸與神摇(韻)。〔劉金龍等内白〕潘仁美。〔潘仁美衆等作驚科。白〕又有强人來了，如今却怎麽處？〔同唱合〕今誰替脱冒(韻)，今誰替脱冒(疊)？〔僂儸、郎千、郎萬、劉金龍從下場門上。白〕誰是潘仁美？〔潘仁美作慌促，指解差科。白〕他是潘仁美，他也是潘仁美。〔劉金龍白〕怎麽這些潘仁美？〔潘仁美白〕他們都是潘仁美，惟我不是。〔郎千白〕不要管，全拏上山去。〔解差慌急，跪科。白〕大王，我二人是解差。〔作指潘仁美等科。白〕這是潘仁美，這是他妻子，那是他兒子。〔劉金龍白〕把解差放了，餘者解上山去。〔僂儸應，作拏潘仁美等科。劉金龍等同從下場門下。解差白〕多謝大王。又得了命了，如今怎麽去消差？〔一解差白〕消什麽差？且回家分了那一千兩頭，各奔他鄉罷。〔一解差白〕有理，今朝得了命。〔同白〕各自奔他鄉。〔從下場門下。家將、侍女、八娘、九妹、杜玉娥、呼延赤金從上場門上。同唱〕

【中呂宮正曲・越恁好】急忙前進(句)，急忙前進(疊)，飛騎似風飈(韻)。箭離急弩(句)，追擒捉在今朝(韻)。任其千里路迢遥(韻)，不辭遠道(韻)。〔解差從上場門急上。白〕趁其天未黑，投宿好安身。〔作撞見家將科。家將白〕什麽人？〔呼延赤金白〕拏過來。〔家將作拏解差科。解差白〕我二人是解潘仁美的解差。〔呼延赤金等白〕嗄，潘仁美呢？〔解差白〕被强盗搶了去了。〔呼延赤金等白〕在那裏搶去的？

〔解差白〕就在前面。〔呼延赤金白〕去罷。〔解差應科，急從下場門下。呼延赤金白〕快快趕上，奪回者。〔衆應科。同唱合〕加鞭㊀，早趕上也和他要㊁。倘然㊀他抗拒便胡廝鬧㊁。〔從下場門下。儸儸押傅氏、潘虎、潘仁美、車夫，引郎千、郎萬、劉金龍從上場門上。同唱〕

【中呂宫正曲·紅繡鞋】得擒喜暢心苗㊁、心苗㊂，歸山便去開刀、開刀㊂。〔呼延赤金内白〕留下潘仁美來。〔劉金龍作異科。白〕這樣奸賊，還有人來救他？〔潘仁美白〕我後面護送人馬多著哩，趁早放了我的好，不然了不得。〔劉金龍怒喝科。白〕休想放你。〔家將、侍女、八娘、九妹、杜玉娥、呼延赤金從上場門追上。白〕留下潘仁美來。〔劉金龍白〕何處野人？擅敢抗拒俺大王。〔呼延赤金等白〕早早還俺潘仁美，饒你們一死。〔潘仁美白〕好了，救命王菩薩來了。〔劉金龍作怒科。白〕胡説，自古亂臣賊子，人人得而誅之。爾等何人？敢來搶救，必是奸賊一黨，先喫俺一刀。〔作砍科，呼延赤金作支架科。白〕住了，你們山寇，擒他去何爲？〔劉金龍、郎千、郎萬白〕俺們替楊老令公報讐。爾等是什麽樣人？〔呼延赤金白〕我們乃楊家將，追殺奸賊的。〔劉金龍白〕真個麽？〔呼延赤金、杜玉娥等白〕真個。〔劉金龍等白〕我等有眼不識，多有得罪。〔潘仁美白〕我只當是救命王菩薩，原來是催命鬼王來了。〔劉金龍白〕將奸賊押著，請列位公子上山。〔呼延赤金等白〕請。〔作遶場科。同唱〕天意遣㊃，會英豪㊁。同上寨㊃，斬奸僚㊁。〔合〕思巨惡㊃，罪難饒㊁。〔儸儸引張蓋、佘子光、徐仲、闞冲、李虎，同從上場門上。張蓋等白〕留下潘仁美。〔劉金龍作回顧科。白〕原來是衆位大王。〔作相見科。徐仲、張蓋白〕

劉大王，可是捉住潘仁美了？〔劉金龍白〕正是。〔徐仲、張蓋白〕只怕假的，不要做了我二人的話靶。〔張蓋白〕我費了一日工夫，捉住了個假的。〔徐仲白〕我也拏住了個假的。拏他過來看看。〔呼延赤金、杜玉娥白〕我們認得的，一些不假。〔張蓋、徐仲問劉金龍科。白〕這幾位是誰？〔劉金龍白〕老令公的公子。〔張蓋、徐仲白〕失敬了。〔作揖科。白〕將那奸賊帶過來，待俺認一認，怎麽樣一個奸透的奸賊。〔劉金龍白〕帶過來。〔傻儸應，作帶潘仁美向前，徐仲、張蓋等細認科。白〕好奸賊，危難之際，還是奸詐欺人，真個可惱。〔劉金龍白〕二位大王不必動怒。就請衆位同上小寨，共誅此賊，與令公、七郎報讎如何？〔衆同白〕有埋，請。〔同唱〕

【尾聲】山中設位恭同弔㊗，誠把忠魂義魄招㊗，果報昭彰怎脱逃㊗。〔同從下場門下〕

第廿三齣　山寨復讐開勁弩（尤侯韻）

〔雜扮頭目，各戴羅帽，紥額、狐尾、雉翎，穿青緞箭袖，繫搭膊，從上場門上。白〕赫赫覭天道，昭昭果報彰。俺們盤龍山劉大王麾下頭目是也。俺大王素慕楊令公忠心貫日，恨受奸賊殘害，昨日傍晚，擒得潘仁美，恰遇楊家公子追至山寨，又有衆位大王也來到此。今日設下楊令公、楊七郎的靈位，要將潘仁美剜心祭奠，報復冤讐。話言未了，衆位大王與公子陞帳矣。〔雜扮僂儸，各戴僂儸帽，穿青布箭袖，繫肚囊。引雜扮郎千、郎萬、李虎、關冲、佘子光、徐仲、張蓋、劉金龍，各戴羅帽，紥額狐尾雉翎，穿打仗甲。旦扮侍女，作男裝，戴羅帽，紥頭，穿箭袖，繫鸞帶。旦扮八娘、九妹、杜玉娥、呼延赤金，作男裝，戴武生巾，穿鑲領箭袖，佩劍。從上場門上。呼延赤金等唱〕

【高宫套曲・端正好】不是俺抗官兵擅劫囚(韻)，不是俺妬君恩難容宥(韻)，俺與他有不共戴天的冤讐(韻)。拚咱抵命(讀)，且先斬奸讐寇(韻)，將惡心膽向靈前剖(韻)。〔各作相見科。場上設椅，各坐科。張蓋、徐仲、劉金龍等白〕諸事俱已齊備，將潘仁美如何發落，請公子命下。〔呼延赤金白〕俺自有道理，先將潘仁美帶過來。〔僂儸應科，作帶淨扮潘仁美，散髮，穿青緞通袖；丑扮傅氏，戴鬏髻兆頭，穿老旦衣，繫腰裙；副扮潘虎，散髮，穿青緞通袖，從上場門上。僂儸稟科。白〕潘仁美等當面。〔潘仁美、潘虎、傅氏白〕求大王公子饒命。〔呼延赤金、杜玉娥白〕要俺饒你，且聽俺吩咐。〔潘仁美白〕任憑驅使，一一皆遵。〔呼延赤金、杜玉娥白〕列位大王，想這奸賊忒也殘忍。可憐七將軍，活潑潑的英雄，〔作悲慟科。白〕如何下得很心，將亂箭把他射死？〔作哭科，徐仲、張蓋、劉金龍同作悲嘆拭淚科。白〕這奸賊，果然忒很。莫説你是朝廷的官，就是俺緑林的大王，也從不曾用亂箭射人。〔潘仁美白〕都是聽了王侁等讒言，一時愚昧，求寬恩饒命。〔呼延赤金、杜玉娥白〕如今要你學那射死七將軍的兇很，做與我們看。〔潘仁美白〕那時七將軍討救，駡得我忒很，所以下此毒手。如今七將軍死了，這齣戲難做。〔呼延赤金白〕將潘虎權做七將軍，將你妻子權當王侁，我等算你部下衆將，學與我們看，也見七將軍的苦楚形狀。〔徐仲、張蓋、劉金龍等白〕好嗄，奸賊射死令公之子。今日學個樣兒，射死奸賊之子，循環報應，痛快人心。奸賊，做不做？〔潘仁美白〕怎麽個做法？〔徐仲、張蓋、劉金龍白〕將潘虎算七郎，要你做出那兇惡形狀，用亂箭射死他。〔潘仁美白〕嗄，教我用亂箭射死我兒子。〔衆同白〕做不做？〔潘虎急喊科。白〕爹爹，做不得的。〔潘仁美白〕我那裏捨得下此毒手？〔呼延赤金等白〕可惱，國家良將你便捨得，自己兒子也知捨不得。你若不做，立將你三人碎剮。〔潘仁美急應科。白〕做做做，做了是要饒我的。〔衆同白〕自然要饒你。過來，與他們换了衣服。〔頭目應科，作與潘仁美换嵌龍幞頭，穿蟒。傅氏换盔，穿打仗甲。潘虎换盔，穿打仗甲科。張蓋、徐仲、劉金龍白〕奸賊，你把那很惡的威勢做出來。彼時怎麽樣的不與援兵，他怎麽樣罵你，你便怎麽的喝令射死他，一一作出來。若有一些兒不像，隄防一死。〔潘仁美應科。白〕是是是。〔同作起隨撤椅科。呼延赤金白〕你們都下去，待我來請。〔衆虚下。雜扮神吏，各戴大頁巾，穿蟒箭袖排穗，執神旗。引浄扮楊希，戴紮紅盔，穿蟒，束帶。外扮楊繼業，戴紮紅金貂，穿蟒，束帶。從禄臺下至仙樓。仙樓設椅，楊繼業、楊希坐科，呼延赤金作請科。白〕元帥有請。〔郎千、郎萬、李虎、關冲、佘子光、徐仲、張蓋、劉金龍、傅氏作引潘仁美上。白〕唉，當日害人不關己，今朝關己難爲情。〔中場設平臺椅，轉場陞座科。呼延赤金白〕七將軍要見。〔潘仁美白〕喚進來。〔頭目作扯潘虎進科。白〕楊希見。〔潘仁美白〕你不在陳家谷追殺遼人，到此何事？〔潘虎白〕討救兵。〔呼延赤金等白〕做出兇勢來。〔潘仁美應科。白〕做。〔作强喝科。白〕那有援兵與你？去罷。〔張蓋等白〕你罵。〔潘虎白〕他是我爹爹，怎麽罵呢？〔呼延赤金等白〕不罵麽？看刀。〔頭目、僂儸應科，潘虎急應科。白〕是，罵、罵。〔作喝科。白〕潘仁美，你這奸賊。〔衆同白〕好嗄，再罵。〔潘虎白〕噫，老賊，都是你不發救兵，搆成大患，致遭今日之慘禍。〔唱〕

【高宫套曲·滚綉球】都是你陰謀起禍由(韻)，陷楊家將兵暗地收(韻)。誤國事罪難寬宥(韻)，一家兒骨肉飄流(韻)。只落得累妻兒受苦辛(句)，又誰知遇讐家命不留(韻)，免不得去餐刀死還遺臭(韻)。〔呼延赤金等白〕罵得好！〔潘仁美喝科。白〕畜生，怎麽認真罵起我來了？〔張蓋衆白〕老潘，你把那很毒心使出來。〔潘仁美白〕怎麽樣使法？〔衆白〕七將軍怎麽樣死的？〔潘仁美白〕射死的。〔衆白〕可又來，你怎麽不照樣做？〔潘仁美、傅氏作慌急科。白〕列位大王，實實難爲情。〔張蓋等白〕不做，立刻剮你。〔潘仁美急應科。白〕是，做、做。〔作向傅氏、潘虎哭科。白〕夫人，我兒，由不得我了。〔傅氏哭科。白〕兒嗄。〔呼延赤金等白〕不許哭，做。〔潘仁美應科。强白〕左右。〔衆應科。潘仁美白〕將他——〔傅氏急止科。白〕老賊。〔潘仁美作哭科。衆白〕快傳令。〔潘仁美應科。白〕左右，將他——〔作哭科。白〕兒嗄，爲父的害了你了。〔傅氏、潘虎作哀求科。白〕求列位大王饒命。〔衆作怒科。白〕那時七將軍求那個來？奸賊，快傳令。〔潘仁美白〕罷。左右，將他綁在高杆。〔左場口預設平臺、高杆，衆作綁潘虎於高杆上科。傅氏、潘仁美下座，奔哭科。白〕兒嗄。〔呼延赤金、杜玉娥怒科。白〕彼時若如此心軟，七將軍也不死了。〔八娘、九妹白〕你只算他是七將軍，便不哭了。〔潘仁美白〕七將軍到底是七將軍，兒子到底是兒子。〔哭科。呼延赤金、杜玉娥白〕如此，先將這厮剮了。〔潘仁美拭淚科。白〕不哭，不哭。〔衆白〕上去做。〔潘仁美急應科。白〕是是是。〔復上高臺科。白〕過來，將這厮用亂箭——〔傅氏急止科。白〕很心老賊。〔衆白〕説。〔潘仁美白〕射死。〔衆應，作取弓箭科。潘虎哭喊科。白〕老賊，都是你連累我的。〔唱〕總因你殘忍愆訧(韻)，循環報輪著親子(句)，眼睜睜兒受飛蝗淚不收(韻)，當日個逞甚陰謀(韻)。〔呼延赤金、杜玉娥、八娘、九妹作射潘虎科，潘虎作叫喊，潘仁美、傅氏作慟哭科。衆白〕奸賊。〔唱〕

【高宫套曲・倘秀才】此際也悲哀痛咻(韻)，彼時怎咆哮怒呴(韻)。〔衆作射科。同唱〕昔日今朝事却侔(韻)，怎昔日喜(句)，今日憂(韻)。罵不公道的彘狗(韻)。〔作射死潘虎科。雜扮潘虎替身，散髮，穿打仗甲，兜魂帕，從高杆後隱上。雜扮一差鬼，戴鬼髮，穿劉唐衣，繫虎皮搭膊，襲青紬道袍。從上場門上，作鎖潘虎替身，從下場門下。頭目白〕氣絶了。〔呼延赤金白〕放下來，擡過一邊。〔僂儸、頭目應科，作擡潘虎屍從下場門下，隨上。潘仁美下坐，隨撤平臺、高臺、高杆科。潘仁美、傅氏作哀求科。白〕我孩兒已射死，冤讐已報，饒了我夫妻之命罷。〔呼延赤金等白〕父讐未報，休想求饒，先將傅氏斬首。〔頭目應科，作拏傅氏科。傅氏白〕老賊，都是你害我的。〔頭目作押傅氏從下場門下。頭目内白〕開刀。〔作持首級，仍從下場門上。白〕獻首級。〔呼延赤金、杜玉娥白〕設下靈位，將潘虎首級取來，一併供在靈前。〔僂儸應。場上設桌，上設楊繼業、楊希靈位。呼延赤金白〕將奸賊衣服剥去。〔衆應，作剥潘仁美衣科。八娘、九妹等向靈位哭科。白〕爹爹哥哥，今日我四人將奸賊剜心祭奠，與你報讐也。將奸賊綁在椿上。〔衆應科。左臺口立木椿。雜扮二差鬼，戴鬼髮，穿劉唐衣，繫虎皮搭膊，襲青紬道袍，從上場門暗上。作指潘仁美科，潘仁美作癲狂狀喊叫科。白〕都來看看，我潘仁美，倚私廢公，辜恩背旨，謀害忠良，欺君誤國。今日在此受剮，以償惡報。大凡爲臣的，須要忠君報國，不要像我潘仁美。〔呼延赤金白〕快綁。〔衆應，作拏潘仁美科。潘仁美從地井隱下，地井作出彩人切末。頭目作綁於木椿科，向下取木盆尖刀，置彩人切末前科。呼延赤金持刀科。白〕奸賊，你也有今日麽，看刀。〔作剮彩人，取心肝科。呼延赤金白〕供在靈前。〔衆應，接供科。僂儸作擡彩人、木椿、木盆，從兩場門下，隨上。差鬼作鎖潘仁美魂，搭魂帕，從地井上，差鬼帶從下場門下。呼延赤金、杜玉娥、八娘、九妹，向靈前跪哭，衆隨同作祭奠科。同唱〕

【高宮套曲　叨叨令】忠心貫日居朝右（韻），疆場血戰勳功懋（韻）。無辜慘害奸臣手（韻），哀哉未遂平遼寇(韻)。痛傷心也麽哥(格)，恨奸頑也麽哥(疊)，今日個誅奸祭奠靈前叩(韻)。〔作祭畢，隨撤靈位桌。神吏引楊繼業、楊希從仙樓上，禄臺下。呼延赤金等作慟哭，劉金龍等作勸解科。白〕公子代父報讐，孝心盡矣，不必過傷。請進帳歇息，明日一同商議，將令公與七將軍的骸骨收回故土如何？〔呼延赤金等白〕足感盛情。〔衆白〕請進去養息。〔呼延赤金等作哭科，從下場門下。衆虛白，同從下場門下。雜扮六差鬼，各戴鬼髮，穿劉唐衣，繫虎皮搭膊，襲青紬道袍。作帶副扮王侁魂、米信魂，丑扮劉君其魂、田重進魂，各戴囚髮，穿作衣，繫腰裙，帶鎖。末扮傅鼎臣魂，散髮，穿道袍，帶鎖。三差鬼帶潘仁美魂、潘虎魂、傅氏魂，同從上場門上。九差鬼白〕走嗄。〔潘仁美魂白〕住了。你們都是些什麽人？〔九差鬼白〕奸賊聽者：監察分明惡癉彰，奸心背主害忠良。閻羅差鬼火牌票，拏赴陰司報應償。〔潘仁美等衆魂白〕嗄，我們都死了？〔九差鬼白〕不死還想活？〔潘仁美魂白〕活是早已不想的了。那個不恨潘仁美，那一個不盼我早早的死？〔九差鬼白〕好人緣。〔潘仁美魂白〕這是各人的行爲，你們也氣不來。〔九差鬼白〕你這樣行爲，該剮。〔潘仁美魂白〕偏了你們了，這是潘仁美自己修的。〔九差鬼白〕修得好。剮了，還要到陰司受重重地獄之罪。〔潘仁美魂白〕嗄，剮了還不算，還要受重重地獄之罪。〔悄向王侁。白〕王門生，你的壞是最多的，想個法兒，溜了纔好。〔王侁魂虛白，作附耳科。潘仁美魂白〕好，取來。〔王侁作付紙錢科。潘仁美白〕列位公差，我帶得錢在此，送與列位使用。〔九差鬼白〕奸賊，這是我們拏傳門劉氏上過的當，如今不上你的當了。〔潘仁美魂白〕瞞不過他。還有宋主賜我的寶石猫兒眼，只怕你們不曾開過眼。來來來，送與列位。〔九差鬼白〕這是我們捉拏曹操，他做脱身之計的。如今輪到你，不靈了。〔潘仁美魂白〕嗄，鼎峙春秋捉曹操，勸善金科拏劉氏，都是這個方法脱身。如今你們不上當了。〔九差鬼白〕這是舊套子，不靈了。〔潘仁美魂白〕真個不靈了？〔九差鬼白〕不靈了，走。〔潘仁美魂白〕既不靈了，我要這錢做什麽？不要了。〔作撒紙錢，九差鬼作不理科。潘仁美魂白〕嗳，寶石、猫兒眼也不要了？〔作擲紙包，九差鬼不理科。潘仁美等魂白〕果然不靈了。〔九差鬼喝科。白〕奸賊，饒伊方法使盡，俺今只不放鬆。〔潘仁美魂白〕另尋别計。〔九差鬼作帶潘仁美等魂從下場門下〕

第廿四齣　泉臺捉鬼擲鋼叉（古風韻）

〔雜扮盡節將卒魂，穿戴陣亡切末，從地井上，遶場科。同白〕我們乃楊令公帳下賀將軍部下狼牙村陣亡兵將是也。抒忠殉節，仗義捐身。有那些隨著令公撞碑死的，即時就隨上天去了。我們這些戰亡的，好不苦嗄。〔作哭科。雜扮土地，戴巾，穿土地氅，執拂塵，從上場門上。白〕衆鬼魂不要哭，吾神來也。〔盡節將卒魂白〕原來是尊神，我們又不昇天，又不下地，無收無管，好無主張，求尊神憐念。〔土地白〕吾神專爲此事到此。北嶽大帝奏過天庭，即日就有恩旨來了，你們且隨我去。〔盡節將卒魂白〕那裏去？〔土地白〕大宋皇帝恩旨，可憐你們陳家谷狼牙村盡忠陣歿，特勑五臺山悟覺禪師建醮超度你們。他乃降龍尊者下凡，甚有利益。今晚在鴈門關放大藏瑜伽施食燄口，帶你們去受些甘露。〔盡節將卒魂白〕多謝尊神。〔土地白〕隨我來。〔引盡節將卒魂從下場門下。雜扮陣亡將卒魂，戴各樣大頁巾、馬夫巾、搭魂帕，穿各樣打仗甲、箭袖卒褂。雜扮錢秀、周方魂，戴小頁巾、搭魂帕，穿箭袖。從地井上，作揶揄遶場科。錢秀、周方魂分白〕我乃錢秀。我乃周方。〔陣亡將卒魂白〕我等潘招討帳下陣亡將卒。〔同白〕聞得那些過路的鬼魂，說鴈門關奉旨超度陣亡兵將施食燄口，快去搶些甘露充饑。

〔從下場門下。雜扮無常鬼，戴高紙帽，穿道袍，繫麻繩，帶勾魂牌。雜扮摸壁鬼，戴高紙帽，穿屯絹道袍，持長手切末。雜扮地方鬼，戴小凉帽，穿作衣，繫腰裙，持竹杆。同從上場門上。同唱〕

【越調正曲·水底魚兒】陰司地方(韻)，摸壁與無常(韻)。施食壇下(句)，〔合〕伺候都鬼王(韻)，伺候都鬼王(疊)。〔雜扮九差鬼，各戴鬼髮，穿劉唐衣、虎皮搭膊，襄青紬道袍。帶副扮王侁魂、米信魂，丑扮劉君其魂、田重進魂，各戴囚髮，穿作衣，繫腰裙，帶鎖。副扮潘虎魂，散髮，穿作衣，繫腰裙，帶鎖。丑扮傅氏魂，戴鬏髻兜頭，穿老旦衣，繫腰裙，帶鎖。末扮傅鼎臣魂，散髮，穿道袍，帶鎖。淨扮潘仁美魂，散髮，穿道袍，帶鎖。從上場門上。九差鬼唱〕

【又一體】生不循良(韻)，做鬼也乖張(韻)。尋思逃脱(句)，〔合〕須加仔細防(韻)，須加仔細防(疊)。〔摸壁鬼等白〕列位公差，潘仁美拏到了？〔九差鬼白〕正是。你們到此何幹？〔摸壁鬼等白〕今有大宋皇帝，勑建道場，超度陣亡鬼。今夜在鴈門關施放燄口，我們去壇前伺候。〔潘仁美魂與王侁魂作附耳科。潘仁美魂、王侁魂白〕列位公差，我們肚中餓了，求公差帶我們去受些甘露。也算我們生受皇家之禄，死受君王之恩。〔九差鬼白〕休想。先帶你去北嶽挂號，然後到酆都受罪，那裏配受甘露？〔潘仁美魂白〕乞求方便。〔摸壁鬼等白〕列位，燄口乃陰司慈悲方便。況且順便之路，帶他們去罷。〔九差鬼白〕倘被走脱。〔摸壁鬼等白〕我們幫你看守。〔九差鬼白〕如此便宜這起惡鬼，走嗄，羣鬼普沾甘露味。〔潘仁美等魂白〕一心欲脱苦輪迴。〔同從下場門下。場上設法臺，内擂法鼓三通科。雜扮音樂僧、法器僧，各戴和尚帽，穿僧衣，繫絲縧，持音樂法器。雜扮二班首，戴僧綱帽，穿僧衣，搭袈裟。引生扮楊春，戴毘盧帽，紮五佛冠，穿紅道袍，搭紅袈裟，從上場門上。衆僧吹打法器，楊春作拜法座科。白）一切有爲法，如夢幻泡影，如露復如電，當作如是觀。（衆僧吹打法器，班首引楊春陞座科。同詠）

【餤口讚】瑜伽會啟〈句〉，甘露門開〈韻〉，沙界孤魂聽法來〈韻〉。正信額珠回〈叶〉，永脱塵埋〈韻〉，火宅轉蓮臺〈韻〉，佛號南無清凉地菩薩摩訶薩。（三稱。楊春念白）登瑜伽之座，六度齊修。開濟物之門，三壇等施。法不孤起，仗境方生。道不虚行，隨緣即應。阿難習定是非常，夜見巍巍一鬼王。聲似破車喉似線，面然大士降壇場。唵啞吽。（三稱。雜扮城隍，戴紮紅幞頭，穿圓領，束帶。執笏。雜扮土地，戴紮紅紗帽，穿圓領，束帶，執笏。引雜扮鬼王，戴套頭，穿鬼王衣，執旛，從上場門上，摸壁鬼、無常鬼、地方鬼隨上。鬼王向法座參禮科。場左設平臺、虎皮椅，鬼王、城隍、土地陞座科。地方鬼作引生扮黃龍魂，戴盔，紮靠，搭魂帕，從上場門上，盡節將卒鬼魂隨上，作參鬼王科，鬼王起遜科。地方鬼向下，帶陣亡將卒、周方、錢秀等魂，從上場門上，作參鬼王科。衆鬼魂一傍伺候科，衆僧吹打法器。楊春等同詠）

【佛讚】觀音菩薩大慈悲〈韻〉，（咒語）唵嘛呢吽，（再稱）救度衆生無盡期〈韻〉。（咒語）唵嘛呢吽，（再稱）有人念彼觀音力〈韻〉，（咒語）唵嘛呢吽，（再稱）火坑化作白蓮池〈韻〉。（咒語）唵嘛呢吽。（再稱。九差鬼帶潘仁美等魂從上場門上，作參鬼王科。楊春作撒花米科。衆僧同詠）

【歎孤調】見刺俄興〈句〉，二鐵圍山起〈韻〉。八道齊還〈句〉，眼識歸何處〈叶〉。何況情塵〈句〉，彩畫蛇瓶是(叶)。十類孤魂(句)，來受甘露味(韻)。〔衆鬼魂作搶擁擠科。楊春白〕四生登於寶地，三有脱化蓮池。河沙餓鬼證三賢，萬類有情登十地。〔作抛斛食科。衆僧同詠〕施食功德殊勝行，無邊勝福皆回向。普願沉溺諸有情，速往無量光佛刹。十方三世一切佛，一切菩薩摩訶薩，摩訶般若波羅密。〔九差鬼、衆鬼魂作搶科。潘仁美、王侁、米信、劉君其、田重進、潘虎等魂作脱鎖，套錢秀、陣亡將卒魂科。潘仁美等魂從下場門逃下。楊春等作念佛，下座鬼王等作下臺，衆僧引楊春從下場門下，隨撤法臺、平臺科。九差鬼白〕走嗄。〔錢秀、周方、陣亡將卒等魂白〕那裏走？〔九差鬼回看，作驚科。白〕潘仁美那裏去了？〔錢秀魂白〕金蟬脱殻之計走了。〔作解鎖，急從下場門逃下。九差鬼虚白，作慌急科。城隍、土地、鬼王白〕這是一起要緊鬼犯，爾等這樣不小心。〔九差鬼白〕我等趕上擒拏。〔鬼王白〕住了。潘仁美賺呼延贊催糧時，曾有誓言，説若有虚情，死後入鐵叉地獄，奈陰司地獄並無鐵叉之名。如今爾等祭起鋼叉，捉拏奸黨，以應其誓便了。〔九差鬼應科。城隍、土地白〕還有錢秀、周方，與奸賊心腹將卒鬼魂，亦當拏赴陰司治罪。黄將軍，率領忠義兵將寃魂，幫助擒拏者。〔黄龍魂應科。土地白〕隨吾神到本司去，取鋼叉器械者。〔鬼王、城隍、土地白〕鐵叉報應奸頑誓。〔黄龍等魂白〕地獄新增十九重。〔同從下場門下。潘仁美、傅氏、潘虎、王侁等魂，錢秀、周方、陣亡將卒等魂，從上場門上，虚白發諢科，從下場門下。九差鬼持叉，從上場門上，作祭叉科。祭畢，作耍跳，從下場門下。雜扮潘仁美、王侁、米信、田重進、劉君其替身魂，仿本魂扮相，從上場門上，虚白發諢科。九差鬼從兩場門趕上，作對叉科，從下場門下。黄龍、盡節將卒魂，追錢秀、周方、陣亡將卒魂，從上場門上，戰鬭科，從下場門下。摸壁鬼、無常鬼、地方鬼，作追傅鼎臣等魂，同從上場門上，發諢科，從下場門下。九差鬼與潘仁美等魂，陸續抵對，衆鬼衆魂陸續間場。九差鬼作叉住潘仁美等五魂科，黄龍等魂作拏住傅氏、潘虎、錢秀等魂科。同唱〕

【越調正曲·水底魚兒】欲遁無方(韻)，二鐵圍山障(韻)。鐵叉密佈(句)，〔合〕何處可潛藏(韻)，何處可潛藏(疊)。〔同從下場門下〕

第一齣　射馬初擒雖被縛（齊微韻）

〔雜扮軍士，各戴馬夫巾，穿蟒箭袖卒褂，執旗。雜扮勇士，各戴馬夫巾，穿勇字衣，繫鸞帶，持雙刀。雜扮將官，各戴馬夫巾，紥額，穿打仗甲，持鎗。生扮岳勝，雜扮陳林、柴幹，各戴盔，紥靠。引生扮楊景，戴盔，紥靠，背令旗，襲蟒，束帶。從上場門上。楊景唱〕

【正宮引·三疊引】丹誠報國盡倫彝（韻），秉得乾坤正氣（韻）。繼述父忠貞（句），留得家聲遺世（韻）。

〔中場設公案、桌椅，轉場入座科。岳勝、陳林、柴幹作參見科。白〕將軍。〔楊景白〕衆位將軍請坐。〔岳勝、陳林、柴幹白〕告坐。〔場上設椅，各坐科。楊景白〕下官叨蒙聖恩，念我先父功高，赦罪擢用，授爲定州嘉山寨都巡檢使。下官因岳將軍武舉當軍，埋没將材，即行奏明，蒙恩授爲驍將，協鎮嘉山。到任後細察此方，地廣人稀，與遼接壤。且各山有匪人聚夥，時常騷擾村民。衆位將軍，我想外有狂遼侵犯，内有强徒騷擾，其患甚大矣。〔岳勝白〕依岳勝愚見，先除内患，後圖安邊之計。〔楊景白〕將軍高見，甚合其機。陳、柴二公，護守城邑。〔陳林、柴幹應科。楊景白〕其餘將卒，隨吾南路巡山去者。〔衆應。楊景作起，隨撒公案、桌椅。楊景卸蟒，乘馬，持鎗。岳勝乘馬，持刀。陳林、柴幹作拜送科，從下場門下。軍士、勇士、將官作邊場科。同唱〕

【正宫正曲·傾杯序】内有强梁外寇敵(韻)，腹患宜先治(韻)。那前任無謀(句)，食禄如尸(句)。縱敵侵邊(讀)，騷擾邦畿(韻)。任山林嘯聚(句)，打家劫舍(讀)，民無安逸(韻)。〔合〕沐猴冠(讀)，置民水火自輕肥(韻)。〔楊景作瞭望科。白〕呀，前面好一座險峻高山。樹木蒼陰，層巒疊嶂，不知是何山寇巢穴？〔岳勝白〕那邊有兩個樵夫，唤來一問便知。〔向下唤科。白〕樵哥，樵哥。〔雜扮二樵夫，各戴氈帽草帽圈，穿水田衣，繫腰裙，荷柴擔，從下場門上。同白〕來了。伐木丁丁響，負薪日日忙。〔岳勝白〕本郡巡檢老爺問話，過來見了。〔樵夫白〕原來新任老爺到了。〔作叩見科。白〕樵子叩頭。〔楊景白〕起來。〔樵夫作起分侍科。楊景白〕前面一帶峻嶺，什麽所在？〔樵夫白〕叫做香巖閣山，轉過山邊，名唤紅桃山可樂洞。洞中有個大王，名唤孟良，十分利害。手下有數千猛士，六員勇將，打家劫舍，民受其殃，了不得。〔楊景白〕竟有如此害民賊在此，吾當勦滅，與民除害。樵夫引路。〔樵夫白〕老爺，不要惹他罷。他手中有個葫蘆，能放神火，老爺如何當得起？〔楊景白〕自古邪不侵正，我自有妙計擒之。引路。〔樵夫應，作引路科。楊景唱〕

【正宫正曲·普天樂】受君恩死無避(韻)，要安民除賊匪(韻)。怎容那嘯聚潢池(韻)，恁豪强剥削民脂(押)。〔樵夫白〕往那邊去，就是紅桃山了。〔楊景白〕你二人晚間到我營中領賞，我還有用你們之處。〔樵夫應科，從上場門下。楊景白〕衆將官，快快進山。〔衆應科。同唱合〕揮軍直抵(韻)，勦除類不遺(韻)。搗穴焚巢(讀)，大展神機(韻)。〔同從下場門下。雜扮僂儸，各戴僂儸帽，穿箭袖，繫肚囊，持兵器。雜扮林榮、宋茂、王昇、王義、鄒仲、呂彪，各戴羅帽，紮額、狐尾、雉翎，穿各色打仗甲，持兵器。引淨扮孟良，戴紮巾額、狐尾、雉翎，紮靠，背葫蘆，持雙斧。從上場門上。同唱〕

【正宮正曲·玉芙蓉】威名近遠知(韻)，官吏聞驚畏(韻)。甚狂徒輒敢(讀)壓境相欺(韻)。〔孟良白〕適有巡山僂儸報道，來了個不怕死的楊巡檢，竟敢領兵進山犯界。俺一聞此言，怒髮衝冠，即便點齊好漢，下山會他一會便了。〔同唱〕教他認識英豪輩(韻)，正眼從今不敢窺(韻)。〔軍士、勇士、將官引岳勝、楊景從上場門衝上。楊景白〕山寇聽者，俺奉旨肅清邊界。本境中不容賊匪害民，宜早向化，庶免身首不保。〔孟良白〕俺孟大王，不服的是勸化，最愛的是鬭很。勝得俺這雙斧，認你是個朋友。不能勝俺，你這巡檢，此處做不成。〔楊景白〕既要鬭很，只憑武藝取勝。若用邪術傷人，不爲英雄。〔孟良白〕就是這樣，諒你焉能勝俺大王。〔楊景白〕今日教你知吾英名便了，看鎗。〔作合戰科，同從兩場門下。岳勝、將官等，林榮、僂儸等，從上場門上，挑戰科，從下場門下。楊景、孟良從上場門上，戰科。岳勝從上場門上，助戰。楊景、岳勝佯敗，從下場門下，孟良追下。岳勝、楊景從上場門上。楊景白〕岳將軍，你看孟良好一員虎將，吾不忍傷他性命。將軍可戰住他，待我用箭射他坐騎，使他落馬擒之。〔岳勝白〕將軍之計甚善。〔孟良從上場門上。白〕那裏走？〔戰科，楊景虛下。岳勝、孟良戰科。楊景作持弓箭上，射科。白〕看箭。〔作射中馬科。孟良驚慌，遶場亂跑。軍士、勇士、將官從兩場門上，作圍。孟良作墜馬，軍士綁孟良虛下。林榮、宋茂、王昇、王義、鄒仲、呂彪從上場門上，合戰。林榮、鄒仲作突圍科，從下場門下。楊景等作擒住宋茂、王昇、王義、呂彪科。楊景白〕將他們押過一邊，先帶孟良過來。〔軍士應科，向下綁孟良上。軍士白〕孟良當面。〔楊景白〕孟良，今被成擒，汝心降服否？〔孟良作怒科。白〕失信狂徒，講明武藝取勝，緣何用暗箭傷吾坐騎？落馬誤擒，俺心中萬分不服。〔楊景白〕果然是吾失信。過來，將他葫蘆留下，與他器械，放他回去。〔岳勝應科，作解葫蘆。軍士放綁，孟良作接兵器科。白〕羞死我也。〔從下場門下。岳勝白〕將軍，孟良擒之不得，爲何放他？〔楊景白〕此等匹夫，恃血氣之勇，其性剛强。要他悦而誠服，方可任吾驅使。〔岳勝白〕將軍高見是也。〔楊景白〕將他四人綁過來。〔勇士應，作帶宋茂等上前科。楊景白〕放了綁。〔勇士應，作放綁科。楊景白〕汝等若願傾心歸順，隨吾立功報効，圖個功名。若不心服，放歸山寨，再擒必斬。〔宋茂等白〕將軍，我等皆係將門之種，出乎不得已而爲盜。若得録用，甘心報効皇家。〔楊景白〕這便纔是，過來。〔四將官應科。楊景白〕帶他四人到嘉山寨去，交與陳、柴二位將軍，好生款待。〔四將官應科。白〕隨我這裏來。〔引宋茂等從上場門下。楊景白〕吩咐就在此處安營。〔衆應科。同唱合〕施仁義(韻)，要悦服其意(韻)。定機謀(讀)，將他重獲顯雄威(韻)。〔同從下場門下〕

第二齣　墜坑再獲未輸心（齊微韻）

〔浄扮孟良，戴紮巾額、狐尾、雉翎，紮靠，持雙斧，從上場門上。唱〕

【正宮正曲・四邊静】湘江掬盡羞難洗（韻），磨滅英雄氣（韻）。羽翼翦凋零（句），兼將葫蘆棄（韻）。〔白〕俺與楊巡檢言明較武取勝，未防他暗箭傷俺坐騎，墜馬被縛。吕彪等四人也被擒住。因俺不服，故爾放回，卻把葫蘆留下。俺孟良乃威名顯赫的英雄，怎受這等恥辱？他今安營在山下，待至更深，潛身入寨，盜竊葫蘆，梟其首級，以消忿恨。〔唱合〕思之怒起（韻），言之忸怩（韻），若不斬狂且（句），枉做英豪矣（韻）。〔從下場門下。內起更科。雜扮勇士，各戴馬夫巾，穿勇字衣，繫鸞帶。雜扮將官，各戴馬夫巾，紮額，穿打仗甲。生扮岳勝，戴盔，紮靠。引生扮楊景，戴盔，紮靠，背令旗，從上場門上。楊景唱〕

【正宮正曲・刷子序】中軍帳權爲釣磯（韻），早沉香餌（讀），佈下魚羅（韻）。那恃勇村夫（句），怎逃掌握謀機（韻）？〔中場設屏風、桌椅，轉場入座科。白〕吾命爾等帳前設下陷穽，齊備了麽？〔將官白〕小將們遵依調度，坑深一丈，上鋪葦席，席上蓋土，俱已齊備。請問將軍，帳前設陷，有何用處？〔楊景白〕孟良被我射馬擒獲，留下葫蘆，放回山寨，此乃激怒其心。他急於復讐，今晚必來劫寨，使他自墮坑中，不戰而擒，令其心服。〔將官白〕此計雖好，只恐不來。〔楊景白〕剛猛匹夫之志，難逃吾算。岳將軍，帶領將士，帳後埋伏。待孟良墜坑，急出擒拏，不得有違。〔岳勝、將官等應科，從屏風後下。楊景白〕待我假作隱几而卧便了。〔唱〕奇機㊞，夜秉燭隱几待彼㊞，以俟他投穽身隤㊞。〔合〕管教伊束手成擒㊝，也何勞刀劍相持㊞。〔楊景作假寐科。內打二更。孟良從上場門悄上，作四望科。白〕且喜四顧無人，悄悄進帳便了。〔作偷窺科。白〕這廝隱几而睡，帳下無人，活該死在吾手，待俺賞他一斧。〔作急進門科。白〕看斧。〔作墜坑科，勇士、將官、岳勝等各持兵器，從屏風後上，圍科。楊景笑科。白〕綁上來。〔勇士將官應，作綁孟良起科。將官白〕孟良當面。〔楊景白〕孟良，諒你賊智，焉能出吾掌握？你今服也不服？〔孟良白〕這是俺自己冒險，投入羅網，非爾之智。要斬便斬，到底不服。〔楊景白〕也罷，我再放汝回去，整頓人馬，明日疆場上擒你便了，放綁。〔勇士等應，作放綁科。孟良白〕明日與你決一死戰便了。〔作取斧，從下場門下。岳勝白〕將軍，來日交戰，用何法擒之？〔楊景白〕下官自有妙計。〔作起，隨撤屏風、桌椅科。楊景白〕唤那兩個樵夫後帳伺候。〔將官應科。楊景白〕欲其誠服心降順，且效武侯七縱擒。〔同從下場門下〕

第三齣　擒虎將義結金蘭（蕭豪韻）

〔雜扮烏漢國使臣，戴外國帽，穿外國衣，執馬鞭，從上場門上。白〕狂遼奪貢馬，辱命怎還朝？俺乃烏漢國使臣是也。國主差俺往汴京進獻驌驦馬。由幽州經過，被遼將蕭天佑劫奪表文貢馬，護從人役逃竄無存，只得向内地乞援。方纔到定州嘉山寨，説巡檢使往南路巡山未回，俺今急去尋著楊巡檢，求他奪回貢馬便了。心慌嫌驥緩，事急恨山遥。〔從下場門下。雜扮勇士，各戴馬夫巾，穿勇字衣，繫鸞帶，持兵器。生扮岳勝，戴盔，紮靠，持刀。引生扮楊景，戴盔，紮靠，背令旗，持鎗，從上場門上。同唱〕

【羽調正曲·排歌】密令陳兵(讀)，奇機進勦(韻)，山巔預伏羣樵(韻)。三擒智勝展龍韜(韻)，悦服多英備禦遼(韻)。〔楊景白〕下官欲設奇計，智服孟良。連夜向樵子問明山中路徑。即令將士帶領弓箭手，又命軍士各扮樵夫，先往香巖閣山設伏停當。吾今親自引戰，衆將官。〔衆應科。楊景白〕依計引敵，不得有違。〔岳勝等應科。烏漢國使臣内白〕將軍請住馬。〔楊景等作回望科。烏漢國使臣從上場門急上。白〕被劫軍情急，兼程不憚勞。將軍可是楊巡檢？〔楊景白〕然也。貴使何來？〔烏漢國使臣白〕將軍，使臣奉烏漢國主所差，往汴京進獻驌驦馬。行至幽州城外，被蕭天佑劫去。求將軍快快發兵奪回。〔楊景白〕在定州界上失去，吾當追捕。幽州乃遼地，難以從命，請便。〔烏漢國使臣白〕使臣有辱主命，不敢回國。爲此求救於將軍。〔楊景白〕也罷，指引你一條門路。可即赴汴京，哀求南清宫千歲，或可有救。〔烏漢國使臣白〕多謝指引，俺就去也。〔從下場門下。楊景白〕進兵誘敵者。〔衆應科。同唱合〕機須密(句)，困須牢(韻)，佯輸誘敵進山坳(韻)。歸途絶(句)，無路逃(韻)，賺其越嶺挂山腰(韻)。〔雜扮僂儸，各戴僂儸帽，穿箭袖，繫肚囊，持兵器。雜扮林榮、鄒仲，各戴羅帽，紥額、狐尾、雉翎，穿打仗甲，持兵器。引浄扮孟良，戴紥巾額、狐尾、雉翎，紥靠，持雙斧，從上場門衝上。孟良白〕楊巡檢，你約俺今日交戰，敢與大王鬬幾百合麽？〔楊景白〕孟良，且不必猖狂，須要小心迎敵。今日再擒，决難輕縱，看鎗。〔作合戰科，同從下場門下。岳勝、勇士等，林榮、鄒仲、僂儸等，從上場門上，作挑戰科，從下場門下。楊景引孟良從上場門上，戰科。楊景佯敗，從下場門下，孟良追下。場上設山石。雜扮軍士，僞裝樵夫，各戴氈帽草帽圈，水田衣，繫腰裙，暗上山石科。同白〕遵依六使計，假作採樵人。我們衆軍士，奉令扮做樵夫，在香巖閣山上擒捉孟良。〔内吶喊，軍士作回望科。白〕將軍引陣來也，我們依計而行便了。〔虚下。楊景、岳勝等引孟良、林榮、鄒仲等，從上場門上，作合戰科。雜扮健軍，各戴馬夫巾，穿箭袖，背絲縧，繫鸞帶，持弓箭。雜扮將官，各戴馬夫巾，紥額，穿打仗甲，持鎗。從兩場門分上，遶場科，仍從兩場門分下。楊景等，孟良等，從下場門下。岳勝、楊景、林榮、鄒仲從上場門上，戰，作擒住林榮、鄒仲科。將官從上場門上，綁科，從下場門下。孟良從上場門上。唱〕

【羽調正曲・急急令】重兵佈滿這山凹(韻)，遶遶遶(韻)，遶週遭(韻)。〔白〕俺一時魯莽，中了誘敵之計。如今圍困山谷，豈肯束手待斃？不免奮力殺出重圍便了。〔將官、健軍從上場門上。將官白〕那裏走？〔孟良白〕誰敢攔俺去路，看斧。〔將官白〕放箭。〔健軍應，作搭箭不發科，孟良急回，將官、健軍仍從上場門下。孟良唱合〕身遭羅網怎能逃(韻)，好好好(韻)，好心焦(韻)。〔白〕從那邊殺出便了。〔將官、健軍從下場門上。將官白〕孟良休想走脱。〔孟良白〕無名小卒，也敢阻俺歸路，看斧。〔將官白〕放箭。〔健軍應，作搭箭不發科，孟良急回。健軍、將官仍從下場門下。孟良白〕俺欲闖突山口，難免亂箭傷身。欲待越嶺而逃，這樣懸崖絶壁，莫説馬不能上，就是步行，也無路可上。〔作歎科。唱〕

【羽調正曲・衮衮令】令人歎(句)，一世大英豪(韻)，束手困山中(句)，無計可保(韻)。〔楊景、岳勝内白〕將孟良緊緊圍住，不許放走。〔健軍、勇士、將官應科，引岳勝、楊景從兩場門分上。遶場科，仍從兩場門分下。軍士暗上山科，同唱樵歌〕山中樵子砍柴薪，游遍青山自在身。眼看英雄受困急，逍遥怎及採樵人。〔孟良作瞭望科。白〕原來是些樵夫。〔作問科。白〕你們從那裏上去的？〔軍士白〕我們從山後上來的。〔孟良白〕大王要上去，從那條路走？〔軍士白〕也從山後上來。〔孟良唾科。白〕若能從山後上去，何須問你們？只因重兵截路，亂箭齊發，殺不出重圍。你們若有方法救俺上去，重重有賞。〔軍士白〕方法倒有，只恐大王不從。〔孟良白〕件件皆從，只求生路。〔軍士白〕把綑柴繩子接長了，大王繫在腰間，我們往上拽，大王往上爬，可好？〔孟良白〕就依你們，待我下了馬。〔作下馬科。白〕

快將繩子放下來。〔軍士作繫繩科。白〕大王，須要繫緊些方妥。〔孟良接繩繫腰，歎科。白〕好慚愧也。〔唱〕不覺愧赧慚惶(句)，獻醜羣樵(韻)，〔合〕且將繩索緊拴腰(韻)，不免大方貽誚(韻)。〔軍士白〕聽著我們喝號，大王就往上爬。〔孟良白〕這是什麽彀當？〔軍士作喝號拽繩，孟良作爬至半山科。軍士白〕大王，我們拽不動了，歇一歇。〔孟良作虛白嚷科。健軍、將官、岳勝、楊景從兩場門分上。楊景白〕孟良，你今走不脱也。再言不降，就要放箭了。〔孟良白〕情願投降。〔楊景白〕汝心服也不服？〔孟良白〕心服口服的了。〔楊景白〕如此放他下來。〔軍士應，作繫下孟良解繩科。軍士暗下，隨撤山石科。勇士作綁林榮、鄒仲從兩場門上。楊景白〕放了綁。〔勇士應，作放綁科，孟良、林榮、鄒仲作拜謝科。白〕多謝將軍。〔楊景白〕衆位英雄俊偉，武藝超羣，何不立勳績於朝廷，圖美名於史册，豈不勝於爲盜？〔孟良、鄒仲、林榮白〕將軍大義勸化，我等悦而誠服。〔楊景白〕悦而誠服。〔作笑科。白〕收兵，回嘉山寨去。〔衆應科，孟良等乘馬，持兵器遶場。同唱〕

【羽調正曲・雙韻子】敷陳大義(句)，匪心化誨(句)，誠遵王道(韻)，自今努力王家(句)，同建績(讀)，受恩褒(韻)。〔雜扮郎千、郎萬、徐仲、張蓋、劉金龍，各戴羅帽，紥頭，穿箭袖，繫鑾帶，執兵器。同從上場門上。朗千、郎萬白〕哥哥，别來無恙？〔楊景白〕原來是郎家二位兄弟，這三位是誰？〔張蓋白〕俺乃太行山張蓋。〔劉金龍白〕俺乃盤龍山劉金龍。〔徐仲白〕俺乃寶珠寨徐仲。〔楊景白〕久仰，到此何事？〔徐仲、張蓋、劉金龍白〕俺們素慕老令公之忠勇，將軍之仁義。今聞將軍職授嘉山寨巡檢使，我等合同各山人馬投誠向化，願隨將軍驅使。〔郎千、郎萬白〕方纔到嘉山寨，陳、柴二兄説哥哥在此收服孟良，同來協助。〔孟良白〕不用協助，我早已悦服在此了。〔楊景白〕楊六使有何德能，感列位義氣若此。請同到嘉山寨，慢慢敘談。〔遶場同唱〕羣英到㊀，相會巧㊀，忠義集㊁，邊疆固保㊀。〔合〕霎時虎將雲屯㊂，齊奮力㊁，將遼掃㊀。〔同從下場門下〕

第四齣　失龍駒奸施讒譖（寒山韻）

〔雜扮烏漢國使臣，戴外國帽，穿外國衣，執馬鞭，從上場門上。唱〕

【中呂宮正曲・紅繡鞋】兼程未下雕鞍(韻)、雕鞍(疊)，辛勤不憚勞煩(韻)、勞煩(疊)。奪貢馬(句)，憾兇頑(韻)。辱主命(句)，怎回還(韻)？〔合〕求生路(句)，到長安(韻)。〔白〕一路問來，説此間就是南清宮了。〔作下馬，向下問科。白〕門上那位在？借問一聲。〔内白〕問什麼？〔使臣白〕千歲爺可在府中麼？〔内白〕入朝去了。〔使臣白〕偏偏入朝去了，這便怎麼處？也罷，待我到朝門外等候千歲便了。〔作乘馬科，從下場門下。副扮王强，戴矮紗帽，穿蟒，束帶，從上場門上。白〕平明登紫闕，日午下彤庭。下官樞密直學士王强是也。今當早朝時分，特向朝房伺候。〔浄扮謝庭芳，戴盔，穿蟒，束帶，引烏漢國使臣從上場門上。謝庭芳白〕貴使隨我來。陰譖須乘隙，謀爲要見機。貴使請朝房外少待。〔謝庭芳作進門科。白〕老師。〔作見揖科。王强白〕門生少禮。〔謝庭芳白〕老師欲謀楊景，愁無下手處，門生得了個好題目在此。〔王强白〕什麼好題目？〔謝庭芳白〕待門生去喚來。〔作出門喚科。白〕貴使，隨我進來。〔作引進科。白〕老師，題目在此。貴使，這是王大人，見了。〔烏漢國使臣作參見科。白〕烏漢國使臣，參見大人。〔王强白〕貴使少禮。門生，這是什麽題目？〔謝庭芳白〕獻馬的題目。貴使，你說。〔烏漢國使臣白〕小國烏漢王，差使臣詣天朝進獻驌驦良驥。行至幽州被劫，使臣不敢回國，向嘉山寨求救於楊六使。他命使臣到京向南清宫求救。〔王强白〕你險受楊景之害。千歲性如烈火，手中金鞭無情，若說失去貢馬，必將你打死。〔使臣作驚慌跪科。白〕求大人解救。〔王强白〕請起。〔烏漢國使臣起，王强作想科。白〕要我救你不死，須依下官所言。少間引你朝見吾主，只說在嘉山寨楊巡檢界内被遼將劫奪，楊景不肯發兵追捕。依我之言陳奏，纔免得你的罪，記準了。〔烏漢國使臣應科。王强白〕隨我入朝伺候去。〔烏漢國使臣應，同作出門科。王强、謝庭芳白〕借釁生端除腹患。〔烏漢國使臣白〕求謀假禍脱身危。〔同從下場門下。内奏樂。雜扮值殿將軍，各戴卒盔，穿鎧，執金瓜。雜扮儀從，各戴大頁巾，穿蟒箭袖排穗，執儀仗。雜扮文官，各戴紗帽，穿蟒，束帶，執笏。雜扮武官，各戴盔，穿蟒，束帶，執笏。生扮吕蒙正，外扮寇準，末扮盧多遜，外扮趙普，各戴相貂，穿蟒，束帶，帶印綬，執笏。生扮德昭，戴素王帽，穿蟒，束王帶，執笏。雜扮内侍，各戴太監帽，穿貼裏衣。旦扮昭容，各戴宫官帽，穿圓領，繫絲縧，執符節，提爐龍扇。引生扮宋太宗，戴金王帽，穿黄蟒，束黄鞓帶，從上場門上。宋太宗唱〕

【中吕宫正曲·駐馬兒】掌河山(韻)，勤政親賢(讀)，敷仁用亶(韻)，惓惓稼穡慮艱難(韻)，〔合〕治國焦勞宵旰(韻)。〔場上設高臺、帳幔、桌椅，内奏樂。宋太宗陞座，德昭率衆作朝參科。白〕兒臣德昭，率領文武朝參。〔趙普等同白〕願吾皇萬歲，萬歲，萬萬歲。〔昭容白〕平身。〔德昭等白〕萬歲。〔作起，分侍科。宋太宗白〕寇卿，朕披覽張齊賢奏報，恢復雲應等州，鴈門一帶，烽烟頓熄，邊境稍安。卿家所保得人，朕心欣慰之至矣。〔寇準白〕總賴聖上神明，知人善任，非臣奏保之功也。〔宋太宗白〕張齊賢老誠歷練，用爲邊帥，朕實放心。王兒所保楊景，忠誠智勇，能繼父志，用爲嘉山寨巡檢使，但其地與遼接壤，只恐楊景不能捍禦。〔德昭白〕兒臣素知楊景熟練韜鈐，必能安邊定國。〔唱〕

【又一體】聖心安(韻)，他足智多謀(讀)，用武素慣(韻)，才能實可禦邊關(韻)，〔合〕幹國非同泛泛(韻)。

〔趙普等白〕陛下，千歲素識忠佞，善辨賢愚。論楊景之材，實係棟梁，千歲所保非訛。〔宋太宗白〕果如其言，朕心何慮。〔王强、謝庭芳各執笏，從上場門上。白〕鵷聯白玉陛，鵠立紫宸朝。〔作朝參科。白〕臣等朝見，願吾皇萬歲，萬歲，萬萬歲。〔昭容白〕平身。〔王强、謝庭芳白〕萬歲。〔作起，分侍科。白〕臣啟奏陛下，有烏漢國差使臣貢獻驌驦良驥。行至嘉山寨境内，有蕭天佑領兵入境，劫去貢馬。使臣不敢回國，特來乞恩陛下，臣等帶至朝門候旨。〔宋太宗白〕有這等事？宣使臣上殿。〔王强白〕領旨。〔作出殿，宣召科。白〕聖上有旨，宣烏漢國使臣上殿。〔烏漢國使臣從上場門上。白〕領旨。〔作進朝，參科。白〕小國使臣朝見，願吾皇萬歲，萬歲，萬萬歲。〔昭容白〕平身。〔烏漢國使臣白〕萬歲。〔作起科。宋太宗白〕汝主差你來何幹？〔王强白〕你將實情奏上。〔烏漢國使臣跪科。白〕小國寡君，感大皇帝德化之恩，貢獻表文一道，驌驦良驥一匹。行至嘉山寨境内，有遼將蕭天佑領兵到來，把表文馬匹盡行劫去。〔宋太宗白〕既到内地，遼人輒敢入境劫奪，難道楊景不知此事？〔烏漢國使臣白〕

小臣親自求見楊景，他不肯發兵追奪。小臣無可投奔，只得詣闕請罪。〔宋太宗嗔科。白〕楊景前罪本該斬首，朕念伊父救駕功高，姑免一死。又且王兒再三奏保，故此加恩，授爲嘉山寨巡檢使。不思平遼報國，反縱敵人入境，劫奪貢馬，何辜恩若此？〔唱〕

【中吕宫正曲・駐馬聽】領鎮嘉山(韻)，尸位默然學素飡(韻)。敢辜恩縱敵(句)，劫貢窺邊(讀)，竟不遮攔(韻)。〔白〕寇卿，寫旨與張齊賢，説楊景辜恩背旨，有心縱敵入境劫貢，袖手傍觀。命張齊賢即往嘉山寨將楊景扭解來京問罪。〔趙普、寇準、盧多遜、吕蒙正白〕陛下請息雷霆之怒。楊景素秉忠誠，又蒙恩宥赦罪加恩，焉敢生縱敵入境之心？還當再察其情。〔王强、謝庭芳白〕陛下，外國使臣進貢，一入内境，例應地方官委員護送。今楊景不差人護送猶可，使臣被劫，求兵不發，豈非有心縱敵？何必再察其情。〔趙普等白〕此係使臣一面之辭，陛下還須省察。〔唱〕恐使臣懼罪亂枝攀(韻)，聖明莫受誣言謾(韻)。〔德昭跪科。白〕奏保非人，當治兒臣之罪。〔宋太宗白〕王兒平身。〔德昭起科。宋太宗白〕也罷。謝庭芳帶領使臣館驛安置候旨。〔謝庭芳白〕領旨。〔引烏漢國使臣，從下場門下。宋太宗白〕王强寫旨，限楊景十日内，奪還驌驦馬，將功贖罪。再有所違，決不赦宥。〔王强白〕領旨。〔從下場門下。昭容白〕退班。〔内奏樂。宋太宗下座，隨撤高臺、帳幔、桌椅。宋太宗唱合〕勅降邊關(韻)，遵行無怠違限罪難寬(叶)。〔内侍、昭容等護宋太宗從下場門下。文武官從兩場門分下。趙普、盧多遜、寇準、吕蒙正白〕千歲，這明明是王、謝二人買囑使臣誣陷六郎無疑了。〔德昭白〕聖上天威盛怒之下，孤也不敢分辨是非。正是：袖有金鎚斬馬劍。〔作忿恨科。白〕終當馘取佞臣頭。〔同從下場門下〕

第五齣　連鴈心同歸虎帳（古風韻）

〔雜扮健勇，各戴紥巾，穿箭袖，繫鑾帶，佩腰刀，各執馬鞭。引生扮楊景，戴盔，紥靠，佩劍，執馬鞭，從上場門上。同唱〕

【黄鐘宫正曲・畫眉序】臣子體宸衷(韻)，竭力防邊鞠我躬(韻)。願烽烟掃靖(讀)，表我丹忠(韻)。〔白〕下官智伏孟良之後，各山好漢傾心歸化。又説東南芭蕉山焦贊，有萬夫不當之勇，吾欲説降此人，備防邊患。孟良説此人至頑，不可輕往，當部衆而去。想吾以誠信待人，何以兵爲哉？止令健勇數名隨行。你看前面一座高山，想必就是了，快些前去者。〔唱〕山徑裏訪覓英材(句)，巖谷内去尋梁棟(韻)。〔合〕爲國須重賢良士(句)，聚集英雄羣衆(韻)。〔同從下場門下。場上設山石。浄扮焦贊，戴高綜帽草帽圈，紥靠，罩通袖，打腰裙，從山後上。唱〕

【黄鐘宫正曲・神仗兒】麤豪剛猛(韻)，麤豪剛猛(疊)，架海擎天(句)，拔山力勇(韻)。霸占(讀)山崖石洞(韻)，任我强梁(讀)，由咱豪横(韻)。〔白〕俺焦贊，因避禍歸山，緑林爲盗，劫奪行商，取心下酒。自從嘉山寨來了個楊巡檢，大張告示，禁止行人，不許這條路行走。這些時没了上門買賣，好不煩悶。

爲此裝扮樵人往山下走走，萬一撞個倒運的來，就有了酒餚了。〔唱合〕裝樵子耍愚蒙㊇，裝樵子耍愚蒙㊂。〔作坐山石科。健勇隨楊景從上場門上。白〕千軍容易得，一將最難求。〔作看焦贊，驚異科。白〕那邊石上坐著個樵夫，形容怪異，莫非就是焦贊？待我下馬問一聲。〔各作下馬科。白〕樵哥，此處可是芭蕉山否？〔焦贊白〕正是芭蕉山。你是何人？到此怎麽？〔楊景白〕俺嘉山巡檢使。聞此間有個姓焦的好漢，親來訪問，望樵哥指引。〔焦贊白〕容易，容易。你在這石上坐坐，待我請他來見你。〔楊景白〕多謝。〔焦贊白〕好説好説。〔從山後暫下。楊景白〕原來就在這山中。爾等將馬匹拴在那邊樹林中去。〔健勇應科，從上場門下。楊景白〕妙嗄，你看石壁巍峩，樹木叢雜，流泉遠澗，山鳥呼人，好景致也。〔雜扮僂儸，各戴僂儸帽，穿箭袖，繫肚囊，持兵器。雜扮陸程、陳雷，各戴羅帽，紥額、狐尾、雉翎，穿箭袖，紥扮，持兵器。同從山後上，作擒楊景科。健勇同從上場門上。同白〕賊人休得無理。〔合戰，作擒住健勇科。焦贊從山後上。白〕擒下了麽？〔陸程、陳雷白〕擒下了。〔焦贊白〕且將從人綁過一邊，先帶楊巡檢。〔僂儸應，作綁健勇從兩場門下，僂儸復上。陸程、陳雷白〕楊巡檢當面。〔焦贊白〕楊巡檢，你要見焦贊，來來來，認認俺焦大王。〔楊景作怒科。白〕强賊，俺好意來尋訪英雄，爲何綁俺？〔焦贊白〕你大王性好人心下酒，自你到任後，禁止行商，絶俺衣食。正在此恨你，自己尋上門來送酒餚，大王豈可不受？將他綁在樹上。〔衆應。楊景白〕强賊，你輒敢擅殺朝廷命官，乃肆横若此？〔焦贊白〕俺喫了多少好漢心肝，罕見你這巡檢。〔楊景白〕皇天嗄。〔唱〕

【黄鐘宫正曲·滴溜子】爲君王(句)，爲君王(疊)，徵賢擢用(韻)。誰知道(句)，誰知道(疊)，反遭强横(韻)。始知(讀)賊心野種(韻)，〔合〕善化性難降(句)，虎狼惡猛(韻)。悔不提兵(讀)勦滅暴兇(韻)。〔焦贊作怒科。白〕這匹夫，死不知求，反敢辱駡。將他綁在樹上，俺大王親自動手。〔場上設樹，後映山石。僂儸作綁楊景於樹上，焦贊作持刀科。白〕無知匹夫，敢辱駡大王，今取你心肝下酒，看刀。〔雜扮白虎形，從楊景身後躍上。焦贊等同作驚慌科。白虎形隱下。焦贊白〕好奇怪，俺正待下手，忽然金光射目，現出一隻白虎。是了，莫非此人乃星將下凡，快些放綁。〔衆應，放楊景科。焦贊白〕請問將軍，尊諱貴表？〔楊景白〕俺乃楊令公第六子楊延昭。〔焦贊作驚慌科。白〕你就是楊六郎。〔衆作驚愧科。焦贊白〕你早説令公之子，焦贊焉敢無理？求將軍寬恩恕罪，情願率衆歸降，決無二心。〔衆作叩拜科。同唱〕

【黄鐘宫正曲·滴滴金】投誠向化歸豪衆(韻)，棄賊從王建大功(韻)。英雄知遇英雄衆(韻)，悦而服(句)，心自悾(韻)。〔衆起科。焦贊白〕快將從人放綁。〔僂儸等應科，作引健勇從兩場門上。楊景白〕爾等既傾心歸化，即宜隨往嘉山寨，以免衆心懸念。〔焦贊白〕謹依尊命。衆僂儸，我們隨將軍先到嘉山寨。爾等收拾輜重，隨後去者。〔僂儸應科，從山後下，隨撤山石。楊景白〕帶馬。〔健勇應科，各作乘馬。同唱〕羣英護從(韻)，將軍義感咸歡哄(韻)。〔合〕並轡連鑣(讀)，齊歸寨中(韻)。〔同從下場門下。雜扮軍士，各戴馬夫巾，穿箭袖卒褂。雜扮郎千、郎萬、林榮、宋茂、王昇、王義、鄒仲、吕彪、劉超、張林、張英、李虎、佘子光、徐仲、關冲、劉金龍、張蓋，各戴紥巾，穿出襬。浄扮孟良，戴紥巾，穿出襬。雜扮陳林、柴幹，生扮岳勝，戴盔，穿圓領，束帶。從上場門上。同白〕濟濟英才歸順義，昂昂俊傑附忠良。〔岳勝白〕今早楊將軍向芭蕉山説降焦贊。此時日午未回，好生懸望。〔孟良白〕俺原説此人至頑，不可輕往。將軍不信，倘有不測，那時怎了？〔衆白〕正是，該差人速去打聽纔好。〔岳勝白〕軍士過來。〔軍士應科。岳勝白〕速往東南一路打聽將軍消息，快去。〔軍士應科。健勇、陳雷、陸程、焦贊隨楊景從上場門上。白〕虎將雲屯日，英雄際會時。〔軍士作迎見科。白〕將軍回衙了。〔岳勝等作接見科，楊景等作進門科。岳勝衆同白〕我等懸念將軍，正欲差人迎接，且喜功成回衙，衆心安矣。〔楊景白〕有勞衆位注念。焦將軍，見了衆位將軍。〔焦贊等作見科。白〕衆位將軍。〔岳勝等白〕將軍。〔楊景白〕楊景何幸，蒙衆位擡愛，聞吾名者，望風而附。願與列位義結金蘭，從此推心置腹，戮力王家，未知衆意如何？〔岳勝等同白〕既蒙將軍不棄，我等衆心如一，就尊將軍爲長兄，我等敘齒。〔楊景白〕甚好。快排香案，再看酒筵伺候。〔軍士應科。内奏樂。楊景、焦贊、陳雷、陸程從下場門虚下。軍士設香案。楊景穿蟒，束帶，焦贊等穿出襬，從下場門上。岳勝白〕請兄長拈香。〔楊景作拈香，衆隨班行禮。禮畢，軍士隨撤香案桌，場上設席。岳勝白〕看酒。〔楊景白〕不消，一揖而坐罷。〔岳勝等同白〕從命。〔衆作告坐入席科。同唱〕

【黄鐘宫正曲·絳都春序】焚香拜禱(韻)，自譜訂金蘭(讀)，義若同胞(韻)。共保邊關(句)，同心合義遵樞要(韻)。〔楊景白〕賴主上洪福，旬日之内得上將二十一員，强兵二萬餘人。又且譜訂金蘭，忠義同心，何愁大功不成。取大杯來，大家暢飲盡醉。〔衆應。同唱〕開懷暢飲歡呼笑(韻)，酒逢知己千杯少(韻)。〔楊景笑科。唱合〕滿座豪傑英俊(句)，人中魁首(讀)，堂堂儀表(韻)。〔大校尉内白〕旨意下。〔健勇白〕旨意下了。〔楊景等作起，隨撤席科。楊景白〕快排香案，衆賢弟等迴避。〔孟良、焦贊等從下場門下。雜扮小校尉，各戴黄羅帽，紮虎頭額，穿箭袖黄馬褂，佩腰刀。雜扮大校尉，戴黄羅帽，紮額，穿蟒箭袖黄馬褂，佩腰刀，捧聖旨牌。同從上場門上。同白〕星飛馳驛騎，降旨到嘉山。旨意下。〔楊景、岳勝、陳林、柴幹，作迎接進門科。大校尉白〕楊景接旨。〔楊景白〕那部所差？〔大校尉白〕樞密直學士王强，面奉聖旨。〔楊景作俯伏科，孟良、焦贊等暗從下場門上，作聽科。大校尉白〕今據烏漢國使臣奏道，使臣奉表朝貢，進有驌驦良驥一匹。行至定州界内，適有遼將入境，劫去表文貢馬，有辱中朝威鋭。既使臣向伊求兵追捕，乃敢按兵不舉，似有縱敵玩寇之意。本罪在不赦，念伊父勳績死忠，暫爲寬宥，欽限十日内，追獲驌驦馬覆旨。如不能追獲，楊景速宜自裁，欽此。〔衆作驚呆科，楊景作謝恩起科。大校尉白〕我等覆命去也。〔作出門，楊景送科，衆校尉仍從上場門下。楊景作進門。岳勝等同白〕哥哥，此禍從何而起？〔楊景白〕列位兄弟，每逢下與邊關旨意，或兵部，或内閣。今乃王强所差，必係王强、謝庭芳買囑使臣誑奏，必欲致吾死地。楊景嗄楊景，方喜英雄聚集，可展平生忠君報國之志。今又遭不白之冤，你好命苦，你好命薄。〔唱〕

【黄鐘宫正曲・三段子】災禍相遭(韻)，恨時乖頻遇奸僚(韻)。終身難保(韻)，慢思量建功捷報(韻)。〔孟良、焦贊白〕哥哥既知是王强、謝庭芳之計，要你死，偏不死。看這兩個奸賊有何方法？〔楊景白〕方纔旨意，難道衆位不曾聽見？十日内不能追獲驌驦馬，即宜自裁。衆兄弟，楊景與列位結義，指望同心戮力，報効朝廷。不料風波頓起，我今惟有一死，再不能與衆兄弟建功立業了。〔滚白〕争奈奸賊嫉妬楊景，使我忠良成功不得，平遼不遂，他讒言陷我縱敵入寇。〔唱〕按兵不舉觀虚耗(韻)，吾皇怒發雷霆詔(韻)。〔白〕也罷。〔唱合〕我死奸人忌恨消(韻)。〔作拔劍欲刎科。岳勝等虚白，作勸科。中場設椅，岳勝作扶，楊景坐科。焦贊白〕兄長既言王、謝二賊陰謀，待焦贊速奔汴梁，殺了王强、謝庭芳，除了後患，可好？〔楊景作急起，踢焦贊科。白〕焦贊匹夫，你敢造反，先將你開刀。〔岳勝等作勸科。白〕兄長請息怒。〔焦贊白〕我是爲你好意，倒要殺我。〔岳勝白〕焦兄弟此舉不但於兄長無益，且遺禍楊氏一門，使不得。〔孟良白〕不然大家起兵，殺奔遼邦，奪回馬匹便了。〔焦贊等同白〕這話有理，起兵。〔楊景白〕遼邦兵馬强盛，城池堅固。不要説十日，就是百日，也難成功。思之無計，只可一死。〔唱〕

【黄鐘宫正曲·歸朝歡】奸讒譖(句)，奸讒譖(疊)，吾罪難逃(韻)，論忠心惟天可表(韻)。〔作拔劍，焦贊奪劍科。白〕在這裏了。〔岳勝等白〕兄長坐了，大家從長商議，何必尋死？〔楊景作起，隨撤椅科。唱〕朝廷旨(句)，朝廷旨(疊)，爲臣難拗(韻)。衆兄弟(讀)，莫陷我違天抗詔(韻)。〔岳勝等同白〕待衆兄弟共議良策，奪回驌驦馬覆旨，也就無事了。〔孟良作想科。白〕有了。俺孟良能學各國番語。我今改扮商賈，混入幽州，設法盜取驌驦馬，管不悮欽限，可好？〔岳勝等同白〕兄長，就依孟賢弟之計。倘能成功，也未可知。〔楊景白〕蒙賢弟仗義，欲救愚兄。然此去幽州，身臨險地，務要小心。〔焦贊白〕俺老焦與你同去走遭。〔孟良白〕你去不能成功了，不用，不用。〔衆白〕你獨自前去，須要小心。〔同唱〕機關秘密須宜巧㊞，乘虚便把驌驦盜㊞，〔合〕應對須防衆口嗷㊞。〔孟良白〕不須吩咐，俺本嘗改裝去也。〔楊景白〕賢弟，有句要緊話對你説。耳聞四郎楊貴改名换姓，蕭氏以瓊娥郡主招贅在彼，未能確實。你去覓訪吾兄，或有機緣，成功有望矣。〔孟良白〕兄長放心，孟良見機而作便了。〔從下場門下。楊景白〕奸謀欲陷忠良命，誠信感通義士心。〔同從下場門下〕

第六齣　獻魚膽壯探龍潭(魚模韻)

〔雜扮張士綱，戴草帽圈，穿水田衣，繫腰裙，披蓑衣，腰插令旗，携魚籃，從上場門上，唱漁歌〕緑柳陰中泊釣船，袒衣赤脚下漁筌。盤渦水底魚屯聚，捕得新肥縮頸鯿。〔白〕自家張士綱，在白河捕魚三十餘年。自蕭太后屯兵在幽州，我獻了一對金色大鯉魚，娘娘喜歡得緊，賞了十兩銀子，又封我做個漁户頭兒，賞令旗一面，城門上由我出入。今日蕭后娘娘千秋，又得了一對金色鯉魚，趁早趕進城去呈獻，必有好處。不要閑説，快走。〔唱漁歌〕春景瀟湘風雨寒，煑魚煖酒供晨餐。逍遥河上扁舟放，獨掌絲綸一釣竿。〔從下場門下。凈扮孟良，戴氈帽草帽圈，穿水田衣，繫腰裙，從上場門上。唱〕

【仙吕宫集曲·月照山】【月兒高】(首至合)虎寨相依附(韻)，金蘭訂盟譜(韻)。當此顛危際(句)，拚死將恩補(韻)。盜得驌驦(句)，吾兄免遭禍(叶)。〔白〕爲要救俺哥哥性命，裝扮樵夫，乘隙混入幽州，盜取驌驦馬。買了些山猴糞、甜甘草，預備藥馬不鳴之用。連夜趲行，離城不遠。只是一路聽那些買賣人説，没有蕭后令箭者不放進城。〔作急科。白〕若果如此，俺就到得城門，如何混得進去？老天，此計不成，哥哥性命休矣。且到城門首相機行事。〔唱〕【山坡羊】(七至末)忙忙且奔幽州府(韻)，倘天佑忠良(讀)，機緣湊附(韻)。〔張士網從上場門上。白〕不辭辛苦力，方近世間財。〔孟良作相見科。白〕老漁翁請了。〔張士網白〕請了。〔孟良白〕那裏去？〔張士網白〕今日蕭后娘娘千秋，我去進魚，請了。〔欲走，孟良攔阻科。白〕且慢。你是個漁翁，怎便進得著魚呢？〔張士網白〕漁翁比漁翁不同。我叫張士網，娘娘欽賜漁户頭兒，又説進魚進得好，還要賞我個官兒。今日進此一對鯉魚祝壽，不敢欺，此時還是漁翁，少間就是老爺了。〔孟良白〕恭喜，恭喜，少間要做官了。〔作見令旗科。白〕你進魚罷了，腰間插著旗兒何用？〔張士網白〕蕭后娘娘防禦甚嚴，無此令旗不許進城。這令旗是娘娘賜我的。聽見説這幾日尤其防禦得緊。〔孟良白〕爲何？〔張士網白〕恐怕宋將偷盜驌驦良馬。〔孟良作驚科。白〕怎麽樣？〔張士網白〕曉夜嚴防，無令旗的休想進城。請了。〔作走科。孟良背科。白〕機緣不可錯過。漁翁轉來。〔張士網回身科。白〕又是什麽？〔孟良虚白，作搶令旗科。張士網慌科。白〕還我令旗來。〔孟良白〕喫俺一拳。〔作打死張士網科。孟良白〕漁翁這厮不禁打，一拳就死了。老漁翁，並非孟良殘暴，爲救忠良命，不得已而下此毒手，請受孟良一拜。〔唱合〕無辜(韻)，累伊家赴泉途(韻)。〔白〕趁著無人看見，不可遲延。剥了他蓑衣，拏了魚籃，進城行事要緊。〔作披蓑衣，持魚籃科。唱〕號呼(韻)，淚潸潸痛漁父(韻)。〔從下場門下。雜扮遼兵，各戴額勒特帽，穿外番衣。雜扮遼將，各戴盔襯、狐尾、雉翎，穿打仗甲。雜扮蕭天佐、蕭天佑、耶律希達、耶律色珍、耶律沙，各戴外國帽、狐尾、雉翎，穿蟒，束帶。生扮楊貴，戴盔、狐尾，穿蟒，束帶。雜扮女遼將，各紥額，戴狐尾、雉翎，穿額勒特衣。引旦扮蕭氏，戴蒙古

帽練垂，穿蒙古朝衣，帶佛項圈。同從上場門上。同唱〕

【仙呂宮集曲・桂花襲袍香】【桂枝香】（首至四）氤氳香霧韻，彩霞飛舞韻，燦輝輝日照罘罳句，奏韶護早朝臨御韻。〔中場設牀，轉場坐科。楊貴等同白〕今日娘娘千秋壽誕，臣等率領文武叩賀。〔楊貴作率衆拜賀科。同唱〕【四季花】（四至合）蹌趨韻，揚塵舞蹈拜氍毹韻，班聯鵷鷺頌山呼韻，壽綿綿輝寶婺韻。〔作起分侍科。雜扮一遼將，戴外國帽狐尾雉翎，穿圓領，束帶。引孟良携魚籃，從上場門上。遼將白〕野人芹曝獻，漁父效葵誠。〔作進門稟科。白〕臣啟奏娘娘，張士綱進魚。〔蕭氏白〕張士綱進魚，宣他進見。〔遼將應，作出門宣科。白〕漁翁，娘娘宣你進見。〔孟良應科，遼將仍從上場門下，孟良作進門，朝見科。白〕小臣張士綱——〔蕭氏作見，怒科。白〕綁了。〔衆應，作綁科，孟良驚慌科。白〕娘娘，爲何要綁小臣？〔蕭氏白〕大膽的奸細，敢冒名張士綱前來進魚，意欲何爲？〔孟良白〕娘娘請息怒，小臣纔說出張士綱三字，下情不容分說，就要綁。〔蕭氏白〕有何下情？容你講。〔孟良白〕小臣張士綱之子張大罾，子字未出口，就綁了。〔蕭氏白〕你是張士綱之子麽？〔孟良白〕有娘娘所賜令旗爲憑，一些不假，乃張士綱嫡親兒子。〔蕭氏白〕放了綁。〔衆應，作放綁科。蕭氏白〕今乃孤之壽誕，你父親何不親來受賞？〔孟良作悲痛科。白〕苦嗄。〔楊貴等同白〕不許悲痛。〔蕭氏白〕問起你父親，即便悲痛者，何故？〔孟良白〕哭我那没造化的父親，爲要受娘娘的恩賞，帶了小臣同來進魚，撞著個混帳東西，要買這魚。說是要進獻娘娘的，他竟不依，將臣父一拳打死了。臣只顧救父心慌，那兇身早已走脱。〔唱〕【皂羅袍】（五至八）真情陳訴㊥，父死無辜㊥。兇身追捕㊥，快加鉞鈇㊥。〔蕭氏白〕你可認得那兇身？〔孟良白〕臣不認得那混帳東西。〔蕭氏白〕郡馬傳旨，追捕兇身與張士綱償命。〔楊貴應科，孟良作獻魚，跪科。白〕娘娘，小臣代父進魚。〔蕭氏白〕收下。〔遼將應，作收魚籃科。蕭氏白〕想伊父爲盡芹曝之忱，致遭無辜之害，孤實憐憫。今加恩與張大冒，賜伊錦衣衛副使，郡馬帶去，明日早朝謝恩。〔楊貴應科，孟良作叩謝科。白〕小臣叩謝娘娘。〔楊貴白〕隨我這裏來。〔孟良應科，隨楊貴從下場門下。蕭氏白〕退班。〔作起，隨撤牀科。耶律沙等同唱〕【桂枝香】（十至末）盛德恩於衆㊀，無遺一野夫㊥。〔從兩場門分下〕

第七齣　識名將順夫成績（魚模韻）

〔雜扮遼兵，各戴額勒特帽，穿外番衣。引生扮楊貴，戴盔、狐尾，穿蟒，束帶。净扮孟良，戴氈帽草帽圈，穿水田衣，繫腰裙，披蓑衣，隨楊貴從上場門上。楊貴唱〕

【仙呂宮集曲·桂皂傍粧臺】【桂枝香】（首至四）纔離玉路（韻），袖沾香霧（韻），你欣叨雨露恩濃（句），鵷列新添漁父（韻）。〔遼兵白〕郡馬爺回府。〔楊貴白〕張大罾，隨我進來。〔孟良應，作隨進門科。白〕你就是郡馬爺？〔楊貴白〕正是。〔孟良白〕可是瓊娥郡主的郡馬？〔楊貴白〕然也。〔孟良白〕真個麽？〔楊貴白〕你諄問者何故？〔孟良白〕郡馬，不好了。〔楊貴急止科。白〕禁聲。從人們迴避。〔遼兵應科，從兩場門分下。楊貴白〕這裏不是講話的所在，隨我到書房中去。〔孟良應科。楊貴唱〕【皂羅袍】（七至八）同臨書室（句），機密共謀（韻），【傍粧臺】（末）伊家勿得口含糊（韻）。〔作進門，中場設椅，楊貴坐科。白〕什麽事不好了？快説。〔孟良白〕就是這個。〔急止科。楊貴白〕什麽？説嘎。〔孟良背白〕且住。萬一不是四郎，我對他説了，豈非機不密，反成禍了。〔唱〕

【仙呂宮集曲·風入三松】【風入松】（首至合）知他蹤跡實耶虚（韻），若洩漏此事難圖（韻）。〔楊貴白〕

快説。〔孟良白〕這個，唉。〔唱〕我欲言又止心思慮(韻)，機不密禍生倉卒(韻)。〔楊貴作怒科。唱〕【急三鎗】(四至合)向人前(句)，胡厮喊(讀)，無些懼(韻)。〔白〕如今在内書房。〔唱〕【風入松】(合至末)裝出些虛心怕吾(韻)，吞欲吐口含糊(韻)。〔孟良白〕郡馬，並不是我口含糊。只因事關重大，要郡馬説了實名姓，小人纔敢告訴。〔楊貴背白〕事有可疑。過來，你是何人？要我説實名姓。〔孟良白〕你是何人？〔楊貴白〕你先告訴我。〔孟良白〕你先告訴我。〔楊貴唾科。白〕既在我府中，還怕你飛上天去麽，説。〔孟良作急躁科。白〕耐不住了。郡馬，我不是漁翁，乃宋營——〔楊貴急止科。白〕禁聲。〔作起四顧科。白〕快説。〔孟良白〕宋營孟良。〔楊貴白〕宋營孟良，到此何事？〔孟良白〕我到此麽，嗳嗳嗳，你説了實名姓，纔告訴你哩。〔楊貴白〕待我告訴你。〔孟良白〕快説。〔楊貴作歎科。唱〕

【仙呂宫集曲·五胸玉郎】【五供養】(首至二)衷情怎語(韻)，埋名混跡(讀)，欲説心虛(韻)。〔孟良白〕對我説嗄。〔楊貴白〕我是——〔作歎科。唱〕【玉胞肚】(三至四)這其間言難全露(韻)。〔孟良白〕説嗄。〔楊貴唱〕非心腹恐惹風波(押)。〔孟良白〕我將名姓告訴了你，不怕風波，你倒怕什麽風波，説。〔楊貴白〕是嗄，也罷。對你説了罷，我乃令公四子楊貴。〔唱〕【玉嬌枝】(五至六)圍城涿鹿做囚俘(韻)，更名改姓招瓊女(韻)。〔旦扮耶律瓊娥，戴七星額、鸚哥毛尾，穿氅，從上場門上。白〕臨朝曙色啟，歸第日沉西。〔作欲進，復止，聽科。孟良白〕你果然是楊令公之子楊四郎？〔楊貴白〕我正是楊四郎。〔耶律瓊娥作驚呆科。孟良白〕郡馬，你兄弟六郎有難，孟良特來求救。〔作跪科，楊貴扶起。白〕將軍請起，他有何難？ 快講。〔孟良急白〕六郎新任嘉山寨巡檢使，因烏漢國使臣在幽州失了驌驦貢馬，到京誑奏，道在嘉山寨失去。旨意到來，説六郎縱敵入寇，十日内不得此馬，教他自割首級回奏。爲此我假扮漁翁到此，要與郡馬商議盜取驌驦馬——〔楊貴急止。白〕禁聲。〔作佯嗽，耶律瓊娥急隱科，楊貴倚門瞭望，回身科。白〕怎麼樣？〔耶律瓊娥作復聽科。孟良白〕盜取驌驦馬，救你兄弟性命。〔楊貴作驚慌科。白〕呀。〔唱〕【繡衣郎】（末二句）聽言（讀），揾不住淚珠（韻）。思之（讀）怎盜得駿駒（韻）。〔孟良白〕求郡馬設法救之。〔跪科，耶律瓊娥急進門科。白〕郡馬。〔孟良作驚慌，急起，楊貴推孟良出門科。白〕出去，出去。〔楊貴低聲白〕不知可曾被他聽見。〔作進門相見科。白〕郡主辛苦。〔耶律瓊娥作不保科。楊貴白〕郡主請坐。〔場上設椅，各坐科。楊貴白〕郡主，今日娘娘千秋，所以郡主下朝太晚了。〔耶律瓊娥白〕晚了嗄，只怕還嫌早了些。我且問你，方纔出去的是那個？〔孟良作聽科。白〕不好，在那裏問我了。〔楊貴白〕那是，進魚的漁翁。〔耶律瓊娥白〕漁翁？〔作冷哂科。白〕只怕不是漁翁，你且唤他進來。〔楊貴應，作出門唤科。白〕郡主唤你。〔孟良應科，急走，楊貴止科。白〕漁翁嗄。〔孟良白〕我曉得。〔作隨楊貴進門，參見科。白〕郡主，漁翁見。〔耶律瓊娥作冷哂科。白〕好個漁翁。〔孟良白〕這一笑好怪嗄。〔耶律瓊娥白〕過來，當著我，你們有什麼事，只管商議，説。〔孟良、楊貴相顧科。同白〕我們没有什麼商議嗄。〔耶律瓊娥白〕既没有什麼商議，他爲何跪你？ 你爲何驚慌失色？〔楊貴白〕不曾失色。〔耶律瓊娥作指楊貴科。白〕淚痕尚在，還要支吾。〔楊貴白〕嗄，他跪我呢，是求我代他父親報讐，淚痕

是哭他父親死得無辜。〔孟良作假慟科。白〕其實無辜。〔耶律瓊娥冷哂科。唱〕

【仙呂宮集曲・供養入江水】【五供養】（首至六）機關已露(韻)，夫婦情腸(讀)，何必瞞奴(韻)。虧心薄倖漢(句)，直恁敢支吾(韻)。〔楊貴白〕不敢支吾。〔耶律瓊娥白〕既不支吾，到底是何人？〔楊貴白〕他是漁翁。〔耶律瓊娥白〕你是漁翁？〔孟良白〕漁翁。〔耶律瓊娥白〕那個在？將這漁翁趕出幽州，永不許放進城來。〔孟良作驚慌科。白〕郡主不要動怒。郡馬，我要直說了。〔楊貴白〕說不得的。〔耶律瓊娥白〕不說，扯你去見太后娘娘。〔楊貴白〕見太后娘娘，說什麼呢？〔耶律瓊娥唱〕只說埋名假冒(句)，紅臉漢喬裝漁父(韻)。【江兒水】（末二句）不軌謀爲(句)，實奏將伊嚴處(韻)。〔孟良白〕郡主請息怒，我是——〔楊貴慌科。白〕說不得。〔耶律瓊娥白〕說。〔孟良白〕宋將孟良。〔作跪科。耶律瓊娥白〕那個所差？到此行何詭計？〔孟良白〕奉楊六郎所差，到此尋——〔楊貴急止科。白〕說不得的。〔孟良白〕郡馬這裏來，郡主與你是夫妻，怕什麼？〔楊貴背白〕自古夫妻且說三分話，未可全抛一片心。〔耶律瓊娥作聽科。白〕住了，我與你一載夫妻，恩愛非淺，你連一句實話不肯說，何辜負我若此？噫，你好薄倖也。〔作掩面悲啼科。孟良白〕郡馬，說了罷。〔楊貴作驚愧勸慰科。白〕郡主不要哭，待我說。〔耶律瓊娥白〕快說。〔楊貴白〕郡主嗄，我非木易，實是楊令公四子楊貴。〔耶律瓊娥作驚呆失聲科。楊貴白〕郡主若念夫妻之情，可憐楊氏宗枝，太后娘娘處還望隱瞞。若郡主必欲絕我楊門，你就奏知太后，楊貴死也無怨。〔作跪科。孟良白〕是嗄，郡主必欲不赦，我二人情願一死。〔作跪科。耶律瓊娥白〕起來，起來。〔楊貴白〕郡主既逼我實情，方纔六郎之事必然俱已聽見。郡主嗄，我兄弟之命，要在郡主身上保全。〔作哭科。耶律瓊娥白〕你們且起來。〔楊貴、孟良白〕郡主應了，纔敢起來。〔耶律瓊娥慟科。白〕母親，你害了女兒終身了。〔作掩面悲泣，坐科。孟良、楊貴白〕求郡主恩準。〔耶律瓊娥白〕此事——〔作疑難科。白〕難殺我了。〔楊貴白〕郡主既然作難，奏知太后娘娘，斬我二人便了，請斬。〔耶律瓊娥推倒楊貴科，起隨撤椅，瓊娥仰面歎科。白〕天嗄，我若順其夫命，罪擔不孝。若盡孝於母親，名傳不賢。豈非難殺人了麽？〔復作拭淚科。楊貴白〕自古嫁夫隨夫，女生外向，郡主請自三思。〔耶律瓊娥作目顧楊貴科。白〕罷，罷。我今既嫁楊門，只得順從夫命便了。〔楊貴、孟良作拜謝科。同白〕多謝郡主。〔作起科。孟良白〕孟良要盗取驌驦馬，不知在何處？〔耶律瓊娥白〕難道要救六郎，必得此馬不成？〔孟良白〕旨意上道，十日内若無此馬，自取首級回奏。〔耶律瓊娥白〕此馬娘娘愛如珍寶，在御馬廄喂養，有多少人日夜巡邏看守，如何盗得去？〔孟良白〕我有方法。〔耶律瓊娥白〕有何方法？〔孟良白〕我有藥馬的巧計在此。〔唱〕

【仙吕宫集曲·嬌枝撥棹】【玉嬌枝】（首至合）機謀聽訴(韻)，馬牙間猴糞抹塗(韻)，馬便不食草料將涎吐(韻)。〔白〕明日呵，〔唱〕奏娘娘招募醫巫(韻)，吾應承治馬疾可除(韻)，灌他甘草能全愈(韻)。〔耶律瓊娥、楊貴白〕即能治馬，也賺不出城去。〔孟良白〕我自有妙用。只是今晚，誰到馬坊行事？〔楊貴白〕別人去，管馬的必然動疑，除非求郡主去，方保無事。〔耶律瓊娥白〕看著郡馬的情面，只得去走一遭。〔孟良、楊貴白〕多謝郡主。六郎活命，全賴郡主之恩。〔孟良白〕藥在此。〔楊貴白〕取來。你到外書房安歇，明日隨我早朝行事。〔孟良白〕多謝郡主、郡馬。〔同唱〕【川撥棹】（合至末）巧機關好謀圖韻。〔孟良作出門復回科。白〕郡主。〔唱〕這機關密暗圖疊。〔耶律瓊娥白〕知道了，去罷。〔孟良應科。白〕妙哉，事有九分了。〔從下場門下。楊貴白〕多謝郡主。〔耶律瓊娥白〕你隱瞞得我好。〔楊貴白〕不是隱瞞，實是害怕。〔耶律瓊娥白〕可惡。〔楊貴白〕原也可惡。〔同從下場門下〕

第八齣　藥良驥背母行權（齊微韻）

〔雜扮馬夫，各戴額勒特帽，穿外番衣，同從上場門上。白〕駿馬四蹄風，形容有杜公。一塵不動外，千里颯然中。俺們奉太后娘娘懿旨，日夜護守驌驦馬，恐有疎失，不時查驗。此時五更時分，到槽上添些草料。〔場上設馬槽，馬夫牽馬上，作喂科。白〕妙嗄，好馬。表象雲螭，來從草澤。禀靈月駟，上應星躔。爰驣駿采，實號龍媒。綠虵按轡，紫燕銜枚。影流似電，聲喧若雷。霜凝玉勒，雪踏銀杯。抗逸倫於騏驥，恥伏櫪於駑駘。正是：檀溪不須躍，隨意過從容。列位，此時料無上司巡查，且去歇息一回再來。〔同從下場門下。內打五更。旦扮耶律瓊娥，戴七星額、鸚哥毛尾，穿氅，從上場門上，歎科。唱〕

【中呂宮集曲·花尾鴈】【石榴花】〔首至四〕嫁鷄焉不逐鷄飛(韻)，唱隨和禮難移(韻)。齊眉敬睦是賢妻(韻)，怎止言孝母把夫欺(韻)。〔白〕只因我母親一時失錯，信了木易爲真，誰知他是楊——〔作急止回顧科。白〕誰知是楊四郎。眼前暫且瞞過母親，只愁日後教我如何歸著？〔作拭淚科。白〕偏偏所奪驌驦馬又遺害於六郎身上。郡馬再三哀求，只得違背母親，救我叔叔。母親嗄，非是孩兒不孝，既將我錯配楊門，免不得是親必護了。〔唱〕【尾犯序】(四至合)所知(韻)爲臣者心懷忠盡(句)，爲婦者從夫順義(韻)。〔作到科。白〕來此已是馬廄，我且悄悄進去。〔作進門科。白〕且喜四顧無人，不知馬在那裏？〔作悄尋科。唱〕【鴈過聲】(七至末)輕輕悄悄來尋覓(韻)，此刻心虚並膽提(韻)。〔作見馬科。白〕呀，這不是驌驦馬？趁此無人，急速下手。〔欲牽馬科。馬夫内白〕馬嘶之聲，大家看來。〔耶律瓊娥作驚慌科。唱〕

【中吕宫集曲·榴子鴈聲】【石榴花】(首至四)馬嘶聲覺衆驚疑(韻)，聽呼喝我神馳(韻)。頻頻搔首暗躕踟(韻)，早思辨語釋他疑(韻)。〔衆馬夫從下場門上。白〕快拏盗馬賊。〔作欲拏科。耶律瓊娥白〕爾等認我是誰。〔衆馬夫作認，慌跪科。白〕原來是郡主，馬夫們該死。〔耶律瓊娥白〕我奉太后娘娘懿旨，巡查爾等。〔衆馬夫白〕俱在此看守，不敢懈怠。〔耶律瓊娥背科。白〕他們都在此，如何下手？〔作想科。白〕有了。〔轉科。白〕你們看守一夜，辛苦了，各自歇息去罷。〔衆馬夫白〕郡主奉命巡查，小的們應該在此伺候。〔耶律瓊娥作爲難科。白〕怎麽處？過來，馬在那裏？引我去看看。〔衆馬夫白〕郡主，這一匹就是驌驦馬。〔耶律瓊娥白〕嗄，這就是驌驦馬。〔作讚科。白〕好馬。〔衆馬夫白〕好馬。〔耶律瓊娥作看槽，點頭科。白〕嗄，將近天明，怎麽還不加料？〔衆馬夫白〕喂過了。〔耶律瓊娥白〕胡説，快取草料來，待我看你們喂。〔衆馬夫應科，暫下。耶律瓊娥白〕他們去了，待我急急下手。〔作袖内取藥，作擦馬嘴科。衆馬夫作取草料上。白〕草料來了。〔耶律瓊娥白〕放在槽内去。〔衆馬夫應，作放草料科。耶律瓊娥看馬作喜科。背白〕有些意思。〔復看科。白〕此馬爲何不喫草料？〔衆馬夫白〕夜間喂飽了。〔耶律瓊娥白〕胡説，待我來看。〔作看馬，假驚訝科。白〕呀，你看張口流涎，此馬有病，爾等爲何不報？〔衆馬夫白〕大家來看。〔作看科。白〕可不是張著嘴，滿口流涎。〔耶律瓊娥白〕這是你們不小心，失於調養，獲罪非輕。〔衆馬夫同跪科。白〕求郡主解救。〔耶律瓊娥白〕爾等將馬牽到殿前，伺候太后娘娘臨朝，早行奏明，傳獸醫調治，快去。〔衆馬夫應科，作牽馬從下場門下，隨撤馬槽。耶律瓊娥白〕此計已成，急去説與他們知道，早朝行事。〔唱〕【刷子序】（五至合）倫彝㊖，爲婦道三從四德㊃，也不怕傍人談議㊖。【鴈過聲】（七至末）從來女順夫君意㊖。〔作難科。唱〕養女須知終何濟㊖。〔從下場門下〕

第九齣　賺來騏驥排兄難（齊微韻）

〔雜扮遼兵，各戴額勒特帽，穿外番衣。雜扮蕭天佐、蕭天佑、耶律色珍、耶律希達、耶律沙，各戴外國帽、狐尾、雉翎，穿蟒，束帶。引旦扮女遼將，各戴紮額、狐尾、雉翎，穿甲。旦扮蕭氏，戴蒙古帽綀垂，穿蟒，束帶。從上場門上。蕭氏唱〕

【中呂宮引・菊花新】羣臣鵠立侍彤闈（韻），霞散晴空旭日輝（韻）。〔中場設椅，轉場坐科。生扮楊貴，戴盔、狐尾，穿蟒，束帶。引浄扮孟良，戴矮紗帽、狐尾，穿圓領，束帶。從上場門上。唱〕宫樹聽鶯啼（韻），寶鼎御烟盈袂（韻）。〔楊貴作引孟良進門，孟良作謝恩科。白〕臣張大晋謝恩，願娘娘千歲。〔蕭氏白〕平身。〔孟良起科。白〕千歲。〔蕭氏白〕衆卿，孤昨晚見韓德讓邊報，道宋主拏問潘仁美，命張齊賢代任。説此人足智多謀，尹繼倫英雄莫敵，恢復雲應等州，我軍勢不能敵。孤欲召回韓德讓，養軍避鋭，伺隙復舉。衆卿意下如何？〔耶律沙等白〕徹軍避鋭，誠爲良策。况張齊賢兵屯鴈門，還不足慮。近聞楊六郎鎮守定州嘉山寨，與我邦接壤。久聞他英謀勇略，實出超羣，若不先除此人，乃心腹大患也。〔蕭氏白〕既如此，即刻寫旨，召回韓德讓，同議擒取楊景之計。〔耶律沙等應科。雜扮馬夫，各戴額勒特帽，穿外番衣，牽馬從上場門上。白〕驌驦忽有疾，忙奏上彤墀。〔作進門稟科。白〕啟上娘娘，驌驦馬忽得暴疾，不食草料，帶至駕前呈覽。〔蕭氏白〕此馬孤愛如至寶，爾等失於調養，致馬暴疾，倘有疎虞，爾等休想活命。〔耶律沙等白〕娘娘不必動怒，快傳獸醫調治。〔孟良白〕臣張大晋能治此馬。〔楊貴白〕你是漁翁出身，那裏曉得治馬？〔孟良白〕娘娘，臣自幼授異人傳授，專能治馬。〔蕭氏白〕果能治好此馬，孤當加汝官職。〔孟良白〕多謝娘娘。馬夫，牽了馬，隨我來。〔衆馬夫應科，牽馬隨孟良從下場門下。蕭氏白〕自得驌驦良驥，未得乘坐一日。忽爾生疾，豈不可惜，未知張大晋可能醫治得好。〔蕭天佑等白〕臣等看張大晋，伶俐乖巧，必然有此手段。〔楊貴白〕我不信，一個漁翁那裏能治馬？〔衆馬夫牽馬，隨孟良仍從下場門上。白〕馬來也，娘娘請看。馬嘴合上，口不流涎了。〔蕭氏、耶律沙等作看科。同白〕果然愈復如初。〔蕭氏白〕張大晋治馬有功，加汝正指揮使。〔孟良作謝恩科。白〕臣啟娘娘，此馬暴疾初愈，血脈未舒，若不隨宜調之，再發難療。臣今備上鞍轡，到城外試他一日，出身透汗，方保無虞。〔蕭氏白〕卿言有理。〔楊貴白〕娘娘，他獨自出城試馬，恐有不測，可令馬夫們同去纔是。〔蕭氏白〕郡馬想得週到。馬夫們，隨張大晋出城試馬。〔衆馬夫、孟良應科，同從下場門下。蕭氏白〕退班。〔作起隨撤椅。蕭氏白〕不料驌驦偶疾作。〔衆同白〕驚奇漁父是良醫。〔蕭氏等從下場門下，耶律沙等從兩場門分下。楊貴白〕妙嗄，孟良得馬回寨，吾弟得生矣，待我去説與郡主知道。〔從下場門下。孟良換箭袖，繫鑾帶，騎馬從上場門上。白〕馬來。〔作急跑科。衆馬夫從上場門上，

作趕科。白〕張將軍，慢些跑。〔孟良作笑科。唱〕

【中呂宮集曲・榴花馬】【石榴花】（首至二）笑他不解我神機(韻)，偷天手自稱奇(韻)。〔作遶場，衆馬夫追趕科。白〕張將軍，一直跑到那裏去？回城去罷。〔孟良白〕我不回去了。〔衆馬夫白〕不像話了。〔孟良唱〕【駐馬聽】（五至末）功成喜得綢羅離(韻)，鰲魚頓把金鉤棄(韻)。〔衆馬夫白〕張將軍。〔孟良作惡唾科。白〕誰是張將軍？實對你們説，俺奉楊將軍將令，賺取驌驦馬進獻吾主。俺今不殺你們，去罷。〔衆馬夫白〕不好了，快快奏知太后娘娘去。〔從上場門下。孟良白〕他們回去了，俺急急加鞭走也。〔唱合〕縱轡騑騑(韻)，螭騰虯踴(讀)，可稱駿驥(韻)。〔内白〕盜馬賊，那裏走？〔孟良回望科。白〕追兵來也，不免奮勇殺退便了。〔雜扮城門尉，戴盔襯狐尾雉翎，穿打仗甲，持鎗，從上場門上。白〕留下驌驦馬，饒你一死。〔孟良白〕俺奉娘娘之命，在此試馬。〔城門尉白〕方纔馬夫回城，報你賺去驌驦馬，還敢强辨，看鎗。〔孟良作奪鎗，挑死城門尉科。孟良白〕這樣無能之輩，也來追俺。〔唱〕

【中呂宮集曲・銀燈照芙蓉】【剔銀燈】（首至末）羝羊力鬭咱虎羆(韻)，論英儔出人頭地(韻)，探囊取首如兒戲(韻)，驌驦還與哥哥争氣(韻)。〔蕭天佑内白〕盜馬賊，那裏走？〔孟良作回望科，急跑從下場門上。雜扮蕭天佑，戴外國帽狐尾雉翎，紮靠，持刀，從上場門趕上，望科。白〕這厮倚仗驌驦馬快，如飛的逃去了，俺不免緊緊的趕上前去。〔唱〕【玉芙蓉】（合至末）催征騎(韻)，星飛電移(韻)，管一身(讀)，追擒復得馬兒歸(韻)。〔從下場門下〕

第十齣　逐退熊羆解弟危（東鐘韻）

〔雜扮健勇，各戴紮巾，穿箭袖，繫鸞帶，背絲縧，持鎗。引浄扮焦贊，戴紮巾額，紮靠，持鞭，帶雙斧，從上場門上。焦贊唱〕

【黄鐘調套曲·醉花陰】浩氣淩雲志剛猛（韻），叱咤處神驚鬼恐（韻）。性直不偏中（韻），磊落英雄（韻），論武藝超羣衆（韻）。〔白〕俺哥哥，因孟良到幽州討取驌驦馬，數日未回，恐遭不測之禍，日夜愁眉不展。俺老焦心内其實難過。特向哥哥討差，帶領一百健勇往幽州接應，急去走遭也。〔唱〕義氣既投衷（韻），要解難分憂（句），惜不的身軀重（韻）。〔同從下場門下。浄扮孟良，戴矮紗帽狐尾，穿箭袖，繫鸞帶，騎馬，從上場門上，作遶場科。唱〕

【黄鐘調套曲·喜遷鶯】俺驅馳催鞚（韻），緊加鞭急切逃蹤（韻）。心冗（韻），撒轡開縱（韻）。也虧俺敢蹈深潭捉蛟龍（韻），把身命送（韻）。爲救俺恩兄出罪（句），要建個第一奇功（韻）。〔雜扮蕭天佑，戴外國帽狐尾雉翎，紮靠，持刀，從上場門上。白〕盜馬賊那裏走？〔孟良加鞭，急從下場門下，蕭天佑追下。健勇引焦贊從上場門上。焦贊唱〕

【黄鐘調套曲・出隊子】俺只爲金蘭情重韻，訂盟言生死同韻。因此上挺胸脯讀，接應半途中韻。他既敢入虎穴讀，賺回良馬功韻。俺便要龍潭内讀，提出孟良兄韻。〔同從下場門下。孟良騎馬從上場門上。唱〕

【黄鐘調套曲・刮地風】逐電追風趕的兇韻，盼不著接援兵戎韻。去時斷送了老漁人讀，假冒機關用韻。獻魚計賺入城中韻，試馬策脱離牢籠韻。喜成功救兄災横韻，恨遼人緊追連踵韻。咱英雄句，非怯戰句，畏敵潛蹤韻。争奈是身兒孤句，手兒空韻，寸鐵無怎便交鋒韻？〔蕭天佑從上場門上。白〕盜馬賊，早早獻還良驥，免爲刀下之鬼。〔孟良白〕那個與你饒舌？俺去也。〔作加鞭，急從下場門下，蕭天佑作追科。白〕那裏走？〔健勇隨焦贊從下場門上，作截戰科，蕭天佑從上場門敗下。孟良從下場門上，作相見科。孟良白〕多蒙焦賢弟接應。〔焦贊白〕驌驦馬有了麽？〔孟良白〕俺騎的便是此馬。〔作下馬，焦贊作細看，讚科。白〕妙嗄，好馬，好馬。虧你好智謀。〔孟良白〕賺得此馬，也非容易。〔唱〕

【黄鐘調套曲・四門子】莽男兒讀，膽敢虚花弄讀，害了老漁父扮作小漁翁韻。偷天换日欺懵懂韻，闖闉闍進魚充韻。俺虚心兒獻句，他實任兒寵韻，遇四郎巧謀計讀，試馬出城墉韻。真心兒賺句，確意兒哄韻，瞞遼衆嬰孩般耍弄韻。〔焦贊白〕孟哥哥，你是個義勇智謀的好漢。〔孟良同笑科，内吶喊科，孟良回望科。白〕不好了，追兵至矣。〔焦贊白〕不妨，小校。〔二健勇應科。焦贊白〕好生帶了驌

驌驦馬先行。〔二健勇應科，牽馬從下場門下。焦贊白〕孟哥，與你雙斧，和你殺退追兵便了。〔付斧科。同唱〕

【黄鐘調套曲・九條龍】聽聲囂(句)，追兵鬨(韻)，若孤身怎擊衆(韻)？逐尾無半點兒從容(韻)，幸接應道兒中(韻)。〔蕭天佑引雜扮遼兵，各戴額勒特帽，穿外番衣，持兵器。雜扮遼將，各戴盔襯狐尾雉翎，穿打仗甲，持兵器。雜扮蕭天佐、耶律希達、耶律色珍，各戴外國帽狐尾雉翎，紥靠，持兵器。同從上場門衝上，合戰科。孟良等從下場門敗下，耶律色珍等追下。孟良、焦贊等，耶律希達、耶律色珍等，從上場門上，挑戰科，從下場門下。孟良、焦贊從上場門上。同唱〕

【黄鐘調套曲・古水仙子】肆猖獗忒煞兇(韻)，一個個猛如虎狠似龍(韻)。虧咱抵陣横衝(韻)，英雄力勇(韻)。〔耶律色珍等內白〕快將驌驦馬留下。〔孟良、焦贊回望科。白〕呀。〔唱〕聽聲聲留玉驄(韻)。〔耶律色珍等追健勇從上場門上，合戰科。雜扮軍士，各戴馬夫巾，穿箭袖卒褂，持兵器。引雜扮張蓋、劉金龍、徐仲、林榮，各戴紥巾額，穿雜樣打仗甲，持各樣兵器。引生扮楊景，戴盔，紥靠，背令旗，持鎗。從下場門衝上，合戰科。耶律色珍等從上場門敗下。孟良白〕哥哥。〔向下白〕牽馬來，牽馬來。〔二健勇牽馬，從下場門上。孟良白〕驌驦馬有了。〔楊景白〕有勞賢弟捨身冒險，果得成功，救愚兄不死，此恩没世難忘。〔孟良白〕不敢。〔楊景白〕遼兵雖然退去，決不干休。趁早進城，齊集人馬，準備大敵。〔衆應科。同唱〕我我我(格)，快快的點將交鋒(韻)。他他他(格)，挾讐必戰攻(韻)。恁恁恁(格)，巧賺神機用(韻)。怎怎怎(格)，怎酬報這奇功(韻)。〔同從下場門下。遼兵遼將、蕭天佑、蕭天佐、耶律希達、耶律色珍同從上場門急上。耶律色珍等作怒忿科。同白〕可惱嗄可惱。 止要追擒那盜馬賊，不料被楊景領兵救去。〔蕭天佑白〕俺們不能追捕驌驦馬，如何回覆？ 莫若統兵攻破嘉山寨，擒拏楊景。〔耶律色珍白〕若要攻城，卻倒費力，我有一計在此。 離此二十餘里，正南上有座見龍山谷，有進無出的險地。 俺們兩路分兵，一半埋伏，一半討戰，將他誘入谷中，一鼓成擒，豈不全美？〔衆白〕好計。〔耶律色珍白〕蕭氏弟兄，領兵一千，速去討戰。〔蕭天佑、蕭天佐應科。白〕衆遼兵，隨俺討戰去者。〔遼兵遼將應科，引蕭天佑、蕭天佐從下場門下。耶律色珍白〕俺們埋伏去。〔耶律希達白〕將軍，倘然楊景不來，此計不成了。〔耶律色珍白〕俺另有妙計誘他，速去埋伏者。〔遼兵遼將應科。同唱〕

【尾聲】地網天羅佈谷中(韻)，悄機關勝把城攻(韻)。行兵道(讀)，智謀深不在勇(韻)。〔同從下場門下〕

第十一齣　能料敵終墮詭謀（江陽韻）

〔雜扮軍士，各戴馬夫巾，穿箭袖卒褂，持兵器。雜扮徐仲、張蓋、劉金龍、林榮、鄒仲、呂彪，各戴紥巾額，穿雜樣打仗甲，各持兵器。浄扮焦贊，戴紥巾額，紥靠，持鞭。浄扮孟良，戴紥巾額，紥靠，背葫蘆，持雙斧。雜扮陳林、柴幹，生扮岳勝，各戴盔，紥靠。引生扮楊景，戴盔，紥靠，背令旗。從上場門上。楊景唱〕

【南吕宫引·生查子】忠勇守邊臣㊅，報國屏藩將㊆。釁起驌驦駒㊅，慶幸今無恙㊆。〔中場設椅，轉場坐科。白〕下官無辜，因驌驦馬而受奸譖，多虧孟賢弟智勇，成功回寨。今將欽限内追獲驌驦馬情形，併新收孟良等二十一將名目，一同奏聞聖上，乞恩授職，以防邊釁。岳賢弟。〔岳勝應科。楊景白〕你可即寫奏章，差劉超保送驌驦馬到京，求千歲遞奏，以絶奸人陰謀之念。〔岳勝白〕謹依兄長之命。〔雜扮報子，戴馬夫巾，穿報子衣，執報字旗，從上場門上。白〕報。敵將提戈聲勢急，貔貅捲地戰塵飛。報。〔作進，叩見科。白〕啟上將軍，蕭天佐、蕭天佑領兵在關外搦戰，請令定奪。〔楊景白〕知道了，再去打聽。〔報子應科，從上場門下。焦贊白〕哥哥，俺焦贊領兵出戰，殺他個落花流水。〔楊景白〕有勇無謀，如何獨自領兵？林榮、徐仲、張蓋、焦贊聽令。〔焦贊等應科。楊景白〕與爾等精兵一千，出城迎戰。但遼將久臨大敵，詭計多端，爾等不可魯莽。遇遼兵敗走險要之地，切勿追趕，恐墮其術，須要小心。〔焦贊等白〕哥哥放心，管保成功。軍士們，速往關外迎敵去者。〔軍士應科，引焦贊等從下場門下。楊景作起，隨撤椅科。楊景白〕岳賢弟，我等先寫奏章，速差劉超起程，莫悞欽限。〔岳勝白〕正該如此。〔楊景白〕禦敵宣軍令，陳情寫奏章。〔同從下場門下。軍士引林榮、徐仲、張蓋、焦贊從上場門上。同唱〕

【南呂宮正曲・金錢花】佞諛假禍忠良(韻)、忠良(格)，干戈搆起遼邦(韻)、遼邦(格)，內奸排陷外侵疆(韻)。〔合〕這戰敵(讀)，起驌驦(韻)，願一陣(讀)，靖邊方(韻)。〔雜扮遼兵，各戴額勒特帽，穿外番衣，持兵器。雜扮遼將，各戴盔襯狐尾雉翎，穿打仗甲，持兵器。引雜扮蕭天佐、蕭天佑，各戴外國帽狐尾雉翎，紥靠，持兵器。從上場門衝上。蕭天佐、蕭天佑白〕爾等嘉山寨聚些鷄鳴狗盜之徒，賺取良驥，藐視遼邦，快叫那楊景出來受死。〔焦贊作忿怒科。白〕你們自做剪徑營生，打劫貢馬，俺這裏正要興師勦捕，敢自來送死，看鞭。〔作合戰科，蕭天佐等從下場門敗下，焦贊等追下。雜扮遼兵，各戴額勒特帽，穿外番衣，持兵器。雜扮遼將，各戴盔襯狐尾雉翎，穿打仗甲，持兵器。引雜扮耶律色珍、耶律希達，各戴外國帽狐尾雉翎，紥靠，持兵器。從上場門上。同唱〕

【南呂宮正曲・搗白練】用謀傾嘉山黨(韻)，暗分兵引敵誘誆(韻)。向見龍絕谷(句)，〔合〕隱藏勁敵(讀)，奇伏難防(韻)。〔場上設山口，內吶喊科。耶律色珍白〕聽吶喊之聲，引敵至矣，俺們就在谷外埋伏等候。〔遼兵遼將應科，悄從山口外下場門下。蕭天佐等引焦贊等從上場門上，合戰科。蕭天佐等作引戰遶場，敗進山口，從山内下場門下。焦贊白〕列位兄長，原來遼將個個没用。俺老焦正戰得高興，偏他們皆敗進谷中去了，大家趕去擒拏。〔林榮等同白〕住了。哥哥吩咐，險要處不可追趕。〔焦贊白〕成功就在目前，倒膽怯起來了，軍士們，隨俺來。〔林榮等同白〕既要追趕，大家一同殺進去。〔焦贊等作追進山口科。遼兵遼將、蕭天佐、蕭天佑從上場門上。白〕那裏走？〔林榮等白〕有埋伏，退兵。〔軍士等應，作欲出山口科。遼兵遼將引耶律色珍、耶律希達從下場門上，進山口合戰科。焦贊等從山内下場門下。耶律希達白〕果然楊景預有料算，不會親來迎敵，這便怎麼處？〔耶律色珍白〕俺另有一計。即令衆遼兵向山岡放火，彼見火起，必然親自督兵解救。待他來時，讓他進谷，俺們重兵把守山口。不消三日，盡皆餓死谷中，此計如何？〔耶律希達等同白〕好計。衆遼兵，速上山岡放火者。〔遼兵應科。耶律色珍白〕此計一行，不怕楊景不來，小心把守。〔衆應科，同作出山口，從下場門下。雜扮健勇，各戴紮巾，穿箭袖，繫鑾帶，背絲縧，持兵器。引劉金龍、孟良、陳林、柴幹、楊景，各持兵器，從上場門上。同唱〕

【南吕宫正曲·風檢才】急如逐霧騰驤(韻)、騰驤(格)，恐彼陰謀暗藏(韻)、暗藏(格)，親督三軍忙趕上(韻)。〔合〕妄貪功(讀)，紀律忘(韻)，恐遭圍(讀)，救援忙(韻)。〔楊景白〕下官因急欲議寫奏章，先令焦贊等迎敵遼將。適有探子報道，我兵追進見龍山谷去了，多應中其誘敵之計矣。故留岳勝等守城，俺親督三軍前來救援，催軍速進。〔衆應，遶場科。同唱〕

【南呂宮正曲・駿甲馬】兵機欺敵自先喪(韻)，不遵吾令受欺誑(韻)。臨敵少謀慮(句)，魯夫忒孟浪(韻)。〔山上作出火彩，楊景等瞭望，作驚科。同白〕呀，你看漫山火焰衝天，我軍中了火攻之計了。〔楊景作忿恨科。白〕不聽吾言，致遭毒計，大家奮勇入谷解救，退避者斬。〔衆應科。同唱合〕早救吾軍離災障(韻)。〔同作進山口科。遼兵遼將引蕭天佐、蕭天佑、耶律希達、耶律色珍從下場門上，作追進山口，合戰科。楊景等從下場門下。耶律希達等同白〕楊景，楊景，憑你料算如神，難逃俺們的掌握。天色已晚，衆遼兵可向山口內扎下重營，安排弓弩，嚴加把守。〔衆應科。耶律色珍白〕將困住楊景之事，飛報太后娘娘知道便了。〔耶律希達等白〕有理。〔衆同唱〕

【慶餘】誰言楊景多謀量(韻)，眼見今朝孟浪(韻)，脱困逃生休再想(韻)。〔同從下場門下，隨撤山口〕

第十二齣　敢突圍始稱忠勇（先天韻）

〔内起更科。雜扮林榮、徐仲、張蓋、劉金龍，各戴紥巾額，穿雜様打仗甲，各持兵器。隨生扮楊景，戴盔，紥靠，背令旗。從上場門上。楊景唱〕

【雙調正曲·鎖南枝】誘敵計㊀，預料前㊁，未曾師出諄戒先㊁。恃勇妄貪功㊀，專擅背吾言㊁。〔作忿恨科。白〕下官深慮焦贊等有勇無謀，必受誘敵之計，爲此提兵接應。誰知連我亦被遼人困在谷中。會見焦贊等，幸得無恙，意欲揮兵擊突。只是這黑夜之間，難免自相踐踏，其患甚深。若候至天明，再行舉動，又恐遼人乘夜又生不測。因此命陳林、孟良、焦贊等四下哨探路徑去了。候他們回報，再作計議。〔内吶喊科，楊景等作驚慌科。白〕呀。〔唱合〕聽喧囂㊀，金鼓闐㊁，莫非他㊀來索戰㊁？〔雜扮軍士，各戴馬夫巾，穿箭袖卒褂，持兵器。雜扮陳林、柴幹，各戴盔，紥靠，持兵器。同從下場門急上。白〕重營如鐵桶，亂箭似飛蝗。〔陳林、柴幹白〕哥哥在那裏？〔楊景白〕二位兄弟回來了。哨探遼衆，聲勢如何？〔陳林、柴幹白〕小弟們奉令哨探，只見谷口密佈重營，把守甚嚴。小弟們方欲近前，他那裏亂箭齊發，爲此急急逃回報知。〔楊景白〕嗄，他用重兵把守，絶吾歸路。〔作憂慮科。白〕且待孟良、焦贊等回來，再作計較。〔陳林、柴幹應科。雜扮健勇，各戴紮巾，穿箭袖，繫鸞帶，背絲縧，持兵器。引浄扮孟良，戴紮巾額，紮靠，背葫蘆，持雙斧。浄扮焦贊，戴紮巾額，紮靠，持鞭。同從上場門上。白〕絶谷遭兵困，巉巖無路通。〔作相見科。白〕哥哥，小弟們與衆軍士各處巡看，俱是峭壁峰巖，無路可行。〔楊景作驚急科。白〕竟無路可行，這便怎麽處？〔唱〕

【又一體】愁無計(句)，心似燃(韻)，全軍被困命難延(韻)。怎出這重圍(句)，翹首告蒼天(韻)。〔孟良白〕要出重圍，除非岳將軍救兵到來，内外夾攻，非但脱困，包管還得全勝。〔陳林、柴幹等白〕是嗄，日暮不見回軍，也當領兵前來接應纔是。〔楊景白〕你們不要怨他。〔滚白〕我臨行之際，軍令諄諄，命伊固守城池，嚴警關隘，備防遼將不測之機，乘隙暗襲嘉山，囑咐他不可妄動，他怎敢提兵離汛？〔唱合〕戒諸公(句)，莫紊言(韻)，亂心曲(句)，謀無善(韻)。〔孟良白〕哥哥，待孟良突谷取救，如何？〔陳林、柴幹白〕住了。他重營把守，略有響動，亂箭齊發，你怎生出得去？〔楊景白〕吾有一計在此。〔衆同白〕有何妙計？〔楊景白〕我等竟到他營前討戰，遼將定然領兵迎敵，孟賢弟乘隙而走，此計如何？〔衆同白〕果然好計，事不可緩。〔楊景白〕就往谷口討戰去者。〔衆應科，遶場。同唱〕

【又一體】謀極計(句)，救眉燃(韻)，乘機突谷忙徵援(韻)。臨難事權從(句)，怎免蹈危險(押)。〔陳林、柴幹白〕那邊就是遼營。〔焦贊白〕待俺去討戰。〔向下白〕遼將們快快出營受死。〔耶律色珍等内白〕有宋將闖營，一齊放箭。〔内應科。雜扮遼兵，各戴額勒特帽，穿外番衣，持弓箭。從下場門上，放箭科。楊景等作退避科，焦贊喝科。白〕遼衆聽者，既爲名將，敢出營決一死戰，用亂箭混射，不爲好漢。〔耶律色珍等内白〕衆兒郎，隨俺迎敵者。〔雜扮遼兵，各戴額勒特帽，穿外番衣，持兵器。雜扮遼將，各戴盔襯、狐尾、雉翎，穿打仗甲，持兵器。引雜扮蕭天佐、蕭天佑、耶律色珍、耶律希達，各戴外國帽、狐尾、雉翎，紮靠，持兵器。從下場門衝上。耶律色珍等白〕楊景，爾等今做釜内游魚，休思漏網之計。〔楊景白〕覷汝烏合之衆，何足道哉？〔唱合〕聚蜂僨(句)，螘陣連(韻)，驟雨消(句)，驚雷電(韻)。〔衆作合戰科，從下場門下。楊景、孟良、焦贊等，耶律色珍、耶律希達等，從上場門上，絡繹交戰科，從下場門下。軍士將官、遼兵遼將、楊景、孟良、耶律色珍、耶律希達等，從上場門上，合戰科。孟良作突圍，從下場門下。楊景等從上場門敗下。耶律色珍白〕這厮意欲闖營而走，怎得能彀？衆兒郎，小心防禦，不許放走一人。〔遼兵等應科，隨從下場門下。場上設山口。孟良内白〕誰敢攔俺去路？〔遼將追孟良從上場門上，作出山口，戰科。遼將敗，進山口，從下場門下，隨撤山口科。孟良白〕好了，俺今逃出山口，急急取救走遭。〔唱〕

【又一體】火速慢俄延(韻)，谷中救倒懸(韻)，我去往嘉山徵援(韻)。救出異姓諸兄(句)，半萬全生轉(韻)。〔蕭天佐内白〕宋將休走。〔孟良作回望科。白〕呀，追兵至矣。且住，俺急欲取救，那有工夫退敵？〔作想科。白〕有了。〔作解葫蘆科。遼將持兵器，引蕭天佐持刀，從上場門上。白〕無知匹夫，俺今率衆追拏，料你孤身焉能得脱？〔孟良白〕輒敢追俺孟將軍，不顯手段你也不知利害。〔蕭天佐白〕休要摇唇鼓舌，看刀。〔作戰科，孟良作舉葫蘆咒科。白〕詛。〔作放火彩科，蕭天佐等作驚慌，混跑科，從上場門下。孟良作笑科。白〕誰敢來？〔唱合〕俺神火放(句)，他亂仆蹎(韻)，驚竄走不迭(句)，誰敢還追戰(韻)？〔從下場門下〕

第十三齣　勁旅圍一籌莫展（庚青韻）

〔雜扮遼兵，各戴額勒特帽，穿外番衣，持兵器。雜扮遼將，各戴盔襯、狐尾、雉翎，穿打仗甲，持兵器。引雜扮耶律博郭濟、耶律休格，各戴外國帽、狐尾、雉翎，紥靠，持兵器。浄扮韓德讓，戴外國帽、狐尾、雉翎，紥靠，背令旗，持鎗。從上場門上。同唱〕

【中呂宮集曲·銀燈紅】【剔銀燈】（首至合）無休息兼程緊行(韻)，如風迅嘉山疾逕(韻)。非惟暗襲爲先勝(韻)，兼阻隔濟困之兵(韻)。〔韓德讓白〕本帥月前奏報張齊賢恢復朔平等處，兵威日盛。因此太后娘娘降旨，調俺撤兵避鋭，回到幽州。又面奉懿旨，道楊景領鎮定州嘉山寨，我邦加一心腹大患。即命本帥帶領精鋭三軍，晝夜兼行，攻取定州，擒拏楊景。今早兵抵定州界上，恰遇耶律色珍等差人奏報，爲追捕驌驦馬，已將楊景困於見龍山谷。俺今乘虛圍困定州，截住救兵，楊景不難除矣。催兵速進。〔衆應科。同唱〕【紅娘子】（合至末）機謀定(韻)，長驅進征(韻)，兵精鋭皆捷勁(韻)。

〔同從下場門下。雜扮軍士，各戴馬夫巾，穿蟒箭袖卒褂。引雜扮郎千、郎萬、陸程、陳雷、王義、王昇、宋茂、鄒仲、呂彪、張林、張英、佘子光、李虎、關沖，各戴紮巾額，各穿雜樣打仗甲。生扮岳勝，戴盔，紮靠。從上場門上。同白〕天下英雄角逐秋，慕其仁義總歸投。嘉山豪傑威名盛，効力王家志願酬。〔場上設椅，轉場各坐科。岳勝白〕衆位兄弟，兄長領兵接應前軍，去了兩日，杳無音信。未知勝敗若何，好生牽掛也。〔郎千、郎萬等白〕小弟們也在此想，只恐兄長追入遼境，受了敵人暗算了。如今竟請岳哥哥出令，分撥人馬，四下追尋接應去。〔岳勝白〕衆位兄弟，岳勝非無義勇之心。若盡起城中人馬，四下趨應，倘遼兵驟至，空城必失。兄長有令，不許妄動，誰敢有違？〔浄扮孟良，戴紮巾，穿鑲領箭袖，繫鸞帶，背葫蘆，帶雙斧，執馬鞭，從上場門急上。白〕孤軍受困見龍谷，單騎衝圍到定州。〔作下馬進門科。白〕岳哥哥在那裏？〔岳勝等作驚起科，孟良轉場坐科。岳勝等白〕孟兄弟怎麽獨自回來？兄長勝敗如何？〔孟良作喘，急摇手科。白〕不好了嗄不好了。兄長領兵接應，趕至見龍山谷——〔作急喘科。岳勝白〕喘息定了，慢慢的講。〔孟良白〕事在緊急，還説什麽慢慢的講。〔岳勝白〕趕至見龍山谷，怎麽樣？〔孟良作起，隨撤椅科。孟良白〕列位嗄，〔唱〕

【中呂宮集曲・好子樂】【好事近】（首至四）接援部雄兵（韻），直趕至見龍谷徑（韻），見漫山燄烈（句），恐中了火攻災眚（韻）。〔白〕俺兄長呵，〔唱〕【刷子序】（五至合）心怦（韻），驅馬身先士卒（句），未曾料誘困謀成（韻）。〔岳勝等同白〕唉，兄長不該進去纔是。〔孟良白〕他乃仁義英雄，一見火起，恐焦賢弟受害，便奮勇不顧其身，急欲入谷解救，誰知反受其困。〔唱〕【普天樂】（八至末）困絶谷無兵趨應(韻)，〔合〕俺只得拚身闖出(讀)，請救羣英(韻)。〔岳勝白〕衆兄弟，哥哥身陷絶地，事在危急。留兵一半，同郎家昆仲護守城池。我等領兵一半，速去赴援。〔孟良等白〕如此甚好。〔内吶喊科，岳勝、孟良等作驚訝科。雜扮報子，戴馬夫巾，穿箭袖卒褂，從上場門急上，作進門禀科。白〕啟上岳將軍，韓德讓領兵將城圍住，請將軍裁奪。〔孟良白〕再去打聽。〔報子應科，仍從上場門下。岳勝作驚急科。白〕不好了，見龍谷困厄未解，定州城又遭圍困，這事如何分解？〔唱〕

【中吕宫集曲・榴花好】【石榴花】（首至四）干戈匝地陡然驚(韻)，兵微寡力難憑(韻)，遭圍兩處怎支撑(韻)，心懸兩地勢分争(韻)。〔孟良白〕岳哥哥，先分一枝人馬，去解見龍谷之困要緊。〔岳勝白〕現今敵人攻城，城中人馬防禦猶恐不足，你教我派何人去解救？〔唱〕【好事近】（五至末）即使武侯再生(韻)，無兵卒(讀)，也難解雙圍勝(韻)。〔合〕恨狂且計絶謀奇(句)，用了個截援圍城(韻)。〔内吶喊科，報子從上場門上。白〕登城瞭敵勢，攻擊忒驚人。〔作進見科。白〕岳將軍，遼兵攻打四門甚急，如何是好？〔岳勝白〕吩咐各門軍士，多加礮石固守。〔報子應科，仍從上場門下。岳勝等同白〕這却如何是好？〔同唱〕

【中吕宫集曲・石榴掛漁燈】【石榴花】（首至二）谷中未卜死和生(韻)，孤城似厦將傾(韻)。〔孟良唱〕【漁家傲二至三】恨你們鐵石心腸(句)，竟無人救我恩兄(韻)。〔白〕哥哥嗄。〔唱〕【剔銀燈】（三至末）你誠心枉把金蘭訂(韻)，難中無單身獨挺(韻)。〔作啼哭科。岳勝等白〕非是我等不救兄長，此城有失亦是兄長干係。〔孟良白〕如此岳哥哥想個萬全之計與我。〔岳勝白〕有了。吾聞五臺山文殊寺悟覺禪師，乃是五郎，手下有一枝頭陀兵，驍勇異常。我等助你殺出重圍，連夜往五臺山，求五郎解救，如何？〔孟良白〕如此甚好。〔岳勝白〕軍士們帶馬。〔軍士應，衆作上馬，持兵器科，遶場。同唱合〕輕生(韻)，俺肝傾膽傾(韻)，突圍去禪門乞兵(韻)。〔同從下場門下。場上設定州城，遼兵遼將引耶律博郭濟、耶律休格、韓德讓從兩場門上，作圍科。韓德讓白〕城中軍民人等聽者，早早開城獻降，庶免誅戮。踏破城池，雞犬不留。〔岳勝內白〕開城迎敵者。〔軍士應，引岳勝、孟良等出城合戰科。孟良突圍，從下場門下。衆作戰科，同從下場門下。孟良從上場門上。白〕好了。且喜殺出重圍，就往五臺山走遭。〔唱〕

【中呂宮集曲・喜銀燈】【喜漁燈】（首至四）狂遼猖獗如梟獍(韻)，截吾應(韻)，兩邊兒堅困如囹(韻)，這軍情怎停(韻)？〔從下場門下。岳勝等從上場門上，韓德讓等追上，合戰。岳勝等作進城科，下。遼兵等白〕敗進城去了。〔韓德讓白〕攻城。〔衆應，作攻城科。軍士持弓箭，上城。白〕看箭。〔作放箭科，韓德讓等作退避。軍士下城，暗下。韓德讓白〕傳令，繞城下寨。〔衆應，遶場科。同唱〕【剔銀燈】（合至末）重營(韻)，層層繞城(韻)，怎容得飛檄求拯(韻)？〔同從下場門下，隨撤城〕

第十四齣　禪心定五戒難開（庚青韻）

〔生扮楊春，戴僧綱帽，穿緞僧衣，繫絲縧，帶數珠，執拂塵，從上場門上。唱〕

【中呂宮集曲·漁銀燈】【漁家傲】（首至四）世情看破除豪性㊅，休再涉業海深沉㊁，休再蹈紅塵塹坑㊅。任隙中野馬縱橫驟㊁，【剔銀燈】（四至末）我坐蒲團禪心把牢定㊅。〔白〕我五郎，方纔到方丈參禪，師父説昨晚入定時，知吾弟六郎有難，今日即有人來向我求救。又説我雖然看破紅塵之苦，未了紅塵之願，暫時難享清净之樂。〔作歎息科。白〕我且不要管，只顧打座便了。〔中場設桌，轉場上桌，作趺坐科。唱合〕色色㊁皆空花幻影㊅，知空幻幻中的夢醒㊅。〔雜扮沙彌，戴僧帽，穿春布僧衣，繫絲縧。引净扮孟良，戴紥巾，穿鑲領箭袖，繫鑾帶，背葫蘆，帶雙斧。從上場門上。孟良白〕突圍離戰地，求援詣禪門。〔沙彌白〕這裏是了，隨我進來。〔欲進，止科。白〕進去不得。〔孟良白〕怎麽進去不得？〔沙彌白〕在那裏打座，不可進去。〔孟良白〕俺心中著急得緊，他偏偏打什麽座，進去。〔沙彌作攔科。白〕你心中著急，禪師是不著急。請客堂少坐，停一回再見。〔孟良白〕俺有緊急事要見，那裏停得？讓俺進去。〔沙彌白〕不要進去。〔孟良作推沙彌倒地科。白〕不教俺進去，喫俺一拳。〔沙彌作驚慌起科。白〕你要進去，悄悄的，不可嚷。〔沙彌從下場門下，孟良作窺探，笑科。白〕你看他閉目垂睛，叉手盤膝，好像泥塑木雕的一般。〔作歎科。白〕何苦自尋這樣苦惱，不免進去。〔作悄進門科。白〕要悄悄的。〔作相見，低聲科。白〕五哥哥，小弟孟良見。〔作看科。白〕睡熟了？待俺來。〔作附耳低言科。白〕五哥哥，小弟孟良見。〔復覷，作急躁科。白〕嗳，耐不得了。五哥哥，孟良見。〔作推楊春下座，隨撤桌科。楊春作打倒孟良科。楊春白〕何人攪俺清規？〔孟良白〕禪師不要動手，俺是六郎結義的兄弟，孟良。〔楊春作扶起科。白〕請起。到此何事？〔孟良白〕禪師不好了嗄，恁兄弟六郎受困見龍山谷，危在旦夕了。〔唱〕

【中吕宫集曲・銀燈紅】【剔銀燈】（首至合）困山谷孤軍苦情(韻)，兵糧絶人心難定(韻)。幾番戰敵都不勝(韻)，俺闖谷口請救軍營(韻)。〔楊春白〕你到那裏請救去來？〔孟良白〕俺奮身闖突重圍，到嘉山寨取救。岳勝等正欲起兵，不料韓德讓又將城池圍困，截住援兵。無方取救，只得飛馬到此，哀求禪師。〔唱〕【紅娘子】（合至末）求相應(韻)，幫咱戰爭(韻)，忙救取三軍命(韻)。〔作跪科。楊春白〕嗳，你此來差矣。〔孟良作起科。白〕爲何？〔楊春白〕我既皈依三寶，如何又開殺戒？〔唱〕

【中吕宫集曲・花六幺】【攤破地錦花】（首至五）離世情(韻)，一入了菩提境(韻)，不肯蹈煩惱城(韻)。草蒲團守坐禪燈(韻)，惡鬭功成(韻)，怎如善果圓成(韻)？〔白〕去罷。〔孟良白〕禪師真個不去？〔楊春白〕真個不去。〔孟良白〕你手足不顧，五倫俱廢，一些濟世之功都没有，還想成佛作祖？〔楊春白〕

出家人六根翦斷，五藴皆空。佛法云：清浄無爲。什麽手足之情，濟世之功？〔孟良白〕普天下人，都依了佛法云，清浄無爲，不耕不織，不商不賈，連你僧家的衣食香火，也斷絶了。世上人，若不這樣忙忙碌碌，虚設天地何用？又説什麽出家人六根翦盡，無父無母，難道和尚俱是石頭内鑽出來的不成？〔楊春怒喝科。白〕既來請救，不知哀求，輒敢辱罵我，出去。〔孟良白〕不錯，我爲請救到此，不該得罪於他，待我來。〔作跪求科。白〕禪師，活佛，恕孟良鹿蠢，不要見怪。求禪師下山，救你兄弟一命罷。〔唱〕【六幺令】（四至末）望發菩提念㊟，救衆生㊝，〔合〕慈恩慈濟慈悲性㊝，慈恩慈濟慈悲性㊂。〔楊春白〕不去。〔孟良白〕禪師，你執意不去，可憐你兄弟與半萬人性命，不能活了。〔作哭科。白〕望禪師下山走一遭罷。〔楊春白〕如此你且起來。〔孟良應，作起科。白〕就請同行。〔楊春白〕且慢，俺今少一匹戰馬，難以上陣。〔孟良白〕不錯。若無戰馬，如何上陣？〔楊春白〕除非你星夜往南清宫千歲處，有千里風、萬里雲二馬，取得一匹來，俺就下山。你去不去？〔孟良白〕願去。〔楊春白〕如此快去。〔孟良白〕領命。〔作出門科，從下場門下。楊春白〕非吾不念手足之義故意刁難，使孟良往汴京取馬。只因師父指示道，六郎難限未滿，難以解救。待他難滿之日，有馬無馬，俺自下山救他便了。吾師果得超然道，慧眼觀來真不差。〔從下場門下〕

第十五齣　勘惡鬼北嶽施刑（寒山韻）

〔雜扮鬼卒，各戴鬼臉，穿蟒箭袖虎皮卒褂，持器械。雜扮四司官，各戴紮紅幞頭，穿圓領，束帶。雜扮四判官，各戴判官帽，穿青素，束角帶，持筆簿。小生扮金童，戴綫髮紫金冠，穿氅，繫絲縧，執旛。小旦扮玉女，戴過梁額、仙姑巾，穿氅，繫絲縧，執旛。旦扮四宮官，各戴宮官帽，穿圓領，繫絲縧，執符節、龍鳳扇。引淨扮北嶽大帝，戴冕旒，穿蟒，束玉帶。從上場門上。北嶽大帝唱〕

【仙吕調套曲·點絳唇】風掃山嵐(押)，雲飛霞散(韻)，開珠幔(叶)，細勘奸頑(韻)，牘滿金龍案(韻)。

〔場上設高臺、帳幔、桌椅，轉場陞座，衆各分侍科。北嶽大帝白〕爵秩尊崇嶽帝神，朔方保障享精禋。彰賢癉惡無疎漏，簿籍如山玉案陳。吾神北嶽大帝是也。今早恭詣靈霄奏事，奉有玉旨，命吾神速將潘仁美一起奸賊鬼魂勘問明白，即發陰司，按罪施行。帶潘仁美一起鬼犯過來。〔鬼卒應科。白〕冥府差鬼，速帶潘仁美一起鬼犯聽審。〔雜扮九差鬼，各戴鬼髮，穿劉唐衣，繫虎皮搭膊，襯青紬道袍，帶淨扮潘仁美魂，戴囚髮，穿喜鵲衣，繫腰裙。副扮王侁魂、米信魂，丑扮劉君其魂、田重進魂，各戴囚髮，穿喜鵲衣，繫腰裙。從上場門上，作進門跪科。九差鬼白〕潘仁美一起當面。〔北嶽大帝白〕潘仁美，你受大宋兩朝重恩，分應赤心報國，輔佐朝廷，方爲臣子之道。因何挾私讐而誤國事？招。〔潘仁美魂白〕大帝，我潘仁美是赤心報國的大忠臣，誰個不知？ 隨太祖開創宋室江山，伐漢平南，皆是我潘仁美的功勞。 怎麽陰曹只記我後來小過，不表我先前大功？ 好不公道嗄。〔北嶽大帝白〕好佞口，用銅錘鐵棒，著實打。〔衆鬼卒應，作打科。 北嶽大帝白〕奸賊，你黑心所造之罪，不知輕重。 吾神所掌權衡，無不公平。 你雖有伐漢平南的大功，難蓋陳家谷之小過，此乃萬善不敵一惡也。〔唱〕

【仙呂調套曲・混江龍】 黑心窩包藏蠭蠆(押)，爲消私忿險心安(韻)。 借親征設羅排陷(句)，假護駕竊柄登壇(韻)。 違令妬功輕玩寇(句)，害賢縱敵不遮攔(韻)。 釀成涿鹿重圍禍(句)，計行紀信遭危難(韻)。 宋官家冒矢潛逃(句)，楊家將一半傷殘(韻)。〔潘仁美魂白〕大帝，君上自要親征，臣下怎敢過於抗阻？ 就是楊泰等甘心要效學紀信之忠，是他父子沽名釣譽，何嘗是我要害的？〔北嶽大帝白〕楊令公、賀國舅陳家谷全軍陷没，楊希亂箭身亡，黄龍屈遭斬首，不是你與王侁、米信等同謀陷害的，難道也是他們沽名釣譽麽？〔潘仁美等衆魂同白〕這是楊繼業違令貪功，喪師辱國。 賀懷浦專擅提兵，有勇無謀。 楊希以小犯上，辱駡元戎。 此三人死有餘辜，鬼犯等何曾同謀陷害？〔北嶽大帝白〕將這些惡犯桚起來。〔鬼卒應，作用刑科。 北嶽大帝白〕自古天道昭彰，神明難昧，你們所作之惡，吾神處筆筆登記，那裏容得抵賴？〔唱〕

【仙呂調套曲・六幺遍】計欺庸拙呼延贊(韻)，監軍礙眼(句)，催糧僞賺(押)。〔白〕將楊令公呵，〔唱〕孤軍逼趲(韻)，碑觸身殘(韻)，射死楊希救兵按(韻)。 機關(韻)，中途里截謀楊景免章彈(韻)。〔潘仁美等衆魂白〕原來陽間作事，陰曹件件皆知。也不敢抵賴，招了罷，免得受罪。〔北嶽大帝白〕既然招認，卸了桚，著他們畫供。〔鬼卒應，作卸刑，判官付紙筆科。潘仁美魂白〕畫了供，求大帝饒了鬼犯，轉生陽世，學做好人就是了。〔北嶽大帝白〕你罪大惡極，那裏饒得？受過重重地獄之罪，打入泥犁，不得超生矣。〔潘仁美等衆魂白〕我們既不得超生，還畫什麼供？〔北嶽大帝白〕不畫供，打。〔鬼卒應，作打科。潘仁美等衆魂白〕不用打，畫就是了。〔作畫供科。北嶽大帝唱〕

【仙吕調套曲·後庭花】含冤衆鬼㊀句，等著伊償報還㊀韻，索命要頭顱㊀句，俱在鬼門關㊀韻。業如山㊀韻，泥犁打入㊀句，千年要脱也應難㊀韻。〔判官作接供狀，跪呈科。白〕供畢。〔北嶽大帝白〕冥府差鬼，速將衆鬼犯解往陰司，受重重地獄之罪，不得有違。〔九差鬼應，作鎖潘仁美等衆魂，從下場門下。北嶽大帝白〕收拾威儀者。〔衆應科，内奏樂，北嶽大帝下座，隨撤高臺、帳幔、桌椅。北嶽大帝唱〕

【煞尾】勸生民休無憚㊀韻，昭昭天道好循環㊀韻，早尋苦海回頭岸㊀韻。〔衆擁護北嶽大帝，同從下場門下〕

第十六齣　盜追風南宮縱火（尤侯韻）

〔淨扮孟良，戴紥巾，穿鑲領箭袖，繫鸞帶，背葫蘆，執馬鞭，從上場門上。唱〕

【仙呂宮正曲·玉嬌枝】飛騰急走(韻)，去尋那無佞府投(韻)，匆匆轉過通衢右(韻)。〔白〕俺自離了五臺山，不分晝夜，趕到汴京，意欲竟到南清宮向千歲借馬。奈我面生可疑，諒來決然不肯。俺不免先到無佞府，拜見拜見老太君，商議而行。一路問來，道前面這座高樓就是無佞府，須索趲行幾步。〔唱〕望巍巍一座高樓(韻)，心焦難自步悠悠(韻)，欣然得到朱門竇(韻)。〔白〕待俺下了馬。〔作下馬科。白〕這裏想必就是了，不免叫一聲。裏面那位在？〔末扮楊千，戴小頁巾，穿鑲領箭袖，繫鸞帶，從上場門上。白〕門無車馬跡，焉有俗塵侵。〔作出門科。白〕是什麽人？〔孟良白〕請問此間可是楊府？〔楊千白〕正是。〔孟良白〕相煩啟知老太君，説六郎差人求見。〔楊千白〕少待。〔作進門請科。白〕太君有講。〔老旦扮佘氏，穿老旦衣，策杖。旦扮排風，穿紬衫背心，繫汗巾。隨從上場門上。佘氏白〕耳聞搆釁驌驦起，盼斷雲山鴈信稀。怎麽説？〔楊千作稟科。白〕嘉山寨六爺差人求見。〔佘氏白〕我正在此盼望音信，快喚他進來。〔中場設椅，轉場坐科。楊千應，作出門喚科。白〕太君命你進見。〔孟良作隨進，拜見科。白〕老母在上，孩兒孟良拜見。〔佘氏白〕請起。足下何人？這樣稱呼。〔孟良白〕孩兒孟良，乃六郎哥哥結義的兄弟。〔佘氏白〕原來如此，失敬了，請坐。〔孟良白〕告坐了。〔場上設椅，孟良坐科。佘氏白〕請問驌驦馬之事，怎麽樣了？〔孟良白〕老母不好了嗄，我在遼營，賺得驌驦馬到手，六郎截殺追兵，被遼將困在見龍谷，生死未卜。〔佘氏作驚科。白〕怎麽説？六郎被困見龍谷，生死未卜？〔孟良白〕生死未卜。〔佘氏作哭科。白〕兒嗄。〔唱合〕怎隄防内外圖謀韻，母和兒料難聚首韻。〔孟良白〕老母且免傷悲。〔佘氏白〕我孩兒受困山谷，無人解救，料應凶多吉少，教我怎不傷悲？〔作拭淚科。排風白〕太君，六爺受困，無人解救。待排風隨去，殺退遼將，救六爺出谷可好？〔佘氏白〕如此，你與各位夫人小姐，帶領家將，一同前去。〔排風白〕是，待排風傳與衆家將，準備鞍馬器械去。〔孟良作笑科。白〕慢來，慢來，不要惹人笑話。俺嘉山寨不少英雄豪傑。老母府上的女兒兵濟得甚事？〔排風白〕你忒也小覷人了，俺無佞府那一個不是武藝精通，朝野悉聞，獨孟爺不知，擅敢出言譏誚。〔孟良白〕這個，但只耳聞，未經目覩。〔佘氏白〕莫説衆位夫人小姐，就是我這侍女，足下未必是他敵手。〔孟良作笑科。白〕老母，孟良在見龍山獨闖重圍，那些遼將尚且攩俺不住，何況這一個侍女。〔排風白〕口説無憑，就在老太君面前，敢與我對棍？〔孟良白〕倒要試一試。〔排風白〕待我取棍來。〔從上場門虚下。佘氏白〕楊千，吩咐外書房安排酒飯。〔楊千應科，從下場門下。佘氏白〕孟良，這丫頭武藝高强，猛力過人，須要仔細，不要輸與他。〔孟良白〕老母，休得取笑了。

俺孟良疆場名將，倒不如尊府一個侍女，可笑。〔排風換採蓮襖，繫汗巾，持棍，仍從上場門上。白〕孟爺，棍在此。〔孟良作接棍科。白〕取來，照打。〔排風急架科。白〕住了，講個輸贏。〔孟良白〕使得，你若輸了？〔排風白〕恭恭敬敬，與孟爺磕三個頭。〔孟良白〕好，我輸了呢？〔排風白〕孟爺輸了，也是恭恭敬敬，磕三個頭。〔孟良白〕使不得，我是你六爺的兄弟，怎麼與你磕頭？不像樣，老母，可是？〔佘氏白〕那見得就是你輸？〔孟良白〕不錯，那見得我輸？就是這樣。〔排風白〕只怕你輸定了。〔孟良白〕不要誇口。〔排風白〕不是俺誇口。〔唱〕

【仙呂宮正曲・玉胞肚】俺是雄豪閨秀(韻)，論英才讓俺一籌(韻)。〔孟良白〕一個女流，說這樣大話。〔排風唱〕並非俺自譽虛誇(句)，莫看輕三綹梳頭(韻)。〔白〕照行。〔作對棍科，孟良作不能敵科。白〕住了，我是你太君的義子。〔排風白〕當場不讓父，舉手難容情。看棍。〔作對棍科。孟良白〕慢來，慢來，讓我喘一喘。〔作喘急科，排風笑科。唱合〕英雄墮志話哀求(韻)，急喘吁吁可愧羞(韻)。〔孟良白〕什麼愧羞？看棍。〔作對棍，排風作打倒孟良科。佘氏白〕孟良輸了。〔孟良作慚愧狀。白〕噯，輸了輸了。〔排風白〕來磕頭。〔孟良白〕無非取笑，認真要磕頭？〔排風白〕當著太君，講定輸贏，不要賴。〔孟良白〕該著。〔排風白〕不賒不欠，要現磕的。〔佘氏白〕君子一言，駟馬難追。〔孟良白〕嗄，君子一言，唉。〔唱〕

【仙呂宮正曲・尹令】愧赧處教咱怩忸(韻)，這屈膝如何洗垢(韻)。〔作跪科，排風笑科。白〕你們來看看。〔孟良急轉向佘氏，磕頭科。白〕看什麽？ 我在此認義母。〔佘氏白〕這樣説，一發留下話靶了。〔孟良作急起，自唾科。白〕説錯了。〔排風白〕孟爺，這是取笑，不要記懷。〔孟良白〕那個認真拜義母？〔佘氏白〕要你知我楊氏門中無一弱輩。〔孟良白〕敬服，敬服。〔佘氏白〕夜深了，請外書房安歇。明早急命衆位夫人，同去解救便了。〔孟良白〕這倒不用，孟良已請下五郎，率領頭陀兵解圍。俺此來，特爲五郎没有戰馬，要到南清宫向千歲求借千里風一用。〔佘氏白〕千里風、萬里雲是千歲至愛的好馬，如何肯借與你？ 此來只怕徒勞往返。〔孟良白〕原來如此。〔作悶科。白〕若是借不成馬，怎生回去？〔想科。白〕有了。 請問老母，可知千歲的馬廄，還是在南清宫内，還是在宫外？〔佘氏白〕聞得在宫牆外，西北角下。 問他怎麽？〔孟良白〕事在緊急，待孩兒到五更時分，悄悄的去取了馬，好解六郎之困。 若是少有耽擱，只怕禍生不測。〔佘氏白〕但憑尊意，只要救得六郎纔好。〔孟良白〕老母放心，包在孩兒身上。 若取得馬時，孩兒就一徑回去不來拜别了。〔楊千從下場門上。白〕禀太君，酒飯齊備了。〔佘氏作起，隨撤椅科。佘氏白〕請到書房用飯，待老身與你打點盤費去。〔孟良作謝科。白〕多謝老母。〔排風隨佘氏從下場門下。楊千白〕請到書房去。〔孟良唱合〕且酌三杯醇酒(韻)，坐守銀釭(句)，俟至五更入廄偷(韻)。〔孟良隨楊千從下場門下。雜扮更夫，各戴鷹翎帽，穿箭袖卒褂，持鈎竿燈籠、鈴柝、更鑼，同從上場門上。白〕小心火燭。 我們乃千歲府中馬坊内更夫是也。 這馬坊共有一百餘匹好馬，其中惟千里風、萬里雲是御賜千歲的良驥，命我們輪流巡守。 已是五更時候了，就在這裏打個盹兒。〔同作盹睡科。孟良從上場門悄上。白〕欲圖千里驥，須下死工夫。這裏是馬廄了。〔作窺探，見更夫科。白〕你看這些人，攔著栅欄睡在此，怎生進去呢？〔作看科。白〕不免越牆而進。〔作越牆，四望科。白〕呀，你看那邊有兩匹馬，另在一座棚下，必是千里風、萬里雲了，俺不免——〔欲盜，急止科。白〕不好，不好，那些人攔在門首，牽著馬，怎生出去？〔作想科。白〕嗄，有了。待我到那邊草垛上，放起火來，他們那邊救火，我這邊取了馬就走了，說得有理。〔作舉葫蘆咒科。白〕詛。〔作放火彩科。孟良白〕火起了。〔作隱藏科。更夫驚醒科。白〕不好了，衆馬夫，起來救火。〔雜扮馬夫，各戴馬夫巾，穿布箭袖，繫鑾帶，同從上場門跑上。白〕快些救滅了纔好。〔衆作救火科。孟良作牽馬，從下場門下。衆白〕好了，好了，火已撲滅。看看千里風、萬里雲，驚了没有？〔衆看，作驚慌科。白〕不好了，千里風不見了。嗄，必是盜馬賊放的火，快快報與千歲知道。忙將盜馬事，報與千歲知。〔同從下場門下〕

第十七齣　巧易名駒馳萬里（真文韻）

〔浄扮孟良，戴紥巾，穿鑲領箭袖，繫鑾帶，背葫蘆，執馬鞭，從上場門上，作笑科。白〕妙嗄，馬兒到手，城已賺出，不免急急加鞭，趕回去者。〔作遶場科。唱〕

【雙角套曲·新水令】報兄知遇重賢恩（韻），盜神駒救他脱困（韻）。東方纔曙色（句），賺出帝閽闉（韻），利口兒巧對司閽（韻），似金鎖開蛟龍遁（韻）。〔從下場門下。生扮德昭，戴素王帽，穿箭袖團龍排穗，束玉帶，佩劍，執馬鞭，從上場門上。唱〕

【雙角套曲·駐馬聽】追捕奸人（韻），盜取龍駒膽一身（韻），怎容他潛身逃遁（韻）？因此上親馳勒轡策頻頻（韻），追蹤躡影不逡巡（韻）。〔白〕不知何處强徒，五更時分在孤廄中縱火，盜去千里風。爲此孤家親自乘了萬里雲，追擒那厮問罪。〔唱〕可惱他五更縱火偷良駿（韻），烈焰的馬廄焚（韻），教人怒髮衝冠恨（韻）。〔從下場門下。孟良從上場門上。唱〕

【雙角套曲·沉醉東風】喜龍翥螭騰勢趁（韻），望郊原頓轡飛奔（韻）。聽兩耳中（句）風聲迅（韻），如梭進弩箭離弦（句），輕蹄翻處不沾塵（韻），天馬的西來神駿（韻）。〔從下場門下。德昭從上場門上。唱〕

【雙角套曲・鴈兒落】路高低心忙不辨分(韻)，緊加鞭策馬趨前進(韻)。看俺追擒盜馬賊(句)，教他血濺吴鉤刃(韻)。〔從下場門下。孟良從上場門上。唱〕

【雙角套曲・得勝令】呀(格)，猛想起兄長與三軍(韻)，見龍谷受困苦邅迍(韻)，嘉山寨鐵桶般圍緊(韻)，衆英雄嚴防閉四門(韻)。人人(韻)皆盼徵兵信(韻)，難云(韻)風霜受苦辛(韻)。〔從下場門下。雜扮劉超，戴紮巾，穿鑲領箭袖，繫纍帶，佩劍，背黄袱，執馬鞭。雜扮馬夫，戴馬夫巾，穿採蓮襖卒褂，牽馬。同從上場門上。劉超唱〕

【雙角套曲・收江南】盼不到五雲深處帝城闉(韻)，盼不到九重宫闕拜楓宸(韻)，這驌驦早獻救良臣(韻)。〔白〕俺劉超，奉六哥哥之命到京進獻驌驦馬，併奏疏一道新收將士册籍，要求千歲遞奏，庶免王强等按捺之弊。又不敢馳驛兼程，恐驌驦馬疲瘦，難以進覽。又怕悮了限期，兄長取罪不便。今喜將到汴梁，急急趕進城中，早獻馬匹，救我哥哥之罪。〔唱〕要彤庭奏陳(韻)，求青宫賢主面仁君(韻)。〔從下場門下，馬夫牽馬隨下。孟良從上場門上。白〕不好了，遠遠聽見馬蹄之聲，必有人趕來也。〔唱〕

【雙角套曲・沽美酒】不由的心忙無定神(韻)，未知他追趕是何人(韻)，漏洩春光逐後跟(韻)。〔白〕且住。這樣快馬，如何還趕得上？嗄，是了。俺必定盜的是千里風，他騎了萬里雲趕來了，這便怎麼處？〔唱〕向何方藏躲我身(韻)，蹤來隱影來遁(韻)。〔劉超、馬夫從下場門上，劉超作望科。白〕呀，那邊來的是孟良兄。〔作喚科。白〕孟兄。〔孟良白〕原來是劉兄，你進獻驌驦馬，怎麼今日纔到？〔劉超白〕馳驛兼行，恐勞乏此馬。孟兄，有何緊急事到京？〔孟良白〕一言難盡，自你起身後，兄長被困見龍山谷，我到定州請救。又遇遼人截援圍城，急向五臺去請五郎。因他没有好坐騎，故到汴梁盜得千歲的良馬。今去請五郎下山解救。〔劉超白〕原來小弟起身後，兄長又遭如此不測之變。〔德昭内白〕盜馬賊，那裏走？〔孟良作回望科。白〕不好了，有人趕來，這便怎麼處？〔劉超白〕有我在此，你加鞭快走。〔孟良白〕來的那匹馬，比這一匹快，想個方法兒，換了那一匹來，便趕不上了。〔作四顧科。白〕妙嗄，那邊有一泥窪，大家下了馬。〔同作下馬科。劉超白〕爲何要下馬？〔孟良白〕你不懂，待我將馬推下泥窪去。〔作推馬科。劉超白〕要緊時候，倒將馬推入淤泥去。〔孟良白〕你不懂，同到那邊土坡後藏躲，我有妙用。〔場上設山石，孟良等同作隱藏科。德昭從上場門上。唱〕

【雙角套曲·太平令】催玉勒緊追難遁(韻)，捉將來有口難分(韻)。〔白〕遠遠見一人飛馬前奔，趕到這裏，怎麼不見了？〔作瞭望，驚異科。白〕呀，這泥窪中不是千里風麼？是了，此賊事急計生，怕孤趕上，將馬推下去，脱身走了。可惜孤之良駿，陷入泥窪，待孤先救上馬來，再尋此賊。〔作踟躕科。白〕且住。這等深窪，怎麼下去？待孤下了馬。〔作下馬科。白〕不免拴在那邊樹上。〔作拴馬科。唱〕恨賊智陷馬逃遶(韻)，淤泥内救孤神駿(韻)。〔孟良從山後悄出，作牽萬里雲乘騎科。白〕千歲，恕臣不下馬了。〔作笑科，從下場門急下。德昭作驚呆科。白〕不好了，將萬里雲賺去了。〔作怒忿科。白〕可惱嗄可惱，果然賊起即智也。〔唱〕俺呵(格)，不由的生嗔(韻)怒嗔(韻)，偷天手借風換雲(韻)。呀(格)，這惡氣實難容忍(韻)。〔雜扮武士，戴小頁巾，穿鑲領箭袖，繫鑾帶，佩腰刀，執馬鞭。雜扮陳琳，戴太監帽，穿鑲領箭袖，繫鑾帶，執馬鞭。同從上場門上。白〕竭盡駑駘力，難追萬里雲。〔衆作忙下馬科。陳琳白〕千歲在此，坐騎那裏去了？〔德昭白〕將近趕上此賊，不料被他欺誑，將萬里雲賺去了。〔陳琳白〕好大膽的狂賊。武士們，快趕上擒來。〔武士應科。劉超、馬夫從山後急出科。劉超白〕千歲，請息雷霆之怒。〔德昭白〕什麽人？〔劉超跪禀科。白〕小臣劉超，奉楊景所差，來進驌驦馬。〔德昭白〕驌驦馬有了。〔作看馬，笑科。白〕那個的功勞？〔劉超白〕這功勞就是適纔換萬里雲之孟良的。只因賺取驌驦馬到手，遼將統領大兵追來，現將六郎困在見龍谷。孟良求救於五郎，來向千歲借馬，恐千歲不信，故此盗了千里風，今又換了萬里雲去。〔德昭白〕原來有這些緣故，既如此，不必追趕，快將千里風牽上來。〔武士應，作牽馬。德昭向劉超白〕你可隨孤進城，一同啟奏去。〔劉超應科。德昭白〕牽好了千里風。〔武士應科。德昭白〕帶馬。〔衆應，同作乘馬遶場科。同唱〕

【煞尾】忙將寶馬金堦進(韻)，博得個罪免良臣(韻)，陳情一一奏楓宸(韻)，但願天顔一喜加封鎮(韻)。

〔同從上場門下〕

第十八齣　迅飛禪杖解重圍（江陽韻）

〔雜扮林榮、徐仲、張蓋、劉金龍，各戴紮巾額，穿各樣打仗甲，帶兵器。净扮焦贊，戴紮巾額，紮靠，帶鞭。雜扮陳林、柴幹，各戴盔，紮靠。生扮楊景，戴盔，紮靠，背令旗。同從上場門上。楊景唱〕

【越調正曲·五韻美】困英雄心惆悵(韻)，偶然翹首觀乾象(韻)，將星照谷光明朗(韻)，見天狼不旺(韻)。〔白〕衆兄弟好了，黎明必有救兵至矣。〔衆白〕何以見得？〔焦贊白〕不用問，那裏有救兵來？若説孟良到定州請救，一日可以來回七八遭。去了許久不來，多應他與岳勝等在那裏躲静偷安。這些日不虧搶奪遼營的糧草，三軍早已餓死了。〔楊景白〕衆兄弟放心，我夜來仰觀天象，見將星明朗，天狼幽暗。有天弧星，自西而射，少時必有救兵從西而至。你們快聚集人馬，一聞谷外呐喊，即便奮勇殺出。〔焦贊白〕真個？只怕是安慰衆心。〔楊景白〕天象豈有不準之理，快去。〔陳林、柴幹等應科，從下場門下。楊景歎科。唱〕早離魔障(韻)，盼得個難期滿(讀)也安康(韻)。〔合〕默籲蒼天(讀)，祈靈影響(韻)。〔從下場門下。雜扮頭陀兵，各戴頭陀髮，紮金箍，穿緞劉唐衣，紮春布僧衣，繫絲縧，持齊眉棍。净扮孟良，戴紮巾，穿鑲領箭袖，繫鸞帶，背葫蘆，持雙斧。引生扮楊春，戴僧綱帽，穿採蓮襖，紮紬僧衣紅袈裟，持

棍。從上場門上，遶場科。同唱〕

【越調正曲・山麻稭】聽畫角聲悲壯(韻)，更鳴谷應(讀)，遠送悠揚(韻)。任嚴防(韻)，悍勇衆(讀)，那管重營阻攩(韻)。〔場上設山口，孟良作望科。白〕來此已是谷口，大家一擁而入，踹亂他營盤。〔楊春白〕有理，衆頭陀，奮勇闖入谷口，毋得畏避。〔衆應科。同唱合〕併力要同心奮猛(句)，衝營突壘(讀)，亂踹横撞(韻)。〔衆作吶喊，衝進山口科。從上場門下，隨撤山口科。雜扮遼兵，各戴額勒特帽，穿外番衣，持兵器。雜扮遼將，各戴盔襯、狐尾、雉翎，穿打仗甲，持兵器。雜扮蕭天佑、蕭天佐、耶律色珍、耶律希達，各戴外國帽、狐尾、雉翎，紥靠，持兵器。從下場門上，作混跑科。耶律希達等同白〕天色未明，何處救兵驟至，將重營踹破，這便怎麽處？〔楊春、孟良等從下場門衝上，合戰科。雜扮軍士，各戴馬夫巾，穿箭袖卒褂，持兵器。引楊景等從上場門衝上，各戰科。遼兵遼將、耶律色珍等，從下場門敗下。楊春白〕兄弟受驚了。〔楊景白〕多謝哥哥解救。孟賢弟，你何不向定州取救？又勞吾兄涉遠而來。〔孟良白〕定州早被韓德讓圍困了。〔楊景作驚科。白〕怪道無人接應，原來定州受困。事關重大，各加勇猛，殺出山谷，速解定州之圍要緊。〔楊春、孟良白〕有理。〔同唱〕

【越調正曲・蠻牌令】纔解這邊廂(讀)，還困那邊廂(韻)。遼人謀截援(句)，首尾兩相當(韻)。〔同從下場門下。遼兵遼將引耶律希達等，從上場門急上。耶律希達白〕衆位將軍，五和尚的頭陀兵勇猛莫當，今又受他前後夾攻，決難取勝。快快逃出山口，不然我兵休矣。〔耶律色珍等同白〕說得有理。〔同唱〕

怎當得前攻後擊(句),引軍退速避鋒鋩(韻)。〔場上設山口,楊景等,楊春等,同從上場門衝上,作追耶律希達等出山口,隨撤山口。衆作合戰科,耶律希達等從上場門敗下。楊景白〕不必追趕,速解定州之圍去者。〔衆應科,遶場。同唱合〕憑血戰(句),掃欃槍(韻),雙圍立解(讀),復整威揚(韻)。〔同從下場門下。雜扮軍士,各戴馬夫巾,穿箭袖卒褂,持兵器。雜扮關沖、佘子光、吕彪、宋茂、王昇、王義、鄒仲、李虎,各戴紮巾額,穿雜樣打仗甲,各持兵器。引生扮岳勝,戴盔,紮靠,持刀。從上場門上,遶場科。同唱〕

【越調正曲·四般宜】圍圍繞繞佈營帳(韻),重重密密列刀鎗(韻)。猛猛烈烈遼家將(韻),兇兇勇勇恁披猖(韻)。〔岳勝白〕自驌驦馬起釁,見龍谷困厄未解,嘉山寨重兵又圍。連日各門設法固守,分撥衆兄弟,晝夜嚴加防禦。如今韓德讓又來攻打,衆軍士,多帶弓箭,隨我上城去。〔衆應科。同唱〕深谷裏安危未訪(韻),好教人意亂心慌(韻)。〔合〕攻城急(句),没應響(韻),同遭困厄(讀),一般無兩(韻)。〔場上設定州城,岳勝等作上城瞭望科。韓德讓內白〕衆將軍,隨俺攻打去者。〔內應科。雜扮遼兵,各戴額勒特帽,穿外番衣,持兵器。雜扮遼將,各戴盔襯、狐尾、雉翎,穿打仗甲,持兵器。雜扮耶律博郭濟、耶律休格,各戴外國帽、狐尾、雉翎,紮靠,持兵器。淨扮韓德讓,戴外國帽、狐尾、雉翎,紮靠,背令旗,持鎗。從兩場門分上,作圍繞科。韓德讓白〕城上將士聽者,你這彈丸之邑,豈足固守?識時務者,早早開城獻降,保全生命。〔岳勝白〕韓德讓,我勸你早早退兵,免貽後悔。少若遲延,教你片甲不存。〔韓德讓白〕衆兒郎,奮力攻打。〔衆應,作攻城科。岳勝白〕衆軍士放箭。〔軍士應,作放箭科。韓德讓等作退避科。韓德讓白〕

二位將軍，俺只當楊景陷入谷中，城中剩些無謀之輩，此城易破。誰料岳勝守禦有方，連次攻擊不下，莫若收兵回去，伺隙再圖。〔耶律休格白〕趁楊景被困，正好搗其巢穴，失此機宜，難以再圖，速速攻打。〔衆應科。內吶喊，韓德讓等向下望科。白〕何處救兵至矣，奮勇迎敵者。〔衆應科。軍士、頭陀兵引楊景、楊春等，從上場門衝上。楊景白〕韓德讓，你乘機困吾城邑，截吾援兵。今大兵會合，當立掃羣兇，肅清邊境，看鎗。〔衆作合戰科，韓德讓等從下場門敗下，楊景、楊春等追下。岳勝白〕好了，兄長與五禪師俱到，見龍谷之困已解，我等出城助戰便了。〔衆應，作下城科。韓德讓等從上場門敗上。韓德讓白〕不好了，五和尚救出楊景，合兵到此。你我若不早退，必受內外夾攻之害。〔軍士引岳勝等，出城作交戰科。楊春、楊景等從上場門衝上，合戰科。韓德讓等從下場門敗下。軍士白〕遼兵大敗。〔楊景白〕賴孟賢弟之功，哥哥之力，一日連解雙圍，請進城歇息。〔楊春白〕請。〔衆同唱〕

【越調正曲·江頭送別】遼兵敗㊀句，遼兵敗㊀疊，棄抛營帳㊀韻。衆兄弟㊀句，衆兄弟㊀疊，心歡志昂㊀韻。感伊請救勤勞力㊀句，〔合〕兩圍解獨任擔當㊀韻。〔同作進城科，下，隨撤城〕

第十九齣　舌下風雷褫賊魄（蕭豪韻）

〔場上設下馬牌。老旦扮佘氏，穿補服老旦衣，策杖。旦扮王魁英、韓月英、耿金花、馬賽英、董月娥、柴媚春、杜玉娥、呼延赤金，各穿氅。旦扮排風，穿衫背心，繫汗巾。隨從上場門上。同唱〕

【越調正曲・下山虎】鴈魚沉杳(韻)，望眼迢迢(韻)，不見嘉山信(句)，魂勞夢勞(韻)。〔佘氏白〕若非孟良來家，那曉得六郎遭困之信。不問千歲，焉知王、謝二賊借驌驦馬而假禍。這兩日杳無音信，故命孫兒們到南清宮打聽，緣何不見回來？媳婦們，隨我到門首去望一望。〔王魁英等應科。同唱〕昔有奸潘(讀)，禍因不小(韻)，生擦擦(讀)，將吾門一半消(韻)。每想起傷懷抱(韻)，止剩延昭恩命叨(韻)。〔合〕出鎮勤勞効(韻)，奸謀又遭(韻)，禍假驌驦罪怎逃(韻)？〔小生扮楊宗孝、楊宗保、楊宗顯，各戴武生巾，穿繡花箭袖，繫鑾帶。同從上場門上。白〕忙將真實信，安慰老年人。〔作進門見科。白〕婆婆拜揖。〔佘氏白〕孫兒們回來了，打聽得如何？〔楊宗孝等同白〕孫兒們到千歲宮中，打聽確實。孟良盜千里風的那一日，即有劉超進到驌驦馬，併新降孟良等二十一將册籍，千歲早已奏過了。〔王魁英等同白〕恭喜婆婆，此馬進到，六郎無罪了。〔佘氏白〕可曾打聽聖上有何恩旨？〔楊宗孝等同白〕聖上原與朝

臣議來，只因王强、謝庭芳讒譖。〔唱〕

【越調正曲・鏵鍬兒】聖皇恩浩(韻)，怎當他佞口猾狡(韻)？他説道將功贖罪(讀)，有甚功勞(韻)。

〔白〕又説孟良等俱係山寇，例應斬首。今既免死準降，乃莫大之恩，那裏應封官爵。〔唱〕不法胡爲野賊盜(韻)，赦其罪條(韻)，加官誥(韻)，留恥笑(韻)。〔佘氏白〕聖上如何道？〔楊宗孝等同白〕虧了千歲再三乞請，聖上方纔加恩，授孟良等爲裨將之職。下朝後，千歲將王、謝二人，毁辱了一場。〔唱〕激得個重賢千歲(讀)，衝冠氣惱(韻)。〔王强、謝庭芳内白〕家丁們快走。〔家丁應科。佘氏白〕什麽人，敢到此諠譁？〔楊宗孝等出門望科。白〕婆婆，那來的就是王、謝二人。〔佘氏白〕待他來時，駡他幾句，略消心頭之忿。〔雜扮家丁，各戴鷹翎帽，穿青緞箭袖，繫鸞帶。引净扮謝庭芳，戴盔，穿蟒，束帶，執馬鞭。副扮王强，戴高紗帽，穿蟒，束帶，執馬鞭。從上場門上。白〕邊上軍功報，胸中嫉忌生。〔佘氏白〕扯下馬來。〔楊宗孝等應科。同白〕還不下馬？〔作扯王强、謝庭芳下馬科。王强、謝庭芳白〕如此無理。〔佘氏白〕扯他二人進來。〔楊宗孝等應，作扯王强、謝庭芳，隨佘氏進門科。衆家丁白〕放了手，放了手。〔玉娥、呼延赤金等作攔科。白〕大膽惡奴，還不出去？〔作欲打科，家丁從上場門跑下。王强、謝庭芳白〕下官們乃國家大臣，輒敢揪下馬來，扯進府中，成何規矩？〔佘氏白〕你既知是國家大臣，爲何紊亂國法？天波樓上供著太祖聖像，府門外立著聖旨下馬牌。公然乘騎而過，目無君父，成何大臣之體？〔王强、謝庭芳白〕因軍報到來，要緊入朝，不及下馬。恕罪，恕罪。以後下馬就是了，告辭。〔佘氏白〕住了。

〔王强、謝庭芳作欲走復止科。佘氏白〕王强，你本寒儒酸子，賴我孩兒狀詞，引你進身。今日腰金衣紫，恩將讐報。謝庭芳，你本潘仁美之走狗，今又摇尾乞憐於王强，通同設計，讒譖我孩兒。楊家與你二賊有何讐怨，有何讐怨？〔王魁英等同唱〕

【越調集曲·山桃紅】【下山虎】（首至四）計謀圈套㊝，毒似鴟鴞㊝，幾番兒讒言告㊝，你是害賢佞僚㊝。〔王强、謝庭芳白〕住了。我們何曾要害六郎，那個告訴你的？〔佘氏等同白〕奸賊，若要人不知，除非己莫爲。你這兩個奸賊，陰險害人，上天不容，終遭惡報。〔王强、謝庭芳白〕好駡，好駡。〔佘氏等同唱〕【小桃紅】（六至合）自道你陰謀巧㊝，自道你計兒高㊝，忘了上有天㊟，天有眼㊕，畢竟遭凶報㊝也格㊝。〔王强、謝庭芳白〕你這無知老嫗，辱駡大臣，該當何罪？〔佘氏白〕我今駡你，乃是教導你。〔王强、謝庭芳白〕好教導。〔玉娥等白〕訓教你。〔王强、謝庭芳白〕承訓教。〔佘氏白〕你敢不服？〔王强、謝庭芳白〕敬服。〔佘氏等同白〕很心的奸賊。〔唱〕【下山虎】（八至末）駡你狼子心奸狡㊝，〔合〕想起真堪惱㊝，忿恨怎消㊝。〔王强、謝庭芳白〕這樣教導訓教，還不消恨？〔佘氏白〕本欲痛打一頓，暫且饒你。日後再犯，定不輕恕，趕出去。〔衆應。同唱〕好去痛改奸心命可饒㊝。〔楊宗孝、楊宗保白〕出去。〔作推王强、謝庭芳出門科。衆隨佘氏從下場門下，隨撤下馬牌。王强作忿怒科。白〕可惱嗄可惱，待我奏知聖上，收回聖像，拆毁天波樓，方消惡氣。隨我入朝。〔謝庭芳作止科。白〕老師請息怒。奉旨建立的下馬牌，若將此實情具奏，必罪你我不遵旨意。〔王强白〕這也想得是。〔作想科。白〕有了。下官奉旨兼管御馬監事，現今驌驦馬已經喂養肥健。明日早朝，待我奏道，驌驦馬雖已肥健，只恐性劣不馴，奏請壓試三日，以備聖上乘坐。那時奉旨試馬，你我故意在他門首馳驟。佘氏必又不依，借釁生端，奏請拆毀天波樓，打倒下馬牌。此計可好？〔謝庭芳白〕好計。〔王强同白〕恨小非君子，無毒不丈夫。〔同從下場門下〕

第二十齣　眼前褒貶快人心（庚青韻）

〔左場門設昇天門，右場門設酆都城科。雜扮牛頭、馬面，各戴套頭，穿鎧，持叉。雜扮鬼卒，各戴鬼臉，穿蟒箭袖虎皮卒褂，持器械。雜扮動刑鬼，各戴豎髮，紮額，穿劉唐衣，繫肚囊。雜扮判官，各戴判官帽，穿青素，束角帶，持筆簿。小生扮金童，戴綫髮紫金冠，穿氅，繫絲縧，執旛。旦扮玉女，戴過梁額、仙姑巾，穿氅，繫絲縧，執旛。引雜扮十殿閻君，各戴冕旒，穿蟒，束帶。從酆都城内上。十殿閻君唱〕

【越角套曲·鬪鵪鶉】黑黑陰司(句)，明明業鏡(韻)，不昧分毫(句)。公平法秉(韻)，鐵面冰心(句)，善褒惡屏(韻)。掌輪迴(句)，執權衡(韻)，速報昭彰(句)，隨形之影(韻)。〔分白〕吾乃第一殿秦廣王是也。吾乃第五殿閻羅王是也。吾乃第二殿楚江王是也。吾乃第三殿宋帝王是也。吾乃第四殿五官王是也。吾乃第六殿卞城王是也。吾乃第七殿泰山王是也。吾乃第八殿平等王是也。吾乃第九殿都市王是也。吾乃第十殿轉輪王是也。〔同白〕今有楊令公父子，欽奉玉旨，會同俺十殿王，勘問潘仁美等一起奸黨。定擬罪案，然後分發各殿，按罪施刑。〔五殿閻君白〕此時令公，將次到來，不免拘齊鬼犯伺候。〔同白〕正是：陽間善惡由他造，冥府權衡任我施。〔仍同從酆都城内下。雜扮儀從，各戴大頁巾，穿蟒箭袖排穗，執神旗。引浄扮楊希，生扮楊高、楊徵、楊泰，末扮賀懷浦，各戴紥紅金貂，穿蟒，束帶。外扮楊繼業，戴紥紅嵌龍幞頭，穿蟒，帶玉帶。同從昇天門上。同唱〕

【越角套曲·紫花兒序】大忠巨惡㊁，地獄天堂㊁，任自心成㊀。到頭果報㊁，善惡分明㊀。〔分白〕吾乃楊繼業是也。吾乃賀懷浦是也。吾乃楊泰是也。吾乃楊徵是也。吾乃楊高是也。吾乃楊希是也。〔楊繼業白〕我等遵奉勅旨，會同十殿閻君，勘問諸奸，定擬罪案，就往酆都去者。〔同唱〕人生㊀，孝善忠誠第一等㊀。天神感應㊀，人鬼欽尊㊁，書史芳馨㊀。〔作到科。内奏樂，十殿閻君出酆都城迎接科。侍從引楊繼業等，作進酆都城，下，十殿閻君隨下。牛頭、馬面、鬼卒、動刑鬼、判官、金童、玉女引十殿閻君，儀從引楊繼業等，從酆都城内上，相見科。十殿閻君白〕衆位尊神到來，有失遠迎。〔楊繼業等白〕豈敢。我等奉上帝勅旨，會審諸奸，定擬罪案。〔十殿閻君白〕我等恭候已久，各請陞座。〔場上設平臺、虎皮椅，閻君、楊繼業等各陞座。衆儀從、鬼判等各分侍科。十殿閻君白〕鬼卒，將潘仁美一起帶過來。〔鬼卒應科，向下帶浄扮潘仁美魂，副扮王侁魂、米信魂，丑扮田重進魂、劉君其魂，末扮傅鼎臣魂，副扮黄玉魂、韓連魂，各戴囚髮，穿喜鵲衣，繫腰裙，從酆都城内上。鬼卒禀科。白〕潘仁美一起當面。〔潘仁美魂作驚異科。白〕嗄，上面坐的，乃楊家父子、賀懷浦，可見閻羅不公之至。他們在朝，位居吾下，到了陰司，他們應該坐，我們應該跪？是了，必定閻王也受那德昭的囑託了，我好不服。〔楊繼業白〕奸賊在世，惡念迷心，賢愚不辨，做鬼依然未醒。〔閻君白〕若辨賢愚，這厮放著忠良不做，一定要做奸佞。衆鬼卒，著實打。〔鬼卒應，作打潘仁美等魂科。楊繼業白〕奸賊，你一生罪惡，罄竹難書，自己一一供招上來。〔十殿閻君白〕俺這裏執法無私，休得隱瞞。〔潘仁美魂白〕既然執法無私，我孩兒潘豹活活被楊希打死，怎麼不問？〔十殿閻君白〕奸賊，潘豹恃權立擂，欲打盡天下豪傑，居心不善，應遭横死。你縱子不法，還該罪你治家不嚴。〔潘仁美魂白〕這樣斷法出自閻君。我們在世爲官，若要如此斷獄，不説受賄，定説糊塗了。〔楊繼業、閻君等同白〕果然佞口。〔同唱〕

【越角套曲·調笑令】莫逞(韻)，佞口争(韻)，刑賞無私鐵案登(韻)。心窩陰陷機關定(韻)，恃君寵看輕人命(韻)，朝權總攬炎炎勢(句)，忘了冰山勢日出隨傾(韻)。〔楊泰、楊高、楊徵白〕仁美，你欲洩私忿，故縱遼將進城，以致聖駕涿鹿被困，累我弟兄三人陣歿。害我楊氏不打緊，險將宋室傾頽，你蓄意太很了。〔潘仁美魂白〕皆因千歲自恃機謀高廣，譏誚我無智無謀。欲塞其口，搆起釁端。〔楊繼業白〕奸賊，我三子償汝一子之命，也就罷了，何苦要絶我宗枝。念涿鹿救你之死，也不該將我逼進陳家谷。〔潘仁美魂白〕那是王侁、米信等妬你功高，攛掇我如此的，不信問他四人。〔十殿閻君白〕王侁、米信等即有此念，你身膺閫帥，不該就私忿而誤國事。〔賀懷浦白〕彼時若依我之諫，即發大兵應援，令公也不死了。你與王侁等在托羅臺望見令公入谷被困，反引兵回營，使吾義忿闖谷，可憐全軍盡歿。〔潘仁美魂白〕這是你自己沽名尋死，難道也是我害你的？〔楊希白〕俺楊希爲請救，慘遭亂箭身亡，難道也是俺沽名尋死不成？〔潘仁美魂白〕子讐不得不報。〔楊繼業等、十殿閻君同

白〕奸賊。〔同唱〕

【越角套曲・禿厮兒】爲陷忠良一命(韻)，牽連數萬生靈(韻)。憑著閫帥兵權秉(韻)，誤國事(句)，背朝廷(韻)，忒也胡行(韻)。〔潘仁美、王侁等衆魂同白〕到此地位，也不敢强辨，只求寬恕。〔楊繼業白〕這五個奸賊，應問何罪？〔十殿閻君同白〕欺心誤國，廢公報私，潘仁美問油鍋之罪，王侁、米信問火柱鐵牀之罪，劉君其、田重進問碓磨之罪。〔楊繼業白〕閻君執法無私，所擬定無差誤。傅鼎臣、黃玉、韓連，爾等既爲朝廷大臣，當秉公鞫問冤獄。如何私袒親黨，行賄受賂，必欲治死楊景？〔傅鼎臣魂、韓連魂、黃玉魂白〕我們原要從公判斷的，都是聽了潘虎、傅氏等調唆。如今追悔也遲了，只求饒恕，感恩非淺。〔楊繼業白〕罪惡滔天，決難輕恕。〔十殿閻君同唱〕

【越角套曲・聖藥王】餓饞睛(韻)，貪饕性(韻)，忘廉見利頓輕生(韻)。徇私情(韻)，賄賂行(韻)，黨奸爲惡叛朝廷(韻)，羣犯的罪當刑(韻)。〔楊繼業白〕這三個惡犯，應定何罪？〔十殿閻君白〕傅鼎臣、韓連、黃玉，貪婪很酷，羽翼奸黨，應問碓搗犁耕之罪。〔楊繼業等白〕列位閻君所擬無訛，我等回覆玉旨去也。〔十殿閻君白〕衆鬼卒，將這些惡犯帶去，伺候玉旨，按罪施行者。〔衆鬼卒應科，作帶潘仁美等魂從酆都城内下。內奏樂，各下座科，隨撤平臺、椅。儀從引楊繼業等，作出酆都城，仍從昇天門下。十殿閻君唱〕

【收尾】椿椿鐵案如山定(韻)，來日的按律施行(韻)。借惡報警臣民(句)，愚迷速當醒(韻)。〔衆鬼判等擁護十殿閻君仍從酆都城内下，隨撤昇天門、酆都城〕

第廿一齣　試驌驦衝途計險（皆來韻）

〔雜扮武官，各戴盔，穿蟒，束帶，執笏。雜扮文官，各戴紗帽，穿蟒，束帶，執笏。浄扮謝庭芳，戴盔，穿蟒，束帶，執笏。副扮王强，戴高紗帽，穿蟒，束帶，執笏。生扮吕蒙正，外扮寇準，各戴相貂，穿蟒，束帶，帶印綬，執笏。雜扮内侍，各戴太監帽，穿貼裏衣。雜扮大太監，各戴大太監帽，穿大貼裏衣。引生扮宋太宗，戴金王帽，穿黄蟒，束黄鞓帶，從上場門上。同唱〕

【仙吕宫正曲・春從天上來】曈曨旭日霽色開（韻），金爐裊裊香烟靄（韻），鵠立千官（句），鈞天樂韻和諧（韻）。〔場上設椅，宋太宗轉場坐科。白〕一統華夷國祚昌，兢兢業業治家邦。事殷繼述文王德，守位維艱宵旰忙。朕深恨蕭氏劫奪烏漢國表文貢馬，有辱大國威光。降旨問楊景觀望之罪，限伊十日内統兵取討驌驦馬回來，將功贖罪。且喜前者楊景差人進到驌驦馬，又奏新收二十一員上將，朕心欣慰之至矣。〔生扮德昭，戴素王帽，穿蟒，束王帶，執笏，捧本章，從上場門上。白〕忠良繼父志，威嚇大遼兵。〔作進門叩見科。白〕兒臣德昭見駕，願吾皇萬歲。〔宋太宗白〕王兒平身。〔德昭白〕萬歲。〔作起遞本科。白〕楊景捷報奏上。〔宋太宗白〕待朕看來。〔作看科。唱〕甚可喜捷書又來（韻），敵困雙圍一陣解（韻），斬首萬餘（句），遼兵潰仗天威（叶）。〔白〕衆卿，楊景具奏。因孟良奪得驌驦馬，韓德讓等分兵圍困見龍谷、嘉山寨。虧孟良請救，岳勝守城，斬首遼軍萬餘，大獲全勝。〔寇準、呂蒙正白〕賴聖上天威，楊景英武，奪回貢馬，又獲全勝，大振威風，使遼人不敢肆志矣。〔宋太宗白〕王兒寫旨，楊景加爲神策將軍都部署。陳林、柴幹、孟良、岳勝等二十四將，加爲副指揮。其餘將士，多賜銀兩、羊、酒犒賞。〔德昭白〕領旨。〔從下場門下。王强白〕臣啟陛下，驌驦馬今已喂養肥健，誠恐性劣不馴，臣不敢伺候上乘。乞恩賜臣與謝庭芳壓試幾日，那時聖上乘坐，臣纔放心。〔宋太宗白〕卿之忠誠，就依所奏，退班。〔寇準等應，作拜科。唱合〕朝回羅拜（韻），肅恭退階（韻），天香衣惹歸還在（韻）。〔内侍等擁護宋太宗從下場門下，寇準等從兩場門分下。場上設下馬牌、仙樓，挂天波樓匾額，設帳幔桌。旦扮杜玉娥、呼延赤金、柴媚春、馬賽英、韓月英、董月娥、耿金花、王魁英，各戴鳳冠，穿圓領，束帶，從仙樓上場門上。同唱〕

【仙呂宫正曲・桂枝香】姑嫜壽屆（韻），良辰設帨（叶），早已開設華筵（句），衆媳等肅恭迎待（韻）。〔白〕今日婆婆千秋華誕，吩咐我們在天波樓聖像前拈香行禮。諸事齊備，道猶未了，婆婆上樓來也。〔旦扮排風，穿衫背心，繫汗巾。旦扮八娘、九妹，各穿氅。引老旦扮佘氏，戴鳳冠，穿補服老旦衣，束帶，從仙樓上場門上。佘氏唱〕君恩怎補（韻），君恩怎補（疊），滿門寵渥優賚（韻），廣恩如海（韻）。〔王魁英等同白〕啟上婆婆，供物齊備，專候拈香。〔佘氏白〕孫兒們那裏去了？〔王魁英等同白〕昨日千歲爺與呼延伯父、寇丞相、吕丞相等，皆送壽儀，命他三人往各府致謝去了。〔佘氏白〕原來如此。媳婦女兒們，隨我行禮。〔王魁英等應，佘氏作拈香科，衆隨次叩拜科。同唱合〕荷栽培(叶)，眷顧全家屬(句)，洪恩無際涯(韻)。〔同作起科。家丁内白〕馬來。〔雜扮家丁，各戴鷹翎帽，穿青緞箭袖，繫鸞帶，執馬鞭。引浄扮謝庭芳，戴盔，穿圓領，束帶。副扮王强，戴高紗帽，穿圓領，束帶。各執馬鞭，從上場門上，作馳驟遶場科。同唱〕

【仙吕宫正曲・青天歌】馳驟捲塵埃(韻)，馳驟捲塵埃(疊)，縱轡盤旋(讀)，去又復來(韻)。〔合〕假欽差(韻)，假欽差(疊)，搆釁把楊門害(韻)。〔同從下場門下。王魁英等作瞭望科。同白〕婆婆，你看王、謝二奸賊帶了許多家丁，在俺樓前驟馬盤旋，攪得塵土迷漫，不知是何意思？〔佘氏白〕嗄，是了。因我昨日怪他未曾下馬，辱駡了一場，今日帶領家丁，故意在樓前馳驟，欺我婆媳。二賊來者不善，排風，快些下樓去，吩咐家人，各持棍棒，打散衆惡奴，將二賊拏進來。〔排風應科，從仙樓上場門下。家丁引謝庭芳、王强從上場門上。同唱〕

【仙吕宫正曲・川撥棹】争喝采(韻)，好一似跑馬解(韻)，那知我惡意兒乖(韻)，那知我惡意兒乖(疊)？〔佘氏作怒科。白〕王强，謝庭芳，昨日對你説過，樓上供著太祖聖像，今日你敢帶領惡奴故意在此乘馬馳驟，何得如此横行無狀？〔謝庭芳、王强白〕什麼横行無狀？下官奉旨試取驌驦馬，誰敢不容？撒開絲韁者。〔家將應，同作馳驟科。唱〕料今番也難佈擺(韻)，〔合〕我試馬奉欽差(韻)，我試馬奉欽差(疊)。〔佘氏等同從仙樓兩場門下。雜扮家人，各戴羅帽，穿青緞箭袖，繫鸞帶，持棍，隨排風從上場門上。白〕還不下馬？〔謝庭芳、王强白〕胡説，我奉旨試馬，你敢抗旨麽？〔排風白〕那裏是奉旨試馬，明明爲昨日罵了你，今日故來尋事生端。〔家丁等同白〕你這丫頭，也來説話。〔排風白〕將這些惡奴打下馬來。〔家人應，作打科。衆家丁叫苦藏躲科。佘氏等從上場門上。佘氏白〕將王强、謝庭芳拏過來。〔家人應，作拏王强、謝庭芳下馬科。王强、謝庭芳白〕這等無理。〔家丁虚白欲打家人科。王强白〕帶好了驌驦馬。〔衆家丁應科，作牽馬同從上場門急下。王强、謝庭芳白〕潑婦，你敢私拏大臣，當得何罪？〔佘氏白〕你若存大臣之體，也不敢背主横行了。似你這樣奸臣賊子，有玷朝班，老身也教導得起。媳婦們，取皮鞭過來，將二賊痛打一頓，以戒下次。〔杜玉娥、呼延赤金、柴媚春、馬賽英應科，向下取皮鞭，作打王强、謝庭芳科。佘氏等白〕奸賊。〔唱〕

【仙吕宫正曲·園林好】恨讒臣居心恁歪(韻)，打得你豺狼性改(韻)，遵著我鞭笞爲戒(韻)，〔合〕老母的管頑孩(韻)，老母的管頑孩(疊)。〔佘氏白〕放這兩個奸賊去罷。〔家人應科。白〕去罷。〔王强、謝庭芳白〕好打好打，奏知聖上，拆毁天波樓便了。氣死我也。〔從上場門下。杜玉娥作聽科。白〕不好了，婆婆，二賊説要奏知聖上，拆毁天波樓了。〔佘氏白〕天波樓，無佞府，乃聖上特恩建造賜汝公公宅處，以酬救駕之功。任憑二賊讒譖，聖上必不準行，爾等放心。〔唱〕

【尾聲】天波府第蒙恩賚(韻)，任權臣讒言無礙(韻)，諒彼難惑聖心懷(韻)。〔同從下場門下〕

第廿二齣　傾樑棟掃穴謀深（尤侯韻）

〔浄扮謝庭芳，戴盔，穿圓領，束帶，從上場門跑上。白〕氣死我也。〔唱〕

【黄鐘宫正曲・滴溜子】渾身上(句)，渾身上(疊)，打來難受(韻)。〔副扮王强，戴高紗帽，穿圓領，束帶，從上場門上，亂跑科。唱〕鞭笞很(句)，鞭笞很(疊)，急如雨驟(韻)。〔白〕好打，下官被他們打昏了。〔謝庭芳白〕老師，你的紗帽也打癟了，紗帽翅兒也打落了。〔王强白〕門生，你的金帶也揪斷了，圓領也扯破了。〔謝庭芳白〕這頓打實實利害。〔王强白〕我若不拆毁天波樓，不是人了。快快入朝面聖去。〔同唱〕逢人(讀)，不勝忸怩(韻)。〔合〕狼狽我師生(句)，思之可醜(韻)，掬盡湘江(讀)，難洗這羞(韻)。〔白〕來此午門，不免進去。〔浄扮呼延畢顯，戴盔，穿蟒，束帶，從下場門上，作攔科。白〕住了，晚朝已散，二位入朝何事？〔王强、謝庭芳白〕入朝面聖。〔呼延畢顯白〕這般狼狽，衣冠不整，有失禮儀，回去罷。〔王强、謝庭芳白〕極天冤枉，所以面聖，將軍爲何阻攔？〔呼延畢顯白〕今日是我值禁，不得不阻，回去罷。〔王强、謝庭芳白〕我二人有冤枉陳訴，你若攔擋，我二人就要叫喊了。〔呼延畢顯白〕什麽冤枉，對我説明，容你們入朝。〔王强、謝庭芳白〕將軍，了不得，了不得。就是無佞府這一起潑婦，恃著聖上恩

寵，欺壓大臣，擅打欽差。〔唱〕

【黄鐘宫正曲・出隊子】辜君恩厚(韻)，藐視朝廷作罪訧(韻)。〔呼延畢顯白〕恁見得他藐視朝廷？誰見來？〔王强白〕昨日下官上朝，從天波樓下經過。佘氏喝令，揪我二人下馬，説樓上供著太祖聖像，誰見遵聖旨了。〔呼延畢顯白〕我卻上樓瞻禮過，倒也不假。況且樓下奉旨建立下馬牌。二位不下馬，即是不遵聖旨了。〔王强、謝庭芳白〕昨日罷了。今日下官們奉旨去試驌驦馬。佘氏喝令惡奴打駡欽差。你看打得我二人這般模樣，如何不奏？〔唱〕將咱打得苦哀求(韻)，欺壓朝臣實可羞(韻)。〔呼延畢顯白〕你們待要怎麼樣？〔王强、謝庭芳白〕將此情由呵，〔唱合〕立奏金堦(讀)，拆毁此樓(韻)。〔呼延畢顯白〕二位，看我分上，不必奏罷。〔王强、謝庭芳白〕拚棄此官，誓與楊家作個對頭。請了。〔從下場門下。呼延畢顯白〕且住。雖然聖上恩寵楊家，當不得他佞言誑奏。〔唱〕

【黄鐘宫正曲・鮑老催】權臣佞口(韻)，波瀾起處汎濫流(韻)，他今捏就刁詞奏(韻)。〔王强、謝庭芳從下場門上。白〕全憑三寸舌，傾倒天波樓。〔呼延畢顯白〕二位面聖，旨意若何？〔王强、謝庭芳白〕聖旨道，楊氏府第乃朝廷旌獎忠勇，佘氏不知感恩，反恃寵逞强，欺壓大臣，有關國體風化。命下官們明日收回聖像，拆毁天波樓覆旨。失陪了。〔從下場門下。呼延畢顯作失色科。白〕不好了，二賊奸計成矣。待俺快快報與楊伯母，教他早爲之計。〔作急行科。唱〕聽消息(句)，心内急(句)，行來驟(韻)，非咱誰與洩機謀(韻)。教他早去尋求救(韻)，〔合〕庶免得遭僝僽(韻)。〔作到科。白〕事在緊急，不免竟入。

〔作進門急喚科。白〕伯母快來。〔老旦扮佘氏，穿補服老旦衣，策杖。旦扮王魁英、耿金花、董月娥、韓月英、馬賽英、柴媚春、呼延赤金、杜玉娥、八娘、九妹，各穿氅。旦扮排風，穿彩背心，繫汗巾，隨佘氏從上場門上。同白〕驚聞呼喚急，趨步問原因。〔呼延畢顯作見揖科。佘氏白〕原來是賢姪，到此有何見教？〔呼延畢顯白〕伯母，禍事到了。方纔王、謝二賊入朝，劾奏伯母恃寵不法，毆辱大臣，有關國體風化。命謝庭芳來日收回聖像，要拆毀天波樓了。〔佘氏等作驚急科。同白〕不好了。〔唱〕

【黄鐘宫正曲・歸朝歡】奸賊的(句)，奸賊的(疊)，諂諛佞口(韻)，早揑就讒言入奏(韻)。聽説罷(句)，聽説罷(疊)，氣沖牛斗(韻)。〔佘氏白〕也罷。〔唱〕我拚身(讀)，即向金堦叩首(韻)，奸謀一一陳情剖(韻)，乞恩詢問追嚴究(韻)，〔合〕乞假尚方斬佞頭(韻)。〔作欲行科，呼延畢顯急止科。白〕且慢。伯母要去面聖，斷然使不得。王、謝二賊，所劾伯母恃寵横行，毆辱大臣，這罪條重大，聖上正在盛怒之下。伯母若行折辨非，惟不能除奸，反得抗違君命之罪。〔佘氏白〕依賢姪何以教我？〔呼延畢顯白〕可即往南清宫哀求千歲，代爲乞恩請罪，方保無事。〔佘氏白〕多蒙賢姪挂懷，特來通信。〔呼延畢顯白〕今晚小姪值禁，不敢久留，告辭了。〔作拜別出門，從下場門下。佘氏白〕喚楊千過來。〔排風應，向下喚科。白〕楊千那裏？〔末扮楊千，戴小頁巾，穿鑲領箭袖，繫鑾帶，從上場門上。白〕堂上一呼，階下百諾。〔作進見科。白〕太君有何吩咐？〔佘氏白〕隨我到南清宫去。〔楊千應科。佘氏白〕媳婦們，進去罷。〔王魁英等應科，同從下場門下。楊千作引佘氏出門，佘氏歎科。白〕吾門不幸，連遇奸謀。今番千歲若不準，拚我

一命，誓不饒這二賊。〔唱〕

【黃鐘宮正曲・獅子序】冤讐結難罷休(韻)，太欺吾是孀居女流(韻)。嫉忌我受著(讀)主上恩優(韻)，又妬我楊門功懋(韻)，要將楊景除却(句)，連遭毒計(句)，詭謀不就(韻)。今日又尋瘢索縫(句)，〔合〕陰謀搆釁(讀)，要拆巍樓(韻)。〔作到科。楊千白〕門上那位在？〔雜扮內侍，戴太監帽，穿貼裏衣，從上場門上。白〕來了，是什麼人？〔作出門見科。白〕原來是老夫人。〔佘氏白〕相煩啟知千歲，佘氏求見。〔內侍白〕隨咱進來。〔作引佘氏進門科，楊千從上場門下，內侍向下請科。白〕千歲有請。〔生扮德昭，戴素王帽，穿出襬，束玉帶。雜扮內侍，各戴太監帽，穿貼裏衣。雜扮陳琳，戴太監帽，穿貼裏衣。隨從上場門上。德昭白〕怎麼説？〔內侍作稟科。白〕楊令婆求見。〔德昭白〕令婆求見，快請。〔場上設椅，轉場坐科。內侍白〕請進來。〔佘氏進見，作悲啼科。白〕千歲爺嗄。〔德昭驚異科。白〕嗄，何事親身到此，又且這般啼哭？〔佘氏白〕千歲嗄。〔唱〕

【又一體】千般忿海樣讐(韻)，受奸臣辱没抱羞(韻)，天波府旦夕間(讀)毀去不留(韻)。〔德昭白〕嗄，無佞府，天波樓，誰敢拆毀？〔佘氏白〕就是王強、謝庭芳這兩個奸賊。〔德昭白〕住了。勅造府第，御書匾額，特恩供著太祖聖像，王、謝二賊擅敢拆毀，奸賊真有包天之膽也。〔佘氏白〕二賊奏明聖上，奉旨拆毀。〔德昭白〕借何因由？〔佘氏白〕初因二賊乘騎過樓，竟不下馬，臣妾駡了他幾句。今早他二人帶了無數惡奴，故意在樓下盤旋走馬，口出不遜，故將二賊打了一頓。〔德昭白〕好，該打。〔佘氏白〕千歲説該打。誰知他入朝誑奏，參劾臣妾恃寵横行，毆辱大臣。明日就要收回聖像，拆毁此樓了。〔唱〕他便忙入禁巧語讒言奏㊙。〔白〕千歲嗄。〔唱〕欺負我家失主㊀，臣失寵㊀，運失時㊀，忍受奸賊的僝僽㊙。〔德昭白〕太君不要傷悲，此乃二賊憑著一面之詞誑奏。待孤入朝，辨明乞恩，吾主聖明之君，必然省察其詳。太君請回府，静聽好音。〔佘氏作叩謝科。白〕謝千歲隆恩。〔唱合〕仰賴護持奏吾主㊁，倘能寬宥賴天庥㊙。〔作出門，從上場門下。德昭白〕陳琳，隨孤進朝去。〔作起，隨撤椅科。德昭唱〕

【黄鐘宫正曲·鬬雙鷄】面陛金堦㊀，隱情細剖㊙，任平章官有守㊙，輔君政事難權苟㊙。〔合〕忙忙陳奏㊙，詣宫階趨步走㊙。〔作出門科。陳琳白〕從人伺候。〔德昭從下場門下，陳琳、内侍隨下〕

第廿三齣　天波樓無端被拆（皆來韻）

〔老旦扮佘氏，穿補服老旦衣，策杖。旦扮八娘、九妹，各穿氅。旦扮排風，穿衫背心，繫汗巾。隨佘氏從上場門上，佘氏發恨科。白〕我好恨嘎。〔唱〕

【商調正曲·山坡羊】儘欺我(讀)，孀居年邁(韻)。儘欺我(讀)，羣兒不在(韻)。〔旦扮王魁英、耿金花、董月娥，各穿氅，從上場門上。同唱〕恨欺我(讀)，夫君陣亡(句)。恨欺我(讀)，孤寡淒涼捱(韻)。〔旦扮韓月英、馬賽英、柴媚春、呼延赤金、杜玉娥，各穿氅，從上場門上。同唱〕怎佈擺(韻)，奸臣起禍胎(韻)。恨世情冷暖炎涼態(韻)，受盡欺凌誰救解(韻)？〔佘氏等同唱合〕傷懷(韻)，念先靈塞土埋(韻)。悲懷(韻)，撲簌簌淚盈腮(韻)。

〔佘氏白〕媳婦們，適蒙千歲護持，爲辨明乞恩，或能挽回天意亦未可知。取香案過來，隨我拜禱天地一番。〔排風應科。場上設香案，衆隨佘氏跪科。佘氏白〕皇天嘎，我楊門自先夫降宋，赤心報國，建立勳功。蒙君父優寵，勑賜府第，滿門感戴皇恩，父子盡忠王事。可憐父子九個，止存楊景一人，出鎮定州，鞠躬盡瘁。皇天何不見憐，這一座府第，還不容我老幼寡婦存身，又被奸臣譖陷。〔同唱〕

【又一體】天不念讀，勳臣功大韻。天不念讀，全家忠慨韻。天不念讀，寡婦孤兒句。天不念讀，父子遭兇害韻。命運乖韻，無端降禍來韻，天波奸譖將傾壞韻。拜告皇天讀，暗中救解韻。〔佘氏等拜畢，隨撤香案。佘氏白〕老相公嗄，你若在世，我婆媳焉能受人欺壓，撇得我們好苦也。〔各作悲慟科。王魁英等同唱合〕傷懷韻，痛先靈塞土埋韻。悲懷韻，撲簌簌淚盈腮韻。〔雜扮陳琳，戴太監帽，穿貼裏衣，從上場門上。白〕利齒能箝苦諫口，奸心慣害善良臣。〔作進門相見科。白〕老夫人。〔佘氏白〕陳公公，千歲乞恩之事如何？〔陳琳白〕老夫人回府後，千歲即便入朝面聖。原來王、謝二賊揑詞參劾，聖上大怒。千歲將始末細陳，聖怒方解。説此皆私忿小隙，何致緊要，且過郊壇吉期，另日再議。〔佘氏白〕另日再議？倘二賊今日要來拆毁，如何處之？〔陳琳白〕他今日若來，即是背旨私行，老夫人只管打。打出禍來，自有千歲做主。咱家告辭。〔佘氏白〕恕不遠送。〔陳琳白〕請了。〔仍從上場門下。柴媚春白〕婆婆，媳婦預料二賊再不干休，今日必定要來拆毁的。〔杜玉娥白〕他敢違旨私行麽？〔柴媚春白〕他必推面奉旨意在前，也無甚大罪。〔佘氏白〕嗄，一不做，二不休。他若來時，與他抵決一番便了。排風。〔排風應科。佘氏白〕吩咐將府門閉上，命楊千帶領三位小公子與家將們，俱到後花園躲避。不奉呼喚，不許出來。〔排風白〕曉得。〔從下場門下。佘氏白〕媳婦們，倘奸賊們打進府來，只許婦女們上前動手，家人等一概不許上前。〔王魁英等白〕曉得。〔佘氏白〕準備除奸黨，安排婦女兵。〔同從下場門下。場上設下馬牌。雜扮家丁，各戴羅帽，紥頭，穿青緞箭袖，繫鑾帶，各持

棍棒、鍬鋤。引浄扮謝庭芳，戴盔，穿圓領，束帶，從上場門上。同唱〕

【仙吕宫正曲・風入松】熊心虎膽悍奴來(韻)，勢可移山倒海(韻)。挺胸攘臂狰獰賽(韻)，奉王命威風氣概(韻)。〔謝庭芳白〕昨日奏過聖上，準其拆毀天波樓，打倒下馬牌。不料又聽那千歲調唆，什麽另日再議。我面奉的旨意在前，且假裝不知，先拆毀了再講。快走。〔家丁應科。同唱合〕急忙去拆倒樓臺(韻)，打斷他下馬牌(韻)。〔作到科。家丁白〕已到楊家門首。〔謝庭芳白〕青天白日，把門閉上了，快去叫門。〔家丁應，作叩門科。白〕開門。〔排風、八娘、九妹、王魁英、耿金花、董月娥、韓月英、馬賽英、柴媚春、呼延赤金、杜玉娥，引佘氏從上場門上，作聽科。白〕果然奸賊來了。〔家丁白〕快些開門。〔佘氏白〕什麽人？敢在無佞府門首大呼小叫。〔謝庭芳白〕奉聖旨，到此拆毀天波府。你閉門不納，敢抗聖旨麽？〔佘氏白〕奸賊，旨意道另日再議，你敢抗旨逞强？你若動我片瓦，教你性命不保。〔謝庭芳白〕好大話。衆家丁，先將下馬牌打倒。〔家丁應科。同唱〕

【仙吕宫正曲・急三鎗】俺這裏(句)，遵聖旨(讀)，奉宣差(韻)，速動手(讀)，莫遲捱(韻)。〔作打碎下馬牌科。謝庭芳白〕潑婦們聽者，下馬牌打碎。再不開門，就要拆毀門樓，打倒圍牆了。〔佘氏白〕好大膽奸賊，敢如此無理。〔謝庭芳白〕將他們樓拆倒。〔家丁應科。呼延赤金白〕打出去。〔佘氏白〕住了，讓他打進來，動手不遲。〔謝庭芳等同唱〕拆府第(句)，平牆院(讀)，如瓦解(韻)。〔合〕那怕你(讀)，潑裙釵(韻)。〔謝庭芳白〕打進去。〔家丁應，作打進門科。王魁英等向下各取棍棒科。佘氏白〕賊子嗄賊子，楊家和你有

甚冤讐，先前要害六郎，如今拆我府第，可知你今日來得去不得了。〔王魁英等同唱〕

【仙呂宫正曲・風入松】野心狗子似狼豺(韻)，壓量著同朝寮寀(韻)。六郎現任三關帥(韻)，宗保們俱叨恩賴(韻)。〔合〕金吾將權衡何大(韻)，假皇命折樓來(韻)。〔謝庭芳作咤科。白〕奉旨欽差，你敢抗拒？〔佘氏白〕主上説另日再議，今日你擅闖寡婦之門，打死不論。打。〔王魁英等，家下等，亂打科，從兩場門分下。佘氏作揪住謝庭芳科。白〕奸賊。〔唱〕

【仙呂宫正曲・急三鎗】欺負我(句)，衆寡婦(讀)，無依賴(韻)。打斷你(讀)，狗骨柴(韻)。打得你(句)，腰脊折(讀)，腿兒拐(韻)。〔合〕打得你(讀)，苦哀哉(韻)。〔作打，謝庭芳從下場門跑下，佘氏追下。王魁英等，家丁等，從上場門上，陸續相持，從下場門下。佘氏内白〕將府門閉上，不許放走一人。〔内應科。謝庭芳從上場門跑上，作撲跌科。白〕打壞了，打壞了。〔唱〕

【仙呂宫正曲・風入松】將咱打得苦哀哉(韻)，直打得一瘸一拐(韻)。臂兒腰兒全打壞(韻)，苦一身痛疼難捱(韻)。〔佘氏内白〕不要放走謝庭芳。〔謝庭芳作驚慌科。白〕天嗄，那裏躲一躲纔好？〔唱合〕急忙裏何方避來(韻)。〔白〕尋個狗洞，鑽了出去罷。〔作尋找科。白〕怎麽，他家連個狗洞也没有的，活該要嗚呼在此的了。〔唱〕單等著把屍擡(韻)。〔從下場門下。排風、呼延赤金等，各持刀剪等彩，陸續追衆家丁，從上場門上，作抵對科，從下場門下。謝庭芳從上場門上。唱〕

【仙呂宫正曲・急三鎗】唬得我(句)，渾身戰(讀)，似糠篩(韻)。骨頭軟(讀)，步難擡(韻)。急得個(句)，眼兒昏(讀)，睜不開(韻)。〔白〕我叫，〔唱合〕救苦難(讀)，大慈悲(叶)。〔場上設桌，謝庭芳作藏桌內。佘氏、呼延赤金、杜玉娥、八娘，從上場門上。同白〕這奸賊，藏在那裏去了？大家尋一尋。〔衆作四下搜科，呼延赤金作拍桌科。白〕賊子藏在那裏去了？〔謝庭芳作頂桌，遶場跑科。白〕不要看見我纔好。〔呼延赤金等作追拏科。白〕原來在桌子底下，拏他出來。〔作拏住謝庭芳，隨撤桌科。佘氏白〕與我打這奸賊。〔呼延赤金等作打科，謝庭芳叫苦科。王魁英等追家丁從兩場門分上，家丁跪科。謝庭芳白〕是我不好，乞求饒恕一命，再不敢冒犯了。〔佘氏白〕你既知罪，饒他去罷。〔排風作開門科。謝庭芳、家丁作出門，從上場門跑下。王魁英等同白〕婆婆，今日這場厮打，奸賊魂膽皆驚，再不敢正眼偷覷了。〔佘氏白〕奸賊蛇蝎心腸，如何便肯干休？可命宗保速往定州，將此情由説與六郎知道。教他乞假來家，商議萬全之策，免受奸賊之害。〔王魁英等同白〕婆婆想得是。〔同唱〕

【仙吕宫正曲・風入松】隄防二賊釀飛災(韻)，结下了讐山怨海(韻)。一門孤寡婆年邁(韻)，再陰排誰能佈擺(韻)？〔合〕急去請六郎到來(韻)，使婆媳好寬懷(韻)。〔同從下場門下〕

第廿四齣　森羅殿有案奚逃（尤侯韻）

〔右場門設酆都城。雜扮牛頭、馬面，各戴套頭，穿鎧，持叉。雜扮鬼卒，各戴鬼臉，穿蟒箭袖虎皮卒褂，帶器械。雜扮扛刑具鬼，各戴鬼髮，穿箭袖，繫肚囊。雜扮動刑鬼，各戴竪髮，紮額，穿劉唐衣，繫肚囊。雜扮侍從鬼，各穿戴油鍋、地獄鬼衣。雜扮判官，各戴判官帽，穿青素，紮角帶，持筆簿。小生扮金童，戴線髮紫金冠，穿氅，繫絲縧，執旛。小旦扮玉女，戴過梁額、仙姑巾，穿氅，繫絲縧，執旛。引浄扮第五殿閻君，戴冕旒，穿蟒，襲氅，束帶，從酆都城内上。閻君唱〕

【仙吕調套曲・點絳唇】法不容求(韻)，罪人罪受(韻)，吾何救(韻)。自作愆訧(韻)，到此徒哀叩(韻)。

〔場上設平臺、虎皮椅，轉場陞座。衆鬼判各分侍科。扛刑具鬼向下扛火柱、油鍋、鐵牀，分設場上科。閻君白〕惡貫盈時罪怎消，閻王厭聽者求饒。與其臨難苟求免，何苦生前作罪條。吾乃五殿閻君是也。前奉玉旨，會同楊令公父子，將潘仁美等一案俱已勘問定罪。昨日玉旨到來，準其所擬，即命分發各殿，按罪施行。衆鬼卒，將潘仁美等帶來發落。〔衆鬼卒應科，向下帶副扮王侁魂、米信魂，浄扮潘仁美魂，各戴囚髮，穿喜鵲衣，繫腰裙，帶鎖，從酆都城内上，作進門跪科。鬼卒白〕潘仁美、王侁、米信帶到。〔閻君白〕你們這起奸狡兇頑，辜恩負主，殘暴忠良，種種不法，罪難寬宥。還有何辨？〔潘仁美等魂

白〕閻王爺爺，這些罪案早已據實供招過了，何必再問？ 只求開恩寬宥些罷。〔閻君白〕此乃上天降汝之罪，償汝自作之惡。〔唱〕

【仙吕調套曲・混江龍】網難逃漏(韻)，身輕業重枉哀求(韻)。恁椿椿惡款(句)，俺筆筆俱收(韻)，愁你一個骷髏瘦(韻)，怎禁熬煉這鍋油(韻)？ 你生前勢焰薰天透(韻)，今剩了青燐一點(句)，一點也難留(韻)。〔潘仁美魂白〕聽閻君是這樣説，依潘仁美看起來，閻君的勢焰比我潘仁美尤其很惡。〔閻君白〕閻君原不很，原不惡，很惡皆從汝等很惡之心自生。 可知善者還他善，惡者還伊惡。 似你這等惡犯呵，〔唱〕

【仙吕調套曲・天下樂令】宋室險遭豖鹿謀(韻)，胸藏芒刺賽戈矛(韻)。 害賢殘暴陰私濟(句)，惡念還逾很蚩尤(韻)。〔白〕衆鬼卒，快將惡犯按律施行。〔動刑鬼應科，作捉王侁魂上火柱科，復捉米信魂上鐵牀科。 用刑畢，動刑鬼作擡王侁魂、米信魂從酆都城内下，隨上。 扛刑具鬼隨撤火柱、鐵牀科。 閻君白〕快將潘仁美叉下油鍋者。〔動刑鬼應科。 潘仁美魂作驚慌科。 白〕這翻滚的油鍋，一下去，就做了油炸鬼了，求閻君饒了我罷。〔動刑鬼作捉潘仁美魂下油鍋科。 扛刑具鬼隨撤油鍋，從酆都城内下。 閻君白〕收拾威儀者。〔衆鬼判應科。 閻君下座，隨撤平臺、虎皮椅科。 閻君、鬼判等同唱〕

【煞尾】法無私難疎漏(韻)，鐵牀火柱滚鍋油(韻)，善緣惡報無虚謬(韻)。〔衆鬼判擁護閻君，從酆都城内下，隨撤酆都城〕

第一齣　離寨難違慈母命（真文韻）

〔雜扮軍士，各戴馬夫巾，穿箭袖卒褂，執飛虎旗。雜扮健軍，各戴馬夫巾，穿採蓮襖卒褂，持兵器。雜扮關沖、佘子光、劉超、吕彪、鄒仲、郎千、郎萬、徐仲，各戴盔，穿打仗甲，持兵器。雜扮林榮、劉金龍、張蓋、陳林、柴幹，各戴盔，紥靠，持兵器。生扮岳勝，戴盔，紥靠，持刀。浄扮焦贊，戴紥巾額，紥靠，持鞭。浄扮孟良，戴紥巾額，紥靠，背葫蘆，持雙斧。引生扮楊景，戴盔，紥靠，背令旗，襲蟒，束帶。從上場門上。楊景唱〕

【仙吕調套曲・點絳唇】虎豹營屯(韻)，韜鈐胸藴(韻)，深堪哂(韻)。遼衆的撥火焚身(韻)，擅敢陳軍陣(韻)。〔場上設平臺、虎皮椅，作陞座科。白〕忠孝持身志欲伸，男兒浩氣可凌雲。胸中廣藴安邊策，誓掃烽烟報國恩。下官楊景，昨蒙聖恩獎譽，道我舉用英才，奪回驌驦馬，連次報捷，聖心大悦。加下官神策將軍都部署，岳勝、孟良等俱授副指揮之職。只恨韓德讓不服前輸，領兵前來復讐。今日在城外陳兵大戰，令已宣畢。衆將官，隨俺登城略陣者。〔衆應科。楊景下座，卸蟒，上馬，隨撤平臺。

衆作遶場科。楊景唱〕

【仙吕調套曲·混江龍】排兵督陣(韻)，黄公三略用如神(韻)。智謀決勝(句)，三令五申(韻)，勇冠羣英幹國臣(韻)，赤心一點報君恩(韻)。冒矢石(句)，衝鋒刃(韻)，横鎗躍馬(句)，蕩滌邊塵(韻)。〔同從下場門下。場上設定州城科。韓德讓内白〕大小三軍，奮勇殺上前去。〔雜扮遼兵，各戴額勒特帽，穿外番衣，持兵器。雜扮遼將，各戴盔襯、狐尾、雉翎，穿打仗甲，持兵器。雜扮蕭天佑、蕭天佐、劉子喻、耶律學古、耶律博郭濟、耶律希達、蕭達蘭、耶律休格，各戴外國帽、狐尾、雉翎，紥靠，持兵器。引浄扮韓德讓，戴外國帽，狐尾，雉翎，紥靠，背令旗，持鎗。從上場門上。軍士引楊景上城，健軍引岳勝、關沖等出城，合戰科，同從下場門下。健軍、遼兵從上場門上，挑戰科，從下場門下。楊景唱〕

【仙吕調套曲·天下樂】一霎平原起戰塵(韻)，盤繞如輪(韻)，一個個勇悍伸(韻)。追風馳驟殊疾敏(韻)，遼人似驚蝶迷(句)，我軍如癡虎憤(韻)，猛喇喇惡鬭很(韻)。〔岳勝等、耶律休格等，從上場門上，挑戰科，從下場門下。楊景唱〕

【仙吕調套曲·哪吒令】衆將的奮不惜身(韻)，忠誠竭盡(韻)，豈重咱威信(韻)。是感君王厚恩(韻)，各抒誠悃(韻)，各展經綸(韻)。將王事勤(韻)，効臣子分(韻)，争立功勳(韻)。〔韓德讓追陳林、柴幹從上場門上，戰科，陳林、柴幹從下場門敗下。韓德讓白〕楊景，敢與本帥見個高低麽？〔楊景白〕就與你見個高低，吩咐開城。〔軍士應科，隨楊景下城。軍士暗下，楊景持鎗出城科。白〕韓德讓，你不服前輸，復來討戰。本帥再若勝你，怎麽樣？〔韓德讓白〕俺今番若不能取勝，再不犯汝邊界。〔楊景白〕大丈夫一言已畢，看鎗。〔作戰科，同從下場門下。衆健勇、岳勝、楊景等，遼兵遼將、韓德讓等，從上場門上，絡繹戰科，從下場門下。小生扮楊宗保，戴紮巾，穿鑲領箭袖，繫鸞帶，持刀，從上場門上，作望見科。白〕呀，這是我爹爹，俺且奮勇助戰便了。〔從下場門下。楊景等、韓德讓等從上場門上，接續戰科。楊宗保從上場門上，助戰科。韓德讓等從下場門敗下。楊宗保作見科。白〕爹爹，孩兒宗保在此。〔楊景白〕宗保，你到此何幹？〔楊宗保白〕奉婆婆之命，有緊要事見爹爹。〔楊景白〕嗄，有緊要事見我，且戰退遼兵再講。〔蕭天佐、蕭天佑從上場門上。白〕楊景，那裏走？〔戰科，蕭天佐、蕭天佑從下場門敗下，楊景追下。韓德讓從上場門上，接戰楊宗保科。韓德讓白〕小孩子好利害，通個名來。〔楊宗保白〕俺乃楊將軍之子楊宗保。〔韓德讓背科。白〕楊家一個小兒皆這等驍勇。〔楊宗保白〕看刀。〔戰科。健軍、楊景等，遼兵遼將、耶律休格等，從兩場門上，合戰科。韓德讓等從下場門敗下。楊景白〕韓德讓今日之敗，挫盡銳氣，不敢復至矣，收兵進城。〔衆應科。同唱〕

【仙呂調套曲·鵲踏枝】看敵人(韻)，亂紛紛(韻)，談笑指揮(句)，早建功勳(韻)。〔同作進城科，下，隨撤城科。遼兵遼將、韓德讓等，從上場門敗上。韓德讓白〕罷了嗄罷了，楊家一個孩子都是這般利害，有楊景一日，休想謀取宋家天下。且收兵回去，啟知娘娘，寄信與王强，用計除了楊景，再圖大舉。收兵回國。〔衆作應科，同從下場門下。健軍引楊景等從上場門上。同唱〕戰得他忙逃窮窘(韻)，鎮嘉山威服遼軍韻。〔楊景等作下馬科。楊景白〕衆將官，各歸營伍。〔健軍、岳勝等應科，從兩場門分下。岳勝、孟良、焦贊回身潛聽科。中場設椅，楊景轉場坐科。白〕我兒，家中有甚緊要事？快講。〔楊宗保白〕爹爹不好了。〔楊景白〕快説與我知道。〔楊宗保白〕那王强、謝庭芳倚恃寵恩，騎馬過府。因婆婆正言責備，二賊便懷讐起釁。次日帶領衆惡奴，樓前馳驟，托言奉旨試取驌驦馬，口出不遜狂言，喝令悍僕厮打。〔楊景白〕他敢如此强横，婆婆便怎麽樣？〔楊宗保白〕婆婆忿怒不過，把惡奴趕散，將二賊痛責了一頓。誰知二賊入朝面聖，揑詞參劾。〔楊景白〕參劾什麽？〔楊宗保白〕道恃寵逞强，私打欽差。〔楊景驚科。白〕不好了，後來怎麽樣？〔楊宗保白〕王、謝二賊誣奏，請旨拆毁天波樓，收回聖像，打碎下馬牌。那日謝庭芳率領惡奴，已將大門拆毁，踹進府中，打成雪片了。〔岳勝、孟良、焦贊作進門，怒科。白〕可惱嗄可惱。王、謝二賊竟如此欺壓哥哥。〔楊景白〕衆兄弟，我方寸已亂，你們且停暴躁，大家商議。〔焦贊白〕依老焦的性兒，前番就去殺了這兩個賊子，除了國家大患。哥哥要留著他，今日打上你大門去了。〔楊景白〕不要胡説。我兒，你婆婆命你來，是何意思？〔楊宗保白〕我婆婆命我來麽——〔楊景白〕説。〔楊宗保作目顧岳勝等科。楊景白〕岳賢弟足智多謀，留在此商議，二位各歸營帳。〔孟良、焦贊强應，作出門科，從下場門下。楊景白〕婆婆命你來何幹？〔楊宗保白〕婆婆説，一家盡是女流，實無工張。倘邊關無事，請爹爹到家商議。〔楊景白〕吾鎮守要地，又無詔命，倘被奸人知覺，必劾我擅離營伍之罪。若不回去，母親年老，怎當得奸賊狡猾强梁，機謀百出，必致憂愁成病。〔作仰天歎科。白〕皇天，教我進退兩難，如何處置？〔岳勝白〕哥哥不須著急，從容商議。〔楊景作忿恨起科，隨撤椅。楊景唱〕

【仙呂調套曲・寄生草】只恨權奸賊（句），讒譖害忠臣（韻），凌孤欺寡言不遜（韻），奏傾府第何毒很（韻）。〔楊宗保白〕爹爹，速作省親之計，免得婆婆盼望。〔楊景白〕也罷，我爲生身之母，死也甘心。請兵符印信過來。〔岳勝應，作向下取兵符印信科。焦贊從下場門悄上，作聽科。岳勝白〕印信在此。〔楊景白〕賢弟，今遼兵新敗，決不敢復來侵犯。賢弟智勇兼全，可託重任。愚兄在賢弟處，乞假數日，安慰老母就來。賢弟用心防護，莫負我意。〔岳勝作接兵符印信科。白〕領命。哥哥幾時去？〔楊景白〕連夜起身，到家安慰老母，隨即就回。我兒去備馬。〔焦贊作慌忙從下場門跑下。楊宗保白〕曉得。〔從下場門下。楊景白〕賢弟。〔唱〕須防敵衆乘虛進（韻），嚴嚴守禦要留心（句），三軍恩待施威信（韻）。〔岳勝白〕兄長放心。只是哥哥到京，須防王、謝二賊，若被知覺，禍患不小。〔楊景白〕愚兄謹記。待我進去更換行裝，即刻起身便了。〔欲下，急回科。白〕賢弟，切不可使焦贊知道。〔岳勝白〕這個自然，哥哥一路小心。〔楊景虛白，從下場門下。岳勝白〕可惜這樣英雄，每遇權奸作對。〔唱〕

【煞尾】遇時乖迍邅運（韻），怎當讐隙很奸臣（韻），慮他此去遭災吝（韻）。〔從下場門下〕

第二齣　還京恰墮佞臣謀（魚模韻）

〔浄扮焦贊，戴紥巾，穿鑲領箭袖，繫鑾帶，佩劍，執馬鞭，從上場門上。唱〕

【中呂宮正曲・粉孩兒】非無端(讀)，犯軍規私越伍(韻)，怪權奸肆惡(讀)，忠良遭侮(韻)。雄心不忿氣難舒(韻)，拚吾身將二賊全誅(韻)。〔白〕可惱王、謝二賊，搆釁尋端，竟要拆毀六郎府第。這樣不平之氣，俺老焦如何按捺得住？那晚六郎瞞俺私下三關，那知俺先在此等候。今日要説明了，好一同進城。〔楊景内白〕我兒快走。〔楊宗保應科。焦贊向内望科。白〕兄長來了，俺且躲過一邊。〔場上設樹，焦贊作隱藏樹後科。生扮楊景，戴哈拉氈，穿鑲領箭袖，繫鑾帶，佩劍，執馬鞭。小生扮楊宗保，戴紥巾，穿鑲領箭袖，繫鑾帶，佩劍，執馬鞭，隨楊景從上場門上。同唱合〕遇時乖命運迍邅(句)，這冤情仰天默訴(韻)。〔焦贊作攔路科。白〕留下買路錢來。〔楊景白〕何處毛賊，在此翦徑？〔楊宗保白〕身邊正少盤纏，借些與我。〔焦贊白〕不要你的銀錢，只要帶我進城。〔楊景作驚異科。白〕嗄，此話可疑，是了。你莫非是焦贊麽？〔焦贊白〕好猜，正是焦贊。〔楊景白〕你怎麽先在這裏？〔焦贊白〕哥哥進京，小弟與你作開路先鋒可好？〔楊景白〕此行端怕人知，況你心性横暴，到京生出禍來，那時誰任其咎？快

快回去。〔焦贊白〕好哥哥，我不生事，若生事，任憑哥哥打駡如何？〔唱〕

【中吕宫正曲・紅芍藥】收魯莽㊁，學做酸儒㊀，誰來問裝個糊塗㊀。乞帶歸家拜老母㊀，緊隨伊不離尊府㊀。〔楊景白〕你不守汛地，誰許你私行越伍？〔焦贊白〕許你私下三關，不許我私行越伍？若不帶我去，我就要一路嚷將前去了。〔楊景白〕你嚷什麽？〔焦贊白〕我說列位，楊六郎私下三關，歸家探——〔作急止，笑科。白〕這句說不出口。〔楊宗保白〕探什麽？〔焦贊指楊宗保科。白〕探你母親。〔楊景白〕胡說。〔焦贊指楊景科。白〕探你母親，一路嚷將前去。〔楊宗保白〕爹爹，他要嚷將起來，關係不小，帶他去罷。〔楊景白〕没奈何，帶你去，不許出府。〔焦贊白〕不出府，悶得緊，大門口站站。〔楊景白〕不許。〔焦贊白〕是，不許，不許。〔楊景白〕如此快走。〔焦贊笑科。白〕我好喜也。〔楊景唱〕叮嚀㊁，慎言莫性粗㊀，到城中形藏勿露㊀。〔焦贊唱合〕勸伊休語絮言多㊂，自今後再不愚魯㊀。〔同從下場門下。場上設汴梁城科。雜扮門軍，各戴鷹翎帽，穿青布箭袖勇字卒褂，執燈籠。引浄扮謝庭芳，戴盔，穿圓領，束帶，從上場門上。謝庭芳唱〕

【中吕宫正曲・耍孩兒】尋隙追蹤將恨補㊀，囑咐司閽吏㊁，捕風聲巡視街衢㊀。〔白〕前者門軍報說，楊宗保飛馬出城至今未回，必向嘉山寨送信去了。老天嗄老天，但願楊景得信回家，我便參劾他私離汛地，定斬無疑。爲此這兩日，親身巡視城門。天色已暮，軍校，張燈。在城門首留心察訪。〔門軍應科。謝庭芳唱〕留心㊁，城門首㊃，巡察行人渡㊀。大讐家㊃，一刻難容恕㊀，

〔合〕誓送他雲陽路(韻)。〔雜扮百姓，隨意穿戴，同從上場門上。唱〕

【中呂宮正曲・會河陽】士農工商(讀)，名利逐途(韻)，奔忙生業盡勞劬(韻)。喧呼(韻)，擠擠挨挨(讀)，趕進闉闍(韻)，看來往無其數(韻)。〔衆作擁擠進城科，下。楊景、楊宗保、焦贊從上場門上。焦贊白〕讓我們先走。〔楊景白〕禁聲。〔楊景、楊宗保、焦贊作進城科，下。謝庭芳作見科。白〕妙嗄，天從人願。適纔明明見楊景父子，隨從一人，俱已進城，活該他死期至矣。待我連夜寫本，明早五更遞奏，拏他處斬便了。〔唱合〕乘機(句)，參讐隙忙題疏(韻)。他今(句)私逃罪情實據(韻)。〔門軍隨謝庭芳作進城，下，隨撤城科。老旦扮佘氏，穿補服老旦衣，策杖。旦扮柴媚春，穿氅，隨佘氏從上場門上。同唱〕

【中呂宮正曲・縷縷金】憂愁想(句)，好嗟吁(韻)，家門遭不幸(句)。遇奸徒(韻)，宗保無消息(句)，又添疑慮(韻)。〔中場設椅，佘氏轉場坐科。白〕媳婦，孫兒一去，許久不見回來，好生放心不下。〔柴媚春白〕婆婆不須愁慮，早晚必定就回。〔佘氏唱〕衰年老母倚門閭(韻)，〔合〕兒今在何處(韻)，兒今在何處(疊)？〔楊景、楊宗保、焦贊從上場門上。同白〕一見府門遭拆敗，不由髮指恨讒臣。〔同作進見科。楊宗保白〕婆婆，我爹爹來了。〔楊景白〕母親。〔佘氏白〕我兒你回來了，險些見不著老娘。〔作拭淚科。楊景白〕母親受驚。〔柴媚春白〕相公。〔楊景白〕夫人。焦賢弟，過來見了。〔焦贊作見揖科。白〕老母。〔佘氏白〕這位是那個？〔楊景白〕孩兒結義的兄弟焦贊。〔佘氏白〕你不該帶他來纔是。〔焦贊白〕老母，我不惹禍的，是個極老實的老實頭，放心，放心。〔楊景白〕母親，孩兒一聞宗保之信，連夜趕來。果見下馬牌打碎，府門拆倒，這兩個賊子那個來的？〔佘氏白〕就是謝庭芳這很賊。〔焦贊白〕嗄，就是謝庭芳這奸賊。〔楊景白〕不許嚷。〔佘氏白〕兒嘎，那日謝賊帶了無數惡奴，各執棍棒，打進門來。若非老娘招架得快，早被他們打死，今夜也不能見你了。〔作哭科，焦贊、楊景作氣恨科。白〕氣死我也。〔唱〕

【中吕宫正曲·越恁好】怒從心起(句)，怒從心起(疊)，聽説氣難舒(韻)。奸兇心很(句)，欺我母敗吾廬(韻)。〔焦贊白〕老母，那時何不打死這奸賊？〔佘氏白〕他是朝廷命官，誰敢打死他？〔焦贊白〕打死了，也除一患。〔楊景白〕胡説。母親喚孩兒到家，作何主意？〔佘氏白〕兒嗄。〔唱〕待同母子細思謀(韻)，伊須籌慮(韻)。〔楊景白〕是，待孩兒明早五更，悄悄到南清宫求千歲便了。宗保，引你叔叔到外書房安歇。〔楊宗保應科。白〕叔叔這裏來。〔焦贊白〕連日辛苦，先去睡了。失陪，失陪。〔隨楊宗保從下場門下。佘氏白〕兒嗄，我看此人氣麄性暴，你當禁他不許出門纔好。〔楊景白〕這個孩兒曉得。〔佘氏白〕隨我到内堂講話去。〔楊景應科，佘氏作起，隨撤倚科。同唱合〕心兒裏(讀)，恨切切填胸怒(韻)。眼兒裏(讀)，淚滴滴如珠墮(押)。〔同從下場門下。場上設牀帳科，焦贊從上場門上。唱〕

【中吕宫正曲·千秋歲】氣難舒(韻)，可惱奸兇勢(句)，似這等恃强難恕(韻)。〔白〕俺越想那王、謝二賊，如何留得？偏我不認得奸賊住居。今晚且睡，明日到街上打聽他們住在那裏，即去殺了這兩個賊子，出俺胸中不平之氣。〔唱〕烈烈英雄(句)，烈烈英雄(疊)，覷著那(讀)，百歲光陰如露(韻)。

〔合〕拼咱命(讀)，將奸戮(韻)，拔刀事(讀)，常欽慕(韻)。〔白〕今夜且饒他二賊一死，明早行事。〔作入帳睡科。雜扮黑煞神，披髮，紮額，紮靠，執鞭，從上場門上，跳舞科。白〕俺乃黑煞神是也。奉本境城隍之命，道謝庭芳思與潘仁美報讐，助王强設計，陷害白虎星官。要拆毀天波樓，褻瀆太祖聖像，罪惡滔天。合當假手於焦贊，前去誅戮，速彰惡報，不免引他前去。〔作進門掀帳喊科，焦贊作驚醒科。白〕嗄，什麼東西？照打。〔作打，黑煞神出門，焦贊拔劍追趕，遶場，隨撤牀帳科。黑煞神作越牆科。焦贊白〕越牆去了，待我趕上。〔作越牆科。白〕神鬼吾何懼(韻)，任山魈野魅(讀)，仗劍辟除(韻)。〔黑煞神引焦贊從下場門下〕

第三齣　金吾府魚腸洩憤（江陽韻）

〔旦扮祖氏，穿氅。旦扮梅香，穿衫背心，繫汗巾，隨祖氏從上場門上。祖氏唱〕

【中吕宮正曲·駐馬聽】坐守蘭釭(韻)，忽爆燈花燃我裳(韻)。心慌失措(句)，抓著菱花(讀)，落地分張(韻)。〔白〕奴家謝門祖氏，父親祖吉，在朝爲官。哥哥祖忠，現任汝州守將。我丈夫謝庭芳，苦苦與楊家作對，勸解不聽。方纔奴家正在房中獨坐，忽然爆落燈花，燃破衣袂，手忙失措，又將鏡兒跌碎，皆非吉兆。梅香，老爺在那裏？〔梅香白〕在外書房。〔祖氏白〕隨我去。〔唱〕忙移蓮步出蘭房(韻)，心中疑慮增惆悵(韻)。〔合〕細訴夫行(韻)，更深秉燭向書堂(韻)。〔同從下場門下。雜扮黑煞神，披髮，紮額，紮靠，持鞭。引淨扮焦贊，戴紮巾，穿鑲領箭袖，繫鸞帶，持劍，從上場門追上。焦贊白〕看你藏到那裏去？〔黑煞神作進門科，從下場門下。焦贊作追趕撞頭，虛白摸門科。白〕門兒閉著，他怎麽進去的？且住，我要殺謝庭芳，只愁不認得。他今引俺到此，莫非就是謝庭芳家？也罷，待我越牆過去，探聽明白。若正是奸賊家，殺他個寸草不留便了。〔作越牆科。雜扮院子，戴羅帽，穿屯絹道袍，繫鸞帶，持燈籠，從上場門上。白〕外面什麽響？待我去看看。〔焦贊白〕看劍。〔作殺死院子科。焦贊從下場門下。

浄扮謝庭芳，戴高紗帽，穿氅，從上場門上。唱〕

【中吕宫正曲・駐雲飛】寵恃君王(韻)，勢耀巍巍在廟廊(韻)，權壓諸臣上(韻)，可恨楊家將(韻)。〔場上設椅，轉場坐科。白〕下官欲傾倒天波樓，翦除楊景，正愁無計可施，他今私下三關，難逃死罪。我不免急急寫本參劾，看千歲還有甚方法救他？〔作起，撤椅，隨設書桌。謝庭芳入座，草本科。唱〕嗏(格)，全仗這封章(韻)，私逃邊將(韻)，犯律違條(讀)，法網難寬放(韻)，〔合〕激怒天顏斬六郎(韻)。〔梅香隨祖氏從上場門上。祖氏唱〕

【又一體】轉過迴廊(韻)，來到書齋曲檻傍(韻)。〔作見科。白〕相公。〔謝庭芳白〕夫人。更深夜静，到我書房何事？〔祖氏白〕妾身自有話講。〔謝庭芳白〕下官在此寫本，夫人請便，有話明日再講。〔祖氏白〕相公寫的什麽本章？〔謝庭芳白〕參劾楊景私下三關的本章。〔祖氏白〕相公，楊家有千歲護持，潘太師尚遭毒手，何况相公？〔唱〕不見潘國丈(韻)，恩寵朝無兩(韻)。嗏(格)，執法有賢王(韻)，楊門倚仗(韻)。〔梅香白〕待我取茶去。〔作出門科，焦贊從上場門悄上，作撞科。梅香白〕什麽人？〔焦贊白〕看劍。〔作殺死梅香，割首級，作聽科。謝庭芳白〕夫人放心，此本一上，楊景定死無疑。〔焦贊白〕聽他之言，必是謝庭芳。〔謝庭芳唱〕犯律違條(讀)，法網難寬放(韻)，〔合〕激怒天顏斬六郎(韻)。〔焦贊作擲首級於謝庭芳懷内。謝庭芳白〕嗄，是個什麽東西？〔作看，驚喊，急起，將首級擲祖氏科。祖氏接看，驚喊，擲地科。謝庭芳同白〕這是梅香的首級。不好了，有賊。〔焦贊作進門科。白〕奸賊看劍。〔謝庭芳、祖氏作驚慌跪科。〔白〕爺爺，與你近日無讐，往日無冤，爲何要殺我們？〔焦贊白〕楊六郎與你何讐，苦苦要謀害他？〔謝庭芳白〕我不曾謀害他。〔焦贊白〕你還敢抵賴。今日殺你這奸賊，與楊家除患。〔謝庭芳、祖氏白〕爺爺饒了我們罷。〔焦贊唱〕

【中吕宫正曲·好事近】冤債要填償（韻），恨奸臣毒害忠良（韻）。將伊夫妻血濺（句），刀剜狗彘心腸（韻）。〔白〕你可是謝庭芳？〔祖氏白〕爺爺，他不是。〔焦贊作踢倒祖氏科。謝庭芳白〕我不是謝庭芳。〔焦贊白〕不説，俺就一劍。〔謝庭芳、祖氏白〕爺爺饒命。〔焦贊白〕好狗頭，我明明聽見，〔唱〕説三關私下（句），來日裏（讀），參劾封章上（韻）。〔白〕講講講。〔謝庭芳白〕講什麽？〔焦贊白〕可是謝庭芳？説了實話饒你。〔祖氏白〕他不是謝庭芳，爺爺殺不得。〔焦贊白〕既不是，喫俺一劍。〔謝庭芳白〕我正是謝庭芳。〔焦贊白〕你正是謝庭芳？〔作怒喊科。白〕好狗頭。〔唱合〕見讐人怒髮衝冠（句），斬賊頭血染鋒鋩（韻）。〔白〕看劍。〔作殺死謝庭芳科，祖氏作叫喊科。白〕救人嗄。〔焦贊白〕你若叫喊，俺就砍。〔祖氏白〕救人嗄。〔欲逃科，焦贊作揪住科。雜扮二院子，各戴羅帽，穿屯絹道袍，繫鑾帶，從上場門上。同白〕書房内爲何喧嚷？進去看看。〔作進門科。焦贊白〕誰敢來？看劍。〔作殺死一院子科。一院子白〕不好了，快報王大人知道。〔從下場門跑下。祖氏白〕只求爺爺饒命。〔焦贊白〕你助夫爲惡，不知勸解，休想饒你。〔祖氏白〕爺爺嗄。〔唱〕

【又一體】奴常常（韻），苦口勸夫郎（韻），嗔著妻言違抗（韻）。萬望爺爺饒恕（句），銜環報德難忘（韻）。

〔焦贊白〕王强家住在那裏？ 快快告訴我。〔祖氏白〕爺爺，奴家不出閨門，實是不知。〔焦贊白〕你不説，俺就砍。〔祖氏作驚喊科。焦贊白〕快説。〔祖氏白〕情實不知的。〔唱〕閨門謹守(句)，並不曾(讀)，露面穿街巷(韻)。〔焦贊白〕這潑婦好可惡，留他遺害，看劍。〔祖氏白〕救人嗄。〔唱合〕遇兇徒無處逃生(句)，〔白〕丈夫嗄，〔唱〕等妻兒同歸泉壤(韻)。〔焦贊作殺死祖氏科。白〕奸賊夫婦已除，快快回去罷。〔作欲走科。白〕且住。 俺殺了這些人，明日豈不連累地方？〔作想科。白〕也罷，就在他本章上，留下數字，知我焦贊便了。〔作入桌寫科。白〕多來少去關西漢，殺人放火曾經慣。 一十七口誰殺來，六郎手下焦光贊。〔作笑科。白〕那王强，饒了他不成？ 也罷，明日再殺他也不遲，俺回去也。 男兒自有冲天志，烈烈轟轟做一場。〔作出門科，從下場門下。 一院子引雜扮家丁，各戴鷹翎帽，穿箭袖，繫鸞帶，持燈籠。副扮王强，戴高紗帽，穿圓領，束帶，從上場門上。同唱〕

【中呂宫正曲·紅繡鞋】賊人膽大披猖(韻)、披猖(格)，聞言頓覺驚慌(韻)、驚慌(格)。〔院子白〕這裏是了，老爺請進。〔衆作進門科。王强白〕殺死在那裏？〔院子白〕在書房。〔王强白〕引我去。〔院子應，作引科。白〕老爺這裏來，這是書房了。〔衆作進門，王强看科。白〕了不得，果然都被殺死在地，兇身一定走脱了。〔看桌科。白〕桌上什麽東西？〔作取看科。白〕是一道本章，待我看來。 多來少去關西漢，殺人放火曾經慣。 一十七口誰殺來，六郎手下焦光贊。〔作想科。白〕焦光贊？ 是了。 楊景新收之將，内中有個焦贊。 這是楊景主謀，使焦贊來殺死的了。 我今將此本做個証見，即便入朝，奏知聖上，差人到無佞府捉拏楊景、焦贊便了。快些上朝去。〔衆應，院子暗下，隨撤桌椅科。王强唱〕將此本句，奏吾皇韻。差校尉句，捕六郎韻。〔合〕即正法句，按王章韻。〔家丁引王强從下場門下。小生扮楊宗保，戴紮巾，穿鑲領箭袖，繫鸞帶。旦扮柴媚春，穿氅。生扮楊景，戴哈拉氈，穿鑲領箭袖，繫鸞帶。老旦扮佘氏，穿補服老旦衣，策杖。同從上場門上。唱〕

【中呂宮正曲·石榴花】通宵不寐費思量韻，言無盡比漏還長韻，窗櫺曙色啟東方韻。〔楊景白〕母親，天色微明，孩兒到南清宮求見千歲去也。〔佘氏、柴媚春白〕須要小心。〔唱〕奸賊蓄著歹心腸韻，伊家此際緊隄防韻，露形蹤須臾災降韻。〔楊景白〕母親放心，孩兒去也。〔雜扮陳琳，戴太監帽，穿貼裏衣，從上場門急上。白〕奸陷災殃至，良臣禍怎逃。〔作迎見科。白〕六郎，你果然回來了。〔楊景白〕陳公公，下官正要去見千歲。〔陳琳白〕見什麼？你的禍事到了，快隨我進來。〔楊景應，作同進門科。陳琳白〕太君，六郎，不好了。適纔聖上召千歲進宮，爲因王强參奏你私離汛地，使部將焦贊盜殺謝金吾。聖上大怒，命千歲與寇丞相、王强監斬，少時錦衣衛要拏你去市曹正法了。〔佘氏作驚絶倒地科。楊景、柴媚春、楊宗保同白〕母親婆婆，醒來。〔唱合〕驚魂魄讀，頓教人没主張韻，何來橫禍起蕭牆韻。〔白〕母親婆婆。〔佘氏作甦醒科。白〕兒嘎，痛殺爲娘的了。〔衆作哭科，陳琳虛白勸解科。焦贊從下場門上。白〕事不關心，關心者亂。堂中何人啼哭？待俺看來。〔作進門科。白〕住了，住了，你們爲何啼哭？〔楊景白〕焦贊，你夜來果然把謝金吾殺了麼？〔焦贊白〕謝金吾被俺殺了。〔佘氏等同白〕果然是你殺的？〔焦贊白〕不信？他參本上，已留下俺姓名了。〔佘氏等同白〕噫，好匹夫，你造下這樣滔天大禍，害我楊氏一門。〔焦贊白〕大丈夫一人做事一人當，連累不著你們。〔陳琳白〕住了，釀禍已成，先不必爭論。千歲特命我囑咐你二人，少時臨刑叫冤，只説先有乞假省親之本，被謝庭芳劫去。只此一句，千歲自有超豁之計。記準了，我回覆去也。〔作出門，從上場門下。楊景作忿恨科。白〕好大膽的匹夫。〔佘氏等同唱〕

【中呂宮正曲・千秋歲】逞强梁(韻)，盜殺金吾將(韻)，罪滔天欺君罔上(韻)。禍及楊門(句)，禍及楊門(疊)，怎免得(讀)，血濺滄刀身喪(韻)。〔焦贊白〕人已經殺了，只管埋怨怎的。〔雜扮小校尉，各戴黃羅帽，紮虎頭額，穿箭袖黃馬褂，佩腰刀。引雜扮大校尉，戴黃羅帽，紮額，穿鑲領箭袖黃馬褂，佩腰刀，執聖旨牌，從上場門上。同白〕天威怒發雷霆詔，作罪難容漏網逃。〔大校尉白〕這裏是了，打進去。〔衆應，作打進門科。佘氏、楊景、焦贊白〕那裏差來的？〔大校尉白〕欽奉聖旨。〔楊景等俯伏科。大校尉白〕楊景鎮守邊關，身膺重任，如何擅離汛地。又使部將盜殺大臣，大逆不道，罪不容誅。即將楊景、焦贊，拏赴市曹正法，欽此。〔楊景等作叩首謝恩，起科。大校尉白〕將他二人綁了。〔小校尉應，作綁楊景、焦贊科，佘氏抱哭科。白〕兒嗄，老娘害了你了。〔衆作哭科。楊景白〕親娘嗄，這是孩兒命該如此。〔唱合〕迍邅運(句)，無可講(韻)。招災悔(句)，投法網(韻)，就死無冤枉(韻)。〔大校尉白〕欽限難違，快快押赴市曹去者。

〔小校尉應，作押楊景、焦贊出門，佘氏作趕出門科。白〕我兒，痛殺爲娘的了。〔柴媚春、楊宗保虛白哭科，楊景回身哭科。白〕親娘嘎。〔唱〕你桑榆暮景(讀)，休過悲傷(韻)。〔校尉押楊景、焦贊從下場門下。佘氏、柴媚春、楊宗保白〕皇天嘎。〔同唱〕

【慶餘】飛災連絡楊門降(韻)，頻遇生離死別傷(韻)。〔佘氏白〕媳婦。〔唱〕急隨我活祭伊夫向法場(韻)。〔柴媚春應，衆哭科，同從下場門下〕

第四齣　雲陽市虎口餘生（蕭豪韻）

〔雜扮軍士，各戴馬夫巾，穿箭袖卒褂，執飛虎旗。雜扮將官，各戴馬夫巾，紮額，穿打仗甲，執標鎗。雜扮内待，各戴太監帽，穿貼裏衣。雜扮陳琳，戴大太監帽，穿箭袖，繫鑾帶，捧金鞭。外扮寇準，戴相貂，穿蟒，束帶，帶印綬，執馬鞭。引生扮德昭，戴素王帽，穿蟒，束玉帶，執馬鞭，從上場門上。德昭唱〕

【仙吕入雙角合套・北新水令】奉王欽命去監曹(韻)，想著楊令公忠貞深悼(韻)，羣兒全陣歿(句)，一子又滄刀(韻)。〔白〕方纔孤與寇卿，面奉聖旨，監斬楊景。聖上揾淚再三道，朕長思繼業之功，今日竟不能保全其後。楊景但有一線可寬，決不忍其典刑。豈可因楊景一人而廢國法乎？可見聖意是欲赦而難赦，孤正當盡其爲子之道，所設之計，足可行也。〔唱〕仁德主欲赦難饒(韻)，全生計行來神妙(韻)。〔軍士將官引德昭等，從下場門下。小生扮楊宗保、楊宗顯，各戴武生巾，穿鑲領箭袖，繫鑾帶，持筐，籃内盛酒食。旦扮柴媚春，兜頭，穿衫，繫腰裙。老旦扮佘氏，穿老旦衣，繫腰裙，策杖，從上場門上，叫苦科。同唱〕

【仙吕入雙角合套・南步步嬌】心如鍼刺腸刀攪(韻)，淚湧如泉瀑(韻)。奸謀釀禍苗(韻)，他孝母堅誠(句)，反將罪蹈(韻)。〔合〕正法在西郊(韻)，活祭先哀弔(韻)。〔從下場門下。雜扮劊子手，各戴劊子手巾，紮額簪雉翎，穿鑲領箭袖，繫鸞帶；生扮楊景，散髮，穿鑲領箭袖，繫鸞帶。從上場門上。楊景作仰歎科。白〕老天，老天。〔焦贊同唱〕

【仙吕入雙角合套·折桂令】數日前在三關大建功勞(韻)，一片丹心(句)，殺散羣遼(韻)。昨日個汗透征袍(韻)，今日個血濺鋼刀(韻)。功未續國史名標(韻)，名已註鬼簿陰曹(韻)。〔劊子手白〕已到西郊了。〔楊景、焦贊白〕呀。〔唱〕他他説到西郊(韻)，膽戰心摇(韻)。枉了俺百戰勳勞(韻)，没結果一命輕拋(韻)。〔佘氏内白〕我兒，老娘特來送你。〔楊景向内望科。白〕呀，後面我母親啼哭而來。皇天，我怎忍見我親娘之面。〔劊子手白〕快走。〔佘氏等同從上場門上。唱〕

【仙吕入雙角合套·南園林好】急趕到法場市曹(韻)，母子們相見這遭(韻)。〔楊宗保、楊宗顯白〕爹爹慢行，婆婆母親在此送你。〔楊景白〕親娘。〔佘氏白〕親兒。〔楊景白〕你乃年高衰邁之人，如何見得這樣傷心之事，快請回去罷。〔佘氏等同白〕我們特備酒飯，前來祭奠你二人。〔楊景白〕孩兒一見親娘，心如刀割，那裏喫得下？〔焦贊白〕你喫不下，我是要喫的，快拏酒來我領。〔楊宗保作送酒，焦贊飲酒科。佘氏白〕我兒，你也勉强喫一口。〔楊景白〕是，孩兒跪飲。〔柴媚春送酒，楊景作跪飲，復吐科。佘氏等叫哭科。唱〕豈不聞黃泉路杳(韻)，〔合〕買不出這醇醪(韻)，買不出這醇醪(疊)。〔衆作哭科。場上設公案桌、虎皮椅。雜扮軍士，各戴馬夫巾，穿箭袖卒褂。引副扮王强，戴高紗帽，穿蟒，束帶，從上場門上。王强白〕什麼人在法場啼哭？ 趕下去。〔軍士應科。佘氏白〕是我婆媳在此祭奠。〔王强白〕不許，打下去。〔軍士應，喝科。焦贊、楊景、佘氏等同白〕奸賊嗄奸賊。〔唱〕

【仙呂入雙角合套·北鴈兒落】罵你那亂朝綱潑佞僚(韻)，結著豺狼黨横當道(韻)，譖忠良入罪條(韻)。奸賊的滅英雄任爾曹(韻)，滅英雄任爾曹(疊)。〔王强白〕死在目前，還敢罵我。〔唱〕

【仙呂入雙角合套·南江兒水】現受强梁報(韻)，頃刻斬市曹(韻)。臨刑不改兇頑暴(韻)，更還惡詈把舌尖掉(韻)。〔白〕軍士們，與我打。〔軍士應科。楊景、焦贊等同白〕誰敢動手？〔王强白〕誰敢動手？平日有千歲護持，今日呵，〔唱〕他敢將聖旨輕違拗(韻)，那裏把銜赦金鷄尋討(韻)。〔白〕著實打。〔軍士應，作打科。軍士將官等，引寇準、德昭從上場門上。寇準、德昭唱合〕費盡焦勞(韻)，纔得機關絶巧(韻)。〔同作下馬科。内侍白〕千歲駕到。〔王强作迎接科。白〕千歲。〔德昭白〕在此打那個？〔佘氏白〕千歲，臣妾前來祭奠孩兒，王强不準罷了，又將我們痛打。〔德昭白〕有這等事？ 可惱嗄可惱。〔唱〕

【仙呂入雙角合套·北得勝令】呀(格)，恨你個佞讒臣登廊廟(韻)，恨你個沐猴冠不把君恩報(韻)，反結了豺狼黨便横當道(韻)。今日個斬忠良逞你陰謀巧(韻)，他臨要飡刀(韻)，兀自相淩虐(韻)。敢指背將孤嘲(韻)，不由的氣衝冠難按惱(韻)，不由的氣衝冠難按惱(疊)。〔欲打王强科。寇準白〕千歲請息怒，看臣薄面，請歸公坐。〔德昭轉場入座科。場上設椅，寇準、王强各坐科。德昭、寇準同白〕劊子手，快將楊景、焦贊斬首回報。〔劊子手應科，楊景、焦贊叫喊科。白〕極天冤枉嗄。〔寇準白〕將斬犯帶過來。〔王强白〕快快斬首回報。〔陳琳白〕將斬犯帶過來。〔劊子手應，作帶楊景、焦贊至公案前，跪科。劊子手白〕斬犯當面。〔王强白〕住了，奉旨决囚，誰敢抗旨？〔寇準白〕王大人，你雖讀書，卻不曾看律。律上道，臨刑叫冤，必當再審。〔王强白〕又是什麽詭計？〔寇準白〕有何冤枉，準你二人伸訴。〔楊景白〕寇大人，楊景雖是武臣，豈不知國法，焉敢私離汛地？楊景素來孝母，一聞謝庭芳率領惡奴，肆志强横，臣母氣忿生疾，楊景即上乞假省親之本，命焦贊到京遞奏，臣隨後赴京的。〔寇準白〕焦贊，楊景的本，交與那衙門奏的？講。〔焦贊白〕焦贊那日來到京中，遇見謝庭芳盤問。我説楊景有本要奏，謝庭芳便搶了去，説明日聽信。我等了五六日，直至楊景到家，問我本章奏了没有。我説到謝大人府内打聽去，走到他書房門首，他在那裏寫本，對他妻子説，幾次要害楊景害不成，如今參他私離汛地，定斬楊景。我一時氣不平，將他夫妻殺了，這是實情。〔德昭白〕楊景若果有此本，必在謝庭芳家内藏匿，搜出者自然免死。倘搜不出，你二人罪上加罪了。〔楊景白〕若無此本，臣甘心萬死。〔王强白〕千歲，待臣去搜看。〔德昭白〕住了，你一人去，即有也説没有了，孤家去搜來。〔王强白〕千歲去搜，無私有弊嗄。〔德昭白〕孤家與你同去如何？〔王强白〕領旨。〔德昭白〕寇大人，你在此看守重犯，孤去就來。〔作起，隨撤公案桌、椅。德昭白〕帶馬。〔衆應。德昭、王强作乘馬，内侍、陳琳引王强、德昭從下場門下。寇準白〕將楊景等帶過一邊，候千歲回來發落。〔衆應科，作押楊景等隨寇準從下場門下。場上設桌，置書籍。内侍、陳琳、王强引德昭從上場門上，遶場。同唱〕

【仙呂入雙角合套・南川撥棹】非關小(韻)，按題疏捺奏表(韻)，待行刑叫屈翻招(韻)，待行刑叫屈翻招(疊)。〔作下馬科。内侍白〕這裏是了。〔德昭白〕隨孤進來。〔衆應，作進門科。德昭白〕先到他書房中去。〔衆應科。同唱〕向書齋搜尋細抄(韻)。〔王强白〕看他搜出什麼來。〔唱合〕這心機枉徒勞(韻)，這心機枉徒勞(疊)。〔同作進門科。德昭白〕内侍，與王大人兩傍書架上，細細搜尋。〔内侍應科。王强白〕待臣來看。〔各作翻書看科。德昭唱〕

【仙呂入雙角合套・北沽美酒】爲忠良心費焦(韻)，爲忠良心費焦(疊)，留傑士鎮狂遼(韻)。〔翻書看，作得書信，笑科。白〕無心之中，得了把柄了。王强過來，現有潘仁美發配時囑咐謝庭芳害楊景的書信在此，你去看來。〔王强白〕嗄，不信有這等事，待我看來。〔作背看書，吐舌科。白〕可不是麼。〔德昭作背王强，袖中出本章，陳琳接科，作藏入書内。德昭唱〕袖裏斡旋神智高(韻)，仗遺書罪可消(韻)，救六郎命可饒(韻)。〔陳琳作向外翻書，得本科。白〕啟千歲，這書中藏著一個本章，不知可是？〔王强白〕拏來我看。〔作搶本看，驚異科。白〕何嘗不是。〔德昭白〕是什麼本？〔王强白〕是楊景乞假省親之本。〔德昭白〕你不要看差了。〔王强白〕不差不差，千歲請看。〔德昭接看科。白〕王强，今番孤家救得成楊景救不成？〔王强白〕救得成，救得成。〔德昭白〕陳琳，拏了書信本章，快到法場去。〔陳琳接本應科，同作出門乘馬科，隨撤書桌。仍設公案桌、虎皮椅，衆引德昭遶場科。同唱〕

【仙呂入雙角合套・南園林好】仗蒼天暗中護保(韻)，願君王把忠良罪饒(韻)。仗一紙遺書憑照

(韻)，〔合〕求恩宥叩神堯(韻)，求恩宥叩神堯(韻)。〔內侍白〕千歲駕到。〔軍士將官、寇準仍從下場門上，迎接科。王强、德昭作下馬科。寇準白〕千歲去搜尋，可有此本？〔德昭白〕不但有楊景乞假之本，還有潘仁美要害楊景的親筆書信一封。〔寇準白〕有這等事？快帶楊景一起上來。〔軍士白〕帶楊景一起上來。〔德昭等入座科。劊子手帶楊景、焦贊從下場門上。佘氏、柴媚春、楊宗保、楊宗顯隨上。劊子手白〕楊景當面。〔佘氏、楊景等跪科。寇準白〕恭喜太君，不但有六郎之本，還有潘仁美囑託謝賊害殺六郎的親筆遺書在此。〔焦贊白〕如何？我是不會説謊的。〔楊景、佘氏等同白〕若無千歲與寇丞相聞冤復審，此時楊景、焦贊早作刀下之鬼了。〔唱〕

【仙吕入雙角合套・北太平令】早已是幽魂飄渺(韻)，早已向地府陰曹(韻)。枉死城孤魂誰弔(韻)，感賢王覆盆來照(韻)。〔德昭唱〕俺呵(格)，不要你銜環結草(韻)，只要邊烽盡掃(韻)。呀(格)，這是恁丹心圖報(韻)。〔白〕放了綁。〔劊子手應，作放綁科。德昭白〕隨孤入朝候旨。〔衆應。王强、寇準、德昭各乘馬科，衆引遶場。同唱〕

【南尾聲】匆匆同詣金門道(韻)，候仁德君王恩詔(韻)，這纔是法網餘生兩命逃(韻)。〔同從下場門下〕

第五齣　聖主憐才肆赦宥（先天韻）

〔雜扮内黄門官，戴大太監帽，穿蟒，束帶，從上場門上。白〕欲赦忠良命，先勞聖主心。咱家内黄門官是也。只因王樞密劾奏楊景私離汛地，使部將盜殺謝金吾一本。聖上十分憐憫那楊景，奈因他所犯罪條情實，免不得按律正法。如今在便殿，專待千歲回奏，不知千歲可有救免的法兒，命咱在此等候。〔小生扮楊宗孝，雜扮祖吉，净扮呼延畢顯，各戴盔，穿蟒，束帶。生扮高君保，戴金貂，穿蟒，束帶。净扮呼延贊，戴黑貂，穿蟒，束帶。生扮吕蒙正，戴相貂，穿蟒，束帶，帶印綬。同從上場門上。同白〕聞説臨刑叫負屈，聯名保奏詣金門。〔作進門科。内黄門官白〕列位老先生，入朝何事？〔吕蒙正、呼延贊白〕我等聞得楊景臨刑叫冤，千歲到謝庭芳家搜出潘仁美遺書，併乞假省親之本。我等俟千歲到來，一同乞恩保奏。〔内黄門官白〕果然如此，可慰聖心矣。等千歲到來，帶你們一同上殿。〔副扮王强，戴高紗帽，穿蟒，束帶。外扮寇準，戴相貂，穿蟒，束帶，帶印綬。生扮德昭，戴素王帽，穿蟒，束玉帶，捧書本。同從上場門上。白〕渾濁不分鰱共鯉，水清方見兩般魚。〔作進門科，吕蒙正等作參見科。白〕千歲，臣等參見。〔德昭白〕罷了，聖上在那裏？〔内黄門官白〕在便殿專候千歲回奏。千歲，楊景斬了麽？〔德昭白〕不曾，俱在宫門外候旨。寇卿，隨孤面聖。〔吕蒙正等同白〕臣等隨千歲一同見駕。〔德昭白〕甚好。〔内黄門官白〕千歲，隨奴婢進去。〔德昭等隨内黄門官同從下場門下。王强白〕祖大人，你敢是也爲保救楊景而來麽？〔祖吉白〕楊景殺我女壻、女兒，我還去保救他？我是隨他們來，探聽個細底。那楊景怎麽又不曾斬？〔王强白〕祖大人，不要説起楊景、焦贊，臨刑叫冤，説他先上過乞假省親之本，是你女壻按捺未奏。下官同千歲即到你女壻家搜尋呵。〔唱〕

【黄鐘宫正曲·畫眉序】果有一封牋㊞，藏匿書中置案間㊞。〔白〕你女壻呵。〔唱〕有欺君大罪㊞，這命廢誰填㊞？〔祖吉白〕此本只怕假的。〔王强白〕此本真假難辨。不想搜出潘相囑託令壻謀害楊景的書信一封。〔唱〕遺下有書信爲憑㊞，正遂他救災之願㊞。〔祖吉白〕這等説來，我女兒女壻之讐，不能報了。〔王强白〕不妨，即便聖上饒了，你我另尋别計。〔祖吉白〕多謝大人。〔德昭、寇準等仍從下場門上。同唱合〕叨蒙仁主寬恩宥㊞，果是網開三面㊞。〔楊宗孝作出門，向下唤科。白〕叔父快來。〔生扮楊景，戴羅帽，穿鑲領箭袖，繫鑾帶。浄扮焦贊，戴羅帽，穿鑲領箭袖，繫鑾帶。從上場門上。同白〕怎麽説？〔楊宗孝白〕恩旨下了，快隨我來。〔作同進門科。寇準白〕聖上有旨。〔楊景、焦贊俯伏科。寇準白〕前據王强具奏情形，楊景罪在不赦，律應處斬。今憑寇準復審明冤，又經王兒德昭搜出省親之本，併潘仁美遺書。謝庭芳係潘仁美一黨，按捺奏章，陰排楊景，謝庭芳死有餘辜。然焦贊夤夜盗殺金吾，雖非楊景所使，罪應坐於主將。朕念伊二人屢建軍功，免死充軍。楊景配往汝州，進造官酒，三年限滿候旨。嘉山寨之缺，祖吉補授。〔祖吉急作俯伏科。寇準白〕焦贊充鄧州爲軍，欽哉謝恩。〔祖吉、楊景、焦贊作叩首，謝恩起侍科。德昭、寇準、呂蒙正、呼延贊同白〕楊將軍，恭喜。〔楊景白〕楊景罪應萬死，蒙聖上天恩赦宥，千歲、丞相力救，此恩此德，何日能報？〔焦贊、楊宗孝同唱〕

【黄鐘宫正曲·啄木兒】荷皇仁赦罪愆㊀，仰賴賢王屢賜憐㊀。謝平章刀下留生㊁，仗衆公卿保奏周全㊀。〔寇準等白〕不敢。〔德昭白〕不必多言，快快回府，打點來日起身，例應挈帶家小。宗孝，傳與你婆婆知道。〔楊宗孝應科，楊景作拜别科。白〕多謝千歲。〔焦贊、楊景同唱〕死囚蒙赦來謫貶㊀，銜恩戴德酬天眷㊀，〔合〕只是我依戀螭頭雨淚漣㊀。〔楊宗孝、焦贊、楊景從下場門下。德昭白〕衆卿各歸府第，孤回宫去也。〔寇準、呂蒙正等同白〕千歲請。〔德昭白〕仁德君恩重。〔寇準、呂蒙正等同白〕好生慈念深。〔衆隨德昭從下場門下。祖吉白〕世上有這等不平之事。我女壻、女兒，白白的被楊景、焦贊殺了，連命都不償。滿朝臣宰全護著楊景，豈有此理。〔王强白〕大人欲報令壻之讐，容易。你今到任，先將楊景羽黨，尋隙參處，以除後患。你可寄信到汝州，囑咐令郎設謀陷害楊景，以報深讐。待我修書一封，大人帶去，寄與蕭后，説趁著楊景犯罪，快快計議起兵，莫失機會。〔祖吉白〕大人吩咐，一一遵命，下官先陪了。〔王强白〕先請。〔祖吉從下場門下。王强白〕待我再修書一封，寄與魏府銅臺總兵謝庭蘭，乘虚暗約蕭后，謀取宋室便了。正是：假途巧用計，賣國以貪榮。〔從下場門下〕

第六齣　頑民漁色逞强梁（江陽韻）

〔雜扮莊丁，各戴氈帽，紥頭，穿通袖，繫鑾帶，外罩各色道袍。引净扮董鐵虎，戴紥巾，穿鑲領箭袖，繫鑾帶，從上場門上。同唱〕

【越調正曲·水底魚兒】勇悍無雙（韻），豪强霸一方（韻）。混名太歲（句），人稱董大王（韻）。勒民白鏹（韻），逢時送上莊（韻）。〔合〕若行違抗（韻），頃刻降災殃（韻），頃刻降災殃（疊）。〔董鐵虎白〕俺董鐵虎是也，混名董太歲。本是江湖響馬，三年前來到這鄧州界上。董家林有個董員外，家私巨富，妻子俱亡。俺就將他謀死，冒名算他姪兒，霸占莊田。這一村居民見我兇很，人人懼怕，都稱我董太歲。因俺時常勒取民財，有錢與我便罷，無錢的若有美貌妻女，搶來折帳，所以又叫俺是董大王。將所得民財就在莊前開了個暈酒店，遠近舊有酒店，俱不許他們開設，所以俺這裏買賣十分興旺。不想前月來了個紹興人，擅敢在此開張酒店，幾番驅逐，他竟不聽，忒也可惡。衆莊丁。〔莊丁應科。董鐵虎白〕各執棍棒，隨俺前去。他若關了店面便罷，不然燒他店房，驅逐這厮出境。〔莊丁應，作脱道袍，向下取棍，作出門，遶場科。同唱〕

【又一體】惡氣難降(韻)，親身到酒坊(韻)。各持棍棒(韻)，與他鬧一場(韻)。搶些財物(句)，趕逐他還鄉(韻)。〔合〕若行違抗(韻)，頃刻降災殃(韻)，頃刻降災殃(疊)。〔同從下場門下。雜扮王士亨，戴羅帽，穿青緞窄袖，繫鸞帶，從上場門上。白〕堪歎英雄時不利，隱名且作酒家傭。自家王士亨，紹興人氏，到此投親不遇，羈留日久。幸得故友助我本錢，在此開個酒店度日。時運不通，小人不足，這裏有個土豪光棍董太歲，幾次著人來騷擾。想我也是一個英雄好漢，怎受那惡棍欺凌？他若再來，決不與他干休。〔向下白〕夥計們，開設店面，看有喫酒的到來。〔內應科。王士亨從下場門下。生扮孫世傑，戴巾，穿道袍，繫儒絛，背包裹。旦扮周若蘭，穿衫，繫腰裙，從上場門上。同唱〕

【仙呂宮正曲·步步嬌】綠樹陰濃清風爽(韻)，雨潤無塵壤(韻)，鶯啼聲韻長(韻)，眼望青郊(句)，胸襟豁朗(韻)。〔孫世傑白〕娘子，腹中饑餓，那邊有個酒店，進去打個中伙，再進城不遲。〔周若蘭白〕使得。〔孫世傑同唱合〕高掛酒帘颺(韻)，相攜移步忙趨向(韻)。〔作到科。孫世傑白〕店家有麽？〔王士亨仍從下場門上。白〕來了，是那個？〔作出門見科。白〕相公，打中伙麽？〔孫世傑白〕正是。可有雅座？〔王士亨白〕後面有雅座，相公請進。〔同作進門科。王士亨白〕相公尊姓？携帶家室，往那裏去？〔孫世傑白〕學生孫世傑，乃鄧州巡檢周老爺的妹丈，到此投親的。〔王士亨白〕原來是周老爺的貴親，請到後面用酒飯。〔孫世傑白〕娘子請。〔孫世傑、周若蘭同從下場門下。王士亨白〕夥計們那裏？〔雜扮小夥計，各戴氈帽，穿布窄袖，繫腰裙，同從上場門上。白〕來了，怎麽說？〔王士亨白〕方纔進去的是本處周老爺的妹子、妹丈，酒飯豐盛些，小心伏侍。〔小夥計應科，虛白。莊丁引董鐵虎從上場門上。董鐵虎白〕横行誰敢抗，强霸我爲尊。〔莊丁白〕這裏是了。〔董鐵虎白〕打進去。〔莊丁應，作打進門科。王士亨等作攔阻科。白〕住了。何處强人，青天白日，打家劫舍。〔董鐵虎白〕你不知俺董太歲的威名，敢在俺董家林開設酒店，奪俺生意。〔王士亨白〕你就是董鐵虎。久聞你土豪光棍，果然不差。許你開店，難道不許我開店？這董家林乃宋家疆土，難道是你董家的麽？〔唱〕

【仙呂宫正曲·江兒水】匪惡何狂妄(韻)，害民虐一方(韻)，朝廷疆土非伊掌(韻)。〔董鐵虎白〕你也打聽打聽，這董家林是我的地方，誰許你在此開店？〔唱〕忙忙遠遁休多講(韻)，伊家酒店將吾讓(韻)。〔王士亨白〕胡説，我的買賣如何讓你？〔董鐵虎白〕不讓麽？與我打。〔衆作合打科。孫世傑從下場門上。白〕住了，爲何動這樣無明？〔王士亨白〕這惡棍强來奪我酒店。相公，你説可惡不可惡？〔孫世傑白〕竟有這等無理之事？你這個人好没道理，他的生意，如何恃强搶奪，難道你不怕王法的？〔董鐵虎白〕你這酸儒，敢管閒事，快快閃開，不然連你也活不成。〔孫世傑白〕可惡，放肆。〔周若蘭内白〕相公，休管閒事，進來罷。〔孫世傑白〕嗄，來了，可惡。〔從下場門下。董鐵虎作向内望科。白〕裏面好個標致婦人。也罷，你將那美人送與我，就容你在此開店。〔王士亨白〕休得胡説。〔董鐵虎白〕莊丁們，搶那婦人回去。〔二莊丁應科，從下場門下。王士亨白〕敢如此强梁，照打。〔衆合打科。二莊丁作搶周若蘭，從下場門上。周若蘭白〕救人嗄。〔孫世傑從下場門追上。白〕强盜，還我娘子來。〔二莊丁作搶周若蘭出門科，從下場門下。孫世傑虛白追下。董鐵虎、王士亨作打科，從下場門下。雜扮解差，各戴鷹翎帽，穿青緞箭袖，繫鸞帶，背包裹文書，持棍，佩刀。淨扮焦贊，戴羅帽，穿窄袖，繫鸞帶。從上場門上。焦贊唱〕展轉思兄悲愴(韻)，〔合〕相會何時(句)，怎得愁懷安放(韻)？〔解差白〕焦爺，這裏有個酒店，進去喫些酒再走。〔焦贊白〕使得。〔唤科。白〕酒保。怎麽無人答應？隨我進來。〔同作進門科。莊丁、小夥計、董鐵虎、王士亨從上場門上，合打科，焦贊攔科。白〕住了，爲何事争鬭？〔董鐵虎白〕何處狂徒，敢來管閒事。〔王士亨白〕這是本地惡棍，恃强奪我酒店。〔焦贊白〕打這厮。〔衆作打科，莊丁、董鐵虎同從下場門逃下。王士亨白〕多謝壯士，請問高姓大名？〔焦贊白〕俺乃定州楊六使部將焦贊，因殺了謝金吾，發配到此的。〔王士亨白〕原來是焦將軍，在下何幸，得遇將軍相助。只是一件，董賊雖逃，却將本處周巡檢的妹子搶去了，這便怎麽處？〔焦贊作怒科。白〕可惱，天下竟有這樣惡棍，俺必立除此賊，與一方百姓除害。〔王士亨白〕將軍如此義氣，在下帶領衆夥計協助便了。先請將軍後面痛飲一回，以壯虎威。〔焦贊白〕如此有擾了，請。〔同從下場門下。二莊丁押周若蘭從上場門上，周若蘭喊叫科。白〕救人嗄。〔唱〕

【仙吕宫正曲·園林好】唬得奴心驚意慌(韻)，力怯怯怎支亂搶(韻)。〔白〕住了，你們搶我到那裏去？〔二莊丁白〕自然引你個好地方去，快走。〔周若蘭白〕皇天嗄。〔唱〕平白地災殃忽降(韻)，〔合〕美夫妻遇强梁(韻)，美夫妻遇强梁(疊)。〔同從下場門下。孫世傑從上場門上，作怒忿科。白〕氣死我也。〔唱〕

【仙呂宫正曲・好姐姐】忙忙(韻)，心迷意惘(韻)，喘吁吁奔馳不上(韻)。〔作跌科。唱〕高低不辨(讀)，步履甚獐慌(韻)。〔白〕娘子，妻子。〔唱合〕徒喧嚷(韻)，嬌妻不應添悲愴(韻)。〔望科。白〕前面一簇人，待我急急趕上去。〔唱〕急切心嫌道路長(韻)。〔二莊丁擁周若蘭從上場門上。周若蘭唱〕

【仙呂宫正曲・川撥棹】羣蜂攘(韻)，嫩花枝胡亂搶(韻)。〔孫世傑白〕娘子我來了。〔周若蘭白〕呀。〔唱〕早急壞秀士夫郎(韻)。〔白〕丈夫快來。〔孫世傑唱〕早急壞繡閣嬌娘(韻)。〔白〕娘子。〔作欲奪科，莊丁推孫世傑倒地。周若蘭白〕丈夫。〔莊丁白〕好大膽的酸子，還不走？〔孫世傑急起，怒喝科。白〕你們擅敢搶我娘子，該當何罪？〔莊丁白〕他如今不是你的妻子了，回去罷，快走。〔孫世傑、周若蘭作挽手哭叫科。白〕娘子。官人。〔莊丁作推搡科。孫世傑、周若蘭唱〕這奇冤何方訴講(韻)，〔合〕好教人心痛傷(疊)。〔莊丁引董鐵虎從上場門上。白〕那個在此無理？〔二莊丁白〕這酸子在此搶員外的新人。〔董鐵虎白〕好可惡，打這廝。〔莊丁應，作打科。孫世傑、周若蘭同白〕强盜，青天白日，擅搶有夫婦女，該當何罪。〔唱〕

【有結果煞】有夫婦女誰許搶(韻)，恁豪强天良全喪(韻)。〔董鐵虎白〕不怕你飛上天去。衆莊丁，將他兩個拏進莊去。〔莊丁應，作拏孫世傑、周若蘭科。董鐵虎唱〕不順咱行命急亡(韻)。〔衆擁孫世傑、周若蘭同從下場門下〕

第七齣　奮雄心揮刀誅賊（蕭豪韻）

〔場上設酒桌椅、酒具等，掛酒帘。旦扮麗春、迎春，各穿花衫。旦扮二丫鬟，各穿採蓮襖背心，繫汗巾。隨從上場門上。麗春、迎春唱〕

【絃索調・玉芙蓉】風流秀妖嬈(韻)，打扮殊別調(韻)，効當鑪賣酒(讀)，卓氏名高(韻)。傾國傾城憑一笑(韻)，體態輕如飛燕飄(韻)。〔合〕會騰跳(韻)，弄鎗刀技妙(韻)，行時舞動小蠻腰(韻)。〔轉場坐科。分白〕奴家迎春。奴家麗春。姊妹們原是鳳陽跑馬解出身，一日來到鄧州董家林賣藝，蒙董員外不棄卑賤，納爲偏房，掌管酒店，安享富貴，十分快樂。〔迎春白〕妹子，我們出來了半日，走堂的一個也不見，那裏去了？叫他們出來。〔丫鬟應，向內喚科。白〕衆夥計，奶奶叫。〔雜扮跑堂人，隨意穿戴，同從上場門上。白〕聽説奶奶叫，慌忙跑來到。〔作見科。白〕二位奶奶，有何吩咐？〔迎春、麗春白〕你們傢伙也不洗洗，桌子也不擦擦，不像個做生意的樣兒。〔跑堂人同白〕都是剛纔擦洗净的。〔迎春白〕你們這些懶人，地也不掃，少時喫酒的人來，什麽樣兒？〔跑堂人同白〕不用生氣，大家打掃就是了。〔衆虛白，作掃地、擦桌科。雜扮和尚，各戴和尚帽，穿春布僧衣，繫絲絛。雜扮道士，各戴道冠，穿道袍，繫絲絲，各持法器。從上場門上。分白〕道官作法如牛叫。和尚貪葷項似鵝。〔同白〕聞得這裏董家林酒店，有兩個女掌櫃的十分標致。大家進去喫杯酒兒，取樂取樂。〔作亂擠進門向前念佛發諢科。麗春、迎春白〕那裏來的一羣野驢野牛，往上亂闖？趕出去。〔跑堂人攔科。白〕没有佈施，出去。〔和尚、道士白〕我們來喫酒。〔麗春白〕我們不賣素菜，都是葷菜。〔和尚、道士白〕我們也没有喫素的，俱是喫葷的。〔跑堂人白〕衆位坐下。〔和尚、道士各坐科，虛白發諢。雜扮小夥計，各戴氈帽，穿布窄袖，繫腰裙，持長短棍棒。雜扮王士亨，戴羅帽，穿青緞窄袖，繫鸞帶。雜扮二解差，各戴鷹翎帽，穿青緞箭袖，繫鸞帶，背包裹，持棍佩刀。净扮焦贊，戴羅帽，穿鑲領箭袖，繫鸞帶。同從上場門上。焦贊白〕專除世上害民賊，慣打人間抱不平。〔小夥計白〕這裏是了。〔焦贊白〕隨俺進去。〔衆應，隨進門科。焦贊白〕鐵虎在那裏？董鐵虎。〔和尚、道士作驚慌虛白科。跑堂人同白〕什麽人，敢來呼名道姓？〔焦贊白〕俺來尋董鐵虎，叫他來會俺一會。〔迎春、麗春白〕他不在此，這裏是婦女開店，快快出去。〔焦贊怒科。白〕和尚、道士留得，我倒留不得。叫這兩個婦人過來，陪我們喫杯酒。〔迎春白〕好可惡的黑賊。〔麗春白〕將店門關上，不許放走一人。〔跑堂人應科。麗春白〕打這廝。〔作合打科。和尚、道士作亂跑發諢科。隨撤桌椅、酒帘科。迎春、麗春等從下場門跑下，焦贊、王士亨等追下。和尚、道士作驚慌科。白〕快快開門，逃走了罷。〔衆作開門，從下場門跑下。解差、小夥計持切末彩器，陸續追跑堂人從上場門上，作致傷跑堂人科，從下場門下。王士亨追二丫鬟從上場門上，作打死二丫鬟科，從下場門下。焦贊追麗春從上場門上，作叉麗春入酒缸科。迎春持刀從上場門上。白〕黑賊看刀。〔焦贊作奪刀，殺死迎春科。王士亨、解差、小夥計從上場門上。同白〕店中惡黨除盡，打到他莊上救那孫相公要緊。〔同作出門科。焦贊白〕怒從心上起，惡向膽邊生。〔同從下場門下。雜扮莊丁，各戴氈帽，紥頭，穿通袖，繫縧帶。押生扮孫世傑，戴巾，穿道袍，繫儒縧。旦扮周若蘭，穿衫，繫腰裙。淨扮董鐵虎，戴紥巾，穿鑲領箭袖，繫縧帶。同從上場門上。董鐵虎唱〕

【仙呂宮正曲・園林好】何曾怕文魔放刁(韻)，董太歲威名不小(韻)。逆著俺災殃立到(韻)，〔合〕勸伊妻順吾曹(韻)，勸伊妻順吾曹(疊)。〔同作進門科。董鐵虎白〕把前後莊門鎖上了。〔莊丁應科。孫世傑、周若蘭同白〕賊子嘎賊子，你搶我夫妻到家意欲何爲？〔董鐵虎白〕俺實對你説，因見你妻子生得美貌，俺要收他爲妾。你若勸他從順，俺賞你一千兩銀子，另討一房妻室，你道好不好？〔孫世傑、周若蘭唾董鐵虎面科。白〕賊强盜，滿口胡言。〔唱〕

【仙呂宮正曲・曉行序】慢逞英豪(韻)，這清平世界(讀)，敢犯法違條(韻)。很毒念(讀)，强搶婦女鸞交(韻)。〔董鐵虎白〕娘子，你順了俺大財主，比你那窮酸勝强十倍。〔周若蘭白〕賊子，你不要想差了念頭。我丈夫是黌門秀士，奴是名門淑女，豈肯順你這土豪光棍！〔孫世傑白〕土豪光棍。〔周若蘭同唱〕今朝(韻)，一命身拚(句)，要節義堅持(讀)，同歸泉道(韻)。〔合〕冤遭(韻)，這平空災禍(讀)，兩口兒屈死難逃(韻)。〔董鐵虎白〕不怕你不順。莊丁，將新娘子送到内室去。〔莊丁應，作擁周若蘭從下場門下。孫世傑撲搶科。白〕還我娘子來。〔董鐵虎作踢倒孫世傑科，從下場門下。孫世傑起科。白〕竟把我娘子扯進内

室去了，待我趕進去。〔從下場門急下。小夥計、解差、王士亨引焦贊從上場門上。同唱〕

【仙呂宮正曲·玉胞肚】莊門來到(韻)，把難中人提出虎牢(韻)。〔小夥計白〕這裏已是。〔作推門科。白〕莊門緊閉，這便怎麼處？〔焦贊白〕聽聽裏面可有動静？〔董鐵虎内白〕衆莊丁，用亂棍打這厮。〔莊丁内應科。焦贊等白〕不好了。〔同唱〕若書生亂棍齊敲(句)，兩夫妻命必輕拋(韻)。〔孫士傑内白〕救人嗄。〔焦贊白〕不好了，不好了，再一回打死了。我等從後面越牆進去。〔衆白〕有理。〔同唱合〕同心力救命兩條(韻)，不怕牆垣百丈高(韻)。〔從下場門下。孫世傑内唱〕

【仙呂宮正曲·風入松】渾身打得痛難熬(韻)。〔從上場門跌撲上。白〕救人嗄。〔唱〕打得三尸魂杳(韻)。〔作起科。白〕救人嗄。〔唱〕我今喉嚨叫破無人到(韻)，重門鎖怎能遁逃(韻)。〔周若蘭急從上場門上。白〕官人在那裏？〔孫世傑白〕妻嗄。〔唱合〕愚夫命爲妻不保(韻)，要相逢在陰曹(韻)。〔莊丁持棍，引董鐵虎從上場門上。白〕那婦人，再言不從，立將你丈夫打死。〔周若蘭白〕丈夫嗄。〔唱〕

【仙呂宮正曲·急三鎗】苦憐你(句)，爲妻子(讀)，遭兇暴(韻)。這瘦怯體(讀)，怎禁熬(韻)。〔董鐵虎白〕打。〔莊丁欲打科，周若蘭作護孫世傑科。白〕住了。要我從順，萬萬不能，莫若將我夫妻二人打死在一處罷。〔唱〕美夫婦(句)，生同枕(讀)，死同道(韻)。〔合〕任你刀兒砍(讀)，棍兒敲(韻)。〔董鐵虎白〕既如此，衆莊丁，送他夫妻一路去罷，打。〔莊丁應科。焦贊、王士亨率衆從上場門急上。焦贊白〕賊子，休得猖狂。〔作合打科。解差作救孫世傑、周若蘭從下場門下。小夥計、莊丁、王士亨等從兩場門打下。焦贊白〕好惡棍，你敢搶奪有夫婦女，俺今打死你這賊子，與民除害。〔董鐵虎白〕你這黑賊，也不打聽打聽董太歲的利害，就來管閒事。〔焦贊白〕你也不知嘉山寨焦將軍的威名。〔唱〕

【仙呂宮正曲・風入松】安邊定國大英豪(韻)，拔刀助翦除强暴(韻)。聞知你是虐民盜(韻)，恁不法搶奪嬌嬈(韻)。〔合〕打書生痛苦難熬(韻)，不由俺怒炰烋(韻)。〔作奪棍打科，董鐵虎從下場門下，焦贊追下。王士亨追莊丁從上場門上，王士亨作打死莊丁科，從下場門下。董鐵虎持鎗從上場門上。唱〕

【仙呂宮正曲・急三鎗】自從俺(句)，江湖上(讀)，爲賊盜(韻)，不曾遇敵手(讀)，勝吾曹(韻)。急早去(句)，逃災禍(讀)，將命保(韻)，〔合〕他日裏(讀)，把讐消(韻)。〔焦贊從上場門上。白〕惡棍休走。〔作奪鎗科。白〕看鎗。〔董鐵虎從下場門逃下，焦贊追下。雜扮百姓，各戴氈帽，穿布窄袖，各持棍棒，從上場門上。同白〕善惡到頭終有報，只爭來早與來遲。聞得有兩個好漢來除惡棍，此賊報應到了，大家來幫助幫助。〔董鐵虎從上場門跑上。白〕不好了，快快逃走了罷。〔作開門科，百姓攔科。白〕賊子那裏走。〔焦贊從上場門上。白〕賊子看鎗。〔作刺死董鐵虎科。百姓同作恨科。白〕賊子，你也有今日麼？將他擡過了。〔作擡董鐵虎從下場門下，隨上。王士亨、小夥計追莊丁從上場門上，作打死莊丁科，下。百姓白〕多謝好漢，替我一方除害。〔焦贊白〕你們受他剥削太苦，這家私大家分去。我見後院有匹棗騮駒，與這點鋼鎗，我倒用得著，别的不要。〔一百姓白〕待我與好漢牽馬去。〔從上場門下。解差扶孫世傑、周若蘭從上場門上。解差白〕這裏來。〔孫世傑作倒地科。解差白〕謝了焦將軍。〔周若蘭白〕多謝恩人解救，請上受

奴一拜。〔作拜謝科。唱〕

【仙呂宫正曲・風入松】蒙恩救活免凶遭㊇，保全我節義名高㊇。爲民除害梟殘暴㊇，這恩德怎生圖報㊇。〔焦贊白〕請起。只是你丈夫這般光景，如何進城？〔王士亨白〕此去城中還有二十里之遥。先扶到我店中，養息幾日，與焦將軍一同進城如何？〔焦贊白〕只是傷了許多人命，豈不連累地方上麽？〔百姓同白〕不妨，有我們合村百姓在此。〔一百姓作牽馬科，仍從上場門上。白〕馬在此。〔王士亨白〕請焦將軍到小店歇息去。〔百姓同白〕衆百姓恭送前去。〔焦贊白〕多謝列位。〔衆同唱合〕救兩命兼除獍梟㊇，皆虧了大英豪㊇。〔同從下場門下〕

第八齣　施毒計易字傾賢（齊微韻）

〔雜扮祖忠，戴巾，穿道袍，從上場門上。白〕削草要除根，萌芽再不發。削草不除根，萌芽依舊發。下官汝州守將祖忠是也。當初潘太師既害楊家，何不把楊景一併除了，留此一人，惹出多少禍患來。可憐我妹夫、妹子，並遭其害。前者我爹爹陞任嘉山寨，差人寄書與我，説王大人囑託，楊景發配在此，要我細察他行止，乘隙害他性命。那知楊景一到，胡知府十分照應，連他家眷俱留在衙東花園居住。爲此我改裝私訪，到他左近，打聽他所作所爲，好乘機下手。正是：妹死讐不雪，兄懷誓不安。〔從下場門下。外扮胡綱正，戴紗帽，穿圓領，束帶，從上場門上。唱〕

【越調引·杏花天】潔廉公正安民庶㊁，袖清風俸米療饑㊄。一心報國餘無二㊁，新增出除奸恨疾㊄。〔中場設椅，轉場坐科。白〕下官汝州知府胡綱正是也。家傳清白，世篤忠貞，捧日爲心，補天有手。荆妻高氏，乃懷德之妹，已逝三年。膝下二子，長曰胡守德，頗通經史；次曰胡守信，素諳武備。雖不比鳳毛，亦不類犬子也。〔作歎科。白〕老夫每慮邊境之患，自令公遭害，邊人覩中朝無可畏者。幸有楊六郎，能繼父志，威赫三關，可謂朝廷之福也。誰知又受權奸之害，前日發配到此，監造官酒。老夫爲國重賢，留在衙東居住。我兩個孩兒，敬慕六郎之忠勇，禀命於我，與他結爲生死弟兄，這也可喜。院子。〔雜扮一院子，戴羅帽，穿屯絹道袍，繫鑾帶，從上場門暗上，應科。白〕老爺，有何吩咐？〔胡綱正白〕二位公子，怎麽不見？必是往楊將軍那邊去了。〔院子白〕楊將軍與公子往酒樓飲酒未回。〔胡綱正白〕這就差了，他乃有罪之人，萬一再遇小人，又生禍端矣。去唤他三人速速回來，快去。〔院子應科，從下場門下。胡綱正作起，隨撤椅科。胡綱正白〕若個是心腹，處處小人多。〔從下場門下。丑扮酒保，戴小鬃帽，穿水田衣，繫腰裙，從上場門上。白〕神仙留玉珮，卿相解金貂。今有府太爺的衙内，同著楊六郎，在樓上飲酒。俱已大醉，待我去烹茶伺候。〔從下場門下。場上設桌椅，置筆硯。小生扮胡守信，戴武生巾，穿鑲領箭袖，繫鑾帶，佩劍。生扮胡守德，戴巾，穿道袍。生扮楊景，戴羅帽，穿緞窄袖，繫鑾帶。從上場門上。同唱〕

【越調正曲·綿搭絮】金蘭初訂(讀)，佳會甚情怡(韻)。〔楊景唱〕自戎事身羈(韻)，不暇逍遥幾載餘(叶)。〔胡守德、胡守信唱〕慕威儀(韻)，幸得相依(韻)。〔楊景白〕二位賢弟。〔唱〕景心惟願(句)，生死莫離(韻)。〔胡守信白〕兄嗄。〔唱〕只愧我武備荒疎(句)。〔胡守德唱合〕只愧我懦弱慵人一腐儒(叶)。〔楊景笑科。白〕楊景何幸，得遇一文一武爲心交，足可談心遣興，日夕領教大方也。〔胡守德白〕我二人未及兄之文武兼備，算得世上一個人，小弟們只算得半個人了。〔同作笑科。胡守信白〕今日趁著酒興，小弟斗膽，領教兄之劍法，未知肯賜觀否？〔楊景白〕賢弟不嫌污目，只算醉後顛狂，取劍來。〔胡守信遞劍科，楊景接劍舞科。胡守信白〕妙嗄，怪不得張旭、懷素，觀公孫大娘劍術，頓悟書法。兄這騰挪擊刺，流離頓挫，超羣絶妙。兄可爲師，小弟當作門徒也。〔楊景白〕過獎了。〔胡守德白〕有武不可無文，請題詩壁上，留爲佳話如何？〔楊景白〕愚兄做詩，真班門弄斧，遺笑大方了。〔胡守德白〕休得過遜。〔楊景白〕也罷，酒後牢騷，不可不發，待我來。〔作拈筆題詩科。白〕王室圖安我靖勛，英雄扼運暫埋藏。他年得遂崢嶸志，定掃遼邦返汴梁。〔胡守德白〕妙哉，吾兄臨難不忘勛扶王室，真乃大忠臣也。〔楊景白〕慚愧，竟日之樂樂極矣，下樓去罷。〔胡守信、胡守德白〕請。〔作下樓科。同唱〕

【越調正曲·五韻美】遇知音顯長技(韻)，酒逢知己拚沉醉(韻)，今日投懷殊可喜(韻)。〔胡守德白〕酒保。〔酒保從上場門上。白〕來了。公子，茶就有了。〔胡守德白〕不用。〔作付銀包科。白〕收了酒錢去。那粉牆上的詩，不可塗抹了。〔酒保白〕曉得。〔楊景等作出門科。院子從上場門上。白〕公子，公子。〔作迎見科。胡守德白〕你來做什麼？〔院子白〕老爺不放心，命院子尋公子與楊將軍回去。〔楊景白〕如此快走。〔同唱〕椿庭遥憶(韻)，子游父繫(韻)。〔同從下場門下。祖忠從上場門悄上，作望科。白〕果然在此飲酒。酒保，酒保。〔作進門科。酒保白〕做什麼？〔祖忠白〕方纔那三人，在此做什麼？〔酒保白〕在此喫酒吟詩。〔祖忠白〕嗄，吟詩，詩在那裏？〔酒保白〕在樓上粉壁間。〔祖忠白〕引我去看來。〔酒保應，作引上樓科。祖忠唱〕須索要留心解(讀)，著意批(韻)，〔合〕細細摩擬(讀)，詩中寓意(韻)。〔作看科。白〕果有詩在此。〔作念詩科。白〕王室圖安我靖勛，英雄扼運暫埋藏。他年得遂崢嶸志，定掃遼邦返汴梁。楊延昭詠懷一絶句。〔作想科，顧酒保。白〕你去看茶來。〔酒保應，作下樓，從上場門下。祖忠白〕妙嗄，看此詩，要算他有反意，儘可使得。你道爲何？只須將勯字，去了力字傍，往返之返，改作謀反之反，豈非一首反詩？妙極，待我先改了壁上的字，然後到家抄寫一張，密報王樞密便了。〔作取筆改科。唱〕

【越調正曲・山麻稭】就便是表忠義(韻)，這靖匡二字(讀)，寓義深疑(韻)。還題(韻)反汴梁(韻)，顯露謀爲不軌(韻)。〔作擱筆，隨撤桌椅科。祖忠白〕機關已得，回去抄寫一張，即差心腹之人，速往汴梁密報王大人，教他密奏便了。〔作下樓科。白〕酒保。〔酒保仍從上場門上。白〕來了。〔祖忠白〕那壁上的詩，不許人塗抹了去。〔酒保應科。祖忠白〕過來，你可認得我？〔酒保白〕不認得。〔祖忠白〕蠢才，我乃本州守將祖……你不認得？〔酒保白〕原來是祖老爺。〔祖忠白〕傳與你知道。這樓上自今日起，不許人上去，違者重處，記著。〔作出門科。酒保白〕酒保送老爺。〔祖忠白〕不許聲張。〔酒保應科，從下場門下。祖忠唱合〕幸喜得機謀湊奇(韻)。〔白〕楊景。〔唱〕無常暗送(讀)，教伊死後方知(韻)。〔從下場門下〕

第九齣　獻私劉喪恥忘廉（東鐘韻）

〔浄扮孟良，戴紥巾額，紥靠。生扮岳勝，雜扮陳林、柴幹，各戴盔，紥靠。從上場門上，同作愁歎科。白〕這是那裏説起？〔唱〕

【越調正曲・本調賺】淪落英雄(韻)，廿四將軍半務農(韻)。衷心煩冗(韻)，虎臣貶作酒家傭(韻)。〔雜扮劉金龍、張蓋、林榮、劉超，各戴盔，紥靠。同從上場門上，作歎科。唱〕我恨奸雄(韻)，看輕邊事私謀重(韻)。〔孟良等，劉金龍等，作攜手相顧歎科。同唱〕一旦消磨羣弟兄(韻)。〔岳勝白〕我等指望兄長探母就回，誰知墮入奸謀，搆成大禍。幸蒙聖上恩寬，免死充軍。偏遇這新任巡檢祖吉，乃是謝庭芳的岳丈，他懷讐未報，故此到任後，就將我等百般凌辱。數日間已將二十四將逼走了一半，好不傷心也。〔孟良等同白〕祖吉此來，心地不良，我等豈可受他暗算？不瞞岳兄説，他若再要尋端覓釁，小弟們皆要失陪了。〔岳勝白〕看愚兄薄面，且自耐煩。〔雜扮郎千、郎萬、吕彪、佘子光，各戴盔，紥靠，從上場門上。白〕忠奸本難並立，鴉鳳怎與同巢？〔衆作見科。郎千、郎萬等白〕岳哥哥，俺四人方纔到祖吉處，辭官不做了。〔岳勝白〕依愚兄之見，還是耐煩些罷。〔郎千等白〕耐不得，耐不得。祖吉口口聲聲，罵我們綠林强盗，野性未降，留下終須與焦贊一樣。這樣考語，還耐什麽？待六哥哥起用時，我們再來替皇家出力便了。〔孟良白〕你們都往那裏去？〔郎千等白〕昨日關沖等十一人，仍到太行山棲身，專候六郎喜信，我們也到那裏去。〔岳勝、孟良、陳林、柴幹作悲慽科。白〕衆兄弟嗄，若有六哥哥在此，正好戮力同心，替皇家出力，焉能分散？如今覩此光景，好傷心也。〔作拭淚科。郎千等白〕不用哭，這是英雄全身遠害之策。若在祖吉帳下，你我必遭其害。請了，請了。〔從下場門下。劉金龍、張蓋、林榮、劉超白〕是嗄，這全身遠害一句，頓開茅塞，我四人也要失陪了。〔岳勝作攔阻科。白〕四位且按捺性兒，候他陞帳，隨我進見，看其光景，再作道理。〔劉金龍等白〕還要見他？〔岳勝白〕看聖上金面。〔劉金龍等白〕如此再耐一會看。〔岳勝等同唱〕剛遇寵(韻)，九重恩澤深知重(韻)，叵耐奸頑侮弄(韻)。〔內白〕開門。〔岳勝白〕開門了，我等在此伺候。〔作分侍科。雜扮軍士，各戴馬夫巾，穿箭袖卒褂。雜扮將官，各戴馬夫巾，紮額，穿打仗甲。引雜扮祖吉，戴盔，紮靠，背令旗，襲蟒，束帶。從上場門上。祖吉唱〕

【越調引·杏花天】衰年復把貔貅擁(韻)，性乖張芒刺羅胸(韻)。〔場上設公案、桌椅，轉場入座科。白〕下官祖吉，奉聖旨代楊景之任。受王大人之託，除楊景之黨。幾日間二十四將，被我逼走大半，少不得設法逐盡這些强徒。帳下剩我心腹，就好行事了。只是五日前，差探子到遼境下戰書，怎麽不見遼將來討戰？〔作目顧衆將科。白〕衆將站遠些。〔將官應，作退科。祖吉白〕非是下官英勇敢戰，因有王大人密書一封，要交與遼將，轉啟蕭后，必須陣上親自交付，故此下書約戰。他若得書退兵，又算我一功，豈不兩便麽？〔岳勝、孟良等白〕衆將告進。〔軍士白〕進來。〔岳勝、孟良等作進門參見科。白〕衆將參見。〔祖吉白〕還剩幾名在此？〔岳勝白〕岳勝以下，八名在此。〔祖吉白〕且侍立兩傍。〔岳勝等應，分侍科。雜扮報子，戴馬夫巾，穿報子衣，繫肚囊，執報字旗，從上場門上。白〕報。〔作進門禀科。白〕啟上將軍，遼將耶律學古，領兵討戰，將至城下了。〔祖吉白〕再去打聽。〔報子應科，仍從上場門下。祖吉白〕遼將討戰，大小三軍，快快出城迎敵。〔軍士將官應科。岳勝、孟良白〕將軍，遼兵自被楊將軍擊敗，未敢窺邊。今將軍代任，遼人即來討戰，是欺將軍老邁，莫若固守爲妙。〔祖吉白〕住了。聽你二人之言，譏誚下官不如楊景，可是？〔岳勝、孟良等白〕不敢。所慮者，目今兵微將寡，恐難取勝。〔祖吉嗔怒科。白〕難道除了你們二十四將，別人俱不能取勝？你們將軍雖好，俺這裏不用。〔劉金龍、張蓋、林榮、劉超作怒忿科。白〕諒你這老匹夫，豈識英雄，俺們去也。〔作出門科，從下場門下。岳勝、孟良等白〕將軍不能用人，邊關恐難保守。〔祖吉怒喝科。白〕交兵在即，出此不利之言。將他四人綁了，候我退敵回來再斬。〔軍士應，作綁岳勝等從下場門下，軍士隨上。祖吉白〕他們焉知我退兵之策。大小三軍，出城迎敵者。〔衆應，各取兵器科。祖吉出座，隨撤公案、桌椅科。祖吉卸蟒，乘馬，持鎗，衆引遶場科。同唱〕

【越調正曲·水底魚兒】萬騎縱橫(韻)，塵飛麗日蒙(韻)。出城交戰(句)，〔合〕妙計建奇功(韻)，妙計建奇功(疊)。〔同從下場門下。雜扮遼兵，各戴額勒特帽，穿外番衣，持兵器。雜扮遼將，各戴盔襯、狐尾、雉翎，穿打仗甲，持兵器。引雜扮耶律學古，戴外國帽、狐尾、雉翎，紥靠，背令旗，持刀。從上場門上。同唱〕

【又一體】約戰城墉(韻)，三軍擁似蜂(韻)。會彼新將(句)，〔合〕武技可精通(韻)，武技可精通(疊)。〔場上設定州城。軍士將官引祖吉作出城科。耶律學古白〕來將通名。〔祖吉白〕俺乃祖吉。〔耶律學古白〕是個無名老朽，也來納命。〔祖吉白〕遼將通名。〔耶律學古白〕俺乃大將軍耶律學古，知俺威名，早早獻降。〔祖吉白〕豈有此理，看鎗。〔合戰科，祖吉等從下場門敗下，耶律學古等追下。軍士將官、遼兵遼將從上場門上，挑戰科，從下場門下。祖吉從上場門上。白〕妙嘎，你看耶律學古追來了，不免將書交與他便了。〔耶律學古從上場門上。白〕看刀。〔祖吉白〕將軍住了。〔作下馬，懷内取書，遞科。白〕有王强密書一封，求將軍轉啟娘娘。〔耶律學古接書科。白〕原來爲此，知道了。〔祖吉白〕求將軍退兵，總承小將得一功勞。〔耶律學古白〕造化你。〔祖吉作上馬科。白〕看鎗。〔戰科。軍士將官、遼兵遼將從上場門上，合戰科。祖吉白〕遼將還不退兵麽？看鎗。〔耶律學古白〕收兵。〔遼兵遼將應科，引耶律學古從下場門下。軍士將官白〕遼兵敗走了。〔祖吉笑科。白〕初出茅廬第一功也，進城。〔衆應科，遶場。同唱〕

【中呂宮正曲·紅繡鞋】敵人枉自驍兇(韻)、驍兇(格)，今番敗促途窮(韻)、途窮(格)。〔作進城科，下，隨撤城。軍士將官引祖吉從上場門上。同唱〕收陣隊(句)，整軍容(韻)。意揚揚(句)，喜濃濃(韻)。〔合〕初會戰(句)，便成功(韻)。〔祖吉作下馬科。場上仍設公案、桌椅，祖吉轉場入座科。白〕將那岳勝等綁過來。〔軍士應科，向下作綁岳勝、孟良、陳林、柴幹從下場門上，作進門科。祖吉白〕我把你這四個野性强人，你們小覷我不能勝那遼將，現今得勝回來了，還有何言？將他四個强徒，斬訖報來。〔軍士應，將官跪求科。白〕將軍初次交兵，喜得全勝。若斬他四人，恐於軍不利，望乞寬恩。〔祖吉白〕起來。〔將官應，起科。祖吉白〕看衆將討饒，免斬，放綁。〔軍士應，作放綁科。祖吉白〕此等强徒，我這裏也不用，明日寫本奏聞便了。掩門。〔作起科，從下場門下，隨撤公案、桌椅。軍士將官從兩場門分下。孟良等作怒忿科。白〕可惱。不料受這樣奸賊一番恥辱，有何顔面在此，不如也往太行山去罷。〔岳勝白〕且慢。我與孟賢弟先到汝州，訪問兄長安否若何。陳、柴二位賢弟，先到太行山去便了。〔孟良等白〕説得有理。〔岳勝同白〕後覓安身地，先訪故交音。〔同從下場門下〕

第十齣 解反詩奇冤極枉（齊微韻）

〔副扮王强，戴高紗帽，穿蟒，束帶，從上場門上。唱〕

【正宫引·三疊引】君恩寵任濟我機㊇，所懼南宫正厲㊇。楊景已除名㊃，再晝牢籠之計㊇。〔中場設椅，轉場坐科。白〕不如意事常八九，可與人言無二三。此二句，正應我王强身上。爲謀楊景，百計千方，總被千歲攪破，十有八九，不能如意。就是下官要害楊景，乃替蕭后除一心腹大患，這腔心事，豈可與人言得？豈非應在下官身上？前者寄書與汝州守將祖忠，密訪楊景形跡，不知可能遂願否。〔雜扮差官，戴小頁巾，穿鑲領箭袖，繫鸞帶，從上場門上。白〕星飛傳密事，緊急報軍情。這裏是了，不免竟入。〔作進見科。白〕老爺在上，差官叩頭。〔王强白〕起來，那個所差？〔差官白〕汝州守將祖忠，有書呈上。〔作懷内取書遞科，王强接書科。白〕待我看來。〔作拆看科。唱〕

【正宫正曲·普天樂】未開緘心先喜㊇，多應搜得題頭矣㊇。〔作笑科。唱〕今得了謀反端倪㊇，無佞府寸草難遺㊇。〔白〕妙嗄，天從人願。楊景醉後題詩，被祖忠改其二字，成了反詩。這一計，可使楊家滿門不活了。趁著早朝，即去陳奏。〔作起欲走，復止科。白〕且住，下官幾次讒譖楊景，總是千歲在内調停。此番想個絶計，先箝住千歲之口纔好。〔唱〕細索計心須費(韻)，使他理屈辭窮難周庇(韻)。〔笑科。白〕想著了絶妙的機謀了，差官過來。〔差官應科。王强白〕你將反詩速到南清宫投遞，説汝州守將抄得楊景反詩一首，王樞密不敢奏，特啟千歲裁度。快去。〔差官接書，作出門科，從下場門下。王强作起科，隨撤椅。王强白〕我想千歲既自行具奏，便不敢保救了。他若不奏，我必參他通謀之罪，豈非一網打盡。待我先進朝等候去。正是：利口翻瀾舌，美惡任評論。〔從下場門下。差官從上場門上。唱〕急騰騰步履如飛(韻)，匆忙向南宫投遞(韻)。〔合〕直待奏君前(讀)，脱去傳書干係(韻)。〔作到科。白〕已到南清宫，門上那位在？〔雜扮陳琳，戴太監帽，穿貼裏衣，從上場門上。白〕門禁無私謁，來往盡賢良。〔作出門問科。白〕那裏差來的？〔差官見科。白〕公公，我是汝州守將差官，特報機密重情的。〔陳琳白〕只是千歲與衆位丞相，在内議事，不便傳禀。〔差官白〕這事乃機密重情。〔陳琳白〕你且隨咱殿前等候去。〔作引差官進門，從下場門下。外扮寇準，末扮張齊賢，各戴相貂，穿蟒，束帶，帶印綬。生扮德昭，戴素王帽，穿蟒，束玉帶。從上場門上。同唱〕

【又一體】議三關籌長計(韻)，防邊將殊難擬(韻)。〔場上設椅，各坐科。德昭白〕二卿所議，命祖吉調補張卿代州總鎮之缺，嘉山寨亦係要地，何人可授此缺？〔寇準、張齊賢白〕臣等欲與千歲，同上乞恩表章，共保楊景，帶罪防邊，建功贖罪。〔德昭白〕楊景所犯兩重死罪，俱是不赦之條。蒙聖上天恩，免死充軍，已是格外施恩，再若求恩復任，難免私袒之謗。〔張齊賢白〕爲國舉賢，何爲私袒？

〔德昭白〕用賢人主之事，若受其請，是市私恩也。俟聖上寬恩赦免，使恩歸於上，纔爲臣子之道也。〔寇凖白〕擢用良材，係宰輔責任。若見賢而不能舉，亦非臣子之道。〔張齊賢同唱〕總爲了國事軍機（韻），那些個市恩爲己（韻）？〔陳琳引差官從上場門上。陳琳白〕候著。〔作進門禀科。白〕啟千歲，有汝州守將，差人報機密重情。〔德昭白〕汝州守將報機密重情，快唤他進來。〔陳琳應，作出門唤科。白〕隨咱進見。〔差官應科，陳琳作引進門，差官作叩見科。白〕千歲在上，差官叩頭。〔德昭白〕報何機密事？〔差官白〕所報配軍楊景——〔德昭作驚訝科。白〕楊景怎麽樣？〔差官作起科。白〕他因發配汝州，怨望朝廷，在酒樓壁上題下反詩。守將祖忠，查驗是實，照他原稿抄寫，命差官連夜密報。〔作遞詩科。白〕反詩呈上。〔衆起，隨撤椅科。德昭白〕大家看來。〔作看詩科。白〕王室圖安我靖匡，英雄扼運暫埋藏。他年得遂崢嶸志，定掃遼邦反汴梁。衆卿，這何嘗不是一首反詩。〔唱〕明明露出反詩意（韻），驀忽令人心驚悸（韻）。〔白〕差官，這詩有何人見過？〔差官白〕差官遞與王樞密，他說事關重大，不敢奏。是以差官來啟千歲。〔德昭白〕嗄，王强説不敢奏，出去。〔差官應，作出門科，仍從上場門下。德昭白〕也罷，待孤入朝面奏去。〔寇凖、張齊賢作攔科。同白〕千歲且請三思，此詩一奏，聖上無有不準，楊景難免滅門之禍了，奏不得。〔德昭白〕二卿，孤想王强，每每要害楊景。今日見這反詩，他怎麽倒不敢奏？多應此賊呵——〔唱〕伺孤隱匿詩題（韻），他奏孤王通同謀矣（韻）。〔白〕衆卿隨孤入朝。〔寇凖、張齊賢同白〕千歲若果具奏，楊景死無葬身之地了。〔德昭白〕嗳，君父爲重，孤實不敢隱瞞，隨孤入朝去。〔作出門科，寇準、張齊賢隨出門科。白〕千歲還請三思。〔德昭白〕此事呵，〔唱合〕只可奏吾皇(讀)，二卿休思别議(韻)。〔從下場門下。寇準等虚白隨下。雜扮武官，各戴盔，穿蟒，束帶，執笏。雜扮文官，各戴紗帽，穿蟒，束帶，執笏。浄扮呼延畢顯，戴盔，穿蟒，束帶，執笏。浄扮呼延贊，戴黑貂，穿蟒，束帶，執笏。王强執笏。末扮盧多遜，戴相貂，穿蟒，束帶，帶印綬，執笏。雜扮内侍，各戴太監帽，穿貼裏衣。雜扮大太監，各戴大太監帽，穿大貼裏衣。引生扮宋太宗，戴金王帽，穿黄蟒，束黄鞓帶，從上場門上。宋太宗唱〕

【正宫正曲·朱奴兒】早則見臣僚侍陛(韻)，冠裳整轉過畫扆(韻)。〔場上設桌椅，置筆硯、詔書。宋太宗轉場入座科。盧多遜率文武官朝參科。同白〕臣等見駕，願吾皇萬歲。〔宋太宗白〕衆卿平身。〔盧多遜等同白〕萬歲。〔各起分侍科。德昭捧詩，引寇準、張齊賢從上場門上。同白〕曾經多少疑難事，過去疑難未若此。〔作進門朝參科。白〕臣等朝見，願吾皇萬歲。〔宋太宗白〕卿等免禮。〔德昭等同白〕萬歲。〔各起，寇準、張齊賢分侍科。德昭復跪奏科。白〕兒臣啟奏，今有汝州守將祖忠，差人奏到楊景反詩一首，兒臣不敢不奏。〔作遞詩起科。宋太宗白〕楊景有反詩，那有此事？待朕看來。〔作看詩科。白〕王室圖安我靖匡，這起句足見忠誠，怎麽是反詩？〔復看科。白〕英雄扼運暫埋藏。他年得遂崢嶸志，定掃遼邦反汴梁。〔作沉吟科。白〕反汴梁。〔作擲詩於地，王强拾起看科，宋太宗作怒科。白〕該死的逆臣，他要平遼後，回戈反至汴梁，可惱嗄可惱。〔唱〕覽罷詩章好細追(韻)，這逆臣胸藏反逆謀爲(韻)。〔合〕衝冠氣(韻)，那些個恩負於伊(韻)，輒敢的窺神器(韻)。〔白〕德昭。〔德昭作急忙俯伏科。宋太宗白〕你每每奏稱楊景忠勇無雙，能繼父志，社稷之臣也。今據此詩，乃是謀取社稷之賊也。〔德昭白〕是，德昭心懵眼瞎，保舉匪人，兒臣該死。〔寇準、盧多遜、張齊賢、呼延贊跪科。白〕陛下，臣等審詳詩意，句句忠良之語，惟末句内「反」字，必是醉後筆誤。求聖上暫息雷霆，原情三思。〔王强跪科。白〕陛下，臣細看此詩之意，實係謀反，並非筆誤。陛下速宜將楊景併其全家老幼，盡行誅戮，以除大患。少若遲延，定有不測之變。〔寇準等白〕陛下，楊景在三關之時，坐擁貔貅，又有孟良等二十四員上將，那時爲何不反？如今在汝州當軍，一人如何造反？〔宋太宗白〕卿等起來。〔德昭等同作叩首，起分侍科。宋太宗白〕若説楊景必不造反，現有反詩爲証。若説楊景實欲造反，彼時兵權在手，未露一些端倪。此事真假難辨，必須差一能事人前去細察其詳，方不屈陷無辜也。〔寇準等白〕陛下明鑒。〔雜扮黄門官，戴紗帽，穿圓領，束帶，捧摺，從上場門上。白〕適至邊關報，忙來玉案陳。〔作進門跪奏科。白〕臣啟陛下，嘉山寨祖吉，有本奏上。〔大太監接摺置案科。宋太宗白〕待朕看來。〔黄門官從上場門下。宋太宗看本科。唱〕

【又一體】三關將無存臣體㊞，恃勇悍不遵律紀㊞。辜負君恩思故里㊞，臣難制盡逐無遺㊞。〔白〕衆卿，祖吉道孟良、岳勝等，不遵紀律，野性未降，皆挂冠而散了。〔王强白〕不消説，明露糾合之謀了。〔宋太宗白〕不必多言，朕自有處。此本寇卿等速去會議回奏。〔寇準、盧多遜、張齊賢、王强接摺科。白〕領旨。〔從下場門下。宋太宗作書詔科。白〕呼延畢顯聽旨。〔呼延畢顯應科。宋太宗白〕你一人一騎，星夜趕至汝州，先到酒樓上，驗看此詩。果是楊景筆跡，你即會同汝州知府，梟取楊景首級回奏。若不是他所作，速速查訪題詩之人，拏問回奏。持此詔書，速去。〔呼延畢顯接詔科。宋太宗出座，隨撤桌椅科。宋太宗唱合〕情實據㊇，纔可斬之㊈，秉公驗毋私弊㊅。〔呼延畢顯白〕領旨。〔內侍擁護宋太宗從下場門下。德昭白〕這詩真假難辨，好悶人也。〔呼延畢顯白〕千歲，臣是去了，可有吩咐麽？〔呼延贊白〕是嗄，千歲可有什麽吩咐？〔德昭拭淚科。白〕有何吩咐？卿好自爲之。〔呼延贊白〕我兒，可曾聽見，好自爲之。〔呼延畢顯白〕是，臣去也。〔從下場門下。德昭歎科。白〕那裏説起？〔從下場門下，呼延贊虛白隨下〕

第十一齣　重義輕身甘入地（蕭豪韻）

〔雜扮祖忠，戴盔，穿出襬，從上場門上。白〕略借一星火，燒他萬頃山。下官祖忠。今早有王樞密，差人來送信，今有呼延畢顯，奉旨來查楊景反詩筆蹟。如果確實，即行梟首回奏。我纔去問酒保，説有個黑臉漢，上樓查問壁上詩句。我想今番楊景必死，不免回衙，静聽好音便了。正是：生死差訛一字，喪他名譽千年。〔從下場門下。净扮呼延畢顯，戴小頁巾，穿鑲領箭袖，繫鸞帶，佩劍，執馬鞭，從上場門上。唱〕

【中呂宮正曲·粉孩兒】明明見(讀)，粉牆兒遺詩稿(韻)，字行行絶句(讀)，姓名留表(韻)。知他不是繼黄巢(韻)，不臣心親筆詳招(韻)。〔合〕論騷人携遍詩囊(句)，那曾有反詩絶調(韻)。〔白〕這所衙門想必就是，待我下了馬。〔作下馬科。白〕旨意——〔作急止科。白〕且慢，先説出旨意二字，就不好行事了，我有道理。門上那個在？〔雜扮院子，戴羅帽，穿屯絹道袍，從上場門上。白〕囂塵不污清官府，苔緑無存市馬痕。〔作出門見科。白〕尊官何處所差？〔呼延畢顯白〕我是楊六郎故友，特來探望。〔院子白〕如此湊巧，家爺纔請六爺在後廳敘談，隨我進來。〔呼延畢顯隨院子進門，作歎科。唱〕

【中呂宮正曲·紅芍藥】心展轉(句)，相見英豪(韻)，先説道思故辭朝(韻)。〔院子白〕請少待。〔從上場門下。呼延畢顯唱〕若説欽差有君詔(韻)，這驚疑儼然非小(韻)。〔小生扮胡守信，生扮胡守德，各戴巾，穿道袍。生扮楊景，戴羅帽，穿緞窄袖，繫鸞帶，外扮胡綱正，戴紗帽，穿圓領，束帶。從上場門上。同唱〕傳言(句)，契友訪故交(韻)，到堂前看來分曉(韻)。〔呼延畢顯作進門見楊景科。白〕楊世兄。〔楊景白〕原來是呼延世兄。〔呼延畢顯白〕此位是？〔楊景白〕這就是胡老伯。〔呼延畢顯作見揖科。白〕老伯，呼延畢顯見。〔胡綱正白〕原來是呼延老將軍的公子，失敬，失敬。孩兒們過來見了。〔胡守德、胡守信應，作揖科。白〕公子拜揖。〔呼延畢顯答禮科。白〕二位公子請了。〔作看胡守德科。白〕好奇怪，這位大公子的面貌，竟與六郎相似。〔胡綱正白〕鷄雛怎比鳳儀。請坐。〔場上設椅，各坐科。楊景白〕世兄時常值禁，何暇到此？〔呼延畢顯白〕我麽，乞假數日，特來看你。〔唱合〕念仁兄暮暮朝朝(韻)，特地裏瞻慰儀表(韻)。〔楊景白〕非也，兄時常值禁，焉能乞假？此來必有緣故。〔呼延畢顯白〕什麽緣故？特來領教佳作。〔楊景白〕什麽佳作？小弟不解。〔呼延畢顯白〕難道你不記得酒樓上的詩了麽？〔胡綱正白〕什麽酒樓上的詩？〔胡守德、胡守信白〕就是那日，我弟兄三人飲酒，兄長偶爾遣興，題詩在壁。〔胡綱正白〕有的麽？〔楊景白〕有的。〔呼延畢顯白〕嗄，有的。〔楊景白〕世兄在朝，何以得知？〔胡綱正等白〕是嗄，何以得知？〔呼延畢顯白〕聖上都知道你這佳作，小弟焉得不知？〔楊景、胡綱正等同白〕奇嗄。〔呼延畢顯白〕世兄佳作，可還記得？〔楊景白〕那時醉後偶作，只恐韻句不穩，用字差訛。記得是：王室圖安我靖勛，英雄扼運暫埋藏。他年得遂崢嶸志，定掃遼邦返汴梁。〔呼延畢顯作驚起科，衆各起，隨撤椅科。呼延畢顯白〕仁兄，這詩是你親筆無疑了？〔楊景白〕是我親筆。〔呼延畢顯白〕親筆，死罪定矣。〔胡綱正、楊景等作驚異科。白〕這詩不關風化，有何死罪？〔呼延畢顯白〕好個不關風化。〔作懷内出詔書科。白〕楊景、胡綱正聽旨。〔楊景、胡綱正作驚科。白〕原來是天使到了。〔作俯伏科，呼延畢顯宣旨科。白〕聖旨到來，跪聽宣讀。兹爾楊景，屢犯死罪，朕念伊父功高，屢赦其死。楊景不知感激，輒敢怨望朝廷，醉題反詩，罪不容誅。本當滿門盡戮，朕仍念楊繼業父子救駕之功，寬恩赦免全家之罪。命呼延畢顯賫旨與汝州知府胡綱正，楊景不必市曹正法，就在居所賜死，然後取其首級回奏，欽此謹遵。〔楊景、胡綱正同作叩首謝恩，急起科。呼延畢顯白〕請過聖旨。〔胡綱正作接旨，向下付科。胡守德、胡守信白〕哥哥，此乃極天冤枉之禍。〔楊景歎科。白〕時也命也，請問天使大人，楊景之詩，那一句是反詩？教道明白，我死也甘心。〔呼延畢顯白〕起句的「匡」字，就該死了。〔楊景白〕我用的是勛勷之勛。〔呼延畢顯白〕現今匡人之匡。〔楊景等同白〕還有？〔呼延畢顯白〕末句你要掃滅遼邦，反到汴梁，這不是反詩？〔楊景白〕我用的是往返之返。〔呼延畢顯白〕現在是反叛之反。〔楊景白〕老伯，二位賢弟，這兩字俱差了。〔唱〕

【中呂宮正曲·福馬郎】我酒後題詩將忠義表(韻)，要輔國勛勷報(韻)。將遼掃(韻)，凱旋方返(讀)，表吾志高(韻)。〔白〕今依此言呵，〔唱〕兩字錯謄抄(韻)，〔合〕陷我家難保命難逃(韻)。〔胡綱正、胡守德、胡守信白〕是嗄，只怕抄謄錯了。若説六郎，決無謀反之意。還求天使覆奏明白。〔呼延畢顯白〕我接旨時，聖上恐其冤屈罪你。教我先往酒樓查驗是實，然後開讀聖旨。我已查驗確實，還覆什麽旨？〔楊景等同白〕天使已經查驗過了？〔呼延畢顯白〕查驗過了。〔楊景等同白〕匡人之匡？反叛之反？〔呼延畢顯白〕匡人之匡，反叛之反。〔胡綱正白〕賢姪，你反詩之罪難逃矣。〔楊景白〕老伯嗄，小姪就死也是冤屈之鬼了。〔胡綱正白〕你醉後題詩，難免筆誤。〔作忿恨科。白〕今日六郎之禍，皆由你這兩個畜生身上而起。〔楊景、呼延畢顯白〕與他二人什麽相干？〔胡綱正白〕你兩個不約六郎出去飲酒，那有此禍？〔唱〕

【中呂宮正曲·耍孩兒】追想其情真堪惱(韻)，勾引官衙出(句)，背嚴親會飲遊遨(韻)。〔楊景白〕老伯，這是小姪自作之罪，與他二人何干？〔胡綱正白〕嗳，你是罪人，他兩個不帶你去，你焉敢出去？天使大人，這兩個畜生，乃罪之首，禍之魁也。畜生，好好一個國家柱石，斷送在你二人身上。他死了，你兩個活於人世。〔作氣恨科。白〕也難爲情。〔唱〕皆因(句)，三杯酒(讀)，將壘塊澆開了(韻)，搆出他(讀)，鬱滯牢騷調(韻)。〔白〕如今呵，〔唱合〕怎怎救他違天詔(韻)？〔呼延畢顯背科。白〕聽他之言，便知心腹矣。老伯，你真個要救六郎之死麽？〔胡綱正白〕聖上旨意天使傳諭，誰敢救他？〔呼延畢顯白〕不是嗄，若真心要救他，好商量，好商量。〔胡守德、胡守信白〕爹爹，聽天使之言有因。爹爹想個萬全之計，超豁其罪。〔胡綱正白〕事關重大，如何超豁？〔呼延畢顯白〕超豁是萬萬不能，聖上還要六郎首級回奏。〔楊景白〕嗳，君父要臣子一死，焉敢偷生？既要楊景首級回奏，〔作拔呼延畢顯佩劍科。白〕借天使寶劍，吾當自刎。〔作刎科，呼延畢顯奪劍入鞘科，衆勸解科。白〕你且消停商議。〔楊景白〕俺楊景，長懷忠義，不幸擔個反叛臭名，玷辱家門，何顔活於人世？〔唱〕

【中呂宫正曲・會河陽】名重寰區(讀)，忠烈皇朝(韻)，怎當叛逆罪名招(韻)？難逃(韻)，速取首級(讀)，早回奏消(韻)，莫爲我擔煩惱(韻)。〔呼延畢顯白〕老伯，千歲吩咐，教我與胡老伯好自爲之。如今只要個首級回去，管什麼楊景不楊景。〔胡綱正白〕這倉卒之際，那有别人首級與你？〔楊景白〕我死分所當然，何苦禍及别人，又擔個誑君之罪。〔唱合〕詩題(句)，尚坐我逆謀造(韻)。偷生(句)，又加上違君詔(韻)。〔胡守德作思忖科。白〕爹爹，既然天使説，只要有個首級回奏，這是莫大之德。孩兒面貌與六郎相同，望爹爹割捨孩兒，情願替我哥哥一死。〔楊景白〕這個斷斷使不得。〔胡綱正白〕你願代死？〔作不忍科。胡守德白〕爹爹嗄。〔作跪科。唱〕

【中呂宫正曲・縷縷金】你休愛惜(句)，免悲號(韻)，兒今甘替死(句)，義堅牢(韻)。〔胡綱正作哽咽科。白〕親兒，真個要代死？〔胡守德白〕真個。〔胡綱正作哭科，楊景、胡守信作悲泣科。呼延畢顯白〕老伯，胡門出此孝義之子，難得。〔胡守信白〕爹爹，我哥哥乃胡氏長子，留他以延宗嗣，孩兒替死了罷。〔呼延畢顯白〕二公子替死，你的面貌不像，又無鬚髯，使不得。〔胡守德白〕兆兆兆，你無鬚髯，就死無益，還是我替。〔楊景白〕住了，楊景得罪於朝廷，應當一死，與你何干？〔胡守德白〕哥哥得罪朝廷，我之過也。那日我若不教哥哥做詩，焉有此禍？豈不是我害了你麽？〔唱〕我死所當然(句)，何須計較(韻)。〔楊景白〕二位賢弟嗄，〔唱〕金蘭交契幾晨朝(韻)，〔合〕蕭牆禍來到(韻)，蕭牆禍來到(疊)。〔呼延畢顯暗作招胡綱正，背科。白〕看大公子義必代死。〔向懷中取包科。白〕這是鴆藥一包，老伯好自爲之。〔胡綱正接科。白〕我自有道理。〔向楊景白〕賢姪，我孩兒甘心代死，你可全他義烈之志罷。〔楊景白〕這個小姪決難從命，再言代死，吾當觸死堦前。〔衆作攔科。胡守德白〕哥哥，我將大義説與你聽。既結生死之交，非徒有名無實。兄乃皇家柱石，有用之材，弟乃陋室腐儒，世上無用之輩。留兄日後替皇家出力，即我之功也，有何不可？有何不可？〔楊景悲泣科。白〕愚兄決難從命。〔胡綱正與呼延畢顯附耳科。胡綱正白〕我兒，既是六郎不肯，只得任憑尊意罷了。天使請到外書房暫坐，少刻我將六郎首級，交代便了。〔呼延畢顯白〕如此甚好。〔從下場門下。胡綱正作哭科。白〕賢姪，老夫備有水酒，只當與賢姪送別。守信，同你六哥哥到内書房去。〔楊景白〕老伯，就有酒，小姪如何喫得下？〔胡綱正白〕喫不喫，以盡老夫之誠意耳，快去。〔胡守信作挽楊景，從下場門下。胡綱正作手挽胡守德科。白〕我兒。〔胡守德跪科。白〕爹爹。〔胡綱正白〕親兒。〔胡守德白〕爹爹。〔胡綱正慟哭科。白〕好，你有爲國愛賢之德，父有成子美名之義。非是爲父的很心，只爲國家邊患未消，留此人肅清邊境，就算我父子報國之恩也。我兒，你可怨我麽？〔胡守德白〕爹爹，孩兒亦爲盡忠盡義，甘心代死，何怨之有？爹爹，只是孩兒不能盡孝了。〔哭科。胡綱正白〕好，難得，爲父的有件東西與你，只是，〔作欲遞鴆藥，又止科。胡守德白〕爹爹取來。〔胡綱正作悲泣不忍狀，復發很科。白〕也罷。〔作擲藥包於地，從上場門急下。胡守德作拾起看科。白〕嗄，曉得了，就在這件東西上，爹爹全子之義了。不免取酒到内書房去，與我哥哥決别。代死圖報國，殺身爲成仁。〔從下場門急下。中場設桌椅科。胡守信、楊景從上場門上。同唱〕

【中吕宫正曲・越恁好】英雄運阨(句)，英雄運阨(疊)，飛禍驟相招(韻)。題詩起釁(句)，陰陷你我去飡刀(韻)。銜冤負屈去陰曹(韻)，皇天不照(韻)。〔同作哭科。胡守德持酒壺，從上場門上。唱合〕也圖個(讀)，忠孝把皇王報(韻)。也圖個(讀)，義烈把芳名表(韻)。〔作進門科。白〕哥哥，家父特備水酒，命我弟兄與哥哥喫杯離别酒。〔楊景白〕二位賢弟，今日一别，再無相見之日了。〔同哭科。唱〕

【又一體】分離此刻(句)，分離此刻(疊)，撲簌簌淚如澆(韻)。心酸難忍(句)，同携手意難拋(韻)。〔作各坐科，胡守德作斟酒科。白〕哥哥，請喫一杯。〔楊景白〕二位賢弟，楊景未曾舉杯，先思老母，那裏喫得下。〔作哭科。胡守德白〕兄弟，你跪勸哥哥喫一杯。〔胡守信應，作捧杯跪科。白〕哥哥嗄，小弟跪在此，望求哥哥勉强喫一杯。〔楊景作扶起胡守信科。白〕請起。〔胡守德作向上將藥入酒杯，回身坐科。白〕小弟奉陪便了。〔作飲藥酒，照杯科。白〕哥哥，小弟乾了。〔楊景白〕兄弟嗄。〔唱〕早胸膛壅塞(句)，早胸膛壅塞(疊)，痛切切嗌喉嚨(讀)，固卻這遭(韻)。〔胡守信起科。白〕哥哥，六哥不喫。〔胡守德作腹痛狀科，楊景、胡守信驚科。白〕爲什麽這般光景？〔胡守德白〕没有什麽，我爲你傷悲，一時心痛。〔唱〕爲伊家死别(句)，爲伊家死别(疊)，痛得我肺腑内(讀)，陣陣難熬(韻)。〔胡綱正從上場門上，作悄聽科。胡守德叫痛科。唱合〕心兒内胸膈中(句)，宛似鋼刀攪(韻)。〔作痛極叫喊，起科，隨撤桌椅。胡綱正急進門科。白〕我兒。〔胡守德白〕爹爹，孩兒與你長别了。〔胡綱正哭科。楊景、胡守信白〕這是什麽説話？〔胡守德唱〕向膝前拜别(讀)，勸爹休悼(韻)。〔作跌仆科，衆作驚慌狀，扶起科。胡守德白〕爹爹，〔唱〕

【中吕宫正曲·紅繡鞋】兒今五内焚燒(韻)、焚燒(格)，抽腸搗肚難熬(韻)、難熬(格)。〔作痛極叫科。白〕爹爹，哥哥，兄弟。〔胡綱正等應，叫哭科。胡守德作跌仆死科。胡綱正白〕六郎，我孩兒替你死了。〔楊景白〕賢弟，你到底爲我而死，痛殺我也。〔同作伏屍哭科。唱〕叫不應(句)，痛悲號(韻)，卻做了(句)，李代桃(韻)。〔合〕忠義魄(句)，赴陰曹(韻)。〔呼延畢顯從下場門上。白〕心神殊不定，如坐在針氈。裏邊痛哭，進去看來。〔作進門科。胡綱正白〕天使大人，守德死了。〔呼延畢顯作哭科。白〕公子嗄，似你這樣義士，古來罕有。〔胡綱正白〕如今怎麽樣？〔呼延畢顯白〕公子既然代死，佩劍在此，老伯速取首級，吾好覆旨去。〔作遞劍，胡綱正作接劍科。白〕兒嗄，不是爲父的很心，事出無奈了。〔唱〕

【中吕宫正曲·千秋歲】淚珠抛(韻)，手執青鋒劍(句)，欲割首手兒難到(韻)。〔白〕兒嗄。〔唱〕父子倫常(句)，父子倫常(疊)，骨肉恩(讀)，難教下此殘暴(韻)。〔作哭科。楊景、胡守信白〕怎忍下此毒手？〔呼延畢顯白〕快些，俺還要趕回去覆旨，快些動手。〔胡綱正作哽咽科。白〕我兒親兒。〔呼延畢顯白〕動手。〔胡綱正唱合〕教我腸如搗(讀)，心如攪(韻)。〔白〕也罷。〔唱〕早交納(讀)，忙回報(韻)。〔作割首級，擲劍。呼延畢顯收劍入鞘。衆撲哭科，呼延畢顯作搶首級科。白〕取來，俺覆旨去也。〔胡綱正白〕到京須防王强這奸賊，不要被他看破纔好。〔呼延畢顯白〕不妨，自有千歲主張，俺去也。〔作出門欲走，復回科。白〕老伯，你把六郎藏密。世兄，你却出去不得的。〔唱〕你且埋名號(韻)，倘風聲走漏(讀)，關係非小(韻)。〔從下場門下。楊景白〕老伯嗄，小姪如今置身何地？〔胡綱正白〕老夫自有道理，且將屍首擡進去。〔楊景、胡守信作擡胡守德屍，從下場門下，楊景復上。胡綱正白〕賢姪。〔唱〕

【慶餘】我兒一命歸泉道(韻)，把你戕命亡身禍事消(韻)。〔楊景白〕老伯，〔唱〕感不盡再造生身恩德高(韻)。〔同從下場門下〕

第十二齣 歸朝函首巧瞞天（先天韻）

〔雜扮内侍，各戴太監帽，穿貼裏衣。浄扮呼延贊，戴黑貂，穿蟒，束帶。末扮盧多遜、張齊賢，外扮寇準，各戴相貂，穿蟒，束帶，帶印綬。引生扮德昭，戴素王帽，穿蟒，束玉帶。從上場門上。同唱〕

【仙吕宫正曲・步步嬌】奏摺封章勤披展(韻)，持政無訛舛(韻)，公孤任大賢(韻)，爲天子股肱(句)，要扶綱惇典(韻)。〔德昭白〕天色黎明，正當早朝理事，往朝房伺候。〔唱合〕恭候聽傳宣(韻)，鵷行齊集登金殿(韻)。〔同從下場門下。浄扮呼延畢顯，戴小頁巾，穿鑲領箭袖，繫縧帶，背黄袱，内包首級，從上場門上。唱〕

【又一體】履薄臨深多驚險(押)，假首來呈獻(韻)，頻頻暗告天(韻)。眼前吉少凶多(句)，望天垂眷(韻)。

〔白〕未至朝房，心先寒戰，足見虚心事做不得的。别人俱不怕，只怕王强這狗頭。只要瞞過了他，便是大家造化。倘他看破真假，〔唱合〕幾命禍牽連(韻)，防患先爲善(韻)。〔白〕不知何人在朝房内。放了首級，進去看看。〔作放包袱進門科，呼延贊從下場門上。白〕什麽人在外行動？待我看看。〔呼延畢顯作見科。白〕爹爹。〔呼延贊白〕我兒回來了。〔呼延畢顯白〕回來了。〔呼延贊白〕待我請千歲出來。〔向下請科。白〕千歲有請。〔内侍、盧多遜、張齊賢、寇準隨德昭從下場門上。德昭白〕怎麽説？〔呼延贊白〕呼延畢顯回來了。〔德昭白〕在那裏？〔呼延畢顯作參見科。白〕千歲，臣呼延畢顯參見。〔德昭白〕你到汝州，查驗反詩，真假若何？〔呼延畢顯白〕臣遵旨到酒樓上，查驗是實。又到知府衙門，盤問楊景，他念來一字不差。〔德昭等同白〕一字不差，你便如何行事？〔呼延畢顯白〕實是他親筆，臣無法可救，只得遵旨施行了。〔德昭白〕遵旨施行，是賜他自死了嗄？〔寇準等白〕是嗄，怎生處置了？〔呼延畢顯白〕奉旨賜死，誰敢抗違？現有首級在此。〔德昭作驚科。白〕首級在那裏？〔呼延畢顯白〕有。〔衆白〕取來。〔呼延畢顯白〕有嗄。〔德昭白〕取來孤家看。〔呼延畢顯應，作取包袱遞科。白〕這包袱内就是首級。〔德昭白〕打開來看。〔呼延畢顯白〕還要打開來看？嗄，打開來看。〔作開包袱，露首級科。白〕獻首級。〔德昭等作認看，作驚慌科。白〕何嘗不是六郎首級？〔呼延畢顯白〕這如何假得來？〔德昭白〕兀的不痛殺我也。〔作昏迷科。場上設椅，衆扶德昭坐科。寇準等同作唤科。白〕千歲，千歲。〔呼延贊作踢打呼延畢顯科。白〕畜生，你幹得好事，這等不中用。〔寇準等白〕不要如此，且看千歲。〔呼延贊作唤科。白〕千歲。〔德昭作甦醒科。白〕痛殺我也。〔唱〕

【仙呂宮正曲·風入松】教人五内痛哀憐（韻），苦只苦柱國英賢（韻）。遼邊指望伊家奠（韻），又誰知慘遭刑憲（韻）。〔白〕六郎嗄，〔唱合〕反詩案隱情莫辨（韻），痛英雄赴黃泉（韻）。〔副扮王强，戴高紗帽，穿蟒，束帶，從上場門上。白〕朝房内誰人喧嚷？〔作竊聽科。呼延贊白〕千歲不用悲痛，待我來。〔向呼延畢顯白〕畜生，臨行之際，千歲囑咐你好自爲之，連這句話也不解。不問虛實，把個幹國忠良就害死了。我還留你這無用的畜生怎麽？〔作踢打呼延畢顯科。寇準等虛白，解勸科。呼延畢顯白〕爹爹，這是聖上的旨意。〔呼延贊白〕畜生嗄。〔唱〕

【又一體】欽差恃你大威權(韻)，奉著旨便虛實不辨(韻)。梟來首級慇懃獻(韻)，竟把個虎臣命陷(押)。〔白〕我打死你這畜生。〔作打科。王强作進門科。白〕住了。老將軍，朝房中不是你施展家法之處。小將軍，楊景首級可曾取來？〔呼延畢顯白〕欽奉聖旨，焉敢抗違？〔作取首級科。白〕首級在此。〔王强白〕待我看來，不知可是真的？〔作細認科，呼延畢顯作懼科。白〕大人，這首級怎麽個假法？〔王强白〕像是像楊景的首級。〔呼延畢顯作暗喜科。王强白〕小將軍果然能事。〔呼延畢顯白〕不敢，大人既已查驗無假，就煩大人代我覆奏。〔王强白〕你在此候旨，待下官與你覆旨去。〔從下場門下。德昭白〕衆卿，這奸賊今番心滿意足了。〔寇準等白〕奸賊心滿意足，只苦了六郎。〔同作拭淚科。唱合〕反詩案隱情莫辨(韻)，痛英雄赴黄泉(韻)。〔王强引雜扮大太監，戴大太監帽，穿大貼裏衣，從下場門上。大太監白〕旨意下。〔德昭作起，隨撤椅科。呼延畢顯、王强作俯伏科。大太監白〕今據王强覆奏，呼延畢顯查驗楊景反詩情實，並無冤枉，是以遵旨施行。楊景固罪不容誅，朕心深爲痛惻，無侫府仍賜佘氏等全家居住，前罪一概赦免。將楊景首級發回汝州殯葬。王强賜名王欽，同平章事。呼延畢顯，恩加一級，爲團營都總管。欽哉謝恩。〔王欽、呼延畢顯作叩首謝恩起科。大太監作參見德昭科。白〕千歲，聖上回宫，千歲與衆公卿，朝散歸第。〔德昭等應科。大太監仍從下場門下。王欽白〕小將軍，取楊景首級過來，待我差人送到汝州去。〔作取首級出門，笑科，從下場門下。德昭作拭淚歎科。寇準等白〕千歲免愁煩，請回宫去罷。〔德昭白〕明聖無私如慧日。〔寇準等同白〕終須照徹覆盆冤。〔内侍引德昭等作出門，從下場門下。旦扮郭氏，穿氅，從上場門上。唱〕

【中吕宫正曲·縷縷金】花容麗㊁，賽嬋娟㊀，生來心悍戾㊁，似鷹鸇㊀，口舌尖而利㊁，脣鎗舌劍㊃。〔中場設椅，椅後設書桌，郭氏轉場坐科。白〕奴家王樞密之妻郭氏是也。當初我丈夫不第，奴家常自怨恨。誰想他時運到來，做了遼邦參謀，委他來汴京做個内應。因與楊景寫了一紙冤狀，又做了宋朝樞密。我丈夫現喫宋朝的飯，卻與遼家辦事。前番六郎遭貶，已命人寄書與蕭后起兵，與謝庭蘭商議，圖謀宋室。只等反詩之計一成，殺了楊景，大事尤其可成了。今日爲何這時候還不下朝？〔雜扮二院子，各戴羅帽，穿屯絹道袍，繫鑾帶，持包袱。引王欽戴相貂，穿蟒，束帶，帶印綬，從上場門上。王欽唱〕喜得詩句被訛傳㊀，〔合〕計就頭顱獻㊀，計就頭顱獻㊂。〔院子白〕相爺回府。〔作進門相見科。郭氏白〕相公下朝了？〔王欽白〕下朝了。過來，將奇貨放在桌上，快去吩咐王虎、李龍，裝扮貨郎兒來聽用。〔院子應，作置包袱於桌上，出門從下場門下。場上設椅，各坐科。王欽作喜科。白〕我好快活。〔郭氏白〕相公，什麽事這樣快活？〔王欽白〕今早呼延畢顯取了楊景首級回來。下官代爲覆旨，乘其隙便，又加上譖言，聖上深信，加我同平章事，賜名王欽，你道快活不快活？〔郭氏白〕加你爲宰相，就是這樣快活。那蕭后許你封王，難道不記得了？〔王欽白〕若不記得，這桌兒上的好東西，要他做什麼？〔郭氏白〕這是什麼好東西在內？〔王欽白〕就是楊景的首級。我今寫書一封，併將此物差人進與蕭后。教他即速起兵，到魏府銅臺。下官早與謝庭蘭約會，設法請御駕到銅臺。又無楊景督兵護駕，大事可成矣。〔郭氏白〕好計，快快寫起書來。〔王欽白〕待我修書便了。〔作起，入桌修書科。唱〕

【仙吕宫正曲·漿水令】謹奏上君后臺前(韻)，臣別後連遞書牋(韻)，圖謀今得計兒全(韻)。延昭遭貶(讀)，於今刑典(韻)，乘虛進(句)，慢俄延(韻)。〔白〕書已寫完。〔郭氏白〕書上怎麼説？念與奴家聽聽。〔王欽白〕聽了。臣自辭駕，即赴汴梁，每懷報答娘娘之恩，無由得遂。今臣頗知中國强弱，所可慮者，惟楊景智謀忠勇。前經罪貶汝州，臣已命祖吉投書，乞娘娘即宜發兵。今臣又捏就反詩，參劾楊景，宋主差呼延畢顯賜死。今將楊景首級獻上，望娘娘放心發兵，到銅臺與謝庭蘭計議設謀。臣內中自生支節，復有書來奏知，宜速爲之，勿失機會。謹奏。〔郭氏白〕妙極，妙極。〔雜扮王虎、李龍，各戴氈帽，穿水田衣，繫腰裙，背箱子，執鼗鼓，從上場門上。同白〕原充家將士，今作貨郎兒。〔作進門見科。白〕相爺，看我們打扮如何？〔王欽白〕好。〔王虎、李龍白〕不知相爺有何差遣？〔王欽白〕我有機密事用你二人，這是楊景的首級，裝好在箱內。〔王虎、李龍應，作裝首級科。王欽白〕這是緊要密書，收好了。〔李龍白〕藏在箱內便了。〔作藏書科。王欽白〕你二人，星夜往幽州，將密書與首級獻上蕭后，不可遲延。一路須要留心，聽吾吩咐。〔唱〕機關密密方爲善(韻)。〔合〕休辭倦(韻)，休辭倦

(疊)，私信忙傳(韻)。一路裏(韻)，一路裏(疊)，留意爲先(韻)。〔王虎、李龍白〕相爺放心，管將此信傳到遼邦，成功回報便了。〔作出門，從下場門下。王欽、郭氏作起，隨撤桌椅科。王欽白〕夫人，此信一至，管教蕭后即便起兵也。〔郭氏白〕但願早早成功，你我就要封王了。〔王欽白〕眼望捷旌旗。〔郭氏白〕耳聽好消息。〔同從下場門下〕

第十三齣　計退三城傾宋社（家麻韻）

〔雜扮軍士，各戴馬夫巾，穿箭袖卒褂。雜扮將官，各戴馬夫巾，紥額，穿打仗甲。引副扮謝庭蘭，戴盔，紥靠，背令旗，從上場門上。謝庭蘭唱〕

【正宮引·新荷葉】戈戟排門啟帥衙（韻），列熊羆鐵衣披掛（韻）。總戎勢耀果堪誇（韻），假忠僞義陰藏詐（韻）。〔中場設椅，轉場坐科。白〕本帥魏府銅臺總鎮謝庭蘭是也。家兄謝庭芳，被楊景主使部將焦贊殺死。不料朝廷袒護楊家，竟不將兇身正法抵償，饒其活命。本帥正在忿忿難消，恰值王大人密書到來，約本帥結連蕭氏，謀取宋室，事成後富貴共之。我想哥哥位居金吾大將，如此結果，何況本帥一個總兵。不如依了王樞密行事，後來博個分茅裂土，倒也不枉人生一世。已差人寄書去約蕭氏到此，本帥有個絶妙計兒，非但成事，且不使朝中知本帥之計也。〔雜扮報子，戴馬夫巾，穿報子衣，繫鑾帶，執報字旗，從上場門上。白〕遼兵捲地至，金鼓震天來。〔作進門稟科。白〕啟元帥，蕭后親統大兵，在城外搦戰，請令定奪。〔謝庭蘭白〕再去打聽。〔報子應，作出門科，仍從上場門下。將官白〕蕭氏搦戰，其鋒必鋭，元帥有何退敵之計？〔謝庭蘭白〕本帥自有妙計。少間爾等俱在城内伏兵隱藏，待本帥獨自出城，先將大義敷陳，勸彼納降。他若不依，吾揮軍出城，你們奮勇一戰，必獲全勝。爾等依令施行。〔將官白〕元帥獨自出城，恐有不測。〔謝庭蘭白〕爾等豈不聞，郭汾陽單騎見虜，浩然正氣也。不必惑亂軍心，起兵到城門首去。〔衆應。謝庭蘭作起，隨撤椅。謝庭蘭作乘馬、持鎗，軍士將官各取兵器，作引遶場科。同唱〕

【正宫正曲·醉太平】遼家宋家韻，鬬勇兵加韻，今當用武顯豪俠韻，建功勳報帝家韻。名標鐘鼎雲臺畫韻，千秋書史傳非假韻。〔合〕争前賈勇敢擒拏韻，管今番勝他韻。〔同從下場門下。場上設魏州城科。雜扮遼兵，各戴額勒特帽，穿外番衣，持兵器。雜扮遼將，各戴盔襯狐尾雉翎，穿打仗甲，持兵器。雜扮蕭天佑、蕭天佐、耶律希達、耶律色珍，各戴外國帽狐尾雉翎，紥靠，持兵器。引旦扮蕭氏，戴蒙古帽練垂，紥靠，背令旗，持刀，從上場門衝上。蕭天佑白〕宋將，快快開城獻降。〔謝庭蘭内白〕開城。〔謝庭蘭作出城科。白〕本帥謝庭蘭在此。〔蕭氏白〕前者書信，何人所寄？〔謝庭蘭白〕王强命小將約娘娘到此，計圖宋室。〔蕭氏白〕何計可圖？〔謝庭蘭白〕謝庭蘭想得一計在此，先告個罪兒。〔蕭氏白〕講。〔謝庭蘭白〕今日求娘娘，假意大敗而逃，小將引兵追趕，娘娘連讓小將大名、廣平、順德三府。然後娘娘寫下一道假降表，假説求宋主讓還此三城，情願在魏府銅臺築起受降臺一座，遼國永爲下邦，兩下罷兵息戰，請宋主親來受降。將請降表文交付謝庭蘭，寄與王强陳奏，包管宋主應允，娘娘設伏圖之。不知此計如何？〔蕭氏白〕好，此計若成，王、謝二卿，即當分茅裂土。此計若詐，屠汝合城，寸草不留。〔謝庭蘭白〕就依娘娘示諭，少間只可敗，不可勝，謝庭蘭領兵就來。〔作回身。白〕開城。〔作進城科。蕭氏白〕傳令衆將，敗者有功，勝者梟首。〔耶律色珍等應科。蕭氏白〕城内宋將早早獻城。〔謝庭蘭内白〕衆將官，蕭氏不遵歸化，隨本帥出城擒拏者。〔軍士將官應，作引謝庭蘭出城科。蕭氏白〕謝庭蘭，孤大兵已至，還不獻降？〔謝庭蘭白〕本帥今日若不斬……〔蕭氏作怒視科，謝庭蘭作畏懼科。白〕爾等，誓不收兵。〔謝庭蘭等同唱〕

【正宫正曲·普天樂】覆伊巢如傾厦㊞，掃伊家如飄瓦㊞。吾今奉天討征伐㊞，靖邊疆歸化王家㊞。〔作合戰科，同從下場門下，隨撤城科。遼兵遼將、蕭氏等，軍士將官、謝庭蘭從上場門上，絡繹挑戰，合戰科。蕭氏白〕收兵。〔遼兵遼將、蕭氏等，同從下場門敗下。軍士將官白〕遼兵大敗。〔謝庭蘭作笑科。白〕蕭氏此敗，必投大名府去，傳令緊緊追上，奪取城池者。〔軍士將官應，作遶場科。同唱合〕忙催戰馬㊞，攻城繞週匝㊞，乘鋭英鋒㊟，鼓勇擒拏㊞。〔同從下場門追下〕

第十四齣　書搜一紙証奸謀（寒山韻）

〔雜扮孟良，戴紥巾，穿鑲領箭袖，繫鑾帶，背葫蘆，帶雙斧。生扮岳勝，戴紥巾，穿鑲領箭袖，繫鑾帶，佩劍。各執馬鞭，從上場門急上。白〕不好了，不好了。俺二人正要到汝州打聽六郎消息，只聽一路行人，紛紛傳説，六郎醉題反詩，朝廷差呼延畢顯到汝州，已經梟取六郎首級，回汴京覆旨去了。俺二人急急趕到太行山，報與衆兄弟知道便了。〔唱〕

【高宮套曲・端正好】一路裏傳説亂紛紛(句)，爲詩中寓意包藏反(韻)，怒雷霆早頸斷刀飡(韻)。唬唬破俺兩個英雄膽(押)，駡讐奸捏做出反詩案(韻)。〔同從下場門下。雜扮李龍、王虎，各戴氊帽，穿水田衣，繫腰裙，背箱子，執鼗鼓，暗帶刀，從上場門上，作四顧科。同唱〕

【高宮套曲・滚繡球】忒忒的心虛怕攩攔(韻)，早闖出沿途幾座關(韻)，這驅遣犯著深患(韻)，小鹿兒撞胸懷畏懼難安(韻)。〔白〕我二人，奉相爺之命，假扮貨郎兒，到幽……〔作回顧科。白〕到幽州，獻楊景首級。還有密書一封，寄與蕭后，這干係非小哩。〔唱〕扮著這貨郎兒八條繩(句)，箱子内貨物兒提起也膽寒(韻)。倒成了插標賣首(句)，經紀牙販(韻)，去遼邦販賣著宋室江山(韻)。俺王丞相發行客(句)，咱兩個夥計相幫走市闤(韻)，重載輕擔(押)。〔孟良內白〕岳哥哥快走。〔孟良、岳勝從上場門急上，作撞倒王虎跌落箱子科。岳勝白〕什麼人？〔王虎、李龍作搶起箱子，遶場跑科。孟良、岳勝追趕科。白〕問你們什麼人，怎麼不答應？〔王虎白〕我們是王——〔岳勝白〕王什麼？〔王虎白〕王、王、王——〔李龍白〕往幽州販貨的貨郎兒。〔孟良白〕原來是貨郎兒。〔李龍作拉王虎科。白〕走罷。〔李龍、王虎欲行，復回顧科。孟良、岳勝白〕這兩人奇怪。〔李龍、王虎白〕没有什麼事。〔孟良白〕誰管你有事無事？〔王虎、李龍冷笑，退行科。白〕賣貨。〔孟良白〕去罷。〔王虎、李龍白〕賣貨。〔同從下場門急下。岳勝白〕嗄，這兩個貨郎兒，見我們怎麼這樣驚慌失色？〔孟良白〕便是，〔同唱〕

【高宮套曲・倘秀才】素不識應無畏憚(韻)，無瓜葛有何忌誕(韻)，卻怎的失色慌張舉步難(韻)？〔岳勝白〕不該放他們去，應當盤問個明白。〔孟良白〕小弟也是此想，趕上去問來。〔同唱〕忙索縫(句)，急尋瘢(叶)，匆匆快趕(韻)。〔白〕貨郎兒慢行，有話問你。〔同從下場門下。王虎、李龍從上場門急上。白〕快跑。〔作急跑遶場科。唱〕

【高宮套曲・脱布衫】唬得來膽戰身癱(韻)，險些兒捉了破綻(韻)。〔孟良、岳勝內白〕貨郎兒慢走，俺們買你的東西。〔王虎、李龍白〕天嗄。〔唱〕遇冤家偏偏要趕(韻)。〔白〕快跑。〔作跌撲，急起科。同唱〕兩條腿有了絲絆(韻)。〔王虎白〕不好了，一定看出破綻，趕來了。〔李龍白〕萬一搜出首級書信，你我活不成了。不如先下手爲强，他若趕上，將他們殺了罷。〔孟良、岳勝從上場門追上。白〕貨郎兒等一等，買你的東西。〔王虎、李龍作跑，孟良、岳勝作追科。白〕不要跑。〔作追近科。王虎、李龍白〕你們趕我二人，敢是要打劫我們貨物？〔孟良白〕不是，要買你的東西。歇下，歇下，箱子裏是些什麽貨物？〔王虎白〕箱子裏是貨嗄。〔孟良、岳勝白〕什麽貨物？我們要買。〔王虎、李龍白〕我這貨物不賣的。〔孟良白〕既做生意，那有不賣的東西？〔王虎白〕這個，我這箱子裏，貨物雖有，不在這裏賣的。〔孟良白〕什麽貨物？打開來看看。〔王虎、李龍白〕貨物罷了，看他怎麽。〔孟良、岳勝白〕事有可疑，偏要打開來看。〔作下馬，搶箱子科。王虎、李龍作捺住科。白〕看不得，看不得。〔孟良、岳勝作踢開王虎、李龍科。白〕偏要看看。〔孟良作開箱子，拏包袱科。白〕嗄，什麽圓東西，好像西瓜，打開來看。〔岳勝、孟良作解包袱，細看驚科。白〕這首級，好像六哥哥的模樣。〔王虎、李龍作出刀科。白〕看刀。〔孟良、岳勝出劍斧，作殺死王虎、李龍科。岳勝白〕仔細看看，可是兄長首級？〔作認看科。孟良同白〕何嘗不是兄長首級。〔作哭科。白〕哥哥嗄，你死的好不明白也。〔唱〕

【高宮套曲·小梁州】一見傷心淚雨潸(韻)，歎忠良受害權奸(韻)。〔白〕哥哥。〔唱〕代伊讎報命填還(韻)。翻冤案(韻)，拚死去斬奸頑(韻)。〔岳勝白〕且不要哭，看他箱內還有什麽？〔作搜書科。白〕賢弟，還有書一封，待我看來。〔作看書科。孟良白〕好嗄，看看是誰人的書信，寄與那個的？〔岳勝作驚科。白〕了不得，這是王强約蕭氏起兵，圖謀宋室之信。〔孟良白〕有這等事？〔作怒喊科。白〕王强反賊，朝廷那些辜負於你，輒敢私通敵國？〔岳勝白〕賢弟，前面就是太行山，快去約了衆弟兄，速

到汴梁，告王强謀反，與六郎報讐便了。〔孟良白〕有理。〔作背包袱，各乘馬科。同唱〕

【高宮套曲·白鶴子】太行山寨去(句)，急報上長安(韻)，除卻賣國賊(句)，纔顯忠良漢(韻)。〔從下場門急下。雜扮健軍，各戴馬夫巾，穿箭袖卒褂。雜扮李虎、陸程、陳雷、張英、張林、王昇、王義、宋茂、鄒仲、郎千、郎萬、劉超、呂彪、佘子光、關沖、林榮、徐仲、劉金龍、張蓋、陳林、柴幹，各戴紥巾額，穿出襬，同從上場門上。同白〕烈烈英雄志，忠誠輔國家。盡遭奸佞陷，想起恨嗟呀。〔場上設椅，轉場各坐科。陳林、柴幹白〕自六哥哥被奸人計陷遭貶，俺弟兄們又遭祖吉驅逐。故此帶領本部三千，皆歸太行山棲身，待六郎起用，仍歸帳下，效力朝廷，再報國恩。〔張蓋、劉金龍等白〕岳、孟二兄，到汝州打聽六郎消息，也不見音信到來，好不愁悶也。〔孟良、岳勝從上場門上。白〕一身遭屈死，千古恨猶存。〔作進門相見科。白〕列位兄弟。〔陳林、柴幹等作起科。同白〕二位兄長來了，六哥哥安否如何？〔孟良、岳勝白〕衆位，問到此一句，痛殺人也。〔作悲泣科。陳林、柴幹等白〕嗄，難道六哥哥死了麼？〔孟良作解包袱科。白〕來來來，大家看看包袱内什麼東西，便知哥哥在不在了。〔陳林、柴幹作打開包袱，衆見首級，驚科。同白〕這莫非是六哥哥首級？〔孟良白〕可不是？〔衆作痛哭科。白〕哥哥嗄。〔同唱〕

【高宮套曲·菩薩蠻】是誰敢把良臣斬(押)，英雄到此令人慘(押)，你常懷邊境安(韻)，枉自瀝膽與披肝(韻)。〔衆作哭科。陳林、柴幹白〕住了，衆位且不要哭。二位兄長，這首級從那裏得來的，可知六哥被害緣由麼？〔孟良、岳勝白〕怎麼不知？衆位聽者，俺二人自離嘉山，打探六郎。路上行人，傳説端詳，醉題反詩，觸怒君王。賜死汝州衙署，梟首回奏朝堂。我二人一聞此信，速奔太行。

中途狹路，驀遇貨郎。見其神色甚是慌張，使我驚疑，倒籠翻箱。首級認出恩兄，密書寫著王强。首級獻功於蕭氏，求榮賣國於遼邦。爲此急急上寨，同衆速速商量。叛書遞與千歲，反情疾奏吾皇。報雪兄冤盡烈義，除奸爲國表忠良。〔陳林、柴幹等作怒忿科。同白〕王强反賊，俺衆兄弟不將你碎屍萬段，不爲英雄也。〔岳勝白〕吩咐快設靈位，祭奠亡兄。〔健軍應。場上設香供靈桌，孟良供首級於桌上，岳勝拈香，同作哭拜科。白〕恩兄嗄。〔同唱〕

【高宫套曲·叨叨令】幾年來時兒運兒(讀)，遭了些重重疊疊的難(韻)。可憐你家兒室兒(讀)，受奸謀凋凋零零的散(韻)。冒著那戈兒戟兒(讀)，出透了兢兢業業的汗(韻)。到今日身兒命兒(讀)，死犯那冤冤屈屈的案(韻)。兀的不痛殺人也麽哥(格)，兀的不慘殺人也麽哥(疊)。閃得我兄兒弟兒(讀)，跪靈前哀哀苦苦的歎(韻)。〔岳勝作奠酒科，畢，隨撤靈桌。孟良作包首級，拏書科。岳勝白〕衆兄弟與軍士們，聽吾吩咐。〔健軍、孟良等應科。岳勝白〕此去汴梁，與國除賊，代兄雪恨，千萬不可驚動聖駕，騷擾百姓。俱在城外安營，候我進城，將書遞與千歲，求他密奏聖上，必將王强城外示衆。那時我等將他砍爲肉醬，以雪衆忿。今晚換齊白盔白甲，白馬白旗，五鼓起行。若到汴梁城下，不許手提戈戟，鳴鑼吶喊，如不遵者即斬。〔衆應科。同唱〕

【煞尾】忠良一命遭冤患(韻)，聞者人人血淚潸(韻)。衆兄弟(讀)，雪冤讐在這番(韻)，不斬王强誓不還(韻)，把這反書將叛賊彈(韻)。早些去(讀)，除奸國祚安(韻)。訛人反(讀)，王强卻自反(韻)。私通賣國怎不癉(韻)，急翦叛臣也不晚(韻)。〔同從下場門下〕

第十五齣 恨粗心書歸賊手（蕭豪韻）

〔雜扮手下，各戴鷹翎帽，穿青緞箭袖，繫鸞帶，執甘蔗棍。雜扮院子，各戴羅帽，穿屯絹道袍，捧牙笏本章。引副扮王欽，戴相貂，穿蟒，束帶，帶印綬，從上場門上。王欽唱〕

【中呂宫正曲·尾犯序】相位壓羣僚(韻)，獨掌絲綸(讀)，國柄吾操(韻)。恩受南朝(讀)，心向北遼(韻)。〔院子白〕已到朝門。〔手下白〕請相爺下轎。〔王欽接牙笏、本章科。白〕朝門外伺候。〔院子、手下應，仍從上場門下。王欽白〕今接到謝總鎮密書，道他已與蕭后設謀，假讓三城，特上奏捷本章併蕭后請降乞地表文一道。來得凑巧，正遇千歲爲了楊景氣鬱成病，不能上朝。下官正好乘機入奏，請主上親往魏府銅臺，赴宴受降。聖上英武之主，必然親往。〔唱〕降表(韻)，請駕往銅臺赴宴(句)，瞞天計行來絶妙(韻)。〔合〕懸河口(句)，翻波鼓浪起狂濤(韻)。〔從下場門下。雜扮健軍，各戴馬夫巾，穿箭袖卒褂，持標鎗。雜扮李虎、陸程、陳雷、張英、張林、王昇、王義、宋茂、鄒仲、郎千、郎萬、劉超，各戴紮巾額，穿白打仗甲，佩劍，執馬鞭。雜扮吕彪、佘子光、關沖、林榮、徐仲、劉金龍、張蓋、陳林、柴幹，各戴紮巾額，紮白靠，佩劍，執馬鞭。浄扮孟良，戴紮巾額，紮白靠，背葫蘆，佩劍，執馬鞭。生扮岳勝，戴紮巾額，紮白靠，佩劍，背包袱，執馬鞭。同從上

場門上，遶場科。同唱〕

【中吕宫正曲・好事近】義烈佐皇朝(韻)，好辦著丹心圖報(韻)。今日同心合志(句)，首王强叛臣不道(韻)。〔岳勝白〕我等爲兄雪讐，將王强通遼書信爲証，連夜往汴梁，求千歲代奏。除了叛臣，肅清君側，不枉我等受過朝廷榮禄。〔孟良白〕前面就是城門，衆人不可吶喊，驚恐臣民。不但取罪不輕，又且不容進城了。〔岳勝等同白〕此言有理，不可喧嘩吶喊。〔健軍等應科，遶場。同唱〕慢鳴鑼擊鼓(句)，莫喧嘩(讀)，恐把民驚擾(韻)。〔合〕止將這書簡爲憑(句)，乞賢王奏斬奸僚(韻)。〔場上設汴梁城。孟良、岳勝白〕已到城門，衆人俱在城外伺候，不可妄動，我二人進城投見千歲。〔張蓋、劉金龍等同白〕我們也要進城見見千歲。〔孟良、岳勝白〕城門上多少將士把守，見我們人多，又且這般裝束，必要攔擋，豈不悞了大事。俱在城外等候，我二人進城去也。〔衆應。孟良、岳勝欲進城科。雜扮門軍，各戴鷹翎帽，穿青布箭袖釘子卒褂，佩腰刀。雜扮守城將，戴盔，穿打仗甲，佩腰刀。作出城上，門軍作攔科。白〕住了，住了。不得混闖，回去。〔守城將白〕你們俱是什麽人？頂盔貫甲，結黨成羣，在城門首窺探。〔孟良、岳勝白〕將軍，我二人有機密事見千歲。〔門軍同白〕將軍，那邊有許多人馬。〔守城將作望，驚科。白〕不好了，快將城門緊閉者。〔門軍應，作隨守城將進城，急閉城科。孟良、岳勝向張蓋、劉金龍等白〕他把城門閉上，不容進城，怎麽處？〔衆同唱〕

【又一體】門閉甚堅牢(韻)，膽怯將不納羣豪(韻)。〔門軍引守城將上城科。白〕你們領兵到城下，意欲何爲？〔岳勝白〕啟上將軍，我們乃嘉山寨楊景部下指揮使，有機密事來報千歲，求將軍放我們進城。〔守城將白〕你們俱是題反詩楊景的羽黨，如今領兵前來，必是要與楊景報讐，可是麽？〔岳勝、孟良等同白〕將軍，我等一來代楊景伸冤，二則爲國除奸。〔唱〕王强謀叛(句)，賣國計暗地通遼(韻)。〔守城將白〕胡說，王大人身居宰相，他安肯私通遼邦。快快退去，休要饒舌。〔孟良、岳勝白〕將軍不信，這不是私通遼邦的書信在此？將軍快快放我們進城見千歲。〔守城將白〕嗄，就有書信，也不放進城。〔孟良、岳勝等同白〕豈不白白的到此了。〔岳勝白〕有了。求將軍，將王强密書遞與千歲，轉達天顏。我們在城外候旨，如何？〔唱〕將書寄捎(韻)，啟賢王(讀)，轉達金鑾到(韻)。〔守城將白〕如此待我繫下筐去便了。〔門軍作繫筐科，孟良作將包袱、書信置筐中，門軍繫上城科。岳勝白〕望將軍轉啟千歲，我等城外專候消息。〔守城將白〕嗄，這包袱内什麽東西？〔岳勝白〕你看書信，便知其情。〔守城將白〕待我來看書内什麽言語在上。〔作看書，驚慌科。白〕書中事關重大，你們在此等候，等我轉啟千歲便了。〔門軍、守城將作下城科，暗下。岳勝作頓悟悔恨科。白〕衆位，此書遞與千歲則事成，倘遞與王强則事敗矣。〔孟良等悔科。同白〕不該交與他，如今成敗，只好由天了，且在那邊等候去。〔同唱合〕成和敗難察難詳(句)，恐他是奸賊牙爪(韻)。〔同從上場門下，隨撤城科。王欽内白〕回府。〔手下、院子引王欽從下場門上。王欽唱〕

【又一體】今朝(韻)，方得暢心苗(韻)，駕幸銅臺定了(韻)。〔白〕方纔被我一派假忠假義，請得車駕，親往銅臺受降。〔唱〕虚心假意㊀，暗計圖謀誰曉㊁。〔守城將從上場門急上。白〕一心忙似箭，兩脚走如風。〔手下攔阻科。白〕王丞相在此。〔守城將作驚慌，虚白急避科。王欽白〕唤他過來。〔手下應，作唤科。白〕相爺唤你。〔守城將作驚懼，見科。白〕相爺，守城將參見。〔王欽白〕因何事私離城門，往那裏去？這等慌張，講。〔守城將白〕不往那裏去。〔王欽怒科。白〕現於形色，還敢支吾，打。〔手下應科，守城將作驚慌科。白〕不要打，待我説，小將到南清宫見千歲。〔王欽白〕有何事見千歲？説了實情，饒你。〔守城將白〕今有嘉山寨衆將，領兵代楊景伸冤。小將不容進城，他們有書一封，寄與千歲。這是實情，放我去罷。〔王欽白〕住了，取書來我看。〔守城將作遞書科。白〕書信、首級呈上。〔院子接首級。王欽接書看，作驚呆不語，思想科。白〕將他綁了。〔手下應，作綁守城將科。守城將白〕相爺爲何綁我？〔王欽白〕你與反賊羽黨同謀，假寫此書來害我，將這廝交與刑部監禁。〔二手下應，作押守城將從下場門下。王欽白〕院子，吩咐獄官，今夜三更，要他氣絶。快去。〔一院子應，從下場門下。王欽白〕唬死我也，不料此書落於羣賊之手，虧得下官遇見。若被這廝遞與千歲，下官全家不活矣。如今想個什麽方法，退了這些强徒纔好。〔作想科。白〕有了，急急入朝去。〔二手下、一院子應，遶場科。王欽唱〕非咱毒很㊀，這通謀㊂，逆罪關非小㊁。〔合〕就其機移害楊家㊀，天波府不留寸草㊁。〔作到科。王欽白〕朝房伺候。〔手下、院子應科，從下場門下。王欽作進門科。白〕官門上，那位公公在此？〔雜扮一内侍，戴太監帽，穿貼裏衣，從上場門上。白〕什麽人在此喧嘩？〔王欽白〕公公，聖上在那裏？説我王欽有緊要事啟奏。〔内侍白〕住著。〔從上場門下。王欽白〕今番若不將楊氏一門與岳勝、孟良等，斬盡殺絶，遺害不淺矣。〔雜扮内侍，各戴太監帽，穿貼裹衣。引生扮宋太宗，戴金王帽，穿黄蟒，束黄鞓帶，從上場門上。宋太宗唱〕

【中吕宫正曲・撲燈蛾】聽聲聲緊急奏軍情(句)，莫不是遼兵一陣勦(韻)。意急急早臨長樂殿(句)，疾忙忙問何邊報(韻)。〔中場設椅，轉場坐科。白〕快宣王欽進見。〔内侍白〕領旨。宣王欽上殿。〔王欽白〕領旨。〔作進門朝見科。白〕臣王欽朝見，有緊急軍情謹奏。〔宋太宗白〕有何緊急軍情？快講。〔王欽白〕岳勝、孟良等二十三將，爲反賊楊景報讐，現今兵臨城下了。〔宋太宗作驚科。白〕這事怎了？〔唱〕恨切切嘉山羣小(韻)，氣沖沖亂賊罪難饒(韻)，敢堂堂稱兵造反(句)，〔合〕恁兇兇困城池(讀)，羣逆恃兇驍(韻)。〔白〕王欽，速點羽林軍一萬，待朕親自上城退兵。〔王欽白〕陛下，這個萬萬不可。衆賊很毒心腸，各懷不測之謀，陛下上城關係甚重，使不得。〔宋太宗白〕如此，速召王兒德昭督陣，命呼延贊父子領兵出城，擒拏衆賊問罪。〔王欽白〕陛下，千歲貴恙未愈，再冒風寒，就難調治了。況呼延贊父子皆與楊家通好，人心難測，嫌疑須避，去不得。〔宋太宗白〕依你，何人去退兵？〔王欽白〕臣有一退兵之計。〔宋太宗白〕何計可退？快講。〔王欽白〕此禍原自楊家而起，先前楊景反詩之罪，楊家就該滿門誅戮，聖上仁慈寬宥。今岳勝等謀反，兵抵城下，又爲楊家而起，乞聖上傳諭，速拏佘氏一家正法。〔宋太宗白〕嗳，此話差了，楊景自作之禍，罪不及親。今孟良等山寇野心，稱兵作亂，與佘氏何干，妄行誅戮。〔王欽白〕陛下，現今反者，爲與楊景報讎。衆寡婦等何等利害，倘然裏應外合，那時陛下何計治之？〔宋太宗白〕除此，更有何策？〔王欽白〕除此，可將佘氏等綁上城去，要他三聲喝退人馬，便饒其一死。〔宋太宗白〕倘三聲喝不退呢？〔王欽白〕岳勝、孟良等素服楊家，必能喝退。除了此計，他那裏兵强將勇，別無退兵之策。〔宋太宗作躊躇科。白〕這是那裏説起？〔作起，隨撤椅科。宋太宗唱〕

【又一體】密密的兵戈亂囂（韻），重重的將城佈繞（韻）。聲聲説賊寇兇（句），言言道勢甚驍（韻）。潑潑刺刺（句），代楊家的讎報（韻）。〔王欽白〕陛下，依臣之計，若少遲片刻，被他們殺進城來，就難處分了。〔宋太宗唱〕急急的心忙意攪（韻），倘忽要破了城壕（韻），怎當他兇兇很很（句），把軍民驚擾（韻）。〔王欽白〕陛下，若捨不得楊氏一家，臣也無計可施了。〔宋太宗白〕計雖依卿，楊氏一門，不許傷害。〔唱合〕只要他登城退敵寇兵消（韻）。〔内侍隨宋太宗從下場門下，王欽作出門科。白〕指望假禍楊家，滿門誅戮，那知聖上不依所奏。也顧不得了，我今急寫詔書，命校尉速拏佘氏等將，劍枷枷頸，綁上城頭。若三聲喝退了賊兵，彌縫了我通遼之事，也就依了聖上，保全佘氏等之命。倘喝不退，我的事也必要敗露，竟先將佘氏等用劍枷廢命，然後逃往遼邦便了。脱我滅門罪，假禍害他人。〔從下場門下〕

第十六齣　遣惡計刑及親身（真文韻）

〔旦扮八娘、九妹、王魁英、耿金花、董月娥、韓月英、馬賽英、呼延赤金、杜玉娥，穿衫，繫腰裙，罩氅。老旦扮佘氏，穿老旦衣，繫腰裙，罩補服老旦衣，策杖。從上場門上。佘氏白〕六郎親兒嗄。〔衆同唱〕

【越調集曲·桃花山】【小桃紅】（首至八）你忠心報國(句)，念不忘君(韻)，遇蹇滯蹉跎運(韻)也(格)，絶句忠詩絶命根(韻)。〔中場設椅，轉場坐科。佘氏白〕昨晚聞得孫兒宗孝説，六郎在汝州題了反詩，被人參劾，已將六郎賜死。未知此事真假，今早命宗孝打聽去了。天嗄，若果六郎死了，老身活於人世，也是徒然。〔唱〕八子一無存(韻)，撇下孤和寡(讀)，老年婆(句)，蕭疎鬢(韻)也(格)。想著延昭苦痛憫(韻)。〔作哭科，八娘、九妹等作勸解科。小生扮楊宗孝，戴武生巾，穿鑲領箭袖，繫鸞帶，持包袱，從上場門急上，作叫苦科。唱〕【下山虎】（合至末）爲探真凶信(韻)，把祖母命遵(韻)，奪得首級歸家哭訴因(韻)。〔作進門科。白〕婆婆在那裏？〔佘氏等同白〕爲何這等驚慌？〔楊宗孝白〕不好了嗄。宗孝奉婆婆之命，打探叔父實信。途中遇見王欽家人，手拏包裹，慌慌張張，言語私露，被孫兒搶得在此。〔佘氏等同白〕是什麽東西？〔楊宗孝白〕是我叔父的首級。〔佘氏作驚科。白〕快取來我看。〔楊宗孝應，作解包袱，取首級科。

白〕這不是？〔佘氏等作看首級，驚呆科。同白〕果然是六郎首級。〔佘氏白〕兀的不痛殺我也。〔作昏迷倒地，八娘、九妹等作喚科。同白〕母親婆婆，醒來。母親婆婆，甦醒。〔佘氏作甦醒，叫苦科。唱〕

【越調集曲·山桃紅】【下山虎】（首至五）聞伊凶信(韻)，痛絕沉昏(韻)。嘆我兒遭災咨(韻)，身首兩分(韻)。〔白〕皇天嗄皇天，我孩兒赤心報國，怎麽遭此結果？〔衆同唱〕盡心兒社稷匡扶(讀)，竭力的山河著緊(韻)。【小桃紅】（八至合）誰似你苦戰征(讀)，建大勳(韻)，百戰身臨陣(韻)也(格)。【下山虎】（八至末）只落得頸斷鋼刀血濺塵(韻)。〔佘氏作捧首級，喚科。白〕楊景親兒，前者老娘送你起解，還是活潑潑的六郎。未至月餘，剩得個首級回來見你老娘，痛殺我也。〔作昏迷科，衆作扶住坐椅，八娘、九妹等喚科。白〕呀。〔同唱合〕他忿恨填胸悶(韻)，相呼不聞(韻)，驀降災殃禍及門(韻)。〔雜扮小軍，各戴馬夫巾，穿箭袖卒褂，帶腰刀。雜扮校尉，各戴黃羅帽，紮額，穿箭袖黃馬褂，佩腰刀，持劍枷。引副扮王欽，戴相貂，穿蟒，束帶，帶印綬，捧旨意。從上場門上。王欽白〕欲問退兵策，且看劍枷刑。打進去。〔小軍校尉應，作打進門科。楊宗孝白〕什麽人？擅闖無佞府。〔王欽白〕奉有聖旨，捉拏叛黨，快下來接旨。〔八娘、九妹等白〕住了。我母親婆婆，因痛六郎，昏迷未醒，不能接旨。〔王欽白〕明知叛逆事發，故意裝死，揣他下來。〔校尉應，作揣佘氏倒地科。白〕下去接旨。〔八娘、九妹等作喚佘氏科，同白〕母親婆婆，快醒來，禍事又到了。〔佘氏作

叫苦科。唱〕

【又一體】【下山虎】〔首至四〕心迷頭暈(韻)，散魄消魂(韻)。〔八娘、九妹等同白〕母親婆婆，王欽在此。〔佘氏唱〕說起權臣很(韻)，騰騰怒嗔(韻)。〔八娘、九妹扶起科。佘氏白〕王欽在那裏？〔王欽白〕快快起來接旨。〔佘氏怒忿科。白〕奸賊。〔唱〕【小桃紅】〔五至合〕見了你很奸臣(讀)，怒目瞋(韻)。恨不得殺權賊(讀)，纔消愠(韻)也(格)。【下山虎】〔八至末〕把你這潑佞刁頑寸磔身(韻)。〔王欽白〕不必胡言亂語，有旨意在此，你且跪了聽宣讀。〔佘氏等跪科。王欽宣讀科。白〕詔曰：楊景題詩謀反，例應赤族，特恩赦免，惟賜死楊景一人，恩至義盡矣。今岳勝等起兵報讐，攻取都城，叛逆顯然。速將楊氏一門老幼，綁上城頭，若三聲喝退人馬，姑免全家一死。如不能退兵，即將滿門誅戮，欽此。〔佘氏等作叩首謝恩科。王欽白〕校尉們，將佘氏上了劍枷，餘者老幼，一概綁了。〔校尉應，作拏佘氏等脫氅，佘氏上劍枷，楊宗孝、王魁英等綁縛科。王欽白〕快快押上城頭去。〔校尉應，作押佘氏等出門科。佘氏等仰天叫苦科。同唱合〕仰面來祈問(韻)，呼天不聞(韻)，驀降災殃禍及門(韻)。〔同從下場門下。場上設汴梁城。雜扮健軍，各戴馬夫巾，穿箭袖卒褂，持標鎗。雜扮李虎、陸程、陳雷、張英、張林、王昇、王義、宋茂、鄒仲、郎千、郎萬、劉超，各戴紥巾額，穿白打仗甲，佩劍，執馬鞭。雜扮呂彪、佘子光、關沖、林榮、徐仲、劉金龍、張蓋、柴幹、陳林，各戴紥巾額，紥巾靠，佩劍，執馬鞭。淨扮孟良，戴紥巾額，紥白靠，背葫蘆，佩劍，執馬鞭。生扮岳勝，戴紥巾額，紥白靠，佩劍，執馬鞭。同從上場門上，遶場科。同唱〕

【越調正曲・雙聲子】等多時（句），等多時（疊），並無有人來問（韻）。奏準時（句），奏準時（疊），怎不見賢王信（韻）？〔岳勝等向城内問科。同白〕守城的，你們將軍拏了我們書去，怎麼還不見回音？〔内作不應科。岳勝等白〕無人答應，這又奇了。〔唱〕守户人（韻），緊閉門（韻），〔合〕我這裏相呼（讀），付之無聞（韻）。〔孟良喊科。白〕城上可有人？你們守城將拏了書去，奏了没有？〔王欽内白〕將佘氏等，帶上城來。〔校尉應，作押佘氏等。小軍護王欽，同上城科。佘氏白〕列位將軍，老身在此。〔岳勝、孟良作望科。白〕原來是老母。衆兄弟，快些下馬。〔衆作下馬科。白〕老母犯了何罪，受這樣慘酷極刑？〔佘氏白〕爲因衆位將軍，稱兵到此。王欽奏你們是楊門叛逆羽黨，故將劍枷枷頸，合家綁縛在此。你們若不退去，他們將劍枷一拽，老身身首兩分，合家盡受誅戮矣。〔八娘、九妹等同唱〕

【越調集曲・山桃紅】【下山虎】（首至四）項枷鋒刀（韻），身首將分（韻），作速回軍陣（韻），我滿門命存（韻）。〔岳勝等作跪科。白〕老母嗄，我等怎敢稱兵？爲因奸賊謀殺六郎，將首級與通遼書信，寄往遼邦。我等得了此書，特來與哥哥伸冤，爲國除害。〔王欽白〕爾等合黨謀叛，故將謗書來害我。〔岳勝等站起，指王欽科。白〕你這奸賊，再敢强辨，用亂箭射死你這賊子。〔王欽白〕佘氏，你可曾聽見？〔佘氏白〕你們聽者，楊家個個忠良，爾等此舉，非爲我六郎伸冤，亦非爲國除害，明明害我楊家爲叛逆了。〔唱〕【小桃紅】（六至合）你爲我抒忠忿（韻），爲國去讒臣（韻），却是害我家（讀），滅我門（韻），招災咨（韻）也（格）。〔孟良、岳勝等跪科。白〕老母，孩兒們原爲除奸雪恨而來。誰知又中奸賊之計，反害老娘，孩兒們罪莫大焉。〔王欽白〕還不退，就要動手了。〔孟良、岳勝等同白〕不要動手。〔佘氏白〕快快退兵去罷。〔孟良、岳勝等同白〕退兵，退兵。奸賊，我們去後，楊家有些差錯，必將你一家誅戮，鷄犬不留。老母，孩兒們拜別去也。〔唱〕【下山虎】（八至末）謝罪塵埃還拜懇(韻)，〔合〕你這苦兒招引(韻)，有累老親(韻)，速退回山離此門(韻)。〔孟良、岳勝等乘馬，隨健軍同從下場門下。王欽作望科。白〕不怕他不退。將佘氏等，帶回候旨。〔校尉應，作帶佘氏等下城科，暗下。王欽白〕好了，此事已完，不免速請聖駕往魏府去者。若非很毒機謀設，怎得災殃脱我身？〔作下城，隨撤城科〕

第十七齣　陳諫不從遥扈蹕（東鐘韻）

〔雜扮勇士，各戴馬夫巾，穿勇字衣，繫鑾帶，執旗。雜扮將官，各戴馬夫巾，紮額，穿白打仗甲，執標鎗。引雜扮李明、王全節，各戴盔，紮靠，背令旗，從上場門上。李明、王全節唱〕

【雙調引·玉井蓮】師出天威雷動韻，雲屯虎將從龍韻。〔分白〕本帥光州節度使王全節是也。本帥鄭州節度使李明是也。〔同白〕我等奉召，各帶精兵三千，馳赴闕下，護駕到魏府銅臺，受蕭氏納款獻降。命我等先在教場，齊集三軍，候聖駕到時，即便起行。大小三軍，整齊隊伍，肅恭伺候。〔軍士將官應科，同從下場門下。雜扮内侍，各戴太監帽，穿蟒箭袖黄馬褂。引生扮宋太宗，戴金王帽，穿黄龍箭袖團龍排穗，束黄鞓帶，從上場門上。宋太宗唱〕

【又一體】混一承天膺命句，怎容醜類縱横韻？〔中場設椅，轉場坐科。白〕朕因遼邦未定，宵旰焦勞。今喜銅臺總兵謝庭蘭，奏報連克三府，大獲全勝。蕭氏震恐，傾心歸化，奉表乞還三府。特建受降臺，請朕駕幸魏府，待蕭氏納款獻降。王兒德昭，再三諫阻，朕想若不親受其降，何以威行北塞？然亦必須防其不測，昨晚密召王兒進宫，授與密旨，命他與呼延贊等，率領精兵一萬，隨後保護。擇於今日起行，傳旨起駕。〔內侍應科。白〕起駕。〔內應白〕領旨。〔內奏樂。雜扮軍士，各戴馬夫巾，穿黃蟒箭袖卒褂，執旗。雜扮將官，各戴馬夫巾，紮額，穿黃打仗甲，執標鎗。雜扮鄭壽、党忠、史文斌、呼延畢顯，各戴盔，紮靠，背令旗。雜扮一馬夫，戴馬夫巾，穿箭袖卒褂，背絲絛，牽馬。雜扮羽林軍，各戴馬夫巾，紮額，穿黃打仗甲，執豹尾鎗。從兩場門分上，宋太宗作騎馬，衆作遶場科。同唱〕

【雙調正曲・普賢歌】王師浩浩出城墉(韻)，駕幸銅臺震遠戎(韻)。降表獻來恭(韻)，興朝盛典隆(韻)，〔合〕四海車書屬一統(韻)。〔作到科。內奏樂，宋太宗下馬，馬夫牽馬從下場門下。外扮寇準，副扮王欽，各戴相貂，穿蟒，束帶，帶印綬。李明、王全節引軍士將官從下場門上，作跪接科。李明、王全節白〕臣王全節，李明，率領將士，迎接聖駕。〔內侍白〕平身。〔作起分侍科。中場設椅，宋太宗轉場坐科。宋太宗白〕今喜蕭氏獻降歸化，從此邊境奠安，生民之福也。〔寇準白〕臣啟陛下，昔繼業之威信，楊景之勇謀，遼人尚且不遵歸化。今謝庭蘭碌碌庸夫，偶得遼邦三府之地，蕭氏便肯束手歸降。臣恐其間有詐，請聖懷思之。〔宋太宗白〕朕昔隨先帝，開基創業，南征北討，冒矢衝鋒，英明海宇咸聞，神武遠邇皆畏，怎容小醜肆志？伐遼之念，旦夕不忘，朕今親赴降臺者，乃示威信於北遼耳。〔唱〕

【雙調正曲・羅帳裏坐】華夷握統(韻)，國治日隆(韻)，惟憾北遼(句)，窺邊恣橫(韻)。如臥榻之傍(句)，怎容他人酣嗅(韻)？〔合〕久思征伐掃邊烽(韻)，願得皇圖固鞏(韻)。〔寇準白〕聖上天威神武，固能震赫遼邦。然雖如此，陛下還當加兵護衛。〔宋太宗白〕朕自有主張，卿且放心，吩咐起駕。〔呼延畢顯應科。白〕

吩咐起駕。〔衆應科。宋太宗作起，隨撤椅科。馬夫牽馬仍從下場門上。雜扮二馬夫，各戴馬夫巾，穿箭袖，繫䌊帶，牽馬。雜扮一軍士，戴紮巾，穿箭袖黃馬褂，執纛從兩場門上。宋太宗、寇準、王欽作騎馬，衆引遶場科。同唱〕

【雙調正曲·五馬江兒水】六軍催動(韻)，惟聞鼓角風(韻)，龍驤虎賁(句)，電掣雷轟(韻)，赫赫天威耀武功(韻)。左驂赤驥(句)，右服黃駥(韻)，日月旗旛展颺(句)，鈇鉞矢弓(韻)，申天撻伐示威風(韻)。〔合〕降臺納款(句)，汗馬收功(韻)，待奏凱班師(句)，神人歡哄(韻)。〔同從下場門下。雜扮健勇，各戴紮巾，穿採蓮襖紅卒褂，背綵絲，執旗。雜扮將官，各戴馬夫巾，紮額，穿紅打仗甲，執標鎗。旦扮金頭馬氏，戴七星額，紮靠，背令旗。淨扮呼延贊，戴黑貂，紮靠，背令旗。各執馬鞭，引生扮德昭，戴素王帽，紮靠，背令旗，襲蟒，束帶，騎馬。雜扮一馬夫，戴馬夫巾，穿箭袖，繫䌊帶，牽馬。雜扮一軍士，戴馬夫巾，穿箭袖，繫肚囊，執纛。同從上場門上，作遶場科。同唱〕

【雙調正曲·朝元令】吾皇智聰(韻)，密授衡權控(韻)。患防未萌(韻)，承旨貔貅統(韻)。後哨相從(韻)，誓師鼓勇(韻)，暗把鑾輿護擁(韻)。〔德昭白〕只爲聖上欲赴銅臺，親受蕭氏納款，孤家再三諫阻，未蒙見允。昨日晚朝後，召孤入宮，密傳聖諭。俟聖駕起鑾後，命孤與呼延贊、馬氏，率領精兵一萬，暗護鑾輿，沿途離御營十里下寨，到魏府只在城外扎營，不使聲息傳入遼邦，知我預有防備。今聖上已經起駕，吩咐三軍緩緩而行。〔呼延贊白〕三軍緩緩而行。〔衆應，作遶場科。同唱〕肅整軍容(韻)，森嚴紀律諭衆戎(韻)。遠離御營中(韻)，機宜莫露風(韻)。〔合〕神機運用(韻)，那怕他伏兵暗鬨(韻)，伏兵暗鬨(疊)。〔同從下場門下〕

第十八齣　受降有變急回鑾（江陽韻）

〔雜扮圖金秀、耶律慶、耶律第、耶律博郭濟、蕭達蘭、耶律學古、耶律希達、耶律色珍、耶律休格、蕭天佑、蕭天佐，各戴外國帽、狐尾、雉翎，紥靠，佩劍。淨扮韓德讓，戴外國帽、狐尾、雉翎，紥靠，背令旗，佩劍。同從上場門上。同白〕虎豹營中號令飛，貔貅帳下聽樞機。今朝臣子抒忠日，勇戰身拚碎鐵衣。〔分白〕俺乃韓德讓是也。俺乃蕭天佐是也。俺乃蕭天佑是也。俺乃耶律休格是也。俺乃耶律色珍是也。俺乃耶律希達是也。俺乃耶律學古是也。俺乃蕭達蘭是也。俺乃耶律博郭濟是也。俺乃耶律第是也。俺乃耶律慶是也。俺乃圖金秀是也。〔韓德讓白〕俺娘娘準王強書啟，與銅臺總兵謝庭蘭設計，築起受降臺，請宋君到此，假獻降書。今已調齊各路強兵五萬，等候娘娘發令。〔衆同白〕道猶未了，娘娘來了。〔雜扮遼兵，各戴額勒特帽，穿外番衣。雜扮遼將，各戴盔襯、狐尾、雉翎，穿打仗甲。引旦扮蕭氏，戴蒙古帽練垂，紥靠，背令旗，襲黑蟒，束帶，從上場門上。蕭氏唱〕

【黄鐘宮引・點絳唇】志在圖謀句，神機籌運句，驅兵將韻，闢土開疆韻，一統山河掌韻。〔中場設椅，轉場坐科。韓德讓等作參見科。白〕娘娘在上，臣等參見。〔蕭氏白〕衆卿少禮。〔韓德讓等分侍科。

蕭氏白〕衆卿，孤欲圖中原已久，未果此願。今雖計出萬全，還賴衆卿竭力抒忠，事成當以錫爵酬之。〔韓德讓等白〕臣等久沐恩榮，自應奮身圖報。〔蕭氏白〕衆卿忠勤王事，吾國之幸也。〔副扮王欽，戴相貂，穿蟒，束帶，帶印綬，袖書，從上場門上。白〕假意探虛實，真心報事因。〔作進叩見科。白〕娘娘，臣賀驢兒朝見，願娘娘千歲。〔蕭氏白〕愛卿少禮。〔王欽作起科。白〕千歲，臣自到汴梁，曾有四封書啟，娘娘見了麼？〔蕭氏白〕俱已見過，付與郡主收好了。〔王欽作遞書科。白〕娘娘，這是臣用計害殺楊景，差人寄書，併獻首級。行至中途，被岳勝等劫去，竟到汴梁，告臣交通敵國。幸而復奪此書，巧計彌縫，保全性命。〔蕭氏作看書科。白〕楊景已死了？好。我邦除一心腹大患，卿之功也。〔王欽白〕應當。〔蕭氏白〕宋君來了麼？〔王欽白〕隨後就來。〔蕭氏白〕宋君預有防備之兵否？〔王欽白〕宋君信以爲實，只有隨從將士數千人，其外别無準備。臣假意來探虛實，特爲送信到此，臣告辭了。〔仍從上場門下。蕭氏白〕既無防備，此計成矣。衆將聽令。〔作起科，隨撤椅。韓德讓等應科。蕭氏白〕少時宋君到來，止留韓德讓、蕭天佐、蕭天佑、耶律色珍，領勇將一百名，在筵前祇候。其餘衆將，統領大兵，在降臺左右埋伏。鳴金爲號，四圍截戰，遵令施行。〔韓德讓等應科。衆隨蕭氏從下場門下。雜扮勇士，各戴馬夫巾，穿勇字衣，繫鑾帶，持藤牌刀。雜扮將官，各戴馬夫巾，紥額，穿白打仗甲，持鎗。雜扮健勇，各戴紥巾，穿採蓮襖紅卒褂，背絲縧，持雙刀。雜扮將官，各戴馬夫巾，紥額，穿紅打仗甲，持鎗。淨扮呼延贊，戴黑貂，紥靠，背令旗，持鞭。旦扮金頭馬氏，戴七星額，紥靠，背令旗，持刀。引生扮德昭，戴素王帽，紥靠，背令旗，執金鎗，從上場門上，遶場科。同唱〕

【黃鐘宮正曲・滴溜子】遵君命(句)，遵君命(叠)，移兵暗向(韻)。銜枚走(句)，銜枚走(叠)，藏兵伏將(韻)。〔德昭白〕昨日聖上密令寇準到孤營中傳諭。三更後命孤統領大兵，在受降臺左近埋伏。倘若有變，但看受降臺上放白鴿爲號，即奔臺前，四面掩殺。大小三軍，四下埋伏等候者。〔衆應科。同唱〕三軍(讀)，偃旗拽杖(韻)，〔合〕四下伏奇兵(句)，向降臺眺望(韻)，白鴿飛時(讀)，掩殺應響(韻)。〔從下場門下。場上設受降臺，臺上設椅。雜扮軍士，各戴馬夫巾，穿黃蟒箭袖黃卒褂，持雙刀。雜扮將官，各戴馬夫巾，紮額，穿黃打仗甲，持鎗。雜扮鄭壽、党忠、史文斌、呼延畢顯、李明、王全節，各戴盔，紮靠，背令旗，各持兵器。副扮王欽，外扮寇準，戴相貂，穿蟒，束帶，帶印綬，佩劍。雜扮内侍，各戴太監帽，穿蟒箭袖黃馬褂，佩劍，捧弓箭，各帶白鴿一隻。引生扮宋太宗，戴金王帽，穿黃龍箭袖團龍排穗，外罩黃蟒，束黃鞓帶，佩劍，執馬鞭。雜扮一軍士，戴紮巾，穿箭袖黃馬褂，執黃纛。雜扮羽林軍，各戴馬夫巾，紮額，穿黃打仗甲，執豹尾鎗。同從上場門上，作遶場科。同唱〕

【黃鐘宮正曲・鬬雙鷄】定邊安隅(句)，萬民感仰(韻)，準歸降恩宥廣(韻)，止息干戈擾攘(韻)。〔合〕稍行違抗(韻)，彰天討平遼壤(韻)。〔將官等同白〕聖皇駕到。〔内奏樂，蕭氏引韓德讓、耶律色珍、蕭天佐、蕭天佑、遼將從下場門上，作迎接科。衆作下馬。中場設椅，宋太宗轉場坐科。勇士將官等分侍科。蕭氏白〕陛下，小國不度德，不量力，屢犯天威，自取其敗。今深知悔罪，蒙陛下仁宥，讓還城邑，情願請降罷戰。〔宋太宗白〕今既一朝悔過，百世保安，雖汝之幸，亦蒼生之福也。〔蕭氏白〕先請陛下上宴，然後陞臺受降。看酒。〔内奏樂，宋太宗作起，隨撤椅。場上設席，蕭氏作定席科。宋太宗入座，蕭氏入席坐科。韓德讓等白〕上宴。〔衆同唱〕

【黄鐘宫正曲・畫眉序】綺席錦筵張(韻)，酒泛金樽琥珀光(韻)。借瓊漿和事(讀)，罷戰疆場(韻)。幽燕地解甲收兵(句)，受降臺版圖呈上(韻)。〔合〕歲時遼地行朝貢(句)，萬國同風歸向(韻)。〔蕭氏起科。白〕請陛下陞臺受降。〔内奏樂，宋太宗作起，隨撤席。内侍、王欽、寇準、王全節、李明、羽林軍護宋太宗上受降臺，宋太宗坐科，呼延畢顯等臺前護衛科。蕭氏向韓德讓等白〕衆卿，孤觀宋將如此威嚴，莫非預有防範？孤倒有些膽怯了。〔韓德讓白〕謀計已成，不可遲疑。〔宋太宗白〕蕭氏何故交頭接耳，敢有虚詐麽？〔呼延畢顯等白〕蕭氏，速速跪獻降表。〔蕭氏白〕獻降尚早，傳令鳴金。〔内鳴金科。宋太宗白〕將蕭氏拏下。〔呼延畢顯應，内侍放白鴿科。遼兵遼將、耶律休格、耶律希達等，從受降臺左右分上，衆合戰科。德昭引將官從上場門上，作上臺。王全節、李明保護宋太宗等下臺，從下場門下。呼延贊、金頭馬氏引健軍等從兩場門分上，作圍繞合戰科，從兩場門下。將官、德昭護宋太宗等從上場門上。同唱〕

【雙調正曲・鎖南枝】陰謀計(句)，早預防(韻)，銅臺設宴假獻降(韻)。密機預伏兵(句)，解散密羅網(韻)。〔宋太宗白〕果然蕭氏詭計詐降，幸爾寡人預有準備，未落遼人羅網。傳令後軍，不必戀戰，速回魏城，整頓兵馬，擒捉蕭氏。〔德昭等白〕領旨。〔同唱合〕整吾鋭(句)，利吾鋩(韻)，向城皋(句)，陳兵將(韻)。〔同從下場門下。韓德讓等追呼延贊等，從上場門上，陸續戰科。呼延贊等引兵退從下場門下。遼兵遼將白〕宋兵退回魏府去了。〔蕭氏白〕只道今番唾手成功，豈料宋君預有準備，奇兵四出，將宋主保回魏府去了。〔作奮恨科。白〕俺怎肯干休？ 大小三軍，速速趕上前去。〔衆應科。同唱〕

【又一體】他兵不亂㊀，意不慌㊁，輕輕打破瞞天謊㊁，暫退避鋒鋩㊁，俺驅兵忙追上㊁。〔合〕恨腐儒㊀，罵王强㊁，此一計㊀，把咱誑㊁。〔同從下場門下〕

第十九齣　強食言遼人肆志（真文韻）

〔雜扮勇士，各戴馬夫巾，穿勇字衣，繫鸞帶，執藤牌刀。雜扮將官，各戴馬夫巾，紮額，穿白打仗甲，持鎗。雜扮軍士，各戴馬夫巾，穿黃蟒箭袖黃卒褂，持雙刀。雜扮將官，各戴馬夫巾，紮額，穿黃打仗甲，持鎗。雜扮健軍，各戴紮巾，穿採蓮襖紅卒褂，背絲縧，持雙刀。雜扮將官，各戴馬夫巾，紮額，穿紅打仗甲，持鎗。雜扮鄭壽、党忠、史文斌、呼延畢顯、李明、王全節，戴盔，紮靠，背令旗，持兵器。旦扮金頭馬氏，戴七星額，紮靠，背令旗，持刀。净扮呼延贊，戴黑貂，紮靠，背令旗，持鞭。副扮王欽，外扮寇準，各戴相貂，穿蟒，束帶，帶印綬，佩劍，執馬鞭。雜扮內侍，各戴太監帽，穿蟒箭袖黃馬褂，持弓箭。生扮德昭，戴素王帽，紮靠，背令旗，持金鎗。引生扮宋太宗，戴金王帽，穿黃龍箭袖團龍排穗，束黃鞓帶，佩劍，執馬鞭。雜扮一軍士，戴紮巾，穿箭袖黃馬褂，執纛。雜扮羽林軍，各戴馬夫巾，紮額，穿黃打仗甲，執豹尾鎗。同從上場門上，作遶場科。德昭、宋太宗唱〕

【黃鐘調套曲·醉花陰】早識降書假哀懇(韻)，外謙恭心生矛盾(韻)。虛獻表僞稱臣(韻)，宴列兵陳(韻)，暈紅臉藏白刃(韻)。當日的河梁會宴鴻門(韻)，今日個受降臺佈絕陣(韻)。〔場上設魏州城。內吶喊科。衆同白〕蕭氏率衆追來也。〔宋太宗白〕王兒德昭，李明，王全節，隨朕登城略戰。呼延贊統領大隊人馬，城下排兵拒敵。務要殺他片甲不存，方消忿恨。〔衆同白〕領旨。〔德昭等白〕開城。〔作開城科。

副扮謝庭蘭，戴盔，紥靠，作出城迎接科。軍士將官、李明、王全節、内侍、寇準、王欽、羽林軍、德昭引宋太宗進城科。呼延贊白〕衆將官。〔衆將應科。呼延贊白〕列開陣勢，奮勇迎敵者。〔衆應科，同從下場門下。宋太宗率衆作上城，内吶喊科，宋太宗作望科。白〕你看蕭氏率衆來也。〔唱〕

【黄鐘調套曲・喜遷鶯】只見他風馳雷迅(韻)，一攢攢蟻聚蜂屯(韻)。不逡巡(韻)，追尋得緊(韻)，畫鼓金鉦聒耳聞(韻)。逼趲得殊疾敏(韻)，他那裏兵馳將奔(句)，俺這裏陣列軍陳(韻)。〔雜扮遼兵，各戴額勒特帽，穿外番衣，持兵器。雜扮遼將，各戴盔襯、狐尾、雉翎，穿打仗甲，持兵器。雜扮圖金秀、耶律第、耶律慶、耶律博郭濟、蕭達蘭、蕭天佑、蕭天佐、耶律學古、耶律希達、耶律色珍、耶律休格，各戴外國帽、狐尾、雉翎，紥靠，持兵器。净扮韓德讓，戴外國帽，狐尾、雉翎，紥靠，背令旗，持鎗。引旦扮蕭氏，戴蒙古帽練垂，紥靠，背令旗，持刀，從上場門衝上。呼延贊等從下場門迎上，合戰科，從兩場門戰下。德昭、宋太宗唱〕

【黄鐘調套曲・出隊子】他那裏驅兵前進(韻)，人和馬如潮滚(韻)，縱横將卒亂紛紛(韻)。霎時間戰霧連雲日色昏(韻)，則聽得鼓角催征如電緊(韻)。〔耶律休格、衆遼將等，衆勇士、健勇等，從上場門上，挑戰合戰科，從下場門下。德昭、宋太宗唱〕

【黄鐘調套曲・刮地風】嗳呀，密匝匝馬步週遭圍得緊(韻)，刀鎗兒佈密如林(押)，聲聲吶喊山川震(韻)。盤旋處蕩起征塵(韻)，兵和將冒矢衝刃(韻)，闖圍突陣(韻)。〔蕭氏等，呼延贊等，從上場門上，作絡繹挑戰科，從下場門下。蕭氏從上場門上，四望科。白〕呀。〔唱〕這邊廂(句)，那邊廂(句)，截戰征進(韻)，衆軍兵陣亂紛(韻)，向沙場爭立功勳(韻)。轉戰度燕山月(句)，提戈泛瀚海雲(韻)，提戈泛瀚海雲(疊)。〔金頭馬氏、呼延贊從上場門追上，戰科。耶律休格等從上場門上，助戰。呼延贊、金頭馬氏從下場門下，蕭氏等追下。韓德讓等，呼延畢顯等，從上場門上，絡繹挑戰科，從下場門下。遼兵遼將等追宋兵宋將等，從上場門上，合戰科。宋兵宋將從下場門敗下，遼兵遼將等追下。宋太宗白〕呀，你看遼兵，愈殺愈多，我兵不能抵敵，敗下陣來也。

〔唱〕

【黃鐘調套曲·四門子】猛剌剌(讀)，直攪得愁雲滾(韻)，看三軍漸迫窘(韻)。紅日欲沉(句)，霞天欲昏(韻)，況兼衆寡怎支分(韻)？〔德昭白〕天色已晚，衆寡莫敵，不如暫且收兵，計議再處。〔宋太宗白〕王兒言之有理。〔呼延贊等同從上場門敗下。唱〕戰馬兒疾(句)，踵後兒跟(韻)，呀力不勝教人怒忿(韻)。〔德昭、宋太宗白〕收兵進城。〔呼延贊等進城，下。宋太宗等下城，暗下。遼兵遼將引蕭氏、韓德讓等，從上場門追上。遼兵遼將白〕退進城去了。〔蕭氏白〕吩咐大小兵將，把魏府團團圍困。傳檄各鎮，分撥人馬，前來相助。不許放走城内一人。〔衆應科。同唱〕

【黃鐘調套曲·古水仙子】呀呀呀(格)，號令遵(韻)，把把把(格)，魏府重圍困宋軍(韻)。急急急(格)，羽檄飛傳(句)，調調調(格)，調雄兵會合諸鎮(韻)。俺俺俺(格)，俺鐵桶般羅網陣(韻)，他他他(格)，似蛟龍淺水遭迍(韻)。佈佈佈(格)，佈雲梯攻擊肯逡巡(韻)，困困困(格)，困孤城繞列著鎗刀陣(韻)，莫莫莫(格)，莫輕輕(讀)，縱放宋君臣(韻)。〔衆作圍城科，從兩場門下，隨撤城〕

第二十齣　圖報國俠士同心（江陽韻）

〔雜扮佘子光、郎千、郎萬、林榮、劉金龍、劉超、呂彪、張蓋、陳林、柴幹，各戴紮巾，穿鑲領箭袖，繫鸞帶，佩劍，執馬鞭。浄扮孟良，戴紮巾，穿鑲領箭袖，繫鸞帶，背葫蘆，佩劍，執馬鞭。生扮岳勝，戴紮巾，穿鑲領箭袖，繫鸞帶，佩劍，執馬鞭。同從上場門上。同唱〕

【仙吕調隻曲・大安樂】報君榮禄心恒想(韻)，請纓志願豈能忘(韻)。長懷奮勇戰疆場(韻)，掃欃槍(韻)，方顯是忠良(韻)。〔岳勝白〕我等指望與國除奸，代兄報怨。誰知不遂其心，只得暫回山寨。近日紛紛傳説，魏府銅臺有變，故命關沖、鄒仲衆兄弟，聚集兵糧，先往魏州界上等候。〔孟良白〕我等即往鄧州，尋訪焦贊，同到魏府，共立奇功，就此前去。〔同唱〕

【仙吕調隻曲・樂神令】沿路留心察訪(韻)，察訪同僚猛將(韻)。併力勤王助戰場(韻)，定方隅酬恩貺(韻)。〔同從下場門下。場上攏帳幔，設供桌椅，置五供。左右設經桌，置法器。雜扮楊景像、岳勝像、孟良像、陳林像、柴幹像、劉金龍像、張蓋像、林榮像、徐仲像，各戴盔，紮靠，危坐科。設畢，撤帳幔。雜扮和尚，各戴僧帽，穿春布僧衣，繫絲絛。雜扮道士，各戴道巾，穿道袍，繫絲絛。同從上場門上。唱〕

【仙呂調隻曲・太常引】僧家道士各樣腔(韻)，誦經卷混的慌(韻)。法器亂敲忙(韻)，這雜混成何道場(韻)。〔同白〕我們乃各廟僧道，被焦將軍拏來追薦楊六爺，要做七七四十九日道場。〔和尚白〕僧有僧腔。〔道士白〕道有道韻。〔同白〕焦將軍要我們一齊念經，真正成了雜混了，那裏説起？〔焦贊內喊科。白〕野僧道，又不念經了。〔和尚、道士作混跪科。白〕在這裏念經。〔作混念經，發諢科。浄扮焦贊，戴羅帽，穿緞窄袖，繫鑾帶，從上場門上，作看僧道科。白〕你們這些野僧道，怎麽混跪起來了？〔和尚、道士虚白，調换跪齊，念經科。焦贊白〕待俺拈香。〔和尚、道士作混打法器。焦贊拈香，叩拜哭科。白〕恩兄嗄。〔唱〕

【仙呂調隻曲・杏園芳】思兄惟覩金裝(韻)，虔誠獻有心香(韻)，晨昏頓首拜伊行(韻)，好悲傷(韻)。〔作起科。白〕你們在此念經，俺到裏面歇息就來。〔從下場門下。和尚、道士同白〕他進去了，大家歇歇罷。〔道士白〕快快念完了，好喫齋去。〔和尚白〕有理。〔作念經科。岳勝等從上場門上。同白〕一路問來，説焦賢弟在這廟中，大家進去看來。〔作下馬，同進門科。白〕有這些僧道在此念經。〔和尚、道士作見，驚異科。同白〕神像顯靈了。〔岳勝等同白〕什麽神像顯靈？〔和尚白〕你們與上面塑的一樣，不是神像顯靈麽？〔岳勝等白〕大家看來。〔作看科。白〕這是六哥哥。〔作哭科。白〕哥哥嗄。〔孟良白〕這是岳哥。〔岳勝白〕這不是孟賢弟？〔孟良白〕待我認認。〔細看科。白〕果然一模一樣，老孟請了，請了。〔衆白〕妙嗄，塑得好威風也。〔同唱〕

【仙呂調雙曲・香山會】不短不長(韻)，真比假一般身量(韻)，面貌雷同無兩(韻)。虎睛兒瞪著(句)，氣宇昂昂(韻)，儼然是一羣虎將(韻)。〔同白〕過來，焦將軍可在此？〔和尚、道士白〕在裏面。〔岳勝白〕快請。〔和尚、道士應科。白〕焦將軍有請。〔焦贊仍從下場門上。白〕做什麽？〔和尚、道士白〕神像顯靈了。〔從下場門下。焦贊白〕在那裏？〔岳勝等作相見科。白〕焦賢弟。〔焦贊白〕原來是衆位兄弟到了，想殺小弟也。〔岳勝等白〕今得賢弟無恙，十分欣幸。〔焦贊白〕列位，今日甚風，吹得到此？〔岳勝、孟良白〕特來尋你。〔焦贊白〕尋俺何事？〔岳勝、孟良白〕别的不及敘談，我等聞得遼人設了假降之計，車駕現在銅臺。雖然六哥不在，盡忠報國的事，你我皆可做得。特來尋你，同去保駕，立功贖罪。〔焦贊白〕有這等事？〔作怒科。白〕氣死我也，若不將遼兵殺個片甲不存，決不干休。衆位隨我去見周巡檢，借兵前去。〔岳勝等白〕有理。〔焦贊白〕待我去取鎗馬來。〔虚下。岳勝等向楊景像白〕哥哥，小弟們此去，死戰疆場，誓必殺他個片甲不存，望哥哥暗中護佑。〔焦贊作持鎗，執馬鞭。上。白〕六哥哥，小弟們去也。〔同作出門，乘馬科。場上仍攏帳幔，楊景等像暗下，撤供桌椅、經桌，隨撤帳幔科。岳勝等同唱〕

【仙呂調雙曲・得勝令】躍馬提戈銅臺上(韻)，誓殄狂遼衆黨(韻)，一羣兒安邊良將(韻)，疾疾去破敵勤王。〔同從下場門下〕

第廿一齣　救國患重効馳驅（車遮韻）

〔雜扮軍士，各戴馬夫巾，穿箭袖卒褂，持刀。雜扮將官，各戴馬夫巾，紮額，穿打仗甲，持鎗。雜扮王全節，戴盔，紮靠，佩劍，背旨意，執馬鞭。浄扮呼延畢顯，戴盔，紮靠，佩劍，執馬鞭。雜扮陳琳，戴太監帽，穿蟒箭袖卒褂，背絲縧，捧金鞭，執馬鞭。引生扮德昭，戴素王帽，紮靠，背令旗，佩劍，執馬鞭。同從上場門上。德昭唱〕

【雙角套曲·夜行船】百戰軍中顯俊傑（韻），身跳出龍潭虎穴（韻）。仗君上英明（句），臣僚忠烈（韻），終須把邊烽蕩滅（韻）。〔白〕只因蕭氏降臺計失，調遣各路遼兵，連夜圍困魏府。聖上思念楊景甚切，寇丞相袖占一卦，説楊景未死，是以盤問呼延畢顯，方纔具實陳奏。蒙聖上天恩，赦宥楊景之罪，命王全節等保孤突出重圍，到汝州召楊景急赴軍前，共議破遼之計。吩咐快快趲行。〔衆應科。同唱〕

【雙角套曲·銀漢浮槎】惱遼人詭譎（韻），召楊景共輔邊安貼（韻），席捲囊收湯澆雪（韻），仗天威成大功（句），管露布書捷（韻）。〔同從下場門下。外扮胡綱正，戴紗帽，穿圓領，束帶，從上場門上。唱〕

【雙角套曲·慶宣和】雖則年高膽尚烈（韻），思盡忠竭（韻），寶劍横磨待誅邪（韻），早願得勝捷（韻），報捷(韻)。〔中場設椅，轉場坐科。白〕老夫胡綱正，捨己子之命，救楊景之死者。原爲留他與國平遼之用，昨日聞得降臺有變，現今車駕被困魏州，未能克敵。我想此際正當楊景立功贖罪之時，已命守信去喚六郎等到此商議，怎麽還不見到來？〔小生扮胡守信，戴武生巾，穿鑲領箭袖，繫鑾帶。引生扮楊景，戴羅帽，穿緞窄袖，繫鑾帶。旦扮柴媚春，穿衫。小生扮楊宗保、楊宗顯，各戴武生巾，穿道袍。從上場門上。同白〕身陷忠難盡，形藏志不伸。〔同作進見科。楊景白〕老伯。〔胡綱正起科。白〕賢姪，請坐。〔場上設椅，各坐科。楊景白〕老伯呼喚，有何吩咐？〔胡綱正白〕賢姪，老夫昨日聞得魏府銅臺總鎮謝庭蘭，詐奏蕭氏請降，車駕親赴銅臺，現今受困，爲此特請賢姪商量。〔楊景白〕有這等事？此必謝庭蘭交通謀逆了。如今老伯意下如何？〔胡綱正白〕老夫意欲使賢姪速整三關將士，急赴軍前，報効朝廷。〔楊景白〕老伯之意，與小姪愚志相同。只是小姪蒙老伯隱匿偷生，詐言已死，去則有誑君之罪，不去有辜恩之愆，進退兩難。〔胡綱正白〕老夫捨子之生，留汝之命，原爲今日之事耳。你今日義當保駕平遼，奮身報國，上不負朝廷優恤之恩，下不負吾兒代死之義，什麽進退兩難？〔柴媚春白〕相公，老伯所教，大倫大義。相公速去保駕伐遼，莫生疑慮。〔楊景白〕楊景生平之志，只有忠君報國，別無疑慮。今疑慮者，老伯救我之命，乃違旨私行，楊景一去，豈不禍及老伯麽？〔胡綱正白〕噯，你只知小節，不知大義。怕禍及於我小節也，雪君父之讐大義也。只要你去靖邊患，掃遼衆，老夫就死也瞑目矣。〔唱〕

【雙角套曲・落梅風】身遭禍(句)，何怨嗟(韻)，只要你掃平遼孽(韻)。做忠良(讀)，意堅心似鐵(韻)，休先顧牽枝帶葉(韻)。〔楊景白〕小姪去則去，須要與老伯聯名寫表請罪。還須乞借人馬，今日即便起身。〔胡綱正白〕賢姪想得是。〔楊景白〕夫人，我起身後，你母子即刻打點回京，將我未死情由，啟知母親，安慰老年。隨即請各位嫂嫂、弟婦等，速赴軍前効用，共報君恩。快去準備。〔柴媚春白〕曉得。〔衆作起，隨撤椅科。楊宗保、楊宗顯隨柴媚春出門，從下場門下。胡守信白〕爹爹，孩兒願隨哥哥軍前効力。〔楊景白〕待愚兄到了軍前，奏明聽召。小姪還有一事奉稟，小姪蒙老伯救命之恩，無可報答，願將舍妹八娘，許配令郎爲室，望老伯慨諾。〔胡綱正白〕蒙賢姪不棄小兒卑陋，待平遼後，稟過令堂，再爲行聘。〔楊景白〕從命。〔雜扮院子，戴羅帽，穿屯絹道袍，從上場門上。白〕忙將緊急事，報與老爺知。〔作進門稟科。白〕啟爺，呼延小將軍與千歲奉旨到此，召取楊六爺。〔胡綱正白〕有這等事？賢姪，必定是他奏明你未死，有恩旨到來了。快排香案，一同迎接。〔院子應科，從下場門下。軍士、呼延畢顯、王全節捧旨意，引德昭從上場門上。同白〕急召虎臣魏府去，忙頒鳳詔汝州來。旨意下。〔胡綱正、楊景作出門，迎接進門科。胡綱正、楊景、胡守信俯伏，王全節作開讀科。白〕聖旨已到，跪聽宣讀。詔曰：前因楊景罪貶汝州之後，有祖忠參劾反詩一案，詩中寓意，罪不容誅。朕念伊父功高，免棄於市，命呼延畢顯往汝州察驗壁上字跡，若果確實，即命賜死府衙。今據呼延畢顯所奏，楊景實未曾死，乃胡綱正之子守德仗義代死。隱匿等情，本當究治，因現在軍情緊急，用人之際，概行赦免。速召楊景，帶領汝州精鋭三千，急赴銅臺，効力贖罪，欽此。〔胡綱正、楊景作謝恩起科。王全節白〕請過聖旨。〔胡綱正作接科。白〕香案供奉。〔胡守信接旨意，從下場門下。中場設椅，德昭坐科。胡綱正、楊景作參見科。白〕千歲在上，臣等參見。〔德昭白〕二卿平身。〔胡綱正、楊景作起科，向王全節、呼延畢顯揖見科。白〕二位天使大人。〔王全節、呼延畢顯、德昭同白〕恭喜將軍，幸蒙天恩赦罪，効用軍前，當奮勇王家，平遼以報。〔楊景白〕楊景素志，盡忠報國。今蒙聖恩，赦死復召，此去必要掃蕩羣遼，肅清邊境。〔唱〕

【雙角套曲·風入松】景之恒願在忠竭(韻)，誠志意不絶(韻)，此行管把君讐雪(韻)。敵人似螳臂當轍(韻)，深笑巢鳩計拙(韻)。〔白〕楊景此去呵，〔唱〕疾雷般驚彼癡呆(韻)。〔德昭、王全節、呼延畢顯同白〕壯哉將軍也。〔楊景白〕不敢。〔呼延畢顯白〕老伯，千歲吩咐，一到這裏，先將參劾反詩的祖忠會同審問其情。〔胡綱正白〕千歲，臣亦久疑反詩之事，必是祖忠陰謀計陷。未奉旨意，不便追究。今奉千歲之諭，即命祖忠，齊集人馬，先往教場，候千歲駕臨審問。〔德昭白〕甚好。〔胡綱正白〕請千歲與二位天使後堂上宴。俟兵糧齊備，再往教場去。〔德昭白〕不消。〔作起，隨撤椅科。德昭、王全節、呼延畢顯同唱〕

【煞尾】戎忙不暇耽麯蘖(韻)，揀人馬早選英傑(韻)。〔胡綱正、楊景白〕千歲。〔唱〕艱辛遠路苦登涉(韻)，備有一杯水酒做洗塵謝(韻)。〔同從下場門下〕

第廿二齣　捉奸魂明彰報應（庚青韻）

〔雜扮差鬼，各戴犄角髮，穿鬼衣，繫虎皮裙。雜扮土地，戴巾，穿土地氅，持拂塵。引生扮胡守德魂，戴巾兜魂帕，穿道袍。同從上場門上。胡守德魂唱〕

【南呂宫正曲・繡帶兒】游泉路孤魂杳冥韻，渺渺隨風無定韻。刎頸交義重身輕韻，爲金蘭捨死成名韻。〔白〕守德蒙尊神挈引，感閻君開恩，免入枉死城中，感激之至矣。〔土地白〕這是你孝義感格神明。今奉上帝勅旨，命吾神引你去，代楊景明冤，活捉祖忠，以彰果報後，你就超昇仙府了。〔胡守德魂白〕原來如此。請問尊神，在何人臺下明冤？〔土地白〕今有千歲，奉旨復召楊景，少間祖忠往教場伺候點兵。吾神引你到彼，纏擾祖忠，就在千歲駕前，明冤便了。隨我來。〔胡守德魂應科。唱〕冤情韻，填償冤債形隨影韻。任奸狡讀，瞞不得明鏡韻。〔合〕今日裏惡滿貫盈韻，彰果報讀，代明冤令咱追命韻。〔同從下場門下。雜扮軍士，各戴馬夫巾，穿箭袖卒褂。雜扮將官，各戴馬夫巾紮額，穿打仗甲，佩腰刀。引雜扮祖忠，戴盔，紮靠，從上場門上。祖忠唱〕

【南呂宫正曲・金蓮子】諭諸營韻，選馬挑兵莫暫停韻。軍前去讀，名利早成韻。〔白〕下官汝州守將祖忠是也。前者奉王大人囑託，反詩之計已成，王大人許我陞官，至今無信。如今千歲到此調兵，指名要我率領人馬，在教場伺候。我今一到軍前，有王大人提挈，必定要高陞了。〔唱合〕今番必挂封侯印(押)。〔内喝導科。祖忠白〕喝導之聲，千歲來也。吩咐三軍，整齊隊伍迎接。〔衆應科，同從下場門下。雜扮軍士，各戴馬夫巾，穿箭袖卒褂，執旗。雜扮將官，各戴馬夫巾紥額，穿打仗甲，執標鎗。外扮胡綱正，戴紗帽，穿圓領，束帶。雜扮王全節，净扮呼延畢顯，各戴盔，紥靠，佩劍。雜扮陳琳，戴太監帽，穿蟒箭袖卒褂，背絲縧，捧金鞭。引生扮德昭，戴素王帽，紥靠，背令旗。各執馬鞭。生扮楊景，戴盔，紥靠，佩劍，執馬鞭，隨從上場門上。同唱〕

【南吕宫正曲・風檢才】揀選猛刺騎兵(韻)、騎兵(格)，速往邊關大營(韻)、大營(格)。緊要軍情忙向應(韻)。〔合〕往將臺(讀)，繕花名(韻)，驗文書(韻)，即便行(韻)。〔祖忠、軍士等從下場門上，作迎接科。祖忠白〕汝州守將祖忠，迎接千歲。〔衆軍引德昭等，同從下場門下。楊景白〕祖忠，可認得我楊景？〔祖忠作驚慌喊科。白〕鬼來了。〔楊景笑科，從下場門下。祖忠作戰慄科。白〕方纔明明見楊景問我可認得他，這不是冤家到了麽？不好，回家去躲了罷。〔胡守德魂引土地、差鬼從上場門上，作攔科。胡守德魂白〕祖忠，那裏去？〔祖忠作驚怕科。白〕鬼來了，放我去。〔胡守德魂、土地、差鬼擁祖忠從下場門下。場上設高臺、公案、桌椅。軍士、胡綱正等，引德昭從上場門上，同作下馬，德昭陞座科。胡守德魂、土地、差鬼擁祖忠從上場門上。德昭白〕傳祖忠。〔胡綱正白〕傳祖忠。〔祖忠應科。白〕祖忠參見。〔德昭白〕楊景詠懷之題，改作反詩者就是你麼？〔祖忠白〕冤枉嗄。我那日也到酒樓上飲酒，見白壁牆上有詩，我從頭一念，是一首反詩，不敢隱瞞。抄寫了一張，寄與王大人，那知他就奏了。〔楊景白〕我是詠懷一絶，怎見得是反詩，你就呈報。〔祖忠白〕明明寫著「我靖匡反汴梁」，這不是反詩？〔楊景白〕我用的是劻勷之劻，往返之返，不是你改的麼？〔德昭白〕楊景與你可有讐怨？〔祖忠白〕沒有。〔德昭白〕既沒有，爲何要改作反詩呈報？招。〔祖忠白〕招什麼？〔呼延畢顯白〕這樣問法，他決不肯招。重重的打他四十棍，少不得就招了。〔德昭白〕將他剥去袍鎧，重砍四十。〔軍士應，作剥靠打科。同唱〕

【南呂宮正曲·賀新郎】冤屈非輕㊇，告逆謀害人軀命㊇，粉牆詩指來爲証㊇。陰謀巧㊁，改了他匡反爲題告反情㊇，只顧你趨迎奸佞㊇。〔祖忠唱合〕冤情事㊈，怎招成㊇，非咱改字謀楊景㊇。反詩句㊁，留爲証㊇。〔胡守德魂作附祖忠體科。祖忠白〕爹爹，六哥哥，胡守德在此。〔德昭衆作驚異科。白〕嗄，你是那個？〔祖忠白〕學生胡守德。〔胡綱正白〕是我兒。〔祖忠白〕守德自別爹爹，只道再無相見之日。今奉閻君之命，到此與六郎明冤。千歲，這「匡」「反」二字，實係祖忠親改，陷害楊景的。〔德昭等同白〕是祖忠改的？〔祖忠白〕是祖忠改的。〔胡綱正白〕我兒有靈，可將改詩情形，寫成供狀，好求千歲啟奏。〔祖忠白〕正是如此。取紙筆來，待我寫。〔胡綱正白〕快取紙筆與他。〔軍士應，作取紙筆置地科。祖忠白〕取來。〔作書供狀科。唱〕

【南呂宮正曲·節節高】招詳細細呈㊇，事禀明㊇，酒樓詩見機關定㊇。先改了壁間詠㊇，復抄謄(韻)，留遺証(韻)，差人密向王强禀(押)，陰謀要害六郎命(韻)。〔軍士遞供科。白〕供畢。〔胡綱正作遞供科。白〕供畢。〔德昭作看科。白〕果然神鬼難昧也。〔衆同唱合〕眼前果報懼而驚(韻)，難言間隔陰陽徑(韻)。〔德昭白〕就將祖忠交與貴府監禁，請旨施行。〔胡守德魂作復附祖忠體科。祖忠白〕不用監禁。我今到此，與楊景明冤，要活捉祖忠，以彰報應，守德即此超昇仙界去也。〔差鬼作捉拏祖忠科，祖忠驚慌喊叫科。唱〕

【南吕宫正曲·金錢花】只見怨鬼猙獰(韻)、猙獰(格)，眼花撩亂心驚(韻)、心驚(格)，將咱活捉解幽冥(韻)。〔作跌仆科。唱合〕誰教我(讀)，黑心横(韻)，改詩句(讀)，害忠誠(韻)。〔差鬼作捉祖忠，搭魂帕。上地、胡守德魂推擁，同從下場門下。雜扮祖忠替身，散髮，穿鑲領箭袖，從地井暗上。德昭等同白〕果然天網恢恢，疎而難漏也。〔胡綱正白〕將屍首擡過一邊。〔軍士應，作擡祖忠替身，從下場門下，軍士復上。楊景白〕反詩一案已明，令郎之死，景當乞恩褒封。〔胡綱正白〕不敢。取衆軍花名册籍過來。〔一將官應，取册呈科。白〕花名册子呈上。〔胡綱正白〕所選衆軍花名呈上。〔作呈科。德昭白〕貴府請回衙理事，孤家即此起兵去也。〔胡綱正白〕臣恭送一程。〔德昭白〕有勞。〔作下座，隨撤高臺、公案、桌椅。德昭等各乘馬科，衆作遶場。同唱〕

【慶餘】督兵馳驛承宣命(韻)，忠致丹誠耿耿(韻)，速滅邊烽安界境(韻)。〔同從下場門下〕

第廿三齣　旌旗壁壘羣雄會（江陽韻）

〔雜扮軍士，各戴馬夫巾，穿箭袖卒褂，執旗。雜扮佘子光、郎千、郎萬、林榮、劉金龍、劉超、吕彪、張蓋、陳林、柴幹，各戴紮巾，穿鑲領箭袖，繫鸞帶，佩劍，執馬鞭。浄扮焦贊，戴羅帽，穿緞窄袖，繫鸞帶，佩劍，執馬鞭。浄扮孟良，戴紮巾，穿鑲領箭袖，繫鸞帶，背葫蘆，佩劍，執馬鞭。生扮岳勝，戴紮巾，穿鑲領箭袖，繫鸞帶，佩劍，執馬鞭。同從上場門上，遶場科。同唱〕

【仙吕宫正曲・惜奴嬌序】戈戟鏗鏘㊙，聽金鉦鼉鼓㊙，聲震山谾㊙。人如虎賁㊙，駒馬疾若龍驤㊙。堂堂㊙，督隊提兵邊疆向㊙，鋭英鋒軍容壯㊙。〔合〕殄遼邦㊙，要圖形麟閣㊙，書史名香㊙。〔岳勝、孟良白〕我等訪著焦賢弟，同見周巡檢。蒙伱資助兵糧，即便起程。軍士們，快快趲行。〔衆應科。同唱〕

【仙吕宫正曲・錦衣香】思我兄㊙，千城將㊙，反詩計㊙，身軀喪㊙。想起冤情㊙，令人悲愴㊙，平遼素願在伊行㊙，人歸泉路㊙，想志所難忘㊙。望默佑沙場上㊙，早得個盡掃欃槍㊙，〔合〕暗護披堅將㊙。陰空靈爽㊙，收功奏凱㊙，全伊志量㊙。〔同從下場門下。雜扮軍士，各戴馬夫巾，穿箭袖

卒褂，執旗。引生扮楊景，戴盔，紥靠，佩劍，執馬鞭，從上場門上。楊景唱〕

【仙呂宮正曲·漿水令】又早的暮景斜陽(韻)，催急趲鐵騎騰驤(韻)，惟憐步卒苦難當(韻)。安營擇地(讀)，立寨郊荒(韻)，暫休憩(句)，鐵衣郎(韻)。〔白〕俺自隨千歲汝州起兵，日夜趲行，已離魏府不遠。人馬疲勞，步卒辛苦，今夜必須安營養息，明日趕到魏城，方能勇猛交兵。命我先行擇地下寨，這一路俱是樹木叢雜，羊腸小路，難以安營。軍士們，再往前邊看者。〔衆應科。楊景唱〕深林難立元戎帳(韻)，〔合〕羊腸路(句)，羊腸路(疊)，立壘無方(韻)。忙前趲(句)，忙前趲(疊)，相擇平康(韻)。〔同從下場門下。軍士引岳勝等從上場門上。同唱〕

【仙呂宮正曲·玉嬌枝】戎行迅往(韻)，没晨夕誰敢怠荒(韻)？齊心合志沙場向(韻)，看三軍威武雄壯(韻)。〔孟良白〕哥哥，天色傍晚，人馬勞倦，可尋個樹林歇歇再走。〔岳勝白〕離魏府不過一日程途，大家努力趲行，趕到那裏，早建奇功纔是。〔焦贊白〕可又來，剩了一日之程，就要上陣了。今晚歇一歇，養足威風，明早趕到那裏，好奮勇交戰。〔岳勝白〕也罷，到前面樹林中歇息去。〔衆同唱〕深林歇馬蓄銳鋩(韻)，來朝奮勇把遼兵蕩(韻)。〔場上設山石、樹木。岳勝白〕就在此處歇馬。〔衆應，作下馬，向山石隨意坐科。軍士引楊景從上場門上。楊景唱合〕望林中戈戟刀鎗(韻)，是何來勤王兵將(韻)？〔白〕樹林中何處人馬？待我看來。〔作見科。白〕原來衆兄弟在此。〔作下馬科。白〕衆兄弟請了。〔岳勝等作起科。同白〕好像六哥哥的聲音，大家看來。〔衆作認看科。楊景白〕衆兄弟，楊景在此。〔岳勝等白〕哥哥，你是人是鬼？〔楊景笑科。白〕那有這等威風的鬼？〔孟良、焦贊白〕是了，我們方纔暗中祝告了半日，哥哥有靈，前來呵護。來來來，大家叩拜。〔衆應，作叩拜科。同唱〕

【仙呂宮正曲・皂羅袍】望你神威靈爽(韻)，戰場中呵護(讀)，聲求應響(韻)。用彰天討靖邊疆(韻)，開兵一陣除凶黨(韻)。〔楊景白〕衆位兄弟請起。〔衆作起科。楊景白〕你們諒我真個死了麽？〔岳勝等同白〕哥哥首級，小弟們親眼見過，豈是假的。〔楊景白〕非也。我蒙汝州知府，憐才救命，感義弟胡守德代死。你們所見者，必是吾義弟胡守德之首級。〔岳勝等同白〕嗄，天下有這等義氣之人，其實罕見。哥哥果然不曾死？〔楊景白〕果然不曾死。〔岳勝等同笑科。白〕哥哥，今往那裏去？〔楊景白〕蒙聖上天恩，命千歲到汝州查明反詩是假，復召提兵，軍前効力。你們往那裏去？〔岳勝等同白〕小弟們呵。〔同唱合〕自別後晨昏思想(韻)，無主無張(韻)。遇祖吉奸黨(韻)，把太行復上(韻)，今聞銅臺事急提兵往(韻)。〔楊景白〕足見衆位忠義之志也。還有一半弟兄們，那裏去了？〔岳勝白〕在太行山，齊集兵糧，先往魏州界内等候去了。〔楊景白〕原來如此。〔内應吶喊科。楊景白〕千歲提兵來也，你們隨我上前參見。〔衆應科。雜扮軍士，各戴馬夫巾，穿箭袖卒褂，執旗。雜扮將官，各戴馬夫巾，紮額，穿打仗甲，執標鎗。雜扮王全節，浄扮呼延畢顯，各戴盔，紮靠，執馬鞭。雜扮陳琳，戴太監帽，穿蟒箭袖卒褂，背絲縧，捧金鞭，執馬鞭。引生扮德昭，戴素王帽，紮靠，背令旗，佩劍，執馬鞭，從上場門上。同唱〕

【仙呂宮正曲・川撥棹】尋郊曠(韻)，安營寨立虎帳(韻)，埋鍋竈散給軍糧(韻)，埋鍋竈散給軍糧(疊)，暫休息蓄其勇莽㊟。〔合〕養軍鋭勢莫當㊟，養軍鋭勢莫當㊟。〔楊景引岳勝等作參見科。同白〕千歲在上，臣等參見。〔德昭白〕原來是岳勝、孟良等衆將，也是往魏城去麽？〔岳勝等同白〕臣等聞知敵衆猖獗，即約焦贊，向鄧州周巡檢借取兵糧，到魏州保駕立功。〔德昭白〕足見爾等忠心報國。就此兵合一處，明日進征。呼延畢顯、王全節聽令。〔呼延畢顯、王全節應科。德昭白〕你二人連夜趕到魏府，突圍進城啟奏，説大兵明日午時必到，内外夾攻，必獲全勝。快去。〔呼延畢顯、王全節應科，軍士引從下場門下。楊景白〕臣啟千歲，就在前面安營，明日五鼓進兵。〔德昭白〕甚好。〔楊景白〕大小三軍，前面安營。〔衆應科，楊景等各作乘馬科，隨撤山石。衆同唱〕

【仙吕宫正曲·皂羅袍】兩隊合兵勢廣㊟，把遼兵營壘㊟，踏成平壤㊟。彰天撻伐佈威光㊟，兵行到處如板蕩㊟。〔合〕鎗挑凶黨㊟，箭射貪狼㊟，逼他無往㊟，難逃北邙㊟，殺他魄散魂飄颺㊟。〔同從下場門下〕

第廿四齣　龍虎風雲大武昭（魚模韻）

〔雜扮軍士，各戴馬夫巾，穿箭袖卒褂，持兵器。雜扮將官，各戴馬夫巾，紮額，穿打仗甲，持鎗。雜扮鄭壽、党忠、史文斌，浄扮呼延畢顯，雜扮李明、王全節，各戴盔，紮靠。旦扮金頭馬氏，戴七星額，紮靠，背令旗。浄扮呼延贊，戴黑貂，紮靠，背令旗。副扮王欽，外扮寇準，各戴相貂，穿蟒，束帶，帶印綬。雜扮内侍，各戴太監帽，穿蟒箭袖黃馬褂，捧弓箭。生扮宋太宗，戴金王帽，穿黃龍箭袖團龍排穗，束黃鞓帶，佩劍。雜扮羽林軍，各戴馬夫巾，紮額，穿打仗甲，執豹尾鎗。同從上場門上。宋太宗唱〕

【中呂調套曲·粉蝶兒】朕今要踏破遼都(韻)，荷戈臣都是盡忠人物(韻)，遼邦將無非一勇村夫(韻)。寡人用武功烈(句)，文謨德(句)，親把這三軍統佈(韻)。頃刻間掃蕩烟塵(句)，管教他把版圖獻負(韻)。〔中場設椅，轉場坐科。宋太宗白〕抗逆難言德化行，雷霆震怒發長征。揮戈定掃臨潢境，赫濯天威遼衆驚。可恨蕭氏，乘夜加兵，困住魏州，十分猖獗。今聞楊景未死，故命王兒與呼延畢顯、王全節，前往汝州，召取楊景，調本處兵將，來此解圍破敵。昨者王兒差呼延畢顯、王全節先來奏道，楊景與岳勝、孟良等二十四將，合兵勤王，今日午時，約爲内外夾攻之計，掃蕩遼兵。爲此齊集人馬以待，此時將近午時，將士齊集了麼？〔呼延贊白〕將士俱齊，候旨施行。〔宋太宗白〕將謝庭蘭綁過來。〔呼延贊白〕領旨。〔引軍士從上場門下，作綁副扮謝庭蘭，散髮，穿箭袖，繫鑾帶，從上場門上。呼延贊白〕謝庭蘭綁到。〔宋太宗白〕你這奸賊，不察虛實，誑奏蕭氏獻降，擅敢請朕到此。若非朕預有謀算，險墮其術。今日先斬你這奸賊，以壯軍威。拏去斬了。〔呼延贊應科。謝庭蘭白〕聖上，臣冤枉。〔王欽白〕誰教你貪功誑奏，罪不容誅。還敢叫冤，速行斬首覆旨。〔呼延贊白〕快快綁出去。〔軍士應，作押謝庭蘭從下場門下。內白〕開刀。〔軍士持首級，仍從下場門上。白〕獻首級。〔宋太宗白〕號令了。〔軍士應，向下遞科，隨上。宋太宗白〕朕今親往敵樓，待楊景等兵到。衆將士，各加勇猛，出城破敵，奏功陞賞。〔衆白〕領旨。〔宋太宗作起，隨撤椅科。雜扮一軍士，戴紮巾，穿箭袖黄馬褂，執黄纛，從上場門暗上。宋太宗等各乘馬，持兵器，衆引遶場科。同唱〕

【中吕調套曲·醉春風】收遼地捲臨潢(句)，要搗西樓傳萬古(韻)。彰天撻伐動王師(句)，鼓天兵功成一舉(韻)、舉(疊)。會合勤王(句)，羣英聚至(句)，聖明主有百靈咸助(韻)。〔同從下場門下。雜扮遼兵，各戴額勒特帽，穿外番衣，持兵器。雜扮遼將，各戴盔襯狐尾雉翎，穿打仗甲，持兵器。雜扮圖金秀、耶律第、耶律慶、蕭達蘭、耶律博郭濟、耶律學古、耶律希達、耶律休格、耶律色珍、蕭天佑、蕭天佐，各戴外國帽、狐尾、雉翎，紮靠，持兵器。净扮韓德讓，戴外國帽、狐尾、雉翎，紮靠，背令旗，持鎗。引旦扮蕭氏，戴蒙古帽練垂，紮靠，背令旗，持刀。旦扮一遼女，戴紮額、狐尾、雉翎，穿採蓮襖，繫月華裙，執纛。隨從上場門上。同唱〕

【中呂調套曲・紅繡鞋】統萬隊(讀)，桓桓羆虎(韻)，盡昂藏挺著彪軀(韻)。傳羽檄調來各鎮相扶助(韻)，看功成止憑一鼓(韻)，揮著戈纉軍卒(韻)。〔蕭氏白〕受降臺之計，雖未成功，且喜已將宋主困在魏府。衆將官，今日必要打破城池，有不用命者，斬首以殉。〔衆應科。同唱〕一個個共爭先把勇賈(韻)。〔同從下場門下。場上設魏州城，羽林軍、將官、內侍、王欽、寇準引宋太宗上城，城上設椅，宋太宗坐科。唱〕

【中呂調套曲・石榴花】俺賴著天心眷顧萬靈扶(韻)，大將勇機謀(韻)，興朝運際有洪福(韻)。衆臣的抒忠奮武(韻)，報國爲圖(韻)，竚看取疆場又續功勞簿(韻)，奉天命掌握征誅(韻)。〔內吶喊科。宋太宗白〕呀，你看衆遼兵，揚威耀武，攻城來也。〔唱〕量著那遼兵烏合成何物(韻)，只看這大會垓定邊隅(韻)。〔遼兵遼將、韓德讓等引蕭氏從上場門上，執纛遼女隨上。蕭氏白〕宋主，你今被困孤城，身臨危地。俺這裏雄兵數十萬，圍如鐵桶，恐插翅也難飛去。〔宋太宗白〕蕭氏，你且不必猖狂。〔唱〕

【中呂調套曲・鬬鵪鶉】恁便會握霧拏雲(句)，俺專待擒蛟縛虎(韻)，覷恁個醜類狂且(韻)，輕如糞土(韻)。〔蕭天佑白〕宋主，你勢孤力促，莫若早早獻降。〔宋太宗怒喝科。白〕何物匹夫，輒敢浪言，看弓箭伺候。〔唱〕任你似舉鼎拔山笨鐵夫(韻)，則看應絃兒難教活去(韻)。縱饒你插翅能飛(句)，怎當俺穿楊神武(韻)。〔蕭天佑白〕若不早降，只恐後悔無及。〔宋太宗作持弓箭科。白〕看箭。〔作射死蕭天佑科。蕭氏怒科。白〕宋官家，竟自射死俺大將，與孤攻城。〔作揮兵攻城科。宋太宗白〕放箭。〔將官應，作放箭科，蕭氏等略退科。雜扮軍士，各戴馬夫巾，穿箭袖卒褂，持兵器。雜扮佘子光、郎千、郎萬、林榮、劉金龍、劉超、呂彪、張蓋、李虎、陸程、陳雷、張英、張林、王昇、王義、宋茂、鄒仲、關沖、徐仲、陳林、柴幹，各戴紥巾，穿鑲領箭袖，繫鑾帶，持兵器。净扮焦贊，戴羅帽，穿青緞窄袖，繫鑾帶，持鎗。净扮孟良，戴紥巾，穿鑲領箭袖，繫鑾帶，背葫蘆，持雙斧。生扮岳勝，戴紥巾，穿鑲領箭袖，繫鑾帶，持刀。生扮楊景，戴盔，紥靠，持鎗。生扮德昭，戴素王帽，紥靠，背令旗，持金鎗。從兩場門分上，作圍繞科。楊景白〕遼衆休得猖狂，楊景在此。〔蕭氏作見科。白〕不好了，中其詭計矣。〔楊景白〕看鎗。〔衆作合戰、挑戰科。宋太宗向内作揮兵科。呼延贊、金頭馬氏等出城，作夾攻合戰科。蕭氏等從下場門敗下。宋太宗等作出城，隨撤城科。德昭、楊景、岳勝等同作下馬科。德昭白〕兒臣奉旨，召取楊景，併岳勝、孟良、焦贊等二十四將，俱已會齊，同來破敵。楊景反詩一事，兒臣已察勘明白，係祖忠改寫「匡」「反」二字，圖害楊景。其祖忠，已被仗義代死之胡守德活捉死了。〔楊景、岳勝等作俯伏科。楊景白〕罪臣楊景，率領岳勝、孟良、焦贊等見駕請罪。〔宋太宗白〕卿等奮勇勤王，前罪赦免。即封楊景爲平遼大元帥。岳勝、孟良等二十四將，俱爲虎賁將軍。德昭加爲行營都監軍。〔德昭、楊景等作謝恩科。宋太宗白〕蕭氏此敗，必奔廣平府而去。大小三軍，奮力追趕，務要攻破廣平，如有不用命者，斬。〔衆應科。雜扮二軍士，各戴馬夫巾，穿箭袖，繫肚囊，一執三軍司命，一執纛，從兩場門暗上。德昭、楊景等各乘馬，持兵器，衆引遶場科。同唱〕

【中呂調套曲・朝天子】天威佈神武(韻)，一箭退萬夫(韻)，慌張張走也無投路(韻)。笑他空做了遼邦勇夫(韻)，便死也無名目(韻)。料恁那臨潰小國(句)，怎當俺揮戈一怒(韻)。聖明君是紫金龍(句)，平遼帥是白額虎(韻)，非是謬譽(韻)，誠哉實語(韻)。則今番平了大遼(讀)，屬一統山河固(韻)。〔同從下場門下。遼兵遼將、韓德讓等引蕭氏從上場門上。蕭氏白〕罷了嗄罷了。宋主被俺困在魏府，如在掌握之間矣。豈知楊景，帶領孟良、岳勝等，奮勇殺來。宋主揮兵從城内殺出，兩下夾攻，把俺人馬殺得紛紛逃潰。這便怎麽處？〔内吶喊科。韓德讓等白〕追兵來也。〔蕭氏白〕也罷，且退進廣平，再作道理。〔衆應科，遶場。同唱〕

【中吕調套曲·堯民歌】殺得個兵逃將走(讀)，丢盔棄甲遁窮途(韻)。殺得個奔走無門(讀)，全軍大敗輸(韻)。〔場上設廣平城。蕭氏等作進城科，下，隨撤城。遼兵遼將等引蕭氏從上場門上。同唱〕宋兵將衝衝突突似攛梭(押)，遼兵將紛紛亂亂喪溝渠(韻)。〔各下馬科。中場設椅，蕭氏坐科。白〕噫，今日之敗，皆是賀驢兒所致。〔韓德讓等白〕怎見得是賀驢兒所致？〔蕭氏白〕被他誑書報道，楊景發配汝州，攛掇孤家提兵到此。前者又親來説道，楊景已死，爲此孤家十分放膽。豈料楊景等從後殺來，把俺兵將殺得這般狼狽。〔唱〕好教人氣脹胸脯(韻)，萬旅熊羆拽杖輸(韻)。則落得嗟吁(韻)，軍兵一半無(韻)，將一個蕭天佑送入黄泉路(韻)。〔内吶喊科。雜扮一遼兵，戴額勒特帽，穿外番衣，從上場門急上。白〕報，啟上娘娘，宋兵山頹海沸而來，南門守城將出城迎敵，被楊景一鎗刺死了。〔蕭氏白〕再去打聽。〔遼兵應科，仍從上場門下。蕭氏白〕宋主乘勝追來，不可輕敵。令守城兵將，多加砲石、弓箭防禦。〔韓德讓應科。雜扮一遼兵，戴額勒特帽，穿外番衣，從上場門急上。白〕不好了嗄，不好了。啟娘娘，宋君大隊人馬殺進南門來了。〔蕭氏作起科，隨撤椅。蕭氏白〕有這等事？再去打聽。〔一遼兵應科，仍從上場門下。蕭氏白〕宋兵進城，其勢莫敵。只得棄了此城，逃出北門，急奔趙州去罷。帶馬。〔衆應。蕭氏等各作乘馬，持兵器，作遶場科。同唱〕

【中呂調套曲·上小樓】四下裏刀鎗亂舞(韻)，〔合〕城中萬姓喧呼(韻)。俺則見四面八方(韻)，喊殺連天(句)，盡是軍卒(韻)。〔軍士將官、楊景、呼延贊等從兩場門分上，作圍困合戰科。蕭氏引衆從下場門敗下。羽林軍、王欽、寇準、內侍引德昭、宋太宗從上場門上。楊景白〕蕭氏率衆逃出北門去了。〔宋太宗白〕王欽在此出榜安民。〔王欽應科，從上場門下。宋太宗白〕傳令緊緊追趕。〔衆應。同唱〕人馬塞街衢(韻)，擁師旅(韻)，遼人怎禦(韻)。唬得他亂紛紛棄城逃去(韻)。〔同從下場門下。遼兵遼將、韓德讓等引蕭氏從上場門敗上。蕭氏唱〕

【中呂調套曲·滿庭芳】想俺國英雄霸主(韻)，指秦城爲界(句)，創立遼都(韻)，貪心妄把中華慕(韻)。今日個走泣窮途(韻)，倒做了敗北人包羞忍辱(韻)。顧不得定中原的創基權術(韻)，且先慮投生路(韻)。怎當他兵雄將虎(韻)，逐後的緊追咱無處逋(韻)。〔內吶喊科。韓德讓白〕宋兵逐尾而來也，前面離趙州不遠。耶律慶、耶律第、圖金秀斷後，敵住追兵，我等保娘娘先進城去也。〔耶律慶等應科。遼兵、韓德讓等護蕭氏從下場門下。軍士、孟良、焦贊、岳勝等引楊景從上場門上，遼兵遼將、耶律慶等作交戰科，同從下場門下。遼兵、韓德讓等引蕭氏從上場門上。蕭氏唱〕

【中呂調套曲·迎仙客】追甚急(句),步趦趄(韻),將和卒獐慌無主(韻)。似浪催萍(句),風捲絮(韻),空自嗟吁(韻),欲定難容住(韻)。〔從下場門下。軍士將官、楊景、岳勝、遼兵遼將、耶律第等,絡繹從上場門上,挑戰科。楊景作刺死耶律慶,孟良作斬耶律第,焦贊作刺死圖金秀,從下場門下。遼兵、韓德讓等引蕭氏從上場門上。蕭氏唱〕

【中呂調套曲·一煞】收起叱喑唔(韻),剩了短歎吁(韻)。他那裏威風越長智廣謀(韻),他仗著能行千里龍駒馬(句),殺散我十萬軍兵漸漸無(韻)。〔楊景等同從上場門追上,作合戰科,蕭氏等從下場門敗下。德昭、羽林軍等,護宋太宗等從上場門上。軍士等同白〕蕭氏領著敗殘人馬,投趙州去了。〔宋太宗白〕緊緊趕上,奮力攻打。〔衆應科。同唱〕把遼城挨次取(韻),攻得他不存一邑(句),羞殺他霸業争圖(韻)。〔同從下場門下〕